Âmes indociles

De la même autrice aux éditions

addictives

Toi + Moi. L'un contre l'autre (aussi en poche)
Toi + Moi. Envers et contre tout (aussi en poche)
Toi + Moi. Seuls contre tous (aussi en poche)
Call Me Baby – volumes 1 et 2
Love Me if You Can
Call Me Bitch
Kiss Me if You Can
Bliss. Le faux journal d'une vraie romantique – volumes 1 et 2
Jeux interdits
Jeux insolents
Fallait pas me chercher ! – volumes 1 et 2
Corps impatients (aussi en poche)
Cœurs insoumis (aussi en poche)
Bliss. Le faux journal d'une vraie romantique – l'intégrale
Âmes indociles (aussi en poche)
Cent facettes de Mr Diamonds – l'intégrale
Jeux imprudents
(Im)parfait
Une toute dernière fois
Love Me if You Can – l'intégrale
It's Raining Love!
Kiss Me if You Can – l'intégrale
The Boy Next Room
Call Me Baby – l'intégrale
Call Me Bitch – l'intégrale
PS: Oublie-moi!
Fallait pas me chercher ! – l'intégrale
Recherche coloc : emmerdeurs, râleurs, lovers… s'abstenir!
10 bonnes raisons de te détester !
Just 17
Love & Lies on Campus
Bien plus forte que toi !
If You Wanna Be My Lover…
The Boy on Fire

EMMA GREEN

Âmes indociles

addictives
POCHE

TABLE

« Les âmes, libellules de l'ombre… »
Victor Hugo

« Il y a des êtres qui nous touchent plus que
d'autres, sans doute parce que,
sans que nous le sachions nous-mêmes,
ils portent en eux une partie
de ce qui nous manque. »
Wajdi Mouawad

À toutes les indociles, les sauvageonnes,
les perchées, les « Folles » et les « Fous »…

I

Une rencontre tant attendue

1

La malédiction Lazzari

– Je crois que j'ai fait une connerie…

– Calliopé, tu es où ?

– Bar One, à Manhattan…

Je m'entends chevroter ces quelques mots, puis la ligne coupe sans crier gare. Mon téléphone s'éteint. Batterie vide. HS. Morte.

– Merde ! Putain de batterie !

La communication s'arrête et la belle voix grave et rassurante de Dante s'éteint du même coup. Elle me paraît si loin, maintenant. Comme lui. Dante, c'est mon frère. Avec sa danseuse étoile et son chien aussi moche que malodorant, il sillonne les États-Unis en photographiant le temps qui passe. Il est très doué. Et habité, passionné, torturé. Les Lazzari le sont tous. Une malédiction que nous devons à notre père. À ses mots qui blessent, à ses mains qui frappent, à ses regards qui tuent. Dante n'est pas mon seul frère, il y a Andrea aussi, mais il est derrière les barreaux. Une longue histoire. Trop longue pour que je me replonge dedans, alors qu'un taré frappe à nouveau dans la porte des toilettes où je me suis réfugiée.

– Je savais que je n'aurais pas dû foutre les pieds dans ce bar de dégénérés, psalmodié-je pour me donner du courage, en plaquant mes paumes sur mes oreilles. Et que je n'aurais pas dû me faire offrir tous ces verres…

Je ne titube plus, mais pas loin. J'aime le vin rouge, surtout le Barolo Damilano : après tout, j'ai un peu d'Italie dans le sang. Mais les cocktails à parapluies colorés, c'est mon péché mignon. Péché saoulant, plus exactement. Le barman n'y est pas allé de main morte et à l'heure de l'*happy hour*, j'ai rapidement perdu la tête. Au point de laisser un parfait inconnu au pull estampillé « Columbia » glisser ses mains sous ma jupe en cuir. Et puis j'ai repris mes esprits et repoussé ses avances. Juste à temps. Mon Roméo n'a pas apprécié, il a cru bon d'insister. Trop. Beaucoup trop.

Et je n'ai pas trouvé d'autre moyen pour me protéger que de lui fracasser un pichet de bière sur la tête.

Après tout, c'était sa boisson de prédilection...

Il s'est effondré, d'abord. J'ai cru qu'il était mort. Il s'est relevé, ensuite. Là, c'est moi qui ai eu peur pour ma vie. J'ai filé dans les toilettes, me suis barricadée comme j'ai pu... et j'ai appelé mon grand frère au secours.

Nouveaux coups dans la porte. Je sursaute, vérifie que le verrou ne va pas lâcher, puis m'assieds à même le sol pour me faire toute petite.

– Salope ! Tu crois que tu vas t'en tirer comme ça ? s'acharne l'étudiant de fraternité alcoolisé et agressif.

– J'ai appelé les flics, dégage avant de te faire coffrer ! sifflé-je dans sa direction.

– Ton téléphone t'a lâchée, j'ai tout entendu ! ricane-t-il. Si tu crois que je vais laisser une gamine de 22 ans m'humilier devant mes potes...

– Si tu crois que je vais laisser un déchet comme toi me toucher...

Je perçois une autre voix masculine, qui semble calmer momentanément mon harceleur.

– Je t'aurai à l'usure, chérie, murmure-t-il soudain tout contre la porte. Je retourne boire un verre et je reviens pour toi...

À nouveau seule. Tremblante. La tête posée sur mes genoux. Ma position favorite dans ce genre de situations.

Pathétique, Callie.

Si j'étais plus forte, j'ouvrirais cette foutue porte. Je traverserais le bar avec l'assurance d'une fille qui sait qu'elle n'a pas à se faire traiter de la sorte. J'échapperais à M. Columbia en lui adressant mon plus beau doigt d'honneur. Et je lui enverrais les flics pour qu'il s'explique. Et qu'il ne traumatise plus aucune autre fille sans défense avec sa libido de demeuré.

Mais je ne fais rien de tout ça.

Tout comme je ne faisais rien lorsque j'entendais Dante se faire frapper, dans la pièce d'à côté. Andrea se faire enfermer dans un minuscule placard plongé dans le noir. Et ma mère en baver, jour après jour…

Ma mère est une vraie survivante.

Et moi, il faut croire que je n'ai rien appris de tout ça…

L'heure est grave, mais mon esprit imbibé de tequila s'évade. Divague. S'envole. Comme toujours, en cas de danger imminent. Je pense à ma future collection. Je visualise cet ourlet scintillant que j'ai imaginé sur une veste noire épurée. Cette pièce de dentelle cousue main que j'ai imaginée en *headband* pour l'accompagner. Je me remémore l'énorme *cronut* que Gus m'a rapporté la veille et que j'ai dévoré en une minute chrono. Mélange ultracalorique de croissant et de donut : l'invention du siècle. Je réalise que je n'ai pas vu le dernier *Saw* et que c'est une terrible erreur. Et je pense à des chatons. Une horde de chatons mignons.

Ma bulle se reforme autour de moi. Plus de coups dans la porte. Plus de tremblements. Je suis ailleurs. Perchée dans mon arbre magique.

Les minutes défilent au compte-gouttes, de plus en plus lentement. Je me demande où est Dante. S'il a repris la route juste pour moi. Pour voler à mon secours. S'il arrivera avant que le bar ne ferme et que je me retrouve démunie, face à mon agresseur. Proie facile. J'essaie de m'entraîner mentalement à la combinaison « coup de genou bien placé – poing dans le nez », mais je sais pertinemment que la peur prendra le dessus, jusqu'à me pétrifier.

J'ai l'air forte, comme ça. Je ne le suis pas.

Je souffle sur ma frange, caresse par réflexe la fine cicatrice qui me barre le front et pose les yeux un peu partout. Ils survolent les murs en crépi de cette pièce triste et étouffante. Le sol paraît propre, mais il subsiste dans l'air une odeur tenace. Mélange de produits ménagers et d'autres substances… moins ménagères.

– Je vois déjà mon épitaphe… divagué-je à haute voix. « Calliopé Lazzari, 22 ans, reine du *smoky eye*, fan de *cronut*, créatrice de fringues, fille du légendaire Vito… morte dans les chiottes d'un bar moisi de Manhattan. »

Au loin, j'entends que ça chante, que ça trinque, que ça rit grassement. Je resserre mes bras autour de mes genoux et je chantonne la chanson entêtante du dernier Walt Disney. Il n'y a pas d'âge pour être un enfant, surtout quand on vous a privé très tôt d'une bonne partie de votre innocence. Des voix masculines se rapprochent, ça frappe à nouveau à la porte, je me lève comme une furie et tambourine à mon tour, en réponse.

– Cassez-vous ! hurlé-je soudain, hors de moi.

– Elle a pas seulement un cul d'enfer, elle a du cran ! se marre l'un des crétins en rut.

– Arrêtez les gars, ça va trop loin, tente de les raisonner une voix plus calme mais pas moins alcoolisée.

– Elle m'a humilié, mec, rétorque mon foutu Roméo. Pas moyen que je laisse passer ça…

Je ferme les yeux en soupirant et me laisse à nouveau glisser au sol. Dans mon dos, les coups et les provocations se suivent et se ressemblent, je n'y réponds plus. Le vacarme dure de longues minutes, puis prend fin. Un nouveau pichet de bière les attend probablement.

Je jette un coup d'œil à mon téléphone, enfermé dans sa coque noire customisée par mes soins. Toujours aucun signe de vie. L'appareil n'a pas ressuscité.

– Demain, quand quelqu'un m'aura sauvée, je te ferai payer ! lui sifflé-je en le balançant rageusement. Dans un étui rose bonbon à plumes, tu feras moins le fier !

J'ai bien conscience que je parle toute seule. Enfin, à mon portable. Mais je n'ai pas franchement d'autre option. J'étends les jambes, mon dos devenant douloureux. À nouveau, des cris me parviennent au loin et me hérissent le poil. Cette bande d'étudiants me rappelle tout ce que je détestais, il y a quelques années. Le lycée. Le groupe de mecs populaires qui fait sa loi dans les couloirs : les rois du monde, les sportifs, les belles gueules, les corps bourrés de testostérone, les esprits étriqués, les manipulateurs, les mesquins, les menteurs.

Levi n'était pas comme ça. Enfin, c'est ce que je croyais. Une seule fois m'a suffi à tout comprendre. Et à cause de lui et de tous les autres, voilà cinq ans que je n'ai plus été touchée. Que j'ai renoncé aux hommes, au sexe, à l'amour en général.

Et je ne m'en porte pas plus mal.

Surtout quand on considère les spécimens de la pièce d'à côté…

***

Je n'ai aucune idée de l'heure qu'il est, mais si on me le demandait, j'aurais tendance à *légèrement* exagérer : j'ai l'impression d'avoir passé quatre jours et cinq nuits dans ces maudites toilettes. La réalité ? Probablement une bonne heure. Deux coups dans la porte, assez doux, me font sursauter. Ils sont suivis d'une dizaine d'autres, bien plus violents. Je me bouche les oreilles, espérant m'échapper dans mon monde intérieur, rempli de créatures inoffensives et fantasmagoriques.

Mais un coup d'épaule fait trembler toute la porte, je me relève en panique en poussant un cri qui perce mes propres tympans. Je n'ose même pas imaginer ce qui m'attend.

– Callie, tu es là ? rugit une voix grave. C'est moi ! Dante !

– Et moi, Solveig ! ajoute une jolie voix féminine. Ou Tutu ! Comme tu veux !

Je respire enfin. Le soulagement se répand dans mes veines, ce shoot d'adrénaline, c'est la meilleure drogue que je connaisse. La seule, presque. Je me jette sur le verrou, m'y reprends à plusieurs fois pour l'ouvrir, puis m'effondre dans les bras de mon frère. Tout en le serrant contre moi, j'attrape sa femme par la main et ne la lâche pas. Ces deux-là n'imaginent pas à quel point ils sont importants pour moi.

– J'ai eu chaud, murmuré-je. Très chaud…

– Quelqu'un t'a fait du mal ? me demande Dante en se maîtrisant pour ne pas exploser.

– J'ai beaucoup trop bu, c'est ma faute, je suis désolée…

– Arrête ça, gronde-t-il. Qui t'a poussée à t'enfermer dans ces chiottes ?

Dante en a tellement bavé, pendant des années. Grand frère protecteur, il a pris des coups, parfois pour lui, souvent pour nous. Je refuse que ça recommence. Qu'il se mette en danger pour moi. Alors j'arrange un peu mon histoire :

– J'ai bêtement fait des avances à un type, et puis j'ai changé d'avis. J'ai eu honte et je suis venue me réfugier ici.

Un aboiement joyeux retentit derrière l'immense corps de mon frère et je reconnais Morue. Leur descendance poilue, qui remue frénétiquement la queue. Elle est particulièrement moche, à la fois osseuse et grasse, avec une oreille cassée et l'autre dressée, des poils noirs hirsutes qui ont l'air de s'engueuler pour savoir dans quel sens pousser. Mais je caresse la bestiole quand même, pour faire diversion.

– Ou alors le type a essayé de te forcer la main, tu t'es défendue et retrouvée ici… corrige ma belle-sœur.

– J'ai toujours conseillé à Dante de te fuir, dis-je en riant tout bas. Tu es beaucoup trop maline.

– Je connais les hommes, soupire-t-elle. Et je sais aussi que pour t'effrayer, il faut largement dépasser les bornes.

Je plonge dans les yeux sombres de mon frère et devine ses pensées.

– Je vais le trucider.

– Dante…

– Tu sais que je hais la violence, Callie. Mais qu'on touche à un de tes cheveux, ça me rend fou…

– On s'en va, dis-je en le fixant sans détours. Tu as volé à mon secours, tu es arrivé à temps, c'est tout ce que je te demandais. Alors on se casse, maintenant. Calmement. Sans faire de vagues. OK ?

Solveig glisse quelques mots à l'oreille de son brun ténébreux, lui caresse la joue, puis prend sa main et l'embrasse. Le Phoenix – surnom que mon frère doit à son tatouage – et sa danseuse se fixent pendant de longues secondes. Tant de douceur dans ces regards. Tant d'amour et de respect entre ces deux êtres à vif.

Tant de choses que je ne connaîtrai jamais…

Après avoir lissé ma jupe, je quitte enfin ma minuscule cage et respire un autre air, cette fois empli de houblon, de mauvais parfum et de promiscuité. J'avance en tête, suivie de très près par mon aîné – toujours en rogne, mais apparemment décidé à ne pas faire usage de la force. J'ignore d'abord les regards, les sifflements et les rires stupides qui s'élèvent sur mon passage. Mais quand je repère le sale type qui m'a tyrannisée, mon sang bout à nouveau.

Mélange de peur et d'envie de meurtre.

Le déchet se lève, me jauge de la tête aux pieds, comme s'il avait besoin d'étudier à nouveau la marchandise. J'en tremble – de colère, cette fois. Puis il pose les yeux sur l'armoire à glace au regard de tueur qui porte le même nom de famille que moi, et se rassied. Je détourne le regard, fixe la sortie et presse le pas.

– Je suis sûr qu'elle ne portait pas de culotte, cette petite…

J'ai à peine le temps d'entendre ces mots qu'un bruit sourd et violent me parvient. Je me retourne et découvre que Dante vient de plaquer mon Roméo au mur. Morue se met à aboyer, Solveig lui fait signe de se taire.

– Tu as autre chose à ajouter ? grogne mon frère en maintenant le type par la gorge.

L'étudiant de Columbia grimace de douleur mais ne prononce pas un seul mot.

– Quelqu'un d'autre a envie de commenter ? lance la voix menaçante de mon frère.

Rien. Silence absolu. La joyeuse bande d'attardés se tait et personne ne vient au secours de mon bourreau.

– C'est quoi ton nom ? lui demande Dante. Et n'essaie pas de me raconter des conneries si tu tiens à tes dents…

– Jason.

– Jason quoi ? beugle le Phœnix.

– White ! Jason White !

– Écoute-moi bien, Jason White. Je peux te pourrir la vie si tu cherches encore à nuire à ma sœur. Tes parents, tes profs, tes potes, tes potentielles conquêtes : tout le monde saura quelle raclure tu es. Maintenant, tu vas aller en cours. Arrêter de boire. Et ne plus *jamais* traiter une femme de cette façon. Compris ?

Jason acquiesce bêtement et Dante relâche la pression. L'étudiant tousse et s'éloigne le plus vite possible de mon frère.

– Et vous tous… continue Dante en se tournant vers la dizaine de clients présents. Vous êtes ses complices. Et ça fait de vous des porcs.

Certains demeurés sourient, d'autres baissent les yeux. J'appelle doucement Dante, tente de le convaincre de me suivre à l'extérieur. Il résiste d'abord, puis capitule. Soudain, alors que je suis sur le point de franchir la porte, le barman nous retient.

– Hé ! Attendez !

Je me retourne, par réflexe. Dante et Solveig font de même.

– Je n'avais encore jamais eu de célébrités dans mon bar !

– Qu’est-ce que tu racontes ?

– Les gars, vous ne les reconnaissez pas ?!

Je jette un regard désolé à Dante, comme à chaque fois que notre nom de famille s’apprête à nous être balancé à la figure comme une insulte.

– C’est les gosses Lazzari ! Ceux qui se sont fait taper sur la gueule par le grand Vito ! Dure, la vie de gosses de riche, hein ?

Je pousse rageusement la porte et saute sur le trottoir.

Les gosses Lazzari.

Pas de doute, on est maudits.

***

Dante et Solveig devant moi, je trottine aux côtés de Morue. Je ne fais pas de commentaire en découvrant la vieille Chevrolet – leur *précieux* véhicule – garée dans la rue d’à côté, mais souris en repensant au *road trip* épique qu’ils ont tenté à travers les États-Unis. Maintenant, ils sillonnent les routes dans un camping-car de luxe. Ils sont aussi fous l’un que l’autre, au moins aussi fous que moi et bêtement, cette idée me réchauffe le cœur. Je saute à l’arrière de l’épave, Morue me rejoint rapidement, les portières claquent et Solveig démarre en faisant crisser les pneus.

– On se fait un *after* ? proposé-je, comme si j’étais prête à remettre ça.

– Callie, soupire mon frère à l’avant, en se massant la nuque de désespoir.

Un silence agréable emplit l’habitacle pendant de longues minutes, tandis que j’observe les rues de New York dans le jour déclinant.

– Il serait peut-être temps que je vous dise merci, hein ? finis-je par murmurer.

– Pas la peine, lâche Tutu.

Dante se retourne pour me dévisager et me balance l’un

de ses sourires en coin.

– Ce n'était pas si terrible… lâche-t-il. Et puis je commençais à sérieusement m'ennuyer sur la route avec Tutu, ça m'a permis de me défouler.

La blonde lâche un rire sonore et lui claque doucement l'épaule. Je rends son sourire à mon frère, puis me tourne vers la vitre.

– Callie… insiste-t-il.

– Quoi ?

– Il faut qu'on parle…

– De quoi ?

– De Vito.

– Pourquoi ?

Le brun au regard ténébreux – le même que le mien – me contemple prudemment.

– Tu es au courant ? souffle-t-il.

Je le dévisage à nouveau, sans chercher à fuir son intensité, mais ne prononce pas un mot.

– Il est dans le coma, lâche-t-il. On ne sait pas ce qu'il s'est passé exactement, mais il est dans un sale état.

– Je sais, dis-je simplement.

– Ça ne te fait rien ?

– Si.

– Quoi ?

– Je voudrais qu'il crève.

Silence de mort.

– Callie…

Je me recroqueville dans mon siège et me tourne vers la vitre. À l'avant, mon frère soupire en me jetant un dernier regard. Dante s'inquiète… mais n'insiste pas.

2
Des milliers de volts

On roule encore un moment dans la Chevy, Solveig au volant, Dante sur le siège passager. Et moi à l'arrière, roulée en boule sur la banquette recouverte d'une couverture noire et blanche qui sent le chien. Ou peut-être que c'est juste Morue qui m'empuantit en direct. La chienne fait semblant de dormir à côté de moi, entre la portière et ma tête, mais je vois bien qu'elle essaie de me déloger de là, discrètement, en me soufflant son haleine fétide dessus, histoire de rendre l'air irrespirable.

Désolée, ma vieille. J'en ai vu d'autres.

La nuit commence tout juste à tomber sur New York. Et j'ai l'impression d'être une enfant à l'arrière de la bagnole de ses parents. La gamine rebelle qui n'a pas voulu s'asseoir correctement et mettre sa ceinture. Celle qui voulait jouer les grandes mais qui n'a pas réussi à tenir debout toute la soirée, qui a fini par s'endormir comme un bébé. Devant, Dante tend son bras tatoué sur le côté. Au début, il repose juste sur le siège conducteur auquel il manque un appuie-tête. Je me dis que mon frère pense à tout, y compris à me barrer la route en cas de coup de frein. Il connaît bien les accidents de voiture qui finissent mal. Et il a souvent fait ce genre de choses pour moi, ce genre de petits détails invisibles, juste pour essayer de me garder en vie. Mais très vite, sa large main glisse sur la nuque de Tutu et l'enveloppe tout doucement. Comme si c'était sa place. Ce geste d'amour m'envoie une décharge silencieuse : je les envie de s'aimer autant, aussi simplement, puissamment. Et je me déteste d'en être incapable. De ne pouvoir m'accrocher à personne. Ni être le pilier de quiconque.

Je ferme les paupières pour retenir l'énorme larme qui afflue comme une vague. Je me recroqueville un peu plus et je visualise un chapeau chic en forme de grosse goutte, qui tomberait sur le côté du visage, peut-être en dentelle noire, pour rappeler les belles veuves italiennes, à peine théâtrales. C'est beau. Ça me plaît. J'aurai sans doute oublié bientôt. Trop à penser. J'enfouis la tête sous la couverture pour bloquer mes idées. Les noires et les autres. Et une langue râpeuse au parfum de poisson s'abat sur le côté de mon visage, comme si c'était à mon tour d'être câlinée.

Merci mais non merci.

– Depuis combien de mois ce chien n'a pas bu ? gémis-je avec une grimace de dégoût.

Je me redresse sur la banquette en m'essuyant la joue. Et je croise le regard amusé de Tutu dans le rétroviseur intérieur.

– Morue sait quand on a besoin d'elle, m'explique fièrement sa maîtresse.

– Elle sent les choses, confirme Dante à voix basse.

– Sauf votre respect, les gars, elle *sent* surtout les égouts.

– Chut ! elle comprend tout ! me gronde Sol.

– On est arrivés, souffle mon frère en se marrant.

La Chevy se gare au bord de l'East River, dans le quartier branché de Williamsburg où Solveig a ouvert son petit café atypique. Son cocon « comme à la maison », qu'elle gère quand elle n'est pas sur les routes avec mon frère et qu'elle confie à sa copine Ali quand c'est nécessaire. Aujourd'hui, le Not That Simple était apparemment fermé. Mais Dante sort de la voiture pour aller remonter le rideau de fer couvert d'affiches et de graffitis.

– Vous n'allez pas ouvrir juste pour moi ?

– C'est exactement ce qu'on va faire, me répond la blonde

avec un sourire.

Puis elle vient ouvrir la portière et récupérer son chien à l'arrière, à qui elle chuchote en lui grattant la tête :

– Tout va bien, tatie Callie ne pensait pas ce qu'elle a dit.

– Euh… si !

– Dante, je peux jeter ta sœur dans le fleuve ?

– Vas-y, je ferme les yeux.

Je vois bien qu'ils plaisantent pour tenter de me changer les idées. Pour faire comme si de rien n'était. Comme si je n'avais pas fait n'importe quoi aujourd'hui. Ça me rend plus triste encore. Je m'extirpe de la banquette moelleuse de la Chevy et les suis à l'intérieur du café. Pour aller m'écrouler sur un canapé encore plus douillet, plus profond, qui m'avale littéralement. Cet endroit est un vrai refuge.

Dante s'active près des vieux buffets en bois patiné qui servent de comptoir et revient avec trois mugs de café fumant qu'il pose sur la table basse devant moi. Sol nous rejoint, les bras chargés. Tout en souriant, elle lâche sur mes pieds une cascade de barres chocolatées variées et un plaid tout doux. Celui-là sent le propre. Les beaux amoureux et leur immonde chien s'installent sur le canapé face au mien. Comme si le conseil de famille avait officiellement commencé. Et c'est mon frère qui met les pieds dans le plat le premier.

– Je sais que je suis mal placé pour te demander ça, lâche sa voix rauque. Mais il faut que tu me parles, Callie.

– J'ai juste eu un petit coup de mou, ça va aller ! réponds-je sur le ton le plus gai et léger que je puisse inventer.

– Tu t'es bourré la gueule à cinq heures de l'après-midi.

– Il était presque six heures ! rectifié-je pour sauver ma dignité.

– Tu ne laisses jamais un mec s'approcher de toi…

– Peut-être que j'en avais envie, cette fois.

– Je ne te crois pas.

– C'est fatigant que tu me connaisses si bien que ça, dis-je dans un petit sourire.

– Tu vas mal, Calliopé. Tu t'es mise en danger. Tu sais que je déteste ça. Et j'ai besoin de savoir pourquoi.

– Et je peux vous laisser, si vous voulez…

La petite voix gênée de Tutu contraste avec les mots de Dante, graves et solennels. La ballerine se lève et tente de partir sur la pointe des pieds. Un bras tatoué la retient en s'enroulant autour de sa cuisse.

– C'est pénible à voir, votre amour insolent, ironisé-je doucement. Mais tu peux rester.

Je replie mes jambes contre moi, m'enroule dans le plaid comme pour jeter un voile de pudeur autour de ma bulle qui explose. Je dois m'ouvrir. Arrêter de plaisanter pour me cacher. Me livrer pour ne pas sombrer. Je ne peux plus porter ce fardeau seule. Ce secret si lourd. Ça fait trop mal. Trop d'années.

– J'ai un enfant, m'entends-je prononcer d'une voix cassée.

– Tu… ?

– Enfin, pas vraiment.

– Callie, tu en as un ou pas ? me demande mon frère comme si sa vie en dépendait.

Et je vois Solveig plaquer une de ses mains sur son ventre, comme si elle venait de recevoir un coup de poing. Puis l'autre sur sa bouche, ouverte sous le choc de mon annonce.

– Personne ne le sait, poursuis-je difficilement. Mais j'ai eu un bébé, à 17 ans. Désolée, je ne suis pas très bonne pour le tact. Enfin, bien sûr que quelqu'un le sait. Et bien sûr que c'est papa. D'ailleurs, pourquoi je l'appelle encore comme ça ?

Je ris jaune. Et je reprends, consciente de mon discours décousu. Mais incapable de m'arrêter. Il faut que les mots sortent. Que ma carapace craquelle. Et que je laisse les terribles vérités s'en échapper.

– Tu te souviens de Levi, mon *boyfriend* au lycée ?

– Je le détestais… siffle Dante. Andy aussi. On avait dit qu'on le tuerait s'il t'approchait !

– Je crois que je l'ai laissé s'approcher d'un peu trop près. Jusqu'à ce qu'il s'enfuie en courant face à mon test de grossesse. Pathétique, hein ? Et tellement cliché.

– J'aurais vraiment dû le tuer, grommelle mon frère entre ses mâchoires serrées.

– C'était un premier de la classe, un gosse de bonne famille, dis-je comme si je voulais le défendre. Qu'est-ce que tu voulais qu'il fasse de sa copine enceinte et trop maquillée ? Même moi, je me serais quittée !

– Ne dis pas ça, Callie, murmure Tutu, indignée.

– Ça aurait pu être une histoire banale… Un avortement… Ou une fille-mère de 17 ans. Mais Vito l'a découvert en fouillant dans mes affaires, comme il le faisait toujours. Il a décidé de prendre les choses en mains.

– Comme il le faisait toujours, répète Dante d'une voix amère.

– Il m'a envoyée en Italie pour cacher ma grossesse.

– C'est pour ça que tu as quitté le lycée en cours d'année, comprend-il. Mais je croyais que c'était ton choix… Arrêter l'école, vivre ta vie.

– Non, c'était le sien. Il m'a promis un grand avenir en échange de mon silence. Et de son… aide.

– Qu'est-ce que ce salaud t'a fait ?

– J'ai cru qu'il voulait vraiment mon bien, cette fois. Il a fait jouer son réseau et il m'a ouvert les portes de la célèbre école de stylisme de Milan. Là où personne n'est jamais entré à 17 ans. Il m'a fait promettre de ne rien dire à maman, parce qu'elle ne le supporterait pas. Il m'a payé un superbe appartement. Embauché quelqu'un pour prendre soin de moi… ou me surveiller, au choix. Une vie de rêve… Loin du cauchemar qu'on vivait à la maison. Je n'ai même pas pensé à dire non. Je ne savais pas encore quel serait le prix à payer.

– Ton enfant… souffle Solveig sans oser y croire.

– Voilà, vous avez tous vos petites blessures, vos gros

démons… dis-je en mimant un monstre effrayant. Moi, j'ai un minuscule bébé qui hante mes pensées depuis plus de cinq ans. Qui prend toute la place dans ma cervelle de moineau. Et pourtant, je ne l'ai vu que quelques secondes, à peine touché. Je n'ai même pas eu le droit de le prendre dans mes bras.

La vague de larmes revient et me submerge. Solveig bondit sur ses pieds et tombe à genoux devant le canapé où je suis lovée. Elle m'enlace, me berce d'avant en arrière comme le ferait une mère, et je l'entends renifler en contenant ses propres sanglots.

– Je suis tellement désolé, Calliopé, lâche Dante d'une voix caverneuse. De n'avoir rien vu, rien su… Et rien fait.

– Il ne t'aurait pas laissé le choix, le coupé-je. Pas plus qu'à moi. Vito contrôlait tout et tout le monde, tu le sais. Il arrivait à ses fins, d'une façon ou d'une autre. Par la violence, la pression, le chantage, ses petites manipulations dégueulasses ou ses grands plans machiavéliques. Il en avait un pour moi et il l'a mis à exécution, c'est tout. J'ai abandonné mon bébé sans même me rebeller. J'étais seule, jeune, triste et terrifiée. Totalement sous son emprise. Je lui ai juste obéi. Et je me suis dit qu'au moins, cet enfant-là serait sauvé. Que quitter notre famille était la meilleure chose qui pouvait lui arriver.

– Tu t'es sacrifiée, chuchote Sol qui vient s'asseoir à côté de moi et me caresser le bras. C'est ce que les mères font.

Ce mot m'envoie une nouvelle décharge. Des milliers de volts en plein cœur. J'ai un enfant caché, j'y pense chaque jour et chaque heure depuis plus de cinq années. Mais je ne me suis jamais considérée comme sa mère.

Je ne me suis jamais donné le droit à ce titre.

– Et après ? Qu'est-ce qu'il s'est passé ? me demande mon frère en passant sa main sur sa barbe de trois jours.

– J'ai accouché en Italie, dans une petite clinique de Milan. Le bébé a disparu en quelques secondes. Vito a dit qu'il s'occupait de tout. Et je n'ai jamais remis les pieds à l'école de stylisme. Il m'a laissé quelques semaines pour me remettre et il m'a ramenée aux États-Unis. En me faisant promettre de ne rien dire à personne. Et en m'obligeant à lui dire merci.

– Salopard de pervers… grommelle Dante entre ses dents serrées.

– Tu n'as pas à avoir honte, me dit Solveig en me broyant la main. À te sentir coupable de quoi que ce soit.

– Trop tard, bredouillé-je dans un petit rire nerveux et triste.

– Non, Callie. Tu avais 17 ans. Et ce type est un tyran. Il t'a forcée à abandonner ton enfant, il te l'a arraché. Tu n'as rien choisi, rien décidé. Tu as juste essayé de le protéger. Et d'épargner toute ta famille en te taisant. Tu es une victime. Non, mieux que ça, une héroïne ! Tu as réussi à survivre à tout ça, à te construire une vie, à te libérer de l'emprise de Vito à ta façon, en créant, en t'évadant…

– En devenant folle, tu veux dire ?

– Non, en devenant quelqu'un. Calliopé Lazzari. La styliste new-yorkaise surdouée que le monde de la mode surveille de près. La petite sœur positive et allumée des deux ténébreux qui te servent de frères. La fille douce et délurée capable de redonner le sourire à sa mère dépressive. Tu n'es pas n'importe qui, Callie. Et cet enfant aurait une chance inouïe de t'avoir dans sa vie !

Tutu s'emballe peut-être un peu mais son portrait élogieux me fait un bien fou. Dante se lève de son canapé, vient l'embrasser comme s'il venait de se rappeler pourquoi il l'aimait, et pose la main sur mon épaule.

– On va le retrouver ! décide-t-il soudain comme s'il m'en faisait la promesse.

– Le bébé ? demande Sol avec les yeux qui brillent.

– Callie, tu as accouché sous X ? On peut toujours retrouver la trace…

– Je sais où elle est, lâché-je pour le stopper dans son élan.

Les amoureux me fixent, abasourdis, comme si je venais de lâcher une bombe. C'est probablement ce que j'ai fait. C'est aussi ce que j'ai ressenti quand j'ai découvert l'existence de cette petite fille. *Ma* fille.

– Oui, c'est une fille, reprends-je avec un sourire ténu. Et je sais qui l'élève. J'ai trouvé un courrier dans les affaires de Vito récemment. Une lettre d'un certain Lennon Hathaway. Il dit être le père adoptif de la petite et vouloir en savoir plus sur sa naissance, son histoire. Et depuis, je ne pense plus qu'à ça. Les barrières que j'avais érigées sont tombées. Ça me hante. Ça me suit partout. Jour et nuit. Impossible de créer. De sourire. De respirer. Je *dois* la retrouver, vous comprenez ?

Dante et Solveig retiennent leur souffle. Je frissonne aussi en entendant ma voix prononcer l'indicible.

Je vais revoir ma fille.

– Il y a leur adresse sur la lettre. Ils vivent à Chatham, Massachusetts. À l'extrémité de Cape Cod, sur la côte Est. Au bord de l'océan. C'est à cinq heures d'ici en voiture. Un peu plus d'une heure en avion… Et je vais aller les trouver, annoncé-je enfin. Je vais revoir ma fille.

– Purée, j'ai cru qu'on ne viendrait jamais à bout de ces précisions géographiques ! s'esclaffe Tutu avant de se ruer sur moi.

– Tu vas vraiment le faire ? questionne mon frère en retenant un sourire.

– Je n'ai plus le choix.

– Tu veux qu'on vienne avec toi ?

– Non. Je dois le faire seule. À ma manière.

Quelques minutes plus tard, on célèbre la nouvelle en décidant de se passer de champagne. Je descends mon mug de café pour lutter contre la gueule de bois et on trinque en entrechoquant des barres de Snickers. Il fait nuit dehors. Et j'ai l'impression que cette journée maudite a duré une petite éternité.

J'ignore à quel moment je m'endors. Mais je me réveille avec le plaid remonté jusqu'au menton et un chien affalé sur mes pieds.

Le contraire eût été ô combien plus pénible.

À travers les vitres du café, je vois le soleil se lever paresseusement sur l'East River. New York semble encore endormie. Tout comme Sol, en position fœtale sur le canapé d'en face. Dante, lui, est perché sur un tabouret de bar près de la porte d'entrée. Comme un gardien aux aguets. Il a dû veiller sur nous toute la nuit. Comme il l'a si souvent fait avec les femmes de sa vie. Sa mère, sa petite sœur, son grand amour. Je lui dois beaucoup. Et je réalise à nouveau que c'est à peu près le seul homme sur terre que j'admire, à qui je confierais ma vie et mes plus lourds secrets.

Je repense à mon deuxième frère, Andrea, en prison. Après avoir commis une terrible erreur et ôté une vie.

Je repense à mon père, Vito, dans le coma. Mis hors d'état de nuire… mais qui a déjà détruit combien de vies ?

Je repense à Levi, mon seul et unique petit ami, qui m'a abandonnée et trahie lui aussi. Comme beaucoup l'auraient fait.

Et je pense à ce Lennon Hathaway, le père adoptif de ma fille. Que je ne connais pas encore. Que je vais devoir apprendre à ne pas détester. Pas trop vite. Pas juste parce qu'il est un homme. Et qu'il a pris ma place.

Et sa mère adoptive ? Qui est-elle ? Pourquoi la lettre ne la mentionne-t-elle même pas ? Y a-t-il une femme dans la vie de ma petite fille ?

Une arrivée en fanfare visuelle coupe court à mes questions. Des baskets jaune fluo, un sarouel bleu canard et une doudoune sans manches bordeaux sur une chemise hawaïenne : ça ne peut être que Gus. August Perry. L'énergumène qui me sert de meilleur ami depuis de longues années. Depuis mon retour d'Italie, en fait. Ce n'est pas pour rien si je me suis accrochée à lui comme à une bouée de sauvetage.

Pas très bien gonflée, pas sécurisante du tout, mais là quand même.

Ensemble, on a réussi à ne pas se noyer. Il est mon complice foutraque et totalement immature, qui me ferait presque passer pour une femme responsable et sérieuse. Ses looks excentriques rendent mon style quasi classique. Il joue les idiots juste pour me faire me sentir intelligente. Et il se fout absolument de tout : des convenances, de ses kilos en trop, de son chômage de longue durée et, par-dessus tout, de ma folie. Même s'il doit être réveillé à six heures du matin par mon frère aîné pour venir me récupérer. Me faire descendre de mon arbre et me ramener à la réalité.

Dante sait parfaitement que j'ai besoin de lui pour aller bien.

– Salut, Folle ! me chuchote Gus de loin.

– Salut, Fou, lui réponds-je avec un sourire.

Et ça va déjà presque mieux.

3

Les pieds nus

Deux semaines plus tard, je mets les pieds à Cape Cod pour la première fois. Pour moi, comme sans doute pour la plupart des Américains qui ne connaissent pas, c'est juste la destination préférée de la jet-set de Boston. Une péninsule paisible de la côte Est où les présidents ont une résidence secondaire. Un joli petit bras de terre dans l'Atlantique où les touristes citadins peuvent faire semblant d'aimer la nature, les ports qui sentent les entrailles de poissons et les petites bourgades de trois mille habitants où tout le monde se connaît et se déplace à vélo. Personnellement, ça me fout le moral au fond des escarpins. Marcher pieds nus dans les dunes ne me procure aucun plaisir. Observer les baleines se reproduire et les phoques se rouler dans le sable me donne l'impression d'avoir 70 ans et rien de mieux à faire que regarder un documentaire animalier. Je peux passer des heures à m'extasier sur une robe haute couture ou un simple ourlet bien fait, mais je ne comprends pas le cinéma que font les gens chaque fois qu'ils voient l'océan. Les falaises me collent le vertige et finissent par me donner envie de me jeter dans le vide.

Pourtant, me voilà installée dans le charmant bled de Chatham, classe et tranquille : longues plages de sable blanc, jolis phares de carte postale, rues piétonnes dans le centre, hôtels de luxe accrochés au littoral, grandes villas blanches qui doivent coûter un rein et quelques boutiques et restos qui ont l'air de se battre pour rester ouverts. Normal, le mois d'avril est encore la basse saison. J'aurais pu vider mon compte épargne pour vivre la belle vie et me payer des vacances dans un de ces palaces au bord de l'eau, mais j'ai choisi de faire profil bas et de louer un petit appartement chez l'habitant.

L'habitant en question s'appelle Herbert Nichols, il a probablement dépassé les 70 ans depuis quelques années déjà et les docus animaliers ne doivent plus lui suffire pour garder les yeux ouverts. J'ai dû le réveiller de sa sieste, vu comme le grincheux me fait visiter le premier étage sous les toits en trente secondes chrono et à peine vingt mots :

– Ici, c'est le salon avec kitchenette, la chambre est par là et au bout, la salle d'eau.

– Et pour les toilettes, vous avez un seau ? tenté-je de plaisanter.

– Je peux vous trouver ça. Mais sinon il y a des WC sur le palier.

– Ça ira très bien… dis-je en remballant mon ironie.

– Ne tirez pas la chasse la nuit, ça me réveille.

– C'est noté, réponds-je en retenant une nausée.

– Vous accédez à votre logement par l'escalier extérieur, voilà la clé. Je vis au rez-de-chaussée et je tiens à ma tranquillité. Des questions ?

– Peut-on devenir meilleurs amis ? marmonné-je dans ma barbe.

– Pardon ? Parlez plus fort, jeune fille. Ou ne parlez pas du tout, c'est encore plus simple.

– On va faire comme ça… acquiescé-je. Merci pour la visite.

– Le loyer est à déposer chaque semaine dans la boîte aux lettres. Pas de fête ni de cigarettes là-haut. Si vous cassez, vous remplacez. Si vous tombez du balcon, pas mon problème. Vous pouvez utiliser le vélo de ma femme qui est attaché derrière. Il vous servira plus à vous qu'à Dorothy dans sa tombe.

Ça y est, je l'aime. Le vieux bougon et son appartement miteux en soupente auraient pu me faire fuir. Mais quand on est veuf et prêt à partager la maison et le vélo de sa bien-aimée, on ne peut pas être foncièrement mauvais. C'est donc le chagrin qui parle : pas lui. Pas Herb. Je suis bien placée pour savoir que la solitude rend un peu fou. Et qu'on ne se remet jamais tout à fait de voir une partie de soi vous être arrachée.

Ma fille. Je vais revoir ma fille.

Plus que la retrouver, je vais la découvrir. Pour la première fois. La regarder longuement. Apprendre ses gestes, sa démarche. Sentir son odeur. Entendre sa voix. Plonger mon regard dans le sien. Tout ce dont je rêve depuis plus de cinq ans. Peut-être même la toucher, l'embrasser, la serrer, un peu plus tard. Et prononcer le prénom que je ne lui ai pas choisi.

Willow.

Ce prénom, il est doux comme un oreiller, léger comme un plume, vaporeux comme un souffle. Il me donne envie de créer un tutu ébouriffé et moelleux. Dans cette matière veloutée des langes avec lesquels on emmaillote les bébés. Mais ce prénom est un peu sombre aussi, mystérieux. Gris foncé, le tutu. Celui d'une petite danseuse qui boude un peu. C'est comme ça que je l'imagine. Et je me trompe sûrement. Je n'ai aucune idée de ce qu'aiment les petites filles de 5 ans. De ce qu'elles disent et ce qu'elles font. Willow n'a ni pleuré ni crié quand elle est née. Elle a juste soupiré. Est-ce qu'elle était déjà blasée, déçue d'être arrivée sans avoir été désirée ? Ou juste soulagée d'exister ? De pouvoir enfin respirer, hors de moi ? Déterminée à mener sa petite vie loin de la mienne ? Je ne sais pas. Je ne sais rien. Et toucher enfin du doigt les réponses à toutes ces questions me donne le vertige.

Je sors sur le balcon du premier étage et suis saisie par la vue. L'océan, droit devant. Les herbes hautes et sèches, couchées par le vent, avant que le sable ne recouvre tout.

L'eau, un peu plus loin, qui hésite entre le gris bleuté et le blanc écume. Le ciel qui fait pareil. À moins que ce soit l'inverse. Oui, c'est beau. Et vide. En fait, la contemplation me file le bourdon : ça laisse trop de temps et trop de place pour penser à toutes les choses qu'on essaie de bloquer dans un coin de son cerveau. Moi, j'ai besoin d'action. Même dans ma tête. Il faut que ça cogite, que ça crée, que ça bout là-haut.

Alors je rentre dans ma grotte, récupère mon sac, la clé et salue l'âme de l'habitante des lieux.

– Bonne journée, Dorothy !

Je descends l'escalier, contourne la maison en bardeaux blancs (ou qui ont dû l'être un jour et qui auraient bien besoin d'un nouveau coup de peinture). Puis j'enfourche le vieux vélo rouge en me demandant si je sais encore en faire. J'improvise, comme pour le reste. Dépose mon sac dans le panier métallique à l'avant. Et aperçois mon reflet dans le petit miroir suspendu qui sert de rétroviseur. J'avais presque oublié cette perruque rousse enfilée à New York pour arriver incognito à Cape Cod. Ce maquillage léger qui change de mon habituel combo « *smoky eye* chargé et bouche rouge mordue ». Ces fringues ordinaires et fades que je m'oblige à porter : jean clair, t-shirt *loose* couleur « ventre de biche », derbies couleur « pâte à pancakes ». Gus me manque. Tout le monde appellerait ça « beige ». Lui seul comprendrait la nuance. Et lui seul partage mon amour des noms de couleurs aussi précis qu'improbables. Bref, passer inaperçue d'accord. Mais on peut le faire avec style. Et un semblant d'harmonie.

Et ce n'est pas ma faute si les gens n'ont jamais vu un ventre de biche. Faites comme Herb : regardez les docus animaliers. Ou faites preuve d'un peu d'imagination, pour changer.

Je souris à mes pensées qui vagabondent et aux inconnus que j'engueule en silence. La vieille selle en cuir me ruine le postérieur mais je pédale en savourant le vent dans mes faux cheveux, le parfum subtil de l'air marin et la vitesse qui me grise. Je pourrais peut-être prendre goût à ce pittoresque et silencieux Chatham, finalement. Non, je plaisante. Mais c'est assez reposant. Pour l'instant.

Je roule jusqu'à la villa de Lennon Hathaway, 30 ans et des poussières selon mes recherches, richissime, dont j'ai appris l'adresse par cœur et mémorisé l'itinéraire depuis ma pension. Je ralentis, une centaine de mètres avant ma destination, quand j'aperçois une jolie femme longiligne, la vingtaine enjouée, le carré *wavy* et blond vénitien, une petite fille à la main. Mon cœur tombe d'une falaise et je dois poser le pied par terre quand je découvre le visage de l'enfant : un teint clair comme le mien, entouré de deux petites nattes brunes et parfaitement symétriques. Des yeux en amande d'un noir si profond qu'il me rappelle celui des Lazzari. Un petit nez en trompette et une bouche en cœur d'un rouge franc. Des joues rebondies de poupée qui ne parviennent pas à adoucir son air dur et détaché, tellement étrange sur une fillette de son âge. Je croirais me voir petite. On me comparait sans cesse à Mercredi de la famille Addams. Et j'ai l'impression d'avoir son sosie sous les yeux. Un malaise m'étreint, mélange d'effroi et d'évidence. J'avais tellement peur de ne pas la reconnaître. De ne pas savoir. De rencontrer une étrangère ou de la confondre avec une autre. Mais ça ne peut être qu'elle. Ma fille. Mon portrait craché. Une mini-Calliopé qui s'appelle Willow.

Les milliers de volts se répandent à nouveau dans mon corps et une vague de larmes afflue sous mes paupières. Je les ravale en vitesse pour ne pas rater une miette de ce spectacle stupéfiant. Celui que j'attends depuis si longtemps. Dans son uniforme d'écolière, la petite s'arrête net sur le trottoir et croise ses bras si fort qu'elle peut s'attraper les deux omoplates. Elle refuse d'avancer. La femme qui l'accompagne insiste, lui tend la main, sourit, se fâche, tente de l'appâter d'une voix mielleuse puis se remet à marcher.

– Ne l'abandonne pas ! chuchoté-je. Retourne la chercher ! Ne lui fais pas ça, pas une nouvelle fois !

Je m'adresse à l'inconnue à voix très basse mais, dans ma tête, je hurle ces phrases ridicules. Je la supplie. Et je réalise que je déteste l'idée que Willow reste seule en arrière, seule avec son caprice et sa moue boudeuse que j'aime tant.

Déjà.

– Toi, là-bas, l'adulte, reviens ! Cède ! Ce n'est qu'une gamine ! Et toi, tu es qui, d'abord ? Ne la laisse pas, une mère ne fait pas ça ! Moi, je n'avais pas le choix…

Je pleure à nouveau sans m'en rendre compte et l'inconnue au carré ondulé fait marche arrière.

– Si tu veux changer de nounou, Willow, tu n'as qu'à demander à ton père. Mais pour ça, il faut d'abord qu'on rentre à la maison. Décide-toi !

Mon cœur descend encore d'un étage. Évidemment que ce n'est pas sa mère adoptive. *Juste* une nounou. Elle ne doit pas être beaucoup plus âgée que moi et j'étais déjà en train de jalouser son mètre soixante-quinze (dont environ trois-quarts de jambe), son teint hâlé, ses jolis bras musclés et son aisance naturelle. Tout en sourire et en fraîcheur. Le genre de filles qui n'a pas de problèmes, jamais. Qui aime la vie et que tout le monde aime.

Et que je viens de décider de détester.

La petite brunette appelle la jeune femme par son prénom – Tempérance : original, je le concède – puis retire ses chaussures, les abandonne sur le trottoir et avance enfin, pieds nus, plantant sur place la nounou et les deux sandalettes.

– Bien joué, murmuré-je en souriant.

J'observe Willow marcher, très contente d'elle, avec un petit sourire victorieux et un regard en coin pour sa pauvre nourrice qui ramasse les sandales et la rejoint au pas de course. Elle doit lui en faire voir de toutes les couleurs. Et je ressens presque une sorte de fierté maternelle mal placée à cette idée. Une petite rebelle.

Tout ce que je n'ai pas osé être enfant.

Je redémarre sur mon vélo inconfortable pour les suivre discrètement. Heureusement fondue au milieu d'autres passants à bicyclettes, petits et grands, de retour de l'école. Mes deux cibles s'arrêtent devant la sublime villa d'architecte des Hathaway puis franchissent le portail ajouré. Je roule le plus lentement possible pour les voir remonter l'allée à pied. J'ai juste le temps d'apercevoir un homme sur le seuil de la porte : grand, plutôt carré, silhouette sportive mais fringues très classiques, cheveux dorés et yeux non identifiés. Du genre beau gosse rigidifié. De l'allure. Mais un balai profondément enfoncé.

– Salut, Lennon Hathaway. Enchantée, moi c'est… personne.

Pour l'instant.

– Mais où est la mère de cette enfant, bon sang ? bougonné-je à voix haute en me remettant à pédaler.

Je n'ai trouvé aucune trace d'elle durant mes recherches. Mais ça n'a pas de sens : comment – et pourquoi – un jeune homme célibataire comme ce Lennon Hathaway aurait adopté ma fille ? Lorsqu'elle est née, il avait 25 ans à peine, devait avoir d'autres préoccupations, vivre pour son boulot, vu son succès. On ne bâtit pas un empire sans s'y consacrer corps et âme… Mais peut-être était-il en couple lorsqu'il a accueilli Willow ? Peut-être qu'elle est partie (le balai y est sans doute pour quelque chose). Peut-être même qu'elle est morte.

Je prends la première à gauche et suis la route qui contourne la villa et mène directement à la plage. J'adosse mon vélo à un muret puis marche jusqu'au sable pour aller me tremper les pieds et me rafraîchir les idées. Quand j'abandonne mes derbys, je ne peux réprimer un sourire et une pensée pour Willow et ses sandales. L'Atlantique est encore glacé à cette période de l'année, mais pas encore assez pour me faire redescendre en température. En émotions. Le jour que j'attendais tant est arrivé. Je l'ai vue. Retrouvée. Cette scène ne ressemblait en rien à celle que j'ai tellement imaginée.

Elle était un million de fois mieux, sans même exagérer. Plus vraie, plus simple, plus folle. Plus tout.

Je me laisse bercer un moment par le flot des vagues, suis du regard la course folle d'un chien qui n'a l'air d'appartenir à personne, qui s'approche jusqu'à me renifler les mollets puis repart à grandes foulées sur le sable mouillé. Je ne sais plus combien de minutes s'écoulent avant que j'entende une voix grave appeler son prénom.

– Willow !

Je sursaute.

– Tu restes là où je peux te voir, OK ?

Je me retourne.

– Tu m'as entendu ou il faut que je te croque un bout d'oreille pour que ça passe mieux ?

Sur ma gauche, un type court vers une petite fille, se penche et l'enlace par-derrière, enfouit son visage dans son cou et fait semblant de la dévorer. C'est la première fois que je vois Willow sourire. Que j'entends sa voix cristalline et son éclat de rire spontané. Elle fait mine de se débattre en ronchonnant mais le bonheur illumine son visage poupon. Puis le type la lâche et reprend sa posture rigide. Les pieds plantés dans le sable. Le port de tête altier. Les bras croisés et le regard planté loin devant lui. Un peu comme si cet océan était le sien. Comme s'il dominait son royaume. Je n'arrive toujours pas à distinguer la couleur de ses yeux. Clairs, mais ils sont trop plissés pour que je puisse deviner du bleu, du gris ou du vert. Il porte toujours son pantalon à pinces couleur désert et un polo blanc tout simple. Mais chic, bien coupé. Dans une matière noble et souple qui épouse son torse bien bâti. Je le trouve peut-être un peu moins lisse que tout à l'heure. Il dégage quelque chose. Une force. Un aplomb. Et je me sens presque soulagée que Lennon Hathaway ne soit pas n'importe qui.

Que ma fille n'ait pas n'importe qui pour père.

Je détache enfin mes yeux de l'homme pour aller observer

le jeu de Willow à quelques mètres de là. Elle récupère de grosses poignées de sable doux et tournoie sur elle-même en laissant le sable lui filer entre les doigts. Ses nattes volent autour de son joli minois, sa danse gracieuse et habitée me rappelle le tutu vaporeux que je voulais créer pour elle. Je note mentalement cette image et le dessin du vêtement que j'imagine. Ce sera un gris bleuté. Genre océan par mauvais temps. Et un tulle assez léger pour faire une jupe qui tourne. Il faudra que je l'ajoute à mon blog. Cette page privée et visible par une poignée de gens de confiance, je l'ai ouverte pour y archiver mes créations secrètes, mes lubies, mes inspirations, mes croquis, tout ce que je voulais garder pour moi, loin de l'empire Lazzari. De la marque de mon père.

Son père à elle avance jusqu'à l'eau d'une démarche assurée. Il se penche, toujours aussi rigide, pour remonter son pantalon en de parfaits ourlets jusqu'au genou. Cet homme a le sens du détail. Des choses bien faites et bien ordonnées. Il doit être du genre exigeant, pour lui-même comme pour les autres.

Autant dire du genre chiant.

C'est le moment que choisit Willow pour stopper sa danse du sable, courir jusqu'à son père plié en deux, plaquer ses deux petites mains sur ses fesses et le pousser de toutes ses forces. Déséquilibré, il est obligé de poser un genou dans l'eau. Il se relève avec la fougue d'un sportif et part à l'assaut de sa fille qui vient de s'enfuir. Elle rit. Il court. Elle cavale. Il grogne pour de faux. Et je remarque qu'il perd toute sa raideur quand il s'agit de faire rire la brunette. Son pantalon trempé épouse ses jambes musclées. Son fessier n'est pas désagréable à regarder. Il finit par rattraper sa fille et la soulève dans les airs. J'entends la petite râler, lui dire que c'est pas juste, qu'il court trop vite et qu'il n'avait pas le droit. Quand il la libère, elle lui balance une poignée de sable rageuse, croise les bras comme j'ai vu Lennon le faire puis se remet à bouder avec cette petite moue adorable.

Serait-elle un peu du genre chiant, elle aussi ?

– Allez viens, on rentre, petite sauvage.

Il passe à côté d'elle, la double, lui tend la main vers l'arrière, à l'aveugle… et je vois Willow hésiter une seconde, puis se dépêcher de la saisir. Ils marchent tous les deux en silence. Pieds nus. Et disparaissent par une petite porte qui mène directement de la plage à leur villa.

C'est fou comme ces deux-là ont l'air de s'aimer. De s'être apprivoisés.

C'est fou comme ça me brise le cœur.

4

L'esprit de contradiction

Trois jours plus tard, après les avoir encore observés de loin, à la sortie de l'école, sur la plage et dans deux magasins, je me lance enfin. Je n'avais pas prévu que ce serait aujourd'hui. En pleine rue. Mais les voir là, si près, à portée de mains et de mots, ça me démange trop. Ma fille. Son père. Lennon Hathaway. Si différent de moi, si coincé, si droit. Séduisant aussi. Bien mis, sûr de lui. Mais il a l'air tellement sérieux, tellement parfait que j'en meurs déjà d'ennui. Sauf quand il me trouble. C'est-à-dire quasiment à chaque fois que je le vois, que je le détaille, que je l'entends.

Assez tergiversé, j'y vais. Perruque rousse en place. Jean banal, pull fin vert olive et escarpins *nude*. Tenue sans âme qui me fait me sentir nue. Parfaite pour les approcher sans les effrayer. Sans être moi. Calliopé la perchée. Calliopé Lazzari, la styliste et « fille de ». Callie l'adolescente fragile qu'on a forcée à abandonner son bébé juste en fronçant les sourcils. Ou un peu plus que ça.

Bref, Willow est là, devant moi. Avec ses cheveux noir corbeau comme les miens, ses beaux yeux sombres et froids comme les miens peuvent l'être parfois, ses sourcils froncés, boudeurs, qui pèsent comme une chape de plomb sur ses traits délicats, et durcissent encore son regard d'adulte dans son visage poupon. Ça ne peut pas être un hasard, ça. Qu'on se ressemble autant. Dehors comme dedans. Qu'on regarde le monde avec le même air étrange, à n'y rien comprendre.

La vie nous envoie un signe, non ? Bref, concentration.

Je vérifie qu'aucune mèche brune ne s'échappe de mon faux casque roux en vrais cheveux. Et si c'était des poils d'autre chose ? De sanglier ? Du crin de cheval ? Des franges de tapis démêlées ? Qu'est-ce qui me garantit que j'ai affaire à de l'humain ? Et même si c'en est, qu'est-ce qui me dit que ce ne sont pas des poils d'ailleurs ? De jambes, de bras, de… Bon. Ce n'est pas vraiment comme ça qu'on se concentre, je crois. Il faut que je verrouille mon imagination, pour une fois. Que j'ordonne mes pensées. Que je contrôle un peu tout ça. Je fixe mon esprit sur le grand type en chemise blanche avec un seul bouton ouvert. Et deux petits roulés aux manches qui lui arrivent au milieu des avant-bras. On doit frôler les vingt degrés à Cape Cod, le printemps est arrivé en courant ce matin. Ça aussi, je le vois comme un signe. Le symbole du renouveau, de la renaissance. Ce n'est pas rien, comme message. Bref, n'importe quel homme à la température corporelle normale aurait retroussé ses manches jusqu'aux coudes. Ouvert des boutons pour aérer son torse et ses poumons, à l'intérieur. Moi, je suffoque sous ma perruque. *En. Vrais. Cheveux.* Cette fois, j'y vais.

– Bonjour !

– Pas le temps, désolé.

Lennon Hathaway ne se retourne même pas. De loin, je ne l'avais pas vu si grand. Si large. Une muraille. Je tapote son épaule comme on frappe à la porte d'une prison. Bizarrement, donc. Maladroitement. Ce n'est pas quelque chose qu'on fait souvent. J'insiste.

– Excusez-moi !

– On n'a pas le temps, vraiment.

Sa voix est aussi agacée qu'agaçante. Mais profonde. Saisissante.

M. Porte-de-Prison continue à marcher, dos à moi, sa fille à la main. Ma fille. Qu'il emmène loin de moi comme s'il ne l'avait déjà pas assez fait. Je trottine derrière lui en insistant encore.

– Vous n'avez pas le temps de quoi ? Vous ne savez même pas ce que je vais vous demander !

– Que ce soit pour me distribuer un tract ou me faire signer un don pour une association, je ne suis pas intéressé. Et très pressé.

– Et franchement impoli, répliqué-je.

– Pardon ?

– Vous ne m'avez pas regardée une seule fois dans les yeux. Bel exemple à donner à votre gamine.

Lennon s'arrête enfin. Ou plutôt, il se fige. L'argument a fait mouche. Je ne sais pas si je le regrette. Peut-être. Et je frémis quand je crois le voir redresser encore un peu les épaules. De tous ses muscles se retourner, se planter dans le sol et me faire comprendre que jamais, au grand jamais, je ne passerai. J'ai envie de partir en courant. De retirer tout ce que j'ai dit. D'effacer ce qui vient de se passer pour tout recommencer. Mais les yeux de Sa Majesté me happent. Verts, bruns, dorés, d'une couleur indéterminée et d'une profondeur infinie. Je crois que je préférais quand il ne me regardait pas. Et quand mon cœur battait en rythme.

Je ne sais plus quoi dire. Quoi faire de moi. Je tremble à l'intérieur. C'est moi la gamine, tout à coup, et je ne sais même plus ce que je fous là. Alors mon regard se porte sur la petite fille, la petite moi, qui lève ses billes noires vers mes cheveux trop roux. Elle recule un peu, détourne les yeux et se planque derrière la jambe de son père. Je lui fais peur, et je me déteste pour ça. C'est la première fois que je la vois de si près. La dernière fois, elle avait quelques minutes de vie. Et je n'ai pas pu la regarder, la toucher, la porter. Là, je voudrais tomber à genoux pour la serrer contre moi. Mais je me force à reculer aussi. Pour lui laisser de l'espace, de la tranquillité. Pour ne pas bouleverser toute sa vie, pas tout de suite. Pour ne pas tout foutre en l'air, à nouveau.

– Je vous regarde maintenant, me balance le businessman agacé. Qu'est-ce que vous voulez ?

– M'excuser.
– Pour ?
– Vous avoir dérangés.
– C'est trop tard, soupire-t-il.
– Désolée.
– Écoutez, mademoiselle…
– C'est madame ! mens-je sans trop savoir pourquoi.
– Ah bon ?
– Non. Mais ce n'est pas à vous d'en décider.

Je ne sais pas pourquoi je dis ça. Pourquoi je m'oppose à lui, par principe. Il ne sait pas non plus quoi faire de moi. Ses beaux yeux clairs se plissent et regardent ailleurs, le temps de décider si je suis une pauvre fille dérangée qu'il faut fuir ou plutôt aider. De loin, je n'avais pas remarqué la finesse de ses traits. Et la puissance de son aura. Ce type est racé, majestueux, il prend toute la place, bouffe tout l'oxygène, attrape toute la lumière.

Bordel, il ferait un sublime modèle.

– Est-ce que je peux faire quelque chose pour vous ? Ou est-ce qu'on peut s'en aller ? demande-t-il d'une voix posée mais ferme.

Et chaude. Fermement chaude.

– Je n'ai pas flashé sur vous, contrairement à ce que vous pensez.

– Vous ne savez pas ce que je pense, riposte-t-il durement.

– C'est vrai. Mais quand même, c'est votre fille qui m'a tapé dans l'œil. Je suis styliste et je cherche des petits ambassadeurs pour ma marque de vêtements pour enfants. Des enfants uniques, avec une personnalité, une allure, une aura. Et j'ai eu un vrai coup de foudre pour Willow.

J'improvise au fur et à mesure sans le quitter des yeux. Sans réfléchir à ce que je suis en train de dire, de faire. Sans regarder la petite fille qui pourrait me faire craquer. Lui enlace la brunette par-derrière, d'un geste tendre et sûr, comme pour la protéger. La muraille reprend sa place. Entre elle et moi.

– Comment connaissez-vous son prénom ? me demandent les yeux verts et perçants, remplis de suspicion.

Je déglutis difficilement, avec l'impression que le bitume de la rue est en train de s'ouvrir sous mes pieds.

– Je vous ai simplement entendu l'appeler, lâché-je in extremis. C'est un prénom original, on le retient facilement.

– Sans doute, concède-t-il en se détendant un peu. Mais ma fille ne jouera pas au mannequin à 5 ans et demi, merci.

– Pourquoi pas ?

– Parce que j'ai d'autres valeurs à lui transmettre que celles de l'apparence et du narcissisme. D'autres choses à lui apprendre.

– Comme avoir un esprit étriqué ? Des idées toutes faites et bien arrêtées ?

– Vous êtes en train de faire quoi, exactement ? Vous essayez de me convaincre ou de m'insulter ? me demande-t-il, de plus en plus agacé.

– J'essaie d'offrir une opportunité unique à votre fille qui m'a l'air tout aussi unique, dis-je en tentant de m'adoucir.

Et lui aussi, par la même occasion.

– Merci pour la proposition, mais je vous ai déjà répondu non.

Il est beau. Il m'agace. Lennon Hathaway me fixe et me sourit, comme pour me signifier que la conversation est terminée. Ou me défier d'oser la relancer. Ce regard est définitivement puissant, accrocheur, fascinant. Et difficile à soutenir.

Difficile mais pas impossible.

– Moi, je veux le faire, intervient soudain la voix cristalline de Willow.

– Vous voyez ? balancé-je au père dépité.

– Ma fille dit ça par pur esprit de contradiction.

– Ça nous fait déjà un point commun, dis-je en souriant.

– Vous pouvez ajouter l'insolence, réplique-t-il du tac au tac, en réprimant son propre sourire.

– Alors c'est oui ?

– C'est toujours non. Mais vous pouvez me laisser votre carte, on en rediscutera à la maison.

Une carte, une carte, une carte !

Je n'ai pas de carte, évidemment. Encore moins avec un nom qui n'est pas le mien. Je n'ai même pas ma vraie couleur de cheveux. Mais j'ai un blog. Et un numéro de téléphone. Ça suffira bien.

Je plonge la main dans mon sac à la recherche d'un des feutres noirs avec lesquels je dessine dès que l'envie me prend. Je saisis le poignet de Lennon Hathaway, qui résiste d'abord… et finit par m'offrir son bras, mais toujours avec méfiance. Je remonte l'ourlet de sa chemise pour me laisser de la place sur sa peau hâlée. Je frissonne à ce contact, puis griffonne à l'intérieur de son avant-bras ma fausse identité, mon vrai numéro de portable et le mot de passe pour accéder à mon blog.

L'homme grommelle d'abord quelques mots, tente de récupérer son bras avant l'heure, puis coopère en soupirant. Mon audace ou peut-être les chatouillis du feutre sur sa peau finissent même par le faire sourire. Ou peut-être est-ce le rire communicatif de Willow, qui a l'air de trouver génial qu'on puisse écrire à même son père. Je lui explique à quoi correspond le code secret, lui indique où trouver ma page, il ne semble s'intéresser qu'à une chose :

– Pia Salinger ? déchiffre-t-il à voix haute.

– Vous savez lire, remarqué-je avec insolence. Ça, au moins, vous pourrez l'apprendre à votre fille.

Il soupire. Willow rit encore.

– Bon… dis-je pour conclure, pressée de me sortir de là avant de faire plus de dégâts. J'attends votre appel.

– Je n'ai pas dit que je le ferai, réplique-t-il, à nouveau raide et fermé.

– À très bientôt, Willow, dis-je à la fille en ignorant le père.

Elle est aussi sombre que lui lumineux. Cheveux dorés,

peau bronzée, yeux transparents. Difficile de ne pas être éblouie. Leur duo improbable reprend leur chemin, loin du mien. La grande silhouette, si protectrice et virile, la plus petite, toute menue mais pleine de vie.

– Mission presque réussie, Pia Salinger, me félicité-je.

Pia, le prénom de ma grand-mère italienne adorée, qui coule des jours heureux avec Dorothy et les autres au paradis. Salinger, le nom de jeune fille de ma mère, qui m'évite d'avoir à prononcer le tristement célèbre Lazzari. « Pia Salinger » est le nom d'artiste que je me suis trouvée quand j'ai ouvert mon blog. Personne n'y va à part moi. Et c'est la seule chose que trouvera Lennon s'il a l'idée de chercher ce nom sur Internet. Ça ne vaut pas un CV ni une carte de visite, mais c'est toujours ça.

Je ne sais pas comment l'expliquer mais je le sais, je le sens, Lennon Hathaway va m'appeler. Ma fille ne va pas à nouveau m'échapper.

Seul vrai problème : je n'ai pas de marque de vêtements pour enfants.

Je m'arrête un instant de les observer et réalise l'ampleur du projet en sentant une bouffée de chaleur me guetter. Je suis dans une merde *internationale*. Je m'évente frénétiquement à l'aide de ma main droite, puis réalise qu'elle est précieuse et que je ferais mieux de ne pas trop la solliciter. Elle a déjà de quoi faire… Créer, c'est mon truc. Mais à la vitesse de la lumière, je n'ai jamais essayé.

Bordel. Dans quoi est-ce que je me suis embarquée ?!

***

Cinq heures quarante-neuf du matin. Il va me haïr, mais je ne vois pas d'autre solution. Je trouve sa photo tout en haut de mes favoris et clique dessus. Trois sonneries et il décroche.

Un ami. Un vrai.

– Gus ? fais-je d'une voix prudente.
– Callie ? grommelle l'ours mal réveillé.
– Non, Pia.
– Quoi ?
– Pia Salinger.
– OK. Je retourne me coucher.
– Non, attends ! C'est un peu compliqué mais je t'expliquerai…
– À cette heure-ci, les humains normalement constitués dorment, Cal… Pia.
– Tu vois, tu as déjà adopté mon nouveau prénom !
Je ris doucement en caressant ma frange brune, assise sur le rebord de la fenêtre, entourée de croquis dessinés à même le sol. Vue sur mer : le seul avantage du clapier dans lequel je vis. Il fait encore nuit dehors et les reflets à la surface de l'eau m'hypnotisent.
– Ma patience s'amenuise… dit en bâillant mon meilleur ami.
– Gus, j'ai besoin de toi.
– À distance ? Parce que je te rappelle que, pendant que tu fais ta belle à la mer, moi je suis resté en ville.
– Rejoins-moi !
– Dans ton trou paumé ?
– C'est magnifique, tu verras…
– Callie…
– Pia !
– Qu'est-ce que tu me veux ? se méfie-t-il.
– Je dois créer une collection de fringues pour enfants. En… très peu de temps.
– Quoi ? Qu'est-ce que…
– Dix looks, rien de trop compliqué, mais toute seule, je ne m'en sortirai jamais. Tu parles trop et tu brasses un peu trop d'air, mais tu es doué de tes mains… dis-je en souriant.
– C'est mission impossible, ton truc !
– Pas si on s'y met tout de suite, toi et moi.

– Je…

– Gus, tu acceptes le challenge ?

– Mais…

– Tu remarques que je ne te laisse pas finir une seule phrase ?

– Tu…

– Assez fou ou pas assez fou ?

Je l'entends ricaner à l'autre bout du fil et ça me rappelle les défis un peu fous qu'on se lançait, quand on bossait tous les deux en tant que stylistes stagiaires dans un grand magasin de fringues. Ça n'a pas duré bien longtemps : on a fini tous les deux par se faire virer, après avoir ruiné la collection printemps-été. Changer tous les motifs et couleurs sur des prototypes déjà validés, j'imagine que ce n'était pas la meilleure idée. Mais c'est resté notre plus grand fou rire. Et ce jour-là, Gus et moi sommes devenus inséparables. À la vie à la mort.

– Bon… l'entends-je ruminer. Ce n'est pas comme si j'avais mieux à faire… Mais j'espère que c'est un palace, ta piaule !

– Cinq étoiles ! fais-je, un peu honteuse, en posant les yeux sur le canapé-lit usé et la kitchenette vieillotte.

– OK, tu m'envoies un chauffeur ?

– August Perry, tu prends ton petit cul et tu le poses dans ta Prius ! Je t'attends à neuf heures tapantes !

– Tiens, on n'a pas parlé salaire…

Je glousse une dernière fois et raccroche. La journée s'annonce plus gaie que prévu. Dans quelques heures, je ne serai plus seule. Gus l'ignore, mais il va m'aider à renouer avec mon passé. À retrouver celle qu'on m'a volée.

Alors pourquoi ne pas tout lui dire ?

Pas prête. Pas encore…

***

Gus est un personnage. Un grand gaillard potelé au look improbable. Il est drôle, affectueux, grande gueule, attachant. Et hétéro, malgré son manque d'investissement de ce côté-là. Son sweat orange et son jean destroy ne vont certainement pas passer inaperçus, dans le coin. Je suis tellement heureuse de le retrouver qu'il est à peine sorti de son véhicule hybride que je me jette dans ses bras pour me pendre à son cou. Littéralement. Tandis qu'il crie que je suis en train de lui briser la colonne, je l'embrasse sur ses bonnes joues, lui pique sa casquette en cuir noir et blanc pour la visser sur ma perruque.

– Rousse ? se marre le géant une fois que mes pieds ont retrouvé le sol.

– Envie de changer de style. J'ai hésité avec rose. Ou violet. Mais les gens sont un peu coincés, dans cette ville, et je voudrais me faire quelques amis…

Mon complice de toujours prend un air outré – Gus est *légèrement* possessif – puis se retourne vers la maison.

– C'est *ça*, ton palace ?

Il enfile ses lunettes de vue *oversize* – dont il n'a pas besoin – et évalue la façade de la bicoque devant laquelle il s'est garé.

– Elle aurait bien besoin de quelques injections de Botox… murmure mon meilleur ami. J'espère qu'elle regorge de trésors, à l'intérieur !

– Tu n'imagines pas la vue, dis-je en souriant, espérant secrètement qu'il en oubliera tout le reste.

Raté. Une fois les escaliers grimpés et une fois entré dans les lieux, ce fils unique choyé par papa et maman – et encore entretenu à 25 ans passés – pousse des cris effarés, sans rien oser toucher.

– Mais c'est immonde ! Mais c'est inhumain ! Mais c'est pas possible, Callie !

– Pia, lui rappelé-je.

– Pia… Rousse… Ce taudis… Tu as tué quelqu'un et tu

es en cavale ? Tu peux tout me dire !

– Arrête ton cinéma, dis-je en riant à nouveau. Ce n'est pas si terrible…

– Tu as fait un AVC ! Où sont les urgences ?

– Gus ! lançé-je en le secouant. Regarde cette vue !

Silence absolu. Enfin. Pendant… sept secondes.

– Y a pas à dire, c'est beau, la mer.

– Tu vois, quand tu veux… soupiré-je en posant ma tête sur son épaule. Je suis contente que tu sois là.

– Moi aussi. Mais il faut quand même que tu m'expliques…

– Hmm ?

– Pourquoi tu es venue t'enterrer ici ?

Je ferme les yeux un instant, bercée par sa voix étonnamment douce – mais toujours aussi théâtrale.

– Pour respirer un peu, inventé-je. Changer d'air.

– Je comprends. Avec Vito dans le coma…

– Il n'existe plus, Gus. Oublie-le, j'y suis arrivée, moi.

– Il reste ton père…

– L'homme qui m'a tyrannisée et manipulée toute ma vie, qui a tapé sur tout ce qui bougeait, tous ceux que j'aimais ? L'homme qui a été accusé de fraude, de détournements, de magouilles en tous genres ? L'homme qui a été incarcéré, puis assigné à résidence et qui gît maintenant sur un lit d'hôpital ? Il n'a rien d'un père. Et je refuse d'être la fille d'une ordure pareille.

Mon meilleur ami tend le bras pour l'enrouler sur mon épaule et nous admirons l'océan ensemble, pendant de longues minutes. À l'étage du dessous, le vieux se met à beugler sur je ne sais quoi.

– C'était quoi, ça ?

– Herb, mon propriétaire.

– Il a l'air charmant…

– J'aime bien les vieux bougons, dis-je en riant doucement.

Gus daigne enfin s'asseoir sur le canapé – une moue de dégoût aux lèvres – et, en quelques minutes, je lui présente mon projet. Une dizaine de croquis que j'ai dessinés la nuit dernière. Rien de très précis, juste des inspirations.

– Tu t'intéresses aux mioches maintenant ? s'étonne le géant. C'est quoi cette idée de collection pour enfants ?

– J'ai eu un flash, fais-je en haussant les épaules. Une révélation.

Il m'observe depuis le sofa, l'air dubitatif. Puis semble soudain se contenter de ma réponse.

– Et si on reparlait de mon salaire ? demande le malicieux en souriant. Et où est passé mon petit déjeuner de bienvenue ?

5

L'invitation

En quelques heures, le petit deux-pièces a été métamorphosé en atelier de stylisme. Gus a poussé tous les meubles, les a collés aux murs pour gagner un peu de place et nous travaillons au centre du salon, moi directement sur le parquet, lui sur la petite table basse un peu bringuebalante. Je dessine, tente d'organiser mes pensées et idées folles, il part à la chasse aux idées sur son ordinateur portable. En milieu d'après-midi, nous avons déjà imaginé les deux premières pièces de la collection. Un sweat noir et blanc, illustré façon « urban graffiti ». Et une robe bicolore en popeline et tulle.

Légère, colorée et un peu fantasque. Imaginée juste pour elle. Pour Willow.

Je tends la main au géant, il l'attrape et m'aide à me relever.

– Je vais aller voir les tissus qu'on trouve dans le coin, affirmé-je en enfilant mes sandales lacées à talons transparents.

– Tu ne comptes pas faire appel à tes fournisseurs habituels ?

– L'empire Lazzari, c'est fini, dis-je à Gus avec un sourire. Cette fois, c'est *mon* aventure.

Prêt-à-porter, haute couture, luxe et grande distribution : j'ai grandi dans tous ces mondes-là. Avant que son vrai visage ne soit exposé dans tous les médias, mon père était adulé. L'empire qu'il a créé suscitait l'admiration, l'envie. Vito me trouvait douée. Dès mon adolescence, j'ai dessiné pour lui, travaillé sous ses ordres, mais aujourd'hui, c'est fini. Je déploie mes ailes. Je prends mon envol. Retrouve ma liberté. Celle à laquelle je n'ai jamais goûté.

En passant devant le miroir de l'entrée, je réajuste ma perruque et vérifie que mon look est bien passe-partout. Mes chaussures exceptées, il l'est. Gus me supplie de revenir vite, je lui promets non seulement de ne pas traîner, mais aussi de lui rapporter une bonne bouteille.

– Ce soir, on s'offre une pause bien méritée, lui balancé-je en ouvrant la porte. En attendant, au boulot, feignasse !

Il tourne une manivelle invisible qui fait dresser son majeur, je lui tire la langue et prends la poudre d'escampette. Direction Miss Button, l'unique mercerie de la ville.

La boutique n'est qu'à dix minutes à pied de la bicoque, mais je grimpe sur mon vélo avec une petite pensée émue pour Dorothy. Je roule sur la route côtière jusqu'à atteindre le centre de Chatham et ses rues piétonnes. Je découvre alors la devanture de la mercerie, décorée dans des tons roses et pastel, un peu trop chargée et brouillonne. Bizarrement, son petit côté kitsch et désuet me fait immédiatement de l'œil. Cette vitrine me parle. M'inspire.

– Bienvenue chez moi, m'accueille en souriant une jolie femme à la peau très noire, derrière son comptoir.

Elle doit avoir une quarantaine d'années. Elle semble coquette, chaleureuse, porte un gros nœud jaune dans ses cheveux crépus et un instant, j'oublie que mon identité doit rester secrète.

– Merci. Je suis Ca... Enfin, Pia...

– L'un ou l'autre ? dit-elle en souriant et en s'approchant de moi.

– Les deux. J'aime varier les couleurs, les matières, les prénoms.

– Moi aussi. Je suis Seraphina, la maîtresse de ces lieux. Mais tu peux m'appeler comme tu le souhaites...

– « Seraphina ». C'est très beau. Et je sens qu'on va passer beaucoup de temps ensemble... lui dis-je en souriant.

Elle me fixe, un peu étonnée par ma dernière remarque, et je me lance. Je lui expose mon projet sans trop entrer dans les détails, lui fais la liste de tout le matériel qu'elle va devoir me fournir directement ou me commander en urgence. Elle prend des notes, s'extasie sur mes deux premiers croquis, commente le choix des tissus, des matières, leur épaisseur, leur poids et leur coût. Nous arpentons toute la boutique et caressons, froissons, tâtons une bonne centaine de rouleaux de tissus. Une drôle de complicité, naturelle, facile, s'installe entre nous.

– Pas toujours facile de se faire une place dans une petite ville comme Chatham… commente-t-elle entre deux tiroirs à boutons.

– J'ai déjà plein d'amis ! ironisé-je. Il y a Herb, mon propriétaire… Le chien errant qui traîne sur la plage… Et puis…

– Moi ! sourit Miss Button en me décochant un clin d'œil.

– Toi, murmuré-je, reconnaissante.

– Tu n'as croisé personne d'autre ?

– Si. Lennon Hathaway et sa fille.

– La petite Willow ?

Elle vient de prononcer son prénom avec tellement de tendresse que ma sympathie pour ma nouvelle amie explose.

– J'espère qu'elle deviendra l'un de mes petits modèles…

– Son père n'est pas facile à approcher, fait remarquer Seraphina en retournant derrière son comptoir. Lennon Hathaway : le meilleur parti du coin… totalement inaccessible.

– J'ai cru comprendre, oui.

La liste des articles commandés me semble infinie, tous ces tissus m'ont donné une envie folle de créer, je ne tiens plus en place. Et lorsque Miss Button me tend la facture, elle semble un peu gênée. Voire carrément embêtée.

– Tu peux payer en trois fois, évidemment. Et je t'offre le tulle !

– Hors de question, je paie tout et tout de suite !

Je viens rapidement à bout de ses réticences et la vois sourire malgré elle.

– Je n'ai jamais vendu autant en une seule journée. En une seule semaine, en fait.

– Les temps sont durs ?

– Moins depuis qu'on se connaît, me répond-elle en souriant. J'aurai la première livraison demain matin.

– Je serai là à huit heures !

– Heu… Pia…

– Oui ?

– J'ouvre à dix heures…

– Ah. Ça me va aussi !

Elle rit et sa belle voix veloutée m'enveloppe d'un bonheur simple et apaisant. Je quitte Seraphina, remonte sur mon vélo et pédale comme une folle jusqu'à la grande épicerie. J'ai des courses à faire. Un ogre à nourrir. De nombreuses nuits blanches à tenir.

Et une toute nouvelle vie, excitante, effrayante, fabuleuse, dans laquelle je compte bien croquer à pleines dents.

***

Gus est en train de vider la bouteille lorsque mon portable se met à vibrer.

– Interdiction de répondre, tu n'as pas terminé ton job !

Mon job ? Lui faire des papouilles sur le bras en lui racontant des histoires qui font peur. Soirée d'anthologie.

– Et qui ose t'appeler à cette heure-ci ? ronchonne mon coloc'.

– Il n'est que vingt-deux heures, Gus. Et c'est un SMS.

– De qui ?

– Ça te regarde ?

– Callie me disait tout, chouine-t-il. Pia est une cachottière et une garce.

Je tapote son épaule en signe de compassion et m'éloigne, mon téléphone à la main. Je déverrouille l'écran et découvre le message en question :

[Willow souhaite vous revoir.
RDV demain au 67, Wilkey Way. 16 h.
LH]

Un sourire incontrôlable s'empare de mes lèvres. Elle veut me revoir. Ma fille, qui n'a aucune idée de qui je suis réellement, ne cherche pas à me fuir. Et l'homme fascinant qui l'élève accepte de m'ouvrir sa porte. C'est presque trop beau pour être vrai. Mais ça ne m'empêche pas d'être moi.

[C'est noté.
Bonne nuit à vous aussi.
PS
(Non, je n'ai rien à ajouter,
ce sont juste mes initiales)]

Un homme amical, ou seulement courtois, m'aurait renvoyé quelques mots. Mais rien ne vient, rien ne vibre. Je vais me coucher sans autre réponse de sa part, tandis que Gus se plaint du lit grinçant dans la pièce d'à côté.

Demain est un autre jour.

Demain est un grand jour.

***

Trois minutes sur mon vélo magique et j'atterris devant le portail du 67, Wilkey Way. De ce côté, la rue chic et paisible. De l'autre, l'océan. Le quartier est préservé. Plus que ça. Il est protégé du reste du monde. Gardé par des grands portails et des systèmes de sécurité que nul ne saurait contourner. J'ai grandi dans ce genre d'endroits, j'en connais les avantages (criants) et les inconvénients (invisibles à l'œil nu). Ici, on vit bien, on vit confortablement, mais on vit caché. Si personne ne peut s'introduire dans ces villas de rêve, personne ne sait ce qu'il peut bien se passer derrière ces immenses portes fermées.

Le portail électrique s'ouvre devant moi, je vérifie que ma chevelure flamboyante est bien en place et j'emprunte l'allée fleurie qui mène à la demeure Hathaway. Les embruns salés me parviennent, la mer est tout près. Je découvre l'immense terrain arboré, l'aire de jeux, une jolie cabane, la piscine en forme de lagon et admire enfin la façade blanche aux volets bleus. Elle est aussi belle que celles qu'on trouve dans les magazines de voyage. Et la villa a l'air assez gigantesque pour y loger une centaine de Gus.

– Vous pouvez laisser votre vélo là, me fait sursauter une voix masculine.

Profonde, chaude, entêtante.

Je me retourne et croise soudain le regard multicolore de Lennon Hathaway. Du vert, du brun, du gris… Une couleur indéfinissable. Aux mille nuances dont tous les noms m'échappent. Cet homme me déstabilise. Lui et son aplomb. Il est aussi sexy que son prénom. Et la combinaison de surf qu'il porte ne gâche rien au spectacle.

Moulé, musclé et intouchable.

– Vous avez dix minutes d'avance, me fait-il remarquer.

– Vous auriez préféré dix de retard ?

Il plisse les yeux sans cesser de me dévisager. Je fais la fière, mais mon cœur manque d'exploser – rien à voir avec lui, *évidemment*, mais avec le fait que Willow ne doit pas être loin.

– Vous tenez toujours à avoir le dernier mot ? relance-t-il.

– Non. Seulement le bon.

Je lui souris, il passe la main dans ses cheveux trempés et me fait signe d'entrer en soupirant. Clairement, lui et moi n'avons pas fini de faire des étincelles…

– Jack !

– Oui, monsieur ?

– Veuillez conduire Miss Salinger au salon, le temps que je me change.

Le petit homme en costume noir me salue, puis m'escorte en bas de trois marches. Je découvre une pièce douce et épurée, qui doit approcher les cent mètres carrés, avec vue plongeante sur l'océan. L'architecture et la décoration de cette villa sont spectaculaires, mais mes yeux se perdent ailleurs. Dans les escaliers. Ceux qui montent à l'étage et emportent un certain Lennon…

– Désirez-vous boire quelque chose ? me propose Jack, l'air un peu mal à l'aise.

– Non, merci. Vous êtes le majordome ?

– Absolument pas ! Je suis le comptable.

– Ah. Pardon. C'était un peu confus…

– Vous êtes en avance.

– Décidément, on est très à cheval sur les horaires, dans cette maison ! dis-je en riant, vexant à nouveau le pauvre homme.

Soudain, une petite tête brune apparaît et le majordome de fortune en profite pour s'enfuir en nous abandonnant en tête-à-tête.

– Tu es Pia ? me demande Willow en se postant face à moi.

Mon cœur se serre à nouveau en croisant ses jolis yeux noirs, déjà si tenaces, si déterminés.

– Oui, enfin non. C'est juste un surnom. Tu te souviens de moi ?

– Tu as énervé papa. Et tu m'as fait rire.

– Mon plan machiavélique a fonctionné, alors, réponds-je en souriant.

La petite va s'asseoir sur l'un des grands canapés blancs et me fait signe de l'imiter. Je choisis celui en face du sien, pour ne pas empiéter sur son espace. Ce n'est pourtant pas ma marque de fabrique, je suis plutôt du genre impulsive et gonflée. Mais avec Willow, j'essaie d'y aller en douceur. J'ai trop peur de tout gâcher.

Encore.

– Tu as convaincu ton papa, alors ?

– Non. Il dit que c'est une perte de temps, mais j'essaie de le faire changer d'avis.

– Tu serais parfaite pour ma marque. Ta salopette est très jolie, mais elle manque de caractère. Les vêtements doivent être à la hauteur des gens qui les portent.

– Tu portes un jean et un t-shirt noir trop court qui montre ton nombril, me fait remarquer la petite futée.

– Oui, mais mes baskets ont des petites oreilles, regarde !

Elle sourit en les découvrant et vient d'elle-même s'asseoir sur mon canapé. Incapable de résister, je lui caresse doucement la joue, elle n'y prête pas vraiment attention et admire mes tennis de plus près.

Je suis en train de me mordre les joues pour m'empêcher de pleurer quand Lennon débarque, en pantalon noir et chemise blanche. Il embrasse sa fille, puis lui demande de nous laisser. Un peu déçue, Willow me fait un petit signe de la main avant de filer.

– Elle est sauvage, d'habitude, fait remarquer le businessman en s'asseyant dans un fauteuil en cuir.

– Je dois lui inspirer confiance.

Lennon me contemple longuement, puis s'éclaircit la gorge avant d'ajouter :

– Je n'ai pas signé, vous savez ?

– Je sais.

– Vous êtes là parce que ma fille a insisté. Et parce qu'elle insiste rarement pour faire quoi que ce soit qui sorte de l'ordinaire. De sa petite routine. Elle est méfiante. Elle doute d'elle, des autres. Votre projet l'intéresse et moi, je ne sais plus quoi en penser.

Soudain, une avalanche dans les escaliers. Je sursaute, le maître des lieux lève à peine les yeux.

– Poney, viens ici ! entends-je la voix de la fillette, à l'étage du dessus.

– Poney ?!

– Vous allez vite comprendre… répond Lennon en souriant presque.

Une énorme bête qui doit approcher les soixante-dix kilos me saute dessus, toute langue dehors. Un dogue allemand tacheté noir et blanc, immense et bien trop affectueux à mon goût.

– Aidez-moi ! m'égosillé-je face à l'homme flegmatique qui nous observe. Cette vachette va m'étouffer !

Willow arrive en courant et crie sur son animal, qui finit par s'asseoir à mes pieds en agitant frénétiquement la queue et en remuant ses pattes avant.

– Vous auriez pu prendre un yorkshire ou un labrador comme tout le monde ! grogné-je en m'essuyant les joues.

– Willow n'est pas comme tout le monde.

– Mon père non plus, ajoute fièrement sa fille.

– Et vous, ne me faites pas croire que vous l'êtes… ajoute le bel arrogant, d'une voix sourde.

La petite et son veau nous quittent pour aller s'ébattre dans le jardin visible depuis les baies vitrées de la villa, je reste seule face aux yeux à la couleur indéfinie. Et à l'intensité grandissante.

– Si j'accepte que ma fille participe à votre projet, j'exige d'être présent à chaque étape.

– Entendu.

– Je suis allé voir votre site. Vos créations sont originales, plutôt intéressantes, mais je n'ai pas vu de collection pour enfants.

– Elle n'est pas encore en ligne, j'attends qu'elle soit finalisée… improvisé-je.

– Bon réflexe. Vous avez donc la fibre commerciale.

– Je suis une artiste avant tout.

– Où se trouve votre atelier ?

– Dans mon salon.

– Vous travaillez à domicile ?

– Pas le choix. Les prix des locations et des hôtels sont ahurissants, dans le coin.

Un sourire en coin échappe alors à mon interlocuteur.

– Les hôtels et résidences dont vous parlez m'appartiennent, pour la plupart. Et s'ils coûtent cher, c'est parce qu'ils respectent l'environnement.

– Ah. Vous aimez la planète, la nature, l'océan…

– J'en suis fou.

Je souris, pas par amusement ni provocation, mais parce que je suis en train d'entrapercevoir le vrai visage de Lennon Hathaway. Et quelque chose en lui me plaît.

En dehors de ce physique insolent de perfection.

– C'est pour ça que je suis ici, fais-je en me levant.

Je m'approche de la baie vitrée, il se lève à son tour et me rejoint. Un bon mètre nous sépare et pourtant, notre proximité me trouble.

– Pour les plages désertes, battues par les vents, caressées par les vagues, pour ces décors bruts, puissants. Je suis venue chercher de l'authentique. Et puisque vous aimez ça comme moi, vous pourriez me faire connaître la région. M'emmener faire des repérages sur les plus belles plages, dans les coins les plus sauvages.

– C'est une question ?

Sa voix était grave. Presque trop. Comme si un trouble l'envahissait, lui aussi.

– Non, dis-je en souriant. Une invitation.

– Je suis un homme très occupé, Miss Salinger. J'ai des chaînes d'hôtels à faire tourner, une planète à protéger et surtout, une petite fille à élever seul.

Seul. Il n'y a donc pas de mère adoptive. Pas d'autre mère que moi.

– Donc c'est non ?

– Non. C'est oui.

Dans mon cerveau, un feu d'artifice. Et dans mon cœur, un pincement étrange. Je n'en reviens pas. Il accepte. Lennon Hathaway me laisse une chance – sans avoir la moindre idée de ce que cela représente vraiment.

– Mais ne me faites pas perdre mon temps, reprend-il de cette voix qui me trouble. Et ne blessez jamais ma fille.

– Comment ça ?

– Si elle s'attache à vous, soyez à la hauteur.

– Je vais faire mon possible…

Et ces foutues larmes qui me picotent les yeux, à nouveau.

Dix minutes plus tard, en quittant Lennon Hathaway, Willow, Poney et Jack le majordome-comptable, je ne sais plus si je dois crier de joie ou pleurer sur mon sort. En mentant à tout le monde, en cachant ma réelle identité, est-ce que je ne suis pas en train de tout mettre en danger ?

Et, alors que j'ai renoncé aux hommes il y a cinq ans, sans jamais vraiment en souffrir, pourquoi est-ce qu'une partie de moi est en train de sortir de son sommeil ?

Je connais le mien, mais quel est le secret de Lennon Hathaway ? Que se cache-t-il derrière ces yeux qui vous happent tout entière ?

6

Dans mon arbre perchée

– Le sweat au graffiti devrait être porté sur une jupe plissée façon écolière, non ? Pour décaler !

– Très bonne idée, Folle !

– Merci, Fou, lui réponds-je dans un sourire.

– Avec du carreau écossais ?

– Oui, parfait ! J'en ai pris deux différents chez Miss Button.

– Noir et blanc ou rouge et noir ? me demande Gus en fouillant parmi les rouleaux de tissu entreposés dans un coin.

– Les deux ! m'emballé-je. On n'a qu'à faire une jupe réversible mais en recto verso, une couleur devant et une autre derrière. Il suffirait de tourner la jupe à la taille pour changer de motif. Tu vois ce que je veux dire ?

– C'est comme si c'était fait.

Mon complice de toujours lit dans mes pensées. Il attrape les tissus, mon croquis de jupe plissée et les réunit en collant un post-it portant le numéro trois. Plus que sept looks à créer pour arriver aux dix. Et plus que quelques jours devant nous pour dessiner, coudre, assembler, retoucher. C'est presque infaisable.

Et donc on va le faire. Lui et moi. Moi pour elle.

Je suis prête à tout pour Willow. Ne pas la décevoir. Impressionner son père. Ne pas gâcher mon unique chance de me rapprocher d'eux. D'apprendre à les connaître. Et de me faire une petite place au milieu de leur duo étrange et fusionnel… Pour le reste, on verra.

– On n'a pas de chaussures, râle la voix théâtrale de Gus.
– On verra…
– Callie, tu rêves ou tu m'écoutes ?
– Hein, quoi ?
– Pour les chaussures ? Comment on fait ?
– Pieds nus ! m'exclamé-je en retrouvant le fil. La plage, le sable, l'eau, c'est la liberté ! On fait tous les looks pieds nus, évidemment !
– Évidemment… grimace le géant agacé.
– Désolée, Gus. Je suis stressée, soupiré-je en faisant voler ma frange.
– Je vois ça. Et je vois aussi que tu penses à autre chose. Mais je sais que tu ne voudras jamais me dire quoi, se met-il à bouder.
– Il nous faudrait un pantalon chino couleur désert, non ? Une coupe très classe, un peu masculine, ce serait décalé sur une petite gamine.
– C'est ça, ignore-moi…
– Et ça irait bien avec notre marinière à col Claudine, non ?
– T'as de la chance d'être douée, toi !
Face à mes idées qui fusent, Gus cesse de se renfrogner et va coller un post-it numéro quatre sur les tissus et croquis correspondants.
– D'où te viennent ces inspirations prout-prout-BCBG, tout à coup ? me demande-t-il, l'air suspicieux.
– C'est une appellation d'origine contrôlée, ça ? dis-je en riant pour détourner son attention.
– Les jupes plissées, les petits cols, les pantalons chicos… Ça ne te ressemble pas.
– On a aussi un combishort en jean façon bleu de travail ! me défends-je. Et une salopette destroy ! Et un…
– Et on n'a que des looks de filles, me coupe-t-il.
– Oui, il se trouve que ma première petite modèle en est une.
Je sais très bien mentir. Sauf aux gens que j'aime. Je sens

de l'intérieur que mon visage rougit. Que des larmes me picotent les yeux malgré tous mes efforts pour les ravaler.

– Qu'est-ce que tu me caches, Super Callie Fragilisticexpialidocious ? me chuchote doucement mon ami.

– Ne me prends pas par les sentiments avec ce surnom mignon…

– Je te chanterai toute la B.O. de *Mary Poppins* s'il le faut.

– Non, pas la torture, j'avoue tout ! dis-je dans un mélange de rires et de pleurs.

– Enfin…

Le géant me rejoint en enjambant comme il peut tout ce qui traîne, comme un éléphant dans un magasin de porcelaine, et s'assied en tailleur face à moi. Il me prend les deux mains et plonge son regard doux dans le mien.

– Je t'écoute, Folle.

Une dernière hésitation me traverse, me retient, me déchire… et s'enfuit. Je lâche tout. D'un coup. Comme une délivrance.

Sans peser mes mots, je lui révèle que Willow est ma fille. Je m'entends lui raconter les circonstances de sa venue au monde et celles de ma descente aux enfers. Gus m'écoute, pour une fois. *Vraiment*. Son air bouleversé réveille ma douleur, alors je fixe mes pieds et je continue mon récit. Le secret, Vito, mon exil, la naissance, ma faiblesse, le vide en moi, tout jusqu'à la raison de ma présence ici. Mon meilleur ami intègre toutes ces informations en écarquillant de plus en plus ses beaux yeux.

– Il *fallait* que je la retrouve, murmuré-je. Tu comprends ?

Moi-même, j'ai encore du mal à le réaliser. Depuis sa naissance, ma fille n'a été qu'un songe, un rêve éveillé qui me collait à la peau, incessant, douloureux, si proche et si lointain. Désormais, elle est réelle. Elle existe. Je n'ai plus à la rêver, plus à l'imaginer. Elle vit et je revis.

– Pourquoi maintenant ? souffle Gus en essuyant une larme sur sa joue rebondie. Pourquoi au bout de cinq ans ?

– Parce que je ne pouvais plus vivre avec ça. *Sans elle*,

fais-je tristement en haussant les épaules. Et parce que je suis tombée sur un courrier de Lennon Hathaway dans les papiers de Vito…

– D'où le déménagement soudain… comprend-il à voix haute.

– Et la collection pour enfants…

– Il te fallait un prétexte pour l'approcher.

– Et une perruque rousse pour passer incognito.

– Attends un peu… dit-il en écarquillant les yeux.

– Oui, j'ai fait la bêtise de ne pas dire qui j'étais à son père adoptif. J'ai tout foiré, hein ?

– Mais pourquoi tu compliques toujours tout, Calliopé ? gémit Gus avec une moue consternée.

– Si tu l'avais vu, Gus ! Ce type est le roi du monde ! Une vraie muraille, inaccessible, infranchissable. Il protège sa fille comme un trésor. Elle se planque derrière ses jambes et lui, il se dresse, avec son aplomb, ses épaules de trois mètres de large et ses yeux comme des lasers bioniques. C'est une porte de prison à lui tout seul !

– En prison, c'est exactement là que tu vas finir quand il saura ce que tu fais !

– Je vais lui dire !

– Quand ?!

– Je ne sais pas, quand il aura confiance en moi ?

– Ben oui, c'est vrai que ce sera le moment idéal pour le trahir !

– OK, j'ai merdé, soupiré-je en m'étalant sur le sol derrière moi.

– Un peu… Voire un peu beaucoup.

– Mais tu vas m'aider, hein ? le supplié-je d'une voix plaintive.

– Qu'est-ce que je suis en train de faire, à ton avis ?

J'ai encore du mal à réaliser que j'ai gardé ce secret enfoui si profondément pendant cinq longues années… et que je viens de le révéler à trois personnes. Dante. Tutu. Gus. Mais il fallait que ça sorte. Il le fallait vraiment. Faire ce chemin seule, je ne m'en sentais plus capable. C'était ça ou me perdre totalement.

Gus m'envoie un morceau de tissu à carreaux en pleine tête, je reprends mes esprits.

– C'est trop tard, maintenant on va jusqu'au bout !

– Hein ?

– On finit cette collection, tu crées tes dix looks, tu prends Willow en photo, tu fais d'elle une star et de toi sa nouvelle meilleure amie, tu fais tomber sa muraille de père et ils ne pourront bientôt plus se passer de toi ! Je ne vois pas d'autre solution.

– T'es sûr ?!

– Tu t'appelles Super Callie, ou pas ?

– En ce moment, c'est plutôt Pia, mais…

– Je ne veux rien savoir, relève-toi !

Je me redresse et découvre Super Gus, une bande de tissu nouée autour du front façon Rambo, les poings serrés et l'air mauvais. Ses bonnes joues et le motif écossais rendent le tout improbable… Et on éclate de rire en même temps.

***

Les jours (et nuits) suivants sont consacrés à la couture. Je recommence mille fois un ourlet, une emmanchure trop large, une encolure trop étroite, une boutonnière qui ne me plaît pas, jusqu'à atteindre la perfection. Mon meilleur ami trouve que j'en fais trop. Lennon Hathaway trouverait sûrement que c'est juste ce qu'il faut.

Pendant ce temps, mon assistant de choc dessine et découpe les patrons, prépare les tissus et le matériel dont j'ai besoin, pense régulièrement à me nourrir et à m'hydrater. Me force à prendre l'air sur le balcon. À regarder l'océan pour reposer mes yeux. À dormir quelques heures quand ma tête lourde tombe sur ma machine à coudre. Comme depuis notre rencontre et notre tout premier stage de stylisme, Gus et moi formons une équipe d'enfer. Rien ne nous arrête. Et cette émulation me fait un bien fou. Dans notre atelier éphémère de Chatham, à l'étage de la bicoque vieillotte d'Herb et Dorothy, la joie revient, l'espoir renaît. Le vieux veuf bougon dort en bas tandis que la vie bat son plein là-haut. Là où je suis perchée. Cette fois, je n'ai pas envie de redescendre. Voir mes créations prendre forme peu à peu, imaginer Willow dans ces petits vêtements qu'elle m'a inspirés, susciter peut-être l'admiration de son père, obtenir quelques-uns de ses rares sourires à elle, de ses rares regards à lui... Rien ne pourrait me faire plus plaisir. Et plus peur à la fois.

Pendant ces heures de labeur, j'en viens à oublier Vito dans le coma, Andrea en prison, ma mère et sa dépression, mes mensonges et ma perruque rousse... Tous les problèmes qui m'attendent encore. Je sais pourquoi j'aime tant créer, fabriquer de mes mains. Plus rien d'autre n'existe. Je ne vois qu'eux : Lennon et Willow. Le père et la fille. La muraille infranchissable et la petite sauvage que j'arriverai peut-être à toucher. À apprivoiser.

– Ravitaillement ! braille Gus en me sortant de mes pensées. On n'a plus rien à manger. Et on a fini la dernière bouteille de vin hier soir.

– OK, tu vas au supermarché, je fais un saut à la mercerie. Il me manque des boutons à recouvrir et je n'ai plus assez d'épingles.

– Et il se peut que j'aie légèrement tordu tes mini-ciseaux en m'asseyant dessus cette nuit... précise-t-il d'une voix penaude.

– Ton séant s'en est remis ? plaisanté-je en lui mettant une petite fessée.

– Il a beaucoup souffert mais il est courageux, il te remercie.

– J'aime quand tu fais des hémorragies en silence pour ne pas me déranger, August Perry.

– Rien n'est trop beau pour toi, Callie-Pia-Salinger-Lazzari...

– Ou quelque chose comme ça, oui.

– On se retrouve dans une heure ? Prends le vélo, mes fesses préfèrent éviter.

– À tout', Fou !

– N'oublie pas ta perruque, Folle !

Je soupire lourdement en faisant voler mon épaisse frange brune et vais changer d'identité devant le petit miroir de la salle de bains.

Arrivée chez Miss Button, je suis à fond dans mon rôle et décidée à ne pas m'éterniser. Rapide, efficace, professionnelle. Sauf que ce n'est pas la voix chaleureuse de Seraphina qui m'accueille mais des cris aigus d'enfants surexcités. Je reste interdite sur le seuil du magasin en découvrant Willow en pleine course-poursuite avec une jolie petite fille noire. Elles portent chacune une toile légère en guise de cape volante et virevoltent entre les rayons.

– Doucement, les filles ! Ne faites rien tomber ! entends-je dire au loin.

Boum.

– C'est pas moi ! C'est Willow qui a touché au mannequin !

– Ne le ramassez pas, vous allez vous faire mal !

Je me précipite en direction du bruit et découvre les deux fillettes en train d'essayer de soulever le mannequin quand même, sans le faire bouger d'un centimètre. Je le relève et le remets sur pied sans rien dire, en leur adressant un petit clin d'œil complice. Willow me sourit comme si on partageait un merveilleux secret. Et mon cœur fait des bonds dans ma poitrine. L'autre gamine me regarde d'un sale œil.

– Maman avait dit de ne pas le ramasser ! me gronde-t-elle.

– Oh Pia, c'est toi ! Je ne t'ai pas entendue entrer, dit Seraphina en nous rejoignant.

– Il y avait un léger bruit de fond, ironisé-je.

– Je te présente ma fille Hazel. Et son amie Willow. Mais je crois que vous vous connaissez déjà.

– Un tout petit peu, bredouillé-je, gênée.

– Tu avais besoin de quelque chose ?

– Juste une petite liste, aujourd'hui, dis-je en lui tendant mon bout de papier griffonné.

Ma fille et la petite rapporteuse se remettent à jouer un peu plus loin, tirant chacune l'extrémité d'un long ruban.

– Ces deux-là se chamaillent autant qu'elles s'adorent, m'explique Miss Button.

– Je vois. C'est donc pour ça que tu connais Lennon Hathaway ? demandé-je, l'air de rien.

– On ne connaît jamais Lennon Hathaway autant qu'on le voudrait, plaisante Seraphina. Nos filles sont dans la même classe. Et il m'a fait travailler un peu en me demandant de confectionner du linge en coton bio pour ses hôtels. Mais je n'ai pas pu fabriquer d'assez grandes quantités. Ça n'a pas marché entre nous, que veux-tu ?

Ma nouvelle amie rit de plus belle et je n'arrive pas à savoir si elle est vraiment intéressée par lui ou si elle se contente de colporter la rumeur du bon parti qui ne veut pas se caser.

– Willow n'a pas de maman ? questionné-je un ton plus bas. Je ne l'ai jamais croisée et je n'ai pas osé demander à son père.

– Longue et douloureuse histoire, me souffle Seraphina en vérifiant qu'on ne nous écoute pas.

Je retiens mon souffle en attendant d'apprendre enfin la vérité. Mais ma pire ennemie se pointe à ce moment-là en décidant de tout flanquer par terre.

– On va rentrer, Willow est intenable ! annonce la nounou aux longues jambes.

– Ah bon ?

– Oh ! Bonjour… Pia, c'est ça ? me demande-t-elle dans un sourire rayonnant. Willow vient de me souffler votre prénom et de me parler de votre beau projet !

– Oui, bonjour…

Tempérance. Ignorance. Aberrance.

– Et au revoir, alors ! ajoute-t-elle en riant comme si ça

avait quoi que ce soit de drôle.

– Hazel, viens dire au revoir à Willow ! lance Seraphina.

– Non !

– Ce n'était pas une question, insiste sa mère.

– Pas la peine, j'ai pas envie non plus, précise Willow avec son éternelle moue boudeuse.

– On devrait faire comme les enfants, interviens-je. Ne pas s'embarrasser de tant de convenances.

– Alors… « Pas au revoir », sourit Tempérance qui essaie de faire de l'humour.

– À bientôt, Willow, glissé-je à la petite en tendant une main vers sa joue.

Mais sa nounou l'entraîne déjà vers la sortie, pendant que la brunette freine des quatre fers, et je n'ai même pas le temps d'atteindre sa peau de bébé.

Empêche-moi encore une seule fois de toucher ma fille et je transforme ton prénom en Souffrance !

Je continue de la menacer dans ma tête pendant que Miss Button réunit mes articles et me fait passer à la caisse.

– La petite Willow ne se fait pas facilement des amis, m'explique Seraphina en me rendant ma monnaie. Hazel est l'exception à la règle. Et ça ne doit pas être évident d'être la nourrice de ce genre d'enfants.

– D'être son parent non plus, j'imagine, dis-je un peu sèchement.

– Sans doute. C'est le métier le plus difficile au monde.

Et je file à mon tour sans dire au revoir, un goût amer dans la bouche et des larmes acides dans les yeux.

***

Encore plusieurs jours de création et de couture s'enchaînent sans que je voie le temps filer. Et que je reçoive la moindre nouvelle du clan Hathaway. Je n'aperçois ni Willow ni Lennon ni Intolérance dans la rue, près de leur villa ou sur la plage, lors des rares pauses que je m'accorde. Je ne remets pas les pieds chez Miss Button ou aux abords de l'école des filles. Je prends un peu de distance pour éviter de devenir folle. De tout mélanger. Entre ces inconnus que j'essaie d'apprivoiser, ceux que je repousse et ceux qui m'aimantent, ceux à qui je dis ou non la vérité, ceux qui sont ou non de mon côté. J'ai du mal à m'y retrouver. Alors je me retranche dans mon monde. Et je reste dans mon arbre perchée. Seul Dante m'en fait descendre provisoirement un soir, par textos interposés :

[Toujours en vie sur ta péninsule,
petite sœur ?]

[Ta mission secrète avance ?]

[On est dans le coin
en cas de besoin…]

[Besoin de quoi ?]

[Ce que tu veux. Un verre.
Un plat de pâtes. Un soutien.
Un type à coller au mur.]

[Ah et Tutu ajoute un câlin.
Ou une léchouille de Morue.]

[Je suis au regret de décliner
ces propositions… alléchantes.]

[Et je vous interdis de rester sur la
côte Est juste pour pouvoir voler
à mon secours ! Un *road trip*,
c'est pas fait pour tourner en rond.]

[Sol s'est mis en tête d'adopter
une otarie échouée. On s'arrête à
chaque plage. Il y en a beaucoup.
Et aucune bête en détresse.]

[Sacré projet !]

[Pas sûr que je survive à celui-là…]

[Moi, je vous préviens, si Morue
et une otarie desséchée se roulent
sur votre banquette arrière, je ne fous
plus jamais une narine dans la Chevy.]

[Noté. Appelle si tu as envie de parler.]

[Merci, grand frère.]

[Ah si, attends ! Besoin de quelque chose
en fait ! Un petit cours de photographie.
Et à peu près tout ce que tu sais
pour un *photoshoot* réussi.]

[Tu as du matériel ?]

[Du quoi ?]

[OK, je t'envoie une liste
du matos nécessaire
et quelques conseils par mail.
Ça m'occupera
pendant que ma femme sauve
la faune et la flore.]

Mais qu'est-ce qu'ils ont tous à adorer Mère Nature ?

7

Le temps perdu

Le lendemain matin, j'ai rendez-vous avec Lennon Hathaway pour un rapide repérage de ses spots préférés sur la plage. Suivi de la première séance d'essayage pour Willow. Autant dire que je joue ma vie.

Je me concentre sur Sa Majesté qui m'attend devant l'entrée de la plage. Droit comme un I qui viendrait de recevoir une décharge. Les pieds plantés dans le sol, les bras croisés, à croire que c'est une de ses mauvaises manies. N'importe qui s'adosserait mollement à un mur pour se donner une contenance, fourrerait les mains dans ses poches ou pianoterait sur son portable. Pas lui. Il reste droit dans ses bottes, le menton fier et ses yeux perçants posés sur moi tout le temps où je marche vers lui. N'importe qui détournerait le regard pour ne pas me gêner. Mais pas lui. Il se fout bien de l'effet qu'il produit sur moi. Ou alors Lennon Hathaway y prend carrément du plaisir.

– Je n'ai pas beaucoup de temps, lâche-t-il quand j'arrive à sa hauteur.

– Déjà ?!

– De toute façon, je n'ai qu'un seul endroit à vous montrer.

– On peut repousser si vous…

– Il n'y a pas plus beau, plus sauvage, m'interrompt-il.

– Pas plus grognon, plus bourru… ajouté-je à voix basse.

– Pardon ?

– Non rien… Ça sent bizarre, vous ne trouvez pas ? Attendez…

– Quoi ?

Je m'approche de lui, il recule. Je renifle près de son torse, de son cou, il plisse les yeux et se penche souplement en arrière pour éviter le contact.

– Vous fumez ?! m'exclamé-je après avoir identifié l'odeur de cigarette.

– Non.

Le surfeur se mord la lèvre et me défie du regard.

– Vous fumez et vous mentez, en plus ! insisté-je en souriant. Vous n'êtes pas aussi parfait que vous le prétendez, alors !

– Je n'ai jamais prétendu quoi que ce soit. Et je fume très rarement. Jamais devant Willow. J'essaie d'arrêter. Depuis trois ans. Pourquoi vous continuez à sourire ?

– Je vous écoute vous justifier, c'est assez jouissif.

– Jouissif ? répète sa voix grave, surprise de ce choix de mot.

Ces yeux multicolores...

– Jouissif d'avoir affaire à un être humain. Qui ne contrôle pas tout, finalement. Et qui a quelques vices cachés, lui aussi.

– Seulement celui-là, me précise-t-il.

Et je le vois tourner la tête pour me cacher son petit sourire en coin. Trop tard. J'ai tout vu.

Et c'était sacrément joli à voir.

– Bon, vous voyez le petit phare là-bas ? Rouge et blanc. – Oui.

– Vous devriez aller voir par là. C'est mon coin préféré. Les dunes sont plus hautes et de belles grosses vagues viennent s'écraser contre les rochers. On aperçoit aussi depuis la plage une ancienne maison de capitaine de baleinier. Elle n'est plus habitée mais je crois que ça rendrait pas mal sur des photos. Enfin, ça, c'est votre boulot. On y va ?

– Quoi, vous ne me montrez pas ?

– Je viens de le faire.

L'insolent lève un bras robuste et pointe son doigt vers une destination approximative au bout de la plage. J'ai du mal à regarder autre chose que son épaule puissante moulée sous son polo, sa manche qui s'arrête juste à la lisière d'un muscle tendu, la peau bronzée de son avant-bras, sur lequel j'ai écrit il y a quelques jours de ça. Que j'ai touché, contre son gré.

– Vous êtes censée regarder au bout de mon doigt, me rappelle-t-il à l'ordre.

– Et vous étiez censé m'accompagner en repérage, rétorqué-je. Pas jouer les GPS.

Il me fixe un instant, passe la main dans ses cheveux en soupirant.

– J'ai un métier prenant, Pia. Un enfant à élever. Et beaucoup d'engagements à tenir. Je déteste le temps perdu.

– Pas autant que moi, murmuré-je pour moi-même en repensant à ces cinq dernières années loin de Willow.

– Je n'ai pas entendu.

– Je vous attends, moi ! répété-je en haussant la voix comme si je parlais à un vieillard sénile.

Le visage de Lennon affiche un parfait mélange d'agacement et d'amusement, puis il part devant, en levant au ciel ses yeux couleur nuage. Couleur océan. Couleur orage.

J'adore le provoquer. Il ne marche pas, il court. Et je le regarde faire... parce qu'il est d'une beauté incroyable, en courant.

Je trottine derrière lui sur le chemin et je vois bien qu'il accélère pour m'embêter. Peut-être pour me semer. Ce type arrogant et lunatique pourrait m'horripiler, mais j'aime la force virile qui se dégage de sa silhouette athlétique. Sa façon de marcher comme si on ne pouvait pas l'arrêter. Et comme s'il était le propriétaire de chaque parcelle de place, chaque grain de sable, chaque pavé. En fait, je trouve son aplomb plutôt rassurant. Sa soif de contrôle tempère un peu mes élans. Et nos échanges électriques m'amusent autant qu'ils me déstabilisent. De là à dire qu'un petit jeu de séduction s'est installé entre nous ? Non, je me fais sûrement des films. C'est ce qui arrive quand deux opposés se rencontrent. Ils ne savent pas communiquer. Alors ils font des étincelles. Se cherchent et se trouvent. Ce sont nos mondes qui s'entrechoquent. Pas nos corps qui s'attirent.

Et je n'aurai qu'à me le répéter jusqu'à ce que ce soit vrai...

– On fait quand même les essayages avec Willow ou vous préférez enfiler vous-même la jupe plissée ? lancé-je dans son dos. Je dis ça pour gagner du temps !

– Vous divaguez. Et vous ne marchez pas assez vite.

– Je ne suis pas certaine que la salopette soit très flatteuse pour votre fessier.

– Laissez mon fessier tranquille et dites à vos jambes d'accélérer, me rembarre-t-il d'une voix amusée.

– Quoique un jean légèrement déchiré vous rendrait un peu moins coincé, tenté-je encore.

– Je ne suis pas certain que vous ayez envie que je me décoince, Pia, m'annonce-t-il en se tournant vers moi.

Il y a du défi dans ses yeux indécents. Une douce menace au fond de sa voix. Et un soupçon de tension sexuelle qui m'envoie des milliers de frissons partout dans le corps. Tout ça me pétrifie sur place. Et je n'ai pas le temps de trouver une repartie que Lennon repart en marchant à toute allure, avant de me lancer un très froid :

– Rendez-vous à la villa !

Avec mon énorme sac posé en équilibre sur le panier riquiqui de mon vélo, je mets un temps fou à rejoindre la demeure des Hathaway. Assez longtemps pour reprendre mes esprits. Et décider de ne pas me laisser impressionner. Déconcentrer. Éloigner de mon but premier.

Je suis ici pour Willow. Et personne d'autre.

Dans l'immense salon de la villa d'architecte, ma fille et sa nounou m'attendent.

– Lennon est pris dans son bureau, m'apprend Tempérance. Il a demandé à ne pas être dérangé.

Merci, Persévérance. Continue surtout à être partout où on ne veut pas de toi !

– Pas de souci, on sera très bien entre filles ! me forcé-je à sourire.

J'observe la brunette pas très à l'aise, dans le maillot de bain une pièce que j'avais demandé qu'elle porte pour faciliter les essayages. L'un de ses pieds grimpe sur l'autre et ce signe de stress me met la boule au ventre.

– Est-ce que tu sais faire tourner les jupes, Willow ? demandé-je, le regard plein de malice.

Elle acquiesce et se précipite sur la jupe plissée que je sors de mon sac. Je l'aide à l'enfiler, découvrant avec plaisir la douceur de sa peau, la maladresse de ses gestes, la finesse de ses articulations et les formes rondes du reste de son corps. Parfaits mélanges entre la petite fille gracieuse et le bébé potelé. Tous ces détails me remplissent d'émotions. Et je dois lutter pour ne pas pleurer quand Willow s'accroche à mon cou alors que je m'accroupis devant elle. Sans broncher, je resserre la taille, ajuste les plis, épingle l'ourlet à la parfaite longueur. Puis m'en vais noter les mesures prises avant de craquer.

Les autres vêtements y passent, sweat, marinière, robe et pantalon chino. Je les ajuste sur ma petite modèle qui se détend peu à peu, qui s'extasie sur les couleurs, les matières, les imprimés. Je l'écoute se raconter des histoires lorsqu'elle pense que je ne fais pas attention. Je la regarde se mouvoir, entre danses et mimes étranges, qui n'ont de sens que pour elle. Je la trouve d'une sensibilité et d'une intelligence folles. Et je ne peux pas m'empêcher de me demander si c'est ce qu'on appelle la subjectivité maternelle. Je me revois aussi à son âge, incomprise par les adultes, incapable de me faire des amis parmi les enfants, toujours en décalage.

Et j'ai l'impression d'avoir retrouvé mon âme sœur, mon miroir, le petit bout de moi qui manquait, le fantôme qui me hantait, comme le membre amputé qui fait toujours souffrir, toujours partie de soi.

– Les essayages sont terminés, Willow, tu as été parfaite.

– Non, encore ! s'écrie-t-elle tout à coup en croisant les bras de frustration.

– Pia a dit que c'était fini, la gronde Tempérance dont j'avais presque oublié la présence.

– Je reviendrai pour les autres vêtements, je te promets.

– D'accord… lâche la petite en geignant.

– Ne le dis pas à ton père… lui chuchoté-je, mais je n'ai pas fini tous mes devoirs, je suis un petit peu en retard.

La brunette aux nattes me montre son sourire le plus coquin, qui me fait fondre. Et un autre sourire, en haut des escaliers, se pose chaudement sur nous. Celui de Lennon, sorti de son bureau. Et dont je n'avais jamais vu de tendresse dans le regard.

Ces yeux changeants et mystérieux sont donc capables de tout.

Je suis ici pour ma fille. Pas pour son père.

Pour l'amour maternel. Pas l'autre.

De toute façon, qui pourrait aimer une femme qui a abandonné son propre enfant ?

8

Rien du tout

Sous sa casquette motif léopard, Gus inspecte le programme minuté que je viens de lui donner. *Dix minutes par look, pas une de plus*. Lennon Hathaway a été très clair lorsqu'il a accepté qu'on tente cette première séance photo avec Willow.

– Six looks en dix jours… On est des *warriors*, des survivants !

– Treize jours. Et vérifie que tu as tout le matériel, Koh Lanta Boy ! dis-je en riant en voyant mon grand fou se dandiner. Tu as pensé aux réflecteurs ?

Il se frappe le front et file en courant en direction du parking. La plage du phare est déserte, comme je le souhaitais. Ses dunes s'étendent à perte de vue, balayées par un vent tiède. J'ai choisi le petit matin pour ce *photoshoot*, parce qu'à cette heure-ci, la lumière est douce, intime. Elle vient caresser les peaux, les tissus, les couleurs, les regards, sans jamais les brusquer.

Dante m'a appris toutes ces choses…

Gus revient rapidement, les bras chargés, poursuivi par une vachette à la langue pendante. Poney. Je souris malgré le stress qui monte. Le joli minois de Willow apparaît soudain, suivi de près par celui de son père. Sans réfléchir, je glisse mon œil derrière l'objectif et je capture cet instant fugace. Ma fille. Lennon. Cette enfant qui m'émeut. Cet homme qui me trouble. Leurs yeux rivés sur moi.

Elle est vêtue tout de blanc, lui tout de bleu. Jean foncé

légèrement retroussé en bas, pull bleu océan, baskets aigue-marine. Une vraie gravure de mode. Façon virilité naturelle, simplicité brute. Sa peau hâlée de surfeur y est aussi pour quelque chose. Et ses cheveux châtain doré qu'il plaque en arrière, mais qui refusent de se soumettre.

Il est à tomber. Il s'en fout royalement. Et ça le rend plus beau encore...

Mes yeux se perdent un peu trop longtemps sur lui, sur sa taille fine et ses épaules carrées, sur son corps que j'imagine doux et ferme à la fois, puis je me souviens que le temps presse. Que la patience de M. Hathaway a ses limites. Et que ses limites sont *très* limitées.

Et que je ferais bien de me contrôler.

– Salut, le bestiau ! fais-je en caressant Poney.

– C'est lui, la star, me sourit Willow en se plantant face à moi.

– Prête, petite sauvage ?

Elle rigole lorsque je cogne doucement mon front contre le sien, puis file en direction de l'eau, ses petits pieds marquant à peine le sable.

– Tout est prêt ? me demande son père en surveillant sa fille du regard.

– Bonjour, Lennon, belle journée, n'est-ce pas ?

Ses yeux multicolores se plantent dans les miens, ses sourcils se froncent, il croise les bras contre son torse et je devine qu'il n'est pas d'humeur à rire de mon sarcasme.

– Gus, voici Lennon Hathaway, dis-je, tentant de faire les présentations.

– Gus ? répète le businessman.

– August Perry. Enchanté. Vous avez une sublime petite fille…

En disant cela, mon complice me glisse un petit clin d'œil qui me fait chaud au cœur. Maintenant que Gus sait que Willow est ma fille biologique, j'ai l'impression que c'est une évidence pour lui. Si j'en crois son air idiot, qui passe de mon visage à celui de la petite, les preuves sont criantes.

– C'est ton portrait craché ! articule-t-il en silence, en passant derrière Lennon.

– Styliste ? Assistant ? Petit ami ? se retourne ce dernier, méfiant.

– Un peu de tout ça. Mais remplacez « petit » par « meilleur » et le tour est joué !

Sa Majesté jauge mon géant du regard, puis lui serre la main. Un geste qui prend Gus de court, mais qu'il accepte de bonne grâce. Lennon appelle sa fille, récupère la première tenue que je lui tends et s'en va en direction de la tente que j'ai plantée en guise de cabine d'essayage.

Gus et moi les suivons tous deux du regard. Mon complice se met à chuchoter :

– Ce type est…

– Froid ? Distant ? Coincé ? Arrogant ?

– Pire… rigole le géant.

– Quoi ?

– Il est beau comme un modèle Hermès ! Ou Hugo Boss ! Non, Lanvin ! Et tu t'es bien gardée de me le dire, lâche Gus en me pinçant la joue.

Je le repousse, un sourire coupable aux lèvres.

– Quoi ? soufflé-je. Tu as des vues sur lui ?

– Il a un pénis, donc non. Mais toi…

– Quoi, moi ?

– Callie est amoureuse ! se met-il à chantonner.

– Pia !

– Pareil ! Pia veut embrasser Lennon, elle veut se lover dans ses bras, elle veut jouer avec son…

– GUS ! grogné-je en lui plaquant ma main sur la bouche.

C'est dans cette position ridicule que Lennon nous trouve, en s'extirpant de la tente. Je reprends une posture plus digne, envoie mon meilleur ami gloussant chercher le matériel et Willow nous rejoint, jolie comme un cœur dans son sweat graffiti et sa jupe écossaise.

Le *photoshoot* peut démarrer. Je plonge dans les yeux noirs de ma fille et j'y lis tout ce que j'ai raté, ces cinq dernières années. Willow n'est pas très à l'aise au début, mais elle y met du sien. Appliquée, minutieuse, elle écoute tous mes conseils, sans trop réussir à se détendre. Alors j'invite Poney à se joindre à elle. Et tout change.

Willow rit aux éclats. Bouge avec une aisance, une grâce naturelle qui me bluffe. Elle ignore mon objectif ou le fixe, selon ses envies. Et les instants que je capture sont d'une pureté incroyable. D'une beauté émouvante.

Elle est si belle quand elle accepte d'être une enfant. Quand elle oublie que la vie est une voleuse de temps, de gens, de tout...

Willow n'a pas de maman. Elle le sait, même si elle ne sait rien. Elle en souffre.

Et moi, je retiens mes larmes une bonne dizaine de fois.

Le petit modèle va se changer à quatre reprises. Son père l'accompagne, la couve du regard, il n'a d'yeux que pour elle, si ce n'est à deux ou trois reprises, lorsque je le surprends à me contempler, moi. Il ne quitte pas son air grave, mais quelque chose a changé. Comme une lumière dans ses yeux. Un espoir. Une révélation. Lennon semble enfin convaincu du bénéfice de ce *photoshoot*. À tel point qu'il accepte de déborder un peu et de nous accorder trente minutes supplémentaires. Willow est en train d'enfiler le fameux tutu vaporeux qui m'a donné tant de fil à retordre, lorsqu'une indésirable s'invite sur le sable.

Mon sable.

Maudite nounou...

– Tempérance ! s'exclame la fillette en voyant arriver Miss Massachusetts.

La grande embrasse la petite, la fait tourner sur elle-même pour admirer sa tenue et rien ne pourrait m'horripiler davantage.

– Bon, Protubérance, tu lâches mon modèle ? grommelé-je

entre mes dents serrées.

– Bonjour, Pia ! me lance Miss Parfaite.

– Bonjour, Ignorance… fais-je tout bas en la saluant hypocritement de la main.

Tout à coup, je sens une présence dans mon dos. Une présence qui a dû tout entendre…

– Un problème ? me demande Lennon.

Soit je rêve, soit c'est un sourire que je discerne aux coins de ses lèvres.

– Aucun, fais-je innocemment.

– Alors on peut accélérer un peu ? se renseigne-t-il en m'observant avec insistance.

Soit je rêve, soit il se mord la lèvre en fixant ma bouche.

– Je peux aider ? me fait sursauter la nounou.

– Je crois que Pia s'en sort parfaitement, lui dit Lennon. Sauf sur la ponctualité…

– De l'eau ! éructé-je soudain. On meurt tous de soif ! Merci d'en rapporter pour tout le monde.

L'air un peu déçu par cette mission mais de bonne composition, la grande tige au sourire enjôleur retourne en direction du parking.

– Vous ne l'aimez pas beaucoup… commente Lennon en la regardant partir.

– Je devrais ? lui demandé-je un peu sèchement. Ça vous ferait plaisir ?

– Je ne demande rien à personne, Pia. *Rien du tout.*

Et pourtant, je suis à peu près sûre qu'il ressent la même attirance que moi, à cet instant. Ses yeux se perdent sur mon chemisier qui laisse entrapercevoir la naissance de mes seins, puis remontent pour se fondre dans les miens. J'en frissonne.

– Rien, si ce n'est que cette séance prenne fin, conclut-il avant d'appeler son chien et de s'éloigner en direction de sa fille.

Message reçu.

Putain de porte de prison.

– Pia ?

Je mets un instant à réaliser qu'il s'agit de moi.

– Oui ? me retourné-je.

– Merci, lâche-t-il soudain en désignant Willow. Merci pour elle…

Sa voix était douce. Dangereusement douce. La muraille a un peu cédé. Et alors qu'il me remercie pour le *photoshoot*, je me dis qu'il pourrait tout aussi bien me remercier d'avoir abandonné ma fille. Sans moi, il ne l'aurait jamais connue. Jamais élevée. Jamais aimée comme il l'aime. Inconditionnellement.

Au moins, mon calvaire n'aura pas été vain… Mon cœur ne se sera pas brisé pour rien.

***

Mon téléphone vibre et m'extirpe prématurément du sommeil. Le réveil est difficile. J'ai eu un mal de chien à m'endormir hier soir, les images de ma fille virevoltante me hantaient sans cesse. Et les yeux de son père. Son regard sombre et lumineux, froid et brûlant. Tout ça à la fois.

Lennon Hathaway est un paradoxe. Un paradoxe qui m'envoie un SMS impromptu à six heures quarante-et-une du matin.

[Vous êtes libre ce soir ?]

Je suis QUOI ? Ce soir… Ce soir de cette année ? Mais est-ce que c'est une heure pour proposer un rendez-vous ? Et le jour même ? Et quel genre de rendez-vous c'est, d'ailleurs ?

Je ravale mes milliers de questions et me contente d'une réponse vague et énigmatique, façon Lennon Hathaway.

[Peut-être.]

[C'est oui ou c'est non ?]

Je relis son dernier message avec la furieuse envie de le traiter de tous les noms. Mais je fais preuve de diplomatie… pour Willow.

[Demandé comme ça,
ce sera plutôt non.]

[Je dîne au Del Mar à 20 h.]

[Rejoignez-moi si vous le souhaitez.]

[On vous a déjà dit que vous saviez parler
aux femmes, Lennon ?]

[Ce n'est pas un rendez-vous galant.]

[Je sais.]

[Il faut qu'on parle business.]

[Je n'attends rien d'autre.]

[« Rien du tout ».]

J'éteins mon téléphone avant d'aller trop loin dans l'insolence et tente de me rendormir. Sans succès. Le roi du monde a ruiné ma grasse matinée. Le souvenir de ses yeux indéfinissables, de son sale caractère et les flashs de son corps d'athlète. Ça et les ronflements de Gus dans la pièce d'à côté.

***

Vingt heures quinze. Le reflet de la vitrine me renvoie une image satisfaisante. Presque sexy. Mon trajet à vélo n'a rien gâché. Ma robe noire dos nu n'est pas fripée. Mon chignon tiré a bien tenu, ma perruque pas bougé d'un poil. Mon mascara effet XXL n'a pas coulé et ma bouche reste satinée. Je pénètre dans le restaurant le plus cossu du coin et sens immédiatement les regards se poser sur moi. J'en ai certainement trop fait, mais il est temps que Lennon Hathaway voie un peu de quel bois je me chauffe. Je sais me montrer affirmée, fière, autoritaire, quand c'est nécessaire.

Et avec lui, ça l'est.

– Comme quoi, vous n'êtes pas *toujours* en avance, fait-il en regardant sa montre.

Costume bleu minuit, chemise blanche, pas de cravate. Sur un autre, ennuyeux à mourir. Sur lui, sexy à souhait.

– Vous buvez quelque chose ? me demande Lennon en appelant le serveur.

L'homme qui nous rejoint se trouve être le sommelier, il salue M. Hathaway avec beaucoup de déférence et se tourne vers moi. Je ne lui laisse pas le temps de me couvrir de politesse et commande directement :

– Un verre de Barolo Damilano, si vous avez ?

– Madame est une connaisseuse…

– Mademoiselle, précise Lennon d'une voix tranchante.

Ta réputation est sauve, M. Intouchable…

– Nous n'avons qu'un Barolo Gavarini, me répond le spécialiste dans un parfait accent italien. Mais c'est également un excellent cru.

– Parfait, réponds-je en souriant. Et n'hésitez pas à remplir fréquemment le verre de *Monsieur*. Il a besoin de se détendre…

Pour la première fois, Lennon Hathaway rit à l'une de mes remarques. Un rire doux, chaud, velouté, qui m'émoustille tout en bas. Je le fixe droit dans les yeux, il ne fuit pas mon regard. Pas une seconde.

– Pourquoi ce dîner ? demandé-je soudain, d'une voix plus

grave que nécessaire.

– Pour parler de votre projet.

– Alors faisons-le.

Je me focalise sur le verre qu'on vient de me servir. J'en bois une gorgée – délicieuse – et refuse de me laisser déconcentrer par l'homme sublime et arrogant qui me fait face.

– Vous êtes pressée ? m'interroge-t-il, une lueur intense dans le regard.

– Le temps, c'est de l'argent, dis-je bêtement.

– Vous n'en croyez pas un mot, affirme-t-il. Vous êtes une artiste. Une idéaliste. L'argent vous importe peu.

– Et vous êtes un millionnaire.

– Je suis plein d'autres choses, fait-il en plissant les yeux. Mais si vous tenez à me réduire à ça, sachez que je suis milliardaire.

J'admire son aplomb, son assurance sans faille et réalise que je meurs d'envie de l'embrasser. En lui faisant mal, un peu. Plus que je n'ai jamais eu envie d'embrasser quiconque. Même Levi. Alors je le snobe et me plonge rapidement dans la carte.

– J'espère que vous comptez me nourrir, parce que je ne suis pas du genre à commander des demi-portions, le préviens-je.

– Bonne vivante ?

– Ça dépend pour quoi…

Ma réponse ne se voulait pas ambiguë, mais elle l'est. Et soudain, il fait mille degrés sous ce regard.

J'opte pour le tartare de daurade, la sole, puis les gnocchis au citron. Sa Majesté ne cille pas en m'entendant commander la moitié de la carte. Lennon m'écoute discuter gastronomie avec le serveur, mais semble se renfrogner lorsque ce dernier s'éloigne.

– Vous êtes lunatique de manière générale, ou juste avec moi ? le provoqué-je.

– Vous n'êtes pas si spéciale, Pia…

– Merci pour le compliment.

– Je suis comme je suis. Pas du genre *détendu*, navré si ça vous déplaît, fait-il en portant son verre à ses lèvres.

Nous discutons un temps de tout et de rien, de la région, de la ville, de l'écosystème, comme deux adultes bien élevés, courtois et parfaitement ennuyeux, qui refusent de se rendre à l'évidence. L'attirance entre nous est déstabilisante. Et indéniable.

Nos entrées arrivent, je dévore la mienne et dans un geste spontané, je pique un bout de betterave dans son assiette. Un geste qui m'échappe et que je regrette aussitôt. Mais qui ne semble pas le perturber.

– Désolée… murmuré-je.

– Ça ne me dérange pas. C'est la spécialité de Willow.

Le rouge me monte aux joues. Je devrais tout lui dire, maintenant, vider mon sac, me débarrasser de mes mensonges et de ma culpabilité. Mais Lennon change déjà de sujet et mon courage se fait la malle.

– Alors, cette collection ? Vous comptez vraiment en faire quelque chose ?

Un peu prise au dépourvu, je me mets à lui soumettre mon business plan, mes idées en matière de publicité, de marketing, de confection, de diffusion. Je veux une marque respectueuse de l'environnement, une marque faite main sur le territoire américain, une marque aux prix doux. Il m'écoute avec soin, me reprend parfois, sans jamais se prendre pour mon boss. J'apprécie qu'il se contente de me conseiller, plutôt que me diriger. Je n'ai pas l'habitude qu'un homme me traite ainsi.

Pas l'habitude de ressentir cette chaleur entre mes cuisses, non plus.

« Soupe champagne-basilic ». Mon dessert se révèle prétentieux et bien trop léger à mon goût. Comme une robe bouffante, pleine de promesses, qui retombe à la seconde où vous l'enfilez. Déception cruelle. Lennon me voit faire la moue face à mon assiette et se lève aussitôt de sa chaise. Il fait un signe au serveur et nous quittons le Del Mar sans même finir nos plats.

– Je suis privée de dessert, c'est ça ?

– Pas exactement… Où est votre voiture ?

– Je suis venue à vélo.

Le businessman se retourne vers moi, l'air amusé.

– Dans cette tenue ?

– Oui. Enfin, mes escarpins étaient dans le petit panier accroché au guidon.

Il me contemple une seconde, l'air de me trouver complètement folle. Ou terriblement à son goût. Qui sait ce qui bouillonne dans sa tête ? D'un geste sûr et agile, Lennon s'empare de mon vélo et le range dans le coffre de son SUV. Excitée par l'inconnu, je sautille sur mes talons et monte sur le siège passager sans attendre qu'il se place derrière le volant.

– On va où ? J'adore les surprises !

– Et moi, j'adore le silence, murmure-t-il en me rejoignant dans l'habitacle.

– Il ne fallait pas me choisir, alors…

– Qui a choisi qui, déjà ? me rappelle-t-il.

S'il savait combien de temps je l'ai étudié avant de l'approcher…

– Prête ?

J'acquiesce. Il lance le moteur et conduit d'une seule main sur plusieurs kilomètres. La nuit est complètement tombée mais la route est bien éclairée. Lennon se gare près d'un manège pour enfants et je découvre enfin notre destination. Une camionnette multicolore. Et multigoûts.

– Un vendeur de glaces ! fais-je d'une voix enamourée.

Je descends – saute – du SUV avant Lennon, il me rejoint et nous avançons vers le vendeur, un grand homme pas très souriant et atrocement maigre.

– À sa place, je ferais trois cents kilos… chuchoté-je en salivant.

Le roi du monde se détend un peu plus et lâche un rire grave. Viril. Sexy. Je le scrute un instant, le trouve encore plus beau déridé, puis me force à regarder ailleurs. Sans les avoir toutes étudiées, je claironne déjà la liste des saveurs que je vais m'enfiler.

– Six boules ? Ça n'existe pas, me rétorque mollement le vendeur.

– Trois sur un cône, trois sur un autre ? tente le châtain en costard, à ma droite.

– Non ! insisté-je. Vous brimez ma créativité ! Je veux tout sur un même cône !

Triple chocolat. Pécan. Menthe. Chewing-gum. Donut. Tarte au citron. Une drôle de tour, dégoulinante et sucrée.

– Plus faim ? demandé-je à Lennon en attaquant ma montagne glacée.

– Non, je vais me contenter d'admirer le spectacle…

– Je suis prêteuse, fais-je en lui tendant une petite cuillère en plastique.

Le méfiant décline d'abord, puis accepte de laisser sa chance à mon mélange écœurant.

– C'est officiel : cette glace est infâme, grogne-t-il. Quand je vous regarde, elle a pourtant l'air délicieuse…

Un peu troublée, je souris et avance en direction de la jetée. L'air s'est rafraîchi et je commence à avoir froid. Lennon le remarque et, sans me demander mon avis, retire sa veste pour la poser sur mes épaules.

– Vous êtes un faux méchant, Lennon Hathaway, lui glissé-je.

Il me lance un sourire sincère, enfin. Sans insolence, sans provocation ni moquerie. Un sourire qui vaut de l'or.

9

Intouchable et intouchée

Toujours le même cauchemar. Je suis enfermée dans une pièce glaciale et humide plongée dans le noir, tremblante et assise à même le sol. De l'autre côté du mur en béton, j'entends hurler deux voix. L'une très aiguë – Andrea – et l'autre plus affirmée – Dante. Ils ont 9 et 10 ans. Moi 4. Quelqu'un les frappe. Je sais pertinemment qui.

Regarder les infos hier soir avant de me coucher n'était pas une bonne idée, mais en rentrant de mon dîner avec Lennon, j'ai longuement cherché le sommeil. Mon corps était en alerte, en marche malgré moi, et il refusait de s'éteindre. Alors je me suis abrutie devant la télévision et j'ai écouté le journaliste à la voix monocorde donner des nouvelles de Vittorio Lazzari.

Toujours dans le coma. Toujours aucune idée de s'il s'agit d'un accident ou d'un crime.

Je me lève, me déshabille et me glisse sous une douche chaude et enveloppante. Lorsque la tuyauterie commence à faire des siennes, j'éteins l'eau pour éviter de réveiller Gus à l'étage. Et Herb au rez-de-chaussée. Il est à peine six heures et ces deux ours mal léchés ne sont pas du matin. J'enfile ma perruque, un pantalon en cuir noir, le top blanc sur le haut de la pile et ma veste kaki.

Je laisse mon doux géant en pleine communion avec Morphée. J'emprunte les escaliers extérieurs et marche lentement jusqu'à la plage. Il fait frais mais pas froid. Le soleil vient de se lever, l'air est salé, sain, vivifiant. J'avance sans but sur le sable, mes tennis à la main, sans même me rendre compte de la direction que je prends.

Au loin, je finis par repérer la villa.

La villa Hathaway.

Je marche encore, les yeux perdus dans les vagues. Presque personne dans les parages, si ce n'est deux promeneurs matinaux et leurs chiens qui chassent l'écume. Et puis une silhouette familière se détache dans mon champ de vision. Un homme en combinaison de surf, qui sort de l'eau et s'ébroue les cheveux.

Des cheveux châtains aux reflets dorés. Un corps sculpté, viril, impressionnant. Son visage se relève, puis se tourne vers moi. Je croise le regard de Lennon Hathaway et la panique me gagne. Je fais demi-tour en catastrophe, m'emmêlant les pinceaux et les pieds.

Et ma cheville me lâche.

– Pia ? Qu'est-ce que… Attendez !

Je viens de m'effondrer dans le sable et voilà Sa Majesté qui vole à mon secours.

– Pia, ça va ?

– Oui, ce n'est rien.

Je me relève en m'aidant des mains qu'il me tend et boite légèrement pour m'éloigner de lui. Je me sens fragile, vulnérable, tout à coup. J'ai besoin qu'il arrête de me toucher. De me parler. De me bouleverser.

Je n'ai jamais ressenti ça. Je suis terrorisée.

– Venez, vous boitez, dit-il doucement en tentant de m'entraîner.

– Non, je dois rentrer.

– Pia, arrêtez ça.

Ses yeux scintillent dans la lumière du petit matin. J'ai mal au pied. Je suis paumée. Alors sans plus réfléchir, je le laisse me soulever du sol. Lennon me porte jusqu'à sa villa et pendant de longues minutes, je me retiens de respirer. De le sentir. De me blottir contre son corps mouillé.

– Je vais chercher de quoi vous bander le pied, m'annonce-t-il après m'avoir déposée sur l'un des canapés du salon.

J'observe sa large silhouette s'éloigner, sans parvenir à la quitter des yeux.

– Lennon, attendez ! chuchoté-je. On ne risque pas de réveiller Willow ?

– Elle dort chez sa copine Hazel.

Seuls. Nous sommes seuls dans cette baraque. Lui et moi. Moi et lui. Lennon Hathaway, aimant sur pattes, mâle dans toute sa splendeur. Il est intouchable, je suis *intouchée*.

Il revient, toujours vêtu de sa combinaison de surf, mais une serviette sur la nuque. Il s'est frotté les cheveux et sa tignasse ébouriffée le rend encore plus séduisant. Viril. Rebelle. Il s'applique à enrouler la bande autour de ma cheville, je retiens à nouveau mon souffle.

– Ça ferait un très joli accessoire pour ma future collection, murmuré-je pour donner le change.

Deux yeux – mélange de vert, de brun et de bleu orage – se lèvent et me contemplent. Intensément. Comme on ne m'a jamais contemplée.

– Tu peux arrêter de jouer la fille exubérante sans arrêt, me glisse Lennon. D'avoir l'air intouchable pour qu'on ne sache pas qui tu es vraiment, d'en faire des tonnes et de te montrer forte, sans attache et sans envie de t'attacher. Ta fragilité, je la vois, je la ressens. Tu peux être simplement toi, tu sais ?

Les larmes me montent aux yeux mais je les combats. Les ravale. Comme ma fierté. Je ne sais pas comment il a fait, mais cet homme a déjoué mes plans, contourné mes barrières. L'envie folle de l'embrasser me gagne à nouveau. Et j'y succombe.

Ses lèvres chaudes s'entrouvrent sur mon chemin. Elles accueillent les miennes au lieu de les fuir. Je n'ai embrassé personne depuis cinq ans, je manque cruellement d'expérience et de maîtrise, mais je m'en remets à mon désir, à mes sens, à mon corps tout entier. Et il fait des miracles. Ma langue se faufile dans sa bouche, Lennon grogne et attrape de mon visage. Il m'embrasse plus profondément encore, avec force et douceur, me caresse, me tourmente, me mordille, je gémis et l'attire plus près de moi.

Je ne tolérerai plus aucune distance entre son corps et le mien.

Moi, Calliopé Lazzari, je n'ai jamais rien ressenti de tel.

Il n'a plus envie d'être intouchable. Je n'ai plus envie d'être intouchée.

Ses mains ont le même aplomb que leur propriétaire. Un mélange de tendresse et d'assurance qui leur donne tous les droits. Quand elles descendent sur mon top blanc, je ne les repousse pas. Quand elles entourent simplement ma taille, je trouve ça d'un érotisme fou. Quand elles se faufilent sous le tissu, avec une lenteur inouïe, je retiens mon souffle. Le contact de ses paumes sur ma peau a quelque chose d'électrique. Les milliers de volts reviennent me traverser le corps. Mais comme une immense vague lascive plutôt que cette décharge que j'éprouve si souvent. Lennon, énigmatique et doux comme son prénom, semble avoir le pouvoir de transformer la tension en émotion. L'électricité en sensualité. Le choc en alchimie. Je divague, sûrement. Chut, je me laisse emporter par la vague.

Il me touche et m'embrasse, encore. Je goûte à ses lèvres comme à un nectar. Moi, la gourmande, la dévoreuse, l'ogresse qui croque la vie à pleines dents… je savoure. J'effleure sa langue comme un trésor. J'entends l'infime froissement du coton de mon haut. Je ressens chacun de ses doigts parcourant mes flancs, remontant doucement, dénudant mon ventre et laissant sur leur passage une chair de poule incandescente.

Je n'ai pas laissé un homme faire ça depuis… toujours. Depuis trop longtemps pour que je m'en souvienne. Et je n'arrive plus à penser. À un autre. Au passé. À qui je suis ou qui j'étais. À cet instant, je suis tout entière à Lennon Hathaway. Cet homme énigmatique me fait un effet prodigieux. Presque magique. Comme si ses mains apprivoisaient tout ce qu'elles touchent, à la seconde même. Comme si ma peau sauvage devenait sienne. Je me souviens de son regard sur l'océan, comme s'il le possédait. En ce moment même, les yeux multicolores se posent en douceur sur ma bouche, sur mon corps. Et tout lui appartient. Quand Sa Majesté se perche en haut de son escalier, il domine sa villa comme il domine le monde. Quand Lennon se suspend au-dessus de moi, à la force des bras, il m'engloutit littéralement sous son aura.

– Dis-moi d'arrêter… murmure sa voix profonde.

– Non, soufflé-je.

La muraille a disparu. À l'horizontale, le roi du monde s'est mué en mâle sensuel. Toujours aussi maître de ses gestes, mais il bouge son mètre quatre-vingt-dix avec grâce. Légèreté. Souplesse. Je ne trouve plus aucune trace de sa raideur. Dans sa combinaison de surf noire et moulante, il ondule. Simplement, silencieusement. Sans à-coup, sans accroc. Comme s'il était encore dans l'eau.

Toujours allongée sur ce large canapé, immobilisée par ma cheville tordue, je glisse mes doigts dans ses cheveux. Ils sentent bon. Ils sont encore mouillés de son bain matinal. Gorgés de soleil et d'océan. Je fais glisser la serviette dans sa nuque pour m'en débarrasser. Et je reçois quelques gouttes salées qui se mêlent à nos baisers. Je soupire près de sa bouche, le souffle court, juste parce que j'ai enfin touché sa peau. J'ai osé. Celle de son cou, fraîche, douce, tendue sous la pulpe de mes doigts hésitants. Je voudrais le toucher encore, partout, ailleurs. Mais j'ignore comment demander. Ni même si c'est une bonne idée.

– Tu en veux un peu plus ? murmure sa voix profonde et parfaitement posée.

J'ai peur. Peur de ma réponse trop franche. De mon désir

trop fort. Et de ne plus savoir qu'en faire. Peur qu'il aille trop vite, trop loin. Mais l'aplomb, l'aisance, le calme de cet homme me rassurent. Dans son regard transparent qui se pose alors sur moi, je lis toute la patience du monde. Il me voit hésiter, frémir. Et me chuchote :

– Ne t'en fais pas… N'aie jamais peur de moi… Je sais, j'ai compris. Les cœurs farouches n'offrent pas leur corps comme ça.

Ses mots si bien choisis, son intelligence rare et son souffle brûlant réchauffent toute mon âme. Alors je fais oui de la tête, la bouche entrouverte, sans pouvoir prononcer un seul son.

J'en veux plus. Tellement plus.

Lennon se redresse, quitte notre cocon et se plante au milieu de son salon. Je reste lovée dans son canapé blanc et le regarde évoluer. Les yeux plissés, posés au loin pour ne pas fixer les miens, il lève ses deux bras musclés, se contorsionne avec une maîtrise parfaite et tire sur la languette qui descend la fermeture Éclair dans son dos. Je crois que personne d'autre que lui ne pourrait avoir l'air sexy pendant ce genre de manœuvres. Lui, si. Terriblement sexy.

Peu à peu, la combinaison moulante qui emprisonne son corps se distend. Peu à peu, il retire le tissu Stretch le long de ses bras robustes, de son torse musculeux, de sa taille fine. Peu à peu, il quitte sa seconde peau, noire et épaisse, pour m'offrir l'autre, la vraie, fine et dorée. Je découvre avec stupeur la perfection de son corps, le dessin de ses muscles, le grain soyeux de sa peau. Je me surprends à trouver ça beau. Pur, fort, incroyablement beau.

Je suis habituée aux corps d'homme travaillés, affûtés. Aux modèles masculins dont c'est l'outil de travail. Aux défilés de mode et aux photos de magazines. Ces silhouettes aiguisées me laissent toujours indifférente. Tous ces pectoraux, ces biceps, ces abdos. Déjà vus. Creux. Vides de sens. Ce qui me bouleverse dans le corps de Lennon, à cette seconde, c'est sa façon de l'habiter. De le remplir. C'est l'âme indocile contenue dans l'enveloppe parfaitement contrôlée. C'est la délicatesse des gestes malgré la puissance des muscles. C'est le sex-appeal qui s'échappe de sa force virile. Ce sont les blessures qui affleurent sous le charisme.

Quels sont tes secrets, Lennon Hathaway ?

Je tends la main dans le vide, vers lui, pour l'appeler. Je l'attire à moi comme si j'avais un aimant au bout des doigts. J'ai besoin de le sentir, de le toucher. De me coller à lui et de m'abandonner à ses bras. J'ignore jusqu'où ça nous mènera. Je sais seulement que c'est ce dont j'ai besoin, là, maintenant.

Le surfeur abandonne sa combinaison dans un dernier geste du pied, et j'ai juste le temps d'apercevoir le boxer en lycra qu'il porte en dessous. Il s'est déjà rué sur moi. Pas vraiment rué, mais fougueusement approché. Pas vraiment sur moi, à côté. Il s'allonge avec précaution sur le grand canapé, de profil. Il me fait face et ne me touche pas. Je porte toujours tous mes vêtements et sa quasi-nudité me semble indécente près de mon corps habillé. Séduisante, fascinante, déroutante.

– C'est toi qui décides, me souffle-t-il. Du rythme. Des limites.

Sa voix calme et profonde m'apaise. Me réchauffe. Je saisis son poignet et porte sa main à ma bouche. J'embrasse lentement sa paume puis la pose sur ma joue. Et la descends, tout doucement. Dans mon cou. Autour de mon sein. Le long de mes côtes. Je le laisse finir le chemin. Vagabonder où il veut. Me découvrir. J'ai confiance. J'ai envie. Follement envie de lui.

J'ai l'impression qu'on ne m'a jamais touchée. Jamais comme ça. Tout s'éveille en moi. J'embrasse Lennon plus fort. Je presse sa main posée sur mon sein. J'en réclame plus, sans rien dire. Je glisse ma cuisse téméraire sur sa jambe nue. Il l'accueille et la soulève, plus haut encore. Mon désir brûle entre mes jambes qui s'ouvrent. Il me donne chaud, il me donne faim, me fait du bien. Quand nos baisers s'interrompent, mon surfeur dénudé m'offre un sourire tendre qui me fait succomber. Quand ses mains prennent de nouvelles libertés, je l'encourage en lui rendant son sourire, les yeux fermés. Sans même le vouloir, je me cambre pour l'aider à me déshabiller. Mon top s'envole au-dessus de ma tête et je pense à ma perruque rousse qui ne doit surtout pas s'envoler. Elle reste bien en place. Contrairement à tous mes sens. Sens dessus dessous.

À travers les baies vitrées de la villa qui donne sur l'océan, je vois le soleil se lever. La douce et chaude lumière du matin éclaire joliment nos corps. Je me dis que ça ferait une sublime photo. Et je me reprends aussitôt. Pudique, je colle ma nudité au torse de mon amant. Il me love contre lui, comme s'il comprenait de quoi j'ai tant besoin. Il m'emplit de sa chaleur, de sa douceur. Il m'enveloppe de ses bras protecteurs. Et sentir ses pectoraux écraser ma poitrine nue me plaît plus que je ne l'aurais jamais imaginé. Mon cœur s'emballe. Mélange fou d'émotions et de sentiments. J'essaie de les retenir. En vain. Mon pouls accélère, mon feu grandit.

Lennon enfouit son visage dans mon cou et m'embrasse avec langueur. Je soupire de plus belle. Décoiffe ses cheveux humides et rebelles. Épouse son corps qui tente de fusionner avec le mien. Pour la première fois, je sens la bosse de son boxer frôler ma cuisse. Je découvre sa rigidité, la seule qui subsiste. Celle-là, je n'ai pas envie de m'en moquer. Elle est animale, naturelle. Elle pourrait me faire peur, m'impressionner. Elle ne fait que décupler ma confiance en moi. En lui. Je me sens désirée. Mais je sais qu'il saura s'arrêter. J'ignore ce que sont devenues mes angoisses. L'homme sûr de lui les apaise. J'ignore où sont passées mes limites. L'homme irrésistible les repousse. Il se montre patient, attentif, il m'écoute et me devine. Il sait lire sur mes lèvres, dans mes yeux, au fond de mes soupirs.

Et quand sa main glisse sur mon pantalon en cuir, c'est

exactement ce que je désire. Je m'abandonne à ses caresses expertes qui m'enflamment. Sur l'épais tissu, d'abord. Puis la main ouvre un bouton et s'insinue entre le cuir et la barrière suivante. Je porte une culotte en coton noir, taille haute. Je suis plus à l'aise dans de la lingerie rétro, couvrante, que dans ces sous-vêtements riquiqui qui montrent tout. J'espère qu'il n'est pas surpris. Déçu. Je n'arrive plus à réfléchir. La pression de sa main me fait tourner la tête, même à travers le tissu. Elle a l'air de savoir parfaitement ce que je veux, ce que j'aime. Alors que je ne le sais pas moi-même. Je gémis comme une adolescente en émoi. Je bous à l'intérieur et je perds le contrôle, déjà. Sa main est maintenant plaquée tout entière entre mes cuisses. Et je n'ai jamais rien connu de meilleur.

– Encore plus loin ? glisse Lennon à mon oreille en me collant des frissons.

– Où tu veux… m'entends-je lui répondre dans un souffle.

Délicatement, ses doigts écartent le coton et s'insinuent dessous. Ils m'atteignent, à même la peau. Et je n'en reviens pas de le laisser faire ça. Ils me caressent, sans plus aucune barrière. Et je n'en reviens pas d'aimer autant ça. J'ignorais que ça pouvait seulement arriver, mais mon clitoris a le tournis. Mon désir, le vertige. Je ne sais pas ce qu'il fait, comment il le fait, mais la brûlure devient plaisir. Une sensation inouïe, fabuleuse, indescriptible. Presque magique. Une vague qui m'emporte sans me faire peur. Une ultime décharge qui fait vibrer mon corps entier. Une flamme immense et délicieuse qui me lèche à l'intérieur. Je m'envole. Décolle. Et dans un soupir qui vient du plus profond de mon âme, blottie entre ses bras qui me serrent fort, je me perche tout là-haut. Je jouis.

Pour la toute première fois de ma vie.

10

La cicatrice

Il me faut quelques minutes pour reprendre mes esprits. Atterrir. Me souvenir d'où je suis. De ce que j'ai fait. Ce qu'on vient de me faire. Mon corps connaît pour la première fois cette douce torpeur qui suit la jouissance. Mes bras me picotent doucement, mes jambes fourmillent, mon ventre papillonne, ma peau est brûlante et sensible, je pourrais m'abandonner à ces délices, mais c'est plus fort que moi. Mon cœur bat la chamade et mon esprit s'affole. Ma tête me trahit. Encore.

Il faut que je m'échappe. Que je respire. Besoin d'air. D'espace. De terre ferme sous mes pieds et de distance avec l'homme qui vient de renverser tout mon monde. Lennon Hathaway m'a offert mon premier o… mon premier o…

Orgasme, putain !

Il a fait preuve d'une douceur, d'une patience, d'une compréhension infinies, il m'a excitée, enflammée, embrasée comme jamais, mais à cet instant, allongée tout contre lui, je me sens comme un animal sauvage. En cage. Une panthère. Une mygale. Un wombat. Peu importe la bête. Je me sens prisonnière.

Pas de lui, de moi. De mes angoisses. De mes névroses. De ce passé qui m'a brisée. Et de mes mensonges qui pourraient encore tout détruire, tout gâcher.

– Je dois y aller, fais-je soudain en me penchant pour atteindre mon top blanc échoué au sol.

Lennon me regarde l'enfiler, patient, prudent. Ses yeux multicolores caressent à nouveau mon corps, mais cette fois, son désir est empreint d'inquiétude. Il sent que ça ne va pas bien, là-haut. Dans ma foutue caboche.

– Pia, tu n'es pas obligée…

– J'ai une vie, me forcé-je à lui sourire. Un job. Des milliards de choses à faire.

– Je te ramène ? propose-t-il en fixant ma cheville.

– Pas la peine.

Torse nu, insolemment beau mais tellement respectueux, le surfeur s'étire de tout son long, puis se lève et me tend ma veste. Je la lui prends à toute vitesse, sentant la crise d'angoisse me guetter.

– Respire, me dit-il doucement. Compte jusqu'à trois et expire. Ça va passer…

Je plonge une nouvelle fois dans ses yeux et je voudrais tant m'y perdre. Oublier tout le reste, lui rendre toute la douceur, le plaisir qu'il m'a donnés. Mais je n'y parviens pas. *Fuir*. Je ne pense qu'à ça.

Alors je lui fais un signe de la main – ridicule – et je quitte la villa en boitillant. Ma cheville est raide, mais pas vraiment douloureuse. Contrairement à tout le reste.

***

Lorsque je fais irruption dans notre atelier de fortune, quinze minutes plus tard, Gus lâche son donut à l'instant où il voit ma tête. On ne se parle pas mais mon meilleur ami m'offre son épaule pour pleurer. J'ouvre les vannes et je laisse tout sortir. C'est lui qui m'a appris ça. Lui qui m'a convaincue que tout garder à l'intérieur finissait par vous grignoter, vous ronger. Alors je ne garde rien, je me déverse et peu à peu, ma respiration se calme, mes muscles s'apaisent et l'angoisse perd du terrain.

– Ça va mieux ? me murmure le géant tandis que j'arrache

ma perruque et sèche enfin mes larmes.

– Ouais. Désolée pour ton t-shirt.

Une énorme auréole mouillée se dessine sur le tissu jaune poussin. Gus hausse les épaules et retourne s'asseoir pour s'attaquer à nouveau à son petit déjeuner.

– Cauchemar et insomnie ? me demande-t-il la bouche pleine.

– Oui… et j'ai… je…

– Quoi ?

– Rien, me ravisé-je. Je suis allée marcher.

J'hésite à lui révéler que j'étais dans les bras du modèle Hermès il y a quelques minutes à peine. Que Lennon m'a offert mon premier orgasme. Mes premiers vrais frissons. Mais Gus et moi ne partageons pas vraiment ces choses-là. Sûrement parce que je n'ai jamais eu d'aventure depuis que je le connais. Et que les siennes sont aussi rares que foireuses.

Il est pourtant si beau. Dedans comme dehors. Gus est rond de partout. Harmonieux, coquet, il sent toujours bon et son sourire est irrésistible. N'importe quelle femme remporterait le jackpot avec lui. N'importe quelle femme sauf moi. Moi, je l'aime comme un double. Un double qui me comprend mieux que quiconque.

L'amour et toutes ses complications, ce n'est tout simplement pas pour nous.

– Je vais aller m'allonger un peu, soupiré-je après avoir mordu dans son donut.

Je m'éloigne de quelques pas à peine.

– Callie, tu boites ?

– Non. Enfin, si. C'est rien.

– Ta cheville, encore ?

J'acquiesce, lui souris pour le rassurer, puis vais m'enfermer dans ma chambre. Ce n'est pas la première fois que ma cheville droite me joue des tours. Elle m'a déjà lâchée à de nombreuses reprises. Lorsque je fuyais le danger.

Mon père.

***

J'ai beau l'avoir fui, Lennon ne me quitte plus. Je sens encore ses lèvres sur ma peau, ses mains sur moi, son souffle, sa douceur, sa dureté… J'en deviens folle.

Allongée en travers de mon lit, le pied calé en hauteur sur un coussin, je passe en revue mes différentes options. Appeler ma mère ? C'est vrai qu'elle a un très bon rapport à la gent masculine… Dante ? Andrea ? Ils ont d'autres choses – légèrement plus importantes – à gérer. Seraphina ? Je la connais depuis deux semaines, je suis sûre qu'elle serait ravie d'en apprendre plus sur ma vie sexuelle.

« Ma vie sexuelle ».

Ces mots sonnent étrangement. Et pourtant, un sourire étire enfin mes lèvres.

Seule option possible – et de loin la meilleure : opter pour une bête aussi folle que moi ! Je m'empare de mon portable et clique sur son numéro.

– Tutu express à l'appareil, que puis-je faire pour vous ?

– Tutu express ? dis-je en riant.

– Ton frère a été avalé par les entrailles de la Chevy, il faut que j'aille à sa rescousse !

– Il a quoi ?

– Il est sous le capot. Les bougies nous lâchent les unes après les autres…

J'entends la voix grave de Dante qui bougonne au loin, puis celle de son Soleil qui rigole et me balance :

– Apparemment, il n'a pas besoin de moi, alors tu vas me tenir compagnie. Raconte-moi tout !

Évidemment, je me mets à bafouiller.

– C'est… Comment dire… un peu…

– Callie, tout va bien ?

– C'est *intime*, soufflé-je comme si j'avais lâché un énorme gros mot.

– Oh ? Comment ça ? chuchote Solveig.

– Je viens d'avoir un…
– Un quoi ?
– Tu sais…
– Non ! Dis-moi !
– Un o…
– Un o ?
– Un orgasme ! lâché-je enfin. Le premier de ma vie. Et j'ai pris peur. Alors j'ai fui. Et je ne sais pas à qui me confier tellement j'ai honte…
Le silence dure quelques secondes, puis la voix joyeusement tonitruante de ma belle-sœur me crève un tympan.
– Envoie-moi ton adresse, on débarque dans une heure !
– Mais… votre *road trip* ? Et les bougies ?
– Ton frère fait des miracles, Callie. On arrive !
– Tu ne lui dis rien, hein ?
– Non. C'est un secret de filles. Ça restera entre toi, moi et Morue !
Elle rit puis raccroche aussi sec. Cette fille est un ovni. Un ovni de fraîcheur et de bienveillance. Je n'aurais pas pu rêver mieux pour mon frère. Et pour toute notre famille qui avait diablement besoin d'un peu de soleil.

***

Ils sont arrivés deux heures plus tard, les bras chargés de câlins et de barres chocolatées. Après avoir fait le tour de mon appartement – en se retenant de critiquer, après m'avoir pudiquement demandé des nouvelles de ma *mission*, Dante a entraîné Gus dans l'une de ses escapades photos. Solveig et moi nous sommes affalées dans le canapé avec le chien, une bière et un paquet de mini-Snickers.
– Alors, heureuse ? me demande-t-elle en riant doucement. Désolée, c'est tellement cliché qu'il fallait que ça sorte !
– Un peu… Pas vraiment… Je ne sais pas, hésité-je.
– Parle-moi, Callie. C'est pour ça que je suis là.

Et je vide mon sac sans plus attendre. Je commence à me comprendre…

– Je pensais détester ça, qu'il me touche, avoué-je à voix basse. Mais c'était tout le contraire. Il faut dire que ma première et seule fois n'a pas été glorieuse…

– Levi ?

– Oui. Non seulement c'était trop fort, trop vite, mais je suis tombée enceinte.

Une larme s'échappe de mes cils.

– Oh, Callie, dit-elle en se penchant vers moi pour me serrer contre elle.

– Je pensais que presque tous les hommes étaient égoïstes, brutaux. Sauf Dante, sauf Gus, sauf…

– Ils ne le sont pas tous, murmure la blonde. Ils ne sont ni Levi, ni ton père.

– Vito… soupiré-je avant de me taire.

– Tu peux tout me dire. Si tu en as envie.

– Il ne m'a frappée qu'une seule fois. Moi, c'était beaucoup plus sournois que ça. Il m'enfermait, il m'affamait, me regardait de travers. De tout son mépris, il me disait que j'étais beaucoup trop bizarre pour être jolie. Qu'aucun garçon ne voudrait jamais de moi. À l'adolescence, c'est devenu pire encore. Il me faisait culpabiliser de devenir une femme, d'avoir des formes, il m'obligeait à les cacher… Je le dégoûtais. Et je me suis sans doute mise à me dégoûter.

Solveig se tend, son corps de danseuse se crispe, je sens la colère monter en elle. Je lui serre la main pour lui faire comprendre que je vais bien – le mieux possible – et je reprends d'une voix moins tremblante.

– Avec *lui*, ce matin, c'était doux, simple, naturel. C'était beau. Et on n'est pas allés jusqu'au bout, pas du tout. Mais quand même, c'était fou. J'ai aimé. Plus que ça. J'ai fondu…

– Alors tu as bien choisi ton amant… me sourit Tutu.

– Justement, non, soufflé-je en triturant ma frange brune.

J'ai choisi le seul qui m'était interdit…

Tutu écarquille ses yeux expressifs et me fixe, encore plus tendue.

– Tu veux dire que tu as fait ça avec… ?

– Oui. Le père de ma fille. Qui ignore qui je suis vraiment. Et toutes les casseroles que je traîne derrière moi.

– Callie… Tu as des sentiments pour lui ?

– Il est différent. Blessé mais pas blessant. Dur mais incroyablement doux. Je crois qu'il me plaît. Vraiment…

– Putain…

– Ouais, *putain*.

Quelques silences et Snickers plus tard, revigorée par tout ce sucre, je me confie à nouveau.

– Ma cicatrice, je voudrais qu'elle disparaisse…

Solveig fixe mon front mais semble se douter qu'il ne s'agit pas de celle-là. Trop fine, trop invisible pour me hanter.

– J'ai accouché par césarienne, soufflé-je alors. Cette ligne sur ma peau, cette trace indélébile… Je voudrais que personne ne la voie, ne la touche jamais. Elle n'est plus douloureuse depuis des années… et pourtant, elle me fait tellement mal.

Tutu pose la tête sur mon épaule et me glisse d'une voix pleine de tendresse :

– Callie, tu finiras par trouver un homme qui te fera tout aimer chez toi. Même cette cicatrice, même tes secrets les plus intimes… Tu dois accepter que tu as eu un enfant, que tu es une mère. Il faut que tu fasses la paix avec les vérités que tu as tenté d'étouffer toutes ces années. La paix avec ta première fois. Peut-être, finalement, qu'elle n'est pas la cause de tous tes malheurs… mais le point de départ de grands bonheurs…

Elle sourit presque en disant tous ces mots si simples, si justes. Je la regarde, bêtement, en me disant que je ne crois en aucun dieu, en aucune force surnaturelle, mais que je suis prête à prier jusqu'à mon dernier souffle pour qu'elle ait raison. Juste un peu.

Pour que Willow ne soit plus mon bonheur volé, arraché, envolé. Et qui sait, pour que Lennon Hathaway m'aime un jour comme je suis. Pour qui je suis.

Malgré qui je suis.

***

En milieu d'après-midi, alors que tout le monde est en vadrouille à Chatham, je décide que j'ai assez attendu. Assez repoussé l'inévitable. Assez menti. Ma perruque rousse reste au placard, mes fringues ennuyeuses aussi. J'enfile ma tenue fétiche – et un peu pointue : une jupe en soie noire qui tombe à mi-mollets, façon années trente, une blouse en dentelle gris macadam et des salomés jaune canari. Un rouge à lèvres coquelicot orne ma bouche, du khôl habille mes paupières. J'ajuste mon éternel chignon au sommet de mon crâne, lisse ma frange brune et me fixe dans le miroir :

– Callie Lazzari, enchantée.

Je pédale d'un seul pied, ma cheville restant fragile, et gare mon vélo juste à côté du portail électrique. Je sonne, quelqu'un ouvre. La porte d'entrée de la maison s'ouvre à son tour, au loin, et Lennon s'y adosse. Il me regarde avancer vers lui, les bras croisés sur le torse, son regard indéfinissable fixé sur mes cheveux.

Bruns. Je suis brune. Il ne rêve pas.

J'arrive presque à son niveau, m'arrête à quelques pas de lui et hausse les épaules. Je ne sais pas par où commencer, alors il embraie :

– Cette fois, c'est vraiment toi, sourit-il en coin.

Il me fixe longuement, doucement, d'un air tendre et curieux. Ses yeux plongent dans les miens, visitent mes lèvres, ma frange, tout mon corps. Mes joues rosissent, ma peau se réchauffe, mes jambes fourmillent. Pas de colère, pas de jugement dans sa voix profonde et son regard multicolore. Mon visage a beau être passé aux informations pendant des semaines lorsque mon père a été arrêté par le FBI pour tout un tas de choses, Lennon ne m'a pas reconnue. Pas encore.

Je m'apprête à tout lui avouer quand ses bras se referment sur moi. Il m'embrasse doucement d'abord, déposant un simple baiser sur mes lèvres fraîches. Puis j'entrouvre la bouche et sa langue brûlante s'invite en s'enroulant autour de la mienne. Je gémis, le surfeur me plaque d'un geste sûr contre le mur de sa maison et m'étreint de plus belle. Je voudrais résister mais je cède, soupire, caresse son dos musclé, remonte les mains jusqu'à sa nuque, tire sur ses cheveux. Il grogne, se durcit contre moi, me contemple en souriant, puis m'embrasse à nouveau.

Ce que cet homme sait faire d'un simple regard...

– Lennon, dis-je d'une voix tremblante en posant mes doigts sur sa bouche.

Il n'insiste pas, me contemple un instant, puis se penche tout près de mon oreille.

– Pour moi aussi, c'est nouveau, susurre sa voix virile dans mon cou. Étrange. Différent. Presque évident. Un peu inespéré...

– Il faut que tu m'écoutes, le coupé-je.

Je le supplie. Des frissons me parcourent. De désir, de tendresse, d'un millier de sentiments mélangés, fouillis, désordonnés mais tellement puissants. Tellement purs. Des sentiments pour cet homme qui a réveillé mon corps et sorti mon âme de la pénombre.

– Quelque chose m'attire vers toi, continue Lennon en me plaquant un peu plus contre le mur. Me pousse à te protéger, me donne l'impression de te connaître depuis toujours. Alors abandonne-toi, laisse-moi t'apprivoiser...

Mon cœur – déjà en miettes – se brise en recevant ces mots. Je m'en veux tant de lui avoir menti. De m'être fait passer pour une autre. J'ignore tout de lui, mais Lennon Hathaway ne méritait pas ça.

– Je ne suis pas celle que tu crois, soufflé-je contre ses lèvres.

Je ferme les yeux pour ne plus le trouver beau. Ne plus le désirer. Ne plus avoir peur de le perdre – comme s'il ne m'avait jamais appartenu. Et je me force à prononcer la terrible vérité qui va sans doute tout gâcher :

– Je suis la mère de ta fille.

II

L'apprivoiser

11

Immature

– Je suis la mère de ta fille.

Ces mots s'échappent de mes lèvres, abrupts, cassants, douloureux, et je dégringole de dix étages. Impossible de soutenir le regard multicolore, intense, chavirant, qui me fait face. Je devrais pourtant fixer Lennon droit dans les yeux. Faire preuve de courage une fois dans ma vie et assumer le mal que je lui cause.

Mais non. Je suis déjà ailleurs. Mes jambes restent immobiles, plantées dans le sol, mais je m'enfuis. Dans mes pensées. Dans mon passé.

***

Il fait froid. Je ne porte qu'une blouse informe et incolore, j'ai la chair de poule. La climatisation tourne à fond, je voudrais la baisser. Je ne peux pas, je ne décide de rien, je ne contrôle rien, je suis prisonnière. De mon père, des médecins, de cette clinique de mafieux, même de mon propre corps qui a décidé que l'heure était venue.

Il me fait un mal de chien à chaque contraction, mais cet enfant, ce petit bout de moi, je l'aime déjà. Difficile de ne pas tomber amoureuse d'un petit être innocent qui grandit en vous. Je croise les bras sur mon ventre et je gémis d'impuissance. Je voudrais qu'on me laisse, qu'on cesse de me toucher, de me traiter comme une enfant de 2 ans.

On me dit d'une voix doucereuse de ne pas crier, on me conseille de souffler et d'accueillir la souffrance plutôt que de la combattre et je meurs d'envie de les faire disparaître d'un coup de baguette magique. Tous. Qu'ils s'effacent. Qu'ils se taisent. Ils n'ont rien compris. La douleur physique ne me fait plus rien. Si je pleure, si je hurle, si je me débats, c'est parce que je veux qu'il reste à l'intérieur. Il ou elle, d'ailleurs. On n'a jamais voulu me révéler si j'attendais une fille ou un garçon. Vito avait peur que je m'attache. Que cet enfant devienne trop « concret », trop « réel ». Et de New York à Milan, on ne plaisante pas avec les ordres du grand, de l'immense Vittorio Lazzari.

Nouvelle contraction. Je sens mon corps s'ouvrir petit à petit, s'apprêter à libérer ce bébé qu'on va me voler. Je serre les dents, prie tous les dieux pour repousser l'inévitable. J'ai beau résister de toutes mes forces mentales, la naissance aura lieu. Aujourd'hui. Mon utérus en a décidé ainsi.

– Calliopé, il est temps d'aller au bloc, me murmure soudain une voix féminine en italien.

Une césarienne. Forcée. Je n'imaginais pas qu'il irait jusque-là.

Je pose mes yeux sur une jeune femme brune d'une vingtaine d'années, flottant dans un costume de sage-femme bien trop grand pour ses frêles épaules. J'ai l'impression qu'elle s'excuse à moitié. J'ai compris ce qu'elle me dit, ce qui m'attend, mais je l'ignore, tourne la tête vers le mur et ravale mes larmes. Mon ventre se contracte à nouveau, je tente de maîtriser la douleur, mais cette fois, c'est le chirurgien qui intervient. De sa grosse voix implacable. Et en anglais.

– Miss Lazzari, il va falloir y mettre du vôtre maintenant.

Cette phrase lugubre, froide, révoltante, je m'en souviendrai toute ma vie. Et puis les choses s'accélèrent. Non pas que j'y mette de la bonne volonté, mais il est temps. S'ils ne m'emmènent pas maintenant, je vais accoucher. Et mon père en a décidé autrement. Ce bébé va faire sa grande entrée dans ce triste monde. Sans moi. Pendant que je suis en apnée, il va respirer l'air aseptisé de cette clinique milanaise où on m'a envoyée expulser l'enfant du péché. Nos vies prennent déjà des chemins opposés. On me transporte au bloc, on me pique de partout, on me coupe en deux et au bout de longues minutes, un cri retentit.

Un seul.

Strident, déchirant. Le mien. Je n'y vois plus rien, les larmes m'aveuglent.

– Il ne pleure pas ? paniqué-je alors qu'ils me l'arrachent déjà.

– Non mais tout va bien, tente de me rassurer la brune qui l'emmitoufle dans un lange.

– Laissez-moi le tenir, juste une seconde, la supplié-je.

Elle m'ignore, je réitère ma demande, toujours pas de réaction. Alors je tente de lutter contre les liens qui me retiennent, j'essaie de me redresser mais des mains de fer me retiennent.

– Allons, vous vous faites du mal, me rétorque le chirurgien à travers son masque. Je ne voudrais pas avoir à serrer davantage les sangles de contention… ou à vous endormir totalement !

Je n'ai d'yeux que pour la petite boule de chair qui commence à s'éveiller dans les bras de cette femme qui n'est pas sa mère. Je pleure en silence en le voyant faire de même. Quelques murmures plus tard, la sage-femme me jette un dernier regard plein de pitié avant d'emporter l'enfant loin de moi.

– Attendez ! me braqué-je à nouveau sur la table d'opération. C'est une fille ou un garçon ?

– C'est terminé, soupire mon bourreau en décidant de m'endormir. Faites-vous une raison, Calliopé, on ne vous dira rien. Ce sont les ordres de votre père. Pour votre bien.

Le produit ne fait pas effet les premières secondes. Mon désespoir, mon angoisse, mon cœur brisé se muent en une haine farouche. Je lui hurle dessus. De toutes mes forces. Je m'époumone contre cet homme qui, comme Vito, semble dépourvu de la moindre forme d'humanité. Je les traite de tous les noms, tous les deux, je maudis mon géniteur, son complice qui est en train de me traiter comme un vulgaire bout de viande, je lutte contre l'anesthésie, lui promets de le faire souffrir, de lui crever les yeux et de lui arracher ses bijoux de famille d'une voix de plus en plus hagarde.

Et puis mon corps me lâche, il ne combat plus et capitule. Je tombe dans les vapes. À mon réveil, je me tais. J'ignore ce qui est arrivé à mon bébé, où il se trouve mais je sais pertinemment qu'on ne me donnera aucune information. Tout est flou, sans odeur, sans couleur, sans saveur. Pendant des jours et des jours, je somnole, je respire, mon cœur bat, mais je ne vis plus.

Jusqu'à ma sortie de la clinique, lorsque dans la poche de mon jean, je trouve un petit papier plié en quatre.

« È una ragazza. »

Une fille. C'est une fille. J'ai mis au monde une petite fille.

***

– Calliopé Lazzari… résonne soudain la voix profonde de Lennon.

Je sursaute. Il a ma carte d'identité à la main. Mon sac était entrouvert, béant au sol, il s'est servi. Je m'apprête à protester, puis réalise que j'aurais fait pareil. J'aurais voulu en avoir le cœur net, moi aussi.

– Tu es donc la fille de Vittorio Lazzari.

Je redescends sur terre d'un seul coup. C'est violent. J'en frissonne. Par réflexe, je me plonge dans ses yeux verts aux nuances si subtiles. Sauf que cette fois, son regard semble noir. Dur. Frémissant. Je me détourne de ces iris sombres, triture ma frange. Le roi du monde me tend froidement mes papiers, je les récupère et les fais disparaître dans mon soutien-gorge. Pur réflexe. C'est là que je cachais ma *contrebande* lorsque Vito fouillait ma chambre de fond en comble. Un téléphone portable, un rouge à lèvres, une lettre de Levi : il ne fallait pas qu'il tombe dessus ou j'allais le payer cher.

Lennon me regarde faire, puis s'adosse au mur de la villa, les bras croisés sur son torse. Entre nous, la confiance est rompue, le message est clair comme de l'eau de roche, il se lit sur son beau visage. Et j'ai cette désagréable sensation que c'est perdu d'avance. Que j'ai tout gâché.

– Je suis désolée… murmuré-je alors dans sa direction, faute de mieux.

– Pas autant que moi.

Ce ton. Cinglant. Blessant. Une gifle m'aurait fait le même effet.

– Lennon, je n'avais pas d'autre choix que de te mentir, soufflé-je. Tu ne m'aurais jamais laissé… Et je ne pouvais pas savoir que tu… Que toi et moi…

Je suis incapable de finir la moindre phrase. Et il m'interrompt quand même avant que j'aille plus loin. Puis se redresse contre son mur et me paraît plus immense encore. Sa voix forte et claire retentit à nouveau, alors qu'il glisse ses mains derrière son dos.

Il est si beau.

– Je comprends mieux le déguisement, maintenant. La perruque rousse…

– Je n'ai pas menti sur tout, Lennon.

– Tu as débarqué dans nos vies pour nous manipuler tous les deux ! riposte-t-il en me fusillant du regard. J'aurais dû ouvrir les yeux, bordel ! Voir votre ressemblance !

– Je ne voulais pas vous faire de mal, juste avoir une chance…

– Moi passe encore… mais Willow ! Non, dit-il en secouant la tête. Pas après tout ce qu'elle a vécu.

– Quoi ? m'inquiété-je soudain. Il lui est arrivé quelque chose ?

Lennon entrouvre la bouche, puis se ravise. Il refuse de m'en dire plus, se mure dans son silence. Je comprends sa déception, sa colère, mais je voudrais qu'il ne soit pas si facile pour lui de me juger. De me condamner. Je voudrais qu'il se mette une seconde à ma place.

Sauf qu'il ne sait pas. Il ignore qu'on m'a arraché cet enfant lorsque j'avais 17 ans. Il ignore tout de mon histoire.

– Qu'est-ce que j'étais censée faire ?

Ma voix était à peine audible, triste comme les pierres.

Face à moi, Lennon soupire, me fixe un instant, puis se force à regarder ailleurs, au loin. Les mâchoires crispées et les bras croisés. Le grand retour de Sa Majesté. Entre son royaume et le mien, la muraille ne s'est jamais dressée si haut.

– Te comporter en adulte, Calliopé. Voilà ce que tu aurais dû faire. Dire la vérité. Être honnête, sincère, au lieu de jouer à ce jeu…

– Je ne joue pas ! m'écrié-je. Je n'ai jamais joué ! Pas avec vous !

Des larmes de révolte coulent sur mes joues, emportant des traînées de khôl sur leur chemin.

– *Game over*, murmure le roi du monde en se rendant jusqu'à la porte d'entrée.

– Quoi ? sangloté-je.

– La partie est terminée, Calliopé. Tu peux retourner d'où tu viens.

– Non ! On doit pouvoir recommencer…

Dans un geste désespéré, je m'approche de lui en lui tendant la main.

– Je m'appelle Calliopé Lazzari et je suis venue pour…

– Je suis désolé pour tout ce qui t'est arrivé, lâche-t-il en ignorant mon geste.

« Vittorio Lazzari tapait sur ses enfants, les humiliait, les séquestrait, les maltraitait » : c'est passé tellement de fois aux infos que des millions de gens sont au courant. Connaissent ça par cœur. Et ont maintenant pitié de moi.

– Mais ça n'excuse pas tout, reprend le père de Willow. C'est trop tard. Beaucoup trop tard.

– Il n'est *jamais* trop tard !

Ma voix tonitruante le force à se retourner. À voir ma douleur en face, à me regarder droit dans les yeux lorsqu'il rétorque :

– Tu n'as plus rien à faire ici, Calliopé.

– Lennon, donne-moi une seconde chance, je t'en prie ! J'ai paniqué, j'ai menti, j'ai merdé, je suis humaine…

Tandis que je craque et pleure de plus belle, je le vois lutter, résister, s'empêcher de ressentir quoi que ce soit.

– Je ne veux plus te voir, murmure sa voix virile. Et ne t'approche plus de Willow.

– Mais c'est ma fille !

– Tu l'as mise au monde, mais *je* suis son père.

– Lennon, tu ne comprends pas…

– Je dois la protéger, fait-il d'une voix plus douce. Tu es trop immature, trop instable pour faire partie de sa vie… et de la mienne.

Sa grande silhouette se détourne et s'éloigne de moi. Impossible de le retenir, il en a décidé ainsi. La porte de la villa se referme derrière lui, réduisant tous mes espoirs à néant.

– J'ai tout perdu, murmuré-je dans le vent. Tout foutu en l'air. Et pourtant, je n'aime que vous…

Je retrouve mon vélo, ma cheville foulée, mon unique pédale, passe le portail et roule sans destination, sans but, pendant une éternité. Mon cœur saigne, à l'intérieur. Mon cerveau est en lambeaux. À force de rejouer la scène, à force de réécrire les dialogues, je n'arrive plus à réfléchir.

« È una ragazza. »

C'est une fille. Et je viens de la perdre une deuxième fois.

12

Inoffensive

Gus est en train de customiser son sweat à fleurs lorsque je retrouve mon appartement miteux. Je déteste tout et tout le monde, tout à coup. Cette pension. Son vieux propriétaire ronchon. Herb, ses règles et sa toux me sortent par les yeux. L'eau de Cologne de mon coloc' me donne la nausée. Je balancerais bien les affaires de Dante et Solveig par la fenêtre.

– Ils ne peuvent pas poser leurs sacs ailleurs que dans les deux mètres carrés de l'entrée ? grommelé-je en rejoignant le canapé.

– Callie, tu es la reine du bordel... répond mon meilleur ami en se marrant et en me tapotant la cuisse.

– Et si j'ai envie de changer ? sifflé-je d'une voix mauvaise.

Gus abandonne son ouvrage pour se focaliser sur moi – ma mauvaise humeur et mon désespoir.

– Ça ne va pas ?

– Non.

– Raconte-moi.

– Non.

– Dante et Tutu ne doivent pas être loin, tu veux que je les appelle ?

– Non.

La baraque se lève, me tend la main et me soulève brusquement du canapé.

– On va prendre l'air ! décrète Gus sans me demander mon avis.

– J'ai encore mal à la cheville.

Grave erreur. J'atterris sur l'épaule du géant en moins de deux et m'égosille sur tout le chemin qui nous sépare de la plage. Finalement, mes pieds retrouvent le sable doux et tiède et nous marchons au bord de l'eau pendant de longues minutes.

– Je suis allée le voir, lancé-je soudain.

– M. Hermès ?

– Oui.

Et tu lui as tout dit, devine-t-il.

acquiesce, sentant les larmes affluer à nouveau.

Et il l'a mal pris… continue Gus.

Nouveau signe de tête.

– Ça passera, Callie. Les hommes n'aiment pas les surprises, rement à cause de leurs ego surdimensionnés et de leurs icropénis. Il faut qu'il rumine un peu dans son coin mais finira par te pardonner…

– Je n'ai plus le droit d'approcher Willow, murmuré-je.

– Ah…

Silence de mort. Gus semble enfin comprendre l'ampleur du problème. Et le poids, à l'intérieur, qui m'empêche de respirer.

– Il changera d'avis, me glisse mon meilleur ami en me prenant dans ses bras. Il a réagi comme un père devait le faire, il a écarté le « danger ». Mais il réalisera bientôt que tu es tout sauf ça… T'es juste une petite bestiole inoffensive, toi… Tu fais beaucoup de bruit, tu empêches les gens de dormir, mais tu ne leur veux aucun mal !

Sa chaleur, sa voix, ses idées farfelues et ses mots justes me font du bien.

– Tu as une belle âme, Callie. Tu es une battante. Une perle. Une écorchée vive qui fait passer les autres avant elle. Il va s'en rendre compte, il va accepter que sa fille a besoin de toi pour bien grandir.

Je renifle, m'essuie sur son t-shirt zébré, il rigole.

– Il y a un autre problème, soufflé-je.

– Quoi ?

– Je crois que je suis amoureuse…

– T'es impossible, soupire le géant avant d'aller mettre les pieds dans l'eau.

Je le suis, avance dans l'océan jusqu'aux genoux en remontant un peu ma jupe. En silence, j'observe la danse des vague et les reflets du soleil qui les accompagnent, comme orchestre à l'unisson parfait. Plus loin, des gamins crien rient en courant dans tous les sens. Je me souviens que Da Andrea et moi n'avons jamais eu ce genre d'enfance. Pa liberté. D'insouciance. De sécurité. Peu d'amour.

Et que je vais me trimballer ce foutu fardeau toute ma v *Lennon a raison. Willow mérite mieux.*

Une ligne de surfeurs attire mon regard, au loin. Ils so quatre. Non, cinq. Assis sur leurs planches, glissant s l'océan, à attendre la bonne vague. Le visage de Lennon dessine dans mon esprit. Je me rappelle sa combinaison, se cheveux humides, sa peau douce, ses muscles tendus, so odeur et son goût de mer… Je divague. Je frissonne.

Et je ne peux m'empêcher de me demander ce qu'il cache, *lui*. Pourquoi il est si dur, si droit, si intouchable, parfois. Quel est son secret à lui ? Son fardeau ?

– L'hypoglycémie me guette, on va manger une glace ?

À quelques pas de moi, Gus m'arrache à mes pensées et me tend la main pour me faire sortir de l'eau.

– Je voudrais voir mon frère, fais-je soudain, comme une petite fille perdue.

Gus comprend le message et me sourit avec compassion. Main dans la main, nous remontons la plage en direction de la maison quand soudain, une voix me percute. Cette petite voix cristalline mais déterminée, si nouvelle et si familière si belle et si douloureuse à la fois.

– Non !

– Si ! Willow, on y va ! Je l'ai déjà dit cent fois !

– Et moi, j'ai dit non !

– On rentre à la maison, dépêche-toi ! Ton professeur de danse t'attend !

La nounou aux jambes interminables et à la queu -de-cheval impeccable se campe devant la petite indocile et rdonne de se relever. Plutôt qu'obéir, Willow se met en bo roule sur le sable… jusqu'à en avoir plein les yeux, pl z, plein la bouche. Et s'égosille comme un bébé coch

Ce son m'est insupportable. Cette position fœta connais trop bien pour l'avoir tant pratiquée. Mon serre puis se soulève.

J'ai le même réflexe que Tempérance. Je me jette e Je veux aider ma fille qui tente de se débarrasser d sur son visage mais ne fait qu'en envoyer partout. L vigoureux de Gus me retiennent in extremis et sa v souffle à l'oreille :

– Lennon a dit non, Callie.

– Il n'est pas là ! Et elle a besoin de moi !

– Elle va bien, c'est juste une colère et quelques grai sable. Tu dois respecter la décision de son père. Rest distance. Sinon, il ne te donnera jamais la deuxième cha que tu attends…

Évidemment, je réalise qu'il a raison. Et que Willow pleure plus, perchée dans les bras de sa nounou qui l'empor à grands pas dans la direction opposée. La queue frétillant et la langue pendante, Poney les accompagne joyeusement formant des cercles infinis autour d'elles.

Comme un énième rempart.

***

Dante et Solveig arrivent à la maison en même temps que nous, ravis de leur excursion sur les plages sauvages de Cape Cod, mais remarquent immédiatement mes yeux rougis. J'explique la situation en trois mots à mon frère, qui n'en demande pas plus et m'enserre dans ses bras jusqu'à ce que mes sanglots s'apaisent.

« Faire sortir la douleur pour ne plus avoir à la trimballer partout », c'est son mantra.

Pendant ce temps-là, Gus et Solveig s'activent en cuisine malgré le peu d'espace et de matériel que propose la kitchenette de l'étage. Après s'être coupé, mon coloc' carbonise les gnocchis pendant que Tutu entame une lutte gréco-romaine avec le tire-bouchon et la bouteille de vin. Je décroche mon téléphone, commande quatre pizzas et vais chercher des bières dans le frigo. Je m'affale sur le canapé, la tête un peu plus vide et le cœur un peu plus léger.

– Morue, va faire des bisous à tata Callie, lâche Solveig en m'envoyant son chien.

– Morue, reste où tu es si tu ne veux pas goûter à mes escarpins ! m'écrié-je en joignant le geste à la parole.

Le chien, plus intelligent que prévu, hésite à venir m'empester.

– Tes escarpins, elle n'en ferait qu'une bouchée, lâche mon frère, pas peu fier de sa bestiole qui choisit finalement de rester couchée à ses pieds.

Les pizzas arrivent, nos estomacs se remplissent autour de discussions presque joyeuses, malgré l'ombre qui plane toujours au-dessus de mon chignon.

– On peut rester autant de temps que tu veux, Callie, me glisse Dante en me surprenant les yeux dans le vague.

– Non, la route vous attend, lui dis-je en souriant. Et je dois recoller les morceaux toute seule. C'est pour ça que je suis venue ici, pour prendre les commandes de ma nouvelle vie.

Le brun ténébreux me fixe, les sourcils froncés, l'air hésitant.

– Tu vas y arriver, personne ne peut te résister, commente Tutu en sirotant sa bière. Vous, les enfants Lazzari, vous avez quelque chose en plus. Quelque chose qu'il est impossible d'ignorer. Comme un petit supplément d'âme…

Ses jolis yeux m'observent tendrement, puis vont caresser les lèvres de son Phoenix. Qui sourit enfin. D'amour.

– J'espère qu'un jour, quelqu'un me contemplera de cette façon, soupiré-je en les dévisageant.

Et ce quelqu'un, il se trouve que je l'ai peut-être enfin trouvé…

13

Insomniaque

Il est à peine six heures du matin mais je décide de me lever quand même. Mon esprit bout. J'ai compté les moutons une bonne partie de la nuit et je ne tombe jamais sur le même chiffre. Ça ne peut plus durer. Qui a décrété que cet exercice mental aidait à s'endormir ? C'est exactement le contraire ! Essayer de compter des moutons qui bougent sans cesse et se ressemblent tous est l'activité la plus stressante qui soit. Et la plus stupide. Est-ce que j'ai compté celui-ci, déjà ? Bref, tout ce dont j'ai envie, là, maintenant, après une demi-nuit blanche, est de dessiner un foulard vert prairie sur lequel bondiraient des centaines de moutons blancs parfaitement semblables, avec de gros yeux exorbités qui ne se ferment jamais. Le résultat serait immonde. Et le pire, c'est je suis sûre que ça se vendrait. Avec une étiquette Lazzari et une soie légère, vu la tendance des imprimés et l'amour des gens pour les docus animaliers, ça ferait peut-être même un carton. Et c'est exactement la raison pour laquelle je ne vais pas créer ce foulard. Les petites gorges fragiles qui sentent l'eau de parfum luxueuse devront s'en passer. Je ne suis même pas désolée. Je suis… remontée. Ragaillardie. Épuisée mais pleine d'énergie.

Avec mon tout nouvel état d'esprit, je pars en direction du salon sur la pointe des pieds, à la recherche du tissu de mes rêves.

– Callie, qu'est-ce que tu fous ? grommelle le géant presque endormi sur son canapé-lit.

– Désolée, Gus ! Je t'ai réveillé ?

– Pas du tout ! Tu viens simplement de m'envoyer un rouleau de tissu dans la tronche et de t'asseoir sur mon bras.

– Pardon, je réfléchissais.

– Et tu ne peux pas faire ça dans ta chambre ? soupire-t-il.

– Non, il y a des moutons flippants au plafond. Avec les yeux injectés de sang. Un peu comme les tiens.

– Tu ne peux pas voir mes yeux puisqu'ils sont fermés ! râle encore mon meilleur ami.

– Tu vois bien qu'ils sont ouverts ! dis-je en allant soulever ses deux paupières de mes index. Je savais que tu ne dormais pas.

– OK, tu veux quoi ? capitule-t-il avec un soupir.

– On n'avait pas un tissu hyper mousseux ? Genre tweed ou laine mohair ?

– On ne faisait pas une collection été la dernière fois qu'on en a parlé ? marmonne-t-il.

– J'ai besoin de faire des pompons. Les plus gros et touffus possible.

– Non, Calliopé. Tu as besoin de penser à autre chose qu'au père de ta fille qui t'a foutue à la porte après t'avoir dit qu'il t'aimait un peu plus que bien.

– Faux ! Son avis et ses sentiments n'ont aucune importance. Tout ce qui compte, c'est Willow. J'ai tout foiré une fois. J'ai failli tout foirer une deuxième fois. Mais je vais me rattraper. Je ne vais pas la laisser tomber. Pas cette fois. Cette fois, je vais me battre pour ma fille ! Il doit bien y avoir une solution… et je la trouverai, même si je dois chercher une aiguille dans un tas de moutons. Et après ça, je convaincrai Lennon de me donner une nouvelle chance. On peut abandonner mille personnes une fois… mais on ne peut pas mille fois… Bref, tu m'as comprise, Gus !

– Pas vraiment… Mais le cœur y est, me répond-il en souriant.

– Pas le mien.

– T'as besoin d'un petit sac pour respirer ?

– Je crois bien !

Mon complice sort du lit avec la grâce d'un éléphanteau, attrape un sac en papier kraft, le vide de son contenu directement sur le sol et me l'enfonce sur le crâne.

– Je ne crois pas que ça marche comme ça, dis-je en pouffant.

– Non, mais quitte à faire une crise d'angoisse, autant que ce soit avec style !

Un fou rire plus tard, mon accès de panique est passé et on peut se mettre au travail. Créer est encore ce que je sais faire de mieux quand rien ne va. La *seule* chose que je sache faire comme il faut, en réalité. Et celle qui me fait le plus de bien.

Je me mets à dessiner un t-shirt noir à la coupe *loose* et j'ajoute en plein milieu un énorme cornet de glace surmonté de six boules multicolores. Je ne sais pas encore en quelles matières elles seront, mais j'imagine de gros pompons en relief, comme des queues de lapin géant ou des coupes afro. Un truc démesuré. Les enfants en seront fous. Les parents me détesteront au moment de passer cette foutue fringue à la machine ou de la caser dans un placard. J'en jubile déjà. Un truc qui dépasse du cadre, qui déborde, qui jaillit quand on ne l'attend pas. Comme moi. Un truc qu'on ne peut pas maîtriser, ordonner, ranger dans un coin et ne plus y penser. Tout ce que Lennon Hathaway a en horreur.

– Ma fille ne va pas me détester, hein ? fais-je en gémissant.

– Quoi ?

– Son père ne va pas lui mettre des idées bizarres dans la tête ?

– Qui pourrait oser te détester, Calliopé Lazzari ?

– Je ne sais pas. Un type que j'ai trahi. Et la prunelle de ses yeux. Par exemple.

– Même si c'était le cas… Même si M. Hermès essayait

de convaincre Willow que tu es folle à lier et qu'elle ne doit plus jamais t'approcher… Cette petite est une sauvage, elle ne fera que ce qu'elle voudra !

– Bien sûr qu'elle le fera… dis-je à voix basse sans pouvoir m'empêcher de sourire. Merci, Fou.

– De rien, Folle. Au boulot.

Je vais scotcher mon croquis au mur parmi les autres looks dessinés jusque-là. Je déplace le tutu vaporeux que j'ai imaginé pour coller au prénom de Willow, léger et doux comme un souffle, sombre comme un nuage qui annonce l'orage. Je trouve que les deux pièces vont bien ensemble. Le t-shirt glace et le tutu tornade. Je dodeline silencieusement de la tête, satisfaite. Cet ensemble pourrait bien former mon septième look. J'ignore si le roi du monde me laissera un jour remettre un pied dans son royaume. Toucher un cheveu de sa princesse. J'ignore si l'habiller et la photographier est toujours d'actualité. Mais je continue mon projet comme si de rien n'était. Parfois, souffrir a du bon : je ne suis jamais plus inspirée que dans la tourmente.

Je me remets à la couture avec une motivation décuplée. Esprit affûté, gestes précis, idées qui fusent et mains qui créent, je ne crois pas avoir déjà été plus rapide, plus efficace, plus opérationnelle. Dans la vraie vie, je fais tout de travers. Dans mon atelier, c'est tout le contraire. Seul un coup de fil de Dante parvient à me faire lever la tête de ma machine à coudre et mes rouleaux de tissu.

– Salut, grand frère ! J'ai exactement trois minutes à te consacrer.

– Tu es déjà débordée si tôt le matin ou tu fais semblant pour ne pas me parler ? me demande la voix suspicieuse de mon frère. Ça va ?

– Mieux que bien. Je suis encore sur la fin de ma nuit, là !

– OK, Callie… Tu prends de la drogue ?

– Oui, de la bonne. De la Willow, tu connais ? C'est de l'odeur de bébé à sniffer !

– Je vois… Et à part ça, tu es sûre que tu vas bien ?
– Oui. En tout cas, je vais trouver une façon d'aller bien.
– Comme toujours, confirme la voix pensive et caverneuse de Dante.
– Comme toujours, répété-je, enjouée.
– Sol qui conduit me demande si on doit faire demi-tour. Si tu as encore besoin d'elle. Ou de nous.
– Non ! Mais dis-lui que je l'aime. Qu'elle m'a fait un bien fou. Et que Tutu est vraiment le meilleur surnom du monde pour la belle-sœur d'une styliste. *Future* belle-sœur ! Dis-lui aussi que ma proposition de lui faire un tutu de mariée est toujours valable. Pour quand vous voulez. Dès que possible, quoi.
– OK, Callie, je vais devoir raccrocher ! plaisante Dante pendant que j'entends Solveig pousser des cris hystériques à côté.
– Je t'aime aussi, frangin. Merci d'avoir été là pour moi. Faut que j'y aille, j'ai couture !
– Attends ! Je ne voulais pas en parler devant Gus… Et je sais que tu as déjà beaucoup à penser mais… hésite-t-il longuement. Tu as des nouvelles de Vito ?
– Moi ? demandé-je dans un sursaut.
– Oui, je me disais que tu en avais peut-être. Je n'ai pas envie de passer par maman.
– Je n'en sais rien, Dante… fais-je dans un soupir.
– Ça ne t'intéresse pas ? insiste-t-il un ton plus bas.
– Je te l'ai dit. Mort, vivant ou dans le coma, ça ne change rien pour moi.
– Mais tu n'as pas envie de savoir ce qui lui est arrivé ?
– Non. J'ai largement de quoi me torturer l'esprit ici, tu sais ?
– Je sais.
– Et tu es en train de casser mon super *mojo* créatif, là ! relancé-je plus gaiement.
– Toutes mes excuses auprès de lui.

– Haommm… fais-je semblant d'interroger l'esprit en question. Il dit qu'il va y réfléchir.

– Dis-lui de ne pas trop réfléchir au tutu de mariée, surtout…

– Dis-lui aussi que j'ai pris quatre kilos et qu'il faut penser à mettre une taille élastique ! renchérit Solveig derrière.

– Je partage ma vie avec un routier qui veut s'arrêter à chaque station-service pour s'enfourner un nouveau petit-déjeuner, se moque Dante. Ça nous fait une honnête moyenne de trois donuts par heure.

– Bon, allez dégouliner d'amour ailleurs, vous m'écœurez !

– On t'aime aussi, Callie ! s'écrie Tutu, de plus en plus fort.

– Putain, elle vient de me percer un tympan, râle le ténébreux.

– Non, ça, c'est moi, ajouté-je avec un rire machiavélique. Tu ne me vois pas mais je suis en train de planter des aiguilles dans l'oreille d'une poupée vaudoue à ton effigie !

– Je ne comprends pas, on fait du spiritisme, du vaudou ou du yoga ? se plaint Gus à mes côtés. Et pourquoi personne ne joue avec moi ?

– Bon, je vous laisse, mon amant est jaloux !

– Hein ?! s'étonnent Dante et Sol en chœur.

– Je vous raconterai ça une prochaine fois. À plus, les gars ! Bonne route !

Je raccroche en les laissant sur ce suspense insoutenable. Et j'enfonce mes deux doigts dans les yeux de mon meilleur ami en éclatant de rire.

– Aïe !

– Ben quoi, tu voulais participer, non ?

– Est-ce que j'ai l'air de ressembler à une poupée ?! se plaint Gus.

J'attrape un morceau de tissu Liberty et le lui noue comme un fichu autour de ses bonnes joues.

– Ça pourrait ! dis-je en riant de plus belle. Fais-moi penser à créer une collection de poupées vaudoues hyper lookées !

– Fais-moi penser à démissionner de ce job d'assistant pour lequel je ne suis même pas payé ! se renfrogne-t-il.

– Logé, nourri, déguisé, diverti… Qu'est-ce qu'il te faut de plus ?!

– Une dignité ! scande-t-il en resserrant son fichu sous son menton.

Puis il quitte la pièce dans une superbe théâtralité, fait un tour sur la terrasse et revient aussitôt, un grand sourire aux lèvres.

– Je file à la mercerie, annoncé-je. Mon esprit créatif est revenu !

– Et moi ?

– Ne te jette pas du balcon avant mon retour ! Je veux absolument voir ça !

– OK… Alors, je vais aller embêter Herbert au rez-de-chaussée. Ça fait longtemps qu'il n'a pas crié.

– Grande idée !

14

Introuvable

En cette fin de matinée radieuse, le trajet à vélo jusqu'à Miss Button me galvanise un peu plus. Je pense à mes pompons multicolores et aux tissus qui pourraient les rendre aussi gonflés que je les imagine. Mais mon enthousiasme retombe comme un soufflé quand je passe devant la villa Hathaway. Et que les souvenirs m'assaillent : la glace à six boules que m'a offerte Lennon en guise de dessert après notre tout premier dîner; sa façon de me porter jusqu'au canapé quand ma cheville a cédé; tout ce qui s'est passé ensuite sur ce maudit et énorme canapé lors de notre toute première... Quoi ? Comment on appelle ça ? Une aventure ? Une liaison ? Une amourette ? Un plan cul ? Une pyjama-party ? Je ne sais pas. Je ne devrais même pas lui donner de nom. Ce qu'on ne nomme pas existe un peu moins, non ?

Non. Je me suis si souvent demandé comment s'appelait ma fille... Ne pas le savoir n'a jamais réussi à l'effacer de ma mémoire. J'ai tellement regretté de ne pas avoir pu choisir de prénom pour elle. De ne pas lui avoir laissé cette unique trace de moi. Mais on ne m'aurait pas laissé faire. Lui donner la vie, c'est tout ce dont on m'a laissé le droit. La nommer, ça aurait été commencer son existence. Et c'était à ses parents de faire ça.

Qui es-tu, Lennon Hathaway ? Pourquoi as-tu adopté cette enfant ? Pourquoi n'a-t-elle pas ou plus de mère ? Et quand vas-tu accepter de me révéler les tiens, les siens, de secrets ?

La jolie vitrine de la mercerie de Chatham entre dans mon champ de vision et j'y adosse mon vélo en même temps que je range mes pensées désordonnées.

– Bonjour, Pia ! me lance Seraphina de toute sa jovialité.

Ah oui, elle ne sait toujours pas...

– Je m'appelle Calliopé, en fait. Ou Callie, comme tu préfères.

– Mais pas Pia ? me demande-t-elle en fronçant les sourcils.

– Pas vraiment. Ça dépend. Mais plus maintenant.

– Callie, OK... Et tes cheveux, tu t'es fait une couleur ? dit-elle, tentant de comprendre quelque chose.

– Oh, c'était juste une perruque. J'aime bien m'amuser, me déguiser, changer d'identité de temps en temps !

Avec un haussement d'épaules détaché, je joue la carte de la fille perchée. Celle qui m'a si souvent sauvée.

– Tu n'es pas la moitié d'une artiste, toi ! se marre Seraphina. Besoin de quelque chose ?

– C'est un bonheur de faire affaire avec toi ! soufflé-je pour la remercier de ne pas poser plus de questions.

– On ne croise pas souvent de gens qui sortent de l'ordinaire par ici.

– Je sais, les privilégiés peuvent être d'un ennui...

– C'est ça de vivre dans une petite ville friquée de bord de mer, plaisante-t-elle. Tellement lisse, tellement léchée, tellement... blanche ! Je crois qu'on fait un peu taches, Hazel et moi.

– Vous n'êtes pas beaucoup plus foncées que ces vieilles peaux qui se font bronzer toute la journée !

– C'est vrai ! rit Seraphina. Je voulais le meilleur pour ma fille en venant m'installer ici. Mais je ne sais pas s'il vaut mieux être pauvre parmi les riches et noir parmi ceux qui se trouvent trop blancs... ou le contraire ?

– Mieux vaut être soi-même et se moquer du regard des autres, je crois...

– Facile à dire quand on est belle et forte comme toi !

– Excuse-moi… Tu as dit « bête et folle », c'est ça ?

Je ris avec ma nouvelle amie et finis par lui exposer mon projet de pompons en trois dimensions. Elle me montre ses tissus les plus mousseux, les plus volumineux, me propose de repartir avec des échantillons pour faire des essais et d'en commander d'autres sur catalogue. Je pourrais m'éclipser mais je m'éternise un peu jusqu'à trouver le courage de poser ma question :

– Hazel et Willow sont à l'école ?

– Il est onze heures trente, j'espère bien qu'elles ne sont pas en train de faire les boutiques ou de draguer les garçons sur la plage ! s'amuse la mère de famille.

– Elles vont venir jouer ici cet après-midi ?

– Je ne crois pas que ce soit prévu aujourd'hui. Pourquoi ?

– Pour rien, elles ont de la chance d'avoir un terrain de jeux pareil ! Gamine, ça aurait été mon paradis !

– Moi aussi ! Mais c'est sur Willow ou sur son père que tu te renseignes discrètement ? se moque Seraphina en m'envoyant un petit sourire complice.

– Oh non, aucun des deux ! me défends-je difficilement. Simple curiosité !

– Oui, il nous fait à toutes cet effet-là…

– Pardon ? bredouillé-je.

– Un spécimen pareil, ça rend les femmes curieuses. On se dit qu'il est forcément trop parfait pour être vrai ! Ben non, figure-toi !

– Ah bon ? dis-je en feignant le détachement. Je ne le trouve pas si parfait que ça, moi ! Il a l'air un peu… rigide, non ?

– Je dirais plutôt solide. Stable et sûr de lui. Dur en affaires et ferme avec sa fille. Juste ce qu'il faut, quoi. Le genre d'homme sur lequel tu peux t'appuyer. Crois-moi, ils ne sont pas si nombreux que ça.

– Peut-être… Alors pourquoi il n'est pas casé ?

– Aucune idée ! Il y avait des femmes dans sa vie, avant Willow. Une en particulier. Mais un jour, on ne l'a plus jamais revue à Chatham… Officiellement, il dit qu'il n'a pas le temps, qu'il veut se consacrer à sa fille à cent pour cent. Moi, je crois surtout que monsieur est très exigeant, il ne laisse pas n'importe qui entrer dans sa vie… et encore moins dans son lit ! m'explique Seraphina un ton plus bas.

– C'est comme ça qu'on finit seul, commenté-je, songeuse.

Je regarde dans le vague et repense à ma propre entrée dans la vie de Lennon Hathaway. Fracassante. Je ne lui ai pas vraiment laissé le choix. Mais c'est bien lui qui m'a invitée sur le canapé de son salon… Qui m'a demandé de ne pas repartir. Ce n'est pas encore son lit, mais pour ça, je ne l'ai pas forcé. Ça doit bien vouloir dire quelque chose.

– Seule, ce n'est pas plus mal, parfois ! reprend mon amie, apparemment d'humeur bavarde. J'ai eu Hazel sur le tard, à presque 40 ans. Et j'ai décidé de faire un bébé toute seule, comme on dit. Justement pour ne pas avoir à supporter un type que je n'aimais pas. Qui ne serait pas à la hauteur. Je n'avais pas envie de me coltiner toute ma vie un mauvais père ou un mauvais mari. Je n'ai pas eu la chance de tomber sur un Lennon Hathaway. J'ai préféré faire sans. Et je ne regrette pas ma décision une seule seconde.

J'écoute Seraphina me raconter son parcours, sans doute courageux. J'admire la détermination de cette femme qui s'est construite seule, sans rien devoir à personne, cette mère célibataire, femme épanouie, cheffe de sa petite entreprise. Respect. Mais je ne peux pas m'empêcher de penser à Hazel, privée d'un père. À cet homme, privé de son enfant. Moi, je n'ai pas eu le choix. Et dans un monde idéal, je voudrais que personne, jamais, n'ait à subir ce manque. Cet arrachement.

– Callie, ça va ? me demande-t-elle après un trop long silence.

– Oui, excuse-moi, j'étais perdue dans mes pensées.

– Déjà en train de coudre tes pompons dans ta tête, je suis sûre ! Attends, ne bouge pas, je vais répondre au téléphone.

Seraphina rejoint son comptoir et décroche en coinçant le

combiné entre son épaule et son oreille. Je ne prête pas attention à la conversation jusqu'à ce que je perçoive le prénom. Son prénom.

– Lennon, on va la retrouver ! Ça va aller. Elle ne peut pas être bien loin… Oui, on fait comme ça… Je vais aller jeter un œil… Oui, on s'appelle dès qu'il y a du nouveau.

Miss Button raccroche en lâchant quelques gros mots. Je n'avais jamais entendu de telles grossièretés dans sa bouche ni aperçu un teint si pâle sur son joli visage. Elle m'explique, le menton tremblant :

– La petite Willow s'est enfuie !

– Quoi ?!

– Elle a échappé à sa nounou.

– Mais comment ?!

– Tempérance est venue la chercher à l'école pour l'emmener déjeuner. C'est là qu'elle a fugué.

– Mais…

– Son père la cherche partout. Elle est introuvable.

– Ce n'est pas possible…

– Lennon m'a raconté que Willow s'est mise dans une colère noire, ce matin, quand il lui a dit que les *photoshoots*, c'était fini.

– Ce n'est pas fini ! décrété-je.

Une décharge se répand dans tout mon corps et je quitte la mercerie sans me retourner. Le ventre noué. La tête qui tourne. Le cœur serré.

Il faut que je retrouve ma fille.

Non. Il faut ENCORE que je retrouve ma fille.

15

Intrépide

Je me précipite dans la rue, à la recherche de ma fille, mais mes pensées s'emmêlent en même temps que mes pieds. Après une dizaine de pas seulement, je m'arrête net sur le trottoir. Et si c'était moi qui avais poussé Willow à faire une bêtise ? Et si cette petite âme rebelle était capable du pire, par pur esprit de contradiction ? La culpabilité me glace le sang. Je frissonne en plein mois d'avril à Cape Cod. Pourquoi faut-il que tout se passe toujours de travers ? Que je cause des catastrophes partout où je vais ? Que la moindre vague que je crée se transforme en ouragan ? Je me maudis intérieurement, puis tourne les talons et reviens sur mes pas. Je n'ai pas mon portable sur moi. Et j'ai besoin de lui parler. Lennon. J'ai besoin de l'entendre et besoin qu'il m'écoute. Je me précipite à nouveau chez Miss Button et retrouve Seraphina pendue au téléphone.

– Si elle n'est pas à l'école et pas ici, il ne reste pas grand-chose… Je vais aller voir à l'aire de jeux juste derrière.

– C'est Lennon ? dis-je en me précipitant pour prendre le combiné.

– Il est hors de lui ! me chuchote mon amie comme pour me prévenir.

– Lennon, c'est Calliopé. Je veux aider…

– Je pense que tu en as assez fait, me coupe-t-il durement.

Sa voix est encore plus grave que d'habitude. Empreinte de douleur, d'une sombre angoisse impossible à masquer.

Lui qui maîtrise toujours tout, et lui-même en particulier. Peu importent les mots, les reproches qu'il m'assène : c'est le ton dans la bouche de ce père fou d'angoisse qui me fait l'effet d'un coup de poing. Je pourrais me taire, demander pardon. Mais je persiste. Mue par je ne sais quelle certitude. Je ne sais quelle force bien plus grande que moi. Étrangement, je n'ai pas peur. Je sais que ma fille est là, quelque part. Que la petite intrépide va réapparaître d'une minute à l'autre, saine et sauve, ses petits bras croisés et les sourcils froncés par la contrariété. Que sa moue boudeuse adorable va tous nous faire oublier la frayeur qu'elle nous a causée.

– Non, insisté-je auprès de son père. Cette gamine a le même esprit bizarroïde que le mien. Je la comprends et je peux me mettre à sa place, raisonner comme elle. Il faut que je réfléchisse mais je peux être utile. Contrairement à ce que tu penses.

– Je ne pense à rien d'autre qu'à Willow, me renvoie la voix blanche, implacable.

– Je vais la retrouver, je te le promets… osé-je dans un murmure.

Silence au bout du fil. Puis Lennon prend une grande inspiration, celle qui ressemble à l'espoir, au poids qui s'allège un tout petit peu sur le cœur. Celle que je prends en même temps que lui, sous le regard ahuri de Seraphina. Elle semble troublée. Je réalise qu'elle ignore ce qui me lie à Willow. Ce qui me permet de parler comme ça à M. Parfait. Mais son portable sonne et la sort de ses pensées.

– Ne me fais de promesses que tu ne peux pas tenir, me balance finalement le roi du monde, juste avant de raccrocher.

Aïe.

Nouveau coup de poing qui me coupe la respiration. Il a raison. Ça fait déjà plusieurs fois que je lui mens, que je le déçois. Il est en droit de me détester. De me juger bonne à rien, immature, faillible, perchée. Peut-être même dangereuse pour sa fille. À moi de lui prouver le contraire. Maintenant ou jamais.

Seraphina raccroche à son tour et me fixe, l'air d'attendre les instructions.

– On se sépare pour être plus efficaces ? lui lancé-je en sentant mon cœur s'emballer.

– OK… Je vais au square et à l'aire de jeux près de la plage.

– Est-ce qu'il y a un endroit où elle n'a pas le droit d'aller ? demandé-je aussitôt. C'est là que j'irais si j'avais 5 ans et demi et que je retrouvais ma liberté. Là où mon père refuse de m'emmener. Là où ma nounou me dit « non » à tous les coups.

– Je ne sais pas… souffle Miss Button en se creusant la tête.

– Bon, cible les lieux habituels, ceux que Willow fréquente avec Hazel. Je vais ailleurs, j'aurai peut-être une chance…

Je m'élance dans la rue en passant mon cerveau en pilote automatique. Je récupère mon vélo, pédale doucement tout en regardant autour de moi, inspectant chaque banc, chaque boutique, chaque recoin. Surtout ceux où aucun enfant ne se planquerait jamais. Aucun sauf elle. Mon indocile de fille.

Sur mon chemin, je hèle les passants chaque fois que j'en croise, ralentis, pédale à l'envers et parviens presque à faire du sur place. Mon vieux vélo tangue et manque de chuter plus d'une fois. On dirait qu'il est saoul. Et les gens doivent penser que c'est moi.

– Vous n'avez pas vu une petite brune à tresses ? braillé-je à qui veut l'entendre. Uniforme d'écolière, regard noir, tête boudeuse ? Non ? Sûrs ? Réfléchissez ! Une gamine avec les bras croisés. Grande comme ça, mais avec un air d'adulte. Mais si, c'est possible ! Vous ne réfléchissez pas, là, je le vois bien ! Bon, si vous l'aviez croisée, vous le sauriez. Elle est inratable ! Merci quand même !

Pour regarder des docus animaliers, il y a du monde. Mais regarder autour de soi, plus loin que le bout de son nez, semble une épreuve insurmontable à tous ces idiots du village.

Ils me dévisagent, me prennent pour une folle, imaginent peut-être même que l'enfant que je cherche n'existe pas. Mauvaise méthode. Je souffle sur mon épaisse frange qui me tient chaud et reprends ma route à vélo. Cette jupe crayon est un calvaire pour pédaler. On dirait que j'ai une envie pressante. Comme s'il pouvait y avoir plus pressant que retrouver Willow. Je décide de m'arrêter et de remonter ma jupe le plus haut possible pour libérer mes jambes. J'oublie ma cheville foulée et roule jusqu'au camion de glaces : Lennon est bien du genre à refuser deux pauvres boules à sa fille, sous prétexte qu'il n'est plus l'heure du goûter ou pas encore l'heure du dîner. J'accélère.

Ils sont là tous les deux, de dos : Lennon et Tempérance. Le père de famille idéal et la nounou parfaite. Sa majesté et sa servante. Déjà en train d'interroger le vendeur de glace perché dans son camion. Ce dernier fait non de la tête et je vois les épaules rigides de Lennon se contracter un peu plus. Puis je prends Flagrance la main dans le sac : en train de caresser doucement le dos de son boss. Ce geste de tendresse me donne la nausée. Qu'elle essaie de le soutenir, soit. Qu'elle profite de cette situation tragique pour se rapprocher de lui : dégueulasse.

J'opère un demi-tour non loin d'eux en faisant grincer mes freins pour interrompre leur petite étreinte malvenue. Outrance est la première à se retourner : elle fixe ma culotte apparente comme si elle n'en avait jamais vu de sa vie. Bouche entrouverte. L'envie de lui balancer une poignée de sable dans le gosier me traverse l'esprit. Je la chasse. Je ne suis pas certaine que son mini-short en jean soit beaucoup moins court que ma jupe relevée. Et moi au moins, j'ai l'excuse du vélo. Avant de repartir dans l'autre sens, je croise le regard multicolore. Bleu orage, jaune miel, vert océan, gris angoisse. Nos yeux s'emmêlent juste une seconde. Assez longtemps pour me couper le souffle. Et m'envoyer toute la foudre du monde.

Cette sensation d'étrange effroi ne me quitte pas jusqu'à

ce que je rentre chez moi. Et que ma fille occupe à nouveau tout mon pauvre cerveau.

– Gus, tu es là ? m'écrié-je en montant quatre à quatre l'escalier extérieur de la maison.

– Callie, c'est toi ?

– Oui, il y a un problème ! annonce ma voix essoufflée.

– Je sais, mais la solution est ici ! entends-je dire mon meilleur ami.

– Hein ?!

Je franchis le seuil du premier étage et trouve Willow assise sur le canapé-lit. Ses jambes se balancent dans le vide à toute vitesse, faisant bouger ses tresses en rythme. Mon cœur se gonfle comme un ballon de baudruche et se vide aussitôt pendant que je pousse le plus long soupir de soulagement de toute ma vie. Un sourire greffé aux lèvres, je vais m'écrouler à côté d'elle et plaque mes deux mains sur ses oreilles.

– Bordel de cul de putain de chiotte ! lâché-je à voix haute.

– J'ai tout entendu, se marre la brunette.

– Ne le répète pas à ton père !

– Promis ! Tu n'es plus rousse ?

– Ah ! Non ! balbutié-je en réalisant qu'elle me voit comme ça pour la première fois. Je suis brune comme toi !

– J'aime mieux. Mais tu as trop de maquillage sur les yeux.

– Tu trouves ?

– On dirait que tu as pleuré.

– Juste un peu. Il faut que j'appelle ton père, tu sais ?

– Attends ! me supplie-t-elle. Encore deux minutes !

J'acquiesce de la tête mais je pianote discrètement un texto que j'envoie à Lennon.

[J'ai trouvé Willow.
Chez moi. Elle va bien.]

[J'arrive. Ne lui dis rien.]

Sa réponse laconique me fait un drôle d'effet. Pas de « merci ». De « ouf ». Juste des ordres. Presque une menace. Ce type est décidément une énigme. Père fusionnel. Homme intouchable. Tendre avec elle et si dur avec moi.

16

Indocile

Pas le temps de m'appesantir sur les mots de Sa Majesté. La petite princesse en uniforme d'écolière m'accapare. Et mon meilleur ami, encore un peu affolé, me parle en même temps qu'elle.

– Je voulais te prévenir mais tu es partie sans ton portable ! grogne-t-il.

– Oublié sur le canapé, dis-je en lui montrant.

– Elle est arrivée il y a cinq minutes. Elle m'a dit qu'elle avait soif mais je ne sais pas si ces petites choses-là peuvent boire du coca. Et on n'avait pas de lait.

– Ce n'est pas un chaton, Gus. Juste une petite humaine.

– Elle ne connaît même pas le numéro de chez elle, me chuchote-t-il, outré.

– Elle a 5 ans et demi.

– Les chats savent retrouver le chemin de leur maison plus tôt que ça… dit-il en grimaçant.

– Je crois qu'on peut arrêter la comparaison, lui réponds-je en souriant pour le faire taire.

Nous nous retournons tous les deux en direction du canapé et découvrons les sourcils froncés et les yeux noirs du petit démon.

– Il est bizarre, ton copain, commente Willow en le regardant de travers.

– Je trouve aussi. C'est pour ça que je l'aime bien.

– Pas moi, rétorque-t-elle spontanément. Enfin, si. J'aime

juste sa casquette avec des têtes de poneys.

– Pfff… Je démissionne ! décide-t-il, vexé.

– C'était quoi, ton métier ? demande la petite maline.

– Te garder en vie jusqu'à l'arrivée de celle-ci ! lui explique Gus pendant que je vais nous chercher des verres d'eau.

– Comment tu as su que j'habitais là, Willow ?

– Papa a dit que tu vivais chez le vieux Herb. On passe souvent devant à pied et on a décidé que c'était la maison la plus moche du quartier. À chaque fois, papa dit : « Mais comment des gens peuvent avoir envie de payer pour habiter ici ? »

– Alors là, je suis bien d'accord avec toi ! clame le géant en présentant sa main pour que la petite tape dedans.

Mais elle la regarde avec un drôle d'air et Gus se prend un lamentable vent. Il transforme sa pauvre main esseulée en flingue et se tire une fausse balle dans la tempe. Je sais que mon meilleur ami déteste les enfants et je comprends maintenant un peu mieux pourquoi : ils le lui rendent bien.

– Pourquoi tu t'es enfuie, Willow ? relancé-je. Tu es au courant que tu n'as pas le droit de faire de fugue avant… au moins vingt ans ?!

– Parce que ma nounou est nulle ! déclare-t-elle.

– On ne peut pas nier l'intelligence supérieure de cette enfant… commenté-je à l'intention de Gus.

– Et que papa est trop méchant ! Il m'a dit que je ne pouvais plus faire de photos et que tu ne viendrais plus pour me faire essayer des vêtements.

– On ne peut pas nier la rigidité extrême de cet homme… ajouté-je un ton plus bas pour mon copain qui se bidonne.

– Ce matin, avant de partir à l'école, papa m'a envoyée dans ma chambre parce que je criais que j'étais pas d'accord. Alors j'ai pris mes ciseaux dans ma trousse et j'ai découpé tous mes habits ! Pour que tu sois obligée de revenir pour m'en apporter des nouveaux.

– On ne peut pas nier l'énorme énormité de cette bêtise,

fais-je en me retenant de rire.

Derrière Willow, Gus me fait des mimes à grands gestes et des grimaces terribles que je traduis par « cette gamine est complètement folle », « bien pire que toi », « elle me fout la trouille » et « il faut qu'on se tire de là ». Je me retiens de rire en me mordant les joues et le géant se lève pour venir me glisser à l'oreille :

– Occupe-toi d'elle, je vais planquer les ciseaux, je reviens…

Le fou rire nerveux me guette quand on tambourine à la porte du premier étage. Je vais ouvrir à Lennon qui se tient au sommet de l'escalier extérieur, les bras croisés sur le torse et des revolvers à la place des yeux.

– Elle va bien, répété-je bêtement.

– Pas moi, réplique-t-il en me passant devant comme un courant d'air froid qui me happe avec lui.

– Je veux pas rentrer ! s'égosille Willow dès qu'elle l'aperçoit.

– J'ai eu la peur de ma vie ! souffle-t-il en allant la serrer contre lui.

La brunette se débat et court se planquer derrière le canapé.

– Je rentrerai pas, putain de chiotte !

La petite indocile défie son père du regard qui braque le sien sur moi.

– Je ne sais pas où elle a entendu ça… bredouillé-je, l'air parfaitement coupable.

Je vois un infime sourire se former sur les lèvres fermées de Lennon et une petite étincelle s'allumer dans ses yeux froids. Froids et tellement brillants, profonds, changeants. Un regard plus énigmatique, plus fascinant que je n'en ai jamais vu de ma vie.

– Est-ce qu'on peut aller discuter dehors ? me demande Sa Majesté, impatiente.

Il me fait passer devant lui, grand seigneur, et m'invite à l'extérieur sans même attendre ma réponse. Puis il referme la porte derrière nous et l'on se retrouve sur le minuscule palier de l'escalier en bois, bien trop étroit pour contenir deux individus qui se détestent autant qu'ils s'attirent. Du moins, je crois. Moi, je ne me rappelle même plus comment on respire. Je ne sais pas où poser les yeux sans tomber sur lui, son visage, son corps, sa peau dorée, ses muscles contractés sous son polo de grande marque. Je ne sais pas où diriger mon nez pour que ne m'arrivent pas des effluves iodés, mélange de parfum masculin subtil, de soleil qui tape et d'océan salé. Je ne sais pas où me mettre sans entrer dans sa bulle et percuter son aura qui prend tant de place.

Lennon décide de descendre d'une marche, comme si l'air était aussi venu à lui manquer. Son mètre quatre-vingt-dix arrive maintenant à ma hauteur. Mon regard au niveau du sien. Nos bouches parfaitement alignées. Ça pourrait être à mon avantage. Ça me déstabilise encore un peu plus. Je me sens toute petite, fragile, fébrile, et mon corps trahit mon esprit : j'ai l'étrange impression d'aimer ça.

– J'ai menti pour les gros mots, annoncé-je avant qu'il ne me le reproche.

– Bordel, je m'en fous de ça !

– Je ne savais pas que tu en disais aussi…

– C'est sérieux, Calliopé.

– Je sais.

– Tu réalises ce qui aurait pu arriver ?

– Oui.

– Elle a 5 ans et demi. Elle ne peut pas fuguer et errer dans les rues pour venir te trouver.

– Elle a réussi… tenté-je d'une petite voix.

– Elle s'est mise en danger ! réplique-t-il brusquement. Elle aurait pu tomber, se faire écraser, kidnapper et des choses pires encore ! C'est une petite fille, une parfaite victime…

– Non, c'est Willow, le coupé-je à mon tour.

– Arrête de l'admirer ! De la trouver tellement maline et tellement dégourdie. Si tu veux être sa mère, Callie, arrête d'être fière d'elle à chaque connerie !

L'émotion me saisit. Entendre « mère » et « Callie » dans la même phrase, c'est déjà beaucoup. Mais dans sa bouche à lui, je le supporte à peine. Lennon semble se rendre compte de mon trouble et me quitte des yeux. Il pose les siens ailleurs, au loin. Peut-être pour me laisser respirer. Ou juste pour réfléchir à ce que son royaume est en train de devenir. S'il me laisse y entrer.

– Les conneries, c'est ce que je sais faire de mieux, lui avoué-je tout à coup, comme s'il venait de me mettre au pied du mur.

– Ce n'est pas ce que j'ai dit, souffle-t-il en saisissant la rampe à pleine main.

Ses jointures blanchissent, les muscles de son avant-bras se contractent et des veines terriblement viriles affleurent sous sa peau délicate. Je me lance en détournant les yeux :

– Je sais que j'ai tout à apprendre. De toi…

– Je n'ai pas dit que j'étais d'accord pour ça, se braque-t-il en recroisant ses bras.

– Tais-toi et écoute-moi, pour une fois ! m'enflammé-je. Si tu arrêtais de m'engueuler comme une gamine, on pourrait peut-être jouer d'égal à égal.

– Il me semble bien t'avoir traitée comme une femme, pourtant, lâche sa voix grave.

Je tente d'ignorer tout ce que cette phrase implique et continue sur ma lancée.

– Si tu arrêtais d'être contre tout, par principe, on pourrait peut-être faire équipe. Je sais que Willow représente tout pour toi. Mais tu ne peux pas être son seul pilier. Son seul horizon. À force de la protéger contre le monde entier, tu l'isoles, tu l'emprisonnes. Je sais trop bien ce que ça fait, crois-moi. Et ce n'est pas seulement moi qu'elle est venue chercher, Lennon : c'est aussi toi qu'elle a fui !

– Tu as fini ? me demande-t-il, passablement agacé.

– Non, j'ai des tas de choses à dire, si tu acceptais enfin d'écouter.

Toujours perché sur la première marche de l'escalier, le roi du monde descend de son piédestal, juste un instant, glisse les mains dans ses poches de jean et se suspend à mes lèvres. Comme s'il les défiait du regard de dire quelque chose d'intéressant.

Je me racle la gorge et tente de rassembler mes idées. Je sais d'avance qu'elles vont fuser, dans n'importe quel ordre et n'importe quel sens. Mais je sais aussi que je tiens ma chance.

– Premièrement, Willow a besoin d'autre chose que son parfait papa, sa parfaite nounou et sa parfaite villa. Elle a besoin de voir du moche, du fou, du désordonné, des choses qui lui ressemblent un peu plus.

– Tu viens de dire que ma fille était moche ? me provoque Lennon d'un regard amusé.

Dieu qu'il est sexy...

– Deuxièmement, continué-je quand même, je peux aussi agir en adulte responsable puisque j'ai appelé illico le père de cette petite fugueuse alors qu'elle m'a supplié de ne pas le faire.

– Tu veux une médaille du courage ? ironise-t-il en plissant ses beaux yeux.

Dieu qu'il est insolent...

– Troisièmement, ta fille n'a plus rien à se mettre sur le dos et il serait peut-être temps de faire quelque chose pour sa passion des ciseaux...

– Tu es en train de me traiter de mauvais père ? s'indigne-t-il pour de faux.

Dieu qu'il est arrogant...

– Quatrièmement, je ne crois pas que tu sois aussi parfait que toutes les femmes de cette foutue ville ont l'air de le croire.

– Il me semble que tu es une femme... et que tu vis dans cette ville, non ?

Dieu qu'il est sûr de lui...

– Cinquièmement, poursuis-je en l'ignorant, je crois bien que tu vas avoir besoin de moi si tu veux que ta fille accepte de porter à nouveau des fringues et n'aille pas à l'école en petite culotte.

– Il y en a bien qui font du vélo en culotte par ici… me nargue-t-il en laissant son regard glisser vers ma jupe crayon.

Dieu que j'aime le voir me regarder comme ça...

– Et sixièmement, tenté-je avec mes dernières forces, rien ne me vient là tout de suite mais je suis certaine qu'il y a bien un sixième argument à ajouter, comme cette sixième boule de glace que j'ai avalée juste pour te prouver que je vais toujours au bout des choses et que je n'abandonne jamais !

Lennon sourit, apparemment attendri par cet exemple de ma ténacité. Je décide de ne rien lâcher. De me livrer. Pour une fois que j'ai l'ascendant, perchée tout en haut de cet escalier.

– Je n'abandonne jamais sauf… Sauf ce bébé, que j'ai abandonné, il y a cinq ans et demi, contre mon gré. Et c'est la plus gigantesque, la plus terrible erreur de ma vie. Crois-moi, j'en paye le prix.

– Je sais, Calliopé… admet-il en observant les larmes qui dansent dans mes yeux.

– Je crois que je mérite cette deuxième seconde chance, même si ça n'existe pas.

– Ça doit exister… dans un monde un peu fou et désordonné.

Il m'adresse un petit sourire triste que je trouve d'une tendresse infinie. C'est si rare de voir cet homme solide et inébranlable faire preuve de douceur, de compassion. En fait, je ne l'ai vu fondre qu'au contact de sa fille. Et au mien.

Lennon Hathaway doit avoir un truc pour les indociles...

– Tu peux garder Willow quelques heures. Si tu veux. Et la ramener toi-même à la maison en fin de journée.

– OK… balbutié-je, presque sans y croire.

– Il faudrait qu'elle mange quelque chose.

– Noté.

– Qu'elle ne se casse rien.

– Entendu.

– Qu'elle n'apprenne pas trop de gros mots…

– Peux rien promettre.

– Et qu'elle rentre heureuse, en fait. Ça m'ira très bien.

– Ça, je peux essayer… fais-je avec un sourire irrépressible.

Un bonheur intense se met à couler dans mes veines. Et je fais un tour sur moi-même juste pour le plaisir de virevolter. Autant dehors que dedans. Ma jupe ne tourne pas. Mais mon cœur, lui, fait des loopings à l'intérieur.

– Ah, une dernière règle, Calliopé !

En un clin d'œil, Sa Majesté vient de retrouver toute sa rigidité. Il a croisé les bras et tient ses deux biceps contractés. Son visage s'est durci et sa voix a repris sa place dans les graves. Je crains le pire. Son charisme m'écrase. Son aplomb me fait vaciller. Notre petit jeu de séduction s'est définitivement envolé.

– Willow ne doit pas savoir qui tu es. Pas maintenant. Pas comme ça.

– Je comprends, murmuré-je en acquiesçant pour respecter sa décision.

J'ai attendu cinq ans et demi. Je ne suis plus à un après-midi près…

Le roi du monde jette un dernier regard en direction de mon taudis et de la prunelle de ses yeux enfermée à l'intérieur. Mais libre.

Et c'est à moi qu'il l'a confiée pour ses premiers pas en liberté.

Je regarde Lennon se retourner, descendre lentement les escaliers. Tellement large d'épaules qu'il frôle tout sur son passage. Tellement maître de lui qu'il ne se cogne à rien.

Mais tellement pressé de partir que, peut-être, d'un autre côté, il a une émotion à cacher. Un pincement au cœur de laisser son bébé. Une petite crainte de voir son propre monde vaciller. Et de m'y laisser entrer.

17

Inconnue

Toutes les deux assises à même le sol, adossées à mon lit, Willow et moi étudions le nuancier.

– Non, rouge sang ! s'écrie la Lilliputienne alors que je viens de lui proposer un joli corail.

Je tire doucement sur l'une des nattes de cette mini-moi, elle m'imite en glissant sa petite main dans la frange brune qui me barre le front. Ses gestes de tendresse, un peu maladroits, m'explosent dans le cœur à chaque fois. Voilà un quart d'heure que nous étudions les nuances de rouge, de bleu, de jaune, de vert, pour choisir les coloris des pompons qui orneront ma création. Le fameux t-shirt à six boules.

– Tu ne préférerais pas une teinte plus douce, Willow ?

– Non ! Je veux des couleurs qui dégoulinent, comme la vraie glace. Mais en plus effrayant !

Alors que la petite tornade se lève pour aller embêter Gus dans le salon, je me demande si je devrais rire ou m'inquiéter de ses réactions. Toutes les petites filles ne sont pas obligées d'aimer le rose bonbon – je suis bien placée pour le savoir – mais quand même… Choisir le rouge sang et le vert vomi à son âge, ce n'est pas commun. *Pas normal ?*

– Calliopé ! s'écrie soudain la voix théâtrale de mon coloc'. Viens chercher ce truc agaçant qui me vole mes outils et qui t'appartient !

Mon prénom. Il vient de prononcer mon *vrai* prénom et

tout à coup, je panique. J'entends la cavalcade de petits pieds se rapprocher, puis me retrouve face à ma fille qui me fixe intensément. Je ne respire plus. Elle va me haïr. Elle me déteste déjà, j'en suis persuadée.

– C'est joli, Calliopé, me dit-elle en souriant. Plus joli que Pia. Et je veux bien rouge cerise, finalement. Parce que j'adore ça et que Poney mange tous mes noyaux !

Elle se jette sur mon lit et s'intéresse maintenant aux déclinaisons de bleu. Les plus vifs. Je sens la panique me quitter, mon cœur battre plus lentement et je remercie le ciel que cette petite ne voie le mal nulle part. Je lui ai menti, j'ai prétendu être quelqu'un que je n'étais pas, je le fais encore, et elle ne m'en veut pas.

– Tu sais quoi, Willow ?

– Quoi ?

– Je vais créer le même t-shirt pour Poney !

La petite éclate de rire et se met à faire des roulés-boulés sur le lit. Je la rejoins en gloussant et passe le reste de l'après-midi à faire exactement ça : n'importe quoi.

N'importe quoi, tant que c'est avec elle...

***

Elle ne pèse rien. Enfin, c'est ce que je crois au début.

Il est presque dix-neuf heures quand je me décide à la ramener chez elle. Willow est profondément endormie dans mes bras et le chemin entre le taudis de Herb et le palace de Lennon ne m'a jamais paru aussi long, la plage aussi vaste et le sable aussi mouvant. Ah, il y a aussi ma cheville qui menace de refaire des siennes à chaque pas. Mon chemisier noir à rayures vertes qui remonte et mon bermuda moulant qui cherche à disparaître entre mes fesses. Mais tout ça n'a aucune importance.

Parce que ma fille est abandonnée dans mes bras. Parce que mon cœur bat à tout rompre, d'amour, de bonheur, de plénitude. Parce que le vide en moi se remplit, grâce à elle. Parce que cette enfant, je la connais à peine, et pourtant je l'aime à en crever. Toutes les deux, on a déjeuné au milieu de l'après-midi, d'un « pique-nique de restes » improvisé sur la terrasse. Puis on est allées faire les magasins dans le centre de Chatham et Willow m'a laissée lui acheter deux nouvelles tenues à son goût. Elle n'a pas voulu de glace sur le chemin du retour. C'est un cornet de frites qu'on a partagé pour le goûter – tardif. J'ai dit quelques gros mots quand ses nattes ont trempé par mégarde dans la mayonnaise. Elle a ri et promis de ne pas les répéter. De retour à la pension, j'ai dû me changer intégralement, elle aussi. Et la petite rebelle a jeté son dévolu sur ma casquette new-yorkaise fétiche, alors que je tentais de lui fabriquer un joli *headband* dans un tissu Liberty. Mais Gus lui a appris à porter la casquette à l'envers, façon *badass*, et elle a décidé de ne plus la quitter depuis. Pas sûre que son père apprécie l'imprimé têtes de mort entremêlées de fleurs, mais j'ai déjà prévu tout un laïus sur la beauté des contrastes et des mélanges de genre.

Et non, ça ne parlera pas de lui et de moi... Pas vraiment... Juste un peu.

Toujours aussi chamboulée, j'arrive au portail de Sa Majesté, qui s'ouvre immédiatement sans que j'aie à prévenir qui que ce soit.

– C'est quoi ce... ?

– Détecteur de mouvements, entends-je résonner la voix du roi du monde.

Je tourne sur moi-même pour chercher une présence, rien. Personne. Et je finis par réaliser que les sons proviennent de l'interphone dernier cri fixé à la barrière blanche.

– Entre, Calliopé.

La même voix, profonde, virile, mais un ton plus doux. J'avance sur le chemin que j'ai déjà pratiqué plusieurs fois auparavant et rejoint la silhouette aussi musclée qu'élancée devant la grande porte d'entrée. Pantalon de costume, chemise blanche retroussée aux manches.

Modèle Hugo Boss...

Lennon Hathaway m'attend de pied ferme, aussi rigide que l'acier. Ses yeux se posent longuement sur sa fille, puis sur moi. La tendresse et l'animalité dans un même regard.

– Sa fugue l'a épuisée, fais-je en me plantant face à lui, les bras chargés. Rien à voir avec nos activités de l'après-midi...

Je souffle bruyamment mais tiens bon. L'enfant ronfle toujours doucement dans mon cou et mes muscles ne sont pas encore totalement tétanisés. Lennon m'inspecte, plisse les yeux lorsqu'il découvre mon nombril à l'air, mon bermuda trop moulant, puis se racle la gorge. Il en profite pour vérifier que sa progéniture est bien entière, examine rapidement son étrange couvre-chef puis daigne enfin sourire.

– J'imagine que vous avez joué au roi du silence et lu calmement pendant tout ce temps ? me provoque-t-il. Ça vous ressemble bien, à toutes les deux...

– Coupables ! dis-je en riant doucement.

Ses yeux verts – mais pas tout à fait – me scrutent quelques secondes de plus. De trop.

– Merci de me l'avoir laissée... murmuré-je, soudain émue.

– Merci de l'avoir retrouvée.

Son sourire disparaît aussi vite qu'il se dessine sur son sublime visage. Son regard brillant. Son teint hâlé. Ses traits racés. Je pourrais les étudier pendant mille ans. Mais déjà, Lennon tend les bras vers Willow et essaie de la récupérer sans la réveiller. Inévitablement, nos mains se frôlent, nos bras s'emmêlent, nos visages se rapprochent beaucoup trop. Je suis complètement bouleversée par ces infimes contacts. Et incapable de le cacher.

Et je me demande si son cœur bat la chamade et fait des claquettes, comme le mien.

Puis je me souviens qu'il est grand temps que je tire sur

mon chemisier pour retrouver un peu de décence.

– Willow n'est pas une grosse dormeuse, fait soudain remarquer le businessman. C'est rare qu'elle s'endorme ailleurs que dans son lit, entourée par tous les objets qui la rassurent. C'est encore plus rare qu'elle le fasse dans les bras d'une inconnue…

Je ne ressens aucune méchanceté dans ce dernier mot et pourtant, il me blesse horriblement.

– Je ne suis pas tout à fait une *inconnue*, fais-je en tremblant.

– Ce n'est pas ce que je voulais dire, Calliopé…

Il semble gêné. Presque peiné pour moi. Et bizarrement, cette idée me met en rogne et me rend agressive.

– Callie, lancé-je d'une voix acerbe.

– Pardon ?

– Je préfère qu'on m'appelle Callie.

– Parce que… ?

– J'ai besoin d'une raison ? sifflé-je.

– Il y a toujours une raison…

– Mon père m'appelait Calliopé. En faisant des tas d'autres choses atroces.

Lennon se crispe, face à moi. Ses iris multicolores se plantent dans les miens et ses bras se resserrent autour de sa fille. Comme un bouclier que rien ne pourrait transpercer.

Je n'ai jamais eu ça, moi.

– Entre, me dit-il soudain.

J'hésite, fais deux pas en arrière, mais sa main libre s'enroule doucement autour de mon poignet et me retient.

– Callie, ne pars pas, insiste-t-il.

Un peu perdue, je le suis à l'intérieur de la villa, vais patienter dans le salon pendant que le père protecteur va coucher sa fille. Je regrette d'avoir mentionné le mien. D'avoir aboyé au sujet de mon prénom. Je l'aime bien. Ça ne me dérange pas que d'autres le prononcent, tant que c'est avec douceur. Bienveillance. Tout ce dont Vito était incapable. Le roi du monde revient rapidement, deux Corona fraîches à la main.

– Je sais que tu aimes le vin, mais…

– Ça me va très bien, merci, fais-je en récupérant ma bière.

Je porte le goulot à mes lèvres et avale le liquide ambré. Frais. Mousseux. Aérien. Je me sens mieux.

Je m'approche de la grande véranda ouverte sur l'océan, Lennon me suit en gardant ses distances. Pendant de longues secondes, nous restons silencieux, n'écoutant que le roulis des vagues, les battements de nos cœurs et les tourments secrets de nos âmes. C'est un de ces moments suspendus, jolis et sereins, malgré le trouble évident.

– Tu me raconteras, un jour ? fais-je doucement.

– Te raconter quoi, Callie ?

– Ce qui t'a rendu comme ça…

Il ne cherche même pas à savoir ce que « comme ça » signifie. Il se rapproche de moi, dépose sa bière sur un meuble en bois massif et croise les bras sur son torse. Il inspire de tout son être. Happe tout l'air de la pièce. Je retiens mon souffle.

– J'ai changé d'avis, me parvient enfin sa voix virile et affirmée.

– À quel sujet ?

– Ta seconde chance, je te la donne. Je veux bien que tu restes dans la vie de Willow.

Je tourne brusquement la tête vers lui, son regard reste lointain, planant à la surface de l'eau. Et sa beauté me percute, me fascine, éveille mes sens, à nouveau.

– Mais elle ne doit pas savoir que tu es sa mère biologique, ajoute-il toujours avec la même assurance. C'est trop tôt. Et je n'ai pas encore assez confiance en toi. Tu vas devoir faire tes preuves, Callie.

– Je sais. Quand tu me l'as demandé tout à l'heure, je ne comptais pas lui dire, murmuré-je. Elle n'est pas prête. Et moi non plus.

Il acquiesce, remonte l'une de ses manches et précise, l'air grave :

– À 5 ans et demi, elle a déjà subi suffisamment de choses dans sa courte existence.

– Quelles choses ? Qu'est-ce qui lui est arrivé ? répliqué-je un peu vite.

Long silence. Le ténébreux n'est plus disposé à parler. Je me tais.

Est-ce que je viens encore de tout gâcher ?

18

Insondable

Toujours à la villa Hathaway, plantée face à la véranda surplombant l'océan, je retiens mes tremblements. Je porte à mes lèvres la Corona que Sa Majesté m'a offerte en m'invitant chez lui. Est-ce qu'il le regrette ? Peut-être. Je suis incapable de le sonder, de le comprendre, de le deviner. Alors je bois une longue gorgée pour me donner une contenance. Mais la main de Lennon s'empare de ma bouteille et la mène à sa bouche.

– Tu n'as pas fini ta bière ! m'insurgé-je face à ce flagrant délit de vol.

– La tienne est meilleure… rétorque l'insolent avant d'y goûter.

Non. Il ne regrette pas.

Une gorgée. Une seule. Un geste d'un érotisme fou. Une provocation ultime. J'ignore ce qu'il cherche. Mais sans le savoir, il me trouve. Je meurs d'envie d'embrasser le roi du monde. De poser mes mains sur tout son corps. Et de me mettre nue pour que cet homme me boive, moi. Coup de chaud.

Mais pourquoi il fait ça ?

Pourquoi il ne s'en empêche pas ?

Le ciel s'habille de nouvelles couleurs, le soleil ne va pas tarder à se coucher, juste face à nous. L'insondable s'assied nonchalamment dans un fauteuil moelleux, bras écartés sur les accoudoirs, puis il m'invite à l'imiter. Moi, la sauvage, l'« intouchée », j'en choisis un près du sien, déjà accro à cette nouvelle proximité.

Et aux sensations qu'il provoque, malgré lui, dans tout mon corps.

– Je devrais être avec eux, me dit-il soudain, en pointant deux surfeurs isolés, au loin.

– Je ne te retiens pas.

– Tu prends toujours tout contre toi ?

Lennon me contemple, les yeux délicatement plissés. Je souris, puis admets :

– Souvent.

Assis à moins d'un mètre de moi, le surfeur en costard s'étire de tout son long. Et finit par grogner :

– Si je n'y suis pas, c'est parce que je me suis froissé un muscle dans le dos.

– Si c'est une tentative hasardeuse pour obtenir un massage… dis-je en le toisant, avec l'air de celle qui ne se laisse pas faire.

– Ça n'en est pas une, tranche-t-il.

– Tant mieux.

– Parfait.

– J'aurai le dernier mot, affirmé-je.

– Je ne crois pas, riposte le roi du monde.

– J'ai toute la nuit s'il le faut.

Sa Majesté soupire, puis lâche un rire sexy en regardant le ciel.

– Tu n'aurais pas pu être *normale* ? se lamente-t-il.

– Chiante à mourir, tu veux dire ?

Il me scrute à nouveau, ses yeux mystérieux frôlant mes lèvres. Nouveau coup de chaud. Lennon se lève en passant la main dans ses cheveux et, le regard perdu dans le soleil couchant, me demande soudain :

– Qui est le père biologique de Willow ? Je sais si peu de chose…

– Aïe, soufflé-je, prise de court par sa question.

– Pardon, se tourne-t-il vers moi. Ça doit être…

– Sensible. Douloureux. Triste. Déprimant. Choisis l'adjectif que tu préfères, ils conviennent tous.

– J'ai besoin de savoir, Callie.

– Tu n'as pas demandé directement à mon père ?

Ses yeux s'assombrissent un instant. Le roi se crispe, son torse se tend sous sa chemise de créateur.

– Je sais pour la lettre, expliqué-je. Je l'ai découverte dans ses affaires, c'est comme ça que je vous ai retrouvés.

Lennon comprend enfin ce qui m'a menée jusqu'ici. Jusqu'à eux. Il tourne sur lui-même plusieurs fois en croisant les mains derrière son crâne, puis vient s'asseoir sur l'accoudoir de mon fauteuil.

– Il ne m'a jamais répondu, souffle sa voix rauque.

– Un lâche de plus… Comme Levi.

– Levi ?

– Le… *géniteur*.

Lennon me laisse le temps de trouver mes mots. J'hésite à botter en touche pour poser la question de la mère adoptive, ou plutôt de son absence. Mais c'est à mon tour de parler, je le sais. Il m'observe, sans insister, mais sans que je puisse m'échapper. Patiemment, il attend que je lui raconte le pourquoi du comment. Je lui offre la version accélérée. Et édulcorée.

– Mon *boyfriend* du lycée qui voulait que j'avorte. Je lui ai dit que je l'avais fait et je ne l'ai plus jamais revu.

– Et après ? tente sa voix sombre et douce.

– Après… ?

– Quand Willow est née, tu es restée un peu auprès d'elle ?

– Non, on me l'a arrachée sur-le-champ, murmuré-je douloureusement.

– Tu ne savais rien ? D'elle ? De l'adoption ?

Je sais qu'il insiste pour sa fille, pas contre moi. Je sais qu'il a besoin des réponses, même si elles me brisent le cœur encore une fois.

– Vito m'a forcé la main, du début à la fin, bredouillé-je d'une voix à peine audible. Il m'a envoyée en Italie pour cacher ma grossesse. Il m'a fait accoucher dans des conditions que tu ne veux même pas connaître. Il m'a interdit de porter, de toucher, d'embrasser ou même de regarder ce bébé. Et il m'a fait promettre de ne plus jamais en parler. Il n'y a qu'une sage-femme italienne qui a eu assez pitié de moi pour me confier que c'était une fille. C'est tout ce que j'ai su.

Le regard de Lennon s'emplit de tendresse, d'émotion, de douleur, de compassion. Un étrange mélange dans lequel je pourrais me perdre. Mais que je n'ai pas la force de soutenir. Alors je fixe l'horizon, puise quelques forces dans ce décor époustouflant, avant de pouvoir lâcher :

– Je ne l'ai jamais oubliée, tu sais ? Mais s'il y a une seule chose que je pouvais faire pour ma fille… c'était la tenir la plus éloignée possible de mon père. C'est sans doute l'unique bonne décision que j'ai prise en tant que mère.

Il acquiesce lentement. Puis sa main se pose doucement sur la mienne et la serre, un instant. Les larmes me montent aux yeux, je les repousse mentalement et saute sur mes pieds. J'ai besoin d'air. Besoin de distance si je ne veux pas craquer.

– Je pourrais apprendre des tas de choses à Willow ! fais-je d'une voix faussement joyeuse, pour garder la face. Je pourrais lui apprendre à dessiner ! À coudre ! À associer les couleurs, à reconnaître les matières au toucher, à assembler les pièces qui vont bien ensemble, à…

– Callie… m'interrompt Lennon.

Sa grande silhouette quitte le bras du fauteuil pour s'avancer vers moi.

– Oui ?

– Elle n'est pas *normale* non plus, tu sais ? me glisse-t-il tout bas.

– Je sais, fais-je d'une voix triste et fière à la fois. Et elle a besoin qu'on lui dise que ce n'est pas grave. Au contraire ! Qu'elle est unique et qu'elle est parfaite comme elle est…

– Je suis d'accord, me répond la voix grave et profonde.

Une main sur mon épaule, l'autre au creux de mon cou. Je me retrouve plaquée contre la baie vitrée, à la merci de son corps massif et brûlant. Lennon est contre moi. Tout contre moi. Et j'adore ça.

– Je fais tout ce que je peux pour lutter. Pour te détester. Je n'y arrive pas… grommelle-t-il.

Je gémis, m'emplis de son odeur délicieuse, entêtante, contrastée comme un sucré-salé.

– Quel est ton secret ? susurre-t-il à mon oreille.

– Je n'en ai pas !

– On est incompatibles, toi et moi ! Pas faits l'un pour l'autre ! Alors comment tu fais ça ? insiste-t-il, d'une voix de plus en plus basse, de plus en plus menaçante.

– Je ne fais rien, haleté-je. Je… Ça nous dépasse. Ce sont nos âmes… indociles !

Ses lèvres fondent sur les miennes, ses mains remontent mes poignets de chaque côté de mon visage et déjà, sa langue me tourmente. J'écarte légèrement les jambes pour lui laisser la place de venir se nicher au plus près. Entre mes cuisses.

Là où mon corps le réclame de manière incontrôlable. Là où il glisse sa paume, sans jamais cesser de m'arracher des soupirs.

Insondables, indociles… et insatiables !

Face à ce soleil couchant, à cet océan, je m'abandonne.

Lennon me veut. Malgré tout ce qui nous sépare, tout ce qui nous oppose, il me veut vraiment. Je le sens. Ses lèvres ont un goût d'interdit, de bière, de désir et d'absolu. Plaquée contre la vitre de cette véranda, je me remplis de lui. De son odeur, de sa force, de son animalité. De ses baisers puissants et langoureux, qui me réveillent à l'intérieur.

Avec lui, j'ai envie de prendre tous les risques. De sortir de ma solitude. De m'offrir pour me sentir femme. Vivante. Vibrante.

– Tu me fais perdre la tête, Callie… lâche le businessman en empoignant mes fesses.

Son corps surplombe le mien, l'entoure, le recouvre, sans jamais l'emprisonner. Je sais que je suis libre de partir, de dire stop, de tout arrêter. Mais je n'en ai pas l'intention. Jamais de la vie. Si Lennon Hathaway devait me quitter, arrêter de m'embrasser, de me toucher, à cet instant, je crois que j'en mourrais.

Sa main est douce et agile lorsqu'elle se faufile au creux de mes reins et disparaît sous mon bermuda noir moulant.

Le surfeur en chemise de créateur n'y va pas par quatre chemins et j'aime ça. La dernière fois, il a pris son temps. Et toutes les précautions pour ne pas me brusquer. M'apeurer. Cette fois, il semble deviner mon ardeur, mon assurance, la force de mon attirance pour lui. Il ne me laisse pas le temps d'hésiter, de changer d'avis, de fuir devant mon propre désir. Je gémis. Soupire. Le respire. Je l'embrasse un peu plus ardemment, le titille du bout de ma langue et glisse mes doigts dans sa tignasse aux reflets dorés. Je n'ai jamais fait ça.

Jamais.

Qu'avec lui.

Et pourtant, mon corps réagit comme s'il savait. Comme si c'était écrit. Comme si une force invisible dictait mes mouvements et me rapprochait de lui.

– On ne devrait pas… soupire le roi du monde en s'arrachant brusquement à ma bouche.

Il fait un pas en arrière, se mord la lèvre et observe le ciel au-dessus de nous, orangé. Comme si lui aussi s'était enflammé. Lennon soupire longuement, ferme les yeux, mon cœur bat la chamade.

Est-ce qu'il va me foutre dehors ? Briser ce moment magique ? Éteindre le feu qui se propage en moi ?

Non. Je ne le laisserai pas tout gâcher.

– Trop tard, murmuré-je en l'attirant à nouveau à moi. Je

te veux, Lennon. Je te veux comme je n'ai jamais voulu aucun autre homme.

Il me fixe de ses yeux multicolores, lumineux, sublimes, mais il résiste. Il ne me laisse pas gagner si facilement. Je le tire de toutes mes forces et parviens finalement à le faire bouger. Avant de totalement baisser les armes, le roi me souffle :

– Ne joue pas avec moi, Callie. Si tu joues, tu perdras.

Son regard intense, ses mots, sa voix rauque, chaude, virile, tout chez lui me couvre de frissons. Je me hisse sur la pointe des pieds et m'empare de ses lèvres. Je les savoure, les caresse, les mordille, cherchant à le rendre fou. Et ça marche. Lennon me plaque un peu plus fort contre la surface froide en grondant. Sa main baladeuse se promène sur ma peau sensible, atteignant la dentelle de ma culotte.

Ma peau brûle au contact de la sienne. Au beau milieu d'un baiser, le businessman glisse entre mes lèvres :

– Je peux ?

– Oui… gémis-je.

– Ici ? Tu es sûre ?

– Lennon…

Dans ma bouche, son prénom n'est qu'un soupir. Un aveu. De ma faiblesse. De mon désir.

Aussitôt, ses doigts me touchent. En bas. Là où je brûle et me consume. Ils me frôlent, m'ouvrent, me caressent, me fouillent, me pénètrent. Je suis trempée, perdue, paumée, affamée, excitée, alanguie. Tout à la fois. Des tremblements m'assaillent, Lennon fait mine d'arrêter mais je plaque sa paume contre mon intimité.

– Encore, lui soufflé-je. N'arrête pas. Je ne suis juste… pas habituée.

Nos baisers se font plus tendres, plus langoureux, tandis qu'il imprime des cercles autour de mon clitoris, puis me pénètre à nouveau d'un doigt. Puis de deux. C'est si bon. Si puissant.

Si nouveau.

Soudain, Sa Majesté est à genoux. Ses mains quittent ma féminité pour s'attaquer à ma fermeture éclair. Mes chaussures, puis mon bermuda se font la malle, laissant l'homme en tête à tête avec… ma culotte échancrée.

– La vue te plaît ? demandé-je, à la fois gênée et excitée d'atteindre ce nouveau degré d'intimité.

– Je me demandais ce qui se cachait sous ce short de malheur… grogne le mâle.

– Tu n'es pas déçu ?

Ses yeux brillants se lèvent et plongent dans les miens. Leur intensité n'est pas loin de me faire chavirer.

– Tu plaisantes ? murmure Lennon.

– Non.

– Callie, tu es sublime.

– Je ne crois pas… chuchoté-je.

Un regard qui s'éternise. Puis il se redresse, me tend la main et m'entraîne dans la villa. Je récupère mon bermuda à la volée, simple instinct de protection. Je n'ai jamais adoré me balader en petite tenue. Toujours préféré les fringues à ma propre nudité.

Sa main qui m'entraîne, ma main agrippée à la sienne, nos bras dans le prolongement l'un de l'autre, Lennon et moi traversons tout le salon – immense –, atteignons les escaliers – vertigineux – et les grimpons à toute vitesse.

– Attends, ma cheville ! lui soufflé-je une fois au premier palier.

– Merde.

J'atterris dans ses bras pour grimper un étage de plus, je l'entends grogner et me souviens de son muscle froissé dans le dos. Mais le colosse semble oublier la douleur et parvient à me mener à destination. Il me dépose finalement devant une double porte en bois clair, au sommet de son palace.

– Entre, glisse-t-il à mon oreille, ses mains plaquées sur mes reins.

Je m'exécute et découvre une incroyable suite parentale. Une chambre immense, décorée avec goût mais simplicité, dans des tons gris et blancs très purs. Puis un dressing digne des plus beaux *showrooms*, suivi d'une salle de bains ouverte en marbre italien. Et enfin, d'une terrasse à couper le souffle, donnant sur l'océan.

L'océan. Sublime. Sauvage. Chavirant. Comme l'homme qui se tient derrière moi et dont le souffle me caresse la nuque. Je laisse tomber mon bermuda par terre en frissonnant.

– Je vais t'apprendre à te regarder, murmure sa voix profonde.

Face à nous, un spectaculaire miroir en pied entouré d'un cadre argenté.

– Je suis en culotte, couiné-je en réalisant l'épreuve qui m'attend.

Je tire sur mon chemisier par pudeur, mon amant se met à le déboutonner, petit à petit. Tellement délicatement que je finis par trouver ça joli.

– Attends, fais-je encore en arrêtant sa main.

Lennon respecte ma demande et me regarde droit dans les yeux, dans le miroir.

– C'est ton tour. Enlève ta chemise, ce sera plus équitable.

Ma propre assurance me subjugue. Je suis à la fois morte de peur et presque maîtresse de la situation. C'est l'effet Lennon Hathaway. Un léger sourire traverse ses lèvres, puis Sa Majesté cède. Uniquement parce qu'*il* l'a décidé. Le tissu blanc précieux passe par-dessus sa tête et va s'échouer au sol. Derrière moi, ses abdos se dessinent dans la lumière sanguine de la fin du jour. Ses biceps se contractent. Sa peau brille de mille feux.

Il est d'une beauté stupéfiante.

– Ton pantalon, lancé-je soudain.

Les yeux multicolores me jaugent un instant, puis glissent sur mon corps, frôlent mon nombril, ma dentelle, mes cuisses nues, réveillant mon désir. Un bruit de Zip me remet les idées en place et je le regarde faire disparaître son pantalon de costard noir.

– Boxer gris, dis-je alors en souriant, en caressant sa bosse du regard. Gris macadam.

– La créatrice de mode approuve ? me demande-t-il d'une voix insolente.

– C'est le seul gris chaud de tout le nuancier, expliqué-je. Comme le bitume qu'on voit fumer parfois. Rarement. Par grosse chaleur.

– Et c'est bien, ça… ?

J'acquiesce dans le miroir, le contemplant avec gourmandise. J'ai l'habitude d'observer des corps d'hommes plus ou moins dénudés, mais jamais dans ces circonstances. Jamais juste pour moi. Jamais pour mon… *plaisir*.

– Maintenant, regarde-toi, Callie.

Son visage vient se poser au creux de mon épaule et ses yeux fascinants m'encouragent à me passer en revue dans la glace.

– Un visage de poupée, murmure-t-il. Des yeux envoûtants… Une bouche à croquer… Une taille de guêpe… Des hanches féminines et des jambes élancées. Qu'est-ce que tu pourrais avoir à te reprocher ?

– Je ne sais pas… Tout ?

– Tu es parfaite comme tu es, Calliopé.

Cette dernière phrase m'achève. Me bouleverse. Je me retourne d'un bond et m'empare de ses lèvres entrouvertes. J'embrasse cet homme sublime, mystérieux, dur, fier et profondément humain, comme si c'était une question de vie ou de mort. Je l'embrasse avec une telle fougue que je le pousse en arrière et manque de nous faire tomber tous les deux.

Pour reprendre le contrôle, ses mains me soulèvent du sol en se plaçant sous mes fesses et m'accrochent à sa taille. Par réflexe, par envie, par urgence, je croise mes jambes dans son dos, sentant son érection frôler mon sexe.

Deux remparts nous séparent encore. Deux murailles de tissu. Son boxer et ma culotte.

Nous tournons sur nous-même, cognons une étagère, renversons une lampe, rions en atterrissant violemment sur le lit.

Tout ça, sans jamais dessouder nos lèvres.

– Tu ne vas pas partir, cette fois ? souffle-t-il en me faisant frémir.

Lennon prend le contrôle. Il m'allonge sur le dos, s'installe au creux de mes cuisses et déboutonne lentement mon chemisier. Cette fois-ci, je le laisse faire. Il me dénude, je l'observe me désirer, bouton après bouton. Alors que le dernier saute, il écarte les pans du vêtement pour mieux me contempler.

– Pas de soutien-gorge… constate sa voix grave.

– Toujours pas, dis-je en souriant, plus téméraire.

Ça lui plaît. *Je* lui plais – et j'ai toujours autant de mal à y croire. Le businessman se penche en avant et dépose une ligne de baisers veloutés, allant de mon nombril jusqu'à mes tétons. Sensations exquises. Torrides. Les pointes de mes seins durcissent instantanément. Et je lâche une série de jurons lorsque ses dents se mettent à les mordiller.

– Il n'y a que dans ta bouche que j'aime les gros mots… souffle Sa Majesté amusée.

– Et il n'y a absolument rien que ta bouche fasse que je n'aime pas… répliqué-je en haletant.

Est-ce que cette phrase avait un sens ? Est-ce qu'il a compris qu'il ne doit jamais s'arrêter ? Est-ce qu'il sait que personne, jamais, ne m'a fait autant de bien ? Est-ce qu'il devine que je n'ai jamais laissé aucun homme avoir sur mon corps ce pouvoir, cette délicieuse emprise ?

Peut-être. Ses mains, en tout cas, ont l'air de lire dans mes pensées : elles se mettent à remonter langoureusement le long de mes hanches, de ma taille, de mes côtes. Elles m'enlacent tout entière, comme si je lui appartenais. Elles me caressent comme si j'étais une précieuse et fragile sculpture. Mais elles m'étreignent avec force aussi, comme s'il me protégeait. J'ai l'impression d'être à lui. Le roi du monde veut me faire sienne, et je ne résiste même pas. Moi qui n'ai jamais appartenu à personne.

Avec le même aplomb mêlé de tendresse, Lennon fait glisser les manches de mon chemisier le long de mes bras. Il m'en libère. Et même le doux tissu rayé semble caresser ma peau. Par je ne sais quel exploit, chaque étape de cet effeuillage gagne un peu en sensualité. Et mon feu grandit encore.

– Déshabille-moi…

Cette voix était la mienne. Cet ordre, venu de nulle part, c'est bien moi qui l'ai prononcé. Mon intimité brûle de connaître la suite. Je n'ai plus ni patience ni pudeur. Ni crainte ni barrière. Je ne pense plus à cette cicatrice qu'il pourrait voir. À ma nudité que je vais lui offrir. Et le surfeur en boxer ne se fait pas prier : à genoux entre mes cuisses, il s'empare de la dentelle et la fait descendre le long de mes jambes. Sans jamais me quitter des yeux. Je retiens mon souffle, happé par la puissance de son regard, étourdie par l'érotisme de cette scène.

– Déshabille-toi…

Encore moi. Encore cette urgence. Plus rien ne m'arrête. Et le sourire en coin de Lennon face à mon audace m'envoie une nouvelle flèche entre les cuisses. Il fait un pas en arrière, quitte le lit pour se planter sur le sol. Recule encore d'un pas et retire son boxer. Son corps athlétique me fait tourner la tête. Ses muscles bandés, sa peau parfaite et ce sexe… Je n'ai absolument aucun point de comparaison. Mais j'ai la certitude, à cette seconde, que c'est la chose la plus fascinante que j'ai vue de ma vie. Il me laisse le contempler un instant. Comme s'il voulait être sûr. Que c'est bien ce que je veux.

Étendue, nue, minuscule sur ce lit immense, je lui tends la main et l'appelle.

– Viens…

Le roi du monde me balance un de ses sourires irrésistibles et se rapproche. Mais au lieu de me rejoindre, il contourne le lit et va ouvrir un tiroir. Je sais parfaitement à quoi correspond ce bruit métallique. Cet emballage qu'on déchire. Cet infime son qui coulisse. Et je respire un peu mieux. Soulagée de ne pas avoir eu à demander. Heureuse que la magie du moment n'ait pas été brisée.

– Redemande-le moi, Callie… murmure sa voix grave, étouffée.

– Viens, Lennon, dis-je sans hésiter.

Sa carrure me surplombe aussitôt. Ses mains se posent de chaque côté de mon visage. Je ne me sens ni emprisonnée ni dominée. Son genou écarte mes jambes et son sexe encapuchonné frôle le mien. Je n'ai pas peur. Tout est sous contrôle. Sauf mon désir fou de lui. Je glisse chacune de mes mains sur ses joues. L'attire un peu plus à moi. Je le trouve si beau, si racé, si majestueux que j'en ai le tournis. Et je le trouve si doux, si tendre, si attentif… que mon cœur crève d'envie de lui dire des mots doux, beaucoup trop doux. Des mots d'amour qui me brûlent les lèvres. Que je retiens et que j'enferme en soudant ma bouche à la sienne.

Sa langue se fraie un chemin dans ma bouche en même temps que son sexe s'invite dans le mien. Cette lente et merveilleuse fusion me fait quitter la terre. Je n'ai jamais rien connu de si fort, de si brûlant, de si intense. Tout en m'embrassant, Lennon recommence son tour de magie. Son corps et mon corps qui s'imbriquent, comme s'ils étaient faits pour ça et rien d'autre. Peu à peu, je me sens m'ouvrir à lui. Élan après élan, mes sens tourbillonnent. Je m'agrippe à ses larges épaules, enfouis mes doigts dans ses cheveux soyeux, entoure ses fesses de mes chevilles, étouffe mes cris tout au creux de son cou. Sa sensualité me terrasse. Sa passion me foudroie. Sa tendresse me bouleverse. Bientôt, je ne sais plus lequel de nous deux gémit, crie, soupire, grogne. Bientôt, je m'abandonne.

Mon roi se fige dans cette osmose inouïe. Je l'accueille une dernière fois au plus profond de moi… et je le supplie secrètement de ne jamais quitter cet endroit. Il me serre. Je me blottis. Une extraordinaire vague de plaisir m'engloutit. Et le silence revient, alors que nous ne faisons qu'un.

Je sens une larme chaude couler le long de ma joue. Je ne pleure pas. C'est mon corps qui exulte. Mon cœur qui ne savait pas qu'il pouvait battre si fort. Mon âme indocile qui sait qu'elle n'est plus seule.

En un battement de paupière, je m'endors.

19

Interdit

Quand j'entrouvre les yeux, je mets plusieurs secondes à réaliser où je suis. Pas dans mon clapier à lapins. Murs blancs immaculés, hauteur sous plafond vertigineuse, mobilier design, déco épurée, lit *king size*… et lui dedans. Ou plutôt dessus. Je suis repliée en position fœtale sous le drap couleur gris silex, que j'ai remonté jusqu'à mes pommettes. Lennon a fait tout le contraire. Étendu sur le dos, il prend les trois quarts de la place sur le drap du dessous, dans une teinte gris écume. Le roi du monde domine même son linge de lit, froissé et rabattu sous lui. On pourrait croire qu'ils ont lutté, cette nuit, et que le gladiateur a fini par l'emporter. Mais j'ai un tout autre souvenir de ce qu'il s'est passé ici. Pas de combat. Pas de violence. Pas de vainqueur ni de vaincu. Juste une danse envoûtante, un tableau prodigieux à n'en pas croire ses yeux. Une féerie bien réelle pourtant, un ballet voluptueux de corps qui s'apprivoisent, se séduisent et s'emmêlent. C'était beau comme dans mes rêves. Presque miraculeux. Plus parfait que tous les films que j'ai pu me faire dans la tête. Plus doux, plus fort et plus fou. Inoubliable comme le sont les premières fois qu'on a pris le temps d'attendre.

Ou les deuxièmes fois qui ont de sublimes airs de premières.

Et je n'ai qu'à fermer les yeux pour revoir et revivre ces instants inouïs, comme si nos peaux nues jouaient à la haute couture.

Je bloque ces pensées beaucoup trop exaltées et tente de toutes mes forces de ne pas m'enflammer. Quand on s'envole si haut, on atterrit toujours mal. Je remonte encore le drap pour cacher mon visage et reprendre mes esprits. Que faire ? Que penser ? Que dire pour ne pas tout gâcher ? Je vais bien finir par trouver.

– Planque-toi si tu veux… Mais ne t'enfuis pas, cette fois, entends-je à côté de moi.

Je ne trouve rien à répondre, pétrifiée par la douceur de ses mots, la profondeur de sa voix.

– S'il te plaît, ajoute Lennon un ton plus bas.

– Juste parce que tu me le demandes poliment, alors ! tenté-je de plaisanter sous le drap.

– Je peux voir tes yeux ou il te faut d'autres formules de politesse ?

– Tu pourras les voir quand tu auras caché le reste.

– Hein ?

– Est-ce que tu peux dire à ton corps d'être un peu moins nu ? insisté-je depuis ma grotte.

– Oh…

Son petit rire amusé m'envoie une agréable décharge de séduction. Cet homme n'en finit jamais de me faire craquer. Et c'est exactement pour ça que je dois me méfier. Ne pas le voir nu. Ne pas prendre goût à notre proximité, à cette fabuleuse intimité partagée. Ne pas faire tomber les barrières des corps… pour protéger encore un peu les cœurs.

– Ça y est, tu peux regarder, chuchote Lennon, un brin moqueur.

Le roi du monde s'est assis sur son lit en repliant le drap gris jusqu'à sa taille. J'aurais préféré qu'il enfile sa combinaison de surf intégrale. J'aurais préféré ne pas voir le dessin de ses larges pectoraux, la rondeur solide de ses épaules, le grain parfait de sa peau hâlée, le désordre sexy de ses cheveux au réveil, les reflets dorés dans son châtain et les mille nuances au fond de ses yeux lumineux.

– Putain, tu ne peux pas être un peu moins beau, aussi ? ronchonné-je.

– Désolé, se marre-t-il en regardant ailleurs comme si mon compliment l'avait gêné.

– C'est le soleil matinal. Cette lumière subtile, ça embellit tout.

– Je trouve aussi, dit-il en contemplant mon visage.

J'ai oublié que je l'avais laissé le drap glisser jusqu'à mes épaules. Et que j'étais toujours nue dans le lit de Sa Majesté. Oublié qu'il n'invite jamais personne à passer la nuit dans son royaume. Oublié que j'ai aussi fait entrer un homme dans ma vie. Et pas n'importe qui. Le père de ma fille. L'amant interdit. Ça fait tellement d'émotions à gérer que je ne sais pas par où commencer.

Et en plus, je ne suis même pas maquillée !

– Petit déjeuner ? lance Son Altesse. Je t'attends sur la terrasse. Il faut qu'on se parle. Qu'on agisse en adultes. Et qu'on prenne des décisions difficiles.

Je l'écoute me balancer tout ça comme mes quatre vérités. Pendant qu'il enfile un caleçon, un t-shirt, un pantalon, j'observe sa nudité une dernière fois, comme si je savais déjà que j'allais en être privée. Cette annonce solennelle et le silence qui suit me foutent la trouille. Lennon a retrouvé ses fringues mais aussi toute sa rigidité, son bel aplomb, son visage fermé. Sa proposition n'appelait pas de réponse. De oui ou de non. Aucune négociation. Il m'indique la salle de bains attenante à sa chambre, d'un geste du bras. Puis s'en va, déjà dos à moi.

***

La terrasse du deuxième étage de la villa offre une autre vue somptueuse sur la plage. Presque à trois cent soixante degrés. On se croirait seuls au monde. Et l'immensité de l'océan me donne le vertige. Je commence à comprendre ce qu'on gagne à scruter l'horizon, à contempler la nature, sa présence immuable, sa force sereine. Tout ce décor, ces sons et ces odeurs m'apaisent.

La table, dressée simplement, propose jus de fruit, café, toasts et œufs brouillés. Je ne peux pas m'empêcher de me demander si un cuisinier à demeure prépare tout ça à la demande. Ou si Lennon a eu le temps de se mettre aux fourneaux, de prendre une douche et de se changer à nouveau. Pantalon bleu pétrole, polo blanc au petit écusson marine d'une grande marque, cheveux encore mouillés et coiffés en arrière. Il doit avoir l'habitude des matins pressés, des journées bien chargées d'homme d'affaires et père célibataire.

– Willow ne va pas se réveiller ? demandé-je, un peu nerveuse.

– Pas encore, dit-il en consultant sa montre acier.

– Elle ne devrait peut-être pas me voir ici…

– Je sais.

Lennon avale la moitié de son verre de jus d'orange, mord dans un toast comme pour se donner des forces. Peut-être du courage. Je ne peux rien faire d'autre que siroter mon mug de café. Et attendre qu'il m'explique ce qu'il a décidé.

– Écoute…

– Est-ce que… ?

On s'est mis à parler en même temps et on s'arrête aussi vite.

– Vas-y, dis-je dans un petit sourire.

– Non, je t'en prie, insiste-t-il doucement.

– Je préférerais que ça vienne de toi.

L'air préoccupé, le visage fermé, il s'essuie la bouche de sa serviette, s'enfonce contre le dossier de sa chaise, croise les bras et pose le regard loin devant, vers l'océan. C'est apparemment là qu'il trouve toutes les solutions.

– Je crois qu'on devrait arrêter, Callie. Ce qu'on est en train de faire. Je ne sais pas ce que c'est mais… Tu l'as dit, ça nous dépasse.

– Et tu n'aimes pas beaucoup être dépassé, ajouté-je à voix basse.

– Je sais que je peux avoir l'air dur, parfois. Obsédé par l'idée de tout contrôler. Mais c'est pour Willow que je le fais. Tout ce que je fais, tout ce que tu vois, c'est pour elle. Elle n'a que moi.

– Je sais, murmuré-je.

Lennon devine que ses mots sont durs à entendre, il me jette un regard empreint de douceur, de compassion. Puis, le père célibataire reprend en fixant à nouveau l'horizon :

– Jusque-là, ça ne nous réussit pas trop mal à tous les deux. Mais on revient de loin. Ça n'a pas été facile de trouver un équilibre. Et je ne veux pas le perdre.

– Je comprends.

Des milliers de questions m'assaillent, sur l'avant, le pourquoi, le comment. Sur ce qu'a traversé Willow. Sur ce qu'il a traversé, lui. Je me retiens. Tente une autre approche.

– Je ne l'ai jamais dit Lennon, et… je t'ai peut-être même fait penser le contraire… Mais je suis contente que ce soit toi. Son père.

– Merci.

J'ignore si c'est le vent ou l'émotion qui rendent ses beaux yeux brillants. Il les plisse. Se racle la gorge et reprend :

– Si tu dois faire partie de la vie de Willow, tu ne peux pas être dans la mienne… Pas de cette façon-là. Ma porte te sera toujours ouverte, Callie. Mais pas mon lit. Devenir parent, c'est un job à plein temps. Quand elle saura qu'elle est ta fille, quand tu voudras apprendre à être sa mère… Je crois qu'il n'y aura de place pour rien d'autre dans ton cœur. Et le sien.

Sans le savoir, il vient de briser le mien. Il a sans doute raison. Mais je n'arrive pas à dissocier Lennon de Willow. Mes sentiments naturels pour elle, évidents. Ceux que j'éprouve pour lui, naissants. Et je trouve ça injuste, cruel, d'avoir à renoncer à l'un pour pouvoir aimer l'autre. Alors que je me sens si bien, auprès d'eux. À ma place, peut-être pour la première fois de ma vie.

– D'accord, m'entends-je prononcer quand même.

J'étais censée arrêter de lui mentir... Je crois que pour cette fois, il me pardonnera.

– Je suis venue ici pour retrouver ma fille, continué-je. Pas pour chercher… une aventure… ou l'amour, ou je ne sais quoi.

– Parfait, grommelle-t-il comme s'il disait le contraire.

– Mais je veux tout savoir. Toute l'histoire de Willow.

– Je vais te dire tout ce que je sais.

Une autre rasade de jus d'orange plus tard, Lennon se lance. Je tends l'oreille et fixe sa bouche pour ne pas rater une miette, pas un soupir, pas un mot de ce parcours chaotique et tout ce qu'on m'a caché. La vie de mon bébé, depuis qu'elle m'a été arrachée. Toutes ces vérités qui m'ont tant manqué.

– J'avais un frère, Ralph, beaucoup plus âgé que moi, débute sa voix profonde. On n'a jamais été très proches, on n'avait pas grand-chose en commun. Mais je sais que lui et sa femme Terri ont essayé d'avoir un enfant pendant plus de dix ans. Ils ont tout tenté, jusqu'à ce qu'elle soit trop âgée pour les traitements. Et ils ont fini par se tourner vers l'adoption. Willow leur a été confiée quand elle était bébé.

Je retiens mon souffle, profondément choquée par cette révélation.

– Eux, ils n'étaient plus tout jeunes… mais vraiment, vraiment très heureux. Je crois que Willow a accompli des miracles partout où elle est passée, conclut-il dans un sourire.

J'ai du mal à croire à ce que j'entends. À imaginer que ma fille ait eu encore d'autres parents. Je me tais pour le laisser poursuivre. Mais je ne suis plus très sûre que mon cœur soit encore bien accroché.

– Elle avait 2 ans quand ils sont morts. Un stupide accident. Ils se sont crashés dans un petit avion de tourisme, pour une simple erreur de pilotage. Mon frère avait 52 ans, Terri 44.

– C'est si jeune… Je suis désolée, murmuré-je en couvrant ma bouche de la main.

– J'étais la seule famille qu'il restait à Ralph. Et Terri n'avait pas non plus de parents assez proches pour se manifester à ce moment-là. Alors je me suis retrouvé à adopter Willow à mon tour. Je n'avais rien demandé. Aucun projet de fonder une famille. J'avais 27 ans. Je ne pensais qu'au business. Et cette petite est venue tout chambouler.

Cette question, je me la suis posée un bon milliard de fois : pourquoi un homme si jeune, si carriériste et si célibataire se coltinerait une enfant ? J'ai enfin ma réponse.

– Difficile de lui résister, hein ? commenté-je en souriant.

Et je réalise trop tard que ma dernière phrase peut prêter à confusion. Je repense à notre ressemblance physique, à Willow et moi. À ce caractère fort qu'on a en commun. Je ne voudrais pas qu'il croie que je m'accroche. Que je lui fais du charme quand ce n'est pas le moment… Mais après un infime sourire en coin, Lennon passe déjà à autre chose. J'ai l'impression que ce récit lui fait du bien, à lui aussi.

– Willow avait 2 ans. Moi, je ne connaissais rien aux enfants, elle était très perturbée par tous ces changements… On était tous les deux des débutants. Mais il s'est passé quelque chose de très spécial entre nous. Une alchimie. Le genre de lien incompréhensible qui se tisse entre deux opposés. Tu sais ? Le truc impossible qui arrive quand même. La bonne vague, le bon moment, l'alignement des éléments…

– Je vois très bien, dis-je tout bas en croisant ses yeux étincelants.

Je détourne les miens et rassemble les pièces du puzzle dans ma tête. Je comprends mieux pourquoi il n'y a pas de maman dans la vie de WiIllow. Il y en a eu une. Une mère adoptive. Mais la petite ne s'en souvient probablement pas. Et je réalise quel défi a relevé Lennon, seul, partant de zéro, avec cet enfant qui lui est tombé dessus et qu'il a porté à bout de bras. Par sens du devoir. De l'honneur. Par simple bonté de cœur.

Un regard si profond, si complexe, ne pouvait pas appartenir à n'importe quel homme. En lui aussi, il y a un feu unique. Un tout petit supplément d'âme.

Et si j'étais plus forte, je lui dirais, là, maintenant, tout le bien que je pense de lui. Et tous les sentiments qui me bouleversent depuis que je l'ai rencontré.

– Et puis je me suis à enquêter sur la naissance de Willow, continue-t-il en croisant les mains derrière son crâne et en étudiant les vagues. Je trouvais ça étrange que son dossier d'adoption ne contienne pas la moindre information. Même en cas d'accouchement sous X, on trouve souvent une lettre, une trace de l'abandon, des explications. C'était trop vide, pas assez officiel. Je ne sais pas, j'ai eu un mauvais pressentiment.

– C'est comme ça que tu es remonté jusqu'à Vito ?

– Oui. Je savais que lui et mon frère étaient amis. À l'époque, Ralph travaillait pour lui. Une fois, il a fait allusion à un petit « coup de pouce de son boss ». J'ai pensé qu'ils s'étaient arrangés pour l'adoption : Ralph et Terri voulaient un bébé, Lazzari en avait un qui le gênait et qu'il voulait refourguer, ça arrangeait tout le monde. Mais je ne savais toujours pas qui était la mère biologique. C'est pour ça que je lui ai écrit.

– Et tu n'as jamais reçu de réponse de sa part…

– Je me doutais que Vito Lazzari n'était pas du genre honnête. Ce type ne m'a jamais inspiré confiance, même avant de se faire coincer par le FBI. Mais je me suis dit que c'était juste un enfant né d'un adultère. Que Lazzari s'était retrouvé avec une maîtresse enceinte, un héritier dont il ne voulait pas, un risque pour sa fortune et son image de marque… Qu'il avait réglé le problème à sa façon avec cette adoption.

– Tu n'as jamais pensé que ça pourrait être sa fille ? Moi ?

– J'ai fait le calcul rapidement, tu avais 17 ans à la naissance de Willow. J'ai bêtement pensé que c'était trop jeune pour avoir un enfant.

– Et qu'un père ne pouvait pas faire une chose pareille à sa fille adolescente.

– Sans doute…

Je pousse un long soupir. Avale de nouvelles gorgées chaudes et bienfaisantes de café.

– Je ne voulais pas… tu sais… l'abandonner. Je n'ai pas eu le choix.

– Je sais, j'ai compris, murmure-t-il. Je te crois, Callie.

– Je suis désolée, Lennon. De n'avoir rien d'autre à offrir à Willow que ce départ terrible dans la vie. Cette histoire atroce. Et cette famille bancale, toxique…

– La mienne n'est pas beaucoup plus reluisante, m'interrompt-il doucement.

– Ah… ?

Je tente de creuser sans le brusquer. Mais je sais qu'il est le seul à pouvoir décider de m'en dire plus ou non.

– C'est pour ça que je tiens tant à donner le meilleur à Willow. Avec un enfant, on n'a pas le droit de faire les choses à moitié. Je veux qu'elle ait un modèle à suivre, un guide, un cadre. Une stabilité à toute épreuve. Je veux être son pilier, comme tu dis. Alors je suis peut-être trop rigide, trop droit, trop…

– Mais c'est mieux que pas de pilier du tout, conclus-je à sa place.

– Je crois.

– Qu'est-ce que c'est ce bruit ? demandé-je en sursautant.

– Willow est réveillée, répond-il simplement.

– Pas plutôt une bombe ? Une troisième guerre mondiale ?

– Non, juste l'effet Willow plus Poney.

– Tu ne vas pas voir s'il y a des blessés ?

– Tempérance a dû arriver, m'explique Lennon en fixant à nouveau sa montre. Elle vient souvent en avance pour préparer Willow et l'emmener à l'école.

– Tous les matins ?

– Quand j'ai besoin, dit-il en haussant ses larges épaules.

– La nounou a une clé ? Elle entre sans sonner ?

– Quand est-ce que cette conversation s'est transformée en interrogatoire musclé ? se marre Lennon en se levant.

– Je veux juste connaître les habitudes de ma fille. De votre vie de famille… dis-je pour ma défense.

– Notre vie de famille commence par un cataclysme, à la seconde où Willow ouvre les yeux. Et finit sur un chaos, quand elle les ferme enfin.

Il y a de la tendresse dans sa voix, de l'affection dans son ton malgré ce qu'il raconte. Il adore sa fille. C'est l'une des rares choses qu'il est incapable de cacher. Et c'est un autre miracle accompli par cette petite tornade humaine.

– Je devrais y aller, décidé-je à regret, en me levant à mon tour.

On quitte la terrasse du deuxième pour rejoindre discrètement le rez-de-chaussée. Au passage, j'entends le vacarme reprendre au premier. Je souris, m'arrête pour écouter. Observe Lennon qui remonte pour intervenir et calmer les ardeurs de sa petite sauvage. Le vois redescendre, tout sourire. L'écoute hausser à nouveau le ton de loin pour tenter de soutenir Tempérance. Je m'éternise encore un peu, dans ma cachette, pour me délecter de ce spectacle sonore : luttes physiques pour enfiler l'uniforme de l'école, âpres négociations pour le brossage de dents, cris de bête au moment du tressage des cheveux, colère virulente pour obtenir les nattes quand même, cavalcades de Poney qui poursuit Willow qui échappe à sa nounou. Un joyeux bordel qui me gonfle le cœur : rien n'est parfait, ici. Tout déborde. Comme dans la vraie vie.

– Si tu veux revenir, ce soir… hésite-t-il. On n'est pas obligés de *tout* arrêter.

– Tout ? demandé-je pendant que mon cœur rate des battements.

– Willow pourrait faire d'autres essayages. Si tu es d'accord.

Je ne sais pas pourquoi mais elle aime vraiment ça. Et je sais qu'elle a envie de passer du temps avec toi. Peut-être qu'on pourrait reprendre les *photoshoots* ?

– Tout ça pour avoir une heure de tranquillité ! plaisanté-je. Je vais me coltiner la nounou pendant que tu vas surfer, c'est ça ?

– Coupable, admet-il sans pouvoir retenir un sourire. Et Tempérance n'est pas ton ennemie, tu sais…

– Ça, ça reste à voir. Père indigne !

– Ne va pas trop loin quand même, me rembarre-t-il d'une voix grave en m'ouvrant la porte de la villa.

– Je n'ai plus peur de toi, Lennon Hathaway… même quand tu fais ta grosse voix, lui glissé-je à l'oreille.

Un frisson nous traverse, je le sens. Nos regards s'aimantent, puis se séparent. De force.

– Non, c'est ma casquette ! entends-je Willow crier au loin.

– Bon courage pour l'envoyer à l'école sans ! provoqué-je son père avant de filer.

– Je sais, je ne te remercie pas.

Un soupir, un sourire de sale gosse et la porte se referme sur lui.

20

Inconsolable

Après ma petite marche matinale sous le chant des oiseaux, je retrouve un Gus bougon et cerné, qui ne me demande pas où j'ai passé la nuit mais m'engueule pendant dix bonnes minutes en m'accueillant à la pension.

– J'ai failli appeler les flics !

– Je suis désolée…

– Les portables, c'est pas fait pour les chiens !

– Tu crierais moins si je te racontais que le mien a *justement* été bouffé par un chien ?

– NON !

J'éclate de rire, m'excuse à nouveau, l'embrasse sur ses bonnes joues, puis mords dans son toast au beurre de cacahuètes.

– Il ne t'a pas nourrie, ton Don Juan ?

– Non, mais il a fait plein d'autres trucs, dis-je en riant, tout en regardant mon coloc' se couvrir les oreilles.

– La la la ! Je ne veux pas savoir ! Je suis sensible !

Le cœur et le corps incroyablement légers, je file reprendre une douche, changer de fringues et retrouver ma machine à coudre. J'annonce à mon assistant de choc que nous devons absolument terminer deux pièces avant ce soir. Le t-shirt à six boules et une robe-pull coccinelles en jersey de coton.

Ces petites bêtes qui portent bonheur… et qui ont des pois à même la peau. Ça ressemble bien à un petit miracle à la Willow.

– Pourquoi ce soir ? ronchonne le géant.

– *Photoshoot* !

– Quoi ? Si tu crois que je vais louper la finale de *Ink Master : le meilleur tatoueur*, tu rêves !

– Vu ton humeur, je me passerai de toi sans problème, lui réponds-je en souriant et en faisant la grimace. Au boulot !

Je me pique. Me coupe. Couds à l'envers. Me trompe de patron. Puis recommence tout. J'ai la tête ailleurs. Le ventre rempli de papillons, le cœur de coccinelles, de licornes multicolores. Je pense à Willow, à notre deuxième chance. Je pense à son père, à notre nuit ardente, sacrée, magique. À ma première « vraie fois ». Et au fait que je dois renoncer à mes sentiments pour Lennon si je veux, un jour, être appelée *maman*. Mais même ça, ça ne parvient pas à ternir mon bonheur.

Les sentiments, ça ne s'efface pas comme ça. On a beau faire un ourlet dessus, y coller une pièce, serrer la couture, tout se défait. Et il paraît que c'est en cela que réside la beauté de l'amour : il s'impose, il nous surprend là où on ne l'attend pas.

Aucune raison que ça marche pour moi et pas pour lui, n'est-ce pas ?

– Tu rêvasses encore ? Je n'entends pas la machine… grogne Gus, à l'autre bout de la pièce.

– N'oublie pas qui est le boss, ici, dis-je en souriant tout en me remettant à l'œuvre.

Il me tire la langue, je sens que la rébellion est proche, alors j'emploie les grands moyens. Je le menace de diviser ses rations alimentaires par deux et de déchiqueter toutes ses casquettes. L'effronté change étrangement d'attitude et me propose soudain de faire des heures supp'.

– Pas la peine. Mais si on n'a pas terminé à dix-sept heures, tu peux dire adieu à tes minous.

Son couvre-chef préféré. Le plus kitsch de tous. Une casquette à motif chatons, qu'il ne porte ni à l'endroit ni à l'envers, mais juste de travers.

***

La fin de l'après-midi arrive sans crier gare. J'ai passé la journée à ma table de travail, pendant que Gus squattait le canapé-lit. On a bûché sans s'arrêter, à part pour s'hydrater et grignoter quelques chips. Le t-shirt est finalisé, les pompons sont surgonflés comme je les imaginais, mais la robe-pull n'a pas encore ses épaulettes.

– Tu peux faire sans, Callie ! Elle est bien plus jolie sans tous ces chichis ! s'écrie mon coloc' en cachant sa casquette fétiche derrière son dos.

– Hmm, fais-je en étudiant la pièce, un peu perplexe. Le motif rend bien, la coupe est fluide comme je voulais, mais…

– Mais rien du tout ! tranche mon meilleur ami en allumant la télé. Willow t'attend et moi, j'ai rencard avec une fille aux tentacules roses tatoués sur les fesses !

– Gus, tu sais qu'il y a encore mieux que l'amour virtuel ?

– Tu parles ! Dans la vraie vie, l'amour n'apporte que des emmerdes. Moi, au moins, derrière mon écran, je ne risque rien…

Oui, bon. Pas si « fou » que ça, le Gus.

***

La petite voix rebelle de Willow me parvient à l'instant où je passe le portail resté ouvert. Mon appareil photo sur l'épaule et mes fringues sous le bras, j'avance jusqu'à la porte d'entrée en écoutant tout ce chahut. Apparemment, ma fille n'a pas envie de terminer ses devoirs. Et encore moins de parler gentiment à… Remontrance.

– Willow, viens ici ! Ton père va rentrer et…

– Et je m'en fiche ! De toute façon, personne ne me dit ce que je dois faire !

– Quand on a 5 ans, on obéit aux adultes ! rétorque Persévérance.

– Dommage, j'ai 5 ans *et demi* !

Je sonne en me retenant de pouffer, la nounou agacée vient m'ouvrir en me fusillant du regard.

– Ces *photoshoots*, ça la rend insupportable, soupire Miss Cape Cod en me laissant entrer.

– Ah bon ? Donc c'est ma faute si vous ne savez pas faire votre boulot, c'est ça ? sifflé-je en la voyant partir à grandes enjambées.

Elle n'a rien entendu et je m'en veux de ne pas avoir parlé plus fort. Mais d'un autre côté, mon cœur d'artichaut la plaint un peu… surtout quand j'entends ce que Willow lui envoie :

– Même Poney ne veut pas jouer avec toi, Tempérance, laisse-nous tranquilles !

Quelques secondes plus tard, des cavalcades dans les escaliers m'indiquent que la petite tornade approche… accompagnée de sa vachette. J'ai le droit à des bisous déchaînés de l'enfant, un léchage de mollets de l'animal – et deux coups de boule au passage – puis nous nous rendons tous les trois dans la véranda, là où j'ai décidé de prendre les photos cette fois. Vue imprenable. Intérieur léché. On dirait déjà un décor de magazine. Pourtant, l'ambiance me semble électrique. Je dois être un peu nerveuse… mais j'ai l'impression de ne pas être la seule.

– D'abord la robe, expliqué-je à Willow. Juste comme tu es, avec tes couettes et tes pieds nus !

– Oh des cotssinelles ! dit-elle de sa voix enjouée qui me fait craquer.

– *Coccinelles*, corrige la rabat-joie derrière nous.

La brunette rembarre sa nounou avec une vilaine grimace, la repousse un peu trop brutalement pour se jeter sur le t-shirt que je lui tends.

– Tu te souviens de notre petit secret ? lui dis-je en souriant, espérant l'apaiser.

– Il y en a un pour Poney ?! me demande-t-elle, surexcitée, en écarquillant les yeux de bonheur.

J'éclate de rire et sors le fameux t-shirt de mon sac. J'ai eu un mal de chien à le coudre – vu les dimensions de la bête – mais l'émerveillement de ma fille vaut toutes les crises de nerfs du monde.

Les premières minutes du *photoshoot* se passent relativement bien, la robe-pull tombe à merveille sur son corps gracieux et les « cotssinelles » sont dans la boîte. Je demande à Willow d'aller enfiler sa deuxième tenue. La petite sauvage s'exécute même si elle commence à montrer des signes d'impatience, d'emballement, comme si elle ne parvenait plus à gérer sa propre excitation. Je ne suis pas vraiment habituée à canaliser les enfants… surtout quand ils sont aussi peu dociles que moi. J'inspire un bon coup et vais me débattre avec le chien d'une tonne, pas beaucoup plus conciliant, mais je parviens finalement à lui enfiler ses pompons.

Les griffures partout et la bave séchée, j'imagine que c'est la rançon de la gloire…

Je suis en train d'immortaliser ce drôle de duo survolté – la Lilliputienne et le molosse qui ne tiennent pas en place – quand son parfum vient me chatouiller les narines. Pas de doute, Lennon est dans les parages. Je tourne sur moi-même, le cherche partout et finis par le repérer, adossé au mur, à l'entrée de la véranda. Il me fixe en souriant, dans sa combinaison de dieu de l'océan. Ma nervosité grimpe encore d'un cran, en même temps que la température de la pièce.

Douche froide. Besoin urgent. Glaçons. Stalactites.

– Papa ! s'écrie Willow en le découvrant là. Tu as vu le t-shirt de Poney ?

– Six boules de glace… Tiens donc… dit-il en riant tout bas, avant d'annoncer à sa fille qu'il va se changer.

Soudain, l'humeur de l'enfant change elle aussi brusquement. Willow se raidit, arrache violemment un pompon de son t-shirt et hurle sur son père :

– Non ! Tu restes là ! aboie-t-elle sans raison.

– Willow, qu'est-ce que…

– Tais-toi ! braille-t-elle sur un ton agressif que je ne lui connaissais pas.

– Ne me parle pas comme ça, réplique aussitôt Lennon d'une voix ferme. Dis-moi ce qui se passe.

– Tu me laisses pas ! enrage-t-elle encore.

– Je ne vais pas loin, je reste à la maison, lui dit-il tout doucement.

– Non ! Tu restes ici ! Tu m'abandonnes pas !

Le surfeur ne semble pas comprendre ce qui arrive à sa fille. Moi non plus, je ne la reconnais pas. Mais il garde son calme et s'agenouille pour lui parler tout bas.

– Qu'est-ce qui ne va pas, Willow ? Explique-moi...

– Je sais que c'est ma mère ! lâche-t-elle soudain en me pointant du doigt.

Elle vient d'exploser. Et c'est comme si mon corps se vidait de tout son sang. Je blêmis. Je tremble. Le sol semble mouvant, sous mes pieds.

– Willow, tout va bien...

Lennon a beau essayer de la calmer en lui caressant les cheveux, la petite est de plus en plus incontrôlable. Inconsolable. Son père lui chuchote posément qu'elle n'a pas le droit d'épier les gens, d'écouter les conversations des adultes. Qu'elle n'est pas censée monter au deuxième étage, qu'il le lui a dit un million de fois. Mais plus les règles et les interdits affluent dans la bouche du père, plus les larmes de colère et de tristesse inondent le visage de sa fille. Et je ne vois plus bien clair, moi non plus.

– Je t'ai entendue ce matin ! me balance sa petite voix. Je sais que tu m'as abandonnée !

– Non ! sangloté-je alors en m'approchant d'elle.

Dans son regard noir, plein de chagrin et de rage, je vois tous mes espoirs s'envoler. Je vois mon futur avec ma fille se briser.

– T'es pas ma maman ! s'écrie-t-elle soudain en courant vers sa nounou. Si j'ai une maman, c'est Tempérance !

Je pleure de plus belle, tends la main vers l'enfant dans une ultime tentative pour la retenir, mais ma remplaçante l'emporte déjà loin de moi.

Exactement comme la sage-femme, il y a presque six ans.

– Willow, attends !

– Non, me retient Lennon. Callie, non !

Ses bras s'enroulent autour de moi et m'emprisonnent. Je me débats, il refuse de lâcher prise.

– Laisse-moi lui expliquer ! couiné-je, secouée par mes sanglots. Je dois lui expliquer. Elle doit comprendre… Je la voulais ! Je l'aimais ! Je l'ai toujours aimée !

Mon cœur se déchire, à l'intérieur. Je ne tiens plus sur mes jambes. Lennon me soutient, m'enveloppe, puis m'installe dans un fauteuil, me murmure d'inspirer, d'expirer, s'assure que je vais bien, presque bien, puis retourne à l'intérieur de la maison. Pour aller consoler sa fille.

Ma fille.

Perdue. Envolée. Détruite. Comme ce pompon rouge sang qui gît au sol.

III

Un amour interdit

21

« Je veux mon bébé »

« T'es pas ma maman.»

Jamais une phrase ne m'a fait autant de mal. Cinq mots cinglants, comme autant de coups de couteau. Je les entends encore fuser, de la bouche enragée de Willow à mon cœur en lambeaux. C'était il y a trois jours, déjà, mais je les revis en direct, presque à chaque minute. Je connais par cœur leur force, leur ton, leur violence. La cruauté et le chagrin mêlés dans la voix brisée de ma fille. La douleur et la foudre dans ses yeux noir profond. Et mon déchirement, à l'intérieur.

La plaie ne s'est toujours pas refermée. Et elle ravive d'autres blessures anciennes, pas cicatrisées non plus. Le moment où on m'a arraché mon bébé, bien sûr. Le pire supplice de toute ma vie. Mais aussi, quelques jours plus tard, quand mon père m'a ramenée aux États-Unis. Seule. Et que ma tentative de rébellion s'est soldée par l'une des plus violentes punitions qu'il m'ait jamais infligées. Pas un seul coup n'a été porté. Juste des phrases comme des gifles. Des rires comme des coups de fouet sur le cœur. Des humiliations suprêmes en guise de châtiment… Cette soirée, je ne l'oublierai jamais.

***

Mon ventre est encore un peu gonflé de ce bébé que j'ai porté. Ma peau, mes seins, mes muscles à l'intérieur, mon corps n'est plus celui que je connaissais. Ni celui d'avant, ni celui d'après. J'ai toujours 17 ans mais avec la sensation d'être centenaire. De souffrir à chaque pas. Et d'avoir tout perdu. Mon enfant. Mon insouciance. Ma volonté. Mon âme. Je me sens vide d'elle. Et remplie de remords, de honte, de désespoir. Revenir en arrière, c'est ma seule idée fixe. Tout effacer, recommencer. Aller la chercher. Me réparer, la réparer et tout oublier.

– Je veux mon bébé, lancé-je à mon père qui me fait face.

Je suis debout au milieu de ma chambre d'adolescente, pétrie de douleurs, un peu voûtée, mais je serre les dents, les poings, tous les muscles que je peux contracter. Et je tiens. Il fait nuit dehors. Tout le monde dort – ou probablement personne. Le grand Vito Lazzari me domine de toute sa hauteur. Il vient de m'expliquer ce qu'on allait dire, ce qu'on allait faire, ce qu'il allait se passer. Je n'ai qu'à lui obéir.

Et je fais tout le contraire.

– Je veux mon bébé, répété-je en tenant mon ventre endolori.

– Regarde-toi, ricane-t-il en retour. Incapable de supporter une petite opération. Une pauvre cicatrice. Tu veux un petit pansement avec des cœurs ? Un bisou magique de papa ? Et tu crois que tu peux être mère ?

– Oui, je veux essayer, tenté-je d'une petite voix.

– Essayer ? siffle-t-il avec le même rictus. Tu ne sais qu'échouer, Calliopé. Voilà tout ce que tu fais depuis que tu es née. Tu échoues à être une jolie petite fille. Tu échoues à l'école. À la danse. Tu ne sais pas être sage, polie comme je te l'ai appris. Tu ne sais même pas jouer à la poupée. Tu casses tout, tu déchires tout, tu aimes les couleurs les plus moches, les vêtements les plus étranges, les garçons les plus stupides. Tu as mauvais goût et tu ne fais que des mauvais choix. Je ne sais pas quelle fée s'est penchée sur ton berceau, ma petite, mais elle avait une tête de sorcière. Crois-moi, ce bébé n'a pas besoin de subir le même sort que toi.

– Je le sauverai, dis-je dans un sanglot étouffé.

– Ah oui ? Et comment ?

– Je l'aimerai.

Au lieu de répondre, mon père part dans un rire gras et abject qui me fait froid dans le dos. Voilà l'opinion qu'il a de l'amour. Une vaste plaisanterie. Son fou rire forcé se mue bientôt en cri :

– Ris aussi ! m'ordonne-t-il tout bas.

– Je ne peux pas...

– Dépêche de toi de rire pour que ta mère t'entende ! insiste-t-il en me fusillant du regard.

Je lâche un son nerveux et faux, entre gémissement et sanglot, qui satisfait Vito. Je pense à ma mère, à mon frère, quelque part dans cette immense et lugubre villa, qui se terrent pour échapper au tyran. Dante ne vit plus ici. Maman et Andrea survivent. À peine. Mais ce soir, c'est mon soir. Ils me pensent malade, ou triste, ou les deux. De retour d'Italie, virée de l'école de stylisme parce que pas assez douée. Trop bizarre. Incapable de supporter l'autorité. Bien sûr, ils savent que Vito ment. Mais personne ne sait à quel point.

– Où est-il ? demandé-je à mon père un peu calmé.

Je continue à dire « il ». Je ne veux pas qu'il comprenne que j'en sais plus. Je refuse qu'il arrive malheur à la sage-femme courageuse qui a osé me dire la vérité. En secret. « C'est une fille ». J'ai une fille.

– Où est mon bébé ? réessayé-je le plus doucement possible.

– Il n'y a pas de bébé ! hurle-t-il à voix basse.

Son cri presque inaudible m'a pourtant fait l'effet d'une sentence implacable. Définitive. Je me sens broyée sous le poids de ces mots injustes, féroces, mensongers. Je ne peux plus respirer.

– Je vais le dire à maman, menacé-je dans un ultime sursaut désespéré. Ou à la police. Je vais leur raconter ce que tu as fait. Leur montrer ma cicatrice.

– Quoi, ta pauvre appendicite ? réplique mon père dans un sourire jaune. Ne t'inquiète pas, Calliopé, je me suis occupé de tout. De ton dossier. De faire retirer exactement ce qu'il fallait.

Mon père s'approche de moi et je tremble. Il fixe mon corps meurtri et je pleure. Il attrape mon bras et me fait sortir de la pièce. Il m'oblige à marcher, hors de ma chambre, le long des couloirs déserts de la villa. Et il chuchote derrière moi :

– Tu es encore une enfant. Il y a des choses qu'un père doit apprendre à sa progéniture, même la plus réfractaire. Et je crois que tu ne sais pas encore ce que c'est qu'avoir peur. Vraiment peur. Vraiment mal. Être vraiment seule.

Ce soir-là, mon père me jette dans la salle des tortures du premier étage. Une petite pièce aveugle au fond d'un couloir isolé, comme il en existe dans toutes les villas Lazzari. Murs et sols nus, fenêtre barricadée, air irrespirable, empestant l'urine et le renfermé. Le vieux matelas creusé et jauni où mes frères ont passé des jours, des nuits, n'est même plus là. Vito a dû trouver ça trop confortable. L'ampoule faiblarde qui pend du plafonnier n'est pas à son goût non plus. Il se hisse sur la pointe des pieds, la dévisse et la fracasse contre un mur, avant de me glisser avec un sourire complice :

– Je sais que tu aimes le noir.

Je ne moufte pas. Je n'ai pas besoin que la lumière me montre le plâtre abîmé où Dante et Andrea ont écrasé leurs poings, où j'ai accroché mes ongles, où l'on a tous les trois écrit nos prénoms, nos appels au secours et toutes les horreurs que l'on pense de lui, depuis qu'on est petits et qu'il nous enferme ici.

Ce soir-là et le suivant, alors que j'avais accouché d'un bébé une dizaine de jours auparavant, j'ai dormi là, à même le sol. Je n'ai pas mangé ni bu. Je n'ai vu ni parlé à personne. J'avais mal, peur et froid. J'ai dû m'évanouir, à un moment, et j'ai perdu la notion du temps. Quand Vito est venu me chercher et m'a demandé si j'étais prête à démarrer ma nouvelle vie, j'ai dit oui. J'ai renoncé. À ma fille. À ma rébellion. À l'espoir de recoller les morceaux de mon cœur brisé. Et de récupérer la partie de moi qu'on m'a arrachée.

J'ai vu ma mère et les bleus sur son visage, j'ai compris qu'elle avait essayé. J'ai vu mon frère et les traces sur ses bras, j'ai su qu'il avait pris aussi. On s'est tu. Je crois même qu'on s'est souri. Alors, en silence, j'ai dit adieu à mon bébé. À mon âme indocile. Et, plus secrètement encore, je me suis juré de les retrouver un jour. Toutes les deux.

***

De retour dans ma pension de Cape Cod, ici et maintenant, j'ai l'impression de renoncer à nouveau. Il n'y a que Willow qui puisse me pousser jusque-là. Et elle a été claire. Je ne suis pas sa mère. Je l'ai abandonnée. C'est son père qui l'a réparée. Et une nounou qui a pris ma place. La mienne n'est pas ici, dans leur vie.

J'ai déjà fait dix fois mes valises. Appelé Dante qui m'en a dissuadée. Je suis allée marcher sur la plage pour réfléchir et savoir où aller. Gus m'a ramenée. Lennon a essayé de me contacter plusieurs fois, je n'ai jamais décroché. Je ne pouvais pas. Et pour dire quoi ? Alors j'ai pleuré, crié, parlé toute seule. Déchiré mes croquis pour me dépêcher de les recoller. Rappelé Tutu pour lui parler à elle, mon modèle de fille perchée qui sait comment redescendre sur terre, même quand l'atterrissage fait encore plus peur que l'envolée. Elle m'a promis que ça allait passer, m'a suppliée d'attendre avant de tout envoyer valser. Mon frère a menacé de venir me chercher en jet privé, j'ai dit que je me cacherais pour lui échapper, il a répondu que Morue me retrouverait toujours. J'ai conclu que je préférais mourir que me retrouver « nez à truffe » avec ce chien malodorant. Dante et Sol m'ont promis de l'emmener se faire détartrer les dents, à condition que je reste là où je suis et que je finisse ce que j'ai commencé. J'ai repensé à Vito, qui jubilerait de me voir échouer. Je me suis réjouie que ce salopard soit toujours dans le coma et j'ai décidé que cette fois, je n'échouerais pas. Juste au cas où il se réveillerait. J'ai appelé ma mère que je n'ai pas vue depuis un mois et qui ignore tout de ma vie, de ce qui se passe ici. Elle a juste compris que j'allais mal. M'a raconté que mon père était en sale état. Et ça allait déjà un peu mieux pour moi. On a parlé de tout et de rien, toutes les deux. On a fait semblant d'aller bien, comme souvent. J'ai failli tout lui balancer, le bébé abandonné, la petite fille retrouvée, l'homme rencontré, les montagnes russes et les casse-tête chinois. Mais je me suis dit qu'elle ne le supporterait pas. Que c'était à moi de jouer à la maman, pour une fois.

Je veux mon bébé. Encore et toujours. Je veux la retrouver.

22

Apprends-moi

En raccrochant avec ma mère, je suis enfin décidée. Je dois arrêter de penser, juste agir. Je vais maquiller mes yeux bouffis, assez pour cacher la misère, pas trop pour ne pas déplaire à Willow. Je m'habille simplement, jean et débardeur noirs. Choisis mes baskets à petites oreilles qui l'avaient fait sourire la première fois. Ajoute une casquette originale empruntée à Gus, dans les tons rouges qui pourraient lui faire de l'effet. Et j'attends un peu après la sortie d'école pour aller sonner à la villa Hathaway.

Ma fille est aussi bizarre que moi. Elle pourrait très bien avoir changé d'avis en un claquement de doigts. Ou juste décidé que je mérite une autre chance. Que je lui manque et qu'elle a envie de s'amuser. Qu'on a le droit de se tromper quand on aime un peu trop vite, un peu trop fort… Qu'il suffit parfois de…

– Bonjour ! Il est occupé ! me lance une blonde en m'ouvrant la porte.

Elle est scotchée à son téléphone et repart aussitôt en direction du salon. Je la suis bêtement, comme si elle m'avait invitée à entrer. Je l'observe continuer sa conversation tout en réunissant ses affaires de *working girl*, téléphone portable coincé entre la joue et l'épaule. J'ai toujours admiré les gens qui réussissent cette manœuvre sans raccrocher par mégarde ou tout faire tomber. Je la déteste de réaliser cet exploit sans avoir l'air de faire le moindre effort. Elle se perche sur un pied tel un flamant rose en tailleur et ajoute une nouvelle difficulté : enfiler des escarpins vertigineux, l'un après l'autre. Et toujours au téléphone. Je voudrais que quelqu'un m'explique ce qu'elle fiche, pieds nus, dans la villa de Lennon. Et de Willow. Et pourquoi aucun de ses occupants habituels n'a l'air présent. Je voudrais que la Shiva blonde arrête de faire mille choses à la fois comme si elle avait trente-deux bras. Je voudrais savoir si elle est en train de me regarder aussi ou si elle a juste des yeux très excentrés sur le visage qui lui donnent un air de poisson mort.

Et surtout, surtout, je voudrais savoir si elle a passé la nuit ici.

Et les nuits précédentes, et les jours, et des petits déjeuners sur la terrasse, et des douches dans sa salle de bains à lui.

Je bous, je meurs de jalousie, je me sens stupide d'avoir débarqué ici sans prévenir. Et profondément triste de réaliser que la vie a simplement continué sans moi. Lennon serait dans son droit, après tout. Et c'est pour Willow que je suis venue. Peut-être qu'elle, elle ne m'a pas remplacée en l'espace de trois jours.

La blonde aux yeux globuleux raccroche enfin, fixe tour à tour mes baskets à oreilles et ma casquette criarde, puis me sourit comme si on lui avait demandé de poser pour un dictionnaire et d'illustrer la définition de « condescendance ».

– Je suis Alexandra. Si vous êtes la nourrice, ils doivent être quelque part au premier. Bonne journée !

Dans les deux derniers mots, il y avait peut-être même un peu de sadisme. Un peu de : « Bon courage avec cette enfant maléfique ! » Un peu beaucoup de : « Fallait pas choisir un métier aussi minable, ma pauvre ! »

– Je suis Calliopé. Si vous êtes pressée, la porte est juste là ! lui réponds-je avec mon sourire de peste. Bonne journée !

Et dans ces deux derniers mots-là, il y avait aussi : « Non, je ne connais pas les bonnes manières, oui, je suis immature et malpolie, mais si vous ignorez qui est la nounou de Willow, c'est que vous n'êtes pas si importante que ça pour Lennon et que vous n'avez rien à faire ici ; merci, au revoir ! »

Globule quitte la villa excédée, en prenant un nouvel appel. Et je m'aventure au premier étage sur la pointe des pieds, avec la satisfaction d'un Bruce Willis devant sauver le monde et qui a déjà éliminé un ennemi. En m'approchant de la chambre de ma fille, en entendant sa voix cristalline et son ton plaintif, mon cœur se met à battre beaucoup trop fort. Je rase les murs du couloir, hésite à faire demi-tour pour rentrer chez moi, puis me fais percuter par une brunette à nattes, apparemment décidée à désobéir.

– Dis-lui, toi, qu'on a le droit de mettre tous les habits qu'on veut quand on a 5 ans et demi !

Willow est en culotte, porte encore son t-shirt de l'uniforme de l'école et une seule socquette blanche. Elle ne semble pas vraiment surprise de me voir. Pas vraiment ravie non plus – elle m'en veut toujours. Mais plutôt contente de saisir l'opportunité qui se présente, c'est-à-dire pouvoir faire de moi son alliée contre… son père.

Lennon apparaît à son tour dans l'embrasure de la porte de la chambre de sa fille. Il s'y adosse. Mon cœur s'emballe un peu plus. Et son beau visage racé passe par toutes les émotions avant de me sourire, à peine, en coin. Mon pouls se calme un peu. Puis Sa Majesté croise les bras sur son large torse, m'envoie un petit signe du menton et un regard rempli de défi :

– Qu'en penses-tu, Callie ? On peut décider de ce qu'on porte à 5 ans et demi ?

J'inspire un grand coup. Ça m'étonnerait que Bruce Willis ait à passer un test d'aptitudes avant d'essayer de sauver le monde. Mais je me lance quand même, pas le choix.

– Je pense qu'il faut faire des compromis, qu'on ait 5 ans, 20 ou 30. Qu'on est obligé de porter l'uniforme quand on va à l'école… parce que si les autres respectent les règles, ce n'est pas très respectueux pour les autres de ne pas le faire. Je crois aussi qu'on doit mettre deux chaussettes, parce que ce n'est pas sympa pour le pied qui a froid. Et je suis à peu près sûre qu'on ne doit pas montrer sa culotte à des inconnus dans la rue, même si elle a de jolies petites cerises dessus… Enfin, sauf Superman, bien sûr ! Lui, il a le droit de porter son slip par-dessus ses collants, mais c'est parce qu'il a demandé une « super dérogation » à ses parents.

Willow et Lennon lâchent en même temps un petit rire, aigu et joyeux pour elle, grave et guttural pour lui, deux sons fabuleux qui viennent me chatouiller le cœur. Alors je continue mon laïus improvisé, comme si je savais où j'allais et ce que j'avais à dire, juste pour que ce moment suspendu, entre nous trois, au milieu d'un couloir, ne prenne jamais fin.

– Mais je crois que pour des occasions très spéciales, et après avoir obtenu l'autorisation de quelqu'un qui sait tout mieux que tout le monde, tu peux laisser libre cours à ta créativité. Et tu reconnaîtras cet individu au fait qu'il croise souvent les bras en prenant un air très sérieux, ajouté-je à voix basse à l'attention de Willow. Alors à ce moment-là, tu peux éventuellement porter des chaussettes dépareillées. Ou des couleurs qui ne vont pas ensemble. Ou une jupe avec une doudoune. Ou une cape de Superman au-dessus d'un…

– Baisse-toi, me coupe la brunette en tendant les bras vers moi.

Je m'accroupis devant elle. Elle pose une de ses petites mains délicates sur mon épaule nue, qui fond littéralement à son contact. Puis elle fait tourner ma casquette sur ma tête et déclare :

– C'est à l'envers qu'on la met.

Je meurs d'envie de la serrer dans mes bras et de lui dire qu'elle a tout compris, que je fais tout à l'envers mais que ça peut marcher aussi, je rêve d'enfouir mon nez dans ses nattes, de respirer l'odeur de son cou et de lui demander pardon. Mais à la place, je m'écroule et m'assieds en tailleur à même le sol, retire ma casquette et y cache mon visage pour qu'elle ne voie pas couler mes larmes.

– Qu'on ait 5 ans, 20 ou 30, on a le droit de pleurer, annonce la voix profonde de Lennon qui me donne des frissons.

Et j'entends des pas s'approcher. Et je sens sa main frôler ma joue. Et ses doigts s'emparer de ma casquette-bouclier.

– Assieds-toi, Willow, lui dit doucement son père.

Et elle lui obéit, pour une fois, sans jamais me quitter des yeux. Ils sont toujours noirs, méfiants, boudeurs. Mais toujours posés sur moi.

– Tu es triste ? me demande-t-elle avec sa moue adorable.

– Oui.

– Parce que j'ai dit que t'étais pas ma maman ?

– Tu comprends toujours tout, hein ? fais-je dans un sourire en essuyant mes larmes.

– Non, je comprends pas si tu t'appelles Callie ou Pia.

– Calliopé, c'est mon vrai prénom. Callie, mon surnom. Et Pia, c'est le pseudo que je prends quand je crée, je dessine, je couds… et que je ne veux pas qu'on sache qui je suis vraiment. C'est comme un déguisement. Mais tu peux m'appeler comme tu veux. Sauf « Caca », si tu es d'accord.

Elle glousse et je vois son père s'éloigner un peu, sourire aux lèvres, pour nous laisser toutes les deux.

– Tu sais, Wiwi… plaisanté-je pour me donner du courage. Je t'ai laissée partir quand tu étais un tout petit bébé… Mais je t'aimais déjà. Je t'ai portée dans mon ventre pendant neuf mois, je te parlais, je te touchais et je t'aimais déjà. Et puis tu es née… Et je n'ai pas pu te garder avec moi. Alors on t'a trouvé une autre famille, pour que tu ne grandisses pas toute seule. Parce qu'on a toujours besoin de quelqu'un. Mais même quand tu étais loin de moi, je t'aimais et je pensais à toi. Et tu me manquais tellement que je suis revenue, pour te voir, pour te dire que j'étais là pour toi. Et maintenant, je serai toujours là, Willow. Je serai toujours un peu folle, un peu spéciale, un peu incompréhensible pour toi… mais je serai là. Et je t'aimerai toute la vie, même si tu ne veux pas de moi. Mais peut-être qu'avec le temps, tu voudras ?

– Je vais réfléchir ! m'annonce la petite sauvage avant de retourner dans sa chambre, en culotte, et de claquer la porte.

Je reste assise en tailleur au milieu du couloir, les larmes au bord des yeux et le cœur au bord du gouffre. Mais Lennon s'approche à nouveau et me tend la main pour me relever.

– C'est bon signe, m'explique-t-il. Si sa réponse était non, elle te l'aurait déjà dit.

– Ou plutôt crié, confirmé-je.

– Tu prends ma main ou je me remets à croiser les bras comme le type qui sait tout mieux que tout le monde ?

– Et susceptible, en plus ! le nargué-je.

Mais le contact de sa paume chaude et douce contre la mienne me fait perdre toute envie de le provoquer. Il le sait. Il tire fermement sur ma main et me relève, si bien que je me retrouve debout, déséquilibrée, beaucoup trop près de Sa Majesté.

– Nous aussi, on devrait discuter, décide-t-il soudain, voix ferme et visage fermé.

Il lâche ma main, me rend ma casquette, recule de quelques pas et descend l'escalier sans m'attendre. Je le suis au rez-de-chaussée sans protester. Une fois au milieu de son salon, Lennon ne m'offre ni bière ni café, ne m'invite pas non plus à m'asseoir sur l'un de ses sublimes canapés. Et ne pose même pas son regard multicolore sur moi. Il se contente de laisser ses yeux plissés vagabonder au loin, vers l'océan, là où il puise toutes ses réponses et sa précieuse sérénité.

– Pour que votre relation mère-fille ait une chance d'évoluer, tu devrais passer du temps ici. Tu es libre de venir quand tu veux, après l'école. De lui proposer les activités de ton choix, musique, art, couture…

– C'est une discussion ou un entretien d'embauche ? demandé-je en l'interrompant.

– Je ne sais pas, Callie. Je fais de mon mieux, soupire-t-il.

Le roi du monde me semble soudain tourmenté. Plus vraiment maître de lui-même. À la fois agacé, perplexe, soucieux. Comme s'il menait intérieurement un combat que j'ignore.

– Tout ce que je veux, c'est que Willow aille bien, ajoute-t-il en se tournant vers moi.

– Je sais.

– Et que ça reste clair et simple entre nous.

– Clair, tu l'as déjà dit. Simple, je ne sais pas faire, annoncé-je en toute honnêteté.

– Tu as une personnalité… *extraordinaire*, hésite-t-il avant de se tourner vers moi.

– Ça n'a pas l'air d'être un compliment dans ta bouche, dis-je en effleurant ses lèvres du regard.

– Si, me contredit-il. Je sais que tu as des tas de choses à apporter à ma fille. À *ta* fille.

Je souris à cette petite correction qui a tant d'importance. Et triture ma casquette, histoire de me donner une contenance.

– Toute la fantaisie que je n'ai pas, reprend-il. La fibre artistique, l'extravagance, la liberté d'être soi… Je sais que ça manque à Willow… Et c'est important qu'elle apprenne tout ça de toi.

– Oui. Je lui ai dit et je te le répète, Lennon, je suis là.

– Mais ce sera à son rythme, me prévient-il. C'est elle qui doit revenir vers toi. Il faut que tu sois patiente, prudente, persévérante. J'ai mis des mois à l'apprivoiser…

– Tu m'apprendras ?

– Moi ? s'étonne-t-il en plongeant ses yeux fascinants dans les miens.

Et je suis obligée de détourner le regard, frappée par son intensité. Cette sincérité brute qui le rend si charmant. Cette beauté virile qui ne s'adoucit que lorsqu'il s'agit de sa fille. Cet aplomb, ce charisme, toujours à l'extrême limite de la provocation. Si je ne rêve pas, il est même en train de me sourire.

Et plus il m'est interdit, plus j'ai envie de l'avoir...

– Alors, je suis embauchée ? plaisanté-je pour faire baisser la tension.

– Bonjour bonjour ! nous coupe la voix enjouée de Tempérance qui surgit dans le salon.

Toi, si je t'attrape, Pénétrance, je te fais bouffer la maudite clé de cette maison !

Lennon s'amuse de mes yeux qui roulent vers le ciel et de mon sourire forcé quand je salue à mon tour la nounou :

– Au revoir au revoir !

J'enfonce ma casquette sur ma tête, la tourne pour la mettre à l'envers dans un geste théâtral digne du grand Gus et quitte la villa Hathaway avec toute ma dignité. Ou presque.

***

Pendant les deux semaines qui suivent, je reviens de temps en temps pour laisser Willow s'habituer à moi. Son père est rarement là. Soit en rendez-vous extérieur, soit enfermé dans son bureau du deuxième étage. Et c'est avec Persévérance que je dois travailler la mienne. La petite brunette m'ignore d'abord royalement. Puis se met à observer de loin les ateliers que j'improvise au milieu de son salon. Dessins abstraits. Croquis de mode. Coloriage sur de grandes feuilles scotchées au mur. La petite sauvage me tourne autour, timide ou critique. Me fait remarquer les endroits où j'ai débordé. Sourit quand je dis que c'est fait exprès. Mais elle ne prend jamais part à mes activités. Cette stupide nounou insiste lourdement, imite tout ce que je fais pour tenter la petite, la gronde quand elle m'envoie balader, essaie même de me réconforter quand elle voit ma tristesse affleurer. Je repousse gentiment ses tentatives de rapprochement amical. Et me concentre sur ma fille qui s'approche un peu plus chaque jour. J'ai même le droit à un grand fou rire, un soir où je pose mon ancienne perruque rousse sur la tête de Poney. Mais Willow refuse de l'essayer.

Et suggère plutôt qu'on coupe la queue-de-cheval de Tempérance pour la coudre sur l'arrière-train du chien. Je suis obligée de décliner cette pourtant fort alléchante proposition, histoire de ne pas finir en prison.

Le lendemain, tout change, lorsque je délaisse crayons et ciseaux pour aller m'asseoir au piano. Je l'avais repéré depuis longtemps dans un coin de l'immense salon, persuadée qu'il servait juste de déco. Mais cette belle bête est parfaitement accordée et produit un son merveilleux. Je me mets à jouer des airs que je connais, des grands classiques puis des mélodies de comptines censées appâter Willow. Puis les premières notes de la fameuse *Symphonie n° 5* de Beethoven, à un doigt, pour lui montrer que c'est à sa portée. La brunette fait voltiger ses nattes en tournant brusquement le visage vers moi. Puis vient se hisser sur le tabouret, à ma droite, pour s'installer au piano blanc laqué à son tour.

– Apprends-moi, m'ordonne-t-elle en glissant ses doigts sur les touches.

Et mon cœur de maman joue des symphonies qui n'ont jamais été composées. Et se remet à espérer.

23
C'est dit

Bordel à frites.

J'ai été obligée de modifier légèrement mon légendaire « bordel de cul de putain de chiottes ».

– Willow a l'oreille absolue. Comme moi, lâché-je après mon juron.

Je ne m'adressais pas à Lennon, assis dans un fauteuil design près du piano, son ordinateur sur les genoux et l'air concentré. Intouchable. Ni à Tempérance, en train de lire un bouquin un peu plus loin, dans la véranda, en grignotant des cerises. Et – dois-je le préciser ? – encore moins à Alexandra qui est probablement cachée quelque part, derrière un meuble ou sous un foutu tapis, puisqu'elle est apparemment ici chez elle.

Bref, je me parlais à moi-même, mais tout le monde m'a entendue.

– J'ai quoi ? me demande la Lilliputienne en lâchant soudain les touches. C'est une maladie ?

Je lui souris, lui réponds que c'est une bonne chose, un don du ciel, et lui fais signe de continuer. Ce morceau de Beethoven qu'elle a entamé à l'instant, je ne le lui ai joué qu'une seule fois, il y a plus d'une semaine. Elle devrait être incapable de s'en souvenir. De le reproduire sans la moindre fausse note. Et pourtant, du haut de ses trois pommes, elle vient d'accomplir ce petit miracle.

– Elle le joue depuis plusieurs jours, m'explique la nounou, de loin.

Lennon se lève, s'accoude sur le couvercle du piano à queue et ajoute :

– Je pensais que vous aviez répété toute la semaine…

– On n'a pas eu le temps avec toutes nos activités ! murmuré-je, ébahie. C'est seulement la deuxième fois qu'on joue…

– Tu m'en montres un autre ? me demande la prodige à couettes en souriant. Celui-là est trop lent, trop facile…

Elle rejoue *La Lettre à Élise* à la perfection, ses petits doigts fins glissant sur les touches avec une aisance surnaturelle. Comme moi à son âge.

– Willow, comment tu as fait ça ? demande son père, incrédule.

– Je sais pas, ça arrive tout seul dans ma tête. Mes doigts savent où se mettre et j'appuie.

Lennon sourit en la contemplant, puis c'est à mon tour d'être observée. Ses iris multicolores sondent ma noirceur. Il est beau comme un dieu. Tout m'attire, chez lui. Sa peau ambrée, ses cheveux éclaircis par le soleil, ses épaules carrées, sa chemise griffée, ses manches retroussées… et ce parfum qui me rend dingue. Folle. Allumée. Encore plus que d'ordinaire. Et je dois me rappeler pour la millième fois cette semaine que lui et moi, c'est terminé.

Impossible.

Interdit.

– Alors, ça vient de toi ? lâche sa voix grave.

– Oui, je crois… soufflé-je, émue.

– Apprends-lui autre chose. Tout ce qu'elle voudra…

– Du jazz ! s'écrie la petite. Du Nina Simone !

Étonnée par ce choix peu conventionnel pour une gamine de 5 ans, j'interroge son père du regard. Son sourire en coin et son air de sale gosse me font tout chaud, à l'intérieur.

– Elle a peut-être hérité de ton oreille absolue, mais je me suis chargé de lui donner bon goût… murmure le roi du monde avant d'aller retrouver son fauteuil, aussi sophistiqué et arrogant que son propriétaire.

Voilà deux semaines que je passe plusieurs heures par jour avec ma fille, l'après-midi après l'école et le week-end. Comme dans une bulle, un cocon, un rêve. Comme dans le plus fou, le plus doux, le plus inespéré des rêves. Gus a dû rentrer à New York pour des affaires familiales mais je ne me sens pas seule. Je ne le suis pas. Je ne le suis plus.

En fonction des envies de Willow, de sa forme, de ses humeurs et de mes coups de folie, on s'adonne au dessin, à la musique, à la couture, au chant, à la peinture, ou à de nouveaux essayages. On va à la plage pour se tremper les pieds dans l'eau en poussant des cris aigus. On mange des glaces en choisissant les goûts les plus improbables. On emmène Poney faire de grandes balades – la vachette galope, langue pendante, en dessinant de grands cercles autour de nous deux, et ce symbole me met du baume au cœur.

L'image que l'on renvoie me semble jolie. Foutraque. Bruyante. Joyeuse. Vivante. Presque trop belle pour être vraie, alors ces instants, je les grave en moi. Je les emprisonne à jamais dans mon cœur, de peur qu'ils disparaissent. Que Willow ne veuille plus de moi. Que Lennon change d'avis.

Ma fille est parfois un peu distante, timide ou dans sa bulle. D'autres jours, elle me donne la main, éclate de rire dès que j'ouvre la bouche et m'embrasse avec toute l'affection dont est capable une enfant de 5 ans. Peu à peu, notre attachement grandit. Notre lien se tisse. Se renforce.

Jusqu'à devenir un jour incassable, inattaquable, indétricotable… Quand on est fou, libre et heureux, on invente les mots qu'on veut !

En ramenant la Lilliputienne à la villa, je croise parfois Tempérance, parfois Alexandra. Je les ignore du mieux que je peux, l'une et ses jambes interminables, l'autre et son téléphone vissé à sa chevelure de rêve – sans oublier ses yeux globuleux. « Girl Next Door » et « Working Barbie » ne sont pas là par hasard, par devoir, j'en reste persuadée. Et en même temps, je ne peux pas les blâmer.

Qui ne voudrait pas mettre le grappin sur Lennon Hathaway ? *Même Morue serait folle de lui.*

***

Tandis que je m'assure que le portail se referme correctement derrière nous, Willow court jusqu'à la porte d'entrée en faisant claquer ses tongs miniatures, fait brusquement demi-tour pour venir me faire un bisou, puis disparaît à nouveau.

L'heure du bain. Truc en « -ance » l'attend de pied ferme.

Je dépose le sac à dos de la petite dans le vestibule, puis m'apprête à regagner ma pension – tristement incolore et silencieuse depuis le départ de mon coloc'.

– Tu passes tellement de temps ici que tu devrais emménager, me fait sursauter sa voix grave, profonde.

Entêtante.

Lennon est assis sur la quatrième marche des escaliers, une tablette à la main. Il porte un t-shirt blanc à encolure en V et un long short de bain couleur orange sanguine, qui serait moche et trop voyant sur n'importe qui d'autre, mais est parfaitement mis en valeur par ses jambes musclées et sa peau bronzée.

– Tu devrais être mannequin, lui balancé-je soudain.

Le businessman se marre, lâche son instrument de travail puis se lève et descend les marches pour me rejoindre. Ses yeux aux mille nuances se plantent dans les miens, je me détourne pour ne pas me laisser déstabiliser.

– Je ne plaisante pas, relance-t-il. Il y a une *guest house* au fond du jardin. Plus confortable que ta pension. Et… pas de loyer à payer.

– Je n'ai pas de problèmes d'argent, merci.

Il hausse légèrement les sourcils, un sourire canaille se dessine au coin de sa bouche.

Sa bouche…

– Mes collections Lazzari me rapportent beaucoup, tu sais ? Pas besoin d'un homme pour m'entretenir…

– Ce n'est pas ce que je proposais, rétorque-t-il, toujours aussi joueur.

– Je sais. Mais quand même. C'est dit.

– C'est dit, acquiesce-t-il.

Un silence s'installe… et se prolonge un peu trop à mon goût. Lennon continue de me scruter, me provoquer, en soulevant d'une main ses cheveux encore humides.

Beau. À. Crever.

Un extincteur, dans le coin ?

– Tu serais sur place, reprend-il en haussant les épaules. Pour tes activités avec Willow, ce serait plus simple.

Je réalise que j'aurais aussi la possibilité de surveiller ce qui se passe dans cette villa. Toutes ces femmes aux sourires enjôleurs et aux chevelures de déesses qui entrent et sortent d'ici comme si elles étaient en terrain conquis. C'est mal, mais j'ai envie de garder un œil non seulement sur ma fille… mais aussi sur son père.

Alias le meilleur parti de toute la côte.

– Viens, suis-moi, me balance soudain le surfeur.

Je n'hésite pas plus de trois secondes. Je suis sa grande silhouette sportive jusqu'à la sortie, fais le tour de la villa en trottinant derrière lui sur mes talons hauts, découvre un coin du jardin dont j'ignorais totalement l'existence. Une piscine écologique à deux niveaux avec une cascade naturelle au milieu, entourée de plantes colorées et harmonieuses. On reconnaît l'œil et le sens du détail du propriétaire d'hôtels. Au fond, une petite maison qui ressemble à un joli bungalow de plage, version XXL. Ici, tout est luxueux, mais pas seulement. Le respect de la nature, c'est l'un des combats de l'homme richissime et engagé après lequel je cours.

Littéralement.

– Lennon, attends !

Je finis par retirer mes escarpins et parviens enfin à le

rejoindre à l'entrée de la maisonnette.

– Ce serait chez toi, ici, me précise-t-il en me laissant la primeur de pénétrer à l'intérieur. Personne ne viendrait te déranger.

– Pas même Poney ?

Il sourit, ses yeux s'illuminent et le roi du monde s'avoue vaincu :

– OK. Touché. Aucun *humain* ne viendra te déranger… se corrige-t-il.

La *guest house* est bien plus spacieuse que je ne l'imaginais. Un vrai salon, lumineux, agréable, équipé d'un grand canapé d'angle, d'un écran géant, d'un coin lecture et d'une immense table en bois brut sur laquelle je pourrais travailler. Une jolie cuisine ouverte aux couleurs marines. Une belle chambre que j'inspecte à peine, dotée d'un vaste dressing et d'une salle de bains cossue.

– Le vieux Herb aurait de quoi être jaloux, murmuré-je en observant tout ce qui m'entoure.

– Tu serais mieux, ici, confirme le maître des lieux.

– Tu es sûr que la place n'est pas prise ?

Lennon hausse les sourcils, l'air interdit.

– Tempérance… Alexandra…

L'effet est immédiat. Ses yeux fascinants deviennent rieurs, mais l'insolent se retient de sourire.

– Oui ? murmure-t-il pour que j'aille au bout de mon idée.

– Réponds à ma question.

– Quelle question ?

Il fait l'innocent, mais Lennon est coupable. De me rendre folle. Parano. Jalouse. Alors je rechausse mes escarpins et commence à faire demi-tour :

– Merci pour la visite, je dois y aller…

Une main enroulée autour de mon bras nu me retient. En douceur. Mais avec fermeté. Je frissonne. Je plonge dans son regard et Lennon daigne enfin me donner un semblant de réponse :

– Tempérance est la nounou de Willow, rien d'autre. Et Alexandra bosse avec moi sur un nouveau projet. C'est *strictement professionnel.*

Mon instinct me pousse à croire que ça ne l'a pas toujours été. Je le questionne, même si je devrais sans doute m'arrêter.

– Et avant ? insisté-je.

– Avant, on était fiancés, soupire Sa Majesté en fixant son jardin luxuriant à travers la vitre. Mais on ne voulait pas les mêmes choses, ça n'a pas marché.

– C'est Willow qui a tout chamboulé ? deviné-je.

– Oui. C'est Willow qui a pris toute la place. Et je ne le regrette pas un millième de seconde.

Son regard se pose à nouveau sur moi et me défie presque. Puis ses yeux brillants descendent sur mes lèvres, les scrutent un peu trop longtemps et une chaleur se propage entre mes cuisses.

Danger.

– Je vais garder mon appartement miteux, décidé-je soudain. Et mon indépendance.

Je sors sans l'attendre, longe la piscine, me penche et teste la température de l'eau du bout des doigts. Fraîche.

– Willow adore se baigner, tu peux en profiter avec elle quand tu veux, me propose Lennon alors que je me redresse.

– Je ne sais pas nager.

Mon cœur se soulève puis plonge dans les profondeurs, en même temps que ma bouche lâche cette bombe. Le surfeur m'observe un instant avec gravité, pour s'assurer que je ne plaisante pas. Lui qui vit pour l'océan, il doit trouver ça grotesque. Et décevant.

– Vito a toujours refusé, fais-je tout bas. Pourtant, chaque demeure Lazzari possède sa piscine. Mes frères ont eu le droit d'apprendre, pas moi. Il aimait nous traiter différemment, nous rendre jaloux les uns des autres. Moi, il ne me frappait pas, mais il m'empêchait de me construire. De grandir. D'être fière de moi. De m'aimer.

Je me suis confiée sans réfléchir tout en fixant l'eau paisible du bassin. Lorsque je croise à nouveau les iris du businessman, ils tremblent. De colère. De révolte.

– Ton père t'a décidément privée de beaucoup trop de choses…

– Je ne l'appelle plus comme ça, soufflé-je. Je n'ai pas de père.

– Tu as ta fille, murmure soudain Lennon. Et tu m'as, moi.

Je me force à lui sourire, mais les larmes me montent aux yeux. Je voudrais lui dire à quel point je suis reconnaissante pour Willow. Et à quel point je voudrais que ce soit vrai pour lui.

Mais je ne l'ai pas. Pas vraiment. Lennon et moi, ça n'arrivera pas. Pas comme dans mes rêves.

24

Comme toi

Il a proposé de me raccompagner à la pension, j'ai refusé. Je crois que j'aurais été capable de le supplier de monter à l'étage. De me suivre jusqu'à mon lit et de me faire tout oublier à coups de baisers et de caresses. Il aurait refusé et je serais morte sur le coup. De honte. De frustration.

D'amour.

Plus les jours passent et plus j'en suis persuadée : c'est à ça que ça ressemble. C'est douloureux, déstabilisant, un peu violent mais ça rend vivant. Cette sensation de manquer d'air, mais avec le cœur qui cogne comme jamais. Ces frissons qui vous donnent chaud, froid, tout à la fois. Ce regard qui vous happe et ébranle toutes vos convictions.

Je suis amoureuse pour la première fois. J'ai attendu 22 ans pour que ma vie prenne un sens.

Sauf qu'il n'est pas pour moi.

En chemin, je m'arrête à la camionnette d'un vendeur ambulant pour acheter un café glacé et reprends ma route en longeant la plage. Mon téléphone sonne, je le dégaine en espérant voir un certain prénom apparaître, mais *Maman* s'affiche sur l'écran et je refuse l'appel. J'en ai marre de mentir. De lui cacher tellement de choses. Alors je garde le silence et la laisse m'embrasser par messages interposés.

Mon portable vibre à nouveau, je viens de recevoir une photo de Solveig. Je l'ouvre et la regarde en sirotant mon *latte*. Tutu mange une barre chocolatée, allongée dans l'herbe à côté de Morue qui fait une sieste au soleil. Sur le dos, les quatre pattes en l'air. En arrière-plan, mon frère a la tête sous le capot et les sourcils froncés. Rien de nouveau, rien d'extraordinaire, mais le cliché m'arrache un sourire. Ils sont libres. Amoureux. Prêts à tout affronter. Je les admire. Les envie un peu, aussi.

Mais j'ai Willow. Un peu de Lennon. Et toute une vie à recommencer, à reconstruire, en laissant mon passé loin derrière. La morosité me quitte, tout à coup, lorsque je réalise l'étendue des possibles qu'est mon existence. Un peu comme un tableau vierge, intouché. Un patron sans lignes, sans annotations. Tout reste à inventer, à créer. Et je suis celle qui tient le pinceau, le crayon.

Celle qui commande.

Vito peut crever dans son coin. Je revis.

[Merci Tutu. Sans le savoir,
tu viens de donner
un nouveau sens à ma vie !]

[En mangeant un Snickers ?]

[Oui, mais pas que !
Morue y est pour quelque chose, aussi.
Et mon mécano de frère !]

[À ton service !
On peut faire autre chose ?]

[Un petit saut de biche
me ferait le plus grand bien…]

Trente secondes plus tard, je reçois une photo de la blonde dans les airs, ses jolies jambes galbées parfaitement tendues. Au bord de l'autoroute.

[Autre chose ?]

[Dis à Morue que je veux
un grand écart.
Et à Dante une arabesque !]

[Désolée, on a une urgence…
Le chien vient de vomir.]

[Rien de nouveau.]

[Dans mes cheveux.]

Je reçois la photo d'illustration dans les secondes qui suivent. Le cliché me fait éclater de rire et avaler mon café de travers.

[Ce chien a toujours eu
le sens du timing…
Bonne route, les insoumis !]

Mes pas m'ont portée jusqu'à ma maudite pension – à laquelle je me suis tout de même un peu attachée. Tandis que je fais le tour de la bicoque pour atteindre mes escaliers, je découvre Herb assis dans l'un de ces vieux fauteuils de plage en toile bariolée, une bière probablement tiède à la main.

– Dorothy, je t'attends depuis un siècle ! bougonne l'homme en slip de bain.

Ça ne s'arrange pas. Le vieux perd de plus en plus la boule et, ces derniers temps, me confond avec sa femme qui a passé l'arme à gauche depuis des années.

– Herb, rentrez chez vous, il commence à faire frais, lui dis-je gentiment.

– Je t'attendais, je te dis !

– Je dois aller travailler, j'ai une salopette un peu destroy à finir…

– Depuis quand tu travailles, Dorothy ? Et pour quoi faire ?

Il se lève de son fauteuil et son slip de bain rouge glisse dangereusement vers le bas. Je me couvre les yeux et lui rappelle d'une voix gênée – limite hystérique :

– Je suis Callie, votre locataire ! Pas Dorothy ! Et votre… votre maillot a légèrement… Il a… Il est… Bref, à plus tard, Herb !

Je monte les marches trois par trois et referme prestement la porte derrière moi pour me barricader. Ce que je viens de voir, je ne pourrai jamais l'oublier.

JAMAIS.

Je couds les derniers ourlets de la salopette noire en grignotant ce qui traîne au fond de mes placards. Gus n'a pas laissé grand-chose, mais je m'en contente – en réalisant que vivre dans ce taudis sans lui va me demander une sacrée force mentale. La vieille télévision me tient compagnie et j'attaque le t-shirt rétro aux manches bouffantes qui accompagnera la salopette, avec ce contraste décalé que j'aime tant.

Soudain, des coups dans ma porte. Rapprochés, insistants. Je me rends dans l'entrée et attrape les balais – on ne sait jamais.

– Qui est là ?

– Dorothy, c'est ton Herbie !

Je soupire, cogne ma tête trois fois contre la porte, puis l'entrouvre.

– Herb, il faut prendre vos médicaments ! Je ne suis pas…

Le vieillard a plus de force qu'il n'en a l'air. Il s'invite sur mon territoire en poussant la porte et se met à me baiser la main. Puis il me fixe longuement en me faisant les yeux doux. Vraiment trop doux.

Ma poitrine a l'air de lui plaire. Léger haut-le-cœur.

– Il faut me laisser, maintenant, fais-je d'une voix autoritaire.

Je réalise qu'il a passé ses plus beaux habits et que ses

quelques cheveux restants sont coiffés en arrière.

– Tu aimais ça pourtant, quand je te faisais la cour… insiste le vieux dégoûtant en se léchant les lèvres.

Il tente un pas vers moi en tendant les mains, je lâche un « non » sonore et le repousse contre le mur. Il a beau avoir 70 ans passés, il reste un homme. Avec tout ce que ça comporte de dangers. Surtout quand il délire et me prend pour sa femme morte et enterrée.

– Herb, ça suffit ! Dehors ! m'écrié-je en le menaçant avec mon balai.

Penaud, les mains de chaque côté de la tête, l'indésirable repart à petits pas, en continuant à m'appeler Dorothy.

– CA-LLI-O-PÉ ! articulé-je avant de lui claquer la porte au nez.

***

Six heures quarante-sept le lendemain matin. Lennon m'ouvre le portail, puis vient en renfort. Je le contemple, des papillons plein le ventre, tandis qu'il court jusqu'à moi dans sa combinaison de surf.

– Un problème ? s'inquiète-t-il avant de découvrir les quatre valises qui m'accompagnent.

– Je t'ai réveillé ?

– Non.

– Sûr ? On est samedi…

– Je dors peu.

– J'emménage dans la *guest house*.

Le roi du monde plisse les yeux, se frotte le visage, puis lâche un rire doux qui me titille à l'intérieur.

– Et il fallait que ce soit aux aurores ?

– Oui.

– J'aurais pu t'aider avec tout ça… lâche-t-il en regardant mes effets personnels.

J'ai fait trois allers-retours à pieds pour tout transporter jusqu'à la villa. J'ai pris la décision de déménager à trois heures du matin, quand « Herbie l'obsédé sexuel » s'est remis à délirer. Mais tout ça, Lennon n'a pas besoin de le savoir. Il a juste besoin de m'ouvrir sa porte. Et de m'offrir un lit. Parce que je n'ai jamais été aussi fatiguée de ma vie.

– Viens, on y va, fait-il en s'emparant de mes deux plus grosses valises.

Je fais mine de porter les deux autres mais Lennon s'interpose et m'ordonne de les laisser là. J'obtempère, trop éreintée pour résister, et le suis. Et puis je change d'avis. Au bout de quelques pas, je fais demi-tour et vais chercher les deux malles restantes.

– Je suis libre, lancé-je en le rejoignant. Et je compte bien le rester.

Sa Majesté soupire et nous mène jusqu'au bungalow-palace. Il dépose mes valises dans le grand salon, me tend les clés en souriant et précise :

– Il y a des règles.

Méfiante, je ne récupère pas les clés avant de les connaître. D'un signe de tête, je lui fais comprendre que je suis prête à les entendre.

– Pas de visiteurs sans mon accord préalable.

J'acquiesce, attends la suite mais rien ne vient.

– C'est tout ? Une seule règle ?

– Tu es libre, tu te souviens ? me répond l'effronté en souriant.

Je dois me détourner tellement je le trouve insolent, attirant, beau à se damner.

– Tu allais surfer ? fais-je pour changer de sujet.

– Oui, se souvient-il en regardant sa montre. Tu m'accompagnes ?

Je sais qu'il plaisante. Il sait que je vais refuser. Mais je rentre quand même dans son jeu, parce que c'est agréable, cette nouvelle complicité qui nous lie. Et ces barrières qui sont tombées, toutes seules, sans qu'on ait à les forcer.

– Je ne sais pas nager, tu te souviens ?
– Je ne te laisserai pas couler… murmure sa voix grave.
À quoi tu joues, Lennon Hathaway ?
– Et j'ai l'impression de ne pas avoir dormi depuis trois mois, ajouté-je en baillant.
– Alors le lit t'attend.
Son vert se plonge dans mon noir et pendant une seconde, je me demande si sa dernière phrase se voulait ambiguë. S'il a ressenti les mêmes frissons que moi. Mais le roi du monde tourne déjà les talons en me souhaitant une bonne installation.
Porte close derrière lui.
Game over.

***

J'ai comme l'impression de me trouver dans un mixeur. Secouée dans tous les sens. Avec, en fond sonore, une sorte de grésillement aigu et continu.
Et on peut savoir qui me lèche le pied ?!
– Callie, Callie, Callie !
Je me redresse d'un bond, me cogne à la tête de lit et reconnais la frimousse de ma fille. Et la gueule monstrueuse de sa bestiole géante. Entre la tenue multicolore de la petite et les taches noires et blanches du chien, mes yeux ont du mal à s'y retrouver.
– T'as vu ? s'écrie l'enfant. J'ai mélangé les couleurs et les motifs, comme tu m'as dit !
– Oui… Je vois ça… C'est très…
Je ne sais pas mentir. Ou très mal. Alors, avant que la petite ne se rende compte que sa tenue psychédélique est hideuse, je lui montre du doigt le dressing de la *guest house* et lui annonce qu'elle peut choisir ma tenue. La Lilliputienne s'y précipite pendant que je vais faire un tour à la salle de bains.
– Tu dors toujours jusqu'à midi, toi ? me demande-t-elle, regard noir, lorsque je la retrouve.

– Je ne t'ai pas dit ? Je suis un vampire ! grogné-je en sortant mes canines.

Réaction ? Zéro. Cette petite est bien trop maline pour son âge, alors je lui dis simplement :

– C'est le déménagement qui m'a fatiguée.

Elle digère cette information, puis retourne fourrer sa tête dans mes robes.

– Alors, tu habites vraiment ici ?

– Oui, si ça te convient, lui dis-je en souriant.

D'un petit signe de tête, elle me confirme que j'ai ma place chez elle. Ou juste à côté. Puis, très fière de sa trouvaille, elle me tend ma robe de soirée la plus rouge, la plus courte et la plus décolletée et me met au défi de la porter. Alors je l'enfile, sans critiquer son choix, sans brimer sa créativité et Willow me regarde, fascinée, presque émerveillée.

– Quand je serai grande, je veux être comme toi.

J'essuie rapidement la larme rebelle qui décide de rouler sur ma joue au plus mauvais moment, j'embrasse la brunette aux nattes, la chatouille et après une joyeuse course-poursuite, nous quittons ma nouvelle maison. Ma jolie cabane dans le jardin d'Eden.

Je suis ma fille lorsqu'elle me dit qu'elle veut aller à la plage pour faire l'étoile de mer dans le sable.

Je la suis. En glissant ma main dans la sienne. Et en tirant sur ma robe de l'autre.

25

Peau à peau

Ce matin-là, en lissant ma frange face à mon reflet, je me trouve différente. Plus souriante. Plus bronzée. Plus légère. Peut-être un peu plus belle. Mes doigts s'aventurent sur la fine cicatrice qui me barre le front et je repense à *lui*. À celui qui m'a tout pris.

Du moins, celui qui a essayé…

Depuis que j'habite dans la *guest house*, mes matins ne sont plus jamais tristes, ni ennuyeux. Willow passe toujours me dire bonjour avant d'aller à l'école. Elle me traîne souvent de force jusqu'à la villa, pour que je partage son petit déjeuner. Lennon n'est pas toujours là, j'ai parfois l'impression que Sa Majesté m'évite, mais lorsqu'il nous arrive de nous croiser, nos regards recommencent à briller, nos âmes indociles se cherchent et mon corps fait des siennes.

J'ai dit non. Mes yeux, mon cœur et mes cuisses disent oui.

– Papa dit que tu es plus belle sans maquillage, lâche la Lilliputienne en me faisant sursauter.

– Willow, tu dois frapper ! lui dis-je en souriant et en me penchant sur elle pour l'embrasser.

La petite brune absolument pas désolée m'annonce que c'est l'heure du petit déjeuner et qu'après, on ira se promener toutes les deux, puisque c'est dimanche.

– Ton père est d'accord ? lui demandé-je en renonçant à ma deuxième couche de mascara.

– Oui, il doit travailler avec Alexandra.

Je me crispe un instant, rajoute une couche de rouge carmin sur mes lèvres, puis demande à Willow de choisir entre mon combishort Bardot bleu nuit qui dénude mes épaules, et une robe maxi en lin kaki.

– Il va faire très chaud aujourd'hui, tu devrais faire comme moi ! me lance la brunette aux nattes.

Puis Willow soulève sa robe liberty pour me montrer ce qu'elle porte en dessous : un maillot de bain une-pièce adorable, rayé noir et blanc. Tournant sur elle-même en faisant l'avion, elle n'a aucune idée qu'intérieurement, je panique. J'ai honte de ne pas savoir nager. Et j'ai peur qu'elle l'apprenne.

– J'ai beaucoup de travail, fais-je soudain en optant pour le combishort. Je vais me changer et on se dépêche d'aller petit déjeuner !

Moins de cinq minutes plus tard, je débarque dans la véranda accompagnée de ma fille, et croise quatre regards étonnés. Lennon, qui ne s'attendait apparemment pas à ce que je les rejoigne, mais m'accueille avec un infime sourire en coin qui me réchauffe à l'intérieur. Poney, qui lâche un petit jappement, puis se rendort illico en soupirant d'aise sur le sol chaud. Tempérance, en haut de bikini et short en jean, qui me propose immédiatement une orange pressée – comme si j'avais *vraiment* besoin de vitamine C. Et Globule, qui n'a rien à faire ici – surtout si tôt – mais fixe longuement ma tenue, mon maquillage, puis se tourne vers Lennon pour lui glisser quelques mots à l'oreille.

Ils ont passé la nuit ensemble ou je rêve ?

Je rêve, je rêve, je rêve… DITES-MOI QUE JE RÊVE !

– C'est malpoli de faire des messes basses ! lui balance sauvagement Willow en me tirant une chaise.

La blonde fait semblant de trouver ça hilarant, puis s'empare de sa bouée de sauvetage : ses deux téléphones dans lesquels elle se plonge pour ne plus avoir à parler à qui que ce soit.

J'embrasse ma petite rebelle sur le front, elle attrape un bagel et le partage en deux. Un petit bout pour elle, un gros bout pour moi. Comme si elle devinait ma gêne et comme si elle faisait en sorte de me faire une place autour de cette table, Willow s'occupe de moi. J'en ai les larmes aux yeux et lorsque je croise le regard multicolore de son père, j'y lis la même émotion. Sans les larmes. Mais l'intensité est bien là.

Et me couvre de frissons.

– Quelqu'un veut un café ? propose Tempérance en se levant soudain.

Haut de maillot de bain triangle rikiki. Ventre extra-plat et bronzé. Short micro, moulant et bien taillé. Cette fille est énervante au possible… et elle n'en a pas la moindre idée. Un sourire de Miss America plaqué sur les lèvres, elle attend que je lui réponde. Alors je hoche la tête et la voilà partie en mission. Pour moi.

Pourquoi est-ce qu'elle ne me déteste pas ?

– Il fait trop lourd pour travailler… On reporte le dossier à demain, Lenny ?

La blonde à ma droite vient de gémir ce surnom – qui a tout l'air de sortir de nulle part – en bouffant son ex du regard. Impossible pour moi de ne pas intervenir… en riant jaune.

– « Lenny » ?

Willow s'attaque, impassible, à une tranche de pastèque, Globule me fusille du regard et Lennon me fixe longuement en plissant les yeux, puis lâche de sa voix grave :

– Un problème, « Callie » ?

Je ne cède pas. Mon noir reste lié à ses nuances de vert pendant de longues – interminables – secondes, puis nous sourions enfin, à l'unisson. Lennon a craqué. Moi aussi. Notre complicité devient un peu trop évidente et un peu trop présente au goût d'Alexandra, qui se sent obligée de poser sa main sur la cuisse du roi du monde.

Possessive, la Working Barbie ?

– Lennon, qu'est-ce que tu en penses ? On s'offre un *day*

off ? minaude-t-elle sous mes yeux.

– Oh oui, ça te ferait le plus grand bien, *Lenny*… dis-je en imitant la pimbêche.

– J'en pense que je vais piquer une tête ! dit-il soudain en bondissant, pour nous faire comprendre à toutes les deux qu'il veut la paix.

Lorsque Persévérance débarque, trente secondes plus tard, tout le monde vient de quitter la table. Je reviens en arrière, accepte la tasse de café qu'elle me tend, la vide en me brûlant à moitié et la remercie.

– C'est la première fois ! fait-elle d'une voix joyeuse.

– La première fois ?

– Que tu me souris sincèrement.

Je reste interdite – un peu honteuse – mais la nounou est déjà passée à autre chose. Elle retire son short sous mes yeux et son petit fessier parfait s'éloigne en m'invitant à le suivre :

– Viens te baigner avec nous, Calliopé ! lâche la bombe anatomique.

Le nœud dans mon estomac se resserre un peu plus. Ils sont tous déjà loin, de l'autre côté de la villa, du jardin, mais je perçois déjà les bruits caractéristiques d'une *pool party*. Exubérance vient probablement de faire un plongeon parfait et gracieux, tandis que Lennon tentait un salto, qu'Alexandra trempait à peine ses orteils, que Willow engueulait l'eau et que Poney buvait la moitié de la piscine.

La mort dans l'âme, je prends le chemin de mon bungalow du jardin d'Éden. Je quitte la demeure Hathaway, traverse le jardin fleuri, longe la piscine, trouve Lennon assis sur le rebord, la peau trempée, les muscles dessinés, les cheveux en bataille. Beau à crever. Tempérance est dans le bassin naturel, de l'eau jusqu'aux épaules et Willow dans les bras. Globule, elle, est occupée à exhiber son corps siliconé et à faire bronzer le dernier millimètre de peau claire qu'il lui reste.

Je tente de me faire discrète, de passer sans être remarquée, mais n'y parviens pas.

– Callie, viens ! Je veux nager avec toi ! m'appelle soudain la Lilliputienne en me tendant les bras.

– Je dois aller travailler pour être prête pour le prochain *photoshoot* ! Une autre fois, d'accord ?

– Promis ? me demande la petite en me dévisageant, l'air soudain très sérieux.

Impossible de lui répondre sans lui mentir. Alors je cherche mes mots, je bredouille, je me décompose… jusqu'à ce que Lennon vole à mon secours.

– Callie travaille sur un projet secret, lui souffle son père.

– Quoi ?! me demande sa fille en souriant.

– Surprise… dis-je en riant doucement tout en m'éloignant.

Quelques pas plus tard, je me retourne vers le surfeur en bermuda de bain rouge sombre et découvre qu'il m'observe avec attention. Je lui envoie un *merci* silencieux, il me sourit et je me perds dans son regard envoûtant. Mon cœur bat à mille à l'heure.

Je ne devrais pas mais je t'ai dans la peau, Lennon Hathaway.

Si tu savais à quel point…

***

Je suis allée m'enfermer et je n'ai pas eu à me creuser la tête bien longtemps avant d'imaginer quelle serait cette fameuse *surprise*. Une ligne de maillots de bain pour enfants.

Willow et la petite Hazel seront mes modèles lors d'une prochaine séance photos. L'autre jour, la fille de Seraphina m'a demandé de participer de la plus touchante des manières : en me demandant si je trouvais les petites filles noires assez jolies pour être mannequins, elles aussi. Le jour même, je lui créais une robe débardeur couleur champagne qui allait illuminer son teint. Ses mots m'avaient inspirée.

En une journée, j'ai déjà dessiné mes cinq premiers modèles de maillots de bain. Tous des une-pièce, tous un peu barrés ou ludiques. Dans mon esprit, le look de Willow est déjà tout trouvé : des teintes tranchées, sombres ou vives mais surtout pas pastel, des coupes sobres rehaussées de froufrous, avec des casquettes urbaines pour le décalage plage-ville et masculin-féminin. Pour Hazel, les couleurs seront plus douces et les motifs plus chargés : crocodiles multicolores ou arcs-en-ciel psychédéliques. Et ma pièce phare pour toutes les deux : un maillot façon poster, imprimé « plage de Miami un samedi après-midi ».

Tous ces petits bonshommes qui se baignent sur leurs maillots, elles vont adorer.

Lorsque je sors la tête de mon carnet de croquis, il est déjà vingt heures passées. Je me traîne jusqu'à mon frigo, vide une demi-bouteille de lait et croque dans une tablette de chocolat en guise de dîner. Je repense à ce matin, à cette maudite piscine, à la déception que j'ai lue dans les yeux de ma fille, à l'intervention de Lennon, à toutes ces femmes sublimes qui gravitent autour de lui.

Et au fait que je n'ai pas le droit de lui en vouloir. Et encore moins de *le* vouloir.

Je suis sur le point d'aller prendre une douche fraîche lorsqu'on frappe à ma porte. En sous-vêtements, je m'enroule dans une serviette et vais ouvrir.

– Parfait, tu es prête.

La voix de Lennon Hathaway résonne dans ma caboche, tandis que je me plonge dans ses yeux verts.

– Prête pour ?

– Ta première leçon de natation.

Sa Majesté pose ses mains sur l'encadrement de la porte et se penche en avant. Vers moi. Son regard est doux mais déterminé, son sourire affirmé mais pas moqueur. Il pense vraiment que je vais accepter.

– Jamais de la vie, grogné-je en faisant un pas en arrière.

Je m'apprête à lui fermer la porte au nez, mais l'insolent est rapide. Agile. Têtu. Son pied bloque la porte et le voilà qui s'invite chez moi. Chez lui.

– Enfile un maillot, Callie.

– Non.

Il soupire, s'adosse au mur en croisant les bras et me contemple longuement, sans rien ajouter. Je le fusille du regard, sans trop savoir pourquoi, en serrant un peu plus la serviette autour de ma poitrine. La douleur m'étreint, m'étouffe. L'ombre de Vito est de retour.

– Si tu ne le fais pas pour toi, fais-le pour Willow, glisse doucement l'homme à la peau dorée.

Ma colère monte encore d'un cran. Son argument m'a touchée, percutée, blessée.

– Elle n'a pas besoin de moi pour ça ! Elle a sa nounou… et ta blonde, fais-je d'une voix mauvaise.

– Arrête ça, Callie.

– Pourquoi ?

– Parce qu'on sait tous les deux que tu joues à un jeu dangereux…

Je le fixe droit dans les yeux, le défie de toute ma noirceur.

– Qu'est-ce qu'Alexandra faisait là au petit déjeuner ?

– Ça ne te regarde pas, gronde-t-il en fixant ses pieds.

– Je sais, murmuré-je. Mais ne pas savoir… Ça me bouffe, ça me grignote à l'intérieur.

Lennon redresse la tête et me fixe soudain, l'air peiné. Puis la lueur dans ses yeux change et sa voix profonde me rétorque :

– Je dors seul, Callie. Toujours seul. Terriblement seul.

En moi, un soulagement immense. Je meurs d'envie de me jeter sur lui et de me perdre dans son odeur, sa force, sa douceur, mais je n'oublie pas notre accord. Je suis ici pour Willow, Lennon ne fait pas partie du deal. Alors je lui fais signe d'attendre une minute, vais faire un saut dans mon dressing et enfile mon seul maillot de bain. L'une de mes nombreuses créations Lazzari. Noir. En cuir. Plutôt… dénudé.

Lorsqu'il me voit revenir dans cette tenue, Sa Majesté

hausse un instant les sourcils, puis se racle la gorge en passant la main dans ses cheveux.

– Prête ! lui lancé-je sans en être persuadée.

Ses yeux virent au vert sombre. Sur son visage, dans tout son corps, je lis ce désir, cette attirance que je partage.

– Quelque chose me dit que je suis en train de faire une connerie, murmure le surfeur avant de retirer son t-shirt blanc pour ne conserver que son short de bain.

– Pardon ?

– Rien. C'est parti, se reprend-il en sortant du bungalow pour rejoindre la piscine. On est seuls, Willow dort chez Hazel.

Je n'ai pas vraiment le temps d'intégrer ces informations – ni ce qu'elles impliquent. Dans la jolie lumière du début de soirée, Lennon plonge déjà dans l'eau, remonte à la surface, secoue sa chevelure rebelle, puis va s'asseoir sur le rebord du bassin. Moi ? J'emprunte prudemment les marches sous son regard concentré, en prenant mon temps. Ma peau frissonne au contact de l'eau, je suis un peu nouée, un peu paralysée mais je m'accroche, je ne renonce pas, j'avance.

– La seule fois où j'ai eu l'audace de me baigner, mon père m'a noyée pendant soixante secondes, me remémoré-je à voix haute. Sous l'eau, je l'entendais compter, en me débattant. J'avais 14 ans, j'ai cru mourir. Il voulait m'enseigner quelque chose. Me montrer que je devais rester éloignée des piscines et de leurs dangers. Des lieux de débauche, selon lui, où les filles exhibent leurs corps faciles, prêts à être « pêchés ».

Lennon ne me quitte pas des yeux, il ne commente pas mais je le sens tendu à l'extrême, ses mains s'accrochant de plus en plus fermement aux rebords du bassin. Je fais encore quelques pas pour immerger mes jambes un peu plus haut, puis il se laisse glisser dans l'eau pour venir à ma rencontre.

– Je peux te toucher ? me demande-t-il doucement.

– Oui…

Ses mains me frôlent, m'effleurent, puis viennent se poser sur mes hanches. Lentement, délicatement, Lennon me fait m'allonger en arrière, dans la position de la planche. Je panique un instant quand l'eau me mouille les cheveux, je me redresse en m'accrochant à ses épaules.

– Je ne te lâcherai pas, Callie. Je te le jure.

Dans sa voix, un milliard d'émotions et de promesses qui me font monter les larmes aux yeux. Mais tout doucement, je me laisse aller en arrière, rassurée par sa présence, sa proximité, ses mains ancrées sur ma peau.

– Je vais t'apprendre, murmure-t-il. T'aider à combattre ta peur.

Je me relâche un peu plus, me laisse bercer par sa voix, le clapotis et le mouvement de l'eau.

– Tu te sens flotter ?

– Oui.

– C'est la première étape. Ensuite, on s'attaquera aux mouvements de la brasse.

– Pas tout de suite… soufflé-je en fixant ses beaux yeux.

Lennon me domine de toute sa hauteur. Sa peau lumineuse et chaude m'enveloppe, me protège et je m'abandonne en fermant enfin les yeux.

– Non, susurre-t-il. Pas tout de suite. On a tout le temps…

Je me répète ses mots si doux et reste dans cette position une éternité. Pour la première fois, je n'ai pas peur. De toute cette eau qui m'entoure, de ce bassin qui pourrait m'engloutir, de mon passé qui menace de ressurgir.

Je repense à tout ce que j'ai fait. Et j'en suis fière.

– Je détestais les hommes. Et je détestais l'eau, fais-je en me redressant.

Mes yeux plantés dans les siens, ma peau glissant contre sa peau, je me hisse sur la pointe des pieds et chuchote à son oreille :

– Tu as tout changé dans ma vie, Lennon Hathaway.

Et parce que j'en crève d'envie depuis des semaines, parce

qu'il est si beau, si respectueux et si intense, parce que cet homme est un appel au crime, je l'embrasse.

Je l'embrasse doucement, d'abord, puis sauvagement, très vite. Voracement. Nos lèvres mouillées se retrouvent, je glisse ma langue dans sa bouche, je l'enroule, l'entortille. Je gémis, il gronde. Ses mains se plaquent brutalement sur mes reins et me soulèvent contre lui. J'enroule mes jambes contre son dos et l'embrasse de plus belle. Ce peau-à-peau m'enivre, me fait perdre la tête. Entre deux baisers, je finis par soupirer :

– Tu m'obsèdes, Lennon. En ta présence, ma peau ne m'appartient plus…

Ses lèvres sont dans mon cou. Elles me goûtent, m'aspirent, me sucent, descendent jusqu'à mon décolleté, puis remontent. J'enferme son beau visage dans mes mains et lui mordille la lèvre inférieure. Lennon gémit de désir, je le sens durcir contre moi, il m'embrasse à nouveau, ses mains glissant sous mon maillot.

Et juste avant de coller mon corps contre le rebord de cette piscine magique, la raison le percute de plein fouet.

– Non ! grogne-t-il soudain. Stop ! On ne peut pas, Callie…

Essoufflée, interdite, je le laisse me soulever jusqu'au rebord du bassin et m'y déposer. Mon surfeur quitte l'eau, dans un saut souple et précis, tandis que mes lèvres douloureuses se meurent déjà de lui.

26

Libre mais plus seule

Il n'est pas loin de une heure du matin mais j'ai besoin de parler à quelqu'un. Ça fait quelques heures que je ressasse, revis cette scène, me maudis de l'avoir embrassé en premier, brisé notre pacte et peut-être sa confiance. Assise au bord de mon lit, toujours en maillot de bain, je fixe la fenêtre par laquelle j'entrevois la piscine. Seule lumière verte et dorée dans la pénombre. Ces couleurs me rappellent ses yeux changeants, fascinants, captivants. J'aurais pu prendre une douche, me changer, aller me coucher… Mais je ne veux rien effacer.

Je sens le chlore de piscine et le Lennon de nuit.

La première odeur se diffuse toujours sur ma peau comme un gentil poison, malodorant mais inoffensif, qui sera facile à faire disparaître. La seconde odeur a l'air de s'être faufilée *sous* ma peau, délicieuse et toxique, et ce venin-là se déverse partout, imprègne chacune de mes veines, de mes cellules, comme s'il leur promettait d'être indélébiles. Je divague peut-être. Mais je le sens. Le parfum Hathaway me coule en dedans, comme un alcool fort, ravageur, qui brûle encore, longtemps après son passage. Il n'y a que Gus qui soit capable de comprendre que les senteurs ont un goût, que les sensations ont des couleurs, les souvenirs, des textures.

J'appelle mon meilleur ami, sans me soucier de la nuit au dehors.

– August Perry vous parle ! dit-il avec une voix de standardiste débile en décrochant.

– Houston, nous avons un problème !

– Qu'est-ce que tu fous à Houston, Callie ?!

– Non, toujours à Chatham, Massachusetts.

– Ah ! Je suppose que tu as dû oublier de calculer le décalage horaire, alors !

– Tu es à New York, Gus, on est sur le même fuseau !

– OK, je raccroche et on recommence ! m'annonce-t-il, vexé.

Je pense qu'il plaisante mais la tonalité me fait signe que non. Je le rappelle illico.

– August Perry, au milieu de la nuit, pour vous servir ! exagère-t-il encore un peu plus.

– Il est tout juste une heure, tu vis chez tes parents, je *sais* que tu ne dors pas et que tu t'ennuies comme un rat mort sous Valium.

– Traite-moi encore une fois de rongeur défoncé aux médicaments et je raccroche à nouveau ! me menace-t-il.

– OK, je retire ! Et j'ai un scoop, Gus. Deux, même ! Ça pourrait bien sauver ta soirée.

– Je t'écoute… décide-t-il, l'air intéressé mais sceptique.

– Ce soir, j'ai appris à nager. Et j'ai embrassé un rouge velours.

– Un autre ?!

– Non, toujours le même. Entre pulpe de cerise mûre et…

– Bouche mordue, continue Gus de lui-même.

– Je le sens encore, confirmé-je.

– Merde…

– Ouais.

– Bon.

– Qu'est-ce qu'on fait ? demandé-je dans un soupir.

– Un bain de bouche ?

– Trop léger. Je te parle d'un rouge passion, rouge torride, rouge obsession, Gus ! Le rouge des vieux sièges de cinéma où il se passe des choses pas très catholiques au dernier rang, tu vois ?

– OK, OK… Alors profite, Callie ! Je t'entends d'ici, même ta voix rougit ! Je sais que c'est ce que tu veux… Pourquoi tu t'en empêches ? C'est le père de ta fille, oui, et alors ? Vous avez le droit d'être des parents *et* d'avoir une vie sexuelle !

– Et dire que je ne connaissais ni l'un ni l'autre il y a encore deux mois…

– Vito t'a privée de cinq ans avec ta fille. Et de vingt-deux ans de liberté… Il est temps que t'en fasses qu'à ta tête, Folle ! Tu n'es plus prisonnière de personne. Tu as le droit de nager, de sauter à l'eau tête la première, d'aller au ciné et de te laisser tripoter, d'embrasser qui tu veux et de faire toutes les conneries du monde. Plus personne n'est là pour te taper sur les doigts. Bon sang, fais-toi mettre les fessées que *tu* as décidées, Calliopé ! s'enflamme-t-il au bout du fil.

– OK, tu vas un peu loin… dis-je en gloussant.

– Pardon, je me recentre.

Mes pensées flottent de mon père à ma fille… De mon enfance gâchée à ma vie de mère volée… De Lennon à Lennon. Du passé que je voudrais effacer au futur qui ne veut pas encore s'écrire. Ça fait beaucoup de blessures, beaucoup de doutes, de peurs, beaucoup d'incertitudes.

– Lennon Hathaway ne peut pas être mon coup de folie, Gus, déclaré-je après un long silence. Je ne peux pas me servir de lui comme *sex friend* ou comme revanche sur la vie…

– Parce que Willow ? me demande mon meilleur ami.

– Parce que Willow… et parce que Lennon. Parce que je… hésité-je en bredouillant.

– Pas entendu.

– Parce que je l'… fais-je en masquant cet aveu par un grognement.

– Toujours pas.

– T'es encore plus bouché que ce vieux Herb ! m'exclamé-je pour mettre fin au supplice.

– Oh, comment va mon père spirituel ?

– Aucune nouvelle depuis qu'il a commencé à débloquer. Je te rappelle que j'ai été obligée de quitter la pension parce qu'il a tenté de me Dorothyser !

– Pauvre fou… Quand je pense que je ne remettrai plus jamais les pieds dans ce taudis ! Ni jamais mon fragile fessier sur cet affreux canapé-lit !

– Ne me remercie pas… Tu reviens quand par ici ?

Il soupire.

– Mes parents ont décidé que je devais trouver un vrai travail… Qu'ils ne pouvaient pas m'entretenir pour le restant de leurs jours… Et que je devrais, écoute bien, « essayer de maigrir, arrêter de porter des pantalons de pyjama, me marier et songer à me construire un avenir ». Rien que ça ! me raconte-t-il dans un grand éclat de rire – un peu forcé.

– Sacré programme ! Et ça donne quoi, jusque-là ?

– J'ai envoyé des CV mais j'hésite encore entre mannequin de pieds, présentateur télé et chanteur de slogans publicitaires, énumère-t-il, très sérieux.

– Quand j'aurai fait fortune avec ma collection pour enfants, je lancerai ma ligne de pyjamas de jour et tu seras mon égérie, August Perry ! Je te photographierai pieds nus en train de chanter que mes fringues sont les plus cool de la terre. Laisse-moi réfléchir un peu pour le slogan…

– Banco ! Mais attends, Callie, tu vis toujours chez les Hathaway ?

– Non, à côté ! dis-je en voulant lui rappeler cette précision importante. Dans une petite maison de fous entre plage et piscine. Avec un veau noir et blanc qui broute le jardin tropical de son maître. Avec une Lilliputienne qui fait plus de dégâts qu'une armée de géants pas contents. Et avec un type pas mal qui passe sa vie les cheveux mouillés et les bras croisés, pendant que des naïades à longues jambes et bikinis moches essaient de l'attirer dans leurs filets. Bref, oui… je vis chez les Hathaway.

Pour toute réponse, j'entends Gus se tordre de rire et m'expliquer entre deux soubresauts qu'il a mal aux abdominaux.

– Euh… quels abdos ? ironisé-je.

– Rentre à New York, Folle ! Tu me manques trop. Ça te changera les idées. Et tu pourras faire mariner un peu ton rouge Tabasco. Il t'a installée chez lui, il t'a transformée en prof de tout et monitrice de colo gratuite pour sa gamine, il t'apprend à nager comme si c'était lui qui avait inventé la brasse coulée, il ne faudrait pas qu'il croie que tout est acquis, quoi !

– D'accord… fais-je à voix basse.

– Pardon ?

– Tu as raison. Je vais venir.

– Vraiment ?!

– Oui, ça me fera du bien ! Je débarque demain ! Bisous, Fou !

Je raccroche avant que ses cris de joie hystériques me fassent changer d'avis. Et je me mets en quête d'une valise et d'un billet d'avion pour New York à la première heure le lendemain matin.

***

Ma longue douche a fait disparaître l'odeur du chlore mais pas le goût de Lennon. La fin du mois de mai m'offre un peu de sa fraîcheur matinale quand je quitte le climat océanique pour m'engouffrer dans ma voiture, direction la maison. J'ai finalement décidé de conduire : vivre au bord de l'eau dans une petite ville reculée oblige à prendre des ferries pour rallier un aéroport digne de ce nom ou à faire quatre escales avant de rejoindre la civilisation. J'utilise le trajet pour me vider la tête, chanter à tue-tête sur des chansons démodées et peaufiner mes mensonges au sujet de ma présence à Chatham. Et je profite d'une pause sur une aire d'autoroute pour prévenir ma mère que j'arrive et le roi du monde que je pars. Un texto chacun. Simple, court, efficace.

Lynette me répond d'un smiley béat. Lennon d'un simple : « OK. Prends soin de toi. »

Quelque cinq heures de route plus tard, l'air oppressant de New York me prend à la gorge. En deux mois, j'ai presque pris goût au silence apaisant de Cape Cod, aux habitants qui se déplacent à vélo comme s'ils avaient tout leur temps, aux longues plages presque désertes, au vent pur et iodé, à la danse lente et régulière des vagues. J'avais presque oublié la pollution grisâtre, le trafic incessant, la chaleur moite, la foule et son vacarme. Tout ce que je disais adorer. Tout ce qui me remplissait le cœur et l'esprit pour ne pas avoir à penser. À ressentir.

Aujourd'hui, toute cette agitation m'oppresse. Je me dépêche de rejoindre ma mère à l'adresse qu'elle m'a donnée. Pour elle aussi, en deux mois, beaucoup de choses ont changé.

– Bienvenue chez moi, me dit-elle dans un sourire radieux en m'ouvrant sa porte.

– Alors tu as vraiment déménagé, hein ?

– Oui… je n'avais pas le cœur à rester seule dans l'une de ces grandes villas depuis que ton père est…

– Hors service ? proposé-je doucement.

– Disons mal en point.

– Et si on ne parlait pas de lui ? décidé-je plus que je ne le demande.

– Je suis si contente de te voir, ma Callie chérie !

Et ma mère me fait entrer en m'attirant dans ses bras. J'ignorais qu'elle avait des goûts aussi modernes et sûrs en matière de décoration. Mais je me rappelle aussitôt qu'elle n'a sans doute jamais eu son mot à dire face aux goûts « rococo » de Vito.

Face à quoi que ce soit d'autre, en fait.

– Ça te plaît ?

– On dirait un appart de jeune étudiante en déco d'intérieur, dis-je pour la flatter.

Mais à y regarder de plus près, je trouve effectivement ma mère rajeunie. Je l'ai toujours trouvée très belle, mais de ce genre de beauté triste, fade et figée, qu'on admire dans les portraits de la Renaissance. Sur toutes nos photos de famille, elle ressemble à une madone fatiguée, absente, perdue dans ses pensées. Aujourd'hui, assises sur ce joli canapé d'angle, alors qu'elle approche les soixante ans et que son mari est entre la vie et la mort, je trouve qu'on lui en donne facilement quinze de moins et qu'elle a tout à coup perdu ses airs de veuve éplorée. Drôle d'ironie du sort. Son teint pâle et terne a plus d'éclat. Ses longues ondulations châtains ont été coupées dans un carré chic et bouclé. Ses jolis yeux délavés ont dégonflé, comme si elle avait enfin passé une nuit entière à dormir plutôt qu'à pleurer.

– C'est Dante qui m'a trouvé cet appartement, m'explique-t-elle. Il appartient à l'un de ses amis écrivain. Je n'ai rien à payer mais ça me gêne, tu sais ?

– Maman, ces gens se baladent en jet privé et s'offrent une nouvelle résidence secondaire chaque année. Tu n'as pas besoin de…

– Comme ton père, me coupe-t-elle, pensive.

– Bon, on va en parler et on pourra évacuer la question, décidé-je. Tu sais comment il va ?

– Toujours dans le coma.

– Tu te sens obligée d'aller le voir à l'hôpital ?

– Non, je téléphone chaque matin…

– Très bien. Il ne mérite pas plus, tu sais ?

– Je ne souhaite pas sa mort, souffle-t-elle.

– Tu es bien la seule…

– Calliopé !

Je ne sais pas si je devrais m'en vouloir de penser une chose pareille ou la laisser sortir, mais je la ressens, jusqu'au fond de mes tripes. Et pas une once de culpabilité.

– L'enquête avance ? demandé-je pour changer de sujet.

– Non. Les policiers sont revenus me parler plusieurs fois mais personne ne sait ce qui est arrivé. Sans doute une lourde chute dans les escaliers, mais causée par quoi ou par qui ? Soit Vito est simplement tombé. Soit il a été agressé par un cambrioleur qu'il a surpris. Soit il s'est disputé avec quelqu'un qui s'est enfui.

– Quelle différence ça fait, maman ?

– Je ne sais pas... dit-elle en se triturant les doigts.

– Tu as peur qu'il se réveille ? Qu'il nous fasse encore du mal ? Même s'il sort du coma, il sera toujours assigné à résidence jusqu'à son procès. Il était coincé, bien avant d'être envoyé à l'hosto !

– Je voudrais qu'il paie pour tout ce qu'il vous a fait, souffle ma mère en laissant une larme couler sur son beau visage. Je voudrais que ce procès ait lieu, que Vito soit reconnu coupable, qu'il purge la peine qu'il mérite et que vous soyez enfin désignés comme ses victimes, tous les trois. Peut-être que ça ferait sortir Andrea de prison ? Que ça apaiserait Dante et qu'il s'autoriserait à fonder une famille à son tour ? Que ça te permettrait de...

– Maman, je n'attends rien, l'interromps-je avant qu'elle n'aille plus loin. Et c'est à toi que tu devrais penser, maintenant.

J'essuie ses joues humides de mes deux pouces, la serre à nouveau dans mes bras et décrète toute seule que la discussion est close. La mise hors circuit de Vittorio Lazzari était ce qui pouvait nous arriver de mieux. J'ai décidé d'en profiter. Je sais que Dante aussi. Il reste encore deux membres de mon clan à convaincre.

– Tu ne trouves pas la vie plus légère, maman ? Sans son emprise ? Sans la menace perpétuelle qu'il faisait planer au-dessus de nos têtes ? Sans les coups, les sautes d'humeur, les phrases assassines ? Tu n'as pas envie d'être libre, pour une fois ?

– Si… m'avoue-t-elle, presque honteuse. Mais je ne suis pas sûre de savoir comment faire.

– OK, je t'inscris de ce pas à un atelier de peinture ! Et à un cours de danse ! Salsa, ça te va ? Rock acrobatique, zumba ? Du nu ! Il faut que tu dessines des nus ! Ou de la poterie, tu veux faire de la poterie ? C'est salissant mais tellement régressif ! Tiens, il faudrait que j'achète de la pâte à modeler à Willow !

– À qui ? me demande ma mère, hilare.

Mon sang se glace dans mon corps et mon cœur saute d'une falaise.

– Milo, le fils d'une copine, mens-je pour me rattraper. Il passe sa vie à me pétrir le nez et à jouer avec sa bouffe au lieu de la manger. Il devrait aimer malaxer…

– Tu as déjà des copines qui ont des enfants ?

– Certaines, des connaissances… marmonné-je en craignant qu'elle me demande des noms.

– Vous êtes si jeunes… Il faut que vous en profitiez avant de vous retrouver face à toutes ces responsabilités.

– Ne t'inquiète pas pour moi, maman, je ne suis pas près de me ranger !

Je mens encore et je ris pour de faux, je pense à ma Willow, à ce bébé que j'ai eu si tôt, à son père qui exige tant de moi, tant d'engagements, sauf celui-là. Celui qui revient me hanter, sans cesse, l'évidence absolue, moi près de lui, lui près de moi, nous trois réunis. J'ai toujours douté de tout, sauf de ça. Et j'ai beau m'éloigner de cet homme qui me happe, la même vague d'amour m'engloutit encore, jusqu'ici.

– Qu'est-ce que tu fabriques, alors, sur ta petite péninsule ? me demande ma mère, curieuse. Tu danses, tu peins, tu malaxes… ?

– Je couds, maman ! Je dessine, je crée et je couds.

– Évidemment, me dit-elle en souriant avec tendresse.

– Je suis en train de créer ma propre marque de vêtements, comme j'en ai toujours rêvé. J'ai enfin le temps depuis que

Vito a été arrêté et l'entreprise mise en *stand-by*. J'ai commencé par une collection pour enfants, mais j'ai encore plein d'idées. Maillots de bain, lingerie, pyjamas, vêtements pour chien, tenues de mariés déjantées… J'espère bien pouvoir habiller Dante et Tutu pour leur mariage !

– Quoi ?! dit-elle dans un sursaut en portant la main à sa bouche.

– Non ! Ils n'ont rien annoncé, pas de panique, pas de crise de larmes !

– Tu m'as fait peur…

– Désolée. Je ne sais pas ce qui va arriver à l'empire Lazzari, maman… Mais je suis prête à le quitter. À me lancer de mon côté.

– Rien ne te retient, ma Callie chérie. Toi aussi, tu es libre. J'ai toujours su que tu t'en sortirais toute seule.

Libre, oui. Mais pas seule, maman. Plus du tout seule.

Je garde pour moi ce précieux secret pendant ces quelques jours à New York. Je flâne avec ma mère dans les rues animées qu'on aime et qu'on a si peu arpentées. Je l'emmène faire les boutiques, comme on n'a jamais eu la chance de le faire librement avant. Je vais voir mon frère Andrea en prison, et je nous interdis à tous les deux de pleurer. On arrive même à rire, en se remémorant les quelques heureux souvenirs d'enfance, quand Vito désertait la maison pour ses voyages d'affaires. J'appelle rarement Andrea en prison, parce qu'au bout du fil, lui et moi, on ne sait pas comment se parler. Et parce que Dante sait si bien le faire pour nous deux. Je passe une soirée folle avec Gus, au Not That Simple, le café cosy et branché de Sol, où les clients sont presque devenus maîtres des lieux. Je m'installe au piano pour laisser mon meilleur ami s'entraîner à chanter sur les slogans de publicité. Cette *private joke* tourne vite au *blind test* général, et la nuit s'étire, entre cris, cocktails, refrains et fous rires.

Le cinquième jour, je ressens une envie irrépressible de repartir. Ou plutôt de rentrer. Je ne sais plus bien où c'est, la maison. Ni qui c'est, ma famille. Mais mon atelier et mes créations me manquent. L'océan, le silence et la paix me manquent. Plus que tout, ma fille me manque. Et Lennon et tous ses interdits me manquent terriblement aussi.

Et quelque chose me dit que ma place est là-bas, désormais. Auprès du clan Lazzari-Hathaway.

27

Déployer ses ailes

– Callie ! Je suis rentrée ! Caaaaa-lliiiiie !

C'est la voix cristalline de Willow qui m'annonce la fin de l'après-midi. Et si elle a bien compris qu'elle devait frapper avant d'entrer, on n'est pas encore au point sur les hurlements stridents jusqu'à ce que je vienne lui ouvrir.

– Salut, petite horloge parlante !

– C'est quoi ?

– Une voix légèrement horripilante qui annonce l'heure exacte, lui expliqué-je dans un sourire.

– C'est quoi, « horripilante » ?

– C'est quand quelque chose t'agace au point de te hérisser les poils.

– Quels poils ? Et c'est quoi, « hérisser » ?

– Tu demanderas à Patience... soupiré-je en sentant la mienne s'émousser.

– C'est qui, Patience ? On fait quoi aujourd'hui ? Et t'étais où, hier ?

Je souris à la brunette débordante d'énergie qui tire un peu plus fort sur ma jupe à chaque question. Ce qui est bien avec les enfants, c'est que vous pouvez vous éloigner d'eux quelques jours, peut-être quelques mois, et quand vous revenez, c'est comme si vous n'étiez jamais parti.

– On danse ? proposé-je. Moi, j'ai une jupe qui tourne...

– Moi aussi ! me répond Willow en faisant tournoyer la jupe plissée de son uniforme.

Je rentre dans le bungalow pour aller lancer du Nina Simone sur l'appareil ultra-perfectionné de Lennon, qui transforme les chansons de votre smartphone en concert Dolby Surround via une enceinte minuscule. Je n'ai aucune idée de ce que je raconte, mais ça doit être quelque chose comme ça. Je rejoins Willow qui tourbillonne déjà dans le jardin.

– Tu sais, hier et les quelques jours d'avant, je suis allée à New York pour voir ma maman.

– Ta vraie maman ? me demande-t-elle comme si c'était l'unique question intéressante.

– Pourquoi, tu en connais des fausses ?

– Oui, Alexandra était ma fausse maman, avant. Et papa a eu plein de faux papas, quand il était petit.

– Je vois… Je crois qu'on appelle ça des beaux-pères et des belles-mères, plutôt.

– Non ! réplique-t-elle comme si elle avait le choix.

Et elle l'a. Willow fait voler ses nattes en continuant à danser, évacuant le problème aussi simplement qu'il est venu. Je l'imite en écartant les bras, en fermant les yeux et en levant le nez vers le ciel, savourant ma liberté, mon retour *à la maison* et le chemin parcouru depuis mon arrivée à Cape Cod. Désormais, je vis auprès de ma fille. Je la vois chaque jour. Et elle court me retrouver dès qu'elle sort de l'école. Elle sait que je suis sa mère et cette idée ne semble plus la déranger, du moment que je la fais rire, jouer, peindre, danser, rêver. Je crois qu'on grandit ensemble, dans nos nouveaux rôles. Et que peu à peu, on trouve nos places.

D'un autre côté, je sais ma propre mère heureuse, ou en tout cas décidée à l'être. Mes frères plus ou moins en paix avec leur passé, leurs erreurs, leurs blessures. Et tournés vers l'avenir. Tout ça m'enlève d'énormes poids sur les épaules et je crois ne m'être jamais sentie aussi légère. Si je continuais à danser, la tête dans les nuages, la main dans celle de ma fille, je pense que je pourrais finir par m'envoler. Mais il reste le cas Lennon Hathaway, pieds bien ancrés dans le sol et bras croisés, qui n'a pas encore trouvé ses propres ailes. Ou qui trouvent les miennes trop fragiles pour lui montrer le chemin. Ou qui est bien trop fier pour admettre qu'avec moi au bord de la falaise, il a le vertige.

Je souris toute seule à ces métaphores qui me plaisent. À ces images vibrantes du roi du monde, cet homme endurci, invincible, qui sait peut-être nager, surfer, dompter les vagues et les petites tornades de 5 ans et demi, mais qui ne maîtrise pas encore l'art du lâcher-prise.

Peut-être que je pourrais l'aider…

– Elle est comment, ta maman ? me questionne Willow en me sortant de mes pensées.

– Très belle.

– Comme toi ?

– Très douce, ajouté-je avec un sourire.

– Pas comme toi, alors.

Aïe.

Ce qui est bien avec les enfants, c'est que vous pouvez croire un instant qu'ils sont gentils avec vous. Mais l'instant d'après, vous comprenez qu'ils sont juste sincères.

– Tu ne me trouves pas douce ? demandé-je à la brunette en fronçant mes sourcils vexés.

– Quelquefois, répond-elle en souriant, gênée. Mais tu danses bizarrement. Tu dis des gros mots. Et tu fais des yeux méchants à papa.

Je ne peux pas m'empêcher de glousser face à ce résumé.

– C'est lui qui t'a dit ça ?

– Non, c'est Alexandra.

– De quoi elle se mêle, celle-là ? grommelé-je pour que Willow ne m'entende pas.

– Mais t'inquiète pas ! rebondit aussitôt la petite maligne. Elle est pas revenue le soir ou le matin depuis l'autre fois. Et papa a dit que c'était mieux comme ça. Moi aussi, je trouve ça mieux ! Et toi aussi, hein, Callie ?

– Moi aussi, Wiwi…

J'attrape la Lilliputienne sous les bras et lui fais faire l'avion le plus vite possible pour qu'elle ressente le même bonheur que moi, la même ivresse, la même jubilation, pendant que j'imagine Globule pendue à ses trois téléphones, en train d'appeler et de rappeler « Lenny » pour savoir s'il est vraiment sûr de lui.

Mais est-ce qu'il l'est vraiment ?

– J'ai chaud, j'ai le tournis ! me crie Willow entre deux éclats de rire.

– Attends-moi ici !

Je la dépose dans l'herbe comme une poupée de chiffon puis me précipite derrière le bungalow, là où j'ai vu le jardinier activer l'arrosage automatique. Je bidouille quelques boutons au hasard sur un boîtier incompréhensible, jusqu'à percevoir les hurlements de joie de ma fille. Je la rejoins en courant et on se remet à danser, crier, voler et faire tourner nos jupes au milieu des jets d'eau.

– Qui a actionné toutes les fontaines de la villa ? braille la jolie nounou qui surgit de nulle part.

– Aucune idée ! lui balancé-je sans m'arrêter.

– Willow, ton uniforme va être trempé ! ajoute Remontrance en montant dans les aigus.

– Enlève tout, Wiwi ! conseillé-je à ma fille.

La brunette hilare se déshabille et jette t-shirt, jupe plissée et socquettes blanches dans l'herbe mouillée. Puis se marre de plus belle en courant en culotte pour éviter les jets d'eau qui tournoient bien plus vite que nous.

– Non, tu vas attraper froid ! s'égosille Belligérance. Quelqu'un peut éteindre cette musique ?

– On ne t'entend pas, Outrance !

– Qu'est-ce que tu as dit ? insiste-t-elle en se rapprochant de moi.

Je la fuis et décide d'abandonner à mon tour ma jupe et mon top, pour aller gambader en sous-vêtements noirs sous cette pluie magique. Je déploie à nouveau mes ailes et vole avec délice parmi les gouttes, tournoyant à la poursuite de ma fille et son merveilleux fou rire. La nounou finit par abandonner, me décoche son plus beau sourire de vaincue et s'assied pour nous regarder batifoler. Le spectacle doit être relativement bruyant… puisqu'il oblige Sa Majesté à sortir sur la terrasse du deuxième étage, les bras croisés et l'air réprobateur.

– On dérange ? m'époumoné-je dans sa direction, pile au moment où la musique s'arrête.

Lennon, en pantalon de costume bleu ardoise et chemise bleu nuage retroussée aux manches, décroise ses grands bras musclés et s'appuie sur la rambarde.

Voilà de bien jolies ailes, monsieur du Corbeau…

Le roi du monde se penche en avant, observe un instant son royaume sens dessus dessous, sa fille trempée de la tête aux pieds, puis vient poser sur moi ses beaux yeux plissés. J'ai l'impression qu'il sourit en coin, puis secoue la tête comme s'il avait atterri dans un asile de folles. Et sourit à nouveau, plus franchement.

– C'est plutôt beau à voir, admet-il enfin.

En sentant son regard fascinant me happer, de tout en haut, je me souviens :

– Bordel à chiottes, je suis en culotte ! piaillé-je avant de courir me réfugier dans le bungalow.

Derrière moi, j'entends Tempérance et Willow éclater de rire. Et je ne peux pas m'empêcher d'en faire autant, une fois à l'abri, dégoulinante d'eau fraîche et de bonheur brûlant.

***

Quelques jours après cet épisode humide, c'est par une chaleur torride que j'emmène mes deux petits modèles poser pour ma ligne de maillots de bain. J'ai d'abord tenté quelques prises de vue dans les rayons de la mercerie, superbe décor fouillis et naturel comme je les aime… Mais j'ai vite senti qu'Hazel et Willow ensemble auraient besoin de plus d'espace que ça. Et il faut dire que Seraphina n'avait pas l'air très emballée par mon idée pourtant lumineuse : laisser les filles se faire des capes de superhéroïnes avec les tissus de leur choix. Toutes les quatre, nous avons donc laissé le magasin de Miss Button dans un foutoir inimaginable pour se rabattre sur un *photoshoot* de plage.

Leurs petits corps gracieux et potelés glissés dans les maillots de bain que j'ai imaginés pour elles, mes mini-mannequins posent, chacune à leur façon. Willow boude, bras croisés, parce que j'ai refusé qu'elle porte sa casquette à l'envers : ça l'oblige à fermer les yeux face au soleil et ça ruine toutes mes photos. Hazel minaude, mains sur les hanches et sourire un peu forcé, les yeux droits vers l'objectif, alors que je lui ai demandé de ne pas me regarder.

Seraphina tente de m'aider, jouant à la fois le rôle d'assistant de Gus, et celui d'une mère qui a envie que sa fille réussisse sans pour autant écraser sa copine. Autant dire mission impossible.

– Pas grave si ce n'est pas parfait, lui dis-je pour la détendre.

– Hazel, regarde par là, bon sang ! s'agace-t-elle quand même. Et arrête de montrer toutes tes dents, on sait combien tu en as !

– Willow, tu ne veux pas t'asseoir dans le sable ?

– Non, c'est mouillé ! me rétorque la petite sauvage.

– Euh… oui, on est à la plage. Et tu es en maillot.

– Hazel arrête pas de me pousser !

– Pas la peine de te mettre devant, chérie, je te promets que tu seras sur toutes les photos, dis-je en essayant de guider la petite nouvelle.

– Mais Willow dit que mon maillot est moche et qu'y a pas de crocodiles dans la mer ! chouine la première.

– Ben c'est vrai ! la nargue la seconde.

– Bon, on fait une pause, décrété-je comme si je contrôlais la situation.

– Mais on vient juste d'arriver ! pleurniche Hazel.

– Moi, je veux m'en aller ! surenchérit Willow.

Je tente de les ignorer et je rédige mentalement un mémo que j'aimante sur mon frigo imaginaire : ne *jamais* avoir deux enfants.

Pendant que Seraphina prend le relais auprès des deux meilleures ennemies, j'appelle Dante pour lui demander ses conseils de pro en cas de modèles récalcitrants.

– Fais-les jouer au lieu de poser, suggère-t-il. Il faut qu'elles finissent par t'oublier.

– Voilà pourquoi je ne veux que des fils ! lance Solveig en haut-parleur derrière mon frère.

– Quoi ?! Vous voulez faire des bébés ? Vous êtes en train d'essayer ?! Vous en avez déjà fait un ? m'emballé-je tout à coup.

– Non, Tutu conduit, on n'est rien en train de faire du tout ! me calme aussitôt le ténébreux.

– Juste des plans sur la comète, ricane ma belle-sœur.

– Faut vous marier d'abord, hein ! Maman serait trop déçue.

– Pourquoi elle serait… ? gronde soudain mon frère. Qu'est-ce que tu lui as dit, Callie ?

– Rien du tout ! mens-je avec un sourire dans la voix. Mais elle a hâte de voir les tenues de mariés que je dessinerai pour vous !

– Tu viens juste de perdre ton titre de styliste officielle de la famille, m'apprend Dante, revanchard.

– D'accord, pas de mariage ! Mais promettez-moi de me laisser habiller tous vos fistons !

– C'est encore non.

– Je peux au moins coudre un t-shirt pour Morue alors ? J'y intégrerai un diffuseur automatique de parfum sous chaque patte ! Genre désodorisant puissant pour toilettes…

– Non ! répète mon frère.

– Ouiii ! le contredit Tutu, très emballée.

– Bon, je vous laisse en discuter entre parents…

– Ma fifille, c'est quoi ta couleur préférée ? entends-je Solveig demander à sa bestiole.

– Les yeux sur la route ! grommelle son copilote.

– Vous revenez bientôt sur la côte Est ? demandé-je. Dante, je vais avoir besoin de toi comme photographe professionnel pour lancer ma marque.

– C'est sérieux ?

– Oui, cette fois je me lance. Je n'ai jamais été aussi prête.

– Ah, le pouvoir de l'amour ! commente Tutu avec une grande exclamation niaise.

Je fais semblant de protester et laisse les amoureux à leur *road trip* pendant que je rejoins mon *photoshoot* bordélique. Les deux fillettes ont retrouvé leur complicité autour d'un paquet de cookies et s'ébattent maintenant au bord de l'eau, des miettes dans les cheveux et du chocolat plein leurs sourires.

Je mitraille leurs crocodiles, leurs froufrous, leurs mouvements libres et insouciants dans ces maillots de bain qui leur vont comme un gant. J'immortalise leurs corps et leurs visages d'enfants qui seront bientôt des souvenirs. Et, l'œil derrière l'objectif, j'aperçois un futur qui ressemble au bonheur.

Plus loin sur l'océan, au fond de mon imagination, au sommet des vagues les plus hautes, les plus vertigineuses, se dessine un surfeur aux yeux multicolores. Et aux ailes immenses.

28

Une affaire de sensations

– Je dérange ?

Évidemment que non. Mais je prétends que oui, en quittant à regret ma table de travail. Lennon débarque à la *guest house* en milieu de journée, un mystérieux sourire sur les lèvres. Sa silhouette musclée en combinaison de surf marine fait nonchalamment le tour de mon salon, puis vient se planter à côté de moi.

– Cadeau…

Il me balance un petit sac en papier, que j'ouvre immédiatement. À l'intérieur, un maillot de bain une pièce de belle facture, bien coupé et dans une jolie matière. Seul problème – énorme problème –, il est…

– Jaune poussin ? Tu veux que je ressemble à une grosse poule mouillée ?!

Sa Majesté plisse les yeux en me contemplant des pieds à la tête, comme s'il tentait de m'imaginer déguisée en volatile dodu et trempé. Puis ses iris multicolores se posent sur ma bouche et il rétorque à voix basse :

– La plus attirante des grosses poules mouillées, alors…

Je fonds. Je rougis. Je me détourne et lui aussi. Cette phrase a l'air de lui avoir échappé. Aussi mal à l'aise l'un que l'autre, aussi frustrés de ne pouvoir laisser libre cours à cette attirance qui nous dépasse, Lennon et moi résistons tant bien que mal. Pour elle. Pour Willow.

– J'ai déjà un maillot de bain, mais merci, murmuré-je.

Depuis mon retour de New York, j'ai eu droit à un cours de natation chaque jour, à l'abri des regards. Le roi du monde s'est tenu à carreaux dans le bassin et en dehors, tout comme moi, et si notre désir grandissait à chaque contact, à chaque effleurement, nous avons résisté. Tout juste.

– Aujourd'hui, c'est un peu spécial, me répond le surfeur en allant se servir de l'eau dans mon frigo.

Il attrape une petite bouteille, la décapsule et en vide la moitié. Je le fixe bêtement, avidement, totalement sous le charme. Je sais qu'il fait chaud dehors, mais tout de même…

– Spécial ? répété-je.

– L'océan nous attend, me répond le businessman aux yeux étincelants en souriant.

Les vagues. La profondeur. L'immensité. La peur refait surface. Je me braque.

– Non.

– Callie, tu es prête, lâche sa voix virile.

– Non. Et certainement pas en ressemblant à un canari génétiquement modifié ! fais-je en montrant le maillot du doigt.

– Je n'ai pas choisi cette couleur au hasard, m'explique mon coach. Je te distinguerai mieux dans l'eau.

– Oui, quand je me noierai, tu ne rateras rien du spectacle.

Il rit un instant, puis son visage se fait plus grave. Plus sérieux. Plus intense.

Plus beau, tu meurs.

– Callie, tu crois vraiment que je te laisserais te noyer ?

– Ta vie serait plus simple, non ? soufflé-je.

– Plus simple, oui, admet-il en m'adressant un sourire en coin. Plus ennuyeuse, aussi…

Et son vert qui plonge dans mon noir. Et tous ces foutus papillons qui se réveillent et se mettent à battre des ailes, sous ma poitrine. Alors je décide d'agir. Je pars en direction de la salle de bains, attrape le canari sous acide au passage et vais l'enfiler sans plus réfléchir.

L'océan m'attend. Les bras de Lennon m'attendent. J'ai peur, le ventre noué, les nerfs à vif, mais je choisis de lui faire confiance.

– Si je meurs, je te tue ! lui crié-je tout de même, depuis ma cachette.

Son rire me réchauffe à l'intérieur. Et près de lui, je me sens prête à tout affronter.

***

En pleine semaine, en milieu de journée, la plage reculée choisie par le connaisseur est totalement dépeuplée. Et balayée par un vent serein qui me fait du bien.

– Un jeudi de juin, en début d'après-midi, j'imagine que vous pouvez vous noyer tranquillement, sans que personne ne s'y oppose, grommelé-je en marchant sur le sable tiède.

– Arrête de focaliser sur ça et admire ce qui t'entoure, me rembarre Lennon d'une voix amusée.

Le roi de l'océan porte nos deux planches. La sienne est fine et immense, comme le serait un pur-sang, la mienne plus courte et un peu plus large, comme un double-poney un peu mal foutu et grassouillet. Mais les deux sont du même bleu azur et bizarrement, ce détail me fait un plaisir fou.

Totalement débile.

Je suis le surfeur émérite jusqu'à un mètre ou deux de l'eau, où il dépose nos planches. Je retire mon paréo ethnique et exhibe mon nouveau maillot. J'ai décidé d'assumer. Je commence même à l'aimer, ce jaune piquant. Je réajuste mon chignon haut, en bouffant mon coach du regard.

– On va d'abord s'entraîner sur la terre ferme, m'explique Lennon en dézippant le haut de sa combinaison. Puis dans l'eau, sans la planche.

– On va faire de la gym tonic, quoi…

Sa Majesté – qui ne rigole pas avec sa drogue – me fusille du regard, se met torse nu, puis me fait signe de m'allonger sur ma planche.

– Le surf, c'est une affaire de sensations, débute-t-il en se mettant lui aussi à l'horizontal. Pas la peine de rationaliser, de se poser trop de questions, il faut *ressentir*. Se laisser porter, la jouer à l'instinct.

– Mon mantra, lui dis-je en souriant.

– Ça demande aussi de la patience…

– Ah…

– Et pas mal d'humilité.

– OK, je vais me chercher une glace ! fais-je en me relevant d'un bond.

Lennon m'intercepte en riant et m'oblige à me remettre en position. Pendant de longues minutes où il se montre d'une indulgence incroyable, le surfeur me fait faire des assouplissements. Il me montre quelques positions et techniques de base. M'apprend que tomber fait partie du sport. Qu'avoir l'air ridicule n'existe pas, dans l'eau.

Et, encore et encore, de sa voix chaude, il me rassure dès que je montre le moindre signe de panique.

– Ce n'est qu'une première initiation, poussin, fait-il en souriant, les yeux perdus dans l'océan. Tu ne vas pas braver les vagues aujourd'hui.

– J'espère bien… Et si tu m'appelles encore une fois « poussin », je te sers du « Lenny » à toutes les sauces.

Il lâche un rire discret, puis se relève en sautant sur ses deux pieds.

– Prête à te jeter à l'eau ?

Je me plonge dans ses yeux clairs et mon cœur s'emballe, un instant. Je hoche la tête, il me tend la main, me relève et me guide jusqu'à l'océan. L'eau est fraîche, je frissonne mais ne m'arrête pas. Des vagues tranquilles s'abattent contre mes mollets, puis mes cuisses, à mesure que j'avance.

Lennon s'arrête lorsque l'eau atteint mon nombril.

– Tu ressens ? me murmure-t-il.

– Je crois, oui…

– Ici, c'est mon monde. Mon havre de paix. Je ne réfléchis plus, quand je suis dans l'eau. Je vis, je respire, je *suis*.

– Alors apprends-moi à *être*.

Lennon se tourne vers moi, l'air… touché. Déstabilisé. Je ne crois pas l'avoir déjà vu si intense. Si cruellement beau. Si interdit.

– Ça va mal finir, nous deux… souffle-t-il sans me quitter des yeux.

– Ça n'a pas commencé.

Ma voix n'était qu'un soupir. Un râle de désir. D'amour.

– Callie…

Son regard me happe et m'emprisonne, se pose partout. Se plante dans mes yeux, glisse sur mes lèvres, caresse ma frange, mon nez, puis revient sur ma bouche.

– Je me suis juré de ne plus céder, grogne-t-il en passant rageusement la main dans ses cheveux. Mais putain, tu es partout ! Dans ma tête, tout le temps !

Il avance d'un pas vers moi, je recule. L'océan ne me fait plus peur, plus rien ne m'effraie, si ce n'est son intensité… et la mienne.

– Tu n'es pas libre, Lennon…

– Qu'est-ce que tu en sais ? gronde sa voix rauque, presque menaçante.

– Alexandra…

– Laisse-la où elle est.

– Non !

– Je n'ai pas à me justifier…

– Bien sûr que si ! m'emporté-je soudain en frappant l'eau de mes poings.

Ce geste de colère est parti tout seul. Il ne me ressemble pas. Je tente de m'enfuir, honteuse, mais Lennon m'attrape par les poignets et me retient.

– C'est fini avec elle ! Tout ! Même les nuits sans lendemain ! On bosse ensemble, ça s'arrête là ! Elle fait partie de mon passé, mets-toi ça dans le crâne !

Lui aussi m'en veut. Ses phrases me percutent, me malmènent.

– Je ne sais rien ! grondé-je. Je ne peux pas tout deviner ! Et tu me la fous sous le nez…

– On était fiancés, lâche enfin Sa Majesté en me rendant ma liberté.

Je fais un nouveau pas en arrière dans les vagues, attendant qu'il continue son récit.

– Willow a débarqué dans ma vie, Alexandra n'a pas apprécié, n'a pas voulu devenir mère dans ces conditions et tout a changé. Elle est partie, je ne l'ai pas retenue. Ma fille était devenue mon unique priorité. Sauf que la solitude, c'est pesant. Alors parfois, on se consolait, elle et moi. On se tenait compagnie, sans rien espérer de plus, sans rien construire. Sauf qu'elle a changé d'avis, il y a peu. Mais pas moi. Je lui ai demandé d'arrêter de venir.

– Alors c'est sans avenir… ? murmuré-je, comme pour me rassurer.

Son vert s'assombrit lorsqu'il me dévisage durement.

– Sans avenir. Comme toi et moi, conclut-il avant de sortir de l'eau.

Une flèche venimeuse se plante tout au fond de mon cœur. L'océan n'est pas mon monde, pas mon royaume. C'est le sien. Et Lennon et moi n'avons rien en commun.

Si ce n'est une petite brune qui n'a aucune idée de l'amour interdit que j'éprouve pour son père.

Et qui ne le saura jamais.

***

Vito l'Empereur est assis dans un fauteuil baroque lorsque je lui rends visite dans son manoir hanté. Ses yeux noirs et mesquins me regardent de haut et je sais déjà que je n'aurais pas dû rouler jusque-là. Pas dû venir régler mes comptes. Cet homme est un cas désespéré.

Mais pour avancer, pour me reconstruire, j'ai besoin de tout lui dire. Ensuite, je pourrai l'effacer de mon système. L'oublier à jamais.

– Je sais pour la lettre, lui balancé-je en lui faisant signe de ne pas se lever.

Trois mètres de distance minimum, je tiens à ma peau.

– Être assigné à résidence n'est pas très amusant… se met-il à divaguer en changeant de sujet. Je t'attendais plus tôt, ma fille.

– Il n'y a plus de lien de parenté entre nous, Vito, je te l'ai déjà dit.

– Petite ingrate, c'est mon sang qui coule dans tes veines !

Le diable en costume Lazzari sort de sa boîte. Il se lève, s'approche, je sors le revolver de ma poche.

– Un pas de plus et tu es mort, grogné-je en enlevant la sécurité.

– Mon vieux Colt ! Tu l'as retrouvé ? Décidément, tu es ma digne héritière, ricane-t-il en se rasseyant. Je suis fier de toi, Calliopé.

– Parle-moi de cette lettre, dis-je en frissonnant de dégoût. De ce Lennon Hathaway !

Un sourire pervers se dessine sur les lèvres de mon géniteur.

– Je ne vois pas de quoi tu parles…

Je n'ai jamais été aussi tentée d'appuyer sur la gâchette. Mais je ne suis pas lui. Je ne suis pas un monstre, ni un animal. J'ai un cœur. Une raison. Un semblant d'humanité. Alors je range mon arme et je laisse sortir les mots :

– Je te hais. Pour ce que tu as fait à maman, à Dante, à Andrea. À ma fille. Je te hais depuis toujours. Du plus profond de mon être. Et si j'étais plus courageuse, je t'abattrais sur-le-champ. Mais je vaux mieux que ça. Mieux que toi…

– Fais-le, Calliopé, murmure-t-il. Je n'attends plus que ça, de mourir.

Pour la première fois de sa vie, Vittorio Lazzari capitule.

– Tu as échoué, dis-je soudain en souriant. Tu as été démasqué,

Vito. L'œuvre de toute ton existence est salie. Tu n'es plus l'ange que tout le monde s'imaginait, le bon samaritain, le businessman exemplaire, tu es un démon ! Et tu mourras seul en prison avant de brûler en enfer.

– Tue-moi, Calliopé ! Tue-moi !

Vito se lève d'un bond. En un millième de seconde, il est sur moi. Et je hurle. De toutes mes forces. De toute ma haine.

***

Je me réveille en sueur dans ma chambre climatisée, le cœur battant à mille à l'heure et les joues inondées de larmes. Cette scène a plus de deux mois, je l'avais enfouie au plus profond, m'interdisant d'y songer, sans penser qu'elle pourrait resurgir dans mes cauchemars. Il est deux heures du matin, mon bungalow est éclairé par la lune presque pleine qui trône brillamment dans le ciel.

J'ai peur. Froid. Mal. Je ne veux plus être seule.

Alors je me lève, je sors de ma petite maison du paradis, traverse le jardin pieds nus et me glisse dans la villa, par la porte arrière laissée entrouverte.

Pour moi ?

Je monte les escaliers sans faire le moindre bruit, arrive à l'étage de mon surfeur aux yeux clairs et m'invite dans sa chambre. Lennon est profondément endormi, torse nu, abandonné, sublime entre ses draps gris. Je m'allonge doucement, sans faire grincer le matelas, et me faufile entre ses bras. Après un léger sursaut, l'homme à la peau douce me murmure :

– Tu en as mis, du temps…

Ses bras m'enserrent un peu plus, j'embrasse son épaule.

– La porte était ouverte pour moi ? chuchoté-je.

– Qu'est-ce que tu crois ?

Un infime sourire se creuse au coin de ses lèvres et nos bouches se retrouvent, aimantées par le même désir fou.

Lennon glisse ses mains sous mon caraco en soie prune, je gémis et me positionne à califourchon sur lui. Penchée en avant, je l'embrasse de plus belle.

– Callie, attends, grogne-t-il en me redressant.

– Quoi ? fais-je dans un gémissement.

– Ce que je t'ai dit tout à l'heure, dans l'océan…

Je l'interromps en plaquant ma paume sur sa bouche.

– Lennon, ce soir, c'est toi, mon monde. Je ne réfléchis plus. Je vis, je respire, je *suis*.

D'un seul mouvement brusque, je me retrouve clouée au lit, sous son corps musclé et brûlant, à sa merci. Les lèvres du surfeur s'abattent sur moi comme la plus intense, la plus profonde, la plus renversante des vagues.

Je n'ai pas peur. Je ne disparaîtrai pas. Ses bras me retiennent.

Ce n'est plus un homme que j'ai face à moi, plus un père, plus un homme d'affaires, plus un surfeur : c'est un animal. Un squale de la plus belle espèce. Il ondule sur moi comme le roi des océans. Immense, gracieux, impressionnant, pacifique. Je me noie dans ses yeux, me laisse happer par son aura, engloutir par sa vague.

Bras plantés sur le matelas, de chaque côté de ma tête, Lennon me domine de toute sa hauteur. Son torse me semble encore plus large, ses épaules plus rondes, ses biceps plus puissants, ses pectoraux plus frémissants. Comment ai-je pu lui résister, ne serait-ce qu'un jour, ne serait-ce qu'une heure ? Comment ai-je pu vivre ailleurs que contre lui ?

Sa beauté racée me frappe tout à coup, en plein corps. L'élégance virile de ses traits. La perfection de sa peau hâlée, tendue sur ses muscles. L'appel au crime de ses lèvres fines et humides, qui ont toujours l'air d'hésiter entre soupir et sourire. Et la profondeur de son regard, vert changeant comme l'océan, bleu lagon, gris écume, brun rocher, jaune tropiques.

Tout chez lui me renverse, me bouleverse. Et je dois lutter de toutes mes forces pour ne pas mêler mon désir pour lui à ces sentiments qui me submergent. Et ces mots d'amour qui affluent sur ma langue comme un banc de milliers de poissons affolés… Je les enferme en plaquant ma bouche contre son poignet. J'embrasse sa peau fine, passe ma langue sur cette veine saillante, mordille sa chair salée pendant que Lennon m'embrasse.

– Qu'est-ce que tu ne me dis pas, Calliopé ? souffle-t-il au creux de mon oreille.

– Tu as un goût d'océan…

– Oui, j'ai l'océan qui me coule dans les veines, confirme-t-il entre deux baisers déposés dans mon cou.

– Et moi, j'ai toi dans la peau, avoué-je tout bas.

Et je sens toute ma grammaire, ma syntaxe, ma pudeur se faire la malle. L'homme en boxer noir et peau claire fond sur moi et me percute. Son visage enfoui entre mes seins, sur cette soie prune. Ses mains plaquées sur mes cuisses. Sa bouche qui me dévore. Et qui descend. Je brûle de ce qu'il va me faire. Je bous en dedans, frissonne en dehors. Ses lèvres voraces prennent possession de mon ventre, de ma taille, titillent mon nombril, descendent encore. Ses dents s'emparent de l'élastique de mon shorty et j'entends Lennon lâcher un grognement proche du rire guttural.

Je baisse les yeux pour rencontrer les siens. L'animal est en position d'attaque, son visage logé entre mes cuisses, son corps en tension et son regard avide, soutenant le mien. Ses crocs plantés dans mon satin. Il me défie de lui résister tout en faisant glisser le tissu soyeux le long de mes hanches. Je pourrais décider de ne pas être une proie facile. Mais je n'ai jamais rencontré prédateur plus irrésistible. Jamais été regardée avec tant d'envie et d'appétit. Jamais autant souhaité qu'on ne fasse qu'une bouchée de moi. Alors je le provoque à mon tour, pour le rendre fou de désir.

– Je suis un plat qui se mange chaud… susurré-je en glissant mes doigts dans ses cheveux.

– Et je suis la patience même, contrairement à ce que tu

crois, réplique-t-il en lâchant mon shorty.

– Tu refroidis, là… Et moi aussi.

Je me redresse sur les coudes et lui envoie mon regard le plus noir, vers le bas. Lennon me fixe un instant, plus intensément, surpris de mon audace, piqué au vif.

– Je ne crois pas, annonce sa voix chaude et ferme.

Et celui qui déteste être contredit empoigne mon sous-vêtement dans ses deux mains, tire d'un coup sec et fait craquer la couture contre mon intimité. Un autre déchirement plus tard, ma pauvre soie précieuse est réduite à deux bouts de chiffon gisant sur le matelas. Et mon corps ? Nu. Offert à lui. Brûlant à quelques centimètres de son visage.

– À point, commente mon amant, fier de lui, un délicieux sourire au coin des lèvres. Ta peau sent la vanille… Le bonbon… Le parfum subtil et addictif de six boules de glace mélangées…

J'ai senti son souffle chaud balayer mon sexe dénudé. Et je me consume un peu plus. Lennon dépose des baisers humides le long de ma cuisse, au creux de l'aine, tout autour de mon pubis. Et même le long de ma cicatrice. Il la cajole, je fonds devant tant de tendresse. Et sa bouche se fait à nouveau plus pressante, plus torride, dessine un cercle en m'embrassant, de plus en plus fort, de plus en plus près. Des baisers cruels comme autant de flèches qui n'atteignent pas leur cible mais la malmènent quand même.

– Plus qu'à point, haleté-je en le suppliant presque.

– Tu es un plat qui se mange brûlant, Callie, décrète-t-il, autoritaire.

– Je te crois, confirmé-je pour qu'il mette fin au supplice.

– Et je suis un gourmet qui ne choisit que les mets les plus fins…

– Bordel, Lennon ! soupiré-je en m'écroulant en arrière sur le lit.

Mon prédateur sadique lâche un nouveau rire rauque et se met à murmurer des secrets à mon intimité :

– À nous deux… souffle-t-il avant d'embrasser mon clitoris.

Je gémis. Il glisse enfin sa langue entre mes lèvres. Je gémis plus fort. Il plaque toute sa bouche sur mon sexe, l'aspire, le suçote, le chahute, l'enflamme, le mordille, le tourmente. Et mes gémissements se muent en longs cris d'extase. Les paumes de mon amant se faufilent sous mon caraco prune encore là, empoignent mes seins, les caressent et les malaxent. Mes tétons s'affolent. Tous mes boutons s'allument. Tous mes sens s'exaltent. Je ne sais plus ce que j'aime, ce que je veux. Tout. Tout de lui.

Sans le vouloir, je me mets à onduler à mon tour sur ce matelas qui se transforme en vague. Toute la terre tourne autour de moi. Je suis en apnée, dans un autre monde. Mon bassin se soulève. Lennon, comme aimanté, suit de près ces mouvements passionnés. Son visage va et vient entre mes cuisses, les yeux fermés. Je le trouve terriblement beau, sûr de lui au cœur de ce tourbillon, fou de me faire tant de bien.

Il enfonce ses mains dans ma chair, sa langue dans ma féminité, il me tient, je n'ai peur de rien. Je renverse ma tête en arrière pour me laisser emporter aussi par ce déferlement de sensations. Je m'accroche aux draps devenus gris orage, aux coussins, à mes cheveux, aux siens. Je ne respire plus, je ne vois plus rien. J'ai une impression fiévreuse et insensée de flotter au-dessus de tout. Mon corps vibre, chancelle, voltige au rythme des plaisirs. Je plane, de plus en plus haut, comme si je n'allais jamais atterrir. Mais je n'ai ni limite, ni plafond, ni vertige. Je suis légère, libre, téméraire. Je ne suis plus seule. Mon roi des océans me porte, m'étreint, me happe, m'entraîne où il veut, jusqu'au sommet de la vague.

– Lennon ! hurlé-je d'une voix cassée.

Une main perdue dans sa chevelure rebelle, l'autre arrimée à son épaule puissante, les yeux plantés dans le ciel et le cœur en apesanteur, je m'envole. Je jouis dans un cri que jamais je n'aurais cru pouvoir lâcher. Je m'abandonne à un plaisir pur et inouï, que jamais je n'aurais cru ressentir. Et je reste perchée, quelque part, de longues et délicieuses secondes.

– Tu respires encore ? entends-je sa belle voix grave me demander, d'en bas.

– Non…

– Penses-y, quand tu pourras, me réplique-t-il, amusé.

– Je ne sais plus comment on fait, je crois…

Je reprends lentement mon souffle, rouvre les yeux pour remettre le monde à l'endroit. Et mon amant ondule jusqu'à moi, immense et majestueux, mais souple et léger, comme s'il maîtrisait à la perfection chacun de ses muscles, de ses gestes, comme si l'horizontalité lui allait comme un gant. C'est son élément.

– Tu n'as plus besoin de m'apprendre à surfer, plaisanté-je pour masquer mon trouble.

– Ah non ? s'étonne-t-il dans un sourire.

Il s'installe de profil, tout près de moi, la tête posée au creux de sa main, la peau brillante de sueur et le regard illuminé de plaisir, de fierté.

– Je viens d'affronter une tempête, expliqué-je. Et je n'ai même pas crié.

– Hmm… Tu es sûre de ça ? se moque-t-il.

– Bon, alors on va dire que je ne suis même pas tombée.

– Je te tenais… murmure mon amant en embrassant mon épaule.

– Non, je faisais semblant de tomber pour que tu t'accroches à moi… Je n'aurais pas voulu que tu te noies.

Je me tourne sur le côté pour lui faire face, le provoque de mon sourire de peste. Mais je sais que Lennon lit dans mes yeux toutes les traces de jouissance qu'il a laissées. Je sais que ma frange est emmêlée, mon chignon défait, mon visage sûrement différent. Je sais qu'il perçoit le banc de poissons qui pointe derrière mes lèvres et ces mots d'amour que je tais. Ces sentiments débordants que je retiens. Je sais qu'il me connaît trop bien. Et il a l'élégance de ne rien me demander, de ne pas pousser mes émotions trop loin.

Ses doigts se contentent de jouer avec ma bretelle, de suivre la ligne de mon décolleté, de glisser entre mes seins et jusqu'à mon nombril, par-dessus la soie prune.

– Tu ne vas pas faire de mal à ce joli caraco, hein ?

– Tu connais mon côté indocile... me défie-t-il en haussant un sourcil.

– Il ne t'a rien fait !

– Si, regarde, il brille, il essaie de luire dans la nuit, il m'aguiche !

– Ce n'est pas de sa faute, il est né comme ça... dis-je en tentant de défendre mon joli vêtement de nuit.

– C'est quelle espèce ? Du satin ?

– De la soie ! protesté-je. Et les tissus ne sont pas des races de chien !

– Je vais quand même être obligé de le déchirer, Callie.

Lennon me sourit et froisse le tissu satiné dans sa main. Je sais qu'il lui suffirait d'un geste pour faire sauter les coutures. Il sait que je frémis à l'idée. Tout à la fois résistante et excitée.

– Je t'échange un bout de latex contre ma soie... proposé-je soudain.

Ses yeux multicolores plongent dans les miens, interdits. Je plaque ma main sur son poignet, consciente de mon avantage, et il accepte de lâcher le tissu. Puis je le guide vers ma peau, plus bas, à la lisière entre mon caraco et ma nudité. Encore pantelante de lui. Il ne se fait pas prier pour glisser ses doigts contre mon sexe humide. J'étouffe mes gémissements contre sa bouche. Il m'embrasse plus goulûment encore et le feu se rallume entre nous. J'aventure ma main vers son boxer noir, rencontre son sexe emprisonné, tendu, prêt à exploser. Je le caresse par-dessus le tissu, sans savoir si je fais bien. Mais j'entends Lennon gronder de plaisir entre mes lèvres. Puis l'animal sauvage me roule dessus, bondit hors du lit, se défait de son boxer qui vole à travers sa chambre et revient s'allonger près de moi, nu, sublime, un emballage brillant coincé entre deux doigts.

– J'accepte l'échange, me souffle sa voix rauque.

Je me noie dans son regard fascinant. Attrape le préservatif, l'ouvre maladroitement, le guide vers le sexe dressé qui l'attend. Nos quatre mains s'aident et s'emmêlent, en bas, je souris de notre empressement fébrile, je bous de cette urgence qui naît entre mes cuisses, et de mon amant indocile qui recommence à froisser, soulever, tirer sur ma soie qui ne s'en va pas.

D'un coup de reins, Lennon s'assied sur le matelas et me redresse en même temps. Il soulève mes cuisses et m'installe à califourchon sur lui. Son érection me frôle, humide et encapuchonnée. Ma féminité s'ouvre à lui, brûlante et impatiente. Je croise les bras, attrape les bords de mon caraco et le remonte lentement. Mon amant accompagne mes gestes et dénude ma taille, mes flancs, mes côtes. Il caresse ma peau à mesure que la soie prune disparaît. Il englobe mes seins quand je fais passer la tête. Il les embrasse, les lèche, quand je décide de lâcher mon chignon pour de bon. Lennon m'admire un instant, me découvre autrement, me sourit en coin en allant empoigner ma chevelure noire emmêlée.

Une fois nue, totalement nue, à nouveau à point, je me pends au cou de cet homme qui m'excite, m'attise.

Follement...

Je fixe mon regard sur le sien, colle mes seins à son torse, frôle ses lèvres des miennes, et me soulève un peu pour m'offrir à lui. Lennon se crispe, respire un peu plus fort, écarte un peu plus mes cuisses et se guide jusqu'en moi. Et me laisse coulisser sur lui dans le plus lent, le plus profond et le plus érotique des mouvements. Nos bouches fusionnent, nos langues s'entortillent, nos corps s'épousent et nos sexes s'aimantent.

Assis l'un face à l'autre, l'un sur l'autre, l'un dans l'autre, nous reprenons la vague, bougeons au même rythme, ondulons dans une danse sensuelle et effrénée, qui nous mène vers l'autre monde.

En apnée.

Je respire son air, avale sa fougue, me remplis de sa virilité. Il râle, je soupire, il gronde, je gémis, il tempête, je crie. Et nous nous envolons vers les sommets de la vague. Avant de fondre, ensemble, dans ce tunnel fou, infini. Où la jouissance nous engloutit.

29
S'endurcir

La lumière du jour filtre à peine à travers les stores en bambou naturel, mais elle réchauffe déjà ma peau nue. J'ai un peu la sensation de flotter. Mes yeux s'entrouvrent, se posent un instant sur le plafond, puis sur le corps chaud et endormi qui m'enveloppe par-derrière.

Lennon.

Je n'ai pas rêvé, cette nuit a bel et bien existé.

Je voudrais que le temps s'arrête. Ne jamais avoir à quitter ce lit, cet homme, cet état second dans lequel il me plonge. Mais je réalise aussi le danger de la situation. Moi dans cette chambre. La Lilliputienne qui ne va pas tarder à se réveiller. Elle pourrait nous surprendre. Et me haïr à jamais.

– Interdiction de t'enfuir, grogne la voix profonde du surfeur, qui lit dans mes pensées.

– Willow…

– Ma porte est barricadée, murmure-t-il en m'entourant de ses bras musclés.

Ses lèvres glissent dans mon cou et remontent jusqu'à mordiller mon oreille. Je glousse, me débats et finis à califourchon sur le roi du monde. Encore. Sourire de sale gosse aux lèvres, Lennon me bouffe du regard, puis soupire en se calant les mains derrière la tête.

Vision de rêve.

– Tu es encore plus beau vu d'en haut, lui dis-je en souriant et en le photographiant avec un appareil imaginaire.

Ses iris multicolores plongent dans mon noir et son visage se fait plus grave.

– Pourquoi cette nuit ? me souffle-t-il avec cette intensité qui me colle des frissons.

– Quoi ?

– Ça fait des semaines que je laisse la porte ouverte pour toi, Callie… Pourquoi tu as choisi cette nuit ?

J'hésite un instant à me renfermer. À garder mes angoisses, mes névroses et mes cauchemars pour moi. À les verrouiller dans une petite boîte que j'enterrerais au plus profond de mon âme. Mais avec lui, tout est différent. Lennon me donne envie de parler. De les combattre. De les assumer. De les crier haut et fort, pour qu'ils disparaissent enfin.

– Un cauchemar… murmuré-je.

– Raconte-moi, fait-il d'une voix douce.

Je quitte mon perchoir et vais m'écraser sur le matelas, tout près de lui. Nos regards se connectent, nos souffles se caressent, sa bouche n'est qu'à quelques centimètres.

– Vito, débuté-je. Il vient souvent me hanter la nuit.

Lennon plisse légèrement ses beaux yeux clairs. Je sais tout le mépris, toute la colère que lui inspire mon père.

– Je ne le laisserai plus te faire du mal, tu le sais ça ? gronde-t-il presque. Je le tuerai avant qu'il te touche…

– Je ne t'en demande pas tant, lui dis-je, la gorge serrée. Je ne voudrais pas que tu foutes ta vie en l'air pour moi, Lennon. Et puis on ignore s'il se réveillera un jour… Et je sais me protéger, maintenant…

Nos lèvres sont si proches. Je l'embrasse. Un baiser volé. Juste une seconde. Juste pour me donner du courage.

– Ce que les journalistes ont raconté aux infos, soufflé-je à nouveau. C'était bien pire en réalité. Les coups, les humiliations, les brimades, les jours et nuits passés dans le noir, c'est dur à oublier. Et puis… ma fille qu'il m'a arrachée.

Lennon vient aspirer une larme qui roule sur ma joue, il emprisonne mon visage dans ses mains et m'embrasse passionnément. Lorsque nos lèvres se séparent, je gémis de frustration. Je n'ai jamais connu ça avant lui.

Je n'en ai *jamais* assez.

– Raconte-moi *toi*, lui murmuré-je. Le petit Lennon. Qui il était.

Son vert s'assombrit, comme à chaque fois que la situation se complique, qu'il perd le contrôle de ses émotions. Alors je l'encourage doucement à s'ouvrir, en liant mes doigts aux siens.

– J'étais très seul, démarre-t-il doucement. Pas très aimé. Certainement pas désiré. Trop encombrant au goût de ma mère qui courait après les hommes au point de ne pas savoir qui était mon père, ni celui de mon grand frère.

– Ton frère. Celui qui…

– Oui, Ralph. Celui qui a adopté Willow avant moi. On avait plus de vingt ans d'écart, lui et moi. Deux accidents. Aucun père, pas vraiment de mère. Rien en commun. Rien à se dire.

Je serre un peu plus mes doigts autour des siens, pour lui faire comprendre qu'il n'est plus seul. Si Lennon me veut dans sa vie, il m'a.

Inconditionnellement.

– Comment on se construit, sans amour ? lui demandé-je, en pensant à ma mère et mes frères qui m'ont tant donné.

– On apprend à faire sans, à s'endurcir, m'avoue-t-il en souriant tristement. On reste transparent, on avance discrètement, on fait sa vie sans rien attendre des autres. On se bat sûrement un peu plus tôt, un peu plus fort que les autres enfants. C'est peut-être un peu grâce à ça que j'ai réussi. Je n'avais personne pour m'épargner ou faire le boulot à ma place…

– Tu ne vois plus ta mère ?

– Elle est morte quand j'avais 15 ans, m'apprend le surfeur en caressant ma paume.

– Oh… soufflé-je, peinée.

– Tu as percé mon secret, Calliopé. Je suis un pauvre orphelin, dit-il en riant doucement. Aucune famille, si ce n'est ma fille.

– Lennon, ce n'est pas drôle !

Son sourire se rétrécit, ses yeux descendent sur mes lèvres, remontent sur mon front. De sa main libre, il écarte ma frange et étudie ma cicatrice. Son pouce la dessine, de long en large, puis il m'embrasse avec une infinie tendresse.

– J'ai Willow, maintenant, murmure-t-il. Elle a changé ma vie. Elle lui a donné un sens. Je ne suis plus seul. Plus transparent. Je vis pour elle autant que pour moi…

Je me hisse sur son corps chaud et je l'embrasse, liant ma langue brûlante à la sienne. Lennon pose ses mains sur mes reins et pétrit ma peau. Je soupire, je gémis, notre baiser s'approfondit. Finalement, j'y mets fin pour retrouver mon souffle, me rallonge sur le matelas, haletante, émoustillée, l'empreinte de ses dents sur mes lèvres et de son parfum sur ma peau.

– Tu as changé nos vies, toi aussi, murmure sa voix grave.

Je tourne la tête de manière à lire son expression. Lennon est sérieux. Il plisse doucement les yeux et je me rapproche de lui, posant ma tête sur son épaule.

– Ton grain de folie, on en avait besoin tous les deux, continue-t-il. Willow a la même fibre artistique que toi, mais je ne savais pas comment l'aider à l'exploiter. Elle se renfermait, tu lui as appris à s'ouvrir.

Je souris doucement en imaginant la petite tête brune entourée de pétales multicolores, comme une fleur.

– Et tu es sa mère, prononce soudain Lennon.

Je retiens mon souffle, sa voix émue m'a bouleversée.

– On a tous besoin d'une mère, Callie. Je suis bien placé pour le savoir…

J'écoute les battements de son cœur et ose enfin me lancer :

– Et toi ?

– Moi ?

– Qu'est-ce que je t'ai apporté, Lennon ?

Il se positionne sur le côté de manière à me faire face. Son sourire de sale gosse est de retour. Tout comme la lueur joueuse dans ses yeux indéfinissables.

– Tu m'as apporté bien plus que ce que je demandais… dit-il en riant tout bas, tellement sexy.

– Mais encore ? insisté-je en me mordant la lèvre.

– Tu m'as apporté *ça*, fait-il en m'embrassant dans le cou.

Je glousse malgré moi, à chacun de ses baisers.

– Et *ça*…

Cette fois, il a visé ma bouche.

– Et n'oublions pas *ça*.

Mes seins. L'un après l'autre.

– Je continue ? fait-il en glissant vers le bas.

Je soupire.

– Arrête une seule seconde et je te tue.

Son rire viril fond sur moi en même temps que son corps insatiable. Pendant les deux heures qui suivent, Lennon me goûte, me dévore, me titille, me torture, me possède… m'aime.

Comme lui seul sait le faire.

***

Je me réveille à nouveau dans la suite royale sur les coups de dix heures. Le roi du monde m'a laissée dormir et, à la place de son corps bouillant, je trouve un mug de café glacé qui m'attend. Assoiffée, je l'avale presque d'une traite et m'habille à la va-vite. Plus de risque de croiser Willow : à cette heure-ci, elle est probablement en train de tyranniser sa maîtresse ou son petit voisin de pupitre.

La grande porte refermée derrière moi, j'emprunte le couloir qui mène aux escaliers. C'est là que je la vois de dos, en tenue de yoga : débardeur ultracourt et legging fluo ultramoulant. Je pense d'abord à Alexandra – et suis tentée de hurler de rage. Mais une fois que la sirène de Cape Cod se retourne, je réalise qu'il s'agit en fait de Tempérance.

Et qu'elle se demande, comme moi, ce que je fous à cet étage.

Dans mon mini-caraco en soie et avec un boxer propre de Lennon en guise de shorty, je me dandine jusqu'à Intolérance sans lui adresser la parole. Ses yeux se posent plusieurs fois sur moi, étudient ma tenue avec insistance. Elle semble décontenancée. Pire. Agacée.

– Un problème ? lui demandé-je un peu sèchement.

– Aucun, rétorque-t-elle sur le même ton.

Ses yeux descendent à nouveau sur mon corps peu vêtu. La fois de trop. J'utilise ce prétexte pour lui balancer ses quatre vérités :

– Tu ne l'auras pas. Le cliché de la nounou et du père célibataire, c'est trop facile…

Bouche bée, Insignifiance me fixe sans savoir quoi répondre.

– Tout comme tu n'auras pas ma fille.

Je ne suis pas fière de moi sur ce coup-là, c'était petit, mesquin, un peu perfide, mais ça devait sortir. Voilà deux mois que je la vois jouer à la poupée avec mon bébé et faire les yeux doux à celui que j'aime. Alors je m'éloigne sans trop de scrupules et vais retrouver ma *guest house* en emportant ma petite victoire.

Je lui ai enfin cloué le bec, à cette jolie poulette.

***

De retour à la villa le soir même, je suis en train de confectionner un *risotto verde* avec ma petite sous-chef lorsque Lennon monte le son de l'écran géant, dans le salon. Et aussitôt, son nom me fait frémir.

« *Vittorio Lazzari* ».

La télévision s'éteint brusquement, je n'entends plus rien. Et Lennon apparaît, le regard sombre, l'air grave et doux à la fois.

– Callie, il faut qu'on parle…

Je ne parviens pas à prononcer le moindre son. Même pas à déglutir. Alors le maître des lieux envoie Willow en mission à l'autre bout de la maison – pour retrouver son chien-veau, probablement en train de détruire un meuble quelque part.

– Callie, murmure-t-il à nouveau.

Je recule alors qu'il avance, jusqu'à être collée au mur.

– J'ai entendu… bredouillé-je. J'ai entendu son nom.

– Juste son nom ?

– Il est mort, c'est ça ? chuchoté-je, à la fois pleine d'espoir et d'angoisse.

– Non, souffle Lennon en me prenant dans ses bras.

– Non ?!

– Il s'est réveillé, Callie. Ton père est sorti du coma.

Un long sanglot s'échappe de ma gorge, sans que je puisse le retenir. Mes jambes me lâchent, mon cœur se brise et Lennon me rattrape de justesse, juste avant que ma tête ne rencontre le sol.

Dans mon brouillard, j'entends à peine qu'on sonne à la porte. Plusieurs fois. Mais je reconnais Willow, *ma Willow*, qui revient accompagnée. Deux policiers en uniformes l'écartent et la dépassent, chacun la main sur leur arme.

– Calliopé Lazzari ? aboie le plus gradé des deux.

Et je réalise que je suis foutue. Que je dois être forte. « M'endurcir », comme Lennon l'a fait avant moi.

– Emmenez-moi… fais-je soudain en m'échappant des bras de mon protecteur.

Lennon me regarde, hébété, sans comprendre. Willow, elle, observe tout, comme si elle avait déjà compris.

– Votre père a parlé, me balance le premier flic en sortant ses menottes.

– Calliopé Lazzari, enchaîne le second. Vous êtes en état d'arrestation pour tentative de meurtre.

Cric. Cric. C'est le bruit que font les menottes lorsqu'elles se referment en mordant la chair de mes poignets.

– Non ! Laissez-la ! C'est pas elle, allez-vous-en ! se met à crier Willow pendant que son père la retient.

Je détourne mes yeux pleins de larmes. Et je me laisse escorter à l'extérieur, la mort dans l'âme, sans oser appeler à l'aide les deux personnes que j'aime désormais le plus au monde.

Ma fille. Et l'homme de ma vie.

En un battement d'ailes, je viens à nouveau de tout perdre.

IV

S'affranchir du passé

30

Des milliers de morceaux de vie

Le poste de police de New York est bondé lorsque les deux flics m'y déposent après plusieurs heures de route. Mes yeux sont secs, rougis, irrités, à court de larmes. J'ai à peine le droit de passer un coup de fil à Dante, un énième S.O.S, un millième appel au secours, qu'on m'escorte déjà à ma cellule. La plus petite de toutes. La plus isolée, tout au bout d'un couloir glacé. Je suis une « célébrité », comme ils disent. Il ne faudrait pas qu'on abîme mon « joli visage de meurtrière ».

***

J'ai passé la première nuit de ma vie en cellule. Enfin, elle ressemblait étrangement à la salle des tortures. Exiguë. Sombre. Humide. Sans âme mais remplie d'ombres du passé et de courants d'air. Exactement comme les endroits où Vito aimait me séquestrer lorsque j'avais commis un « écart de conduite », prononcé un mot de trop, osé un regard « inapproprié ».

« Une femme baisse les yeux face à un homme, Calliopé. Elle est inférieure. Elle doit se soumettre. »

Je n'étais pas encore une femme lorsque mon sadique de père a tenu à m'apprendre cette règle de vie. J'avais 4 ans et cette nuit-là, il m'a enfermée dans un placard pour la première fois.

La salle des tortures était déjà prise. Dante et Andrea cognaient contre les murs.

– Lazzari ! beugle un officier en faisant glisser un plateau-repas à travers les barreaux.

Je m'extirpe de mes rêves glaçants, me lève de ma couche en trébuchant et m'approche de l'homme en uniforme. Chamboulée par cette présence humaine, je lui pose la question la plus inutile qui soit :

– Il est quelle heure ?

– Pas loin de sept heures, bougonne le type.

Je fixe le verre d'eau, puis le contenu visqueux de l'assiette en carton qu'il me tend. Je frissonne en découvrant l'odeur.

– Un café ? fais-je d'une toute petite voix.

– Vous vous croyez au Hilton ? grince-t-il. Contentez-vous de ce qu'on vous donne.

– J'ai le droit à un autre coup de fil ?

– Non, pour l'instant, vous êtes seule avec votre conscience. Votre avocat passera dans la matinée.

– Commis d'office, l'avocat, ou… ?

– Aucune idée, lâche le flic en s'approchant un peu plus des barreaux.

Il m'étudie longuement, beaucoup trop à mon goût. Plutôt que reculer, j'avance d'un pas, croise les bras sur ma poitrine et le défie du regard. Exactement ce qu'une femme ne devrait pas faire, selon mon enfoiré de père.

– Alors comme ça, on a essayé de tuer papa ? dit-il en souriant presque.

– Pas d'aveu sans café… grogné-je.

Le policier se marre un instant, puis me balance froidement :

– Aussi bornée que votre frère. En harcelant la terre entière, il pense faire accélérer la procédure. Un vrai bouledogue, celui-là… Il faut croire que vous avez ça dans le sang.

Dans un état second, j'observe le dos de son uniforme bleu chagrin tandis que l'officier s'en va, fier de sa dernière répartie. Moi ? Je suis déjà partie. Là où mes pensées m'emportent.

Là où je ne devrais pas me risquer.

***

– Tue-moi, Calliopé ! Tue-moi !

Vito se lève d'un bond de son fauteuil baroque et en un éclair, je me rappelle que je n'aurais jamais dû venir le voir dans son manoir hanté. Jamais dû le confronter. Il est plus fort que moi. Plus infect. Plus enragé. En un millième de seconde, il est sur moi. Et je hurle. De toutes mes forces. De toute ma haine.

– Je vais retrouver ma fille et tu ne m'en empêcheras pas ! vociféré-je tandis que ses mains se referment sur mes épaules.

– Pauvre naïve... Moi vivant, ça n'arrivera jamais !

Son rictus perfide, je ne vois plus que ça.

Je le repousse. L'adrénaline me donne une force de titan, son corps décolle de deux mètres. Peut-être trois. Mais mon père revient à la charge, comme un lutin maléfique capable de vous rendre fou, de vous pousser à bout. Je ne réfléchis plus. Je me protège. Je l'esquive, je l'attaque, tandis que je vois la colère, la folie furieuse embraser son regard.

Le démon ne veut plus mourir. Il veut me tuer.

Il devient violent, m'insulte, attrape une mèche de mes cheveux. Je me dégage, mes paumes s'abattent à nouveau contre son torse dur et froid, lui faisant perdre l'équilibre, le forçant à reculer, encore et encore.

Jusqu'aux escaliers, où il finit par chuter.

Je ne crie pas. Je ne me jette pas en avant dans l'espoir vain de le rattraper. Tremblante, le cœur battant, je le regarde tomber. Heurter les marches. Et je ne me rends même pas auprès du corps inerte, tout en bas, lorsque sa descente aux enfers prend fin.

Je n'appelle pas les secours.

Je quitte le manoir en utilisant le passage secret. Celui que j'empruntais, plus jeune, pour fuir ce lieu maudit.

Je l'ai poussé. Peut-être tué. Mais c'était lui ou moi. Je n'ai aucun regret.

Je touche la cicatrice qui barre mon front et je souris. Je suis libre.

***

À peine arrivée dans un petit bureau miteux, installée face à deux inconnus et un boîtier d'enregistrement, je n'attends pas que le ton monte : j'avoue tout. J'ai peu dormi. Rien mangé. Je voudrais me changer et prendre une douche de deux jours. Pas l'envie de jouer, encore moins la force : je balance tout.

– Je l'ai poussé. C'était de la légitime défense, mais oui, je l'ai poussé.

J'aurais pu – et sûrement dû – attendre que mon avocat arrive, mais il faut croire que je ne sais pas faire comme tout le monde. Arrêtée, enfermée, malmenée peut-être. Mais indocile, toujours. Le flic et l'enquêtrice me fixent de leurs yeux ronds et me demandent de répéter. Ils ne s'attendaient pas à ce que je confesse mon crime aussi rapidement.

– Tout est enregistré, soupiré-je. Vous pouvez simplement réécouter les bandes…

Les deux collègues se regardent, un peu hébétés.

– Pourquoi ne pas avoir appelé les secours ? me demande soudain la trentenaire en uniforme triste.

– Il m'aurait tuée.

– Pardon ?

– S'il avait survécu, mon père m'aurait tuée. Pas lui-même, bien sûr. Il ne se serait pas sali les mains. Non, il aurait simplement fait appel à l'un de ses sbires. J'aurais été retrouvée noyée dans une baignoire. Ou enterrée quelque part.

– Vous accusez votre père de tels faits ? s'emballe le gradé. Vous avez des preuves ?

– Non. Il m'a maltraitée toute ma vie, murmuré-je en haussant les épaules. Ça donne beaucoup d'imagination…

La porte du bureau s'ouvre avec fracas et Annette Ewing fait son entrée. La petite femme au tempérament de feu me dévisage un instant, puis aboie sur les policiers :

– Je vois qu'on n'a pas pris la peine de m'attendre !

Derrière elle, un jeune flic s'excuse silencieusement de l'avoir laissée entrer.

– Calliopé, ravie de vous retrouver. C'est Dante qui m'envoie, j'ai traversé trois États pour vous ! J'étais l'avocate de Solveig Stone, vous vous souvenez ?

Comme si c'était hier. C'est cette jolie femme à l'allure loufoque, à la voix stridente et au teint caramel, qui défendait les intérêts de ma presque belle-sœur lors du procès de mon frère Andrea. J'avais évidemment remarqué cette avocate atypique, perchée sur ses talons hauts et… perchée tout court.

– On va bien s'entendre, vous et moi, lui dis-je en souriant.

Son chignon de cheveux crépus dodeline tandis qu'elle sort une feuille de papier et un stylo de son attaché-case. À l'ancienne.

– Bon, reprenons du début ! balance-t-elle à l'enquêtrice.

La flic, qui sait apparemment à qui elle a affaire, soupire longuement, tandis que mon avocate sourit de toutes ses dents – du bonheur. Une douce chaleur se répand instantanément dans mes veines. Annette est aussi folle que déterminée. Elle va me sortir de ce pétrin intersidéral.

***

J'avais tort.

Dans le bureau rutilant du procureur, après des heures de débats houleux, ni le talent ni le cran de mon avocate ne semblent suffire. Aucun de ses arguments ne fait le poids face aux charges qui s'accumulent contre moi.

« Blessures volontaires ». « Tentative de meurtre ». « Non-assistance à personne en danger ». « Faux témoignage ». Et la liste continue de s'allonger.

J'ai chaud. Mal au crâne. Un poids d'une tonne sur les épaules. Je rêve de voir ma fille, d'un *risotto verde* et de changer de fringues. Après le poste de police, le tribunal.

J'ai l'impression d'être là depuis des jours, des semaines. Je m'agite sur ma chaise en soupirant, le magistrat me regarde d'un sale œil.

– Je ne peux pas vous relâcher, Miss Lazzari. Même sous caution.

– La presse va se faire une joie de suivre l'affaire… le menace une nouvelle fois mon avocate. Et je n'oublierai pas de mentionner votre nom.

– Je n'ai rien à me reprocher, Mrs Ewing, la rembarre l'homme bourru en se laissant aller dans son siège en cuir. Contrairement à votre cliente.

– C'est un cas de *légitime défense* ! balance-t-elle en secouant son chignon.

– Le geste malencontreux qui a mené à la chute, peut-être. Mais vous savez pertinemment qu'elle aurait dû appeler les secours. L'homme était au sol. Inconscient. Il ne représentait plus une menace…

Sa dernière phrase m'a sciée. J'ai du mal à retrouver mon souffle, mais parviens tout de même à murmurer :

– Vous n'avez pas grandi à l'ombre de cet homme. Vous n'avez aucune idée de ce qu'il représente et de ce dont il est capable.

Un brin de compassion, un soupçon d'empathie, un zeste d'humanité, voilà ce que je cherche dans le regard de ce magistrat dont la décision finale pourrait bien me sauver la vie. Ou la ruiner. Mais rien ne se passe. Rien, si ce n'est son téléphone fixe qui sonne et lui qui décroche.

– Qui ? demande l'homme de loi en plissant les yeux. Ah, oui. Faites-le entrer.

Dante. C'est Dante. Ça ne peut être que Dante !

Lennon.

J'ai du mal à y croire. Mon cœur s'emballe, mon âme s'envole. La double porte en bois massif se referme derrière mon businessman en costume griffé et immédiatement, ses yeux multicolores plongent dans les miens. Ils me scannent de la tête aux pieds, pour vérifier que tout est là, bien en place, en parfait état, puis il va serrer la main du procureur.

Même Annette reste bouche bée, muette, les yeux rivés sur mon surfeur à la peau dorée.

– Désolé de débarquer comme ça, John, lâche la voix grave de mon fantasme fait homme.

– Ralph Junior ! lui sourit presque le procureur. Qu'est-ce que je peux faire pour toi ?

Ralph... Le prénom de son frère disparu...

– Calliopé Lazzari vit avec moi, débute Lennon. Elle n'a rien d'une criminelle.

– Son passage à l'acte prouve le contraire...

– Elle a vécu l'enfer, John, tu le sais aussi bien que moi.

Je retiens mon souffle. Mon avocate serre ma main dans la sienne – jusqu'à la broyer. Face à cet argument, le magistrat semble enfin prendre un peu de recul.

– Je ne cherche pas à défendre les agissements d'un tortionnaire, se justifie l'homme de loi. Mais la violence n'excuse jamais la violence.

– Elle s'est simplement défendue, puis elle a paniqué. Elle ne ferait pas de mal à une mouche, crois-moi. Elle a déjà des milliers de morceaux de sa vie à recoller et je peux t'assurer qu'elle ne fera plus de vagues.

La voix de Lennon, le choix de ses mots, son attitude calme et maîtrisée : tout m'apaise. Et me redonne espoir.

– Tu te portes garant ? Tu assumes cette responsabilité ?

– Sans hésiter. Elle ne mérite pas la prison, John, insiste une dernière fois mon sauveur aux yeux verts.

Son discours a fonctionné. Quelques minutes plus tard, Lennon file sans que j'aie le temps de le remercier et, après des milliers de papiers à signer, je ressors libre de ce bureau où j'allais finir par étouffer. L'air tiède et pollué de la ville me fait un bien fou. À l'ombre d'un grand platane, Annette m'explique que l'affaire est classée, que les charges sont abandonnées, que seul Vito peut relancer la machine judiciaire s'il décide de porter plainte contre moi.

– Il ne le fera pas, deviné-je.

– Sûre ?

– Presque. Il tient à sauver ce qui peut encore l'être. Sa réputation de gros dur. D'invincible. Si on apprend que sa fille l'a poussé dans les escaliers, il mourra de honte.

– Certains hommes ne méritent pas de devenir parents… soupire mon avocate.

– Certaines femmes non plus, j'ai l'impression, fais-je à moi-même.

La petite femme perchée sur ses Jimmy Choo sort des lunettes de soleil et les pose sur son nez.

– Sans ce Lennon Hathaway, vous dormiez à l'ombre pour un bon moment.

– Je sais, soufflé-je.

– Pour une fois, j'avais à faire à plus fort que moi dans ce bureau, soupire-t-elle, presque nostalgique.

– Ça arrive aux meilleures.

– Votre petit ami a été meilleur, me répond-elle en souriant.

– Ce n'est pas mon petit ami.

Elle me fixe, peu convaincue.

– Alors, disons, votre « grand ami ».

Elle rit toute seule, puis ajoute :

– Allez retrouver votre frère, il a tout essayé pour vous voir, mais les portes étaient solidement cadenassées. Il meurt d'envie de vous engueuler, me sourit la black avant de décamper. À bientôt, Calliopé !

– À jamais, j'espère ! lui rétorqué-je tandis que déjà loin, elle agite la main en l'air en guise d'adieu.

Sous le choc, assoiffée, crasseuse, mal coiffée, je m'assieds sur le banc le plus proche et laisse mon cerveau reprendre pied, les yeux dans le vague. Jusqu'à ce qu'une large silhouette se plante devant moi, chemise blanche, bras croisés sur le torse, yeux assassins. Lennon Hathaway.

– Pardon… murmuré-je simplement.

Les sourcils froncés, le surfeur me tend une bouteille d'eau et une barre de céréales. Je bois un demi-litre d'une traite, puis mords dans l'emballage en papier.

– Je veux tout te dire Lennon, tout te raconter.

Il m'adresse un signe de la main pour me faire taire, mais je continue, m'enfonce, m'enlise :

– Je ne veux plus te mentir. Tu peux tout savoir. Mon père. Il allait finir par avoir ma peau… Alors je n'ai pas cherché à le sauver quand il est tombé. Ça fait peut-être de moi quelqu'un de mauvais, je ne sais pas. Je voulais juste retrouver Willow. Te trouver, *toi*.

Le surfeur ouvre la bouche, puis se ravise.

– Il y a ma mère, aussi ! Un ange malmené qui n'a pas pu me protéger. Mais qui a tout essayé. Et puis mes frères ! Dante, l'aîné, le torturé, qui va mieux. C'est un peu mon pilier. Et Andrea, le second, qui est en prison. C'est quelqu'un de bien mais il a fait une terrible erreur. Il a tué un homme dans un accident de la route. Cet homme, c'était le mari volage de Tutu, enfin Solveig, ma nouvelle belle-sœur. La femme de Dante. Ils étaient brisés tous les deux, l'amour les a réparés. C'est un peu compliqué, un peu étrange, peut-être complètement fou pour toi, mais c'est ma famille, mon histoire, mon passé. C'est moi. Je suis comme ça.

La voix chevrotante, le visage sûrement défait, je hausse les épaules, espérant lire quelque chose dans ses beaux yeux clairs. Mais lorsque la voix grave de Lennon résonne enfin, je n'y trouve aucune tendresse. Aucun amour.

– Je déteste l'immoralité. Je déteste tes mensonges. Et je déteste me servir de mon frère mort et enterré pour te sortir de là. C'est pour ma fille que j'ai fait ça, pas pour toi ! Elle a besoin de stabilité. Toi, tu débarques dans sa vie, tu fous tout sens dessus dessous et tu te fais arrêter sous ses yeux ! Imagine le traumatisme que ça représente pour elle ! Tu es une tornade, Callie. Et je refuse que tu nous emportes avec toi…

Les yeux multicolores sondent mon âme déchirée, semblent hésiter, puis se détournent. Le roi du monde me referme la porte de son royaume et s'éloigne sans se retourner.

Je suis une tornade.

Dangereuse.

Imprévisible.

Incapable d'être une bonne mère… ni une bonne amoureuse.

Sur ce banc, au beau milieu de New York, mes larmes coulent à torrents. Lorsque Dante et ma mère me rejoignent, quelques minutes plus tard, je n'ai plus la force de rien. Pas même de pleurer. Dans la voiture qui nous conduit je ne sais où, Lynette me serre contre elle en caressant mes cheveux. Et mon frère m'explique à voix basse qu'il a reçu un message lui indiquant où me trouver.

Un message d'un certain Lennon H.

Il ne m'a pas totalement abandonnée.

31

Avec ou sans toi

New York m'ouvre les bras. C'est ma ville, celle où j'ai grandi, étudié, mûri, bossé, rêvé – ou du moins, essayé. Et pourtant, je n'ai pas vraiment de *chez moi*. J'aurais pu retrouver mon ancien appart, mais c'est Vito qui l'a acheté, choisi, meublé, quand il a fait semblant de me laisser prendre mon envol il y a quelques années. Je ne pouvais pas y retourner. J'aurais pu aller vivre dans le nouveau cocon de ma mère, un endroit neuf et vide de souvenirs, mais retomber à ce point en enfance, dîner à horaires fixes et baisser la musique, c'était trop me demander. J'aurais pu me contenter d'aller à l'hôtel mais la simple idée de demander une chambre *single* m'a filé le bourdon. Et m'a aussitôt donné envie de coudre un déguisement Maya l'abeille pour Willow. Mais elle n'aime pas le jaune et son père ne m'aime pas, ça règle d'autant plus la question. J'aurais pu inviter Gus à partager ma solitude, mais je n'ai pas la tête à supporter son énergie, son cabotinage, sa folie. Et puis mon meilleur ami a l'air bizarrement occupé. Peut-être pour la première fois de sa vie.

Alors j'ai accepté la proposition de Dante et Tutu, deux nomades comme moi, qui m'ont ouvert la chambre d'amis de leur pied-à-terre new-yorkais. Juste pour quelques jours. Quelques semaines si nécessaire. Juste le temps de me requinquer, de me remettre de mes émotions et de me refaire une santé. Toutes ces phrases toutes faites qu'on dit pour ne pas brusquer celle qui revient de loin, qui déteste être infantilisée ou se sentir enfermée.

– Tu es ici chez toi, Callie. Tu mets tout le bazar que tu veux, me dit Tutu en souriant.

Sur le pas de la porte, ma presque belle-sœur regarde avec tendresse le chaos de ma vie, étalé là depuis quelques jours : une petite valise vide, des sacs de fringues neuves que je suis allée acheter pour ne pas avoir à aller récupérer les miennes à Cape Cod, un mini-atelier improvisé à même le sol pour pouvoir coudre et dessiner au lieu de penser.

– Désolée… Je vais ranger, tu sais ?

– Interdiction de t'excuser ! me lance Solveig en me faisant les gros yeux.

– J'ai le droit de dire des gros mots aussi ?

– Putain de oui ! tente-t-elle, enthousiaste.

– T'es aussi nulle que Wiwi pour ça… On dit « Bordel de cul de putain de chiotte » !

– C'est noté ! Tu as faim ? Soif ? Envie de danser… ?

Sol est vraiment prête à tout pour me changer les idées. Son téléphone portable à la main, elle appuie sur un bouton qui lance *Girls Just Want to Have Fun* et son carré court platine se met aussitôt à remuer. Sans tutu mais avec une grâce folle, elle imagine une chorégraphie classique sur Cindy Lauper qui ne tarde pas à me faire hurler de rire. Je la rejoins pour l'obliger à quitter ses pointes et ses entrechats, et à se lancer dans un rock acrobatique avec moi. Quatre minutes de danse déchaînée plus tard, on s'écroule toutes les deux sur le canapé du salon, décoiffées et essoufflées.

– Tu penses à lui ? me chuchote Solveig comme si cette conversation avait déjà démarré dans sa tête.

– Vito ? Dante ? Andrea ? Le procureur ?

– Tu sais très bien qui, Callie…

– Je pense à Lennon Hathaway environ chaque minute, avoué-je sans plus de résistance. J'y pense chaque fois que ma fille me manque. J'y pense chaque soir où je m'endors seule, chaque matin où je me réveille seule. J'y pense chaque fois que je croise un homme à la beauté banale alors que son charisme à lui me renverse à tous les coups. J'y pense chaque fois que je trouve l'air de New York irrespirable alors que celui de Cape Cod me fait revivre. J'y pense comme je respire. Et sans lui, tu ne peux pas savoir comme j'ai le souffle court.

– Tu parles bien quand tu es amoureuse, me glisse Tutu dans un sourire.

– Il fait quoi, Dante ? demandé-je pour changer aussitôt de sujet.

– Belle esquive !

– Vous avez acheté de nouveaux meubles, non ? Cet appart était plus vide avant.

– Possible… Et Dante essaie de gérer l'empire Lazzari puisque votre père…

– Vito, corrigé-je.

– Puisque Vito n'a plus le droit de le faire, continue Solveig.

– Je ne comprends pas pourquoi il essaie de sauver cette entreprise de malheur !

– Il refuse que vous ayez tous bossé comme des malades pour rien.

– Je sais que c'est cette boîte qui nous fait vivre. Qu'il y a toujours écrit Lazzari sur mes fiches de paye et les chèques mirobolants que j'encaisse encore pour mes anciennes collections. Je sais que c'est pareil pour Dante. Mais ça fait bien longtemps qu'on aurait tous dû quitter ce nid pourri, commenté-je, amère.

– Ton frère pense que vous pouvez encore en faire quelque chose de bien. Peut-être pour votre mère. Ou pour Andrea quand il sortira. Ou toi si tu veux…

– Ma vie n'est plus ici, la coupé-je.

– Je sais, Callie…

– Je vais créer ma marque, bosser à mon compte, élever ma fille et respirer l'air de la mer : c'est tout ce que je veux.

– Et te faire renverser par un type à la beauté renversante, avec qui tu pourrais t'endormir renversée, te réveiller renversée et faire des tas d'autres choses renversantes entre les deux, ajoute ma belle-sœur, une lueur coquine dans les yeux.

– Et peut-être ça aussi, un jour… confirmé-je, pensive. De toute façon, je fais déjà tout à l'envers.

– Attends… S'il te renverse à nouveau… ça pourrait te remettre à l'endroit ! s'écrie Tutu, hilare, les bras levés en signe de victoire.

– Bordel, grommelle une voix masculine dans l'entrée.

Mon frère aîné nous rejoint au salon en continuant à lâcher quelques jurons.

– Tu vois, lui, il maîtrise l'art des gros mots !

– Vous avez fait une putain de *rave party* ? râle encore le ténébreux en observant son salon en désordre.

– Juste un rock endiablé, se marre la blonde.

– Et quelques pointes avec Cindy, renchéris-je.

– C'est qui ?

– Oups… fais-je en feignant la gaffe. Personne, juste la maîtresse de Tutu…

– Elle est cachée sous le canapé, murmure Tutu, amusée.

– Tu peux sortir, Cindy ! m'écrié-je en direction de mes fesses. Le mari rabat-joie est là !

– On n'est pas mariés, grogne encore mon frère.

– Avec cette bonne humeur caractérisée, on ne risque pas de vouloir t'épouser !

– Heureusement qu'il est sexy dans son costard noir…

Et la ballerine ne peut s'empêcher d'aller se pendre au cou de son beau brun au regard sombre.

– Bonjour, mon PDG, dit-elle fièrement en l'embrassant.

– Ne me parle pas de malheur… Cette boîte est un cauchemar. Comptabilité : zéro, traçabilité : zéro, management : en dessous de tout.

– Tu t'attendais à quoi d'autre ? soupiré-je. C'est l'œuvre du grand Vittorio Lazzari.

Je quitte à mon tour le canapé pour aller nous chercher trois bières fraîches dans la cuisine américaine. Je les distribue à mes colocs forcés et vais siroter la mienne près de la fenêtre. La jolie nuit de juin commence à tomber sur New York, le trafic ralentit, les trottoirs se vident et les lumières s'allument : combien de gens heureux ou malheureux retranchés chez eux ? Combien de parents et d'enfants séparés ? De couples brisés ou rabibochés ? De familles bancales, recomposées, déchirées ou réunies autour du dîner ? Combien de gens seuls devant leur plateau télé ? Combien qui s'aiment en se foutant du monde entier ?

– En parlant de Vito... rebondit mon frère.

– On n'est *vraiment* pas obligés ! protesté-je.

– Je me suis renseigné, il s'est fait transférer dans une clinique privée de l'Upper East Side. Il y a déjà eu deux démissions parmi le staff infirmier. Et Vito a fait virer le kiné chargé de sa rééducation.

– Quel connard... commenté-je de loin.

– Il a apparemment retrouvé toute sa tête mais les jambes ne suivent pas, pour l'instant.

– Si vous cherchez quelqu'un pour l'amputer... proposé-je sans sourire.

– C'est plutôt la langue qu'il faudrait lui couper, marmonne Solveig avec un regard inquiet dans ma direction.

– Il ne parlera pas, annonce gravement Dante. Il n'osera jamais porter plainte contre toi. J'ai croisé l'un de ses avocats, ils préfèrent enterrer l'affaire. Vito sait ce qu'il a à perdre.

– Il n'a plus d'entreprise, plus de famille, un procès qui l'attend et des dizaines de chefs d'inculpation contre lui... Qu'est-ce qu'il pourrait perdre de plus ? demandé-je.

– La face, répond mon frère. Sa dignité. Battre sa femme, maltraiter ses enfants, harceler ses employés, diriger une compagnie en magouillant... Ça fait de lui un macho, un requin, un sale type mais aussi un monstre de puissance et de virilité. Tout ce que la société aime détester et admire en secret. Mais accoucher sa propre fille de force, lui arracher son bébé et briser deux enfances en même temps... Personne ne le lui pardonnera. Il sait qu'il ne s'en relèvera pas.

La voix rauque et profonde de Dante, son résumé glaçant me collent des frissons. J'oublie souvent que cette histoire sordide est la mienne. Que c'est de moi qu'on parle, de ma fille, de nos vies démolies.

– On trinque à Callie et Willow ? suggère Sol dans un sourire triste. À votre mère… À toutes ces filles et ces femmes qui se relèvent toujours.

– À toi aussi, Tutu, alors… décidé-je en allant coller ma bière contre la sienne.

– Et à Morue, ajoute-t-elle en fixant son chien endormi sur le dos, les quatre pattes en l'air.

– Elle ne se lève quand même pas beaucoup, plaisante le brun à voix basse.

– Et à Dante, continue la blonde en regardant son amoureux dans les yeux. Parce qu'il y a encore des hommes sur cette planète qui tiennent debout. Sans marcher sur les autres, je veux dire. Et qui tendent la main aux autres pour les aider à se relever. Et qui…

– On a compris, lui chuchote-t-il en l'attirant à lui.

– Et à Lennon, conclus-je toute seule en levant ma bière au plafond.

– Alors à l'amour ! poursuit Solveig qu'on n'arrête plus.

Je bois une longue gorgée fraîche et refoule mes larmes en penchant la tête en arrière. Dante colle son sourire au goulot de sa bière et en descend la moitié. Et Tutu finit par briser le silence en braillant :

– Bon sang, je ne sais pas quoi faire de cette bière et je suis nulle pour mentir ! On lui dit ?!

– Hein ?!

– Je suis enceinte !

– Quoi ?!

– Oui, confirme-t-il.

– Toi aussi ?! demandé-je à mon frère pendant que mon cœur se serre.

– De trois mois ! s'écrie la blonde en caressant le ventre plat de son brun.

– Mais vous ne le dites que maintenant ?!

– On ne l'a su qu'il y a trois jours, m'explique Dante en déplaçant la main de sa femme sur son ventre à elle.

– Je pensais que je mangeais juste trop de Snickers, dit-elle en haussant les épaules et en gonflant ses joues. Sur la route, tu n'as pas trop le temps de compter les jours, tu vois. D'ailleurs, je n'ai jamais vraiment su au bout de combien de temps il faut s'inquiéter. Et tu sais comme je suis tête en l'air ? Enfin, je sais bien comment on fait les bébés, hein ! Mais apparemment, je ne sais pas trop comment on n'en fait pas !

Ma belle-sœur hystérique nous saoule de paroles et je passe par toutes les émotions, surprise, incompréhension, joie, pincements au cœur, jalousie et bonheur.

– Tutu, tais-toi… lui souffle le futur papa.

– Quoi, je suis en train de gâcher toute la magie, là ?

– Garde juste les détails pour toi…

– Je suis tellement contente pour vous ! m'exclamé-je, sincère.

Et je me dépêche de les serrer dans mes bras tous les deux pour aller cacher mes larmes au creux de leurs épaules.

– Tu es la première à qui on l'apprend ! m'annonce la ballerine.

– Interdiction de cracher le morceau à maman ! me menace doucement mon frère.

– Hmm hmm… me contenté-je de sangloter entre leurs visages.

– Mais obligation de coudre un pyjama-tutu pour ta nièce ou ton neveu ! décide Sol en sautillant sur place.

– Qu'est-ce qu'on a dit sur les tutus pour garçon ? grogne encore le brun.

Je garde le silence et Dante me serre un peu plus fort, sa main protectrice derrière ma tête tremblante, pour me montrer pudiquement qu'il comprend. Je finis par m'extirper de ce câlin collectif qui a assez duré. Je ne veux rien gâcher de ce moment, rien ternir de leur euphorie de futurs parents. Je les laisse dans les bras l'un de l'autre, le ventre à peine rond de Solveig lové au creux celui de Dante, leur bébé déjà serré entre leurs cœurs, déjà tant aimé, attendu, désiré. Et je l'aime déjà, moi aussi, ce petit insoumis qui s'est invité dans l'éternel *road trip* qu'est leur vie.

J'attrape au passage la bière de Tutu encore pleine et la bois goulûment en me rapprochant de la fenêtre. J'y pose mes yeux humides et laisse mes pensées voler vers ma fille, par-dessus les gratte-ciel, jusqu'à l'extrême pointe de la côte Est. Je lui envoie en secret toutes les promesses et tous les baisers que je n'ai pas pu lui faire quand elle était bébé. Je prie le ciel et le roi du monde de ne pas m'en priver à nouveau, maintenant que je l'ai retrouvée.

Punis-moi de toi, Lennon Hathaway… Mais s'il te plaît, ne m'arrache pas mon cœur encore une fois.

Plantés au milieu du salon, partis dans un slow silencieux, le brun ténébreux et la blonde lumineuse me sourient tendrement de loin, comme s'ils avaient deviné ma douleur, mon tiraillement. Je lève une dernière fois ma bouteille presque vide à leur nouveau bonheur et me retire dans ma chambre provisoire, bordélique, à l'image de mon existence. À l'envers, privée de sens.

***

Je ne sais pas combien d'heures je dors, jusqu'à ce que mon portable planqué sous mon oreiller fasse vibrer tout mon crâne. La lumière violente de l'écran m'éblouit avant que je puisse déchiffrer les textos qui arrivent de Lennon, les uns après les autres. Comme des bouteilles à la mer lancées sans réfléchir. Comme des cris du cœur, quand on l'a fait taire trop longtemps.

[Calliopé, tu es réveillée ?]

[C'est le milieu de la nuit,
j'espère que tu dors à poings fermés.]

[Pas moi. J'ai un peu trop bu. Mais je sais
ce que je dis. Ou plutôt ce que j'écris.]

[Et peut-être que je le regretterai demain.]

[Ou peut-être pas.]

[Mais tu me manques, Callie.]

[Tu manques à Willow. Et tu manques
à nos vies.]

[Je suis en manque de ta folie. De ton regard
sur le monde. De ta façon d'élever ma fille.
De m'élever, moi. Ou de me faire redescendre
un peu parfois.]

[Et je ne sais pas ce qu'on va faire, avec toi…]

[Il a fallu que tu débarques ici, que tu te
faufiles dans le cœur de ta fille qui n'y invite
pas grand monde. Et que tu te faufiles dans
mon âme qui n'y voit jamais personne.]

[Mais surtout, je ne sais pas
ce qu'on va faire sans toi…]

Les textos s'arrêtent. Mon cœur dégringole d'une falaise de Cape Cod pendant que ma tête s'échoue au ralenti sur l'oreiller. L'un et l'autre planent un bon moment, dans les nuages cotonneux, au-dessus des vagues qui tempêtent, contemplant ce délicieux vertige.

Je crois que le roi du monde a envie que je rentre en son royaume.

32

Une tresse indénouable

– Tu es sûr que tu n'avais pas mieux à faire à New York ? demandé-je à mon meilleur ami qui conduit.

– Depuis quand Folle part à l'aventure sans Fou ?

– Tu avais l'air surbooké, pourtant !

– Des plans boulots qui sont tombés à l'eau, comme d'habitude ! dit-il en haussant ses épaules rondes.

Quand j'ai décidé de rentrer à Chatham, Gus a insisté pour m'accompagner. J'ai d'abord refusé, craignant la réaction de Lennon face au géant excentrique, mais on ne dit pas non facilement à August Perry. Encore moins quand il porte une casquette jaune fluo avec une émoticône « crotte » sur le front. Et quand son visage ressemble lui-même à un smiley triste et mélancolique. Mon nounours adulescent a sûrement dû entendre un énième sermon de ses parents sur sa légendaire maturité et son brillant avenir, professionnel comme sentimental. Et si on ne « laisse pas Bébé dans un coin », ça marche aussi pour les poupons d'un mètre quatre-vingt-dix à la moue boudeuse.

– De toute façon, il te faut un assistant pour tes *photoshoots*, déclare-t-il derrière son volant.

– Pas faux…

– Et quelqu'un qui connaît les matières et les couleurs aussi bien que toi.

– Vrai aussi…

– Et qui pense à te nourrir et à t'hydrater quand ça fume

un peu trop là-haut…

– Je sais que tu seras parfait.

– Et un maître-nageur digne de ce nom qui n'en profite pas pour te peloter sous l'eau.

– Gus…

– Et qui ne te déconcentre pas en te faisant admirer ses vingt-deux abdos.

– Je crois qu'on ne peut pas aller au-delà de huit…

– Et tu as aussi besoin d'un garde du corps au cas où ce vieux Herb voudrait encore de te Dorothyser.

– J'ai compris…

– Et un tonton autoritaire pour que la Lilliputienne ne te…

– Le message est passé, monsieur Caca ! Tu peux détendre ton visage constipé ! Et si tu crois que tu vas avoir la moindre autorité sur Willow avec une casquette pareille…

Tout en conduisant, Gus fait faire un quart de tour à sa casquette sur sa tête pour me montrer le plus beau profil de son étron souriant. Il sourit au pare-brise pendant qu'on approche de la villa Hathaway. Mon cœur cogne un peu plus fort. J'ai prévenu Lennon de mon retour mais pas de l'arrivée de mon colocataire. Et nous n'avons pas reparlé de mon arrestation ni de sa déclaration. Je n'ai aucune idée de ce que ces retrouvailles vont donner. Mais je trépigne, vibre et souris à l'avance, comme pour un deuxième rendez-vous quand on n'a pas encore oublié le goût du premier.

– Gare-toi ici, ils sont déjà là.

– Sympa, le comité d'accueil ! grimace mon acolyte en éteignant le moteur.

– Fais-toi discret, s'il te plaît, marmonné-je en découvrant le roi du monde et sa petite protégée, debout devant le portail, aussi tendus l'un que l'autre.

– Attends, rappelle-moi le sens de « discret », déjà ? plaisante Gus avant que j'ouvre ma portière.

Je lui envoie un regard noir et me hisse sur le trottoir, les jambes flageolantes. Willow et ses petites nattes volantes se ruent aussitôt sur moi. La Lilliputienne s'enroule autour de ma cuisse, enfouissant son joli minois de façon à ce que je ne le voie pas.

– Bonjour, petite sauvage… lui murmuré-je en caressant son dos.

Et les yeux multicolores croisent les miens, intenses, lumineux, mais impossibles à cerner. Heureux de me retrouver ? Encore fâchés de mon départ ? Prudents ? Méfiants ? Rancuniers ?

– Tu m'as manqué, Wiwi… continué-je à susurrer à la brunette immobile.

Elle refuse de me regarder ou de changer de position, agrippée autour de ma jambe comme une plante grimpante.

– Elle a été très perturbée, lâche son père en croisant ses bras sur son torse.

– Je comprends, dis-je en allant soutenir son regard, plus perturbant encore.

Puis Lennon pose les yeux sur mon géant qui a enfin osé sortir de la voiture. Gus sourit bêtement, sa casquette fluo posée de travers sur sa tête.

– Tu te souviens de mon assistant, August Perry ? demandé-je au roi du monde en guise de présentations.

Il acquiesce sans rien répondre ni lui tendre la main. Personne ne croise mieux les bras que Lennon Hathaway. Personne ne le fait d'une manière aussi sexy, aussi imperturbable. Il porte un polo d'un vert menthe à l'eau si pâle qu'il semble glacial. Mais sa peau hâlée, le châtain doré de ses cheveux et son aura lumineuse ont l'air de flamber autour de lui. Le feu et la glace se répandent en même temps dans mes veines. Je rêve de tout recommencer, de laisser Gus à New York, de revenir à Cape Cod seule, de serrer ma fille dans mes bras et de me jeter dans ceux de Lennon pour le forcer à les ouvrir. Juste pour moi. J'ai l'impression d'être en train de tout gâcher, tout rater, et de le faire juste sous les yeux les plus exigeants qui soient.

– Je vais sortir les bagages, annonce mon meilleur ami à voix basse.

Puis cet idiot fait le tour de la voiture sur la pointe des pieds, comme pour ne pas réveiller le trottoir, et va ouvrir le coffre avec la discrétion la plus surjouée possible.

– Je sais que la seule règle de la *guest house* est « pas de visiteurs sans ton accord préalable », mais…

– Mais tu as oublié de me demander mon accord ? me coupe Lennon avant que je puisse finir.

– J'ai besoin de lui, réponds-je simplement.

– Et Willow a besoin de toi, soupire son père en venant caresser doucement la nuque de la petite fille.

Il est si près de moi que j'ai l'impression de respirer son air. De pouvoir voir les aimants de nos peaux se réveiller et s'appeler. De pouvoir sentir ma chair de poule sur ses bras à lui.

– Je vais trouver le chemin, souffle Gus en nous laissant seuls, nos deux petites valises dans les mains.

– Je suis désolée, pour tout… bredouillé-je, autant pour Lennon que pour Willow.

Je serre la petite fille contre moi et je la sens se détendre un peu, se dénouer, puis relever ses billes noires vers mon visage.

– Tempérance est partie, m'explique-t-elle, sourcils froncés. J'ai cru que toi aussi.

– Écoute-moi, Willow, dis-je en me penchant vers elle. Je reviendrai toujours. Quand je pars loin de toi, c'est que je n'ai pas le choix.

La brunette dodeline de la tête mais je vois son petit menton trembler et ses larmes affluer. Mon cœur se fendille et je l'étreins à nouveau de toutes mes forces.

– Tempérance a démissionné la semaine dernière, m'explique doucement Lennon. Elle trouve que ça devient trop compliqué, entre nous tous.

Sur ces mots, il plisse ses beaux yeux clairs et semble me

demander en silence ce que j'en pense. J'entrouvre la bouche pour répondre quelque chose mais les iris changeants glissent sur mes lèvres et me paralysent. Me happent. Me renversent.

Et me remettent à l'endroit.

– Il n'existe pas d'obstacles assez hauts entre nous trois.

J'ai prononcé cette phrase avec une assurance que je ne me connais pas. Et Lennon, la main posée sur sa fille toujours collée à moi, ne peut réprimer un sourire. Je meurs d'envie d'aller l'embrasser, simplement, de parcourir les quelques centimètres qui nous séparent sans qu'on sache bien pourquoi, de faire ce si difficile premier pas, et j'ai l'impression qu'il ne me repousserait pas. Que c'est peut-être même exactement ce qu'il attend de moi.

– Sympa, la petite baraque ! commente Gus d'une voix extatique, en revenant de la *guest house*.

Et en ayant apparemment tout oublié de sa « mission discrétion ».

– Sympa, ta casquette ! l'imite Willow en sortant enfin de sa cachette.

Et en imitant à merveille le côté théâtral et maniéré du géant. Qui se vexe. Pendant que Sa Majesté lâche un petit rire grave, sexy à souhait.

– Tu savais que l'émoticône « crotte » était le même que la crème glacée ? demande Gus à la brunette. Avec des yeux et un sourire en plus. Et du marron, évidemment.

– Et un cornet ! ajoute-t-elle.

– Tu regardes trop le portable de ton père, toi ! lâche mon meilleur ami étonné.

– C'est vrai, y a pas de cornet sous le caca !

– Ça pourrait… mais ce ne serait pas très bon.

– Beuhhh ! s'amuse la Lilliputienne en tirant la langue.

– Tu pourrais peut-être demander à ton poney de te préparer un petit…

– Gus ! le stoppé-je dans son élan scato.

– Trop loin ? me demande-t-il, gêné.

– Légèrement.

– Je ne mangerai plus jamais de glace, annonce la voix grave de Lennon qui sourit en coin.

Et qui repart en direction de sa villa, les bras décroisés, les muscles enfin décontractés, dans ce jean brut et ce polo vert d'eau que je ne me lasse pas d'observer. De dos, c'est peut-être encore plus renversant.

Je passe l'après-midi avec Willow dans le jardin pendant que Gus prend ses quartiers à la *guest house*. J'improvise un atelier « couleurs » en demandant à la petite sauvage d'aller arracher autant de brins d'herbes qu'il existe de nuances de verts. Et on passe de longues heures à les trier, à les classer, du plus clair au plus foncé, à les associer et à leur trouver de jolis noms, des noms de verts qui n'existent pas, sauf si on prend la peine de les inventer. Wiwi élit le vert baleine comme son préféré et il est temps pour elle de rentrer. Les devoirs, le bain, le dîner, l'histoire, les câlins, le coucher… Tout son quotidien, ses petits rituels que je ne partage pas encore avec elle.

Mon assistant de vie me prépare un plateau télé que je picore à peine. Je réponds du bout des lèvres à ses interminables questions sur la vie, sur l'amour, sur la mer, les mères, la mode, les petites filles, les grands hommes, leurs passés et nos avenirs. Bien trop de questions et si peu de réponses, bien trop d'incertitudes et tant d'espoirs que je tais, trop beaux pour être vrais. Gus me laisse aller me coucher et regagne sa propre chambre, ravi d'être ici et apparemment déjà chez lui.

Je ne ferme pas l'œil de la nuit. Ni l'un ni l'autre. Je finis par me relever vers trois heures, lasse de ces moutons d'un blanc mortel. J'enfile un pantalon en lin noir sur mon shorty, un gilet en maille *oversize* sur mon débardeur moulant. Et je vais me promener pieds nus dans le jardin qui s'éclaire automatiquement sur mon passage, contourne la piscine sans y tremper un orteil, déambule sans trop savoir où je vais et en le sachant trop bien.

La porte arrière de la villa a encore été laissée ouverte. Si ce n'est pas pour moi, c'est une très mauvaise manie, Mr Hathaway.

Une très jolie mauvaise manie.

Je me faufile à l'intérieur de son royaume, grimpe jusqu'au deuxième étage, avance à tâtons jusqu'à l'antre de Sa Majesté et m'approche en silence de son corps endormi. Une main sur mon poignet. Une autre sur mes hanches. Mon corps happé et le sien qui ne dort pas du tout. Je retiens mon souffle. Il approche le sien de mes lèvres.

– Tu ne dors jamais ? murmure-t-il.

– Jamais sans toi, réponds-je sans réfléchir.

Et sa bouche fond sur ma bouche, son torse se plaque sur mes seins, ma peau sous ses mains, nos jambes emmêlées.

– Attends, Lennon… tenté-je de me maîtriser.

– Qu'est-ce qu'il y a à dire de plus ? grogne sa voix étouffée.

– Tout… Willow…

– Elle va bien, Callie. Elle dort.

Et il m'embrasse passionnément.

– Tempérance ? me risqué-je entre deux baisers.

– Pas elle, pas maintenant… Elle est partie, Callie. Pour te laisser ta place.

Et il m'embrasse fougueusement.

– Et toi, Lennon ? Tu sais où est ma place ?

– Ici… susurre-t-il à mon oreille avant d'y planter ses dents.

– Ce que tu m'as dit, l'autre jour… haleté-je tandis qu'il me rend folle.

– Devant le tribunal ? C'était faux.

– Non, dans la nuit, les textos… insisté-je.

– Je pensais chaque mot.

Et il m'embrasse voracement.

– Je n'en regrette aucun, conclut-il tout bas.

Et je m'abandonne enfin à ses baisers passionnés qui m'ont

tant manqué mais un cri d'effroi nous fait sursauter tous les deux. En un millième de seconde, le père de ma fille a bondi sur ses pieds. En t-shirt clair et boxer foncé, il se précipite dans le couloir, descend l'escalier presque en volant, atterrit près du lit de Willow. Je le suis en courant, essoufflée. Et je les retrouve tous les deux, elle dans ses bras, lui à genoux, dans une semi-obscurité remplie d'étoiles. Une veilleuse teinte la pièce en bleu fée.

– Encore un cauchemar ? demande-t-il en lui caressant les cheveux.

La brunette acquiesce en posant sur moi ses yeux humides.

– Tout va bien, Wiwi… lui dis-je en souriant tendrement.

Le visage tout ensommeillé, elle me tend sa petite main, par-dessus l'épaule carrée de son père, et m'invite à les rejoindre. On se câline, tous les trois, et mon cœur fond à ces contacts si forts, si justes, à ma place retrouvée, parfaite au milieu de ce duo déjà si soudé.

– Vous êtes amoureux ? nous surprend la petite maligne qui connaît déjà la réponse.

Ni Lennon ni moi ne trouvons rien à dire. Je ne sais même pas s'il cherche. Mais je paierais cher pour voir le visage de mon surfeur à cette seconde, pour lire la vérité au fond de ses yeux.

– On est… tes parents, lui explique-t-il d'une voix rassurante. On est là tous les deux. Tu peux te rendormir.

« Parents ». Ce mot qui nous lie, lui et moi, elle et nous, me fait monter les larmes. J'ignore ce qu'il y a eu, ce qu'il y a et ce qu'il y aura de spécial entre le roi du monde et moi, si on cédera au vertige, si on fera le grand saut ou non. Mais ce lien-là, qui existe déjà, est indéfectible. Pour la première fois, on ressemble à une famille. À trois, on forme une solide cordée, on sait qu'on peut tomber et qu'on trouvera des grands bras ou des petites mains pour nous ramasser. En regardant les petites nattes serrées de ma fille, un peu désordonnées, mais qui ne se défont pas ni le jour ni la nuit malgré sa sauvagerie, je nous vois tous les trois : les trois brins d'une tresse indénouable, différents peut-être, indociles sans doute, mais toujours intimement liés.

Lennon caresse la joue de Willow qui s'est rallongée, se redresse sur ses pieds et me tend la main pour me relever. Sur le pas de la porte de la chambre, je regarde une dernière fois la Lilliputienne, déjà recroquevillée sur le côté, endormie comme un bébé. Et je me laisse entraîner dans les escaliers.

Sa Majesté me pousse devant lui sur la première marche, mais je me retourne, sourire béat aux lèvres.

– On est des parents… ? répété-je comme pour m'en convaincre.

– Non, gronde-t-il en montant une nouvelle marche. On n'est pas *que* des parents.

Face à son regard joueur, son petit sourire en coin, son corps tendu et son charisme intense, j'ai comme un nouveau coup de foudre pour lui. Je grimpe une marche de plus pour le défier, arriver à sa hauteur. Mais il descend sensuellement sur moi et me renverse dans les escaliers.

Et c'est toute mon âme qui s'en trouve renversée.

Les arêtes des marches me mordent le dos mais je ne sens plus la douleur. Le désir a pris toute la place. C'est un torrent de sensations qui se déverse dans mes veines. Les lèvres fraîches de Lennon sur les miennes. Sa langue brûlante et indécente. Ses dents qui s'invitent dans la danse. Son souffle sucré qui envahit ma bouche endolorie. Ses mains impatientes, partout. Une infime barbe sur son menton viril qui vient écorcher ma peau sur son passage. Mon long gilet qui glisse sur mon épaule, dénudée, aussitôt mordillée. Mon cou qui frémit sous des baisers mouillés. Mes cuisses qui s'écartent pour lui faire de la place, tout près, plus près. Sa bosse qui me frôle, qui s'y frotte et s'y pique. Je défaille.

Lennon ondule au-dessus de moi, descend un peu, en appui sur les bras, se bagarre avec le débardeur moulant entortillé sur mon corps, mon gilet *oversize* qui s'étire et s'emmêle, il tire sur ce qu'il peut pour atteindre ma peau, enfouit son visage contre mon ventre. Il me dévore, je gémis. Je glisse mes doigts dans ses cheveux fous. Il faufile les siens dans la ceinture de mon pantalon en lin. Et je m'enfuis.

L'occasion était trop belle. Sa prise un peu moins forte. Si Sa Majesté a envie de jouer, il a trouvé un adversaire à sa taille. Je gravis deux marches en sautillant, le roi lâche un rire guttural avant de me rattraper. Il ne lui faut qu'un pas pour enrouler son bras autour de mes hanches et m'attirer à lui. Sa force et sa fougue me font perdre l'équilibre. Et je me retrouve renversée par-dessus la rampe de l'escalier. La tête et le dos dans le vide. Le souffle court.

– Je te tiens… lâche sa voix grave.

Et son beau visage racé plonge entre mes seins. Et sa bosse revient titiller mes cuisses. Et je me laisse tomber sans résister, agrippée à ses larges épaules, abandonnée à ses bras puissants. Invincibles. Rien ne peut m'arriver. Si ce n'est Lennon Hathaway. Mon amant embrasse passionnément mon décolleté puis mordille mon téton à travers le tissu fin de mon débardeur. Je lâche un cri aigu. Il le retient de sa main plaquée sur ma bouche. J'ai envie de rire mais son regard intense me fait frémir. Le joueur joue toujours. Mais on vient de passer aux choses sérieuses. Il me veut. Son désir transpire. Et me transcende.

– Monte, m'ordonne-t-il tout bas.

Sa voix me donne des frissons. Son assurance me donne envie d'obéir. Moi, l'indocile. À cette seconde, je ne suis plus son adversaire. Mais sa partenaire. Son jeu, ses règles. Je me redresse, sans le quitter des yeux. Approche mon visage au point de frôler le sien, le provoque du regard, glisse le bout de ma langue entre ses lèvres sans rien toucher, puis esquive son baiser quand il tente de m'embrasser. Puis je me retourne et lui passe devant, commençant à gravir l'escalier. En roulant des hanches pour l'aguicher.

Dans mon dos, je sens toute la tension du mâle piqué au

vif. La chaleur de son regard sur mon corps. La profondeur de ses respirations. Alors je fais glisser mon long gilet sur mes épaules, le laisse filer le long de mes bras jusqu'à échouer sur une marche. Aux pieds de mon amant qui me suit silencieusement. Derrière moi, je ne perçois qu'un petit rire grave, étouffé. Un souffle plus court.

Et la main de Lennon se pose sur ma nuque. Je me fige dans les escaliers. Son index descend lentement entre mes omoplates, suit le dessin de ma colonne vertébrale et s'arrête sur mes reins. Il trace un message codé sur la bande de peau nue qui se dévoile, à la lisière entre mon débardeur et mon pantalon. Comme si c'était la zone la plus érogène qui soit, la partie de mon corps qu'il préfère. Le roi du monde pourrait rendre érotique n'importe quoi.

– Tu peux me provoquer tant que tu veux, Calliopé… murmure sa voix teintée de désir. On sait tous les deux comment ça finira.

– Dis-moi comment, monsieur-je-sais-tout, répliqué-je pour le provoquer.

– Je vais faire mieux que le dire, me prévient-il, toujours aussi sûr de lui. Je vais te montrer.

Cette délicieuse menace m'envoie une flèche de plaisir entre les cuisses. Et les mains expertes de Lennon se fraient un chemin autour de ma taille, par-derrière. Parviennent au nœud qui retient mon pantalon en lin. Tirent sur les liens qui détendent la ceinture. Et le tissu fluide s'enfuit, dénudant mes jambes jusqu'aux chevilles. Un courant d'air frais vient caresser ma peau brûlante. Mais mon amant ne me laisse aucun répit : je le sens qui s'agenouille derrière moi, pose ses mains sur mes mollets, remonte jusqu'à mes cuisses, joint sa langue au voyage et laisse une trace humide du creux de mes genoux aux rebonds de mes fesses. Je gémis de plaisir. Il m'empoigne plus fort, pétrit les chairs qui lui passent sous les doigts, se faufile sous mon shorty pour gagner du terrain, frôle mon intimité qui n'attend que lui. Puis il se relève et me laisse frustrée, pantelante, enflammée.

Mon long soupir semble l'amuser. Toujours dans cette semi-obscurité, au milieu de cet escalier qui n'en finit pas, comme mon envie de lui, il me cherche. Me trouve. Me déstabilise. Me fuit pour mieux me retrouver. Soudain, son torse se colle à mon dos. Sa bosse à mon fessier. Nos pieds se croisent sur la même marche. Le visage de Lennon apparaît près du mien, par-dessus mon épaule. Et son petit sourire en coin m'achève.

– Tu ne montes plus les marches, Callie ? me demande-t-il, la voix pleine de défi. Tu ne te déhanches plus sous mon nez ? Tu ne te déshabilles plus pour me rendre fou ?

Son souffle ardent près de mon oreille me fait frissonner. Comme sa façon de jouer avec moi alors qu'il a déjà gagné. Il m'incite à bouger tout en m'emprisonnant. Il me tient fermement et me défie de lui échapper. Je ne peux rien faire d'autre qu'onduler contre lui, attiser son érection qui m'appelle, me cambrer pour frotter mon shorty qui se consume à son boxer qui étouffe. Lennon entrouvre ses lèvres humides près des miennes, semblant apprécier mon petit manège. Il ferme les yeux un instant, les rouvre pour mieux les planter dans les miens. Je ne distingue plus leurs nuances multicolores. Seulement leur intensité. Leur éclat. Leur fascinant mystère.

Et mon âme prend feu.

Lennon tend le cou pour venir m'embrasser. D'un baiser si profond que je pourrais jouir sur-le-champ. Je jette mes bras en arrière pour décoiffer ses cheveux soyeux, pour maintenir son visage au plus près du mien. Mais le joueur n'a pas fini de jouer. D'une main, il défait le chignon au sommet de mon crâne. Puis tire sur ma chevelure lâchée pour m'obliger à reculer. Je frémis à cette brusque prise de pouvoir. À cette douce violence que je ne pensais jamais tant aimer. Et je décide de le malmener à mon tour, prête à jouer le jeu. Ma main serpente entre nos corps serrés et plonge dans le boxer. J'y trouve son sexe tendu à l'extrême. Je l'empoigne et le caresse, sans douceur. J'entends mon amant grogner. Et je sens tout son corps se contracter.

– Je n'arrêterai jamais de te rendre fou, lui susurré-je pendant qu'il perd pied.

Le roi du monde reprend aussitôt le contrôle en me faisant tourner sur moi-même. En une seconde à peine, je suis soulevée, accrochée à sa taille, portée dans l'escalier. Les dernières marches se gravissent toutes seules. Ma tête tourne. Mon corps plane. Et je me retrouve plaquée contre un mur, enfoncée dans une porte, renversée sur un lit.

Je rassemble mes forces pour lui retirer son t-shirt clair. Je me débats avec ses biceps, ses trapèzes, ses épaules, ses mâchoires, toutes les lignes et les courbes de ses muscles bandés. Tout ce tissu qui, comme moi, ne veut pas, ne peut pas le quitter. Je tente la même manœuvre avec son boxer qui résiste encore. Mais mon amant en décide autrement et me fait virevolter d'un coup de reins. J'atterris sur lui, jambes écartées, mais posées à plat sur son torse parfait. Je vais y promener ma bouche, sur chaque centimètre de peau dorée, du creux de ses pectoraux à la pointe de sa pomme d'Adam saillante, d'un téton à l'autre, à la pointe de ma langue. Je sens sa bosse gonfler, durcir encore au creux de moi. Ses mains qui me caressent, sans jamais me lâcher. Et qui parviennent, comme par magie, à dérouler mon débardeur et à le faire voler loin d'ici.

C'en est trop, je brûle, je fonds, j'implose, tout mon corps le réclame. Je me jette comme une possédée sur le lit, à plat ventre, atteins la table nuit et plonge mes mains dans le tiroir renfermant les précieux préservatifs. Je ne me suis jamais chargée de ça moi-même, jamais eu le courage pour ces choses triviales. Mais je ne suis plus la même femme. Plus la même amante. Je suis désormais celle de Lennon Hathaway : ce corps-là a ses raisons que la raison ne connaît pas.

Tandis qu'il me regarde, amusé, sortir un emballage doré, fébrilement le déchirer avant de le lui tendre, le roi du monde se défait de son boxer. Il offre à mon regard son sexe dressé et son regard brillant, tous deux avides de moi. Je fais mine de me retourner mais je suis plaquée par une main ferme. Maintenue sur le ventre. Une autre se fait caressante, voyageant dans mon dos, sur mes flancs, à la lisière de mes seins, revenant vers mes reins. Des doigts habiles font coulisser mon shorty incendié le long de mes jambes. J'enfouis ma tête dans le matelas tant le désir m'étreint, m'assaille, m'obsède.

Je veux son corps dans mon corps, son cœur contre mon cœur. Mon âme et son âme sœur. Rien d'autre. Je suis prête à le supplier quand Lennon s'allonge sur moi, sans peser, sans trembler. Je tourne juste un peu la tête pour admirer son visage racé, la beauté de cette scène sensuelle qui me coupe le souffle. Mon amant me saisit par les hanches et me soulève juste assez pour venir se loger entre mes cuisses. Je me sens palpiter à l'intérieur. Mourir d'envie de lui. Jusqu'à ce qu'il me comble, enfin, de son sexe dans le mien.

Il s'y invite si bien, si fort que mon monde part à la renverse. Je l'accueille en moi en découvrant ces sensations nouvelles, inouïes. Mes gémissements aussi, sont différents. Je le sens coulisser un peu plus loin et me mets à onduler du bassin. Je me cambre pour mieux l'inviter. Je suis le rythme de ses coups de reins, me soulève pour le laisser caresser mes seins. Il me prend, me possède, me percute et j'y prends un plaisir fou. Entendre nos peaux frotter l'une contre l'autre. Son râle s'intensifier. Son sexe me percer, me remplir, sans jamais me quitter.

J'étouffe mes cris en me mordant les lèvres. Je perds définitivement la tête, le nord et tous mes sens quand sa main se plaque sur mon clitoris en feu. Derrière, Lennon se déchaîne. Dessous, il me caresse. Dessus, il me domine. Dedans, il me renverse. Je soupire, gémis, m'envole. Il me supplie de l'attendre, je deviens folle. Il gronde, râle, exulte. Et son orgasme explose tout au creux de moi, là où il se fige. Là où je jouis, si fort qu'une larme d'extase s'échappe de ma joue, et reste comme suspendue dans cette pièce sens dessus dessous.

– Callie… souffle le roi de mon monde. Tu étais où, pendant tout ce temps… ?

Je ne crois pas que cette question appelle de réponse. Je crois qu'il m'a trouvée. Son corps alangui repose sur le mien, en apesanteur. Sa peau glissante colle à ma peau brûlante. Son cœur bat à tout rompre contre mon cœur gonflé d'amour, vide de tout le reste. Son souffle m'aide à respirer. Son âme et mon âme sublimement renversées.

33

Rien compris

Au bout d'une semaine, j'ai l'impression que Lennon s'est habitué à la présence encombrante mais joyeuse de Gus. Enfin, j'exagère un peu. Disons que le maître des lieux tolère mon meilleur ami.

Parfois.

Rarement.

Il fait probablement semblant.

D'abord réticent, mon coloc' respecte désormais les règles de la maison : il se plie aux exigences de Poséidon, comme il l'appelle. Pas de gros mots devant l'enfant. Ou le moins possible. Pas d'exhibitionnisme dans le jardin. Volume sonore bloqué sur medium. Frigo de la villa interdit d'accès.

D'ailleurs, Gus n'a jamais mis les pieds là-bas. Lennon et lui ne se côtoient quasiment pas. Entre le dieu de la mer et celui qui ne se mouille jamais un orteil, le courant ne passe pas vraiment. Du coup, c'est Willow qui vient à nous. Ça n'a pas toujours été le cas, mais le père de famille accepte maintenant de laisser sa protégée seule en présence du géant. Il faut dire que la Lilliputienne et l'ogre se cherchent et se chamaillent tendrement toute la journée, l'un et l'autre ayant à peu près le même âge mental. Au détail près que Gus ne laisserait jamais rien arriver à la petite.

Il ne le reconnaîtra jamais, mais lui aussi, il est fou d'elle.

Ce matin, Lennon est parti aux aurores pour aller signer je ne sais quel contrat à huit chiffres et une mission de la plus haute importance m'attend. Une mission en trois syllabes. Un peu agaçante. Un peu trop parfaite. Mais nécessaire. Willow a besoin d'elle.

Tem – Pé – Rance.

– Tu peux y aller ! m'encourage Gus en me voyant hésiter sur le pas de la porte. Je surveille le monstre.

– Tu parles de toi ? lui rétorque Willow d'un air grave.

Je glousse, embrasse ma fille sur le front, puis mon coloc' sur la casquette.

– Fais attention à elle, hein ? lui soufflé-je.

– Tu devrais plutôt t'inquiéter pour moi ! Elle m'épuise ! Elle m'a ordonné de relooker toutes ses poupées !

– Alors au boulot, Fou ! lui dis-je en souriant avant de les laisser rejoindre leur petit atelier.

***

Tempérance Atwood habite à l'autre bout de Chatham, tout au fond d'une petite rue où poussent des pavillons tous semblables les uns aux autres. Huppés, bourgeois, sans être luxueux. J'ai trouvé son adresse aimantée sur le frigo de la villa. Son numéro de téléphone, aussi, mais je ne m'en suis pas servie. Quitte à lui faire la surprise de ma venue, autant qu'elle soit totale.

Je sonne au numéro 42 et patiente quelques secondes. La porte s'entrouvre rapidement et son joli minois apparaît, interloqué.

– Calliopé ?

– Clairvoyance…

Mon jeu de mots ne la fait pas rire et je réalise soudain que je suis grossière. Je ne la porte pas dans mon cœur, certes, c'est aussi réciproque, mais j'ai le droit d'être polie.

– Désolée, je recommence, fais-je d'une voix plus sympathique. Salut, Tempérance. Est-ce qu'on pourrait discuter ?

Son regard de biche méfiante tente de cerner ma démarche.

Je m'impatiente.

– Je peux entrer ? insisté-je. Il fait chaud.

– Non. Dehors, c'est bien…

– Tu caches quoi, à l'intérieur ?

– Ma mère infirme.

Elle ne plaisante pas. Pas du tout. Et je me sens toute petite, tout à coup. Complètement stupide et honteuse.

« Ignorance », c'est moi.

– Désolée, murmuré-je.

– Je n'ai pas encore retrouvé de boulot pour payer une aide à domicile, donc je m'occupe de ma mère à plein temps, siffle-t-elle. Personne ne paie aussi bien que Lennon Hathaway, dans cette ville. Et à part lui, personne n'est assez humain pour faire preuve de souplesse vu ma situation.

– Je…

– Tu ne m'as jamais posé une seule question sur moi, Calliopé.

– C'est vrai, réalisé-je avec regret.

– Depuis le début, tu me détestes. Tu penses que je suis vénale, intéressée, que j'en ai après Lennon et ta fille. Ce que tu n'as pas compris, à force de te regarder le nombril, c'est qui je suis. Je n'aime pas les hommes, ajoute-t-elle un ton plus bas.

Là, elle m'a perdue. Ma bouche grande ouverte la fait sourire. Alors elle enfonce le clou :

– J'aime les femmes. Surtout les brunes. Les mystérieuses. Les courageuses. Les battantes. C'était ton nombril à toi que je regardais. C'est après toi que j'en avais, personne d'autre…

Elle éclate de rire en voyant mon air idiot. Un rire sincère et doux, mais empreint d'une certaine tristesse.

– Je… bredouillé-je.

– Tu ?

– J'aime les hommes, moi.

– Je sais. Tu aimes *un* homme, précise-t-elle.

– Mais si je préférais les filles, je… tu… Tu serais sur ma liste.

– Ta *liste* ? se met-elle à glousser.

– Oui, si j'étais gay, je serais une femme à femmes ! décrété-je. J'ai déjà prévu de mettre le grappin sur Cara Delevingne, Rita Ora et Kerry Washington !

– Rien que ça ! dit-elle en riant de plus belle.

– Mais tu serais quatrième !

– Menteuse !

– Bon, mais au moins dans mon top 10. À condition que tu changes de prénom… Je pourrai t'appeler Attirance, dans l'intimité ?

– On va attendre un peu, avant l'intimité, décide-t-elle finalement en souriant.

Tempérance regarde ailleurs, inspire longuement puis soupire, comme si cette conversation l'avait un peu libérée. J'imagine que c'est aussi un secret difficile à porter. À garder. Qu'il l'isole. Et ça me peine. Je n'ai pas envie que mon « ennemie jurée qui ne l'est plus » reste seule.

– Reviens à la villa ! lui demandé-je soudain. Et si tu as besoin de faire des extras pour ta mère, deviens mannequin pour ma future collection adulte. Corps de rêve, visage de poupée : je te signe sans hésiter !

Elle se met à rougir et je réalise qu'elle n'a pas vraiment conscience de sa beauté. Une beauté classique, un peu transparente, un peu trop lisse, mais qui ne demande qu'à être illuminée par un petit grain de folie. Le mien, si elle accepte de bosser pour moi.

– Ça fait trois ans que je vis quasiment avec eux, reprend-elle. Tu ne t'en rends peut-être pas compte, mais Lennon et Willow représentent beaucoup pour moi. Et j'ai l'impression qu'ils ont attendu que tu débarques dans leur vie pour vivre enfin. Sourire, s'ouvrir, se mettre en danger. Je les ai vus changer à ton contact. S'épanouir. Vous trois, c'est exactement ce qu'il leur fallait, je crois…

Je me mords la lèvre pour masquer mon émotion, mais elle est bien là.

– Nous trois, oui, murmuré-je. Mais pas sans toi.

– Je peux y réfléchir mais je crois que je ne suis plus à ma place, là-bas. C'est à toi d'élever Willow. À toi d'épauler Lennon.

– Il y a de la place pour tout le monde !

– Ce n'est pas ce que tu pensais jusque-là… dit-elle en souriant.

– Non, c'est vrai, mais j'avais tort. Peur d'être rejetée. Peur que tu leur suffises.

– Je n'ai été qu'une nounou, Callie. Et c'est tout ce que je voulais.

– Alors reviens !

Elle hausse les épaules, entend comme moi une petite cloche qui sonne, au loin, et me fait signe que notre conversation doit s'arrêter là. Sa mère a besoin d'elle.

– Pour les extras, j'étais sérieuse, lui rappelé-je. Et si tu as besoin d'un coup de pouce…

– Je travaille dur, Callie. Je ne tiens pas à ce qu'on me traite avec pitié.

– Tu connais mon passé ? lui demandé-je en souriant tristement.

– Oui et justement… Je crois qu'on se comprend.

Je quitte la petite rue aux pavillons clonés avec l'impression qu'elle ne reviendra pas. Et que, à cause de moi, Willow va être privée de l'affection d'une bien jolie personne.

Faites qu'elle revienne. Sinon Gus voudra son job…

Et l'humanité entière sera en danger.

***

J'ai toujours rêvé d'être assez rebelle, assez coriace, assez mauvaise pour rayer la carrosserie de quelqu'un qui le mérite. Avec une clé, une barrette, un briquet, un bout de bois, n'importe quoi. Là, tout de suite, cette foutue décapotable rouge passion garée devant la villa, j'en ferais bien mon affaire.

Alexandra-Globule est dans les parages.

Lennon est rentré de son meeting, je perçois sa voix grave dès que je passe le pas de la porte. Celle de Working Barbie, aussi. Qui lui répond d'une voix doucereuse, sirupeuse, sucrée à vomir. Confortablement installés dans le canapé du salon, une flûte de champagne à la main, ils semblent plus complices que jamais. Et la petite voix tout au fond de mon âme torturée me glisse des mots cruels.

« Plus belle, plus femme, plus brillante que toi. »

« Moins folle. Moins bizarre. Moins cabossée par la vie. »

« Plus pour lui... »

Je ne tiens pas à faire une scène. L'amoureuse transie de 22 ans, jalouse de la collègue mature à la chevelure de rêve et à la forte poitrine, c'est vu, revu, gerbant au possible. Je ne dis pas un mot. Ne fais pas un bruit. Je ne m'arrête pas pour les saluer, je passe discrètement, mais claque la porte qui donne sur le jardin sans le vouloir.

Merde.

Je dépasse Gus, Willow et Poney qui barbotent sur les premières marches de la piscine, atteins la *guest house* et verrouille la porte derrière moi. Travailler. Dessiner. Coudre. Assembler. Défaire. Tout recommencer. Voilà ce qui transformera ma mauvaise humeur en inspiration créatrice.

On frappe à la porte. Lennon me demande doucement de lui ouvrir. Je ne bouge pas.

Nouveaux coups. Je l'ignore et continue à découper ma fine bande de tulle.

Le ton monte. Sa Majesté commence à trouver le temps long et tambourine une nouvelle fois.

– Repassez plus tard ! lui balancé-je depuis mon tabouret. Je travaille.

Plus de bruit. Plus de coups dans la porte. Il s'est probablement lassé et est allé retrouver sa blonde pulpeuse. Je me venge sur le tulle, manque de précision, bâcle le travail.

Soudain, une intuition étrange me taraude. L'impression d'être épiée. Je me retourne et lâche un hurlement strident en trouvant Lennon derrière moi, adossé nonchalamment au mur.

– Tu veux que mon cœur lâche ?! m'écrié-je en renversant mon tabouret.

– On vient de signer un gros deal, Callie, rien de plus…

Il remonte les manches de sa chemise jusqu'aux coudes, comme si on allait en découdre. Mais il croise finalement les bras et m'observe calmement, attendant ma réaction. Sa posture stoïque, son visage imperturbable, son souffle régulier et son regard sûr m'apaisent un instant. Mais juste un instant.

– Comment tu es entré ?!

– Par la fenêtre.

– Quoi ?

Je fixe le lieu du crime – fenêtre donnant sur le jardin grand ouverte – et soupire.

– C'est chez moi, ici, grommelé-je.

– Un peu, c'est vrai, confirme-t-il. Mais c'est surtout *chez moi*.

– Je travaille.

– Non, tu te fais des films.

– Je me fais des films *et* je travaille.

– Alors laisse tomber les films, gronde-t-il en s'approchant de sa démarche lente et déterminée. Et laisse tomber le travail…

Ses iris multicolores se plantent dans mon noir, je me détourne.

– Ça t'amuse, que je sois jalouse ? murmuré-je.

– Non.

– Ça te flatte.

– Un peu, admet-il sans perdre son sérieux.

– Je refuse d'être cette fille.

– Quelle fille ?

– Jalouse. Possessive. Parano.

Ses yeux se plissent légèrement tandis qu'il gagne encore un peu de terrain. À peine un mètre nous sépare et déjà, sa chaleur, son parfum, sa force, son regard, tout m'irradie et me renverse.

– Je suis l'homme d'une seule femme, Callie.

– Reste à savoir laquelle…

– Tu as vraiment besoin que je le dise à haute voix ?

– Oui… soufflé-je.

Plus intense, plus grave, plus beau que jamais, Lennon saute le pas.

– Tu ne comprends pas que je suis comme toi, Callie ? Ça me terrorise. Ça me bouffe. Ça me dépasse. Mais avec toi, je veux tout…

– J'ai besoin que tu le penses vraiment… Que ça vienne de là, fais-je en pointant son cœur du doigt.

– Je te donnerai tout, glisse-t-il en m'attrapant soudain par la nuque pour me coller contre lui.

Nos peaux se frôlent, nos bouches s'effleurent, je soupire de bonheur. Et de peur. Il m'emporte contre le mur, m'entoure toute entière mais ses yeux étincelants m'encouragent à parler. À lui confesser tout ce que j'ai sur mon cœur à moi :

– On m'a brisée, à l'intérieur. Et toi, tu me répares, tu recolles les morceaux, petit à petit, tu fais de ma vie sombre une jolie mosaïque multicolore, chuchoté-je en frissonnant. Mais j'ai trop peu confiance en les hommes pour accorder la mienne à quelqu'un qui ne la mérite pas, tu comprends ? Je ne veux plus qu'on me manipule, qu'on m'utilise. Je ne veux plus souffrir. Ni attendre. J'ai déjà perdu tant de temps…

– Je suis là, Callie. Je ne bouge pas d'ici.

Je l'embrasse délicatement. Ses lèvres sont douces, chaudes, moelleuses.

– Je crois que tu es mon âme sœur, Lennon.

– Et je crois que tu es exactement celle que j'attendais…

Cette fois, sa bouche se plaque sur la mienne avec fougue

et je m'entends gémir lorsque nos langues entament une danse alanguie, sensuelle, amoureuse. Puis ses mains se faufilent sous mon top orange sanguine, rencontrent ma peau brûlante et glissent jusqu'à mes reins. Notre baiser s'approfondit, il devient torride, incontrôlable, animal. Lennon grogne en me dévorant, je soupire en m'abandonnant.

Jusqu'à ce que la petite voix de Willow se rapproche, que Gus tente d'ouvrir la porte verrouillée et que notre étreinte volée prenne fin. Subitement. Mon amant secret s'arrache à moi et repasse par la fenêtre avec une aisance folle. De mon côté, je reprends mon souffle et vais ouvrir à mes visiteurs.

Ma Lilliputienne me saoule déjà de paroles, mais je ne l'écoute pas vraiment.

Je suis encore avec lui.

« Tu es exactement celle que j'attendais... »

Son goût sur ma bouche ne s'efface pas. Lennon ne disparaît pas comme ça. Il reste toujours un peu avec moi. Farouche. Obstiné. Indocile.

34

Comme tu l'aimes

– Callie, tu m'écoutes ? m'engueule la petite brune au tempérament de feu – hérité d'on ne sait qui. Gus a coupé les cheveux de Blé !

– Hein ? Qui ?

– Blé, ma poupée noire ! Regarde !

Le poupon noir aux cheveux platine a en effet subi un relooking extrême. Et je souris intérieurement des choix de nom toujours étranges mais toujours judicieux que fait Willow pour ses chiens ou ses jouets.

– Le carré plongeant lui va à ravir, dit le géant en se marrant et en allant s'affaler sur le canapé. Et encore, j'ai hésité avec une coupe à la garçonne…

– Elle avait des belles nattes et il les a coupées ! se plaint l'enfant en le fusillant du regard.

– Gus… grommelé-je.

– Fallait pas me la laisser si longtemps, se défend-il en allumant la télé.

Je regarde ma fille qui fixe sa poupée sans plus vraiment la reconnaître.

– Tempérance faisait bien les coiffures… soupire-t-elle. Elle pourrait arranger ça.

– Attends, Wiwi, j'arrive !

Un aller-retour dans ma chambre et je reviens munie d'un petit foulard rose cramoisi que je noue autour de la tête de la poupée, façon *headband* rétro.

– Voilà ! dis-je à ma fille dans un sourire en espérant lui rendre le sien. Une belle pin-up !

– C'est joli, admet-elle après évaluation. Mais Gus a plus jamais le droit d'approcher mes poupées !

– Dommage, j'étais inspiré. Et attention à ton Poney ! la prévient mon coloc'. J'ai très envie de le teindre en bleu…

Ma fille quitte la *guest house* sur-le-champ en boudant et en appelant son veau à tue-tête.

– Elle est mignonne, soupire le Fou. Mais fatigante…

– J'en connais un autre, rétorqué-je en me réinstallant à mon atelier.

– Rien de neuf avec Poséidon ?

Je lui souris et fais des mystères, juste pour l'embêter.

– Et si tu m'aidais un peu, au lieu de faire ton curieux ?

– Peux pas, répond-il en se marrant. J'ai changé de voie. Je suis nounou agréée, maintenant.

– C'est ça ! Et moi, je suis Karl Lagerfeld, dis-je en me tenant toute droite et en me mordant les joues.

Gus éclate de rire face à mon imitation approximative, se lève d'un bond et se met à débiter absolument n'importe quoi sur la mode avec un fort accent allemand. J'enfile mon casque, monte le son à fond et couds pendant deux bonnes heures.

***

Je l'ai noté noir sur blanc sur un post-it :

Leçon de natation à 19 h – plage du phare.

En fin de journée, je mets sur un cintre la blouse Liberty aux couleurs charbon et cognac que je viens de terminer, je laisse Gus devant son émission débile – où des gens se tatouent des pieuvres géantes et des têtes de mort à des endroits improbables, je dépose Willow qui doit passer la nuit chez Seraphina et Hazel, puis rejoins mon surfeur en son royaume.

La plage du phare, surplombée de falaises brunes, totalement dépeuplée et battue par les vents.

L'homme-océan sort justement de l'eau dans sa combinaison noir intense pour venir à ma rencontre. Il me fixe de son air grave, secoue la tête pour se débarrasser de l'eau salée qui coule de ses cheveux à ses yeux, puis dépose sa planche presque à mes pieds. Il est essoufflé, tous les muscles encore tendus par l'effort. Sa beauté me bouleverse une nouvelle fois.

– Il fait beaucoup trop froid pour se baigner… couiné-je en le voyant défaire le haut de sa combi.

– Viens, je vais te réchauffer, dit-il en souriant enfin.

Lennon me plaque contre son corps humide et je hurle en le repoussant comme je peux. Mais l'homme est tenace et je suis obligée de lui mordre l'oreille pour qu'il me libère. Une course-poursuite s'ensuit, je m'étale sur le sable au bout de trois secondes, morte de rire mais prête à en découdre.

– Si tu m'obliges à aller dans l'eau ce soir, je te fais manger tout ce sable ! le menacé-je tandis qu'il vient tranquillement s'asseoir à côté de moi.

– Demain, piscine, treize heures, lâche-t-il alors, son sourire insolent au coin des lèvres.

– Ma prochaine leçon ?

– Tu proposes une autre activité ?

Ses yeux joueurs me provoquent, je lui donne une petite tape sur le genou, il emprisonne ma main au passage. Seuls sur cette plage sauvage, Lennon et moi savourons quelques secondes de liberté totale. Absolue. Vitale.

Et je réalise que je pourrais passer toute ma vie comme ça. Avec lui. Et celle qui nous relie.

– J'ai repensé à notre conversation tout l'après-midi, murmuré-je en fixant nos pieds.

– Si je suis allé trop vite, trop loin…

Je contemple son beau visage tourné vers l'océan déchaîné.

– Non. C'est exactement ce que j'avais besoin d'entendre, Lennon.

Mon surfeur sourit légèrement, passe la main dans ses cheveux en bataille et ajoute à voix basse :

– Je suis prêt à ouvrir un peu plus la porte.

Ses yeux changeants, énigmatiques, fascinants plongent dans les miens et j'en frissonne. Je l'interroge du regard, il continue.

– Willow n'a que moi. Aucune autre famille de mon côté.

Il marque une pause avant de reprendre :

– Toi, tu as tant à lui apporter…

Mon cœur s'arrête un instant de battre. Je ne suis pas sûre de comprendre. De réaliser ce qu'il est sur le point de me dire. De me proposer. De m'offrir.

– Elle pourrait rencontrer sa grand-mère, me dit en souriant doucement le roi de mon monde. Et tous les autres qui comptent pour toi et qui font qui tu es. Qui *elle* est.

Les larmes me montent aux yeux, je les laisse couler et renifle sans aucune retenue. J'ai beau connaître ses qualités de cœur, je ne m'attendais pas à ça de la part de Lennon. À cet acte si généreux. À une confiance si totale.

– Mais tu dois me promettre de ne rien gâcher, précise-t-il. Tu dois toujours faire attention à notre fille, à ce qu'elle ressent. Tous ces bouleversements dans sa vie, ça ne doit pas être facile à encaisser…

Je pleure de plus belle. De sa main droite, il vient doucement saisir mon visage pour l'enfouir dans son cou.

– Respire… souffle-t-il.

J'essaye, ça ne marche pas. Alors mon dieu de la mer me glisse d'une voix tendre :

– On attendra que tu sois prête. J'ai toujours manqué d'une mère, moi. J'aurais tout donné pour qu'elle m'aime comme tu aimes Willow.

– Pourquoi tu es si bon avec moi ? sangloté-je contre sa

peau. Pourquoi est-ce que tu ne m'en veux pas de l'avoir abandonnée ?

– Parce que je t'aime, murmure-t-il.

Je crois qu'une heure entière défile sans qu'on ne bouge d'un millimètre, lui et moi.

Et sans que ses mots merveilleux ne me quittent.

***

Un Gus en pyjama et une unique tranche de pizza encore tiède m'attendent sur la table basse lorsque je regagne la *guest house*, encore secouée par la déclaration de Lennon.

– Ça y est, Poséidon t'a appris la brasse coulée ? plaisante mon coloc' en se grattant sous sa casquette.

Non. Il m'a appris à respirer.

Je lâche mon sac, retire mes sandales couleur châtaigne grillée et vais attraper une bouteille d'eau dans le frigo.

– Désolée Gus, je suis crevée, fais-je en me penchant sur lui pour l'embrasser sur la joue. Je vais me coucher.

– Il est vingt heures trente-neuf ! s'exclame-t-il, outré.

– Je me lève tôt demain. Je dois créer une ligne pour Tempérance…

– Tu dois quoi ?!

Je vais m'enfermer dans ma chambre sans lui expliquer le pourquoi du comment et l'entends bougonner depuis son canapé. En réalité, je veux juste être seule. Une mission périlleuse m'attend. Douloureuse. Effrayante.

Je m'apprête à refaire un saut dans le passé. Mais pas toute seule, cette fois.

– Tu appelles ta mère et tu lui dis tout, fais-je à voix haute. Sur-le-champ. Pas le choix. Tu peux le faire, Callie !

Je retiens mon souffle pendant les trois sonneries. Finalement, la voix de Lynette retentit, douce, tendre, légère, presque trop. Si mon père est l'incarnation du feu, dévastateur, imprévisible, violent, ma mère est celle du souffle.

On ressent à peine sa présence, mais sans elle, on ne survit pas. Ou mal.

– Ma chérie, tu es là ? répète-t-elle deux fois avant que j'arrive à produire à peine trois mots.

– Oui, c'est moi…

– Callie, ça ne va pas ?

J'inspire profondément. Me remémore les mots de Lennon. Ceux de Dante, de Tutu, de Gus… Même ceux de Willow. Et je me lance à l'aveugle, sans savoir où je vais.

– J'ai quelque chose à te dire, maman. Quelque chose de difficile. De sombre. Mais aussi quelque chose de beau. De grand. Quelque chose qui a changé ma vie. Qui vient de lui redonner un sens…

– Tu me fais peur, Callie…

– J'ai une fille, maman.

Cette phrase, je l'ai lâchée comme une bombe, en un seul souffle. Un souffle, comme elle. Comme ma mère. Ma mère qui ne semble pas trouver ses mots, à l'autre bout du fil.

– C'était il y a presque six ans, maintenant, continué-je. J'ai eu un bébé, en secret.

– Je… Je ne sais pas quoi dire…

– Elle s'appelle Willow, elle vit à Cape Cod, face à l'océan. Elle est belle, maman. Dehors et dedans. Si belle.

– Oh ! Callie ! l'entends-je sangloter. Comment… ? Qu'est-ce que… Qui est… le père ?

– Levi Withman… soufflé-je. Mais il n'a rien d'un père. Il voulait que j'avorte.

– Levi… répète-t-elle, toujours sous le choc. Mais… et toi ?

Je devine sa question sans qu'elle ait à la formuler. *« Et toi ? Pourquoi est-ce que tu l'as abandonnée ? »*

– Vito, fais-je d'une voix tremblante. Mon exil en Italie. Il me l'a volée, arrachée. Mais j'ai fini par la retrouver.

– Tu es *maman*… dit-elle à voix haute, pour s'en persuader.

– Oui, sangloté-je à mon tour. Et je voudrais tant que tu la rencontres. Ma fille… et sa grand-mère.

Trois générations qui auraient pu ne jamais se rencontrer. Trois âmes qu'on ne pourra plus séparer.

35

Son territoire

– Regarde-nous, ricané-je dans le grand miroir de la salle de bains. On ressemble à un vieux couple qui se prépare avant d'aller bosser.

– Je nous trouve pas mal, me répond Lennon en me souriant en retour.

Le roi du monde, les cheveux encore mouillés de la douche, en pantalon de costume bleu amiral, pieds nus et chemise blanche toujours ouverte, vient se coller derrière moi.

– Mais toi, tu es encore mieux comme ça, dit-il, me dénudant en tirant sur la serviette qui m'entoure.

J'ai beau adorer nos rendez-vous clandestins, nos nuits torrides et nos matins partagés, j'ai encore beaucoup de mal avec cette intimité. Je me dépêche de cacher ma nudité et ma cicatrice sous une autre serviette blanc fumé piochée au hasard sur une pile. Dommage, ce minuscule essuie-mains fait tout juste le tour de ma taille. Je le noue sur le côté et attrape deux verres à dents opaques que je me colle sur les seins en guise de soutien-gorge exotique. Je pars dans une danse du ventre tropicale, pour faire diversion et m'évader de cette salle de bains avec classe.

Ou ce qu'il en reste.

Sa Majesté m'observe, ses beaux yeux plissés et amusés, tout en attachant ses boutons de manchette.

– Je disais, lancé-je depuis la chambre où je m'habille, que je nous trouve un peu cliché. Papa met son costume pour aller signer de gros contrats. Maman va coudre en attendant son retour. Et la nounou va s'occuper des gosses qu'elle aura bien habillés, bien coiffés et bien élevés.

– « Des gosses » ? me demande-t-il en insistant sur le pluriel.

– Il n'y en aura pas d'autre ! le menacé-je de l'index en passant seulement la tête – et le doigt – dans l'embrasure de la porte.

Il me sourit mais je vois à sa tête légèrement penchée sur le côté que ça l'amuse de me défier. De me faire douter. Mon cœur tressaute à l'intérieur, mon ventre se noue, mon cerveau fait un tour sur lui-même : aucune idée de ce que j'en pense, dis, ressens.

– Je ne vois vraiment aucun cliché, déclare alors sa voix grave. Il est cinq heures quarante-cinq du matin. On se lève aux aurores pour que notre fille ne nous voie pas ensemble au réveil au cas où ça la perturberait. Je vais bosser avec mon ex-fiancée pour rendre l'hôtellerie de luxe écoresponsable et apprendre à des milliardaires à respecter la terre. Tu vas créer une ligne de vêtements pour enfants qu'aucun enfant n'osera jamais porter. Et notre nounou lesbienne revient à mi-temps parce qu'elle adore ma fille mais craque aussi pour la femme avec qui je viens de passer la nuit en secret. Même si on avait voulu l'inventer, on n'aurait pas pu faire moins cliché !

– C'est vrai que résumée comme ça, notre vie a plutôt l'air barrée… finis-je par admettre.

Et cette idée me met du baume au cœur. Je réapparais dans la salle de bains en slim blanc trois-quarts et blouse wax hyper-colorée, qui laisse Lennon bouche bée.

– Et ladite femme porte un jean trop court qui lui arrive mi-mollet et une sorte de boubou africain deux fois trop grand… commente-t-il, le regard perplexe.

– Tes costards sont d'un ennui mortel, Ta Majesté ! lui rétorqué-je en allant ébouriffer ses cheveux qu'il vient de lisser.

En réalité, il porte le costume griffé comme personne. Sa chemise cintrée épouse son large torse musclé et ne me donne qu'une envie : la lui arracher. Sa fine cravate en soie grenat mouchetée de bleu acier est d'un chic absolu. Et je n'ai aucune idée de comment je vais pouvoir laisser cet homme partir travailler. Cinq heures cinquante-deux. Je veux être de retour à la *guest house* avant six heures. Ni Gus, ni Willow, ni Pertinence ne sont dupes, mais c'est la règle que je me suis fixée.

Je me concentre sur mon propre reflet dans le miroir, laisse mes yeux naturels – à l'exception de mon éternel mascara sans lequel je me sens nue – et j'ajoute sur ma bouche une bonne couche de rouge à lèvres couleur mandarine écrasée.

– Et je t'embrasse où, maintenant ? râle le businessman contrarié.

– Nulle part ! C'est pour Tempérance que je me fais belle, le provoqué-je en resserrant mon chignon au sommet de mon crâne.

Le roi du monde ne mord pas à l'hameçon. En revanche, il me saisit par la taille, m'empoigne une fesse et va glisser dans mon cou un baiser qui ressemble bien à une morsure.

– Aïe ! Tu me fais un suçon pour marquer ton territoire ?

– On va surfer, tout à l'heure ? propose-t-il en m'ignorant.

– Pas la peine d'apporter les planches, lui dis-je en souriant.

– Onze heures, plage du phare, décide-t-il en me décochant ce regard fascinant qui m'allume aussitôt.

La dernière fois, la leçon de natation et de sports nautiques a surtout consisté à trouver un rocher assez haut pour nous cacher, à défaire à toute vitesse ces foutues combinaisons qui collent à la peau et à surfer l'un sur l'autre. À se toucher. Se croquer. À savourer nos peaux salées. Ces plaisirs-là, j'y ai pris goût… Et il paraît que j'apprends vite.

***

Pendant cette dernière semaine de juin, Lennon est très souvent absent, Willow encore à l'école et Tempérance, présente à la villa dès que la petite tornade brune a besoin qu'on s'occupe d'elle. Je profite de tout ce temps libre pour finir ma collection, avec mon assistant bougon. Je trouve que Gus a perdu sa bonne humeur depuis notre retour à Cape Cod. Et je me demande s'il n'en a pas marre de ne jamais être à sa place, jamais chez lui, jamais le centre du monde. Ce doux géant n'est l'homme de la vie de personne, le père d'aucun enfant, seulement le fils unique de parents pas très fiers du résultat. Il ne peut plus jouer à être mon amoureux ou la nounou de Willow, comme ça l'amuse souvent : toutes ces places sont prises. Et je crois que la casquette de meilleur ami ne lui suffit plus. Il a besoin d'une nouvelle mission, d'un rôle sur mesure.

– J'ai une idée ! lancé-je depuis ma table de travail.

– Je te préviens, je ne défais pas les fronces de ce tutu pour la douzième fois, ronchonne mon acolyte.

– Non ! On ne va pas défaire mais faire, cette fois !

– Faire quoi ?

– Des tutus, pour tout le monde !

– Hazel ? Seraphina ? soupire-t-il, déjà lassé par mon idée.

– Non, ma famille ! Tous, eux, toi !

Gus ne comprend toujours pas mais ses joues rebondissent autour de son sourire quand il entend qu'il fait partie de ma famille.

– Je suis prête, décrété-je ! Je veux qu'ils viennent ici, que Willow rencontre sa grand-mère, son oncle, sa tante et même leur chien moche. Qu'ils fassent la connaissance de Lennon. Que ce soit la fête !

– Y aura de l'alcool ? grommelle Gus qui commence à aimer l'idée.

– Du bon vin italien et des cocktails parapluie ! Et je vais coudre un tutu pour chacun ! m'emballé-je. Dans une couleur différente ! Dante grognera dans sa barbe mais je ferai aussi un tutu minuscule pour leur futur bébé. Lennon ne voudra jamais le mettre mais je m'en fous, ça lui fera un point commun avec mon frère. Ma mère sera un soleil dans son tutu jaune poudré. Sol nous montrera comment on danse avec un vrai tutu. Et tu pourras te mettre le tien sur la tête comme une coiffe indienne, ça fera hurler Willow de rire !

– Tout doux, Folle ! T'as les vaisseaux des yeux qui pètent en direct !

– Parce que j'ai un arc-en-ciel dans la tête, Gus ! J'ai toutes les couleurs des yeux de Lennon qui me pétillent dans le cœur !

– Et moi, je fais caca des licornes, soupire-t-il face à ma niaiserie.

Il nous faut quatre jours et trois nuits pour organiser la fiesta de ma vie : Lennon a validé la date et se charge du traiteur. Tempérance a gentiment proposé de préparer les chambres d'amis. Lynette, Dante et Solveig ont accepté l'invitation sans réfléchir. Et j'ai cousu, cousu, cousu. Dessiné, découpé et recousu. Six tutus d'adulte, trois féminins et trois masculins, un tutu d'enfant, un tutu de bébé et deux tutus de chien. J'ai dépensé une fortune chez Miss Button et jamais eu autant de tulle entre les mains. Ni autant d'images de bonheur dans la tête.

36

La danse des tutus

Quand arrive ce samedi soir, je trépigne comme une gamine à la veille de Noël. Sauf que mon excitation rend Willow nerveuse. Et que Lennon doit me rappeler que c'est elle, la petite fille, à la fois impatiente et apeurée. Je lui tiens fermement la main au moment où nos invités sonnent à la villa Hathaway. À la seconde où la porte s'ouvre, les larmes montent dans toutes les paires d'yeux qui se cherchent, se croisent, se trouvent.

– C'est l'effet du vent, plaisante doucement Lennon pour essayer de nous détendre. L'air iodé de l'océan. Ça peut piquer un peu…

Tout le monde lui sourit. Ma mère s'essuie les yeux, Dante serre un peu les dents, Solveig me saute au cou et le roi du monde tente de faire entrer cette petite foule émue dans son royaume. Wiwi reste planquée derrière la jambe de son père, sans jamais retirer sa main de la mienne. Et je me retrouve les bras emmêlés, le cœur emballé, au milieu de tous ces gens que j'aime. Qui s'aiment sans doute aussi. Mais qui ne savent pas encore comment se le montrer.

– Champagne ? propose Gus d'une voix tonitruante. Vous avez tous l'air tellement empoté ! Ça ira mieux après !

– On peut passer dans la véranda, suggère le maître des lieux aux invités.

– Non ! braille Willow qui s'était fait oublier.

– Wiwi, lui soufflé-je doucement, tu veux que je te présente…

– Non ! me coupe-t-elle, encore plus renfrognée.

– OK, quand tu seras prête… dis-je en tentant de l'apaiser.

– Non ! Tu avais dit qu'il y aurait un grand chien moche ! annonce-t-elle en boudant.

J'adresse un sourire gêné aux heureux propriétaires de Morue.

– Je n'ai pas exactement dit *moche*…

– Si ! Tu as dit « grand mais gras, noir moche comme s'il était tout sale, les poils rangés n'importe comment et les deux oreilles qui se disent merde », répète la brunette par cœur.

Les rires fusent avant que je puisse justifier cette description un peu désobligeante.

– Et aussi qu'il avait un museau qui sentait le…

Je plaque ma main sur la bouche de ma fille avant qu'elle lâche d'autres gros mots devant son père et les pauvres parents de Morue.

– Cette petite a une imagination débordante, expliqué-je à la foule d'admirateurs.

Ma mère s'en émeut et mon frère fait demi-tour pour aller ouvrir la portière arrière de la Chevy garée le long du trottoir. Une fusée d'un noir crasseux bondit de la voiture et remonte l'allée à grandes foulées, s'invitant dans la villa Hathaway sans aucune gêne.

– On s'est dit qu'il valait mieux que les humains se rencontrent avant les chiens, me chuchote Tutu à l'oreille.

– Mais on ne fait rien dans l'ordre, ici, tu sais… lui réponds-je avec un sourire.

Alors qu'on s'est à peine dit bonjour, Morue fonce sur Poney au milieu du salon blanc immaculé des Hathaway. Et les deux chiens se reniflent la truffe et les fesses, se dressent sur les pattes pour jouer, se roulent par terre en poussant des grognements, se mordillent les oreilles et la queue, puis bondissent sur les canapés pour y répandre leurs litres de bave de bonheur.

– Eux aussi, ils pleurent de joie ! commente la petite maline, hilare.

– Tu n'aurais pas fabriqué un petit génie, toi ? me glisse Dante d'une voix impressionnée.

– Tout le mérite en revient à Lennon, lui réponds-je en fixant le roi du monde.

Mon frère et mon amant se rapprochent spontanément et échangent à ce moment une longue poignée de main silencieuse. Comme s'il n'y avait rien d'autre à dire que ce que ces deux taiseux savent exprimer d'un seul regard.

Un peu plus loin, j'entends Gus, un verre à la main, tenter d'offrir un cocktail à Solveig et son ventre bien arrondi.

– Je t'assure que tu ne pourras pas te passer d'alcool en ayant un enfant. Il en ira de ta santé mentale ! Autant commencer maintenant !

– Je ne suis pas sûre que les fœtus de quatre mois adorent ça… décline la blonde.

– Et pourquoi les enfants passeraient toujours avant les adultes, hein ? Qui a un jour décrété qu'ils étaient plus fragiles et qu'il fallait les protéger ? Alors que ce sont eux qui nous pourrissent la vie ! Qui parlent en criant, qui marchent en courant, qui pleurent en geignant sans qu'on ne comprenne rien à ce qu'ils racontent ! Ces choses-là sont de pures inventions du diable !

– Gus, doucement sur le vin… vais-je lui chuchoter pour sauver ma belle-sœur.

– Je ne suis pas saoul ! m'annonce-t-il, vexé, en butant sur presque chaque mot.

– C'est évident, lui dis-je en souriant. Tu ne veux pas aller chercher les tutus à la *guest house* ?

Vu sa démarche de guingois et son regard brillant, le géant pompette ne risque pas de revenir de sitôt avec les dix tutus vaporeux soigneusement emballés pour chacun.

J'observe les autres dans la véranda, les entends d'ici discuter de la vue époustouflante sur l'océan, pendant que Willow et les chiens s'ébattent toujours dans le salon. La petite sauvage n'a encore fait la connaissance de personne… Mais ils ont tous eu l'intelligence de garder leurs distances et d'attendre qu'elle vienne à eux. Je crois maîtriser à peu près la situation quand une main saisit mon poignet et me fait tourner sur moi-même pour atterrir dans un angle mort. Lennon me vole un baiser langoureux au goût de rhum et de coco, puis m'abandonne aussitôt. Mais c'est le goût de l'interdit qui m'étourdit le plus. L'esprit et le corps en ébullition, je le regarde se mêler à ses invités comme si de rien n'était, juste un sourire aux lèvres en guise de souvenir. Et je me sens fière que cet homme imprévisible, intouchable, irrésistible… charme tout le monde mais n'appartienne qu'à moi.

Même si personne ne doit le savoir…

Et même si la terre entière s'en doute…

Je rejoins enfin ma famille dans la véranda et c'est une autre petite main qui se glisse dans la mienne. Puis tire dessus pour que je me baisse à sa hauteur.

– C'est qui, ta maman ? me demande Willow en chuchotant.

– Regarde, dis-je en en poussant doucement son menton. Elle est brune, comme toi et moi. Et quand elle sourit, on dirait qu'elle est triste. Comme quand tu boudes sans trop savoir pourquoi.

– Alors pourquoi ? insiste la Lilliputienne, intriguée.

– Parce que nous trois, on a plein d'émotions qui se battent à l'intérieur. Des rires, des larmes et des cris qui hésitent à sortir du cœur.

– Papa dit que je dois tout dire et tout sortir. Rien garder pour moi.

– Il a raison, réponds-je en souriant à ma fille.

Mes gènes, ses conseils. Ma folie, sa philosophie. Mon envers, son endroit. Peut-être que tous ces ingrédients finiront par créer le plus beau des mélanges. Quelque chose d'invisible, de fort, d'évident, tout à coup, me pousse à croire que c'est possible.

– Elle est belle et douce comme t'avais dit, annonce Willow en fixant Lynette.

Laquelle s'approche enfin de sa petite-fille, un large sourire aux lèvres et des larmes plein les yeux.

– Comme c'est ma maman et que tu es ma fille... tenté-je de lui expliquer. Tu sais qui elle est pour toi ?

– Ma mamie.

– Oui, acquiesce Lynette en lui caressant la joue.

– La mamie d'Hazel est morte, ajoute la brunette. Mais elle était très vieille et elle dormait tout le temps alors c'est mieux comme ça.

– Tu es vive comme ta maman à ton âge, dit ma mère en riant, touchée. Tu as les oreilles partout et la langue bien pendue.

– Non, on doit pas tirer la langue. Y a que Poney qui le fait, mais c'est quand il a soif. Et Gus quand papa dit qu'on a pas le droit. Et moi, quand personne me voit, finit-elle par murmurer entre ses petites mains potelées.

Je laisse la grand-mère et la petite-fille s'apprivoiser. Retrouve mon meilleur ami titubant sous une pile de tutus bien plus haute que lui. Et je les distribue joyeusement en expliquant que personne n'est obligé de les porter mais qu'ils ont quand même des pouvoirs magiques. Que certains tournent comme des soleils. Que d'autres sont des tornades, des coiffes, des auras, tous uniques, tous importants pour moi. Wiwi se met aussitôt en culotte pour essayer le sien. J'enfile le mien, de la même couleur gris orage, par-dessus ma jupe en cuir. Sol retrouve aussitôt sa posture et ses pas de ballerine. Et colle contre son ventre le minuscule tutu blanc nuage qui ira bientôt à son bébé. Lennon et Dante se contentent de sourire en levant les yeux au ciel, amusés, attendris. Puis se parlent tout bas et décident de se prendre au jeu, juste un peu. Je les vois se débattre avec leur chien respectif pour les faire revêtir leur tenue de gala, sous les rires collectifs, puis trinquer à nouveau à cette mission réussie. Quand ils s'adossent à la baie vitrée de la véranda, les bras croisés et le sourire pudique, leurs regards ne trompent pas. En silence, ils contemplent les quatre filles de la famille en train de danser et virevolter, aussi libres, folles et indociles qu'ils les aiment.

– Je crois que je vais aller me coucher, vient m'apprendre Gus, son tutu couleur absinthe enfoncé sur la tête jusqu'à lui décoller les oreilles.

– Je t'avais bien dit que ce serait la fête du siècle ! lui dis-je en souriant, aplatissant ses joues dans mes deux mains.

– Tu as oublié de me dire de ne pas mélanger rhum et vin…

– Ne tombe pas dans la piscine et ne vomis pas dans le jardin, lui rappelé-je avant de le serrer dans mes bras.

– Ouais, ouais…

– Viens, Wiwi, on va aller se coucher aussi… et border ce gros bébé.

C'était la voix de Lennon. Et elle me file des frissons. Je fonds quand je l'entends prononcer ce petit surnom que je donne à ma fille. Je craque quand je le vois s'occuper de mon meilleur ami et de ses éternels excès. Et je tombe pour la millionième fois folle amoureuse de lui quand je le vois s'éloigner, une main sur l'épaule ronde de Gus, l'autre derrière la petite tête dure de Willow.

– Je veux pas dormir, se met à ronchonner la petite.

– C'est trop loin ! bougonne le grand en marchant.

– Gus sent mauvais, continue-t-elle.

– Toujours moins que ton chien ! renchérit-il.

En voyant ma mère et ma belle-sœur les suivre du regard, presque déçues qu'ils disparaissent si vite, il me vient une idée. Je grimpe les escaliers qui me mènent au deuxième étage de la villa puis cours jusqu'au bureau de Sa Majesté. Là où il cache un précieux album photos et une chemise remplie de dessins et autres exploits infantiles. Toute l'évolution de Willow depuis qu'elle a atterri dans sa vie. Il m'a déjà montré ces merveilles plusieurs fois mais je ne me souviens plus où il les range. Je fais plusieurs tiroirs, finis par tomber sur une chemise cartonnée, la sors et me fige quand je lis le titre écrit au marqueur : *Adoption*.

J'ai le souffle court et les jambes coupées. Je m'affaisse et m'assieds en tailleur à même la moquette. Ce dossier-là, posé devant moi, on ne m'a jamais proposé de le regarder. Je sais que je ne devrais pas, pas sans lui, pas maintenant, mais je me mets à l'ouvrir et à tourner les pages. Des tas de papiers faisant officiellement de Lennon Hathaway le père adoptif de ma fille. Puis d'autres qui remontent le temps. Qui mentionnent Ralph et Terri, ses tout premiers parents. Et la dernière feuille, d'un blanc funèbre, datant de presque six ans. Des larmes brûlantes voilent mon champ de vision. Je perçois les mots « mineure », « abandon », « consentement », « déchu », « adoption ». Et la terrible expression « accord parental ». Quelqu'un a donné son approbation à cet acte barbare, à ce vol, à cet arrachement. Pas seulement « quelqu'un » : deux signatures barrent le bas du document. Je les reconnais comme si je les avais tracées moi-même, à la pointe d'un couteau.

Celle de Vito.

Celle de ma mère.

La tête penchée en avant, le corps secoué de sanglots, je laisse ma tempête de larmes se déverser sur mon pauvre tutu orage. Quelques secondes, peut-être quelques minutes plus tard, la porte du bureau s'ouvre et m'oblige à lever les yeux sur Lennon. Il se précipite auprès de moi, rejoint la moquette, saisit ma main et embrasse ma paume.

– Je me demandais ce qui te retenait là-haut… murmure-t-il en fixant le dossier éparpillé.

– Ma famille toxique vient encore de tout gâcher, bredouillé-je.

– Ça n'arrivera pas, Callie. Je suis là.

– Tu savais ? réalisé-je soudain en m'écartant. Depuis tout ce temps… et tu ne m'as rien dit !

– J'avais vu les deux signatures, confirme-t-il d'une voix douce. J'en crevais d'envie, mais ce n'était pas à moi de te le dire.

– Tous ces maudits secrets… grondé-je. Même toi !

Je tente de lui échapper, il tire sur ma main et m'oblige à me relever. Il m'enlace, me serre fort dans ses bras jusqu'à s'assurer que je tiens bien debout. Je ne résiste pas. J'ai trop besoin de lui. De sa force. De son amour. Son odeur m'enivre, sa peau me fait un bien fou.

J'ignore combien de temps s'est écoulé lorsque Lennon saisit mon visage dans ses mains.

– Willow et moi, on est là, répète-t-il. Tu nous as trouvés. Il n'y a plus rien qui puisse être gâché.

– Comment c'est possible ? me lamenté-je encore. Ma propre mère… Ma fille…

– Je sais… chuchote-t-il en effaçant mes larmes de ses pouces à mesure qu'elles coulent.

– Quelle solution tu vas trouver, cette fois ? Comment je vais survivre à une telle trahison, moi ?

– Avec de l'amour, Calliopé. Il n'y a que ça qui marche. Que ça qui fait vivre.

Je me noie dans ses yeux fascinants, aimants, envoûtants. Je m'accroche à sa voix chaude et rassurante, à son corps solide et tendre. J'inspire tout son air, sa force, son parfum chargé d'océan. Et je saute dans le vide en lâchant ces mots du haut de ma falaise.

– Je t'aime aussi, Lennon. Je t'aime.

37

Condamnée

Lennon me contemple de ses yeux brillants, multicolores, fascinants. J'ignore s'il le sait, s'il s'en doute, s'il l'a deviné, ressenti, mais je n'ai jamais rien dit de tel à personne.

« Je t'aime. »

Trois mots qu'on apprend enfant. Qu'on entend chaque jour, chaque semaine ou chaque année, sortir de la bouche de ses parents. Parfois aux occasions spéciales, parfois juste parce que ça fait du bien de les dire, de les recevoir. Ces trois mots, je ne les ai jamais entendus et je ne pensais jamais les prononcer. Vito les trouvait grossiers, faibles, pathétiques. Ils étaient interdits. Indignes d'un Lazzari. Alors docile, conditionnée, terrorisée, je n'ai jamais osé les murmurer avant, par peur des représailles. Pas même à ma mère. Encore moins à un homme.

Il n'y a qu'à Willow que je l'ai dit. Parce que c'est si évident. Parce que je l'ai faite. Parce qu'elle est un bout de moi.

– Pendant une seconde, j'ai oublié ce que ma mère a fait, chuchoté-je en touchant du doigt le document signé par Lynette Salinger. Avec toi, j'oublie tout, Lennon. Mais…

– Mais tu dois affronter la réalité, devine-t-il.

– Oui. Elle m'a trahie, fais-je d'une voix tremblante. Elle ne mérite pas de la connaître.

Mon roi du monde se penche sur moi, m'embrasse la nuque en me couvrant de frissons.

– Ne sois pas trop dure avec elle, me berce sa voix grave.

Mon tutu tornade bien en place mais les idées en vrac, je quitte le bureau sans me retourner, le maudit document à la main. Imaginer ma mère complice de Vito, ça me fait un mal de chien. L'entendre me mentir à nouveau, lorsque je lui ouvrais mon cœur au bout du fil et lui racontais mon supplice, ça me donne la nausée.

Je pose mes yeux sur elle en la retrouvant dans la véranda illuminée. Je l'observe gratter la tête de Poney en riant à une remarque de Solveig. Je la vois, c'est bien elle mais je ne reconnais plus ma mère. Je ne sais plus qui elle est.

Je la pensais vulnérable mais droite. Brisée mais loyale. Incapable de me faire une chose pareille. Elle, une maman. Ma mère.

Elle ne pouvait simplement pas ignorer le mal indescriptible qu'elle me faisait en me prenant ma fille...

– Tu savais, lâché-je d'une voix sombre lorsque ses yeux rencontrent enfin les miens.

Silence de mort. Dante nous observe derrière ses sourcils froncés. Tutu plaque la main sur sa bouche. Lennon va s'adosser à la baie vitrée, un peu plus loin. Et ma mère se liquéfie.

– Calliopé... Chérie... Je...

– Tu savais ! m'exclamé-je en brandissant sa signature. Tu es sa complice !

– J'avais tellement peur de lui ! éclate-t-elle en sanglots.

– Tu m'as pris ma fille. MA FILLE ! hurlé-je de plus belle.

Dante s'approche doucement de moi, je recule en lui faisant signe de ne pas intervenir.

– Tu aurais pu m'aider à m'enfuir avec elle, tu aurais dû essayer, pas me priver d'elle... sangloté-je à mon tour.

Lynette s'écroule à moitié. La honte, la culpabilité lui scient les jambes, mais Solveig intervient à temps. Elle la retient et l'installe sur un gros fauteuil.

– Il vous faisait tant de mal, Callie, souffle ma mère. Je

n'arrivais déjà pas à vous protéger, tous les trois. Comment est-ce que j'aurais pu veiller sur ce pauvre bébé ?

– On aurait dû le dénoncer bien plus tôt, soupire mon frère, les mâchoires contractées.

– Votre père était intouchable ! nous rappelle-t-elle. Les juges, les magistrats, les policiers : il avait la terre entière de son côté ! Si on avait tenté quoi que ce soit, on serait tous morts…

De grosses larmes coulent sur son visage de femme ridée, marquée, exténuée. Elle reste si belle, si digne, malgré ma colère et malgré la douleur qui se lit dans chacun de ses traits.

– Ce soir-là, il m'a battue jusqu'à ce que je m'évanouisse, se souvient Lynette. J'ai émergé au bout de longues minutes, et j'ai signé. J'ai signé pour éloigner cet enfant innocent de ce monstre.

– En me volant ma vie… murmuré-je sans plus savoir si je lui en veux vraiment.

– Tu étais condamnée, Callie, dit-elle à regret. On l'était tous. Vittorio nous tenait sous son joug. Ce bébé, j'ai voulu le sauver…

J'inspire, expire, sèche mes larmes – immédiatement remplacées par d'autres.

– Je ne m'en suis jamais remise, souffle-t-elle en se relevant. Obliger ma propre fille à renoncer à son enfant, ça m'a fait plus mal que tous les coups de poing, de pieds, de ceinturon que j'ai reçus.

Un voile sombre s'abat sur la véranda éclairée de luminaires multicolores, un frisson de dégoût me parcourt l'échine. Dante sait de quoi elle parle. Moi, j'ai échappé aux coups, aux bleus, aux flaques de sang. Vito me maltraitait autrement, en se faufilant dans mon cerveau pour tout détruire sur son passage.

– Je sais ce qu'il a fait, dis-je avec difficulté. Je sais ce que tu as enduré, maman. Mais je ne peux pas oublier. Faire comme si tu n'avais pas participé...

– Je ne me le pardonnerai jamais, me glisse-t-elle en me contournant pour quitter les lieux. Je ne me pardonnerai jamais de ne pas avoir eu le courage de le tuer pour vous libérer. Pour avoir la chance de voir cette petite fille grandir et te donner la chance d'être mère. Vous êtes mes enfants. J'aurais dû être forte. Bien plus forte...

Elle s'éloigne en continuant de parler, comme le ferait une démente dans un asile de fous. Dante se penche pour m'embrasser sur le front, puis lui court après. Tutu me serre dans ses bras, me glisse que l'avenir m'appartient, qu'il s'annonce radieux et que tout est encore possible. Elle fait un petit signe de la main en direction de Lennon, puis disparaît à son tour.

Sa Majesté vient derrière moi et enroule ses bras autour de mes épaules affaissées. Il les réchauffe, les redresse, les embrasse. Et je m'écroule sous son regard, sous ses baisers, sous sa chaleur, sous son amour. Mes vannes s'ouvrent. Ma voix se brise. Pendant de longues minutes, je libère tous les sanglots longs qui entravent mes poumons, mon cœur, mon âme meurtris. Je pleure jusqu'à épuisement. Jusqu'à ce que plus rien ne sorte.

– J'ai besoin de voir Willow, gémis-je tandis que Lennon me soulève dans ses bras.

Je m'accroche à son cou, respire son odeur et le laisse me transporter jusqu'à la chambre de ma fille. Il me dépose aux pieds du lit une place, j'y grimpe et me colle au petit corps chaud. Je sombre immédiatement dans un sommeil sans rêves et sans cauchemars.

Auprès d'elle.

***

Je me réveille avant Willow, le cœur lourd et les idées noires. Je retrouve ma *guest house* au petit matin, mon coloc' endormi la bouche grande ouverte sur le canapé, ma douche brûlante et mes larmes glacées.

Je n'arrive pas à pardonner. Pas à m'en remettre. Repenser au calvaire que Vito nous a fait vivre m'a démoralisée. Vidée. C'est comme si tous ces mois de bonheur avaient été balayés. Comme si son ombre néfaste était venue recouvrir le soleil de Cape Cod.

Une fois habillée, je m'attelle à la pièce que j'ai commencée quelques jours auparavant, mais l'envie, la passion créative ne viennent pas. Je n'ai aucun plaisir à coudre, à découper, à assembler, alors je n'insiste pas. Je quitte ma table de travail et me rends en ville. Marcher me fait du bien, je resserre le col de mon chemisier, l'air frais du matin se faufilant partout. Je croise quelques visages familiers, me force à sourire lorsque c'est nécessaire et flâne devant les vitrines des magasins fermés.

Après un arrêt au petit marché du dimanche, je repars avec des croissants pour Gus et d'autres sucreries pour Willow. Mon cœur se serre en repensant à ma fille. À ma mère. À tout ce qu'on s'est dit hier, toutes ces choses qu'on aurait peut-être mieux fait de taire… mais qui avaient tant besoin de sortir.

Ma colère contre elle s'atténue mais la déception perdure. Ce sentiment omniprésent, cruel, d'avoir été trahie si profondément par celle qui m'a donné la vie. Et m'en a repris une autre.

Celle qui a fait semblant pendant si longtemps, me laissant seule dans ma douleur…

Lorsque je regagne la villa, plus une seule âme ne dort. Willow se jette dans mes bras, avant d'enfourner un donut au glaçage blanc. Tempérance me tend un jus d'ananas – que j'accepte un peu malgré moi, plus par politesse que par envie. Gus débarque décoiffé et penaud, s'excuse à moitié d'avoir pris une cuite la veille et renonce même aux croissants que je lui tends. Lennon me sourit derrière son écran d'ordinateur, mais je lis l'inquiétude dans ses yeux.

Il sait que quelque chose ne va pas. Il le pressent.

– Après le petit déjeuner, Poney veut aller courir sur la plage ! nous annonce Willow en nous fixant tour à tour, son père et moi.

– Callie a peut-être autre chose à faire, lui répond doucement Lennon.

Offusquée par cette nouvelle, la petite me fixe de ses billes noires, attendant le verdict.

– C'est bon pour moi, Wiwi, lui réponds-je en souriant.

La Lilliputienne se jette sur un autre donut, mais Tempérance est plus rapide et l'arrête à temps.

– Tu veux une tranche de pain complet, Willow ? lui propose-t-elle en échange.

La crise qui s'ensuit nous prive tous d'un tympan ou deux et la brunette finit punie dans sa chambre, sa balade reportée à plus tard. Je tente d'aller la voir, mais fâchée contre la terre entière, elle refuse de me laisser entrer.

Je retourne à la *guest house*, m'écroule sur mon lit et m'endors sans avoir à compter quoi que ce soit. Lennon me rejoint au bout de quelques heures. Il s'allonge doucement à mes côtés, ses beaux yeux préoccupés sondant les miens.

– Dis-moi ce qui te fait mal, *là*, murmure-t-il en pointant mon cœur.

– C'est *là* que j'ai mal… fais-je en montrant mon crâne. Dans mon âme.

– Elle aussi, je peux la guérir, souffle celui qui me bouleverse.

Luttant contre mes larmes, je me redresse et prétends aller mieux. Je refuse de pleurer. Je n'en ai plus la force. Et Willow m'attend.

– On va à la plage ! décrété-je soudain.

Tempérance a terminé sa demi-journée et s'en est allée retrouver sa mère. Gus cuve son vin italien devant la télé. Lennon, Willow et moi empruntons le petit sentier qui mène à la grande plage ensoleillée. Tandis que la petite a retrouvé sa bonne humeur et parle toute seule, Poney nous montre le chemin, cinq mètres devant nous, sa grosse langue pendant sur le côté. Il y a peu de vent aujourd'hui et le mercure a bien grimpé. Je retire mon gilet et me promène en débardeur court.

Rouge sang.

J'aurais peut-être dû choisir une autre couleur.

Lennon ne me force pas à parler. Il m'accompagne, me sourit, se tient près de moi, sans s'imposer. Nos peaux se frôlent, parfois, lorsque le chemin se rétrécit et que ni lui ni moi ne faisons l'effort de nous écarter. Nos pieds foulent maintenant le sable tiède, la sensation est agréable.

– Willow, ne t'approche pas trop de l'eau ! la prévient son père tandis qu'elle court au loin.

Le veau se jette déjà dans les vagues. Willow lui lance des poignées de sable et l'animal s'échine à les poursuivre. Un peu en retrait, Lennon et moi admirons ce spectacle aussi comique qu'attendrissant. Et pourtant, en moi naît une peur irraisonnée. L'idée épouvantable que je pourrais peut-être gâcher la vie de cette enfant, juste en étant moi. En étant là.

– Je devrais peut-être vous laisser en paix… fais-je en me tournant vers Lennon.

– Callie…

Sa voix grave, chaude et rassurante est sur le point de me prouver le contraire mais je l'interromps :

– Non, écoute-moi. Je sais que tu m'aimes, mais pense à ta fille. À notre fille. Et si je lui faisais plus de mal que de bien ? Je suis tellement torturée, là-dedans… Tellement cassée, brisée, foutue.

Je désigne à nouveau mon crâne, sous lequel se battent en duel deux émotions qui me submergent. L'amour et la peur.

– Elle a besoin de toi, Callie, lâche le surfeur en me forçant à le regarder dans les yeux. Comme tu es. Tu peux te reconstruire, tu peux guérir. Ensemble, on peut tout recommencer.

Tout réparer.

Je me perds dans ses yeux envoûtants, me détourne vers l'océan.

– Je n'en suis pas si sûre… soufflé-je.

– Moi, j'y crois ! balance-t-il avec véhémence. Et si tu n'y crois pas assez, j'y croirai suffisamment pour nous deux !

Au loin, Willow et Poney tentent maintenant de creuser le trou le plus profond de toute la côte. Je contemple ma fille, sa joie de vivre, son innocence et j'ai peur de lui voler ces deux fondations dont j'ai été privée.

– Je ne sais pas si je suis assez forte pour l'élever… murmuré-je. Pour lui montrer le chemin. L'aider à grandir, à affronter un monde qui me terrorise.

– Je suis là, Callie. Ensemble, on y arrivera.

Lennon s'entête. Sa voix est toujours aussi profonde, mais voilée d'un sentiment nouveau. Il sent que je lui échappe. Il tente de me retenir, sans savoir comment.

– J'ai tant de démons qui hurlent encore, en moi. Qui se réveillent sans crier gare. Qui me rendent visite et m'étouffent, avoué-je en sentant mes larmes couler.

– Respire… me souffle-t-il en se rapprochant de moi.

Je recule, le repousse. C'est plus fort que moi.

– Je ne suis pas sûre d'être celle qu'il vous faut.

Poséidon balance rageusement son pied droit dans un tas de sable. Il lâche un juron si fort que Willow l'entend et rigole, malgré la distance. En lui, la colère est venue seconder l'inquiétude.

– Bats-toi, Callie ! Putain, ne renonce pas ! Pour elle, pour moi !

– Et si j'échoue ? gémis-je. Si je vous déçois ?

– Essaie, c'est tout ce qu'on te demande.

– Je ne suis pas assez forte, Lennon.

– Si seulement tu te voyais à travers mes yeux, murmure le surfeur. Tu es la femme la plus forte, la plus courageuse que je connaisse. Réveille-toi, Callie. Réveille-toi et réalise que si tu te perds, je serai là pour te retrouver. Que ta place est ici… Entre elle et moi.

L'homme que j'aime pose une dernière fois son regard chamarré sur mon visage, puis va rejoindre sa fille et son chien. Willow me fait un petit signe de la main et les trois silhouettes s'éloignent doucement, les pieds dans l'eau, me laissant seule avec mes doutes, mes peurs et mon cœur qui tambourine.

Au bout de quelques minutes, mes pieds me portent jusqu'aux vagues. Au beau milieu de cette plage quasi déserte, j'entre dans l'eau tout habillée. Je laisse les flots monter jusqu'à mes épaules. Je plonge la tête sous l'eau et retiens mon souffle. Une. Deux. Trois secondes. J'ai moins peur. Grâce à lui. À Lennon. À l'homme qui m'apprend à nager, à respirer, à être une mère pour ma fille.

Je compte jusqu'à dix et je ressors, trempée, rafraîchie, les idées un peu plus claires. Un peu moins noires.

38

Surgi du passé

Lundi matin. Je me réveille seule – même Gus n'est pas dans les parages – et inspirée. Ma folie créatrice est revenue. Cette nuit, j'ai rêvé d'une robe origami piquetée de plumes dorées. Le croisement d'un phœnix et d'une sculpture cubiste. Peut-être la future pièce maîtresse de ma nouvelle collection pour femmes.

J'imagine Tempérance la porter, se mouvoir en captant la lumière, prendre la pose sous mon objectif.

Et je repense au regard de Lennon, lorsque je lui ai confessé que je ne me sentais plus capable de partager la vie de ma fille… ni la sienne. Je m'en veux. Je regrette chaque mot que j'ai prononcé. J'étais dans un trou noir, je manquais d'air. Ce matin, ma lâcheté de la veille me fait honte. Rien que d'y repenser, j'ai envie de rétrécir jusqu'à disparaître. J'attrape le premier magazine qui me passe sous la main et m'en frappe le crâne. À part me décoiffer, ça ne résout rien. Alors je vais boire un café en pianotant sur mon téléphone.

[Je retire tout.]

[Sauf que je t'aime.]

[Ah, au fait, c'est Calliopé.]

Quelques secondes plus tard, mon portable vibre.

[Je sais qui tu es.]

[Je ne changerais rien même si je le pouvais.]

[Lenny.]

Je pouffe, vide mon mug de café et file sous la douche. J'ai le cœur plus léger, la tête pleine d'idées et mon carnet de croquis qui m'attend. Je travaille comme une acharnée jusqu'au milieu de l'après-midi. Gus revient de la plage cramoisi, sa casquette homard vissée sur la tête. On discute quelques minutes autour d'un bol de céréales, on rit de sa peau vanille-fraise, il file au supermarché, moi chez Miss Button pour me ravitailler en tissus et plumes dorées.

– Seraphina, je vais te voler dans les plumes ! fais-je en poussant brusquement la porte de sa boutique.

Elle sursaute derrière son comptoir.

– Quoi ? Qu'est-ce que j'ai fait ?

– Rien. Tu as des plumes ?

Mon amie soupire en levant les yeux au ciel, puis m'emmène dans sa caverne d'Ali Baba. Pendant une bonne demi-heure, je passe au microscope tous les modèles qu'elle me propose, jusqu'à ce que je trouve enfin mon bonheur.

– Elles seront parfaites piquées sur de la soie sauvage ! m'extasié-je. Il m'en faut deux caisses.

– Tant que ça ?

– On s'est déjà rencontrées ? dis-je en lui souriant. J'ai l'air de faire les choses en petit ?

La gérante de la mercerie note une référence sur son calepin et m'annonce qu'elle les recevra d'ici deux à trois jours. Je m'apprête à décamper, mais elle me prend par les sentiments en me proposant son thé glacé fait maison. J'accepte de siroter un moment avec elle et mon amie prend des nouvelles.

– Tout va bien chez Herb ?

– J'ai déménagé, il devenait un peu trop collant…

– Il a cette réputation, dit-elle en riant dans son verre. Tu as trouvé une autre pension ?

– Oui, en quelque sorte, fais-je, évasive.

– Tu es la bienvenue à la maison, quand tu veux. Ce n'est pas grand. Pas luxueux. Mais c'est chez toi si tu en as besoin.

Je meurs d'envie de tout dire à cette femme si sincère, si généreuse. Que Willow est ma fille. Que Lennon est l'homme de ma vie. Que le surfeur et la Lilliputienne sont ma famille, désormais. Mon refuge. Mais quelque chose me retient. Ce secret que j'ai gardé si longtemps qu'il semble désormais gravé en moi. La confiance que m'accorde Lennon et que je ne mettrais jamais en péril. L'amour que m'apporte ma fille chaque jour. Je ne veux rien briser de tout ça.

Alors je garde le silence et je bascule sur autre chose :

– Tu étais proche de ta mère ? lui demandé-je soudain.

– Oui, soupire-t-elle. Mon monde s'est un peu écroulé quand je l'ai perdue l'année dernière. Longue maladie.

– Désolée, murmuré-je.

– Elle me manque. On se disputait beaucoup, on a ça dans le sang dans la famille, mais on s'aimait encore plus.

– C'est difficile de se le dire, parfois, dis-je en souriant tristement.

– Il ne faut pas hésiter, Callie. Et profiter du temps qu'il nous reste. Pardonner les erreurs. Avancer sans regarder en arrière.

Mon amie a dû lire dans mes pensées. Sur le chemin de la villa, quelques minutes plus tard, je m'empare à nouveau de mon téléphone. Mais pour composer un autre numéro.

– Maman ?

– Oui… souffle à peine Lynette, en retenant déjà ses larmes.

– Je te pardonne. Tout. Et je t'aime.

***

Lorsque je retrouve la *guest house* en fin de journée, un petit mot a été plié et coincé dans l'embrasure de la porte. Je le récupère, le déplie et découvre ce qu'il contient :

Soirée pancakes. On t'attend...

Juste en dessous de ce message rédigé par Lennon avec de belles lettres fines, *Wiwi* est écrit grossièrement au feutre violet. C'est presque illisible, bancal, l'encre a bavé, mais c'est la signature de ma fille. Et ça rend cette feuille de papier froissé aussi précieuse qu'un Gauguin, un Van Gogh ou même une création Lanvin à mes yeux.

Après avoir passé une robe corolle vintage couleur réglisse et enfilé mes baskets à oreilles, je propose à Gus de m'accompagner. Assis sur le canapé, une bière blonde à la main, mon coloc' me regarde comme si j'étais folle. Et ça me revient : la finale de *Ink Master*, c'est ce soir.

– Callie, regarde ! s'écrie Willow lorsque je la retrouve à la villa, installée à la table du salon.

Elle me montre fièrement son assiette dans laquelle trônent trois beaux *pancakes*. Je fais mine de lui en piquer un, elle pousse un cri de bête enragée.

– Non ! Papa te fait les tiens ! Ça, c'est pépites de chocolat ! Là, c'est myrtilles. Et là banane-beurre de cacahuètes !

– Quoi ?! m'offusqué-je. Pas de carottes ? Pas de brocolis ni de chou-fleur ?

– Il faut vivre un peu, Callie… résonne soudain la voix grave et moqueuse de mon surfeur.

Je me retourne, il est juste là, à moins d'un mètre de moi. Je plonge dans ses yeux multicolores, si beaux, si intenses. Lennon me tend mon assiette en même temps que son sourire en coin le plus ravageur.

– Je ne savais pas si tu viendrais, me souffle-t-il.

– Ma place est ici, lui glissé-je à l'oreille. Avec vous.
– Jolie robe… commente sa voix chaude, sexy.
– Elle ne demande qu'à être retirée…
– C'est une proposition indécente ?
– Indocile, comme nous.

Lennon se mord la lèvre. Son regard lumineux caresse ma bouche, je le dévore des yeux, crève d'envie de l'embrasser sauvagement, mais je me contente de mordre dans un *pancake* brûlant. Pendant une heure ponctuée d'éclats de rire, Willow profite de ses deux parents et de ce dîner peu académique.

Et ça me frappe, une fois encore. Nous sommes une famille. Lui, elle et moi.

– Wiwi, tu me passes le sirop d'érable ?

Ses petits doigts boudinés et collants me tendent la bouteille et j'emprisonne sa main au passage. Elle rit, je la tire jusqu'à moi et la fais monter sur mes genoux. Je la respire. L'embrasse. La chatouille. Son rire me guérit de tout. Et le regard de Lennon sur nous…

On sonne à la porte.

– Gus a probablement changé d'avis, alléché par l'odeur des *pancakes*, fais-je en me levant de table. Ou la télé l'a lâché et il vient la regarder ici…

Willow ne se rassied pas, elle préfère aller retrouver son veau qui est en train de lécher tout le sol de la cuisine. J'avance jusqu'à l'entrée, sentant le regard vert se promener partout sur mon corps.

Frisson d'impatience…

On sonne à nouveau, j'ouvre la porte en m'apprêtant à accueillir mon doux géant. Mais c'est un autre visage qui se dessine, face à moi. Un visage bien moins familier, qui me fait frémir. Qui me paralyse.

Pas du tout impressionné, mon visiteur me regarde droit dans les yeux et je fais un bond de six ans en arrière, en même temps qu'un sursaut d'effroi. J'en ai le tournis. Presque la nausée.

– Levi… murmuré-je soudain.

J'entends une chaise racler le sol, au loin. Et des pas se rapprocher. Tendu à l'extrême, Lennon pose une main protectrice sur ma nuque. Je suis incapable de bouger. De regarder autre chose que le visage de mon ex, le seul, qui a tant changé. Il est mal rasé, mal coiffé, un peu émacié. Et n'y va pas par quatre chemins :

– Alors comme ça, je suis papa ?

V

Mensonges et trahisons

39

Un mec « bien »

Fier de son intrusion, Levi pose les mains sur le chambranle de la porte comme s'il était en terrain conquis. Mon ex me fixe droit dans les yeux, attendant une réaction de ma part. Et de celle de l'homme aux muscles tendus, que je sens enrager derrière moi.

Face à moi, mon passé cauchemardesque. Derrière moi, mon futur rêvé.

Je suis perdue. Paralysée. Je tremble de tout mon corps. Dans ma tête, c'est *Guernica*, les mots, les émotions, les teintes de gris et de noir s'entrechoquent. Je voudrais hurler, le chasser, mais aucun foutu son ne sort.

« Alors comme ça, je suis papa ? »

Six mots balancés de manière triviale, à peine articulés, qui sont pourtant d'une violence incroyable. Cette simple phrase m'a fait l'effet d'une bombe. Et je n'ose pas imaginer ce qu'elle a réveillé chez Lennon. De la colère ? De la haine ? De la peur ?

Cet étranger, qui vient faire trembler les murs de notre villa du bonheur, qui explose notre bulle magique, n'a rien à faire là. Sa seule présence nous rappelle à tous la triste vérité. Willow a été conçue par Levi. Conçue mais non désirée. Conçue mais rejetée. Il ne voulait pas qu'elle vive. Il voulait la faire disparaître. Et le voilà qui se pointe, presque six ans plus tard, un sourire perfide aux lèvres, en osant salir le mot « papa ».

L'indésirable, aujourd'hui, c'est lui.

– Tu es méconnaissable… lui soufflé-je froidement.

Il n'a que 23 ans, mais il en fait 40. Je repense à notre rencontre. À toutes les fois où il a réussi à me rendre le sourire malgré les maltraitances que je subissais à la maison. Et encore une fois, mon esprit s'égare. S'envole. Divague. Retourne visiter mon passé.

***

– Tu dois t'en débarrasser, Callie, me chuchote-t-il à l'oreille.

Je retiens mon souffle. Le couloir du lycée se vide peu à peu. Hébétée, j'observe une fille refermer son casier, à quelques mètres de nous, puis sourire à mon petit ami avant de s'en aller.

Il vient vraiment de me dire d'avorter ?

Levi Withman a toujours eu du succès auprès de la gent féminine, mais c'est moi qu'il a choisie. Il n'est pas né avec une cuillère en argent dans la bouche, il ne fait pas partie de ces sportifs qu'on adule pour le simple fait de savoir manier un ballon, ni de ces fêtards populaires, médiocres en tout mais avides de sensations. Levi est différent. Simple, discret, presque timide, premier de la classe sans passer pour un loser, doux et attentif aux autres quand les autres spécimens de son âge et de son sexe ne pensent qu'à une chose. Oui, celle-là.

Levi est un « mec bien », qui a en plus été doté d'un physique agréable. Juste ce qu'il faut de charme et de virilité. Juste assez pour me faire craquer, moi, la fille inaccessible. La fille au cœur de pierre. La fille dont le père est un monstre.

– On peut réfléchir… le supplié-je presque.

– Non, on est trop jeunes. Je veux m'en sortir, Callie. Je veux réussir, aller loin… Toi aussi, non ?

Loin ? Loin de chez moi, surtout. Je vis dans la peur, à la maison. Au lycée, je me sens moins prisonnière. Ça a presque même un petit goût de liberté. De bonheur. Levi me faisait du bien, jusque-là. Il me rassurait. Me câlinait. Me traitait comme quelqu'un qu'on estime, qu'on respecte. Qu'on a peur de perdre ou de décevoir. Alors au bout de quelques mois, je lui ai donné ma virginité. Ce n'était pas prévu, ça s'est fait comme ça. J'en garde un souvenir affreux, j'ai eu mal, j'ai eu froid, je n'ai eu le temps de rien, nos corps n'étaient apparemment pas destinés à ne faire qu'un. Et pourtant, il a suffi d'une seule fois pour qu'on crée une vie.

Une vie dont mon petit ami ne veut pas entendre parler, aujourd'hui.

– Levi, attends !

– J'ai dit non. Si tu as besoin d'argent…

– Va te faire foutre !

Je lui balance ma bouteille de soda au visage et je me barre en courant, écœurée. Je vomis dans l'herbe, à l'abri des regards, puis je monte à l'arrière de la berline qui m'attend sur la place réservée aux Lazzari. Le chauffeur de Vito ne m'adresse pas un mot, comme d'habitude, et nous roulons dans le silence le plus total.

À l'intérieur, je meurs à petit feu.

***

– Toi, tu n'as pas changé, lâche mon ex en me reluquant de la tête aux pieds, l'air d'apprécier ce qu'il voit.

Je sens Lennon se rapprocher un peu plus de moi, comme pour me protéger… et faire comprendre à l'intrus qu'il a intérêt à bien se comporter. Les deux hommes échangent un regard, puis Levi détourne les yeux.

– Comment tu m'as retrouvée ? Et comment…

– Comment je sais que tu m'as fait un enfant dans le dos ? dit-il en riant d'une manière qui me hérisse le poil.

Les images me reviennent et me happent, à nouveau.

***

– Calliopé ! s'écrie Levi. Calliopé !

Mon prénom en entier retentit derrière moi, encore et encore, mais je continue de marcher. Je ne l'ai pas vu depuis des mois. Depuis mon exil en Italie. Depuis qu'on m'a arraché mon bébé. Mais je reconnaîtrais sa voix parmi un millier. Cette voix qui m'apaisait comme aucune autre… Mais qui ne m'inspire plus que tristesse, déception, amertume. Levi m'a laissée tomber, comme tous les autres.

L'amour n'existe pas. Ou alors il vous détruit.

Mon ex me rattrape devant la plus grande mercerie de Soho et me force à m'arrêter.

– C'est fait, lui balancé-je en me dégageant. Plus de bébé ! T'es content, maintenant ? Alors fous-moi la paix !

– Tu étais où ? insiste-t-il. Je t'ai cherchée partout !

– J'ai fait ce que tu voulais, tu peux respirer, grogné-je sans rougir de mon mensonge.

– On m'a dit que tu étais partie à l'étranger, c'est vrai ? Viens, on va boire un verre.

– Pas la peine de faire semblant, Levi, lui réponds-je en souriant froidement. Tu peux m'oublier.

Ses yeux me passent aux rayons X, comme s'il avait besoin de s'assurer que je dis la vérité. Que j'ai bien avorté. Je ne l'ai pas fait, mais c'est tout comme : j'ai accouché sous X et je n'ai plus aucun espoir de retrouver notre enfant. Il n'a pas besoin de connaître les détails.

Il ne voulait pas d'elle. Elle est ce que je désirais le plus au monde.

– Bon, j'espère que ça va aller, souffle-t-il un peu gêné, en se grattant la tête.

– C'est si gentil de t'inquiéter pour moi…

– Callie, on n'était pas prêts à être parents. De grandes choses nous attendent, toi et moi.

– Il n'y a pas de toi et moi. Il n'aurait jamais dû y en avoir.

C'est la dernière image que j'ai de Levi. Sa bouche entrouverte, ne sachant pas quoi ajouter. Sa main qui s'agite de droite à gauche pour me dire adieu, comme s'il avait 4 ans et demi. Ses rêves de grandeur, qui se sont manifestement évaporés depuis.

***

– Répondez à la question, me percute soudain la voix autoritaire de Lennon.

Je me tourne vers mon surfeur et réalise que les rôles ont changé. Il est adossé à la porte, bras croisés sur son large torse, tandis que Levi a fait quelques pas en arrière. Sa Majesté a récupéré son trône.

– Je t'ai vue aux infos, me balance mon ex.

– Et ? sifflé-je.

– Et j'ai appris que tu avais voulu tuer ton père, répond-il en souriant perfidement. Alors j'ai eu envie de te revoir.

– Pourquoi ?

– Le fric…

Je le fixe, interdite. Tout ce qu'il raconte n'a aucun sens. Et ça ne lui ressemble pas. Levi n'était pas comme ça… Il a définitivement mal tourné.

– Quel rapport avec le fric ?

– J'en ai besoin, soupire-t-il. Tu en as à revendre. Je me suis dit que tu étais peut-être assez paumée pour vouloir de moi…

– Clairement, vous aviez tort, grommelle Lennon en se crispant un peu plus.

– Comment tu m'as retrouvée, Levi ? *Ici* ?

– Ton passage au tribunal. J'ai trouvé la date dans la presse. J'y suis allé, j'ai attendu que tu en sortes et je t'ai suivie. Je ne pouvais pas t'approcher tant que tu étais chez ton frère, trop dangereux, il m'a toujours fait flipper. Alors j'ai patienté… Et un jour, je t'ai vue monter en voiture avec le grand gaillard à la casquette. Sans le savoir, vous m'avez mené jusqu'ici.

Je soupire. Je n'ai rien vu. Rien suspecté.

– Et rapidement, j'ai compris, continue le brun en frottant son menton mal rasé. Je ne suis pas stupide. Elle te ressemble tellement, Callie. Et en ville, on m'a dit qu'elle allait bientôt avoir 6 ans…

– Qu'est-ce que tu veux, Levi ?

– Tu m'as menti. C'est mal, de mentir…

– Assez joué ! Qu'est-ce que vous voulez ? insiste le surfeur de sa voix grave en déployant un peu plus sa carrure. Soyez clair et *concis* ou dégagez d'ici.

Levi l'observe un instant, puis me chuchote :

– On peut discuter sans ton garde du corps ?

– Encore une idée de ce genre et je vous casse les dents, murmure Lennon.

Je contemple Poséidon, à la fois choquée et impressionnée par la force, la puissance qui émane de lui. Je hais la violence. Mais on ne m'a jamais protégée comme il le fait. Et je retombe amoureuse de lui pour la millième fois.

– Techniquement, tu m'as privé de mon enfant, reprend mon ex d'une voix un peu moins assurée.

– Tu voulais que j'avorte, fais-je d'une voix glaciale.

– Peu importe. Je n'ai jamais su qu'elle existait. Et je n'ai jamais consenti à son adoption…

– Tu as abandonné tes droits à la paternité le jour où tu as voulu que je m'en débarrasse ! m'écrié-je.

Je le fusille du regard mais rien n'y fait. Il est toujours là. À respirer mon air. À remuer le passé. À tenter de briser mon avenir.

– Je veux un million de dollars, lâche soudain Levi. Rien d'autre.

– Je… Quoi ?

– J'ai deux pensions alimentaires à payer… Mon plan de carrière n'a pas vraiment fonctionné… J'ai besoin de me refaire.

– Un million en échange de votre silence, c'est ça ? tente d'éclaircir le maître des lieux.

– C'est ça.

– Tu te fous de Willow… soufflé-je, partagée entre le soulagement et la colère.

– Complètement. J'ai déjà deux gosses qui me font raquer,

pas besoin d'un troisième sur le dos.

Je plonge dans les yeux de Lennon et y trouve les mêmes émotions que les miennes. Il le hait. Mais il aime trop sa fille pour le foutre dehors comme un malpropre. S'il médiatisait toute cette affaire, qui sait ce qu'il adviendrait de Willow ? De nous ? De notre petite famille si belle et si bancale ?

– Un million ou je bousille vos vies à tous les trois. Je reviens dans une semaine, même heure, même endroit. Sur ce, je vais boire un verre pour fêter nos retrouvailles…

Un sourire faux, un signe de tête, un dernier regard qui se veut menaçant et le voilà parti. Nos deux paires d'yeux le suivent à la trace tandis qu'il emprunte le chemin en graviers.

– Comment est-ce qu'il a passé le portail ? grommelle Lennon.

– Comme ça… murmuré-je en voyant mon ex grimper par-dessus, comme un cambrioleur amateur, pour quitter la propriété Hathaway.

Le surfeur quitte le pas de la porte sans ajouter un mot. Je tente de le retenir, il me repousse en prétextant devoir coucher sa fille. La soirée *pancakes* est définitivement terminée. Et mon sentiment d'avoir créé ma propre petite famille se fait la malle.

Aussi vite que ça.

Le bonheur ne m'a jamais paru aussi éphémère.

Putain de passé.

40
Lui

Lennon redescend du premier étage environ trente minutes plus tard, l'air grave. Je suis pelotonnée dans un grand fauteuil moelleux, il vient me rejoindre dans la véranda et s'assied dans le canapé qui me fait face, une bière à la main. Pendant de longues secondes, je l'observe en train de boire en silence, le regard plongé dans l'océan.

Il est beau à mourir. Et je crève de peur à l'idée de l'avoir perdu.

– Si ce crétin a réussi à reconstituer la vérité, n'importe quel journaliste pourrait le faire. Il faut qu'on soit beaucoup plus prudents, lâche-t-il enfin.

– Tu ne risques rien, Lennon, dis-je pour me rassurer. Tu l'as adoptée en toute légalité, non ?

– Ce qu'a fait ton père est parfaitement illégal, rétorque-t-il sans me regarder. D'après mes avocats, il ne serait pas bon de remuer tout ça…

– Et la vérité pourrait traumatiser Willow, réalisé-je. Ce que Vito a fait… Comment il l'a utilisée pour garder ses maudits secrets. Elle n'a été qu'une transaction. Une marchandise. Et moi, je l'ai laissé faire…

Lennon fixe les vagues, l'air soudain épuisé. Je ressens sa détresse. Ses doutes. Ses inquiétudes.

– Tu es son seul père, lui murmuré-je. Et ça ne changera jamais…

– Moi non plus, je n'ai pas connu le mien, marmonne-t-il

d'une voix lasse. Ma mère m'en a privé, puisqu'elle ignorait qui il était.

– Tu lui en veux ? chuchoté-je. Tu m'en veux à moi ?

– Non. Mais je sais ce que sont les questions sans réponse. Les rêves sans visage. Les cases vides dans l'arbre généalogique.

– L'histoire de Willow, son ancrage, ses racines… C'est toi et moi, tenté-je à voix basse.

– Elle ne mérite pas tout ça… gronde-t-il soudain. Je veux qu'on lui foute la paix. Qu'elle ait juste à être une petite fille heureuse de vivre. Et j'essaie de l'y aider, de lui offrir le meilleur, mais le passé nous rattrape, encore et encore.

Je me lève, m'approche de lui assez lentement pour ne pas le brusquer. Finalement, il ne me repousse pas lorsque je m'assieds tout près de son corps, me love au creux de son épaule et l'embrasse dans le cou.

– Personne ne nous séparera, tous les trois. Pas même Levi. Pas vrai ?

Lennon me contemple pendant de longues secondes, puis murmure :

– Quel beau bordel…

– Je suis tellement désolée.

– Je sais, Callie.

– Si tu veux que je disparaisse…

Son vert se mêle à mon noir.

– Jamais de la vie, souffle sa voix virile.

Je lui souris, il boit une nouvelle gorgée de bière fraîche, puis me tend la bouteille. Je me désaltère, observe les vagues, me sens un tout petit peu plus sereine, mais une question me taraude encore.

– Alors, qu'est-ce qu'on va faire de lui ?

– Je vais lui filer son fric, m'apprend Lennon en se levant brusquement. Et m'en débarrasser pour de bon. Il ne touchera pas à un cheveu de ma fille.

– Quoi ?! Tu comptes le payer ? Et s'il ne cesse de revenir

à la charge, de réclamer plus ?

– Ne t'inquiète pas pour ça, grogne le roi du monde. Cet enfoiré ne me fera pas chanter deux fois…

Je n'en attendais pas moins de lui : Lennon est un homme rationnel. Méticuleux. Probablement bien conseillé par une horde d'avocats. Personne ne le mettra en difficulté deux fois.

– Donc il va gagner ? m'insurgé-je. Aussi facilement ? On va simplement céder à son chantage ?

Debout face à la baie vitrée, le surfeur vêtu d'une chemise bleu nuit d'orage esquisse un sourire triste.

– Le silence s'achète, Callie. Vito te l'a appris, non ?

– Justement ! On vaut mieux que ça !

– Non. Je ne prendrai pas le moindre risque…

– Lennon !

– Ouvre les yeux ! C'est Willow qui est en jeu ! Comment est-ce que tu peux imaginer une seule seconde que je joue avec sa vie, ses certitudes, ses repères ?

Je soupire, jure intérieurement, déteste cette solution, mais réalise qu'il n'en existe pas d'autre.

– Alors c'est à moi de payer… décidé-je en me levant à mon tour.

– L'argent n'a aucune importance, Callie. Il n'y a que Willow qui compte.

Le cœur lourd, incertaine quant au futur, je m'apprête à quitter la véranda quand ses mains me retiennent. Je me laisse aller contre son torse, libère mes larmes et mes sanglots tandis que ses bras puissants m'entourent.

– Ça n'a aucun sens ! Personne ne voulait d'elle au départ, fais-je en retrouvant ma voix. Et maintenant, on est tous prêts à se déchirer pour cette petite fille.

– En ce qui nous concerne, ça s'appelle de l'amour, me glisse Lennon à l'oreille.

– Je n'aurais pas pu rêver meilleur père pour elle…

– Ça tombe bien, parce que je ne compte pas céder ma

place, gronde mon surfeur avant de m'emporter dans sa vague.

Ses lèvres sur les miennes. Voilà mon antidouleur.

***

Lennon et moi n'avons pas abordé le sujet Levi ces trois derniers jours. L'ombre menaçante du rapace plane au-dessus de nos têtes, mais la vie continue. Elle doit continuer. Lennon se change les idées en travaillant et en domptant l'océan, moi je continue à apprivoiser ma fille… et l'homme à casquettes qui me sert de coloc'. Et d'assistant personnel. Et de meilleur ami. Et parfois de gourou.

– Je connais un morceau ! s'écrie Gus en s'asseyant au piano. Viens, Willow, je vais te l'apprendre !

– Ne me dis pas que c'est *Like a Virgin* ? fais-je en retenant ma fille.

– Pas du tout ! Je n'aime pas *que* Madonna ! Et tu ne crois quand même pas que j'apprendrais ça à une gamine !

– Je te crois capable de tout, August Perry, dis-je en souriant.

– Bonjour la confiance… râle le géant en installant la Lilliputienne à côté de lui sur le tabouret.

– Alors ? insisté-je.

– Alors quoi ?

– C'est quoi, ce morceau ?

– *Sex Bomb* ! répond le gros malin en se marrant.

J'interviens avant que la leçon – totalement inappropriée – ne débute et lui tends la partition de *New York* d'Alicia Keys. Gus ronchonne mais se plie à l'exercice avec Willow pendant que je dessine un nouveau top faussement virginal pour ma future collection pour femmes.

Le géant et la minus sont de plus en plus proches, de plus en plus complices. Ça a pris du temps, mais la petite lui fait désormais confiance. Elle le traite comme un membre de sa famille, un tonton un peu déglingué, un cousin un peu spécial,

« très gentil malgré son QI limité ». J'adore l'idée que ma fille s'habitue et s'ouvre non seulement à moi, mais aussi à mon monde. À mes personnes. Celles qui comptent. Celles sans qui la vie n'aurait pas de sens.

La sonnerie du portail retentit. Je laisse Willow et Gus à leurs fausses notes et vais répondre à l'interphone.

– Bonjour, j'ai un bouquet à livrer à Miss Lazzari.

– C'est moi. Vous savez qui l'envoie ? demandé-je immédiatement.

– Non. Je sais juste que ce sont des roses très spéciales. Et que je suis pressé.

J'ouvre le portail à distance et tente de cacher mon stress à l'homme qui me remet l'énorme bouquet. Le livreur repart aussi vite qu'il est arrivé, sans même me réclamer un pourboire et me laisse seule sur le pas de la porte, plus méfiante que jamais.

Un bouquet de roses noires. Un noir parfait, un noir glacé. J'y plonge ma main en évitant les épines et en ressors une carte rouge. Rouge sang, rouge lave. Un bouquet froid et brûlant à la fois. Un cadeau empoisonné. Qui m'est destiné. Dans ma poitrine, ça bat à tout rompre.

– Je devrais m'inquiéter ?

Je sursaute en entendant la voix grave et chaude de Lennon. Je me retourne et me retrouve face à sa grande silhouette enfermée dans une combinaison de surf. Poséidon ne sourit plus du tout. Il fixe les roses avant de me dévisager longuement.

– J'ai bien peur que ça ne provienne de Vito… soufflé-je.

Le surfeur serre les mâchoires mais inspire longuement pour garder son calme. Mes yeux en profitent pour admirer son profil, si parfaitement dessiné, si racé.

– Que dit le mot ?

La carte. Obnubilée par l'ombre effrayante de mon géniteur, je l'avais presque oubliée. Un peu tremblante, je la retourne et me mets à lire à haute voix :

– « Je sais ce que tu as fait. Je te vois. Ne crois pas que tu vas t'en tirer comme ça… »

En lâchant un grognement puissant, Lennon s'empare des roses et les balance violemment dans le jardin à travers la porte restée ouverte.

– C'est Levi ! Ce pauvre type te met la pression pour avoir son million, déclare-t-il d'une voix rageuse.

– Et si c'était… *lui* ?

– Lui, qui ?

– Vito, murmuré-je.

– Tu ne crois pas qu'il a autre chose à faire que t'envoyer des fleurs ? soupire Poséidon. Il sort juste du coma, tient à peine debout, il est assigné à résidence en attendant son procès…

– Il est capable de tout, Lennon, lui rappelé-je.

– Je suis fatigué de tout ça…

Il fixe le ciel lumineux et ses yeux plissés s'habillent de nuances dorées. Peinée, je m'apprête à lui répondre lorsque ses mains m'attirent à lui.

– Arrête, me glisse-t-il à l'oreille. Ne dis rien. Ne t'excuse pas. Tu n'y es pour rien…

Je respire son air. Goûte à sa peau. À ses lèvres. Et me laisse bercer contre son cœur qui cogne.

– Tu n'as pas choisi tout ça, Callie. Et crois-moi, si je pouvais réinventer ton passé, si je pouvais tout effacer, détruire tous ceux qui t'ont blessée, je le ferais…

– Je voudrais tout changer, imploré-je à voix basse.

Il relève mon menton du bout des doigts et me force à le regarder avant de répondre :

– Et toi, je ne te changerais pour rien au monde. Mais je changerais le monde pour toi…

41

À un fil

Dessiner, créer, oublier.

Inventer pour m'éloigner de la réalité.

Me percher, très haut, pour me rendre intouchable.

Imaginer, transformer.

Changer le vrai en faux, le laid en beau.

Faire de ces roses noires glacées et de cette carte rouge brûlante des créations magiques.

Qui dépassent l'entendement, qui transcendent la mocheté.

Faire du sublime avec le hideux.

Je le peux. Je le veux. Il suffit de…

Assise à ma table de travail, je me répète ces mantras en me balançant malgré moi d'avant en arrière. Gus me regarde d'un drôle d'air. Puis il se met à faire une tête d'ahuri, bave un peu, louche beaucoup, et se balance encore plus fort pour me faire rire. Et la *guest house* luxueuse devient soudain un asile de fous.

– Des cirés ? balancé-je comme ça me vient.

– Plaît-il ? couine-t-il en papillonnant des yeux.

– Gus, qu'est-ce qu'il manque à notre collection été ?

– Hmm… ?

– Qu'est-ce qui est indispensable au bord de l'océan ?

– Continue…

– Qu'est-ce qui protège de l'eau glaciale tout en tenant chaud ?

– Je crois que ça vient…

– Qu'est-ce qui protège les enfants d'un vernis brillant, presque miroir, comme une cape d'invisibilité ?

– Des cirés, me répond mon meilleur ami dans un sourire béat.

– Mais pas des jaune poussin, hein ! Pas des bleu marine tristes et chiants.

– Bien sûr que non… continue-t-il à m'encourager. Alors quoi ?

– Un ciré rouge lave, couleur superhéros ! Et un ciré noir laqué, couleur détective privé !

– Évidemment…

Je m'emballe. Je crayonne tout en lui parlant. Je retouche les coupes, élargis les capuches, applique les couleurs. J'accouche dans la douleur et l'extase de mes dernières créations. Seul August Perry est capable de lire dans mes pensées tout en les stimulant. De faire naître mes idées comme on tire les vers du nez. Je bouillonne, transpire, m'essouffle. Je quitte mon siège sans savoir ce que je cherche. Je tourne en rond tout en mordillant mon crayon. Gus attrape mon sac à main par terre et me le lance en pleine poire pour me sortir de mon cercle vicieux et paralysant.

– Miss Button… ? Tissus… ? suggère-t-il.

– Exactement ! le remercié-je en courant vers la porte.

– Clés ! Portable ! Argent ! me rappelle-t-il au moment où je disparais.

– Tu es prêt pour avoir un gosse ! plaisanté-je en faisant demi-tour.

– Ouep ! À condition qu'il ait environ 22 ans à la naissance.

– « Adopteunadulte.com », le voilà, ton concept révolutionnaire, Gus ! Tu vas faire fortune avec ça !

Je vais embrasser mon complice sur le front après avoir réuni mes affaires. Et le quitte à nouveau au pas de course pendant qu'il essuie d'un air dégoûté la trace de mon baiser.

– À tout', Fou !

– À tout', Folle ! soupire-t-il en étalant tout son torse et son visage potelés sur la table devant lui.

Je ne marche pas, je danse. Je ne cours pas, je sautille. Je dois ressembler à une petite fille qui voit une marelle imaginaire sur chaque bout de trottoir. Les passants me regardent en souriant. Les plus aigris de travers. Je leur rends mon plus beau sourire idiot. Et j'arrive à la mercerie en parlant aussi vite que fort.

Dieu que je dois être insupportable…

– Seraphina ? Tu as de la toile enduite ? Ou peut-être du polyester déperlant ? C'est pour des cirés. Pas des nappes de mémé, hein ! Il m'en faudrait du rouge et du noir. Uni. Bien brillant ! Et aussi du piqué de coton pour la doublure. Tu crois que ça tient trop chaud ? Et des boutons-pression pas moches ! Tu as ça en rayons ?

– Si c'est à moi que tu parles, tu vas devoir recommencer, dit-elle en apparaissant. J'étais au téléphone avec Lennon.

– Ah oui ? m'étonné-je.

– Moi aussi, j'ai le droit de faire des mystères ! minaude-t-elle en rapprochant son épaule de sa joue.

Et j'ai bien l'impression que sa peau caramel rougit. Je lui souris par réflexe, mais mon cerveau se met aussitôt à faire des nœuds : Seraphina ignore toujours qui je suis dans la vie de Willow. Dans celle de Lennon. Ce qu'ils représentent pour moi. Par prudence, par méfiance, je n'ai jamais rien dit. Et je ne me vois pas le faire aujourd'hui. Pas maintenant que Levi menace de tout faire exploser, pas maintenant que mon géniteur s'est réveillé et prépare je ne sais quel coup tordu, pas maintenant que mon amie fait des plans sur la comète parfum eau de rose, pas maintenant que le roi du monde s'est à nouveau rigidifié et que ma vie ne tient plus qu'à un fil de coton, même pas imperméabilisé.

– Hazel serait libre samedi prochain ? relancé-je en secouant la tête.

– Pour une séance photo ? Elle sera ravie !

– Alors le rendez-vous est pris !

– Et ces tissus, tu les veux toujours ? J'ai quelques toiles cirées à l'arrière, mais pas grand-chose.

– T'embête pas, Seraphina, je passerai commande directement dans ton catalogue.

– Désolée…

Je quitte la mercerie comme un courant d'air. Je refuse que mon inspiration s'envole, que mes visions s'affadissent, que quoi que ce soit vienne perturber ma belle énergie créatrice. Elle est mon oxygène, mon filet de sécurité quand je dois me percher un peu plus haut que d'habitude.

Sur le chemin du retour, je me contiens pour marcher normalement, mais c'est à Dante et Tutu que j'envoie mon petit grain de folie, par textos interposés.

[Besoin de vous
le week-end prochain !]

J'ai écrit aux deux, mais seul mon frère me répond illico :

[Un problème ?]

[Non, un *photoshoot* !]

[Sur une vraie plage mais avec
de la fausse pluie !]

[???]

[Tu prendras des photos.
Tutu fera la pluie.]

[Si son ballon de basket ventral
la rend toujours opérationnelle…]

[Elle répond que son ventre n'est pas
encore plus volumineux que ton cul.]

[Désolé, elle m'a obligé
à retranscrire mot pour mot.]

[Sympa, la belle-sœur.
C'est la fête des hormones ?]

[Sur une échelle de 1 à 10 ?
Agressivité : 9. Susceptibilité : 13.
Dans les bons jours.]

[Raison de plus pour t'échapper
jusqu'à Cape Cod !]

[Salut, c Tutu. Person ne s'échap nulle part,
c compri ? C de sa faute à lui si je sui
dans cet éta ! Je vous rejoindrai
à dos de Morue s'il le fau ! Et je ne sui
ni grosse ni susceptibl, OK ? Et je fais la pluie
mieu que person, sachez-le !]

[OK, OK… J'ai un peu peur… Rends son portable
à Dante, stp… Tu vas te faire mal. Et la famille
de l'orthographe vient de m'appeler :
elle est malheureusement décédée.]

[C'est Dante. Elle dit qu'elle a bien le droit
d'amputer des mots, vu qu'elle, il lui pousse
des trucs bizarres de tous les côtés.]

[Bon, je vous laisse à vos protubérances, alors.
Bon courage avec Sigourney et Alien. À samedi !
Je prépare les arrosoirs pour la pluie.]

[Et quelques litres de whisky
pour toi. Et Gus.]

[Merci. Tutu dit qu'elle passe quand même
le bonjour à Lennon et Willow. Et qu'elle a hâte
de les revoir. Moi aussi.]

Je réponds par un pouce en l'air, un smiley bisou et un autre avec des cœurs dans les yeux. Mon frère risque de détester ça. Ma belle-sœur pourrait bien se mettre à pleurer de joie. Ces messages, ces échanges, ce sont typiquement eux, typiquement nous. Mes idées farfelues pour masquer la triste vérité. Le sentimentalisme exacerbé de Solveig, celui plus contenu de mon frère, leur amour qui crève les yeux, même au milieu d'une crise hormonale. Et leur façon de répondre présents, chaque fois que je leur lance une bouteille à la mer ou un arrosoir à la tête. Une pensée noire et rouge me traverse alors : Willow n'a eu que moi – noir austère – mais leur bébé aura de la chance de les avoir – rouge amour. Mon ténébreux de frère et son soleil en tutu ont réussi à créer de la lumière. Il faudrait que je m'en inspire. Avec les yeux irisés de mon roi du monde, j'aurais de quoi faire.

Tout en marchant, je réalise qu'à ma famille non plus, je n'ai rien dit au sujet de Levi. Ni à Dante, Sol, Gus ou ma mère. Et je ne crois pas que je le ferai. Ou alors quand ce ne sera plus qu'un mauvais souvenir. Un de plus à ajouter à la longue liste de mes ratés. Je secoue à nouveau la tête pour faire le vide.

Imaginer, créer, oublier.
Me percher pour me protéger.
Transformer ma vision de la réalité.
Fondre mon noir profond dans son vert multicolore.
Je le peux. Je le veux. Il suffit de…

***

La première semaine de juillet passe à une allure folle : c'est ce qui arrive quand vous créez et travaillez sans relâche au lieu de dormir, manger, penser, respirer. Lennon aussi s'est retranché dans son bureau au sommet de sa prison doré. Il a annulé tous ses rendez-vous extérieurs et je sais très bien que c'est pour pouvoir veiller sur sa fille. Mais il n'a que rarement quitté le deuxième étage de la villa. Et je ne l'y ai rejoint que la nuit. Sans parler. Sans ressasser le dossier Levi, l'affreux chantage, les risques encourus, la blessure d'orgueil du père adoptif, la blessure d'enfant du fils orphelin de père. Lennon et moi nous sommes apaisés, guéris, de la plus belle et de la seule manière dont nous savons le faire. Le jour, il a fait venir Tempérance à temps plein, comme s'il savait que moi aussi, j'avais besoin d'être seule, de me noyer dans le travail quand je ne peux pas le faire dans son regard.

Le vendredi soir, Willow est envoyée à la *guest house* avec ordre de ne pas en ressortir. Et avec deux nounous au lieu d'une en guise de gardes du corps : l'improbable duo Gus et Tempérance. La belle et la bête m'ont semblé très tendus à l'idée de cette soirée pyjama forcée, très déçus aussi d'être mis à l'écart et de ne pas savoir ce qui se joue à la villa. La petite bestiole a aussi tenté de se rebeller. Mais Sa Majesté n'a pas cédé ni rien laissé filtrer. Et réussi à convaincre tout le monde de se tenir tranquille jusqu'à nouvel ordre. Sale ambiance chez les Hathaway.

À vingt heures pétantes, Lennon actionne le portail de la villa et arrête aussitôt la porte motorisée, qui reste juste assez ouverte pour laisser passer un homme. Ces bruits font sursauter Levi qui s'apprêtait à nouveau à jouer les cascadeurs par-dessus la grille.

– Sombre crétin, gronde le maître des lieux.

Nous sommes tous les deux plantés sur le seuil de la porte d'entrée, à le regarder remonter l'allée en graviers. Mon ex porte toujours sa chemise un peu trop grande sur son corps maigrichon, sa barbe de trop de jours sur son visage émacié.

Et une sorte de mallette noire au cuir élimé, apparemment vide et légère.

– Il est venu équipé, remarqué-je.

– Si ce raté se croit discret… siffle Lennon en retour.

– Et il est à l'heure, continué-je en l'ignorant.

– Ça doit bien être la première fois de sa vie…

– Tu deviens méprisant, non ?

– Je suis en train d'inviter chez moi le type qui a conçu ma fille et lui a tourné le dos à la seconde où il a pris connaissance de son existence. Et qui veut maintenant me faire acheter son silence et ma tranquillité. Alors oui, je crois que je suis en droit de le mépriser.

Ces phrases assassines et leur ton implacable me font frémir. Je tente de me taire et de verrouiller mes angoisses quelques secondes, mais c'est plus fort que moi.

– Il ne cache pas une arme là-dedans, hein ?

– Arrête de paniquer. J'ai chargé un copain flic de le fouiller discrètement un peu avant son arrivée. Simple contrôle routier.

– Malin… commenté-je, admirative – mais pas beaucoup plus rassurée.

– Callie, les choses sont sous contrôle. Arrête de t'inquiéter.

– Lennon, arrête de me demander d'arrêter.

Poséidon pose son regard dur et froid sur moi puis croise les bras un peu plus haut sur son torse et se remet à observer Levi, presque arrivé. Sur les derniers mètres, mon ex semble encore plus crispé que moi. Il n'ose soutenir le regard de personne et change dix fois d'idées entre main dans la poche, main sur son menton mal rasé, main moite essuyée sur son jean et main qui gratte un bouton invisible sur son autre bras.

– Vous avez mon million ? lance-t-il enfin, d'une voix qui se veut assurée.

– Voilà comment ça va se passer, réplique Lennon sans lui laisser le temps de rien. Vous allez laisser cette mallette ridicule à vos pieds. Puis signer ce document qui vous oblige à garder le silence sur notre transaction et vous déchoit définitivement de vos droits parentaux. Après ça, vous ne pourrez plus jamais venir réclamer quoi que ce soit, ni argent, ni test ADN, ni rien qui soit en rapport avec Willow, Calliopé ou moi. Si vous avez besoin de temps pour lire le contrat, vous pouvez le faire dehors. Sinon, vous signez en bas et on en reste là.

– Où est mon argent ? s'agace Levi.

– Dans ce sac, lui apprend le maître du monde.

Il referme un peu la porte de la villa, décroche de la poignée de derrière un sac de sport matelassé bleu marine, moucheté de bordeaux, moutarde et vert d'eau. Un mélange original qui me tape dans l'œil comme une voie lactée nocturne, un cosmos mystérieux, une infinité de possibles. Je me demande d'où vient ce sac que je n'ai jamais vu jusque-là, mais le bruit de la fermeture Éclair me tire de mes pensées superficielles.

– Il y a cinq cent mille dollars en cash à l'intérieur, reprend Lennon. Je vous conseille de les garder à l'abri chez vous et de les écouler lentement par petites coupures. Les déposer à la banque ou dans un coffre ne fera qu'attirer l'attention sur vous. Pas sur moi.

– Ce n'est pas ce qu'on avait convenu, rétorque Levi avec un tic qui lui fait plisser le nez.

– Pour le reste, poursuit mon surfeur sans trembler, j'ai ouvert deux comptes bancaires au nom de vos enfants. Dans la même banque que la vôtre. Et j'ai déposé deux cent cinquante mille dollars sur chacun d'entre eux. Ils pourront les toucher à leur majorité.

Je me garde bien de tout commentaire mais je trouve cette idée lumineuse. Que le prix de la paix de Willow bénéficie à deux autres petites têtes brunes ou blondes. Et pas forcément chanceuses au départ de leur vie non plus.

– Arrête de sourire, me souffle Lennon pendant que Levi réfléchit.

– Vous êtes en train de me rouler. Vous les richards, vous

croyez fixer les règles et décider de tout…

– C'est vous qui êtes venu jouer, lui renvoie Sa Majesté dans les dents.

– Je peux fumer ? demande mon ex, de plus en plus nerveux.

– Non, répond Lennon comme s'il parlait à un gamin. C'est ça ou rien. Et c'est maintenant, pas demain. Si vous n'êtes pas d'accord avec le deal, le policier qui vous a arrêté tout à l'heure sera ravi de vous ramener d'où vous venez sous escorte. On réglera le reste au tribunal. Un avocat commis d'office ne vous obtiendra même pas le quart de ça.

Et Poséidon brandit à nouveau le sac de sport entrouvert pour appâter le rapace têtu mais ruiné.

– C'est bon, je vais signer, cède Levi en lâchant sa mallette sur le seuil et en refaisant dix fois son tic du nez.

Lennon lui tend le contrat, un stylo, les deux pochettes au logo de la banque, tout ça en provenance de l'intérieur de sa veste, comme s'il possédait une poche magique et sans fond.

– Oh et arrêtez avec les bouquets aussi, lui conseille Lennon pendant qu'il signe. Essayez d'être à la hauteur d'une femme, de lui arriver ne serait-ce qu'à la cheville, et offrez-lui des fleurs de la bonne couleur.

– Pas la peine de me prendre pour un demeuré. Je ne sais même pas de quoi vous parlez.

– Je ne vous raccompagne pas, conclut mon surfeur d'une voix intransigeante.

Levi comprend le message, récupère le sac de sport, y fourre fébrilement les pochettes bancaires, le stylo qui n'est pas à lui, sa copie du contrat froissée et se débat avec la fermeture Éclair restée coincée. Il finit par s'en aller avec le sac entrouvert et le nez qui frétille toujours de nervosité. Comme un loser qui n'a pas l'habitude de gagner. Ou un vainqueur qui sait qu'il a un peu perdu quand même.

– J'aimais bien ce sac, dis-je en le regardant redescendre l'allée en graviers.

– Cadeau d'Alexandra à Willow, m'explique Lennon.

– Je hais ce sac, corrigé-je aussitôt. Ce sac est parfait pour Levi et cet argent sale.

– En attendant, le problème est réglé.

– Peut-être… avoué-je, un peu soulagée. Mais je déteste t'avoir vu faire ça. Ça ne te ressemble pas.

– Je n'avais pas le choix.

– Ça me rappelle les magouilles de Vito…

– Merci pour la comparaison, grogne Poséidon.

– Je ne voulais pas dire ça, pardon.

Il ne me répond pas. Il pianote sur le clavier fixé au mur de l'entrée qui referme à distance le portail de la villa, maintenant que Levi a quitté les lieux. Puis Lennon prend la porte au lieu de la refermer.

– Tu vas où ? demandé-je pendant qu'il s'éloigne dans le jardin.

– Fumer.

42

Là où la vie surgit

Ce soir-là, la soirée pyjama a tourné court. Lennon a dormi seul au sommet de sa tour. Willow a refusé de passer une seconde de plus avec les ronflements de Gus. Tempérance est rentrée chez elle, épuisée. Et je suis allée coucher ma fille dans sa chambre. Avant de revenir à la *guest house* pour passer une nuit blanche, penchée sur mes cirés.

J'ignore toujours de qui provenaient les roses noir glacé et la carte rouge lave. Je pense de moins en moins à Levi, de plus en plus à Vito. Mais j'essaie surtout de ne plus y penser du tout, en donnant vie à mes petites capes de superhéros.

Le lendemain, tout est prêt pour mon *photoshoot*. Mes créations. Les accessoires qui vont avec. Le matériel photo apporté ce matin sur la plage qui jouxte la villa Hathaway. Dommage, il ne pleut pas. Mais le ciel est bas et lourd comme s'il voulait peser de tout son poids sur l'océan parfaitement lisse. Ou échanger sa place avec lui, pour une fois.

– On est en juillet ou j'ai hiberné jusqu'en novembre et personne ne m'a prévenu ? ronchonne Gus.

– Tiens, pose pour moi au lieu de râler. Je vais faire des mesures lumière.

– Fais des mesures grisaille, ça marchera mieux.

– Ne bouge plus !

– T'es sûre que tu leur as donné le bon lieu de rendez-vous, à tous ?

– Oui, Gus…

– Et t'as mis la bonne année à côté de la date ?

– August Perry, tu veux mourir étouffé la tête fourrée dans le sable ? le menacé-je.

– Attends-nous qu'on puisse voir ça ! balance Dante en arrivant sur la plage.

Rire sonore de Solveig, long soupir de mon meilleur ami, regard amusé de mon frère : les retrouvailles sont consommées. Quelques étreintes et tapes dans le dos plus tard, la jolie femme enceinte sort de son sac à main un énorme bocal contenant des cornichons tout aussi énormes. Et déjà tous à moitié entamés.

– Ne me juge pas.

– Je n'ai rien dit, fais-je en levant les mains en l'air.

– Ce n'est pas moi qui ai faim, c'est lui ! m'explique-t-elle en désignant son ventre.

– Alors, ça y est ? Vous le savez ? C'est un garçon ?

– Tu parles ! Ce bébé est aussi mystérieux que son père, il n'a rien voulu montrer !

– Ou alors il est exceptionnellement moche et il a compris qu'il ferait mieux de se cacher jusqu'à l'arrivée, suggère Gus, revanchard.

– Tu veux mourir noyé dans du jus de cornichon ? le rembarre Tutu en le fusillant du regard.

– Mais pourquoi tout le monde a envie de me tuer ? geint mon assistant en s'éloignant, les pieds qui traînent dans le sable.

C'est le moment où mes petits modèles font leur apparition par la petite porte de la villa qui donne directement sur la plage. Je pensais que Lennon viendrait. Je l'avais prévenu que Dante et Tutu seraient là. Mais c'est Tempérance qui tient la main de Willow, elle-même tenant la main d'Hazel qui tient celle de sa mère. Et Seraphina ferme la boucle en tenant courageusement la laisse de Poney.

Nouvelles effusions entre humains. Cordiales, chaleureuses

ou plus ou moins gênées selon les duos.

– Y a un bébé là-dedans ? demande ma Lilliputienne au ventre de ma belle-sœur.

– Non, un alien bouffeur de cornichons.

La brunette grimace.

– Et il est où, ton chien qui pue ?

– Elle est trop sensible pour entendre ce genre de questions, elle a préféré rester à la maison.

La brunette ouvre des yeux ronds.

– C'est un chien, ça a pas d'avis ! réplique-t-elle.

– Bien sûr que si ! s'offusque la blonde. Regarde comme Poney est triste de ne pas retrouver son amoureuse.

La brunette fixe son grand veau aplati sur le sable aux pieds de Solveig.

– Non, il est pas triste du tout, là, explique sa petite maîtresse. Il essaie juste d'avoir un cornichon.

Puis Willow lève les yeux au ciel, avant de se mettre à courir en envoyant une volée de sable au passage.

– Dante ? gémit Tutu, apeurée. J'ai changé d'avis… On peut prendre un deuxième chien à la place du bébé ?

– Désolé, je n'ai pas gardé le ticket, plaisante mon frère en venant la serrer dans ses bras.

Je me marre puis frappe dans mes mains pour obtenir l'attention de tout le monde.

– On se met en place ? Les filles, voilà vos tenues ! Sol et Gus, vous pouvez monter sur les escabeaux ! Je vous apporte les arrosoirs remplis. Attention, on ne fait pleuvoir que quand je le dis ! Seraphina, Délivrance, vous pouvez aider les petites à s'habiller ? Dante, tu me dis quand c'est bon pour toi ? Poney, viens là !

Je laisse chacun à sa tâche, promets à ma nounou de l'appeler par son vrai prénom puis vais m'occuper de mon dernier mannequin. J'entoure le chien géant de son propre ciré noir verni, boutons-pression fermés sous le ventre et capuche enfoncée sur ses grandes oreilles.

– Regardez ! balancé-je sans réfléchir. On dirait que Batman est bourré et rentre chez lui à quatre pattes.

Certains adultes éclatent de rire, d'autres font les gros yeux en masquant les oreilles sensibles des enfants.

– C'est quoi, « bourré » ? me demande la petite maline avec intérêt.

– C'est quand il y a trop de monde ou trop de choses quelque part, esquivé-je.

Et le *photoshoot* peut démarrer. Les premières prises de vue tournent vite au fiasco : Gus pleut de travers, Hazel pousse des cris aigus à la seconde où l'eau éclabousse sa peau et Poney sort sans arrêt du champ pour aller grimper sur l'escabeau où sont perchés Tutu et son pot de cornichons.

– Vous êtes tous nuls ! décrète Willow en s'asseyant par terre, bras croisés et moue boudeuse.

– Shoote-la, chuchoté-je à mon photographe.

La petite sauvageonne a quelque chose de follement poétique, avec sa cape rouge lave trempée, sa grande capuche de petit chaperon mignon et son regard noir de colère. Plus elle voit Dante la photographier, plus elle le fusille de ses yeux assassins. En elle, alors que leurs physiques sont les exacts opposés, je vois toute l'exigence de Lennon, ses bras solidement rivés, ses iris déterminés, ce port de tête altier qui ne trouve rien assez bien, rien aussi parfait qu'il ou elle le voudrait.

Ils ont cette même indocilité qui brûle au fond de leur âme glacée.

Et qui me fait fondre en une seconde.

Je demande à Dante de continuer à mitrailler autant de scènes sur le vif qu'il pourra en trouver, pendant que je vais chercher une solution à chaque problème. Au bout de quelques laborieuses minutes, Hazel arrose elle-même ses bottes en caoutchouc, adorable et précieuse dans son poncho noir miroir – et parfaitement sec, sous le regard fier de sa mère. Un peu plus loin, Poney garde dans son énorme gueule un moignon de cornichon comme si c'était son plus grand trésor, et il a l'air d'un vieux en imper en train de fumer le cigare. Toujours perché sur son escabeau, Gus s'amuse à doucher Wiwi qui danse sous l'eau, fait tournoyer ses nattes dégoulinantes et rit à en réveiller l'océan. Je vois aussi mon frère photographier le ventre rond qui abrite son bébé, et sa ballerine fatiguée qui s'est assise sur une marche au milieu de l'escabeau pour assouvir une nouvelle fringale. Le soleil perce à travers les nuages bas et l'atmosphère se fait soudain plus légère. Je suis le mouvement de l'appareil photo de Dante, qui a décidément le regard partout où la vie surgit.

C'est le roi du monde qui met les pieds sur son royaume en franchissant à son tour la petite porte blanche. Ses beaux yeux plissés vers le chaos passent par un millier d'émotions, entre inquiétude, incompréhension, amusement, résignation. Son sourire s'étire et son visage racé me cherche du regard. Je lui souris en retour. Mais cette émotion-là, vraie, spontanée, passe aussi bien trop vite. Lennon la ravale et redevient sombre, préoccupé, rigide comme son cœur de pierre.

J'ai envie de marcher vers lui mais Sol m'intercepte en enroulant son bras autour du mien :

– J'ai vu comme il te regarde, me chuchote-t-elle. Je suis enceinte, affamée, grosse et susceptible, mais pas encore stupide. Il est fou de toi, ça se voit.

– N'importe quoi…

– Si. Tu lui fais du bien. Il t'en fait aussi. Votre histoire ne s'est pas arrêtée à ce super orgasme que tu m'as raconté, hein ?

– Tutu… tenté-je de me défendre.

– J'ai su lire dans le cœur fermé et les yeux noirs d'encre de ton frère, le roi des taiseux ténébreux. Alors crois-moi, je peux lire dans celui-là, m'assure Solveig en désignant mon surfeur du menton. Lui, il a du soleil plein le regard. Du feu plein l'âme.

Ses mots réchauffent peu à peu la mienne. La sœur que je

n'ai jamais eue m'adresse un sourire complice et continue, encore un peu plus sûre d'elle.

– Il s'en empêche mais il est fou de toi.

– Et… ? demandé-je, curieuse.

– Et je crois bien que toi aussi, tu es folle de lui. Vous vous êtes trouvés, Callie.

– Bordel de cul de putain de chiotte… murmuré-je dans un soupir.

– Il va bien falloir que vous trouviez un moyen de vous le dire. Un moyen de le vivre.

Et Tutu m'embrasse sur la joue avant de rejoindre son âme sœur à elle. Et de coller son gros ventre entre les mains accueillantes de Dante. Cette fois, je veux rejoindre Lennon, sans même savoir ce que je vais dire ou faire. Mais c'est trop tard. À quelques mètres de moi, Sa Majesté me tourne le dos et retourne vers sa villa, notre fille dans les bras. Willow m'adresse un petit signe de la main par-dessus sa solide épaule, je lui souris tendrement, puis je l'entends dire tout bas :

– J'ai froid, papa.

– Je sais, Wiwi…

Et il la serre un peu plus fort contre lui.

Moi aussi j'ai froid, homme de ma vie.

43

Dans ma prochaine vie

Assise sur le sable, bercée par le doux roulis des vagues, je regarde le roi de l'océan glisser à la surface de l'eau avec une aisance presque surnaturelle. Il est tôt, les paisibles et luxueuses villas de Chatham dorment encore ou s'éveillent à peine et ce matin, j'ai l'impression que le monde nous appartient.

À Lennon, si lumineux, si royal sur sa planche de surf. À moi, si inspirée en l'observant, si amoureuse malgré son silence des derniers jours.

Mon surfeur sort de l'eau, se rapproche en portant sa planche sous son bras et sourit en coin en me découvrant dans mon maillot de bain jaune poussin. Ce sourire m'avait manqué.

– La poule mouillée est matinale, commente-t-il en venant s'asseoir près de moi.

– Matinale et sèche !

Il ébroue ses cheveux pour me donner tort, je reçois un millier de gouttes d'eau en poussant autant de cris. Juste par principe, parce qu'en réalité, c'est agréable. Il fait déjà près de trente degrés et cette journée de juillet s'annonce caniculaire.

– La poule mouillée est surtout prête pour sa *dernière* leçon de natation, fais-je en jouant du bout des doigts avec le sable.

– Qui a dit que c'était la dernière ?

– Moi, lui dis-je en souriant. Et c'est mon dernier mot. Je sais suffisamment bien nager pour ne jamais me noyer, maintenant. Mais je ne tiens pas à devenir championne de natation synchronisée. Quoique, leurs tenues sont tellement kitsch qu'elles en deviennent cool…

Pour toute réponse, l'insolent roule littéralement sur moi en me trempant de la tête aux pieds. Je hurle – de rire, de surprise, de rébellion –, il m'embrasse passionnément avant de laisser retomber son grand corps de l'autre côté.

– Ah, ce n'est plus la guerre froide entre nous ? dis-je en faisant semblant de ne pas comprendre.

– « Faites l'amour », ils disent ! s'explique-t-il d'un haussement d'épaules.

Puis il reprend après un court silence et un long soupir.

– Je suis désolé pour hier, Callie. Au *photoshoot*. Vous aviez tous l'air heureux, tous l'air un peu fou. Je me suis senti de trop. Trop soucieux, trop sérieux, trop…

– Tu ne seras jamais de trop dans ma vie, Lennon Hathaway, déclaré-je solennellement. Mais je croyais que tu voulais qu'on soit discrets ?

– On est seuls au monde sur cette plage, fait-il en s'assurant que c'est bien le cas.

– Pas pour longtemps, dis-je en me lovant contre lui.

– Alors à l'eau, jolie poulette !

Il se relève à la force des abdos et me tend la main mais je l'ignore, trop occupée à le bouffer du regard. Le soleil illumine sa peau ambrée, ses cheveux aux reflets dorés, ses yeux aux nuances claires.

– Solveig a deviné, au fait, ajouté-je en attrapant son poignet.

– Deviné quoi ?

– Pour toi et moi…

Le surfeur se raidit, son corps se tend, son regard s'intensifie. Debout sur cette plage abandonnée, Lennon et moi nous faisons face en silence pendant de longues secondes. Je sens que la situation m'échappe. Alors qu'il venait seulement de s'apaiser, le roi du monde semble presque… en colère.

– Lennon, je lui fais confiance… murmuré-je. Tutu sait garder un secret mieux que personne.

– Personne n'est fiable à cent pour cent, soupire sa voix profonde. Un verre de trop, une étourderie, une maladresse et notre secret ne le sera plus. On en parlera dans toute la ville…

– Je pense que toute ma famille le sait. Enfin, s'en doute. Quand on est ensemble, quand on nous connaît, c'est une évidence. Ça se lit sur nos visages, dans nos regards, nos gestes.

– Alors on doit être plus prudents…

– Mais pourquoi ? gémis-je presque. Lennon, on ne fait rien de mal ! Tu as honte de moi à ce point ?

Ses yeux multicolores se plissent, il me fixe durement, comme si je venais de dire une bêtise plus grosse que moi.

– Honte de toi ?

– Je…

– Honte de *toi* ?! répète-t-il, hors de lui.

– Oui ! m'écrié-je soudain, furieuse moi aussi.

– Tu n'as rien compris, Callie ! Vraiment rien !

– Explique-moi !

Notre duel devient presque une question de vie ou de mort. J'ai besoin d'entendre, de comprendre, de ressentir ce qu'il entend, comprend, ressent.

– Tu es belle, Callie ! Putain, tu brilles ! Tu rayonnes ! Tu es intelligente, futée. Courageuse. Passionnée, créative et ambitieuse. De quoi est-ce que j'aurais honte ?!

– De mon passé… De ma folie… De qui je suis.

– Tu t'es battue comme une lionne pour en arriver là ! Ta folie, c'est ta force ! C'est ce qui fait que je t'aime comme un dingue !

Il avance vers moi, menaçant, s'empare de ma taille et me force à le regarder dans les yeux.

– Comme un *dingue*, tu m'entends ?

– Alors pourquoi est-ce que tu tiens tant à ce secret ? murmuré-je, perdue.

– Willow, ça la perturberait… C'est trop tôt. Et la presse à scandales pourrait venir s'en mêler. Salir notre histoire. Mon nom. Priver notre fille d'une partie de son innocence.

– Willow est maline, intuitive, elle a sans doute déjà compris toute seule. Si on ne lui dit pas clairement, elle le devinera, se sentira trahie et ce sera pire.

Lennon m'écoute mais ne dit rien. La main plongée dans ses cheveux humides, il réfléchit.

– Et on est bien trop ennuyeux pour la presse ! relancé-je. Depuis mon départ de New York, je n'intéresse plus personne !

– Tu restes la fille de Vittorio Lazzari ! La jeune styliste surdouée. Et la mère biologique de ma fille, que j'ai récupérée dans des circonstances… « floues ».

Les larmes me montent aux yeux. L'injustice me prend à nouveau aux tripes. Mon bonheur rêvé, je le touche enfin du doigt. Mais il faut croire qu'il est trop bien pour moi…

Moi, je suis un peu trop brisée. À nouveau punie. Trop sombre pour toute cette lumière.

– C'est trop dangereux, Callie, me glisse une dernière fois Lennon en m'enveloppant de ses bras.

Sa peau, son odeur, son souffle m'apaisent autant qu'ils me torturent. Ça me tue, de ne pas pouvoir l'aimer au grand jour. Librement. Fièrement. Décidée à ne plus pleurer, je m'arrache à son étreinte, retire mon paréo blanc scintillant et cours jusqu'à l'eau. Après quelques mètres et une douzaine de cris plus ou moins aigus, je plonge dans l'océan salé. Lorsque je sors la tête de l'eau, j'aperçois Lennon qui me contemple depuis la plage, les bras croisés sur son torse musclé, un sourire au coin des lèvres.

– La poule mouillée t'attend, Poséidon ! lui crié-je. Ramène tes fesses et apprends-moi la natation synchronisée !

***

On avait convenu de se retrouver pour une mission shopping, mais Tutu m'a finalement donné rendez-vous au Zippers, un restaurant branché de la marina. Je la rejoins sur les coups de onze heures et la retrouve attablée, jolie comme une pomme bien mûre dans sa maxi robe vert roussi, en train de s'attaquer à un énorme plateau de fruits de mer.

– Je suis un monstre, ne me regarde pas ! fait-elle la bouche pleine, en me voyant arriver.

Je glousse, m'assieds en face d'elle et commande un café glacé.

– Une pince de homard ? me propose ma belle-sœur derrière ses lunettes de soleil.

– Merci, mais pas avant midi pour moi…

– Tu vois, je suis monstrueuse ! gémit-elle en caressant son ventre rebondi.

Sans réfléchir, j'attrape une énorme crevette cuite, la trempe dans une sauce cocktail rose et l'avale tout rond. Ma presque sœur retrouve un peu de son sourire et croque dans un beignet de poisson.

– Ce bébé va naître avec des écailles… et des branchies, dis-je en riant en la voyant dévorer.

– Mes fringales varient chaque semaine ! Je viens de manger des cornichons pendant six jours, avant ça, c'était les carottes crues, mais ce matin, j'aurais bouffé un dauphin !

– Je me souviens, dis-je en souriant tristement. Moi, c'était les fraises. Tellement cliché…

– Trempées dans du beurre de cacahuètes ?

– Non.

– Dans du ketchup ?

– Non plus.

– Des fraises… nature ?

– Oui.

Terriblement déçue, Tutu se console en avalant une tranche de pain beurrée.

– Comment ça va, à la villa ? me demande-t-elle.

– Bien.

– C'est tout ?

– Très bien, me corrigé-je.

– Callie, raconte ! Du nouveau avec Lennon ?

– Je… Pas vraiment…

Solveig m'observe en silence, étonnée de me trouver si peu loquace.

– S'il y a un problème, tu peux me le dire…

– Tu n'as rien raconté à personne, hein ? lui demandé-je soudain.

– Sur votre idylle secrète ? Bien sûr que non !

– Merci… C'est important que ça ne se sache pas.

– De toute façon, je mange toute la journée, j'ai la bouche bien trop occupée pour parler de quoi que ce soit à qui que ce soit…

Je ris doucement, mais elle sent que quelque chose ne va pas.

– Si tu veux mon avis, les secrets, ce n'est bon pour personne… Et Dante et ta mère se doutent déjà de quelque chose.

– Ils te l'ont dit ?

Elle confirme et ajoute :

– J'ai tenu ma langue parce que j'ai conscience de la difficulté que ça représente pour vous, pour Willow, pour tout… Mais la vérité finit toujours par éclater. Et elle fait des dégâts…

– Je sais…

– Dante et moi, ça a failli nous déchirer à l'époque, murmure-t-elle d'une voix un peu éteinte.

– Je me souviens…

Nous contemplons un instant le décor paradisiaque qui nous entoure, les passants, les bateaux et l'air qui défilent.

– Au final, l'amour l'a emporté, murmure la blonde. Et tu l'auras aussi, ton *happy end*.

– Je n'y ai jamais cru, jusque-là… Avant lui. Et ça me

terrifie d'espérer quelque chose qui n'arrivera peut-être pas, soufflé-je à voix très basse.

Elle attrape ma main et la serre fort, très fort.

– Callie, sois patiente. Lennon finira par s'ouvrir. Il criera bientôt sur tous les toits qu'il se tape la brune la plus sexy de toute la côte !

– Tu crois qu'elle sait ? Willow ? Et qu'elle nous en veut de lui mentir ?

– Je pense qu'elle comprend certaines choses et d'autres pas. Et qu'elle attend juste que vous soyez prêts à lui dire que « papa Riche et maman Folle s'aiment pour toute la vie ».

Je souris, elle se tape une nouvelle crevette.

– On n'est jamais sûr, si ?

– Sûr d'aimer pour toujours ?

– *Toujours*… répété-je. Rien que ce mot veut tout dire et rien dire à la fois.

– Je le suis, moi, me répond-elle en souriant. Je suis sûre d'aimer ton frère jusqu'à mon dernier souffle.

Elle en a presque les larmes aux yeux.

– Foutues hormones ! dit-elle, riant et pleurant en même temps. Mais mon petit doigt me dit que tu aimeras aussi ton surfeur jusqu'au bout… Et même dans ta prochaine vie.

Tutu doit être devin dans un monde parallèle. Enfin, son double. Son clone. Une sorte de madame Irma montée sur ressorts, en tutu et chaussons de satin. Parce qu'elle a raison, comme toujours. Lennon est l'homme de ma vie.

Et je n'ai même plus peur de me l'avouer.

***

La villa est silencieuse et dépeuplée lorsque je la traverse, une heure et demie plus tard. Je me rends dans le jardin, repousse gentiment Poney qui me dit bonjour à coups de langue et de queue frétillante et mets enfin la main sur ceux que je cherchais.

Willow et Gus en pleine bataille d'eau dans la piscine, surveillés par Tempérance en bikini arc-en-ciel.

– Il n'est pas mentionné « garde de *deux* enfants » dans mon contrat, me dit-elle en souriant lorsqu'elle me voit arriver.

– Pitié, ne nous quitte pas ! réponds-je en riant, tout en observant mon coloc' en grande forme. Comment va ta maman ?

– Le mieux possible, merci de demander.

Le géant a hissé la Lilliputienne sur ses épaules et joue au sous-marin russe – accent inclus. La brunette hurle de rire, me fait coucou de la main, puis encourage son « tonton bizarre » à aller de plus en plus profond.

– Willow ne riait jamais comme ça, avant, me confie Tempérance.

– Gus est un drôle de spécimen, confirmé-je.

– Avant *toi*, je voulais dire, précise la nounou. Si elle aime autant la vie, c'est parce que tu en fais désormais partie.

Je laisse un peu durer le silence, parce que je savoure ces mots qui me vont droit à l'âme. Tempérance le devine et me tapote amicalement l'épaule.

– C'est décidé, tu reviens à plein temps ! Et tu es augmentée ! lui balancé-je en reniflant, les yeux humides, avant de m'éloigner.

Les cris diminuent lorsque je referme la porte de la *guest house* derrière moi. Gus a laissé traîner un bol de céréales, je le range dans le lave-vaisselle presque plein et mets le programme « éco » en route. Je me rends dans ma chambre pour enfiler mon maillot noir en cuir – car oui, Callie Lazzari, 22 ans, veut être un sous-marin aussi, mais un sous-marin stylé. Avant d'atteindre mon dressing, je tombe nez à nez avec une grosse boîte rouge carmin posée au centre de mon lit.

Un rouge plus sombre, plus profond que le rouge lave de la carte anonyme qui me hante depuis des jours.

Mais un rouge quand même.

Un peu tremblante, je m'approche de l'objet et m'agite, fais du sur place, de la marche avant puis arrière une bonne dizaine de fois, tergiverse, avance, recule, trépigne, avant de me décider à plonger. J'ouvre la boîte mystère d'un coup, en retenant ma respiration. Et éclate de rire.

Pas de bombe. Pas de tête tranchée. Pas de vision cauchemardesque.

Non. Juste le plus beau clin d'œil qu'il aurait pu me faire.

Une pile de maillots de bain une pièce. Unis ou à motifs. Dans des matières nobles, fines, délicates. Vert irisé, multicolore. Bleu nuit d'orage. Rose berlingot. Lavande doux. Orange vitaminée. Gris perle précieuse. Noir désir.

Je plonge ma tête dans les tissus doux et veloutés, admire les différentes coupes, les lignes et les coutures. Sept maillots. Sept œuvres d'art. Sept pièces qui me vont droit au cœur et se gravent dans mon âme. Des papillons plein le ventre, je découvre le petit mot qui les accompagne.

Ils viennent d'Italie.
Ce sont des modèles uniques, comme toi...
Lennon

Je serre la petite feuille blanche contre mon cœur, l'embrasse, la respire. Et l'envie me prend. M'emporte. Lui écrire. Lui dire tout ce que j'ai sur le cœur. À quel point il a changé ma vie. Percé mon âme. Ravivé mon cœur. À quel point j'ai besoin qu'il m'aime. À quel point mes sentiments pour lui sont fous. Insensés. Déraisonnables. Infinis.

Alors je me lance à la recherche d'une carte ou d'une feuille vierge, non froissée, pas encore griffonnée ou tachée, sans ébauche de robe, de gilet ou de combinaison dans un coin. Je fouille tout mon atelier et je ne trouve rien. Pas plus de chance dans la cuisine : Gus est pire que moi, un carnet de notes ou de croquis ne lui fait pas trois jours.

Sauf que contrairement à moi, il en a des dizaines en réserve.

Je frappe à sa porte – tout en sachant qu'il patauge avec ma fille dans la piscine – pour me donner bonne conscience, puis entre dans sa chambre. Le lit n'est pas fait – normal. Son linge propre n'est pas rangé – typique. Son écran d'ordinateur est resté ouvert sur son bureau et je découvre qu'il n'a rien, mais alors vraiment rien contre les rousses à très forte poitrine.

Cela. Ne. Me. Regarde. Pas.

Comment on efface une image perturbante de sa mémoire, déjà ?

J'arrive à la table qui lui sert occasionnellement de bureau et tire le premier tiroir. Quasiment vide, à part mes feutres à double pointe que je cherchais partout depuis trois jours. Au deuxième tiroir, je lâche un cri victorieux. Je m'empare d'un carnet flambant neuf… et me prends une claque magistrale.

Sous la pile de carnets, un boîtier transparent.

À l'intérieur de ce boîtier, des cartes rouges.

Rouge lave.

Rouge menace.

Rouge trahison.

Et chaque lettre de « *Je sais ce que tu as fait. Je te vois. Ne crois pas que tu vas t'en tirer comme ça...* » se dessine à nouveau dans mon esprit.

– Gus, murmuré-je en fixant bêtement le mur. N'importe qui, mais pas toi…

44

Au fond du gouffre

J'ai sombré dans mon gouffre. À nouveau. Seul Vito était capable de m'enfoncer si bas, plus bas que terre, de creuser ma tombe et de m'y abandonner, une journée, une nuit, parfois deux ou trois. Cette fois, c'est Gus qui vient de m'enterrer. Un coup de pelle sur le crâne, et j'ai disparu sous terre. Assommée. Rompue. Effondrée. Normalement, je me serais écroulée, roulée en boule, je me serais bercée d'avant en arrière, recroquevillée sur moi-même, je me serais retranchée dans ma bulle imaginaire et j'aurais tenté de m'échapper par la pensée. J'aurais attendu que la douleur passe, attendu que mes yeux s'habituent au noir de mon cerveau. Et j'en aurais fait de la lumière, de la couleur, toute seule, à l'intérieur.

Mais pas aujourd'hui. Pas dans cette vie. Pas dans celle où Lennon et Willow m'ont redonné le goût de vivre, m'ont prise par la main et m'ont relevée. Plus haut que je ne l'aurais jamais rêvé.

Aujourd'hui, je prends mes idées noires à bras-le-corps. Le petit boîtier de cartes rouges à pleines mains. Et je fonce dans le tas. Je n'attends pas. Je me hisse hors du gouffre, à la force de ma volonté.

Une cinquantaine de mètres sépare la *guest house* de la piscine. Me sépare, moi, de mon traître. Dans ma robe midi bleu marine, j'allonge le pas. Je ne crois pas avoir déjà marché si vite, si grand, si fort. Le jardin bien entretenu de la villa Hathaway pourrait trembler sous mes pieds déterminés. Dans mon champ de vision, le vert luxuriant laisse bientôt place au bleu lagon et j'entrevois Gus, planté comme un rocher au milieu de la piscine. Le géant soulève ma fille au-dessus de sa tête et la jette dans l'eau comme une pierre. Une jolie petite pierre précieuse hurlant de rire. Mon cœur se décroche et valse dans ma poitrine. Son bonheur à elle. Mon malheur à moi. Ses éclats de rire contre mes larmes contenues. Sa cabriole, son joli envol, face à ma dégringolade, ma terrible chute.

– Gus, je peux te parler ? lancé-je de ma voix la plus neutre possible.

– Pas dispo !

– Gus, je dois te parler, répété-je, plus affirmée.

– Mais tu ne vois pas qu'on est en pleine réunion, avec Willow ? plaisante-t-il en la tenant par un pied.

– Gus, lâche-la et sors, s'il te plaît !

– Oh oh, on dirait que maman ourse est fâchée ! continue-t-il à blaguer de sa grosse voix forcée.

– Gus, j'ai besoin de te parler ! m'écrié-je soudain dans un râle animal.

Et d'un geste rageur, j'envoie valdinguer les dizaines de cartes rouges qui retombent comme une pluie de lave sur la piscine turquoise. Tempérance tressaute sur son transat. Wiwi lève son joli nez vers le ciel étrange, rougi, et elle sourit de ce joli tour de magie. Et Gus, mon August Perry, passe du rouge écrevisse au vert angoisse. Son teint blêmit, ses larges épaules s'affaissent, son visage rond se défait : il m'adresse le regard du coupable pris en flagrant délit. Puis il me tourne le dos et sort de l'eau, quitte la piscine sans un mot, passe devant moi sans un regard, traverse le jardin et rejoint la *guest house* sans m'attendre.

– Ne me mens pas, lui soufflé-je une fois à l'intérieur.

– C'est moi, avoue-t-il sur-le-champ.

L'ours en short de bain hawaïen et casquette fluo dégouline

au milieu du salon. Mes larmes coulent. Je ne trouve plus les questions, les insultes, tous les cris que j'avais dans la gorge il y a quelques minutes encore.

– Mais pourquoi ? parviens-je à bredouiller.

– Je ne sais pas.

– Gus… ces roses noires… ce message si cruel… notre amitié… Ça veut dire quoi ?

– Je dois être jaloux de toi, improvise-t-il.

– Hein ?

– C'est ce que tout le monde pense, non ? me répond-il en levant la voix, le regard amer. Que je vis dans ton ombre, que je te suis comme un petit chien, non, comme un gros clébard débile qui attend son su-sucre, un éléphant grognon dans ton joli magasin de couture, que je me réalise à travers toi, puisque moi je ne suis rien.

– Gus, je ne comprends pas. Qu'est-ce que je t'ai fait ? Qu'est-ce que tu voulais ?

Je lis l'amertume dans ses yeux tristes, les regrets, le chagrin, la résignation, mais je ne comprends rien. J'ai beau creuser pour savoir, tenter de faire le lien, tout ça n'a aucun sens. Et mon meilleur ami, ou du moins ce qu'il en reste, n'a pas l'air d'en trouver un lui-même.

– Tu souffres et tu as besoin de faire souffrir ? tenté-je d'une voix plus douce. Je peux entendre, je peux comprendre, je peux accepter, Gus…

– Arrête de me psychanalyser !

– Mais alors quoi… ?

– Et arrête de me pardonner !

Son regard dur qui tente de garder la face s'embue. Bientôt, il déborde. J'ai l'impression de devenir folle. C'est le coupable qui pleure. L'innocente qui console. Et je ne sais toujours rien du crime.

– C'est Vito qui m'a forcé, lâche enfin Gus dans un sanglot étouffé.

Il enfonce ses paumes dans ses yeux pour ne pas affronter

les miens. Mon cœur chute de toute ma hauteur. Je retombe dans mon trou noir. Sa révélation me résonne entre les oreilles, comme si mon cerveau faisait de l'écho. Mon sang se glace puis bouillonne dans les veines. Ma langue fourmille de millions de gros mots.

– Toi… et Vito ? balbutié-je en prononçant l'impensable.

– Je ne voulais pas, Callie, je te le jure. C'est lui qui a eu l'idée des roses noires. Des cartes rouges. Lui qui m'a dicté le message. Il a promis qu'il me briserait les doigts si…

– Tais-toi !

– Callie, je n'avais pas le choix, sanglote-t-il encore.

– Je me fous de ce bouquet ! hurlé-je à en faire trembler les vitres. Je savais qu'il portait sa signature. J'ai reconnu son style. Son sadisme. Mais pourquoi toi, Gus ? Qu'est-ce que tu as à faire avec mon père ?

Les mots glissent comme des lames de rasoir entre mes dents serrées. Je redoute l'affreuse vérité. Mais je sais qu'elle est pire encore que ce que j'ose imaginer.

– Il a fait de moi son esclave, m'avoue enfin le géant. Sa taupe. Il a engagé un détective privé qui nous a suivis jusqu'ici. Qui nous a épiés. Et qui m'a foutu la trouille de ma vie. Il me collait au mur, Callie, partout où j'allais. Il me menaçait. Une fois, il a tenté de m'étrangler. Il a dit qu'il serrerait jusqu'à me faire suffoquer, si je ne lui racontais pas tout. Tout ce que tu vivais.

– Quel rapport avec Vito ? demandé-je pour tenter de comprendre avant de craquer.

– Quand je suis rentré à New York… Ton père est sorti du coma et…

– Ne l'appelle pas comme ça ! grondé-je.

Je plaque mes mains sur mes oreilles, comme avant, quand je ne voulais plus rien entendre. Mais je me reprends presque immédiatement, lutte pour remonter à la surface, pour suivre la suite de son récit.

– Vito m'a fait venir jusqu'à lui, continue Gus. C'est encore le grand baraqué qui m'a foutu dans un van et conduit jusqu'à la clinique privée…

– Et ?

– Et ton p… Vito m'a dit que les filatures, les menaces et les violences s'arrêteraient si je coopérais.

– À quoi ?

– Il m'a proposé une grosse somme d'argent pour retourner à Cape Cod avec toi, te surveiller et tout lui rapporter. Tes relations avec Willow, avec Lennon. Vos plans pour l'avenir. Il avait peur que tu révèles toute la vérité. C'est tout ce que je devais faire, Callie, je te le jure ! Lui raconter ta vie.

Je regarde mon coloc' comme si je le voyais pour la première fois. J'ai mal au cœur. Mal au bide. Mal partout.

– Tu m'as trahie… pour du fric ?! éructé-je.

– Je n'avais plus rien, à ce moment-là ! gémit Gus en croisant ses mains au sommet de sa casquette. Mes parents venaient de me couper les vivres. Je n'ai jamais gardé un boulot plus d'un mois. Je suis bon à rien, à part bosser pour toi. Je n'ai jamais osé te réclamer d'argent… Je n'avais aucun avenir. J'étais complètement perdu et déprimé…

– Alors tu t'es retourné contre moi, soufflé-je, incrédule. Au lieu de me demander de l'aide. Tu sais ce que font les amis, dans ces cas-là ?! Ils ne se plantent pas des couteaux dans le dos, Gus ! Ils se parlent !

– Je voulais le faire ! Je voulais tout te dire ! Mais j'avais tellement peur. Ce type est un malade ! Il allait me tuer ! Et Vito…

– Crois-moi, je sais de quoi il est capable, persiflé-je en riant jaune.

– Il en voulait toujours plus ! Il me mettait la pression ! Je lui racontais que tu étais heureuse, ça le rendait fou ! Et c'est moi qui prenais ! Il ne supportait pas que tu aies contrecarré tous ses plans en retrouvant ta fille. En tombant amoureuse de Lennon. Il m'a dit que c'est moi qui paierais les conséquences, si ce bonheur durait ! Il m'a demandé de trouver un moyen de vous séparer, mais j'ai refusé ! Ça, je ne l'aurais jamais fait, je te le promets !

– Quel héros !

Je fixe un instant mon complice de toujours, dégoulinant de piscine et de larmes, sanglotant comme un bébé, parlant à toute allure pour déverser ses remords, ses regrets. Pour tenter de sauver ce qui reste de notre amitié. Mais quelque chose est en train de se briser. Là, juste sous nos yeux trempés.

– C'est à ce moment-là que Vito m'a forcé à t'envoyer ce bouquet, reprend Gus en s'essuyant les joues.

Tout à coup, mon cœur s'arrête. Une idée lugubre vient de me traverser l'esprit. Si effrayante, si inconcevable que j'ai du mal à l'exprimer :

– Et la venue de Levi… C'est… C'est toi aussi ? Un autre coup tordu du duo de choc Vito-Perry ?

– Non ! Je n'y suis pour rien, je le jure ! Et je crois que Vito non plus.

– Et je suis censée te croire ? demandé-je en faisant non de la tête.

– Avec ces fleurs immondes, il voulait juste te faire peur. T'envoyer un message. Pour que tu ne croies pas que tout était acquis, simple, fini. Pour que tu ne sois pas tentée de lui nuire en révélant toute la vérité.

– C'est réussi, commenté-je, amère. Lennon tient plus que tout à ce secret. Je n'ai pas le droit d'être la femme qu'il aime. Pas le droit d'être officiellement la mère de ma fille. Pas le droit au bonheur ni à l'amour au grand jour. Même de loin, Vito gâche tout, Vito contrôle tout, toujours. Mission accomplie, August Perry.

Je lui adresse mon sourire le plus faux, le plus déçu, le plus trahi. Le plus triste au monde. Le plus noir qui soit. Et qui déteint sur lui.

– Je te demande pardon, Callie. J'étais terrorisé. Il faut que tu me croies, j'ai essayé de résister. Mais Vito est tellement puissant, tellement flippant, il m'a manipulé, tyrannisé, il faisait de moi ce qu'il voulait, je ne pouvais plus rien lui refuser. Je sais que c'est inexplicable, incompréhensible, impardonnable... mais il n'y a que toi qui sais ce qu'il m'a fait.

– Non, Gus. J'ai vécu sous sa coupe pendant plus de vingt ans. J'ai tenu bon jusque-là. Toi, tu n'as pas tenu deux mois. Tout ce que tu avais à faire, c'est rester de mon côté. Tu as choisi de basculer, personne ne t'a poussé. Alors non, je n'ai aucune pitié. Les menteurs, les traîtres, les manipulateurs... Je n'en veux plus dans ma vie.

– Calliopé, m'implore-t-il dans un soupir.

– Tu as une heure pour partir.

J'attrape mon sac à main, mes clés, mon portable, sans rien oublier. Je quitte la *guest house* suffocante et mon coloc' indésirable. Et je m'enfuis sur la plage pour prendre une bouffée d'air pur. Une gorgée de vent iodé. Une volée de sable doux. Une claque de ciel bleu lumineux. Une vague de vie qui me tient hors du gouffre, hors du noir. Pour l'instant.

La brise marine s'insinue dans le profond décolleté de ma robe. Je me sens nue, frigorifiée malgré le soleil de juillet. Je me sens seule, perdue malgré la petite foule de vacanciers. Je me sens l'envie d'entrer dans l'eau tout habillée, de me laisser flotter, dériver. Peut-être de me noyer.

Alors j'appelle au secours.

Mon téléphone se heurte au répondeur de Dante. Puis à celui de Tutu. J'espère qu'ils sont en train de faire l'amour, ou quelque chose qui y ressemble. De choisir des prénoms, des berceaux, des pyjamas, en s'engueulant peut-être, en se réconciliant toujours. Alors j'essaie de joindre ma mère. Elle décroche à tous les coups. Mais pas celui-ci. Ni celui d'après. J'espère qu'elle est aussi en train de profiter de la vie, de sa solitude chérie, de sa liberté retrouvée. Je finis par appeler la mercerie, certaine de tomber sur Seraphina. Mais mon appel sonne dans le vide pendant de longues, interminables secondes. Qui ai-je d'autre ? Qui compte pour moi ? C'est Gus que j'aurais appelé dans ces cas-là. Gus qui m'aurait tendu la main, relevée, sortie du trou. Gus qui aurait dansé, blagué, grimacé, surjoué pour me rendre le sourire. Au lieu de pleurer et de dégouliner. Au lieu de me trahir. Et de pactiser avec le diable.

Alors c'est lui que j'appelle. Mon pire ennemi. Le bourreau de mon enfance. Le boucher de mon adolescence. Le voleur d'enfant, le tortionnaire, le geôlier, le fleuriste sanguinaire, il pourrait avoir tous les titres, sauf celui de père. Et Vito décroche. Sa voix mielleuse, douceâtre, sordide, me coupe littéralement le souffle.

– Ma fille…

Sa respiration sifflante emplit le silence. Même à distance, il bouffe tout mon air. Salit mon espace de sa présence poisseuse.

– J'attendais ce coup de fil depuis longtemps, annonce-t-il, un sourire dans son ton satisfait.

– Non, répliqué-je. Tu n'as pas gagné. Je ne t'ai pas appelé parce que tu le voulais. Je ne vais pas te laisser te faufiler dans mon esprit et déformer la vérité. C'est toi qui as besoin de l'entendre, cette fois.

– Tu as enfin des choses à me dire, Calliopé ? Des fautes à me confesser ?

Il me parle comme si j'avais toujours 17 ans. Ou 5. Il me parle comme à la petite fille qu'il a brisée il y a des années. Même malade, alité, inculpé, acculé de tous les côtés, Vito continue à penser qu'il a toujours sur moi cette emprise, ce pouvoir, cette influence sournoise et capable de tout obtenir.

– Non, j'ai *tes* fautes à lister, lâché-je froidement. Pour que tu les regardes en face. Et que ton reflet dans la glace te donne la nausée. Tu m'as volé mon enfance. Puis tu m'as arraché mon bébé. Tu as brisé mes rêves. Tu m'as privée de ma mère, de mes frères, de la famille soudée qu'on aurait pu former. Et tu as même réussi à détourner mon meilleur ami. Mon seul pilier qui ne t'appartenait pas.

– Je suis obligé de te rappeler que tu as toujours eu une étrange vision de la réalité, Calliopé…

Sa façon à lui de nier. Me faire passer pour folle, bizarre, inadaptée. Je continue sans me laisser happer.

– Mais malgré tout ce que tu prends aux autres, Vito, tu n'as toujours rien à toi. Tu es toujours seul, vide, déjà mort à l'intérieur. Alors que maman revit. Que Dante aime et construit. Qu'Andrea est en paix avec lui-même. Et que je survis.

En attendant sa réponse vicieuse, je marche jusqu'à l'eau et laisse mes pieds s'enfoncer dans le sable mouillé. Je m'ancre ici. Je laisse les vaguelettes me caresser les chevilles. Le soleil m'éblouir. Et je tourne mes yeux clos au loin, vers l'horizon.

– Tu as ruiné mon passé, poursuis-je d'une voix lente et assurée. Tu as tenté de détruire mon futur avant même qu'il existe. Mais je suis en train de me bâtir mon propre avenir. Avec des fondations solides, des liens indestructibles. Tu pourras essayer autant que tu veux, tu ne m'empêcheras ni d'être amoureuse, ni d'être mère.

La respiration de Vito se fait un peu plus hachée, au bout du fil. Mais il garde le silence. Il m'offre sa plus belle indifférence.

– Tu mourras seul et malheureux, comme tu as vécu, lui prédis-je sans m'énerver. Mais moi, je fonderai ma propre famille, envers et contre tout. Et je serai heureuse, envers et contre toi.

Les larmes me montent au cœur. Une vague d'espoir m'engloutit. Mais elle est encore effrayante, encore un peu trop grande pour moi. Je me sens sombrer. Craquer. Retomber dans le trou noir.

– Si j'avais su, bredouillé-je en serrant les dents pour retenir mes sanglots, je t'aurais poussé un peu plus fort dans ces escaliers. C'est toi que j'aurais mis plus bas que terre. Ta tombe à toi, que j'aurais creusée. Ta mort, ce serait la meilleure chose qui pourrait nous arriver.

Je ne retiens plus les larmes acides, les mots acerbes, les vœux terribles que j'ose enfin prononcer. Je voudrais continuer, me défouler, me déverser jusqu'à tarir tous mes sanglots. Mais Vito raccroche, simplement, de l'autre côté. Comme si cette dernière sentence était plus que ce qu'il ne pouvait écouter.

Et pour la première et la dernière fois… J'ai gagné.

45

Entre sable et océan

Étrangement, j'arrête aussitôt de pleurer. Et je me mets à courir, droit devant, à la lisière entre sable et océan. Je slalome entre les gens, laisse le vent sécher mon visage trempé, le soleil de fin d'après-midi réchauffer mon âme, et je longe la plage jusqu'à rejoindre celle du phare. Cet endroit reculé, souvent désert, la pointe escarpée, connue seulement des surfeurs ou des locaux téméraires. Quand il n'est pas dans son bureau, Lennon est sur l'eau. Sous l'eau. Quelque part dans son élément. Forcément ici.

De loin, je commence à le chercher au milieu des vagues. Je laisse flotter mon regard sur les planches blanches qui dansent, tente de repérer l'allure si particulière de mon surfeur. Sa carrure, sa souplesse, ce mélange de virilité et de grâce, de rudesse et de sensualité. Et je finis par le trouver sur le sable, près des rochers. Debout, dans sa combinaison de surf noir moulant tous ses muscles, soulignant tous ses gestes. Sa simple présence me fait du bien. Il est là, je vais aller mieux.

Fatiguée de courir, haletante, un peu sonnée, je ralentis le pas. Fatigue et soleil aidant, je ne remarque pas tout de suite que Poséidon n'est pas seul. Je dois m'approcher encore pour découvrir que la silhouette brune appartient à une femme. En revanche, Lennon sourit, je le devine parfaitement à ses yeux plissés, à son visage illuminé, à ses fines lèvres étirées. Il sourit, mais ça me tue de ne pas savoir à qui. Mon cœur bat plus fort, et ça me tue de savoir pourquoi.

Seraphina est là, devant lui, dos à moi. Et je déteste soudain mon amie de se trouver au mauvais moment, au bon endroit. J'ai besoin de lui, de lui seul, de lui rien qu'à moi. De mon roi et de nous seuls au monde.

– Ça va ? me demande immédiatement Lennon quand j'arrive à leur hauteur.

– Callie ? s'étonne Seraphina en se retournant.

– Tu me cherchais ? insiste le surfeur en fronçant ses sourcils inquiets.

Je n'arrive pas à articuler. Je ne parviens à rien faire d'autre que les observer, mesurer la distance entre leurs corps, la tension entre eux, l'éclat dans leurs yeux. Et la parano dans les miens.

– J'allais partir, de toute façon ! s'excuse Seraphina. Il est tout à toi !

Elle doit se demander ce que je fais là, face à Lennon qui n'est pour moi qu'une « connaissance ». Que le père de la petite fille que je distraie avec mes ateliers créatifs et mes *photoshoots*, de temps en temps. Elle rit comme on rit quand on n'en a pas du tout envie. Quand on se demande ce qui se passe mais qu'on n'ose pas demander. Mal à l'aise, mon amie – à qui je cache mon vrai visage et ma vraie vie – nous salue tous les deux et s'éloigne, fébrile, chancelante, comme si le sable meuble l'empêchait de s'échapper plus vite.

– Qu'est-ce que vous faisiez ? murmuré-je en la regardant devenir minuscule.

– Une réunion improvisée, rien d'important, me répond Lennon. Tu as pleuré ?

Il fait un pas dans ma direction, je recule. Interdiction de me toucher. Je suis en rogne.

– Sur la plage, en combinaison ? insisté-je.

– Arrête ça…

– « Arrête » quoi ? le défié-je.

– Je lui ai demandé de travailler pour moi, m'explique-t-il

en plissant les yeux pour mieux lire dans mes pensées. De broder des serviettes et des peignoirs au logo de mes hôtels. Elle va devenir mon fournisseur officiel. On réglait juste les derniers détails. Callie, tu m'expliques ce qui se passe ?

– Pourquoi tu ne me l'as pas demandé à moi ? Je couds, tu sais, c'est un peu mon métier… lui apprends-je dans un sourire ironique.

Il croise les bras sur son torse, décidé à me tenir tête. Insolent. Imperturbable. Indocile.

– Seraphina a besoin de bosser. Elle élève seule sa fille, elle tient seule sa boutique, tu es presque son unique cliente… J'avais envie de lui donner un coup de pouce. Et je préfère faire affaire avec des petits artisans du coin plutôt que de grands groupes qui fabriquent à l'autre bout du monde ou font travailler des gosses…

– Pas la peine de me sortir tout ton laïus, le coupé-je, plus durement que je ne l'aurais voulu.

Alors Lennon plaque ses mains fraîches sur mes joues brûlantes, m'attire doucement à lui et embrasse la peau fine juste sous mes yeux.

– Tu n'as plus de larmes mais je sais qu'elles ont coulé. Ta peau a un goût salé. Ton regard est encore plus noir. Je suis nul pour trouver les noms des couleurs, mais je sais quand la femme que j'aime a besoin de me parler.

Je me love un instant contre sa combinaison humide, m'abandonne à son étreinte tendre et rassurante, hésite quelques secondes à me laisser aller au fond du gouffre. Il suffirait que je m'accroupisse sur le sable, que je me roule en boule et verrouille ma bouche, que je m'isole dans ma bulle et refuse les mains tendues. Je fais ça mieux que personne.

– Parle-moi, insiste la voix chaude tout près de mes lèvres.

Et ses yeux irisés, verts, bleus, dorés, lumineux, son regard fascinant me happent et me relèvent.

Sans entendre ce que je dis, je lui raconte Gus, Vito, les

roses noires, les cartes rouges, les couteaux dans le dos. Et le coup de fil, les menaces, les silences, les terribles mots.

Des larmes chaudes glissent sur mes joues.

– Tu ne l'as peut-être pas tué, Callie. Mais tu l'as vaincu. Dans ton âme, il n'existe plus. S'il ne te contrôle pas, qu'est-ce qu'il lui reste à faire ? Rien. Tu t'es libérée de ton père, enfin. Et regarde ce que tu as gagné !

Lennon me montre l'océan, le ciel, la plage à perte de vue. Il me sourit à me faire fondre. Puis il revient me serrer à me faire mal.

– Tu as gagné tout ça ! L'infini. Le monde qui s'ouvre à toi. L'océan des possibles, le ciel à aller toucher ! La liberté, ça fait peur, ça fout le vertige. Mais maintenant, tu as toute la vie pour l'apprivoiser. Ce n'est pas une sauvage comme toi qui va se laisser dompter, hein ?

– Tu sauteras avec moi ? lui demandé-je dans un sourire rempli d'amour.

– Un milliard de fois s'il le faut…

Sa voix grave me couvre de frissons. Et mon roi du monde me soulève, me fait tournoyer dans ses bras, me repose et m'embrasse passionnément. À la folie.

Une folie douce, grisante, qui met tout mon corps en émoi.

J'ai envie de lui. Ici. Maintenant.

Ses lèvres douces et avides m'arrachent des soupirs. Ses baisers sont salés, l'océan et mes larmes les ont parfumés. Alors que le soleil se couche paresseusement à la surface de l'eau, la brise commence à souffler sa fraîcheur mais nos corps s'embrasent.

Lui aussi, il me désire.

La preuve physique est… irréfutable.

– On devrait rentrer, me murmure la voix profonde de mon surfeur. Viens…

– Non, attends, soufflé-je en faisant glisser ma main jusqu'à sa bosse. J'ai besoin de ta force, de ta lumière, Lennon.

Il tente de m'emmener dans son sillage, je résiste et plaque à nouveau ma bouche sur la sienne. Glisse mes doigts dans ses cheveux en bataille. Le retiens comme je peux. Il y a urgence. J'ai besoin de le sentir. Qu'il me touche. Qu'il me délivre. J'ai besoin de ressentir autre chose que cette noirceur qui m'enveloppe depuis que Gus m'a arraché un bout de cœur encore vaillant.

– Callie, grommelle mon amant en observant les alentours. Je te donnerai tout ce que tu veux, mais pas ici.

– Je n'ai jamais fait l'amour sur une plage… lui chuchoté-je à l'oreille, avant de mordiller son lobe.

Il inspecte les dunes avec attention. Personne. La plage est littéralement déserte. Et pourtant, mon Poséidon hésite encore. Déchiré entre son désir ardent et sa raison. Entre ma main qui s'apprête à le caresser et son envie de fuir.

– Il n'y a que toi qui peux sauver mon âme… lui avoué-je.

Ses yeux multicolores se plissent lorsqu'il me contemple. Je tiens toujours sa virilité contre ma paume et je commence à le caresser, de bas en haut. Sa combinaison en néoprène se tend un peu plus entre ses cuisses musclées. Tout son corps affûté se durcit… tandis que je fonds comme neige au soleil. Pour lui. J'accélère le rythme de mes caresses, le monarque rigide se mord férocement la lèvre, lâche quelques grognements sexy, puis me fait décoller du sol.

J'atterris dans ses bras et me débats.

– Arrête, sauvageonne ! gronde-t-il en me plaquant plus fort contre lui. Je nous mets juste à l'abri…

Je ris, l'embrasse dans le cou, lui mords la peau, lui suce l'oreille et me laisse déposer sur le sable sec, entre trois gros rochers assez hauts pour nous cacher entièrement.

– Enlève ta robe, m'ordonne-t-il soudain en me plaquant contre la face plane d'un des récifs. Et *vite*.

– Lennon Hathaway, est-ce bien vous ? demandé-je en souriant, émoustillée par son intensité.

– Tout de suite… grogne-t-il.

Je fais glisser le tissu bleu marine sur mes épaules, le long de ma taille, de mes jambes. Sa Majesté n'en perd pas une miette. Pas un grain de sable. Ses iris me parcourent, détaillent chaque centimètre de ma peau brûlante. S'arrêtent un instant sur mon soutien-gorge en dentelle gris dauphin, puis sur ma culotte rétro. Du bout des doigts, il tire sur le premier, fait tomber une bretelle, puis l'autre. Glissant une main dans mon dos, il dégrafe la dentelle fine et, comme une plume déchue, le tissu virevolte sur le sable.

Lennon ne cesse pas un instant de me regarder, droit dans les yeux. De contempler mon âme. De mélanger son vert à mon noir. Il est beau. Comme un dieu. Je le lui dis. Et son sourire en coin de sale gosse, de roi du monde, apparaît comme par magie.

Je me jette sur lui. Littéralement. Je l'embrasse, plante mes griffes dans son dos, il gronde contre mes lèvres, puis me soulève du sol pour enrouler mes jambes autour de sa taille.

Je ne sens plus que sa virilité bandée contre ma culotte. Qui me frôle, m'effleure, me torture.

– Lennon ! glapis-je de désir.

Je m'accroche à son cou comme une damnée, comme si j'avais peur qu'il m'échappe, que les sensations disparaissent, que mon monde s'arrête de tourner. En quelques gestes habiles, il se défait du haut de sa combinaison et son torse frais et luisant s'offre à moi. Je l'embrasse, le lèche, mordille son téton droit, puis le gauche, comme une affamée.

Mes pieds retrouvent le sol, mon dos est à nouveau plaqué contre le rocher et l'homme océan retire ce qui lui reste de combinaison. Lorsqu'il se redresse, il est nu. Dur. Immense.

Sublime.

Tout en le contemplant, je retire ma culotte à la va-vite, pour que plus rien ne nous sépare. Ses mains savent faire. L'une se glisse dans mon cou pour me forcer à le regarder, l'autre se faufile entre mes cuisses.

– C'est ça que tu voulais ? murmure-t-il d'une voix qui m'électrise.

Son pouce effleure mon clitoris. Toutes mes terminaisons nerveuses s'allument, comme une guirlande de Noël en plein mois de juillet.

– Oui… soupiré-je. Et tellement plus.

– Ça t'excite, qu'on puisse nous surprendre ? demande le sex-symbol en souriant.

– Oui… Non… Je ne sais pas. Je veux juste que tu me fasses oublier, Lennon. Tout oublier.

Ses lèvres fondent sur les miennes, sa langue force le passage et le surfeur m'offre le baiser le plus chaud, le plus érotique qui soit. Je gémis sans arrêt, puis lâche un cri de plaisir lorsque son index me pénètre. Je suis en feu, en bas. Les va-et-vient démarrent, j'en perds déjà la tête. Puis un deuxième doigt le rejoint, je retiens mon souffle, me sentant décoller. Je jouis.

Il y avait urgence.

– J'en avais tant besoin, fais-je, essoufflée, contre la peau ambrée de son épaule. Lennon, j'en veux encore…

L'instant d'après, je suis au sol, allongée sur le sable, le surfeur couché contre moi. Ses mains baladeuses sur tout mon corps. Je l'embrasse sans retenue, comme pour rattraper le temps perdu, les années d'abstinence, les heures et les minutes sans lui. Je plonge mes doigts dans sa tignasse rebelle, j'attire sa bouche encore plus fort contre mes lèvres, j'en veux toujours plus.

Il capture mes seins, les embrasse, en caresse la chair blanche, pince mes tétons, joue avec les pointes durcies du bout de sa langue. J'attrape son érection chaude et palpitante, fais doucement glisser mes ongles le long de sa virilité, puis la reprends en main. Lennon respire plus bruyamment, mais continue de visiter mon corps. De me mordiller, me lécher, me goûter, me posséder. Jusqu'à s'échapper totalement et atterrir entre mes cuisses, pour me déguster.

Je le laisse faire, ne résiste pas, clouée par le plaisir, sa langue sur moi, en moi, ses mains qui me caressent, me touchent, me délivrent. Je jouis une deuxième fois, sous le soleil couchant de Cape Cod, bercée par le roulis des vagues.

– Bordel de cul de putain de chiotte, soupiré-je.

Lennon remonte jusqu'à mon visage, m'embrasse, me sourit. Il semble serein malgré le danger… et persuadé que notre petite escapade sexuelle est terminée.

Sans aucun préambule ni hésitation, je m'installe à califourchon sur lui et descends jusqu'à son sexe tendu. Un dernier regard, ma langue sur mes lèvres, et je le prends en bouche. Ma première fellation. Le surfeur lâche un juron, se raidit, puis grogne de cette voix rauque qui me fait mouiller.

– Tu n'es pas obligée…

Non, mais j'en meurs d'envie.

Je ne sais pas vraiment comment m'y prendre, mais j'y vais à l'instinct. Je le suce délicatement d'abord, le titille du bout de la langue, le frôle, puis le gobe vraiment. Son sexe est doux. Il a un goût presque sucré. Je commence de longs allers-retours, accélère le rythme. Je le déguste, le sens gonfler encore, s'épanouir. Ses yeux ne me quittent pas, ses doigts me cherchent, caressent mes cheveux. Je continue mon exploration, je l'aspire, le goûte, l'excite un peu plus.

– Callie, tu veux me tuer ? souffle-t-il en se relevant sur les coudes.

Il rejette la tête en arrière lorsque je l'enfonce un peu plus loin entre mes lèvres humides. J'admire son torse parfaitement dessiné, chacun de ses muscles visibles, sa pomme d'Adam saillante. Vision érotique au possible. Je le retire de ma bouche, le lèche du bout de la langue, épousant toutes les lignes et sinuosités de sa virilité. Les veines palpitent sur sa tige, Lennon frémit, se cabre, me bouffe du regard et lâche, d'une voix rauque et sublime :

– T'es douée, putain !

Ses mains se plaquent sur mon visage, ses lèvres s'abattent sur moi, son corps m'emporte dans son élan et nous roulons sur le sable, encore et encore. Les rochers ne nous cachent plus, désormais, mais la nuit est en train de tomber et nous deviendrons bientôt invisibles.

Deux amants s'aimant sous les étoiles.

Lennon m'embrasse, me serre dans ses bras comme s'il avait peur que j'aie froid ou que je m'envole – et je réalise à cet instant qu'il m'aime autant que moi. Autant que je l'aime.

Maintenant immobiles, Lennon perché au-dessus de moi, nous nous regardons dans les yeux. Mon surfeur me caresse la peau, m'embrasse avec ce mélange d'animalité et de tendresse qui fait cogner mon cœur. Battre mon âme.

Après avoir caressé sa peau douce que la lune éclaire de reflets nacrés, je cherche son sexe à tâtons. Sous son regard intense, je finis par le trouver et le caresse délicatement.

– Il ne faut pas, Callie… me glisse Lennon en se reculant. Je crève d'envie d'être en toi mais il ne faut pas.

– Si, décidé-je en le retenant contre moi. J'en ai trop envie.

Sans penser à rien, je l'enfonce en moi. Lentement. Graduellement. Jusqu'à le sentir dans mes tréfonds. Le surfeur lâche un gémissement rauque, me fixe de son regard lumineux, se retire puis me pénètre enfin d'un puissant coup de reins. Divin.

Je gémis longuement, traversée par une première vague de plaisir qui ravage tout sur son passage. J'enfonce mes ongles dans sa peau, me cambre pour mieux le sentir en moi, m'agite pour l'encourager à recommencer. À me posséder. Me délivrer du mal qui me ronge en me recouvrant de sa lumière.

– Fais-moi l'amour, Lennon, lui murmuré-je d'une voix saccadée. Ou plutôt, baise-moi pendant que les étoiles nous regardent…

L'homme océan exauce mon vœu. Pendant de longues et inoubliables minutes, sur cette plage sauvage et abandonnée, il se plie à tous mes désirs et me pénètre avec fougue, avec force, tandis que mon corps s'embrase à son contact. Je l'embrasse, murmure son prénom entre ses lèvres, il me mord, empoigne l'un de mes seins et me possède de plus belle. Je suis frémissante, trempée, à sa merci, totalement offerte. Il me saisit par les hanches pour mieux me prendre, puis me retourne, me positionne à genoux et s'imbrique à nouveau à moi, cette fois en levrette.

– Tu aimes ça ? fait-il en me pénétrant plus lentement.

Sa voix. Virile. Rauque. Animale. Et ses coups de reins qui se font plus langoureux, plus espacés, plus profonds. Je gémis comme une démente, le réclame, encore et encore, me cambre, ondule de la croupe, le désire comme jamais. Et jouis en même temps que lui, la tête dans les étoiles, en regardant les astres bien en face.

Intouchée avant lui. Devenue insatiable. Plus que jamais indocile.

46

Ciao Bambina

Lennon et moi avons marché silencieusement sous les étoiles, encore étourdis par notre escapade un peu folle. J'ai dormi seule dans ma *guest house*. En mon absence, Gus a pris ses clics et ses clacs, puis la porte. Il a laissé une casquette *Sorry* sur son lit et quelques petits mots, çà et là, sûrement une nouvelle flopée d'excuses sans fond et sans âme. J'en ai fait des boules et je les ai jetées sans même les lire.

Au petit matin, je rejoins Dante et Solveig à leur hôtel, un magnifique building *ecofriendly* recouvert de végétation, donnant sur la jetée, constitué uniquement de suites aux vastes terrasses privées, et appartenant à… Mr Lennon Hathaway.

À qui d'autre ?

– Cachez les *pancakes* et les croissants, mettez à l'abri tout ce qui peut l'être, la voilà ! lance Dante en se marrant lorsqu'il me voit arriver sur leur balcon face à la mer.

L'océan… à perte de vue. La signature L.H.

– Tais-toi, je vais vomir… soupire la blonde à ses côtés.

– Nausée matinale ?

– Trop de beignets… et de cornichons, m'avoue la danseuse en faisant la grimace.

Je mords dans trois viennoiseries à la fois en défiant mon aîné du regard, mais je n'ai pas le temps de le provoquer davantage. Une voix masculine me fait sursauter, à l'autre bout de la terrasse. Une voix qui me trouble. Me réchauffe.

Lennon est bel et bien là, en tenue de businessman et en pleine conversation téléphonique.

– C'est quoi, ce coup fourré ? Qu'est-ce que vous… Qu'est-ce qu'il fait là ? bredouillé-je en direction de mon frère.

– Il veut juste nous parler, détends-toi, lâche le Phoenix en regardant l'horizon.

– On n'attendait plus que toi, me confirme Solveig.

Je m'assieds autour de la table comme une écolière docile, silencieuse et crispée, en me demandant à quelle sauce je vais être mangée. Moins d'une minute plus tard, mon surfeur se joint à nous, l'air grave. J'observe son expression assurée, contemple ses traits raffinés, son costume impeccable, nous échangeons enfin un regard.

Je n'ai plus peur. De la tendresse, c'est tout ce que je perçois dans son vert aux mille nuances.

– Dante et moi avons eu une… idée, se lance-t-il en avec un signe de tête vers le brun.

– Aïe, ça commence mal, blague Tutu.

Son Phoenix plisse simplement les yeux dans sa direction, elle devine aussitôt que l'heure n'est plus à la plaisanterie.

– C'est au sujet de Willow ? demandé-je soudain en suivant mon intuition.

– Oui, affirme son père. Mais pas seulement…

– Vito ? murmuré-je.

Dante acquiesce et pose son immense main sur la mienne. Il la serre un instant, puis la retire.

– Il faut qu'il paie… m'explique doucement Lennon. Et que le destin de Willow, le tien, le mien, ne lui appartiennent plus.

– Comment ? soufflé-je.

– Le FBI… devine Solveig.

Je la fixe, incrédule, puis me tourne vers mon roi du monde. Sa voix profonde résonne à nouveau :

– Je pourrais faire ajouter à la longue liste des accusations qui pèsent sur lui « trafic d'enfant et adoption illégale ».

– Et s'ils nous la prennent ? couiné-je soudain, au bord des larmes.

– Impossible, chuchote-t-il. J'ai mis une horde d'avocats sur le dossier… Et contrairement à celles de mon frère aîné, mes démarches d'adoption ont été faites en toute légalité.

– Willow ne changera pas de famille, confirme mon ténébreux de frère. Elle l'a enfin trouvée, elle va y rester.

Trois paires d'yeux me fixent, tout à coup. Je me sens à la fois heureuse et… au bord d'un gouffre sans fond. La peur me tétanise.

– Callie, je ne ferai rien sans ta permission…

Les yeux multicolores plongent dans mon noir et tentent d'en extirper mon âme aux abois. Il est si beau. Si solaire, alors que j'ai grandi dans l'obscurité. Et que je retourne si souvent y plonger.

– Dis oui, petite sœur… murmure Dante.

J'inspire profondément, puis m'entends m'écrier :

– Faisons-le payer, cet enfoiré de putain de chiotte ! Et libérons ma fille de son passé noir corbeau, mettons de la couleur dans sa vie !

Leurs rires, voilà ce qui me frappe. Sincères, émus, tonitruants, qui montent dans les airs et s'éparpillent au-dessus de l'océan.

– Il est temps qu'elle entre dans la lumière… ajouté-je tout bas.

– Comme tu es en train de le faire, me susurre Solveig tandis que nos deux hommes se serrent la main.

Entre eux, c'est évident, le courant passe. Malgré le secret, Dante sait pertinemment que j'aime l'homme qui lui fait face. Et j'ai la certitude que mon frère, si méfiant et protecteur d'ordinaire, approuve. Lennon Hathaway est un homme bien, c'est ce que signifie cette poignée de mains.

***

Au milieu de la nuit, mon roi du monde me réveille en débarquant à la *guest house*. Un sac de sport sur l'épaule, il me tend un petit thermos de café design et me conseille de prendre des affaires pour trois jours. Évidemment, et malgré le manque de sommeil, je lui pose un milliard de questions en hésitant entre robe maxi, robe boule, taille empire, coupe droite, style bohème, corail foudroyant ou noir profond.

Évidemment, il ne répond à aucune. Mais conserve un sourire en coin tout au long de mes préparatifs.

Je sais peu de choses. Que Willow reste avec Tempérance. Que nous nous rendons en Europe, au milieu de la nuit. Par les airs. Mais je ne comprends *vraiment* qu'une fois installée dans l'avion. Lorsque l'homme aux yeux insondables accroche ma ceinture de sécurité à ma place et me glisse :

– Ça va être dur, Callie. Mais aussi libérateur.

– Lennon, tu m'emmènes où ?

– Tu le sais déjà… Je le lis dans tes yeux, me souffle l'homme de ma vie.

***

L'Italie. Milan. Je foule pour la première fois librement les pavés de cette ville où j'ai porté ma fille, en cachette. Où je l'ai mise au monde. Où nos chemins se sont séparés.

Contre mon gré.

Lennon et moi flânons dans les rues, parfois main dans la main, parfois sur des trottoirs séparés. Il sait lire en moi. Ressent quand j'ai besoin d'air, d'espace. En début d'après-midi, nous dévorons un panini sur une petite place déserte, adossés à une fontaine.

– *Ciao Bambina* ! me dit Lennon en souriant derrière son appareil photo.

Il veut garder un souvenir de ce jour important pour le montrer à notre fille. Quand on lui racontera son histoire. *Toute* son histoire.

– J'ai la bouche pleine ! réponds-je en riant et en me cachant derrière ma main.

– Tu es belle comme le jour.

Il ne plaisante pas. Je frissonne.

– Tu le penses ? murmuré-je.

– Oui.

– *Vraiment* ?

– Oui.

– Alors tu es fou…

Lennon rit de sa voix grave et envoûtante, puis m'emprisonne dans ses bras.

– Je veux bien être fou, si ça veut dire l'être avec toi…

Je savoure ses mots et réalise que je touche *presque* le bonheur du doigt.

– « Avec moi ». Oui, mais en secret, lâché-je dans un souffle.

– Pour Willow, précise-t-il en m'embrassant dans le cou. Juste pour Willow…

***

Nous franchissons la porte de la clinique privée un peu avant dix-huit heures. L'odeur familière me frappe en plein cœur, malgré les presque six années écoulées. J'en ai le tournis. Lennon me récupère de justesse et m'empêche de m'effondrer. Il me laisse quelques secondes pour me remettre, puis me murmure :

– Ça va te faire un mal de chien et je *déteste* te voir souffrir, mais c'est nécessaire…

– Je ne sais pas si je peux y arriver…

– Je suis là, Callie. Si tu ne peux pas avancer, je le ferai pour toi…

Ses bras me soulèvent du sol et m'emmènent jusqu'à la salle d'attente. Pendant de longues minutes, j'inspire et expire avec application, me plongeant dans ses yeux lumineux pour ne pas sombrer.

– C'est ici qu'on me l'a volée… gémis-je en tentant de repousser les images qui m'assaillent.

– Je sais…

– J'ai eu tellement mal quand ils me l'ont arrachée, sangloté-je. Je voulais mourir, Lennon. Je voulais que tout s'arrête. Et parfois, le passé m'engloutit encore. Je ne peux pas oublier…

– Ils vont payer, gronde-t-il en me serrant un peu plus fort.

Une blouse rose tristesse se pointe dans notre salle et je mets quelques secondes à lever les yeux sur la personne qui la porte.

Toujours aussi brune. Chétive. Transparente. Ma sage-femme.

– « *È una ragazza* », répété-je en pleurant.

C'est le message qu'elle avait courageusement glissé dans ma poche pour m'apprendre que mon bébé abandonné était une fille. L'acte de bravoure et de générosité que je n'ai jamais pu oublier. La jeune femme me reconnaît à son tour, blêmit et fond en larmes. Traversée par une force soudaine, je me lève de mon siège et plonge en avant pour l'empêcher de chuter. C'est moi qui lui répète sans cesse, en italien, que ma fille, je l'ai retrouvée. Et nous pleurons toutes les deux, à genoux sur le sol, dans les bras l'une de l'autre.

J'ignore combien de temps s'écoule, mais Lennon obtient toutes les informations qu'il souhaitait auprès de la sage-femme et d'un homme de l'administration. Le nom du chirurgien – qui a quitté l'établissement depuis. La date et l'heure de ma césarienne. Les documents liés à mon accouchement sous X. Aucune preuve de la transaction financière, aucune trace du nom de Vittorio Lazzari, mais les témoignages de ces deux héros ordinaires devraient suffire.

Le jour est sur le point de tomber quand le père de ma fille glisse sa main dans la mienne pour me faire comprendre qu'il est temps de partir. J'échange un dernier regard avec la sage-femme italienne à qui j'ai bien sûr décidé de pardonner, et que je peux désormais oublier, laisser dans mon passé. Puis je prends la sortie le cœur un peu plus léger.

– Tu avais raison, glissé-je à mon amant. Je viens de récupérer mon destin.

– Tu es libre, Callie.

À cet instant, son sourire vaut tout l'or du monde. Alors je l'embrasse, avec patience. Avec tendresse. Avec amour. Avec toutes ces choses qu'il m'a apprises.

Et mon estomac gargouille au beau milieu de cette parenthèse magique.

– Je vais dépérir si tu ne me nourris pas, *Bambino* !

Pris dans le tourbillon de la ville colorée, nous passons la soirée et la journée suivante à manger, boire, rire, danser et faire l'amour. Lennon m'emmène à la Scala, dans les plus belles boutiques et les meilleurs restaurants de Milan.

Et dans mon esprit, l'Italie porte désormais un nouveau visage. Une nouvelle histoire. Un nouvel espoir.

Mon nouveau départ.

47

À la maison

Je viens de passer trois jours extraordinaires en Italie. J'ai redécouvert Milan, dégusté les meilleures glaces qui existent, je me suis nourrie de l'énergie vibrante de ces gens, de cette langue, de cette lumière si particulière, je me suis inspirée de toutes les couleurs qui me tombaient sous les yeux et de tous les tissus qui me tombaient sous les mains dans cette capitale de la mode. Puis je suis retournée sur les traces de mon passé, j'ai pu retrouver les fragments d'histoire qui me manquaient, rattacher les petits bouts de cœur qu'on m'avait arrachés. Et j'ai vécu la *dolce vita* avec un grand surfeur aux yeux clairs que toutes les Italiennes m'ont jalousé en secret. Rentrer à la maison devrait être un supplice.

Mais pas en habitant Cape Cod.

Revoir mes dunes, mes falaises, mon phare à l'horizon ; replonger les yeux dans les nuances indescriptibles du ciel et de l'océan qui se mêlent ; fourrer à nouveau le nez dans cet air iodé, qui me semble presque bleuté tellement il est pur ; laisser mes oreilles s'emplir du roulis des vagues, du souffle léger du vent, de tous ces sons qui ont l'air de rire tout doucement. Vivre ici est une chance. Ma chance. Et c'est le cœur léger que j'ai retrouvé ma fille, son monde, notre monde à tous les trois.

La *guest house*, elle, je ne pensais pas la retrouver comme ça. En traversant le jardin luxuriant, j'aperçois déjà l'arc-en-ciel suspendu. Étrange. En approchant un peu plus de la petite maison, je découvre des dizaines, peut-être des centaines de roses, qui ont été accrochées à la façade, disposées en forme d'arc dans un merveilleux dégradé de couleurs passant du rose au rouge à l'orange et au jaune. Des boutons de roses, sans les tiges, fixés je ne sais comment, mais qui m'arrachent des sourires. Une surprise de Lennon pour notre retour ? Mon cœur bat plus fort. Un nouvel envoi sadique de Vito ? Mon cœur s'arrête. Mon sourire disparaît. Je me jette sur une large carte blanche coincée entre le rouge et l'orange.

Super Callie Fragilisticexpialidocious,

J'ai vidé le compte épargne de Mémé pour dévaliser quatre fleuristes. J'ai cherché toutes les couleurs de roses qui existent pour te faire oublier le noir beurk. J'ai choisi la carte la plus blanche que je pouvais trouver, pour te faire oublier le rouge cracra. J'ai enlevé toutes les épines des roses pour que tu ne te fasses pas mal (mais ça m'a piqué tous les doigts, j'ai saigné très fort alors j'ai fini par enlever carrément les tiges). J'ai passé trois jours et deux nuits à trier et accrocher les fleurs, je suis tombé six fois de l'escabeau et je n'ai même pas pleuré. J'ai sué comme un cochon et j'ai dû perdre au moins cinq cents grammes d'eau. Et maintenant j'ai un lumbago.

Ah oui, tu peux dire à Lennon que je n'ai pas escaladé le mur et qu'il n'a pas besoin de me faire arrêter, c'est Tempérance qui a eu pitié de moi et m'a laissé entrer.

Voilà, c'est ma façon de m'excuser. Je suis fou de remords et je suis prêt à tout pour me faire pardonner : me ruiner, me ridiculiser, me faire autant mal que je t'en ai fait. Je t'aime et tu me manques, Folle.

Gus Désolé Perry

PS : si tu me cherches, je vis à nouveau chez le vieux Herb. Bizarrement, il n'a pas encore essayé de me dorothyser... Mais je ne perds pas espoir.

Sans que je le veuille, mon sourire est revenu. Mes yeux passent de la lettre à la façade fleurie et je réalise que mon ex-meilleur ami est encore plus fou que je ne l'imaginais. Et qu'il me manque aussi. Mais j'ai toujours sa trahison en travers de la gorge et, depuis l'Italie, j'ai décidé de ne garder que le joli dans ma vie. Ma fille, mon roi du monde, ma famille élargie, ils suffisent à mon bonheur. Je n'ai besoin de rien de plus, rien de moins. Maintenant que je me suis libérée de Vito, de Levi, des mensonges et des secrets qui m'encombraient, je vais à l'essentiel. Le reste ne me touche plus.

C'est peut-être comme ça que je toucherai le ciel.

Le lendemain soir, Lennon a décrété une soirée pizzas pour « faire connaître à Wiwi le goût de l'Italie ». J'adore cette idée et la brunette est au moins aussi surexcitée que moi. Quand le livreur sonne à la porte et qu'on va ouvrir toutes les deux, nouvelle surprise : le jeune homme porte deux cartons fumants dans une main et un volumineux bouquet dans l'autre. Un bouquet d'un genre très spécial. Sans fleurs. Qui fait ouvrir de grands yeux ronds et intrigués à ma fille. Des dizaines de Polaroid ont été fixées au bout de longues baguettes en bois multicolores. Sur les photos : Gus et moi. Dans tous les lieux, tous les états, toutes les positions possibles. Autant de souvenirs déjantés de notre amitié.

J'essaie de cacher rapidement ce cadeau empoisonné mais Willow fait sa curieuse et Lennon finit par s'intéresser de près aux clichés. De ses sourires moqueurs et petites remarques insolentes, il s'amuse de mes tenues improbables, de mes essais capillaires, de mes regards pompettes et autres frasques à ne pas laisser entre les mains d'une Lilliputienne de 5 ans et demi.

– Cheveux bleus ou crâne rasé, je ne sais que choisir… ironise-t-il.

– Erreurs de jeunesse ! me défends-je comme je peux. Et c'était juste une perruque…

– Je veux la même coupe ! trépigne la brunette.

– Hors de question ! réplique son père.

– Dès que tu seras majeure… lui chuchoté-je avec un petit clin d'œil.

Et ma petite famille se délecte des pizzas italiennes en même temps que des anecdotes de mon passé qu'ils me supplient de leur raconter.

Le lendemain matin, au beau milieu d'une leçon de piano, c'est Lennon qui nous appelle à grands cris depuis le deuxième étage. On le rejoint en courant au sommet de sa tour et il nous attend sur sa terrasse, avec un éclat particulier au fond de ses yeux irisés. Il m'adresse un sourire tendre puis soulève Willow dans ses bras pour lui faire admirer le spectacle : tout en bas, dans la rue, Gus a dessiné un gigantesque smiley crotte à la craie blanche sur le goudron. Au-dessus de son chef-d'œuvre, un message en majuscules :

JE SUIS UN GROS CACA, PARDON.

Et le géant est allongé en étoiles au beau milieu de son étron.

– Regarde ! s'exclame Willow en le pointant du doigt. Il a fait des yeux tristes à son caca !

– Je vois ça… confirmé-je en me mordant les joues pour ne pas rire.

– Hé, Gus ! braille-t-elle depuis la terrasse. Ça existe pas, les cacas blancs !

– Bien sûr que si, c'est une crotte de mouette ! lui répond sa voix qui porte. Une mouette très grosse et très malade !

Wiwi est prise d'un fou rire et se met à chercher dans le ciel la mouette géante à la gastro carabinée.

– Tu devrais aller lui parler, me chuchote Lennon à l'oreille. Lui aussi, il a droit à sa seconde chance.

Je réprime un frisson.

– Je vais plutôt attendre qu'il fonde au soleil au milieu de son excrément.

– C'est quoi, excrément ? demande la petite curieuse. C'est du caca à la crème ?

– Je pense qu'on devrait arrêter d'explorer ce sujet… décide le père de famille amusé en emportant sa fille.

Je jette un dernier regard à mon ex-meilleur ami étalé sur la route comme un manifestant d'un genre bizarre et, malgré moi, je lui reconnais un certain talent dans l'art de se repentir.

– Ne te fais pas écraser, gros caca ! lui lancé-je d'un air fâché.

– Je suis prêt à tout pour toi, Callie ! Même à ça ! Pardonne-moi ! s'époumone-t-il comme un Roméo théâtral sous le balcon de sa Juliette.

– Je vais y réfléchir, réponds-je spontanément, sans pouvoir m'empêcher de sourire.

Tout en bas, le géant en casquette me sourit en retour. Et part dans une danse de la victoire à base de poings serrés et de coudes endiablés, tout en restant allongé.

***

Pendant les deux semaines qui suivent, pas de nouveau happening *made in* Gus. Et ça me manquerait presque. L'idée de lui pardonner fait doucement son chemin dans ma tête… Mais il me reste encore à lui ouvrir mon cœur. Pour l'instant, il reste fermé à double tour, comme tous ceux qui ont déjà trop souffert.

Tempérance a pris un jour de congé pour s'occuper de sa mère, Lennon est absent tout l'après-midi pour une histoire de contrat à signer, et je suis un peu à court d'idées pour remplir l'été de la petite sauvageonne infatigable qui sautille dans mes jupes toute la journée. On improvise une balade en ville, mais le lèche-vitrines lasse rapidement Willow – qui préfère lécher les poteaux, les bancs publics ou mon bras, en prétextant que Poney le fait et adore ça ! Je prends sur moi et lui propose d'aller faire une petite visite surprise à Hazel :

– On pourrait aller manger une glace à six boules ! lancé-je à ma fille qui bondit au bout de mon bras.

– Oui ! Tu crois que je ferai un caca aussi gros que Gus, après ça ?

– Je crois qu'on devrait parler un peu moins de caca…

– Pourquoi ?

– Parce que… ton père n'aime pas ça.

– Pourquoi ?

– Parce que parfois, il a un balai dans… non, oublie ça ! – Papa, il a pas de balai !

– Si, Wiwi, c'est juste que ce n'est pas lui qui le passe.

– Pourquoi ?

– C'est comme ça. Tu apprendras bien à ton mari à passer le balai lui-même, hein ?

– J'aurai pas de mari ! déclare solennellement la brunette en tapant du pied sur le trottoir.

– On verra ça… lui réponds-je en souriant quand on arrive devant la mercerie.

Je n'ai pas revu Seraphina depuis cette scène gênante sur la plage du phare. Et le malaise m'étreint à nouveau. Je ne sais pas vraiment laquelle de nous deux s'est éloignée de l'autre. Peut-être aucune. C'est le moment d'en avoir le cœur net. Pour que la surprise soit totale, je pousse la porte de Miss Button en retenant la clochette qui annonce l'arrivée d'un client. Je laisse Willow errer dans les rayons en touchant à tous les tissus, comme elle le fait souvent, et marche jusqu'au comptoir. Personne. Je m'aventure un peu plus loin, vers l'arrière-salle qui sert de bureau, de pièce de stockage et de coin détente. Je n'y ai jamais mis les pieds jusque-là. Juste entraperçu le bazar de loin.

Mais à cette seconde, c'est Lennon qui m'apparaît dans l'embrasure de la porte. Je m'arrête net. Je pourrais m'annoncer, les saluer simplement. Ou m'en aller, décider de ne pas interrompre leur… réunion. Mais je n'aime pas la façon qu'a Seraphina de le regarder. Je n'aime pas qu'ils aient tant de choses à se raconter et qu'ils aient l'air de se les chuchoter. J'aime encore moins le sourire en coin de mon businessman, celui qui me fait tant craquer. Et je déteste que mon amie pose ses deux mains sur ses bras croisés à lui, y prenne appui pour se hisser sur la pointe des pieds.

Et embrasse l'homme que j'aime, comme si c'était le sien.

Mon cœur chute. Mon corps cède. Mon sac à main échoue par terre. Et son contenu se déverse à mes pieds comme la vague trop violente d'une grande marée. Yeux embués, mains tremblantes, je me penche pour tout ramasser. En silence, je récupère mon petit miroir, mon carnet de croquis, mon rouge à lèvres, mes crayons de couleur, mes clés, ma dignité.

Et le test de grossesse que j'ai acheté hier. Pas encore osé le faire.

Parce que j'ai cru que cette fois, tout ce bonheur, ce n'était pas trop beau pour moi.

Grave erreur.

VI

Une seule et même famille

48

Depuis le premier instant

Un pansement couleur peau collé au creux de mon avant-bras, j'attends nerveusement que le docteur X revienne dans son bureau. Cet homme n'a pas de nom. Pas de cœur. Pas d'émotion. Tout juste un visage. Dante, Andrea et moi le voyons lorsque c'est vraiment nécessaire. Surtout mes frères, en fait. Et ma pauvre mère. Lorsqu'ils portent des marques trop visibles des sévices. Lorsque leurs contusions refusent de cicatriser. Lorsque la dernière leçon de vie de Vito s'est soldée par une fracture du poignet, de la pommette, une brûlure ou une entaille suffisamment profonde pour demander des points de suture.

Pour une raison que j'ignore et qui me révolte, le docteur X ne dénoncera jamais mon père.

Je patiente comme je peux en balançant les jambes, en laissant mes yeux divaguer, se promener sur les murs écarlates de ce cabinet vieillot qui sent la poussière et l'alcool ménager, se perdre dans les tableaux sans vie. Des natures mortes. Dans le bureau d'un médecin.

Je n'ai « que » 16 ans, mais l'ironie de la situation ne m'échappe pas.

J'ai fait plusieurs malaises, ces derniers jours. Vito n'avait pas l'air de s'en soucier, mais au lycée, ce n'est pas passé inaperçu. On m'a renvoyée à la maison pour que j'aille consulter sans attendre. D'où ma présence au milieu des gibiers, des fruits et des fleurs inanimés.

La porte en cuir capitonné s'ouvre et se referme. L'homme en blouse avance vers son bureau en examinant les documents qu'il a entre les mains. Il a l'air embêté. Il retire ses lunettes, se pince l'arête du nez et s'assied dans son fauteuil pivotant vert bambou.

Comment est-ce qu'un individu assez brillant pour obtenir un diplôme de médecine peut-il être aussi mauvais en assortiment de couleurs ?

– Tu es anémiée, Calliopé, m'apprend le docteur X. Cela explique tes malaises.

– Anémiée ?

– Et enceinte.

Deux mots. Deux mots cinglants, meurtriers, prononcés sur un autre ton. Celui du reproche. Du jugement. Mon cœur bat tellement fort qu'il menace de s'extirper de ma poitrine, mais depuis son piédestal, l'homme continue à me regarder de travers.

– Ton père ne va pas être content…

– Ne lui dites pas, soufflé-je, assaillie par l'angoisse.

– Je n'ai aucun secret pour lui, rétorque le sale type.

Il gribouille quelques mots dans mon dossier, je plonge dans un puits sans fond. *Enceinte*. Moi. Calliopé Lazzari. 16 ans. Martyrisée par mon père. Et enceinte…

– Mon bébé… m'étranglé-je. Il va… Il va lui faire du mal.

– Ça ne me regarde pas, Calliopé.

Bien sûr que ça le regarde. Il pourrait, il *devrait* m'aider. Dénoncer mon père. Nous mettre à l'abri, mes frères, ma mère et moi. Mon bébé. Les preuves, il les a. Des dossiers entiers, qui s'accumulent sur des étagères qui menacent de s'écrouler sous le poids des années. Pourtant, le soi-disant médecin ne lève même pas les yeux de ses feuilles manuscrites lorsque je m'effondre. Il n'a pas un seul regard pour moi. Pas une once de compassion.

– S'il vous plaît… le supplié-je entre deux sanglots. S'il vous plaît !

– Tu as besoin d'un sac pour respirer ? soupire-t-il, agacé par la crise d'angoisse qui se profile.

– Non, murmuré-je en me contrôlant.

– Alors déshabille-toi, que je vérifie si tout est normal.

Je ne suis pas sûre que cet examen soit nécessaire, mais je n'oppose pas de résistance. Je le laisse me regarder, dehors et dedans, puis retrouve mon chauffeur dans la salle d'attente. Durant tout le trajet du retour, je sais pertinemment ce qui se trame dans mon dos et ce qui m'attend. Le docteur X a déjà appelé mon père pour lui annoncer la nouvelle, il l'a fait à l'instant où je suis sortie de son cabinet. Je le sais parce que c'est à chaque fois comme ça que ça se passe. Vito blesse. Le docteur ausculte, masque ou répare. Puis il rend des comptes à son maître.

À mon arrivée au manoir, Vito m'attend dans l'entrée, une vieille clé à la main. Celle de la salle des tortures. Ses yeux noir enfer se posent sur mon ventre. Tout son corps frémit, ses mâchoires se contractent, ses poings se serrent. Il n'est pas content. Pas content *du tout*.

Et je n'ai pas fini de vivre dans le noir.

***

Willow n'a pas compris pourquoi on quittait si vite Miss Button, pourquoi je serrais autant mon sac à main contre ma poitrine, en marchant à toute vitesse, et pourquoi je la ramenais à la villa, alors que je lui avais promis une glace à six boules. Elle n'a pas compris, mais pas insisté non plus. Mon désespoir devait se lire sur mon visage. Alors la Lilliputienne a accepté de regarder un dessin animé pendant que j'allais m'enfermer dans ma bulle.

Dans les toilettes.

Je fixe assidûment le bâtonnet, comme si ma vie en dépendait. Je me demande dix fois si j'ai bien visé. S'il est assez mouillé. Ou pas trop. Je me dis que j'aurais dû prendre une boîte de dix, juste pour être sûre.

Vraiment, vraiment sûre.

Et puis la réponse apparaît. Pas de deuxième ligne, ni de petite croix. Toutes ces conneries qui s'affichent, mais pas vraiment, et vous laissent dans le doute le plus total.

Mon test de grossesse est positif. Formel. Son message ne pourrait pas être plus clair, plus explicite : *« Enceinte de trois-quatre semaines. »*

Je me laisse glisser au sol et je le contemple pendant une bonne dizaine de minutes – ou bien est-ce une heure ? Je ne réalise pas vraiment, pas encore, mais mon cœur tambourine. Je pose la main sur mon ventre, je ne sens rien – ou peut-être un petit, un infime quelque chose ? Et puis les images toutes fraîches me reviennent : Seraphina qui embrasse Lennon, comme si elle en avait le droit.

Comme si ce n'était pas la première fois.

***

De nouveau sur pied, je vais rendre une petite visite à Willow dans sa villa et découvre ma fille endormie sur les gros coussins multicolores de la salle de jeux. Recroquevillé dans cette position, son corps d'enfant me paraît minuscule. Si vulnérable. Les larmes aux yeux, je m'assieds tout près d'elle et lui caresse doucement les cheveux. Sa petite bouche en cœur soupire, puis elle se retourne paresseusement, encore plongée dans le sommeil, pour venir poser sa tête sur ma cuisse.

– Je suis désolée, Wiwi… lui soufflé-je à voix basse. Désolée d'avoir manqué tant d'années. De ne pas m'être battue plus tôt. Plus fort.

Un petit grognement s'échappe de ses lèvres, comme si elle m'entendait dans ses songes. Comme si elle m'ordonnait de ne plus m'en vouloir. De ne plus me détester pour l'avoir abandonnée.

– Je t'aime, petite sauvageonne, lui glissé-je en m'allongeant contre elle. Je t'aime depuis le premier instant où le docteur X m'a dit que tu existais.

Blottie contre son petit corps chaud, je m'endors et plonge à mon tour dans un sommeil sans rêves, sans cauchemars, sans autre bonheur que de l'avoir tout contre moi.

Elle ne le sait pas, mais on est trois.

49

Deux fois

Tempérance arrive en fin d'après-midi et nous cherche partout dans la villa. Ses appels me réveillent, puis elle finit par nous trouver, Willow et moi, affalées au milieu des coussins. La jolie nounou m'adresse un petit sourire complice, puis elle quitte la salle de jeux sur la pointe des pieds. Ma brunette se réveille en douceur, sa tête logée dans mon cou, puis me fait un câlin avant d'aller réclamer un sandwich « six goûts » à sa pauvre nourrice.

Complètement perturbée par tous les rebondissements de cette journée, je quitte discrètement la maison principale et retourne m'enfermer dans ma *guest house*. Le test de grossesse m'y attend, posé au bout de mon lit.

Si seulement je pouvais appeler quelqu'un. L'homme que j'aime. Un ami – Gus ou Seraphina, par exemple, s'ils ne m'avaient pas planté de beaux couteaux bien affûtés dans le dos. Dante ou Solveig ? Ma mère ? Impossible tant que je ne sais pas de quoi demain sera fait. Tant que je ne sais pas ce que Lennon compte faire de moi. S'il m'aime vraiment ou pas. S'il me consacre son cœur, son âme, sans faire de place à une autre. Aucune autre.

Alors je m'assieds sur ma couette, fixe bêtement le bâtonnet et glisse une main sur mon ventre, comme si ça me permettait de communiquer avec mon petit clandestin.

– Deux fois… soupiré-je. Deux fois que je me mets dans cette situation…

Je me laisse tomber en arrière, observe le plafond, les différentes nuances de blanc, la luminosité changeante, les ombres mouvantes. Et au bout de longues minutes, je décide de ne plus flotter. De ne plus me laisser porter. Je suis plus forte, plus sûre, plus en paix que je ne l'ai jamais été.

– L'histoire ne se répétera pas, fais-je à voix haute en me redressant. Personne ne me contrôle, cette fois.

Personne ne me séparera de toi...

Après une longue douche, j'avale un bol de nouilles instantanées, enfile mon pyjama en soie blanc lunaire et installe mon fauteuil fétiche près d'une fenêtre. La nuit ne va pas tarder à tomber et c'est l'heure où la lumière m'inspire le plus. Elle est mourante, presque éteinte, mais elle lutte pour exister quelques instants de plus. Ma mine de crayon glisse sur le papier, parcourt le grain fin dans des volutes inspirées. Je suis en train de dessiner toute une ligne de bodies pour nouveau-nés lorsque quelqu'un frappe à ma porte.

Ce quelqu'un, je sais exactement qui c'est. À quoi il ressemble. Ses yeux sont clairs, teintés de vert, indéfinissables. Son regard intense. Son visage incroyablement beau, racé. Son corps solide, protecteur et ardent. Mais son âme m'est inaccessible. Son cœur incertain.

Ce baiser qu'il a partagé avec une autre, il m'est impossible de l'oublier. De pardonner.

Les coups reprennent. Je ne réponds pas. J'entends que Lennon actionne la poignée mais j'ai pris les devants. J'ai fermé la serrure. À double tour.

– Callie ! monte sa voix grave depuis l'extérieur. Je sais que tu es là. Ouvre-moi.

Je me force à crayonner, à reprendre mon activité comme si le roi du monde ne se tenait pas derrière ma porte, à attendre une réaction de ma part.

– Callie ? insiste-t-il d'une voix plus douce.

Il a deviné qu'il y avait un problème. Mais a-t-il seulement identifié lequel ? Sa bouche collée sur celle de mon amie, par exemple. Les coups reprennent, je l'entends soupirer, jurer doucement, s'acharner.

– Calliopé Lazzari, arrête tes conneries ! grogne-t-il soudain. Je ne vais pas t'attendre toute la nuit !

Le déclic. La phrase de trop. Celle qui me fait bouillir, sortir de mon fauteuil. Et de mes gonds.

– Tu as raison, ne perds pas ton temps avec moi ! m'écrié-je en tambourinant à mon tour dans la porte. Va plutôt rejoindre ta courtisane et toute ta cour, Ta Majesté de mes deux !

– Quoi ?

– Pas la peine de nier, je vous ai vus ! hurlé-je de plus belle.

– Callie…

– Va-t'en, Lennon, lui demandé-je plus calmement. Laisse-moi, s'il te plaît. Je suis venue ici pour ma fille, toi, tu n'étais qu'une belle histoire. Une éclaircie dans les nuages. Une parenthèse. Un mirage. Bien trop beau pour être *vrai*. Laisse-moi redescendre sur terre, maintenant…

Ma dernière phrase n'est qu'un soupir. Un vœu mensonger. Ce que me cœur me dicte, pour me protéger, mais que mon âme refuse d'accepter. Vivre sans Lennon, renoncer à lui et moi, ça me paraît… vertigineux.

À l'extérieur, je ne perçois plus aucun bruit. Pas un son. Rien. C'est cruel. Décevant. L'homme que j'aime ne se sera pas battu pour moi longtemps.

– Je t'ai fait fuir trop facilement, soupiré-je en collant mon front contre la porte, le cœur en miettes.

Une vitre vole en éclats, de l'autre côté de la petite maison. Je sursaute, lâche un cri de stupeur, puis vois la grande silhouette de Lennon, toute en muscles, se faufiler par la fenêtre.

– Non ! lâché-je, sans trop savoir pourquoi.

– Callie… murmure l'intrus d'une voix menaçante, en se rapprochant de moi.

– Non ! m'écrié-je encore plus fort.

Je voulais qu'il se batte pour moi, je voulais qu'il me prouve que je n'étais pas juste une aventure, une amourette, une broutille, un passe-temps agréable. Et il l'a fait. Alors pourquoi est-ce que mes jambes me portent loin de lui ? Pourquoi est-ce que je tente d'aller m'enfermer dans la chambre ? Pourquoi est-ce que mon passé me rattrape ?

L'habitude d'être poursuivie et sévèrement punie...

Un réflexe de survie.

De son pied droit, Lennon bloque la porte qui allait se refermer sur lui. Puis ses mains sont sur moi. Elles emprisonnent mes poignets, me retiennent, me plaquent contre lui. Je pousse des cris, je me débats, me contorsionne, je suis en pleine crise. Il ne comprend pas, mais il me maintient contre lui, calmement, en me soufflant des mots rassurants à l'oreille.

– Je suis là... Je ne te ferai jamais de mal... Tu peux me faire confiance... Calme-toi, Callie... Je ne vais nulle part sans toi...

Petit à petit, je reprends mes esprits. Mes cris de terreur se transforment en sanglots. Je pleure dans ses bras, blottie contre son torse chaud pendant une éternité, jusqu'à ce que ma voix revienne.

– Pourquoi tu fais ça, Lennon ? Pourquoi est-ce que tu es toujours là ? Pourquoi est-ce que tu ne m'abandonnes pas ?

– Parce que je t'aime, murmure-t-il. C'est évident, non ? Je t'aime comme un fou, Callie...

– On n'embrasse pas d'autres femmes quand on aime comme tu le dis...

– Seraphina, soupire-t-il.

La colère s'insinue dans mes veines et me donne la force de me redresser. De le regarder bien en face.

– Je vous ai vus, sifflé-je. De mes propres yeux !

– Elle a des sentiments pour moi depuis des années, me confie-t-il. Je ne l'ai jamais encouragée, pourtant.

– Coller ta bouche sur la sienne, tu appelles ça comment ? rétorqué-je amèrement.

– J'étais en train de la repousser une bonne fois pour toutes, justement… Elle a eu un geste de désespoir. Elle est humaine, elle a fait une erreur.

L'entendre la défendre, je ne peux pas. Je recule d'un pas, il me retient par la taille.

– Laisse-moi !

– Non.

– Lennon, lâche-moi ! grogné-je.

– Non ! aboie-t-il avant de me faire tomber sur le lit avec lui.

J'atterris sur le dos, il se place immédiatement sur moi et m'immobilise.

– Je ne te courrai plus après, petite sauvage, fait-il d'une voix ferme. Parce que je vais te garder près de moi…

– Tu ne me contrôleras pas !

J'essaie de lui échapper, il résiste. Son odeur m'enivre. Son regard me réchauffe. Sa présence m'apaise et m'agace à la fois. Je ne sais plus si c'est un jeu de séduction, de pouvoir. Ou pas un jeu du tout.

– Calliopé !

– Quoi ?! m'énervé-je un peu plus.

– Tu m'aimes ?

– Pas quand tu embrasses d'autres femmes ! m'écrié-je en le poussant un peu plus fort.

Il se laisse tomber sur le côté, me rendant ma liberté. J'hésite à sortir du lit, mais je n'en ai aucune envie. Cet homme est magnétique. Addictif. Je l'ai dans la peau, que je le veuille ou non.

– Je lui ai tout dit… souffle-t-il en plongeant dans mes yeux.

– Tout ?

– Tout.

J'inspire, expire. Une fois. Deux fois. Dix fois. Je le contemple en respirant, en essayant de me comporter comme une personne normale. Pas traumatisée par les hommes de son passé. Je viens de lui montrer la part la plus sombre, la plus erratique, la plus écorchée vive de moi-même… et il est toujours là.

Il m'aime. Vraiment.

– Parfois, je réagis de manière… démesurée, murmuré-je. Et généralement, ça fait fuir les gens.

– Je me fous de ça, Callie. Je n'ai pas peur de toi. De ce que tu es. Tu es l'ombre et la lumière, tout à la fois. Tu me fascines. Tu me transportes. Tu me touches. Tu me rends vivant.

– Mais…

– C'est toi que j'attendais, Calliopé, insiste Lennon. Aucune autre. Et je te récupérerai à chaque fois que tu tomberas. Je vais t'aimer, te protéger, te guérir…

– Et si mon mal est incurable ? susurré-je en sentant mon cœur s'emballer.

– Alors on vivra avec, toi et moi. Et on le fera fuir à chaque fois qu'il se pointera…

Une larme coule sur ma joue, il la récupère au bout de son pouce et la glisse dans sa bouche.

– Même tes larmes ont un goût sucré, ajoute-t-il en souriant tendrement.

Il écarte ses bras, je viens m'y lover en inspirant son parfum. Le soleil et l'océan imprégnés dans sa peau. La divine odeur du bonheur. Le goût de la liberté.

Je pourrais lui parler du bâtonnet, du bébé, mais je ne le fais pas. Parce que déjà, Morphée m'emporte.

Il ne le sait pas, mais on est trois.

50

Le centre du monde

Je n'ai toujours rien dit. Je ne me suis confiée à personne. Et, tandis que j'arpente les rues de Chatham, peuplées des vacanciers d'août, j'ai l'impression de tenir un trésor. De garder un secret d'État. De transporter une bombe. Je slalome entre les passants pressés et les touristes qui ont le temps, en prenant soin de mon précieux butin. Invisible, caché au creux de ma robe-chemise à imprimé tropical. J'ai choisi le tissu le plus fluide, le plus ample, le plus chargé ce matin. Pur réflexe. Aucune bosse apparente sur mon ventre, aucun signe de présence de mon petit clandestin. Mais j'ai l'impression que chaque badaud peut lire la vérité sur mon visage. Que chaque regard dérive vers mon décolleté à peine un peu plus rebondi, puis s'arrête sur le toucan vert, jaune et rose volant sous mon nombril. Comme la première fois, il y a bientôt six ans, je me sens mise à nu. Incapable de mentir. De cacher cette magie qui opère à l'intérieur. Et ce mélange de bonheur et de terreur qui m'étreint le cœur.

Je suis cette gagnante du loto qui se rend discrètement à la banque, son ticket dissimulé tout contre elle, sans savoir si elle est prête pour un changement de vie pareil. Et en sachant pertinemment qu'elle a déjà décroché le gros lot une fois… Mais qu'elle n'a pas eu la force d'aller le chercher.

Et si c'était différent, cette fois ?

Et si c'était seulement possible ?

Ces deux questions et leurs impossibles réponses me donnent le vertige. Ma tête tourne, mes yeux voient flou, mes tempes chauffent et mes reins frissonnent. Je vais faire un malaise. Je m'arrête au milieu du trottoir, tente d'apaiser mon souffle, de fixer mon regard. On me contourne, me frôle ou me bouscule. Jusqu'à ce que deux mains me prennent par les épaules et m'entraînent sur le côté.

– Callie, ça va ?

– Oui…

– Non, tu vas tomber.

– Ça va mieux, juste un moment de faiblesse, fais-je en secouant la tête.

– Tu veux entrer ?

Je lève le nez pour découvrir le visage de Seraphina. Et la vitrine de Miss Button.

– Attends, je vais te chercher un verre d'eau ! Tu préfères un café ?

– Non, je ferais mieux de continuer.

Je n'arrive pas à croiser son regard. À supporter son aide. À respirer le même air qu'elle. Je reprends ma route en marmonnant :

– Décidément, les amitiés ne sont pas très tendance en ce moment.

– La mienne était sincère ! lance Seraphina en courant derrière moi.

La jolie black se plante devant moi pour me forcer à l'écouter.

– Je ne savais pas, Callie ! Pendant tout ce temps, tu ne m'as rien dit ! Tu aurais pu te confier bien avant, j'aurais eu le temps de m'y faire, de renoncer à lui. Mais tu as préféré me cacher tant de choses… Que tu étais la mère de Willow, que Lennon et toi, vous… Il m'a tout dit et j'ai été faible. J'ai essayé quand même. Je n'en suis pas fière. Mais je suis toujours ton amie…

– Il t'a dit qu'on s'aimait, qu'on avait un enfant ensemble…

Et tu as tenté ta chance malgré tout. Belle preuve d'amitié ! ironisé-je avant de repartir.

Je fais à peine quelques pas, elle revient à la charge.

– J'ai essayé ! insiste Seraphina en se remettant à marcher près de moi. J'ai essayé de résister à ce que je ressens pour lui. Mais on ne contrôle pas ses sentiments comme ça ! Tu le sais mieux que personne, Calliopé ! Ça fait des années que j'attends un signe de sa part. Que je rêve qu'un homme comme lui prenne soin de moi, de ma fille. Toi, tu arrives ici et en quelques jours, tu chamboules toute sa vie. Vous n'avez rien dit ! Je ne pouvais pas savoir !

– Tu pouvais juste ne pas l'embrasser… répliqué-je à voix basse.

– Je…

– Juste ne pas me trahir, la coupé-je pour conclure.

Cette phrase n'appelait pas de réponse. Ne contenait ni colère ni rancœur. Juste la froideur du constat, l'indifférence de la résignation. Voilà ce que deviennent les petits problèmes quand un minuscule cœur bat à l'intérieur de vous. Et prend déjà toute la place.

J'emmène mon nouvel habitant loin de la foule, des bousculades, des malaises et des mauvaises rencontres. Je veux lui montrer l'océan. L'horizon. Respirer avec lui les couleurs, les sensations, les odeurs. Lui apprendre l'infini des possibles. Je marche jusqu'à la plage du phare et m'assieds en tailleur dans le sable. Sciemment, je tourne le dos aux falaises vertigineuses. M'abrite du vent derrière un rocher protecteur. Fais face aux vagues que Lennon m'a appris à ne pas craindre. Au doux clapotis de l'eau qui me berce et m'apaise. Et je souris. Je me moque de ma propre niaiserie. De ma façon de mettre de la poésie partout, juste pour lui.

Lui ? Ou elle ? Quel petit sauvage tu seras, cette fois ?

Je m'étends en arrière, laisse le soleil m'éblouir et le ciel me recouvrir. Quand je ferme les paupières, une larme s'échappe de chaque côté de mon visage. Et une vague de certitudes me saisit.

– Ce bébé-là, personne ne me le prendra.

Je glisse doucement mes mains sur le toucan multicolore.

– Est-ce que ce père-là voudra bien de toi ? Est-ce que tu auras ses yeux incroyables ? Ou est-ce que tu as pris tout mon noir ? Est-ce que tu aimeras Willow autant que moi ? Est-ce que tu en as déjà marre de mes millions de questions ?

Je souris aux nuages. Je parle seule. Je me trouve bête. J'ai sans doute l'air folle. Et bizarrement, je ne me suis jamais sentie aussi sereine.

– Sois tranquille, mon sauvageon. Personne ne t'arrachera à moi. Je te protégerai contre la terre entière. Et je te montrerai le monde. Ce qu'il a de plus beau. De plus coloré. De plus fou. Si tu veux bien de moi…

L'espace d'une seconde, j'ai l'impression qu'il me répond. Comme une bulle à l'intérieur. Une infime caresse. Une vibration qui vient de tout au fond. Mon cœur s'arrête. Tremble, frémit, bat trop fort. Et j'éclate de rire quand je réalise que c'est juste mon portable qui m'envoie un signe. Des signes. Je me redresse en riant toujours, pour découvrir ce que me veut le fantôme de ma poche.

[Est-ce que je t'ai déjà dit que j'étais désolé ?
Gus Pardon Perry]

[Et que tu me manquais ?
Gus Tristounet Perry]

[Et que je ne faisais plus caca depuis
que tu m'as quitté ?
Gus Seul Perry]

[Tu mérites ton mauvais transit.
Callie Déçue Lazzari]

[Je sais. Je me suis même mis au coin.
Avec les mains sur la tête. Et je peux
te dire que le coin du mur est très moche.
Peinture écaillée, couleur jaune caca d'œil.
Gus Puni Perry]

[Tu mérites de ne voir plus que des couleurs
dégoûtantes. Et d'avoir une conjonctivite à vie.
Callie Cruelle Lazzari]

[J'accepte mon châtiment si tu me pardonnes.
Gus Espoir Perry]

[Je n'ai pas dit que je te pardonnais.
Callie En Réflexion Lazzari]

[Alors merci de réfléchir. Et de m'avoir
répondu. Mon cœur a fait boum.
Et mon cul a fait « boom boom shake ».
Gus Twerk Perry]

[Remets-lui une fessée de ma part.
Callie Dominatrix Lazzari]

[Il frétille encore. Je crois qu'il aime ça.
Gus Esclave Perry]

J'arrête de répondre parce que je sais qu'il ne le fera pas. Tant que je relancerai, il continuera. Gus est comme ça, extrême, jusqu'au-boutiste, prêt à tout pour être un peu le centre du monde. Comme moi. Et il a perdu la folle qui le rendait un peu moins fou. L'autre extrémité de son extrémisme. La moitié de ses limites. Le sens de son monde. Je ressens le même vide que lui.

Sauf que dans mon néant, une toute petite lumière scintille

maintenant. Et malgré Willow, malgré Lennon et l'amour fou que je leur porte, qu'ils me rendent ; malgré Dante, Tutu et leur bébé qui arrive sur la pointe des pieds ; malgré ma mère libérée et tout mon clan présent, mon centre du monde à moi a changé. Il s'est un tout petit peu déplacé. De quelques millimètres à peine, mais assez pour créer un séisme silencieux. Il y a ce quelqu'un qui compte, en plus, qui s'est fait une place, une vie, une couleur d'yeux.

Le malaise me reprend.

Je laisse le tournis faire son affaire, le flou revenir et repartir, je souris même à mon corps à la dérive. J'attends sans lutter, jusqu'à reprendre pied. Et je me relève quand je me sens prête.

Prête à tout affronter.

51

« Maman »

De retour à la civilisation, je choisis de délaisser ma *guest house* pour aller m'immiscer dans la villa Hathaway par la porte de derrière. Le jardin luxuriant est étrangement calme, la piscine étonnamment délaissée. Personne non plus au rez-de-chaussée, salon vide, véranda désertée. Je m'aventure au premier, d'où me parviennent des chuchotements excités. Je toque à la porte de la chambre de Willow, anormalement fermée. Entre avant d'y avoir été invitée.

– Non, va-t'en ! hurle ma fille dans un cri de bête enragée.

J'ai juste le temps d'apercevoir Tempérance assise par terre au milieu d'un fatras de feuilles, de gouaches et de pâtes à modeler colorées. Puis la Lilliputienne me referme la porte au nez.

– Ce n'est pas poli, Willow, ouvre-lui.

– Mais c'est une surprise ! pleurniche-t-elle en obéissant quand même.

La porte ouverte me révèle une folle activité manuelle qui bat son plein… et une petite brunette boudeuse qui s'est accroupie devant son œuvre en croisant les bras si fort qu'elle peut s'attraper les omoplates.

– C'est magnifique, Wiwi ! m'extasié-je.

– C'est pas terminé !

– C'est déjà très abouti, pourtant… ironisé-je face à cette croûte surchargée.

– C'est quoi, « bouti » ? me demande-t-elle en fronçant

les sourcils, comme si elle avait perçu ma moquerie.

– Tu m'expliques ce que tu as fait ?

– Ça se voit pas ? C'est un bouquet de fleurs spécial ! Avec des boules de glace à la place des pétales !

Et la petite artiste de m'expliquer qu'elle a collé de grosses tiges en pâte à modeler, puis froissé six énormes boules de papier crépon qu'elle a ensuite trempées dans la peinture puis collées au bout des tiges. Le résultat penche, dégouline, jaillit de toute part et surtout en dehors du carton qui lui sert de toile de fond. Le visage et les mains de Tempérance sont remplis de colle et de ras-le-bol. Et les yeux de ma fille débordent de fierté autant que d'anxiété. Je sais ce qu'elle ressent, en ce moment, quand l'énergie l'a quittée et qu'il ne reste que la création à regarder. À la fois si proche et si loin de ce qu'on avait imaginé. Si terriblement imparfaite.

– Recule-toi un peu, Willow, lui souffle la nounou. Que Callie puisse bien voir.

Ma petite sauvage roulée en boule s'écarte et fait pivoter son grand carton blanc pour me laisser déchiffrer les cinq lettres tracées fébrilement tout en bas. Les plus belles, les plus folles, les plus parfaites qui soient.

MAMAN

Je serre les dents pour m'empêcher de pleurer. Je me mords les joues pour retenir les mots d'amour fou qui essaient d'affluer. Je m'accroche à la poignée de porte pour ne pas m'écrouler.

– Ben quoi, t'aimes pas ? me demande la brunette aux nattes.

Les beaux yeux noirs qu'elle plonge dans les miens me semblent aussi terrorisés que terrorisants. Et je tombe à genoux devant ma fille, la serre brièvement contre moi en laissant sortir mes sanglots de joie. Puis libère la sauvageonne qui se débat.

– Je l'adore, Wiwi ! C'est le plus beau bouquet de ma vie.

– C'est vrai ?

– Et je t'aime, toi, à un point que tu ne peux même pas imaginer !

– Si, je peux ! rétorque-t-elle par pur esprit de contradiction.

– Oui, tu peux !

Le rire nerveux et fatigué de Tempérance se mêle au mien, extatique, et les cris déchaînés de Willow nous surpassent toutes les deux.

– Alors je peux t'appeler comme ça, maintenant ?

– Maman… ? demandé-je sans y croire.

– Papa a dit que je pouvais. Mais que c'est toi qui décidais.

– Je suis ta mère et j'ai mûrement réfléchi… déclaré-je très solennellement, j'ai décidé que oui !

– Et moi aussi ! m'imite la petite despote.

Puis elle s'approche de mon visage et me chuchote un secret à l'oreille en collant ses petites mains potelées autour de sa bouche en cœur :

– C'est un peu moi qui décide, d'accord ?

Je ris de plus belle et je profite de cette proximité pour la ceinturer, la plaquer au sol parmi les feuilles, les tubes de gouache et de colle, pour la couvrir de bisous et de chatouilles qui la font hurler de rire. Ce moment de pur bonheur me pétille dans le cœur. Et c'est à cet instant que je repense à lui. L'autre petit bonheur caché. L'autre petit sauvageon qui s'est invité sans frapper. Mon autre centre du monde.

– Lennon est là-haut ? questionné-je.

– Dans son bureau, confirme Tempérance.

– On doit le déranger que si on pleure ou saigne très fort ! m'apprend Willow en levant un index autoritaire.

– C'est ce qu'on va voir…

Je laisse ma fille en la missionnant de terminer son chef-d'œuvre pour la dissuader de me suivre. Puis je grimpe au deuxième étage pour retrouver le roi du monde dans son antre. J'ai le cœur plus gonflé d'amour qu'il ne l'a jamais été. La certitude au creux du ventre que c'est le moment parfait pour révéler mon secret.

– Lennon ? murmuré-je en le retrouvant sur sa terrasse.

Appuyé sur la rambarde, il me tourne le dos. En jean clair et polo bleu orage, sa peau dorée ressort. Et je ne sais pas si c'est sa puissante aura ou ce beau soleil d'août qui m'éblouit le plus. Ou si le malaise va encore avoir raison de moi.

– Willow m'a appelée maman pour la première fois, continué-je sans pouvoir m'arrêter. Et je connais quelqu'un d'autre qui pourrait m'appeler comme ça…

Quand Lennon se retourne enfin, je lis dans ses yeux fascinants autre chose que la surprise, le bonheur ou l'étonnement : peut-être de la colère, presque du tourment.

– Regarde-le, siffle-t-il durement en baissant la tête vers son chien.

J'observe Poney, avachi à ses pieds, un joujou bleu et blanc coincé dans ses babines.

– Qu'est-ce que c'est ? demandé-je sans comprendre.

– À toi de me le dire, Callie.

Mon cœur manque un battement quand je reconnais enfin l'objet.

– Où est-ce qu'il a trouvé ça ? bredouillé-je.

– Tu as laissé la porte de la *guest house* ouverte. Il a fouillé les poubelles. Ça fait une heure qu'il se trimballe partout avec ce truc dans la gueule. Il grogne quand on s'approche. Et moi, j'ai dû mentir à ma fille.

Sa Majesté me balance mes quatre vérités pendant que le chien-veau mâchouille mon test de grossesse. Le moment que je voulais parfait est gâché. Une fois encore, je sens la situation m'échapper. Mon visage se décomposer. Mes jambes me lâcher. Dans mes yeux, le flou et les larmes s'emmêlent. Et ce stick bleu et blanc devient un couteau acéré qu'on me plante en plein cœur.

– Tu comptais me le dire quand ? siffle Lennon durement.

Cette phrase, ce ton, ces reproches me ramènent six ans en arrière. Et le malaise m'emporte.

52

Tout bousculer

Sentant la tension monter, Poney se redresse sur ses grosses pattes et quitte la terrasse en emportant son trésor. Je l'observe s'éloigner, le regard dans le vide. Intérieurement, je dégringole.

– Je… J'avais juste besoin d'un peu de temps.

Ma voix est étouffée, ma tête tourne toujours, le sol tangue sous mes pieds. Un nouvel épisode. Une nouvelle crise incontrôlable. Le poison noir et visqueux se répand dans mes veines. J'ai chaud, je claque des dents, des frissons me parcourent la peau, je manque d'oxygène, je suffoque. Et puis soudain, des bras m'entourent, me soutiennent, me redressent. Me sortent du précipice. Le regard un peu moins sombre, un peu moins dur, Lennon se précipite pour être mon pilier. Le surfeur me serre contre lui en soufflant qu'il ne me lâchera pas. *Jamais*.

Les angoisses quittent peu à peu mon corps, comme autant de démons vaincus et de bourreaux désarmés, pour aller s'évanouir et mourir dans le ciel sans nuage de Cape Cod.

– J'allais te le dire, murmuré-je en fixant mon sauveur dans les yeux. Je te jure que j'allais te le dire.

– Quand ? répète-t-il tout bas.

– Là, maintenant.

Il inspire longuement, me fixe de ses yeux graves et insondables. J'ignore ce qu'il pense. S'il s'imagine que j'aurais pu renoncer à lui, à ce bébé. Ou s'il croit au contraire que je lui ai fait un enfant dans le dos. S'il se dit que tout ça était prémédité. Que je l'ai sciemment condamné à être enchaîné à moi, mon passé, ma folie, pour le restant de ses jours.

– Je… Tu sais… Enfin…

Son regard me happe et me trouble plus que jamais. Tandis que je bredouille, m'interromps, cherche mes mots, Lennon se renfrogne et se tourne à nouveau vers la rambarde. Il s'y accoude, comme s'il s'apprêtait à plonger dans l'océan. À faire le saut de l'ange.

– Je t'aime, Lennon, m'exprimé-je soudain. Je n'ai jamais aimé personne, avant toi. Pas *comme ça*.

Je vais me placer à côté de lui, en frôlant son bras aux muscles dessinés.

– Je sais, soupire-t-il en fixant l'horizon. Je sais tout ça, Callie. Mais j'ai besoin de savoir *tout le reste*.

– Tout le reste ?

– Est-ce que tu es prête pour cette vie ? Pour moi ? Pour Willow ? Pour ce… bébé ?

Il a soufflé ces quelques mots en serrant les poings, les yeux rivés sur ses mains. Je réalise enfin que cet homme – si fort, si droit, si digne, si inaccessible parfois – a peur. Qu'il a peur de moi. De ma frénésie, ma jeunesse, mon imprévisibilité. Qu'il est terrifié que je lui file entre les doigts en brisant tout, en emportant notre bonheur rêvé dans mon sillage. Et cette idée m'émeut autant qu'elle me révolte.

– Je ne peux plus vivre sans toi, Lennon ! m'écrié-je en le forçant à me regarder. Sans Willow ! Et sans ce petit être qui grandit en moi ! Je veux tout ! Je vous veux, vous, pour toujours !

Ses nuances de vert s'adoucissent, sa mâchoire se décrispe mais ses yeux restent plissés, comme hésitants.

– Ce bébé, c'est un nouveau départ, murmuré-je, la gorge serrée par l'émotion. Le seul lien qui nous manquait. Je vais enfin vivre ce qu'on m'a empêchée de vivre, il y a six ans. Le vivre avec toi. Et tous les quatre… On formera une seule et même famille.

Lennon me sourit enfin. Un sourire à peine esquissé mais franc, sublime, qui vient du plus profond de son âme. Ses doigts caressent mon visage, son pouce effleure ma bouche, puis va se perdre sous ma frange. Sur ma cicatrice.

– J'ai su dès le premier instant que j'allais t'aimer, Calliopé Lazzari, fait sa voix grave. Et que tu allais foutre en l'air ma vie bien rangée… Tout bousculer. Tout réinventer. Tout embellir. Tout magnifier.

Un rire sonore s'échappe de ma gorge, puis se transforme en sanglot joyeux.

– Tu veux bien de moi, alors ? Et de… ça ? demandé-je en pointant vers mon ventre.

Le surfeur immense tombe à genoux et, à travers mes vêtements, dépose un baiser là où s'est logé le petit clandestin. Le grand lâche au minuscule :

– Ta mère est un peu folle. Mais c'est parce qu'elle est fêlée qu'elle laisse entrer autant de lumière… Et moi je suis un peu trop rigide, mais c'est parce qu'avant votre arrivée à tous les trois, je manquais cruellement d'amour dans ma vie. Et d'un peu de folie. À nous deux, ta mère et moi, on trouvera le juste milieu pour te rendre heureux…

Je glisse mes doigts dans ses cheveux, tellement fière, heureuse et touchée par ces mots bien choisis.

– Et ta sœur va t'en faire baver, souffle-t-il à nouveau. Mais elle t'aimera plus que tout, j'en suis certain.

Les sanglots m'emportent à nouveau. Je tombe à genoux et me jette dans les bras de mon homme-océan.

– Lennon, si tu savais… lui murmuré-je en me lovant dans son cou. Je me suis demandé tellement de fois si la vie avait un sens. J'ai été prête tant de fois à baisser les bras, à ne plus croire en rien, en personne… Et puis je vous ai trouvés, Willow et toi. Et vous avez donné un sens à ma vie.

Ses bras me soulèvent doucement, je me laisse faire, m'abandonnant contre lui, épuisée d'avoir tant pleuré, tant tremblé… et de tant l'aimer. Lennon traverse le bureau, le couloir, puis me dépose délicatement sur son lit et s'allonge derrière moi. Tandis que je sens le sommeil me gagner, sa voix douce me transporte encore une fois :

– Avant toi, j'avais tout, Callie, mais je ne savais pas que je n'avais rien. Rien qui comptait vraiment. Tu m'as donné Willow. Tu m'as donné ta fougue, ta force, ta fragilité, ton cœur meurtri et ton âme de guerrière. Et maintenant, tu me donnes cet enfant…

Sa voix se brise légèrement.

– Tu es toute ma vie, Calliopé. Parce que sans toi, je n'aurais rien. Parce que je ne pourrais plus jamais me passer ni de ton obscurité, ni de ta lumière. Parce que si le destin existe, il a gravé nos deux noms quelque part.

Je gémis et me pelotonne contre son grand corps, il m'embrasse dans la nuque. Je sombre en quelques secondes, le cœur gonflé d'amour. Lorsque je me réveille, j'ignore combien de temps après, mes yeux s'ouvrent sur ses iris verts illuminés par la douce lumière de la fin de journée. Leur beauté me coupe le souffle.

– Tu ronfles, me dit-il avec un sourire en coin.

Je le pousse, me frotte le visage contre le coussin et grommelle.

– Je suis enceinte, lui rappelé-je. Fais gaffe à ce que tu dis…

– Tu respires aussi légèrement qu'un papillon qui bat des ailes dans la nuit, ment-il effrontément.

– C'est mieux, réponds-je en riant doucement.

Je l'attire à moi, l'embrasse et me plonge à nouveau dans son regard.

– C'est quand même fou que j'aie pris ce risque, murmuré-je soudain.

– Quel risque ?

– Ce bébé… La plage… Les rochers… Tu te souviens ?

Son sourire canaille m'indique que oui, avant de faire place à son air le plus grave, le plus intense.

– Je suis déjà tombée enceinte par accident et j'ai tellement souffert des conséquences… me remémoré-je, un poids sur le cœur.

– Ton inconscient a peut-être pris le dessus, me glisse Lennon. Le mien aussi. Ils ont voulu tout réparer avec ce nouveau bébé.

– Comment ça ?

– Je n'ai pas fait très attention non plus… Et toi, tu voulais peut-être vivre enfin ce que tu n'as pas vécu la première fois. Accoucher de ton bébé et le garder, le voir grandir, t'en occuper, le pouponner, lui apprendre le piano, la couture, la gloutonnerie, dit-il en souriant tendrement. Tu n'aurais jamais pu faire ça en pleine conscience, tu as eu trop mal la dernière fois, ton corps et ton esprit s'en sont donc chargés pour toi…

Il a raison. Ses mots résonnent en moi, donnent un sens à tout ça… Et me réconfortent. Je n'ai presque plus peur. Mes doutes s'évanouissent.

Ce bébé, ce n'est pas une erreur. Ça ne l'a jamais été.

– Et tu sais ce qu'il nous reste à faire ? lâche nonchalamment le surfeur en s'étirant.

– Lui créer une ligne de bodies ? Lui trouver un prénom ? Lui fredonner du Nina Simone ?

Il m'observe avec un sourire en coin, puis secoue la tête.

– L'annoncer à sa grande sœur.

Sa grande sœur…

Le sol se remet à tourner. Le matelas tangue comme un radeau au milieu de la tempête. La peur s'insinue en moi, s'agrippe à mes poumons, l'air se raréfie.

– Callie, je suis là, me rappelle Lennon en me tendant la main. Respire. Encore. Ça va bien se passer. On va attendre demain, Tempérance a déjà dû la coucher.

Je me reprends comme je peux, mais la peur persiste.

– Tu ne crois pas qu'elle va me détester ? soufflé-je.

– Willow t'aime beaucoup trop pour ça… me lâche son père en me forçant à me relever. Mais on lui doit la vérité.

Lennon et moi, amoureux. Ensemble. Et un bébé en route.

Bientôt, notre relation ne sera plus tenue au secret, je n'aurai plus à mentir, à dissimuler, à cacher quoi que ce soit, et c'est ce que je voulais. Mais annoncer à ma fille que j'attends un autre enfant… Un enfant qu'on ne me volera pas, cette fois. Un enfant qui ne dira jamais que sa mère l'a abandonné. Un enfant que Willow pourrait jalouser.

Mais qui sait ? La réalité pourrait être toute autre. Je pourrais voir des flammes de joie danser dans les billes noires de ma première née, comme un imprimé chatoyant. Sublime. Émouvant.

– *Toute* la vérité, alors, affirmé-je, en décollant du lit, maintenant prête à tout lui raconter.

– Callie ? murmure Lennon.

– Oui ?

– Elle n'a que 5 ans et demi…

– Ah oui. On va éviter les détails « techniques », alors.

– Bonne idée.

Poséidon me regarde partir à reculons, l'air attendri. Et plus que jamais déterminé à se battre pour nous quatre.

Nous quatre.

53

Petite grande sœur

Un passage obligé avant d'annoncer quoi que ce soit à la lilliputienne : la clinique de Chatham. Grâce à un certain Lennon Hathaway, j'ai obtenu un rendez-vous à la première heure, ce matin, échappant aux « trois à quatre semaines de délai » traditionnelles.

J'ai déjà rempli trois pages de formulaire, gribouillé des dates, des problèmes médicaux passés, des allergies, mentionné ma première grossesse, ma césarienne, non sans un pincement au cœur. Au creux du ventre, plus précisément. Puis le Dr Hardy, une jolie quadra rousse aux yeux azur, nous accueille dans son cabinet, assistée par un infirmier. Lennon s'entretient avec la gynécologue tandis que Jesus tente la périlleuse entreprise de me faire une prise de sang. Le latino en blouse vert amande expérimente sur moi quelques techniques de relaxation pour me détendre, mais même assise, je perds l'équilibre. C'est finalement la présence de mon surfeur, lorsqu'il me rejoint, sa voix douce et profonde, qui m'aident à affronter l'aiguille.

Du sang, j'en ai trop vu couler. J'ai trop souvent nettoyé ses traces indélébiles. Trop souvent senti l'odeur de ferraille. Je ne m'y suis jamais faite. Et aujourd'hui encore, pour une simple piqûre, je ne tourne pas de l'œil, mais pas loin.

– Qu'est-ce que tu fais ? demandé-je à Lennon en le voyant remonter sa manche.

– Comme toi, me répond-il avec un sourire en coin.

Jesus va déposer mes flacons rouge grenat à l'autre bout de la pièce, nous laissant seuls.

– Pourquoi tu fais ça ? lui soufflé-je.

– Pour vérifier que tout est bon.

– Ah…

– Je te veux toute à moi, murmure le cachottier. Sans rien entre nous.

– C'est déjà ce qu'on a fait… précisé-je de manière coupable en pointant mon ventre du doigt.

Lennon rit tout bas en passant la main dans ses cheveux, puis ajoute :

– Disons qu'on passe l'examen aux rattrapages…

Son sourire en coin me provoque, je me hisse sur la pointe des pieds pour l'embrasser et lui mordiller la lèvre inférieure. L'insolent grogne et m'embrasse de plus belle.

– Je peux ? lance Jesus qui a soudain réapparu, en se raclant la gorge.

– Désolé… s'excuse poliment Lennon en lui tendant le bras.

– Je suis irrésistible, c'est pour ça, dis-je en souriant bêtement aux deux hommes.

Je glousse toute seule, Sa Majesté ne sent même pas l'aiguille transpercer sa peau et en moins d'une minute, son épreuve est terminée – quand la mienne a duré un bon quart d'heure. Puis le Dr Hardy réapparaît et nous invite à passer dans la pièce suivante. La salle d'échographie.

– Installez-vous, m'invite la gynécologue. C'est encore très tôt, si j'ai bien compris ?

– Un peu plus de quatre semaines, confirmé-je.

– On va voir quelque chose ? s'enquiert Lennon en glissant sa main dans la mienne.

Je souris à mon roi du monde, mon dieu de l'océan, le père de mon futur enfant. Il l'ignore, mais l'entendre si impatient, si investi, fait battre mon cœur à tout rompre.

– Juste une petite poche…

– *Notre* petite poche, soufflé-je au surfeur dont les yeux lumineux sont déjà rivés à l'écran.

La gynécologue confirme la grossesse. Sur l'écran noir, un minuscule sac blanc se dessine, renfermant notre trésor. On ne voit rien d'autre, on ne perçoit aucun battement de cœur, c'est encore trop tôt. Mais Lennon et moi tombons déjà follement amoureux de ce petit être qui se cache sous ma peau.

– Quand est-ce qu'on pourra le voir, lui ? demande le futur père.

– Ou elle… soufflé-je.

– Revenez dans deux semaines, vous pourrez admirer votre petit haricot et entendre son cœur, lui répond la rousse en souriant.

– Et les résultats de la prise de sang ? relance Lennon.

– On vous les communiquera dès ce soir.

Je l'ai rarement vu sourire autant. Aussi longtemps. Son beau visage illuminé par ses dents blanches, parfaitement droites et rangées. À la sortie de la clinique, Lennon m'attire dans une petite ruelle et me serre dans ses bras, m'embrasse fougueusement. Je glisse ma langue entre ses lèvres et tout à coup, notre étreinte s'intensifie. Je gémis sous ses assauts, glisse mes mains dans sa crinière aux reflets dorés, l'embrasse jusqu'à manquer de souffle.

– Un bébé… lâche-t-il lorsque nos bouches se séparent. Un bébé !

Mon bel amour croise ses mains derrière la tête et tourne sur lui-même, encore sous le choc. Il semble si parfaitement heureux… et je réalise avec émotion que c'est un peu grâce à moi.

– Tu t'attendais à quoi ? demandé-je en riant doucement. Un alien ?

– Willow…

– Quoi ?

– Je sais que c'est tôt… Mais il faut lui dire avant qu'elle comprenne toute seule. Il faut lui dire… maintenant.

– Je sais ! Qu'est-ce que tu attends ?!

Sur le chemin du retour, je réalise l'exploit de marcher plus vite que mon surfeur sur ses longues jambes musclées. J'ai un peu la nausée, ma cheville commence à tirer, mais je fonce tête baissée. Je veux retrouver ma fille. Celle qui m'appelle enfin « maman ». Tout lui dire. La voir sourire, ou la rassurer. Lui rappeler qu'elle sera toujours la première. Toujours aimée.

La villa est calme, il est encore tôt et Willow vient de commencer son petit déjeuner. Son père se penche sur elle, lui vole une bouchée de toast pour la faire rire. Tempérance nous sourit en nous voyant réunis, nous tend à chacun une tasse de café, puis nous laisse en faisant semblant d'être très occupée.

– Vous étiez où ? nous balance la brunette, face à son bol de chocolat chaud.

– On a une surprise pour toi, Wiwi, lui dis-je en l'embrassant sur la joue.

– Moi aussi ! se vante la petite.

Elle sort de sa poche un petit bracelet de perles blanches, au centre duquel elle a glissé quelques cubes noirs. Chaque cube contient une lettre gravée. Et je lis le résultat à voix haute, toujours aussi touchée :

– « Maman ».

J'ouvre les bras, elle s'y réfugie en riant.

– Je t'aime, ma toute petite, lui chuchoté-je.

– Je t'aime, ma grande petite maman.

Un chocolat, deux cafés et mille rires plus tard, on s'installe tous les trois dans la véranda, face à l'océan qui a vu, depuis le tout début, nos destins s'entrelacer.

– Willow, tu te souviens qu'on a quelque chose à te dire ? lui demande Lennon, sa fille sur les genoux.

Elle acquiesce en jouant avec les babines de Poney.

– Il faut que tu écoutes bien, c'est important, lui glisse le surfeur à l'oreille.

La brunette aux yeux noirs me fixe soudain de son regard intense et méfiant. Elle sent que quelque chose se trame…

– Tu vas être une grande sœur ! lui annoncé-je le plus simplement possible, en posant la main sur mon ventre.

Willow ne dit rien. Elle me regarde, puis se tourne vers son père. Finalement, elle saute sur ses pieds et se plante face à nous.

– Non !

– Comment ça, non ? lui souffle Lennon avec prudence.

– Non, je veux pas !

– Wiwi… tenté-je.

– Non ! Vous donnez le bébé à Poney !

– Quoi ? fais-je en m'empêchant de paniquer.

– Non, à Tempérance ! Donnez-le à Tempérance, elle a pas de famille, elle ! Elle a personne !

En se penchant en avant, Lennon la prend doucement par la main et la force à revenir jusqu'à lui.

– On est une famille, nous, lui rappelle-t-il d'une voix parfaitement calme.

– Juste nous trois ! s'écrie la sauvageonne en se débattant.

Mon cœur se déchire un peu sur les côtés, mais je quitte mon fauteuil pour m'agenouiller au sol et appelle ma fille à moi.

– Willow, viens là.

– Non !

– S'il te plaît, Wiwi…

D'abord réticente, la petite rebelle daigne finalement me rejoindre. Je prends sa minuscule paume et la pose sur mon ventre.

– Ce petit garçon ou cette petite fille, ce sera un peu de toi, lui chuchoté-je. Il ou elle aura peut-être tes yeux, ta bouche, ta langue trop bien pendue, ton intelligence, mais personne ne te remplacera, jamais.

– Même si je dis des gros mots ? Ou si je souris pas sur les photos ? couine-t-elle.

– *Jamais*. On te gardera toujours avec nous. On fera juste une toute petite place à quelqu'un d'autre. Comme quand tu as bien voulu que je sois dans vos vies, à papa et toi. L'amour ne se divise pas, Wiwi chérie. Il se multiplie. Tu comprends ?

– On s'aimera encore plus, alors ? demande-t-elle, un peu perdue.

– Oui. Mais on t'aime déjà à l'infini. Et ça ne changera jamais. On sera toujours tes parents. Et tu seras toujours notre premier bébé.

Je lève les yeux vers mon surfeur au regard époustouflant. Son grand corps se lève et vient nous rejoindre au sol. Willow s'installe une fesse sur lui, une fesse sur moi.

– Alors on ne donne pas à Poney, c'est sûr ? relance la petite.

– Non, lui réponds-je en riant doucement. On ne va pas faire ça.

– Ni à Tempérance ?

– Non plus, dit son père en souriant avant de la chatouiller.

Notre petite tornade hurle de rire, puis s'affale sur nous en tentant une double prise de catch parentale.

– Le bébé, il vous sautera dessus ?

– Pas avant longtemps…

– Il mangera mes *pancakes* ?

– Des tout petits, dans une assiette rikiki. C'est toi qui lui feras goûter, si tu as envie. Et on laissera Poney lui lécher toutes les miettes sur le visage.

– Ce sera bien ! décrète-t-elle alors.

– Ce sera plus que bien, Wiwi.

– Ce sera le paradis, renchérit l'homme-océan.

54

Question d'équilibre

Apparemment, Cape Cod accueille chaque année en août un grand rassemblement de surfeurs. Une compétition où professionnels et amateurs se défient sur les vagues, sous un soleil de plomb et au milieu des éléments, au gré des rouleaux, le temps d'un week-end. Un événement que Lennon n'a jamais raté, ces dix dernières années. C'est ce que je comprends lorsque Willow m'apporte un album photo où sont datées chacune de ses participations.

Une photo grand format par an. Une seule. Où on voit mon Poséidon dompter l'océan, dans différentes combinaisons colorées. Je remonte jusqu'à la première, lorsque Lennon avait à peine 20 ans. Et ça me frappe : il n'a pas changé, les années ne l'ont pas marqué. Mais un détail m'interpelle tout de même. Son regard semble différent. Avec le temps, il est devenu moins sauvage. Moins dur. Moins triste.

Et je réalise encore une fois à quel point il a souffert de la solitude, avant Willow.

– Papa aurait pu être professionnel ! Mais il a voulu avoir une bonne carrière, pour prendre soin de moi, m'explique-t-elle en triturant ses nattes. On va aller le voir cet après-midi ?

– Bien sûr… Et on se prendra en photo avec lui.

– Pourquoi ?

– Pour qu'il ne soit plus tout seul dans son album, lui dis-je en souriant tristement.

– Pourquoi ?

– Parce qu'il ne le dit pas… Mais il n'aime pas être seul. Personne n'aime ça. Mais on sera toujours tous les quatre, maintenant.

– Il sera sur les photos, *lui* aussi ? demande-t-elle, sourcils froncés en direction de mon nombril.

– Seulement quand il n'aura pas de tache de vomi sur lui, plaisanté-je pour l'apaiser.

La Lilliputienne a maintenant eu plusieurs jours pour se faire à l'idée d'un petit frère ou d'une petite sœur. Ça ne la ravit pas toujours. Elle change souvent d'avis. Est tentée de remettre Poney dans la partie. Mais quelques mots rassurants de notre part et Lennon et moi arrivons à lui faire entrevoir des jours heureux.

Après un déjeuner rapide – comprenant beaucoup trop de sucreries et bien trop peu de fruits et légumes – ma mini et moi nous rendons en trottinant sur la plage de Pleasant Street, reconnue comme l'un des meilleurs *spots* de la région et sélectionnée pour le championnat. Willow porte une combinaison jaune poussin, moi une robe rouge passion. Lennon ne pourra pas nous manquer, même au loin sur l'océan, flottant sur sa planche, en apesanteur.

– L'année dernière, papa était dans les dix premiers ! Mais il voulait être sur le podium alors il a pas voulu faire la fête après, m'explique la pipelette en courant devant moi.

– Cette année, on va lui faire son podium, au cas où ! réponds-je en la rejoignant.

– Dans le sable ?

– Oui !

– Cool !

Je n'ai jamais vu autant de monde sur cette plage, généralement peu fréquentée. Des hordes de gens en combinaisons à moitié remontées, de spectateurs totalement habillés, de planches, de camionnettes bariolées et une grande tente au beau milieu de tout ça, d'où résonnent les voix des organisateurs. Leur micro grésille, ce n'est pas très agréable à l'oreille, mais tout le reste me semble terriblement excitant.

Assises sur une dune surélevée, Willow et moi observons ce spectacle en cherchant du regard notre roi du monde. Impossible de le trouver et de toute façon, je ne voudrais pas le déconcentrer avant son passage. Un coup d'œil à ma montre et je sais qu'il ne devrait plus tarder à grimper sur sa planche.

Une dizaine de minutes plus tard, son nom est annoncé depuis la tente :

– Concurrent 112, Lennon Hathaway.

– Préparez-vous à souffrir, les cent onze autres ! murmuré-je dans ma barbe. C'est parti…

La Lilliputienne se lève, ne tient plus en place, fait des bons, commente à tout va, applaudit son père, sous le regard amusé – parfois irrité – des gens qui nous entourent.

– Papa, il doit bien choisir sa vague, c'est le plus important ! m'apprend-elle en répétant mot pour mot ce qu'il lui a appris. Et utiliser toute sa puissance pour bien décoller ! Et enchaîner des figures le plus longtemps possible, sans jamais perdre l'équilibre ! Et il a pas le droit d'aller plus loin que le drapeau jaune ! Et…

– Wiwi, on a compris ! réponds-je en riant tout en l'emprisonnant dans mes bras. Viens là et regarde !

Ma brunette se laisse aller contre moi et se met à triturer le volant de ma robe en contemplant son père qui dompte l'océan. Lennon a un *flow* parfait. Il fait preuve d'une aisance, d'une maîtrise, d'une stabilité incroyables. Je comprends soudain toutes ces heures d'entraînement. Tous ces matins, ces soirs passés dans l'eau, alors que le soleil se lève à peine ou s'évapore déjà. Sous nos yeux ébahis, mon surfeur fait une véritable démonstration de force. Je n'y connais pas grand-chose mais j'entends les autres spectateurs pousser des « oh » et des « ah » autour de moi. Apparemment, il prend des risques, mais sans jamais perdre le contrôle. Le ressac l'emporte loin, il glisse sur l'eau en creusant l'écume, s'envoie en l'air jusqu'à ce que la vague s'essouffle. Je trouve ça beau comme je ne l'aurais jamais cru. Intense comme seul lui sait l'être. Au bout de longues minutes, il retrouve le sable et les juges lui adressent des notes auxquelles je ne capte rien.

À part qu'il prend la tête de la compétition.

– C'est jamais gagné tant qu'il reste d'autres concurrents, lance Willow en reprenant sa voix de maîtresse d'école.

Je la chatouille, la fais glousser, me roule dans le sable en l'emportant avec moi, prise d'un fou rire incontrôlable. Les gens commencent à râler, nous passons pour deux sauvages et j'en suis bêtement fière. Alors je me lève, je fais la roue, je salue notre public et je prends Wiwi dans mes bras. En courant, je dévale la plage et rejoins l'homme de mes rêves.

– Poséidon ! On est là !

– Mes deux sauvageonnes !

– Non ! Des sirènes ! s'écrie le poussin rebelle.

– Non ! Des petits crabes ! Des hippocampes ! Des bulots ! m'écrié-je en souriant à mon beau surfeur.

Une fois encore… Tout le monde nous regarde. Lennon vient jusqu'à nous, prend Willow dans mes bras, la câline et la repose au sol. Puis il passe ses bras autour de moi, m'attire brusquement à lui, pose ses lèvres sur les miennes et m'embrasse passionnément.

Devant tout le monde.

En plein jour.

Lui et moi, c'est officiellement officiel.

***

Lennon apparaît en première page du journal local, le lendemain. Il est le seul amateur à être monté sur le podium, à la troisième place, à côté des professionnels. Dans l'article, un journaliste croisé la veille en fin de journée retranscrit leur discussion. Au centre de la page, entre guillemets, Lennon répond à la question « Quel est votre secret pour dompter les vagues ? » : « *Ma famille. Mes deux brunes aux yeux noirs sont mes ailes, mon équilibre.* »

Et sur la photo en haut de page, il n'est pas seul. On est avec lui. Bouche grande ouverte, yeux fermés pour moi. Doigt dans le nez et sourcils froncés pour Willow.

Peu importe le style. Lennon n'est plus seul.

***

Il est presque deux heures du matin quand mon téléphone se met à vibrer frénétiquement. En prenant soin de ne pas réveiller l'homme presque nu qui gît à mes côtés, je quitte la chambre sur la pointe des pieds et vais m'asseoir dans le gros fauteuil en velours bleu outremer du dressing.

J'ouvre mes messages. Douze au total. Tous provenant de Gus. Tous contenant des photos. Des nouveaux croquis pour une nouvelle collection qu'il a intitulée *Amis pour la vie*. Toutes les pièces ont un point commun : elles arborent un message plus ou moins subtil. *Pardon*, *Plus jamais*, *Ne me quitte pas*, *C'était mieux avant*, *Dis-moi oui*, *Ne renonce pas à nous*, *Pitié*, *Ouvre-moi la porte*, *Reviens-moi*, *Toi + Moi*, *Je t'aime, Folle !*

Et mon sourire s'étire, malgré moi. Un dernier message me parvient. Pas de photo, cette fois, mais trois phrases qui me vont droit au cœur et m'émeuvent, malgré la loufoquerie de mon meilleur ami.

[Je jure devant les dieux de la haute couture
que je ne veux que ton bonheur, Calliopé Lazzari.
Quand tu seras prête, je serai là. (Mais n'attends
pas trop longtemps, n'oublie pas que quand tu me
manques, je mange…)]

Ma réponse fuse, sans que j'aie besoin de chercher mes mots. Ils sont évidents :

[Je t'aime aussi, Fou.]

[Refais-moi ce coup-là une seule fois,
je te coupe tes deux noisettes
pour te les faire bouffer en salade.]

J'éteins mon téléphone et vais retrouver Poséidon, sa peau douce et son parfum iodé. Lovée contre lui, sa respiration régulière balayant ma nuque, je me rendors comme un bébé. Quelques heures plus tard, Willow se glisse entre nous, en venant nous rejoindre à petits pas de souris.

À huit heures pétantes, je descends dans la cuisine pour préparer – ou faire brûler – des *pancakes*. J'ai les hormones en folie, une nausée d'enfer et l'envie irrépressible de nourrir ma tribu. Mes deux marmottes me rejoignent quelques instants après, en s'étirant et se frottant les yeux, alléchées par l'odeur des croissants surgelés qui réchauffent, et surtout réveillées par tout mon raffut.

Devant eux, je m'installe au clavier et me mets à jouer du piano debout, en équilibre sur un pied. Je reprends *We are Family* de mémoire, dans un tempo bien trop rapide, bien trop haché, mais qui fait sourire mon surfeur et rire ma Lilliputienne. Elle réinvente un peu les paroles à sa sauce en chantant à son tour :

– *Wiwi are family, mummy, daddy and me* !

Mon trio – bientôt quatuor. Ma famille.

Ma vie.

55
En famille

J'ai eu cette idée folle, Lennon lui a donné vie. Un ultime *photoshoot* en guise de réunion de famille. Un clan à réunir pour immortaliser les amours, les amitiés. Pour faire la paix avec le passé, ouvrir les bras à l'avenir, souhaiter la bienvenue aux nouveaux venus, à ceux qui arriveront et qu'on aime tant, déjà. C'est sans doute la meilleure idée que j'aie eue de toute mon existence. Après celle d'avoir mis ma fille au monde. Et celle de retrouver son père.

Quand on compte bien, j'ai finalement beaucoup de bonnes idées... au milieu de milliers de mauvaises !

Le décor aussi était tout trouvé : la plage du phare, ses falaises brunes vertigineuses, son sable crémeux, ses rochers brillants et mouillés, ses vagues qui vous bercent en roulant du vert au bleu. Et la lumière chaude de la fin de l'été, celle qui rend nostalgique, mélancolique, follement romantique.

Finalement, je suis capable d'être autre chose que folle, barrée, perchée, immature et torturée.

La liste des invités n'a pas été très difficile à établir non plus. Ma mère est la première à arriver. Sa longue jupe blanche attrape le soleil et fait voler le sable autour d'elle : on dirait une vieille mariée, seule, mais qui a la folie ou la naïveté de croire encore à l'amour. Son large chapeau de paille s'envole et Lynette sourit comme une gamine, sans même chercher à le rattraper. Je cours vers elle et lui tombe dans les bras... Parce que je n'ai pas eu l'occasion de l'enlacer depuis que je lui ai pardonné.

– Callie, ma Calliopé… souffle-t-elle dans mon cou.

– Ne dis rien, maman.

– J'aurais dû te protéger.

– Tu l'as fait. Tu m'as aimée. Tu as éloigné ma fille du danger. Tu l'as peut-être même sauvée…

– J'ai tellement rêvé que tout finisse par s'arranger. Je ne savais pas comment, pas quand. Mais je savais que ça viendrait de toi. Tu as toujours eu ce don-là. Transformer tout ce que tu touches de tes doigts de fée. Je l'ai rêvé et tu y es arrivée.

– Si tu savais comme je suis heureuse, maman… lui avoué-je, la gorge serrée.

– Tu le mérites tellement.

– Tu crois que tu peux garder un secret quelques heures ?

Lynette s'écarte un peu pour plonger son regard fatigué dans le mien. Elle glisse ses mains sur mes joues, tente de me sonder, et je descends doucement ses doigts fins et glacés jusqu'à mon ventre, sans parler. Ses yeux bleu délavé s'illuminent, s'écarquillent. L'arc naturellement triste de ses lèvres change soudain de direction.

– Combien de bébés vous allez me faire, tous ? bredouille-t-elle.

– Autant qu'il faudra pour te rendre le sourire, mamie Lynette.

Elle me serre à nouveau dans ses bras et je l'entends pleurer en silence, tout contre moi.

– Tu préfères mémé ? *Grandma* ? tenté-je de plaisanter.

– On va trouver mieux que ça.

– Mamynette ?

– Toujours pas.

– Si vous commencez à pleurer cinq minutes après être arrivées, je me transforme en fontaine tout de suite !

Je reconnais la voix de Tutu et lève la tête pour la voir arriver sur la plage avec sa démarche de manchot ventripotent qui ne voit plus le bout de ses pieds. Un peu plus avancé,

Dante est déjà en train de mitrailler tout ce qu'il voit. L'étreinte intime de sa mère et sa sœur. La silhouette ronde et chancelante de la femme qui porte son bébé. La course folle de Morue qui traîne une longue algue brune et la fait voler dans les airs.

– Dante, si tu ne m'attends pas, je creuse un trou dans le sable et j'accouche ici ! ronchonne la femme enceinte.

– Tu n'en es même pas à six mois, je t'interdis d'accoucher où que ce soit, répond-il doucement en allant la chercher.

– Correction : j'en suis à presque six mois ! déclare-t-elle en refusant la main qu'il lui tend. Et mes chevilles sont enceintes d'au moins deux ans ! Porte-moi !

Mon frère soupire, referme l'objectif de son appareil photo et soulève Tutu comme une princesse au bois dormant, tendance poids mort.

– Souris, Phoenix ! Quand tu fais cette tête crispée, j'ai l'air de peser lourd ! ajoute-t-elle une fois dans ses bras, en étirant de chaque côté les lèvres charnues de son beau brun.

Ce qui a aussitôt pour effet de dérider le ténébreux, obligé de sourire pour de vrai. Et d'embrasser son Soleil à pleine bouche, tellement il l'aime.

– Je ne savais pas que vous vous étiez mis à l'haltérophilie, tous les deux ! blagué-je quand ils arrivent à ma hauteur.

– Traite-moi encore une fois d'haltère et je t'enfonce un cornichon dans chaque narine, me menace Solveig, très sérieuse.

– Ah, tu n'as toujours pas changé de fringale ?

– Si, elle les trempe dans le ketchup, m'apprend Dante. C'est moi qui ai la nausée, maintenant.

– Je m'en souviens comme si c'était hier, se met à raconter ma mère. Pour mes deux fils, rien ! Mais quand j'attendais Callie, j'ai été malade comme un chien, du début à la fin ! Et je passais ma vie à grignoter pour oublier… J'ai dû prendre vingt-cinq kilos au bas mot !

– Sympa, le souvenir, maman, fais-je avec un sourire forcé

pendant que les autres gloussent.

– Déjà insupportable dans le ventre de sa mère, se moque mon frère.

– Déjà unique, précisé-je pour le rembarrer.

– Ce que je voulais dire, c'est que je crois bien que je vais avoir une deuxième petite-fille, conclut Lynette.

Et ses yeux brillants d'émotion volent de Tutu à moi pendant un long silence pudique. L'espace de quelques secondes, j'ai l'impression qu'elle a trahi mon secret. Que Dante et Sol vont me savoir enceinte avant que j'aie eu le plaisir de le leur annoncer moi-même. Mais mes larmes montent quand je réalise qu'elle parle de Willow. Qu'elle se sent déjà sa grand-mère. Qu'elle ne fait pas de différence entre ma nièce ou mon neveu qui arrive et la petite fille de 5 ans qu'elle a découverte sur le tard. Je me rappelle alors que la vie n'a pas été intense que pour moi, ces derniers mois. Presque en un claquement de doigts, Lynette Lazzari est passée d'épouse soumise, battue et maltraitée, de mère impuissante, désarmée, condamnée à survivre aux côtés de Vito jusqu'à ce que mort s'ensuive… à femme libre, maman aimante et grand-mère de bientôt trois petits-enfants.

Tutu sanglote en reniflant bruyamment. Dante lui essuie les joues à mesure que se déverse le torrent, en cachant son propre trouble sous ses sourcils froncés et ses mâchoires serrées. Ma mère pleure en regardant l'océan, toutes nos mains se serrent maladroitement et Solveig est la première à mettre les pieds dans le plat.

– Je sais que vous pensez tous à Andrea sans oser prononcer son prénom devant moi… Mais s'il n'avait pas fait ce qu'il a fait, je ne serais pas là. Je ne vous connaîtrais pas. Vous n'auriez pas l'immense bonheur de m'avoir dans vos vies. Et surtout, ce pauvre petit « Dantutu » qu'on a fabriqué n'aurait jamais existé… dit-elle en caressant son ventre.

– Dantutu ? m'exclamé-je dans une grimace perplexe.

– Merci d'avoir dit ça, Solveig, intervient ma mère.

– J'espère qu'Andy pourra sortir de prison plus tôt que prévu. Et qu'on lui refera une place entre nous tous, ajoute Dante de sa voix grave.

– DANTUTU ? insisté-je comme si c'était la seule information importante.

– C'est un nom provisoire, tente de m'apaiser mon frère.

– Ah non ! C'est trop tard ! Ce gosse est foutu ! Je vous préviens, je l'appellerai Dantutu jusqu'à la fin de mes jours ! Je lui foutrai la honte à sa remise des diplômes, à son bal de promo et jusqu'à son mariage. Et je suis sûre qu'Andrea sera d'accord avec moi !

Je ris sans pouvoir m'arrêter, entraînant ma mère et ma belle-sœur, et même Morue qui se met à aboyer sans trop savoir pourquoi. Il n'y a que cette vision-là qui peut stopper mon fou rire hystérique : Lennon et Willow arrivant sur la plage. Pieds nus, tous les deux. Mon roi du monde, ses cheveux dorés, sa chemise blanche, sa main dans la poche et l'autre accrochée à ma fille. Cette sauvageonne, ses petites nattes brunes, sa bouche en cœur et son regard noir qui fusille déjà tout le monde alentour.

– Qu'elle est jolie, commente la grand-mère attendrie.

– Qu'elle est intense, enchérit Tutu, presque envieuse.

– Qu'elle est… spéciale, raille Dante pour me provoquer.

– Unique ! lui répété-je avec un petit coup de coude.

– Pourquoi vous nous regardez tous ?! râle la Lilliputienne d'une voix autoritaire.

– On commence par « Bonjour », lui souffle doucement son père.

– Bonjour, s'exécute-t-elle d'une voix boudeuse. Mais arrêtez de me regarder ! S'il vous plaît !

Le clan Lazzari lui obéit en riant et Willow peut enfin s'intéresser à Morue. Aka Le-Chien-Qui-Pue.

– Pourquoi le chien qui pue court en rond ? me demande-t-elle sans sourciller.

– N'écoute pas, Dantutu, chuchoté-je en cachant les oreilles du fœtus sur le ventre de Sol.

– On a pas le droit de dire « dans ton cul » ! me gronde la brunette.

Je retiens mon fou rire qui menace de repartir de plus belle.

– Tu vois l'algue que Morue tient dans sa gueule ? lui explique Solveig dans un élan de pédagogie. Comme c'est à peu près la même couleur que son poil, je pense qu'elle croit que c'est sa queue. Et les chiens aiment bien courir après leur…

– Elle est complètement stupide ! décrète Willow en se tapant le front de la paume de la main.

– Que quelqu'un m'apporte des cornichons ! grogne Tutu entre ses dents.

Et elle décide de s'éloigner dans le sable avant de perdre toute dignité. C'est à ce moment-là que je sens la chaleur de sa paume à lui. La douceur de son geste dans mon cou. La perfection de ses doigts enroulés sur ma nuque, sans peser, comme si j'étais tout autant à lui qu'à moi-même, tout autant guidée que protégée, poussée que retenue.

Voilà ce que fait le roi du monde quand il vous aime : il vous tient sans vous emprisonner, il est là, juste derrière, pour vous aider à vous envoler, et s'assurer que vous ne tomberez jamais.

J'en frissonne. Son pouce caresse la peau fine derrière mon oreille. Son beau visage racé se penche vers le mien. Son regard lumineux se pose sur ma bouche. Et son sourire taquin embrasse la commissure des lèvres.

– On ne se cache plus du tout, alors ? demandé-je en souriant en retour.

– Se cacher de qui ? On est en famille, Callie.

Et l'insolent repart, mains dans les poches, pendant que je rougis bêtement. Ma mère et ma belle-sœur me fixent en se retenant de glousser. Puis gloussent bruyamment. Je me joins à elles sans pouvoir m'en empêcher. Un peu plus loin,

Lennon et Dante échangent quelques mots que je n'entends pas, quelques regards de connivence, puis de brefs éclats de rires virils et gutturaux résonnent à leur tour.

Voilà ce que fait le roi du monde quand il pose un pied sur sa plage : faire naître des rires qui sonnent plus fort que l'océan. S'envolent plus haut que le vent.

56

À sa place

Sur la plage du phare, le soleil puissant a quitté son zénith pour commencer à aller se coucher. La lumière de fin d'après-midi est celle que je préfère. Celle qui sublime les images, les peaux, les visages. Je jette un regard énamouré à mon clan qui se reforme peu à peu, au gré des arrivées. Dante et Tutu assis tous les deux sur le sable sec, en train de fouiller dans l'immense besace de la femme enceinte, sans doute à la recherche de ketchup ou d'un autre élixir d'amour dont eux seuls ont le secret. À ma gauche, sur le sable mouillé, Lennon accroupi près de sa fille, qui tente d'aider discrètement la petite sauvage à approcher sa grand-mère. À franchir le pas qu'elle meurt d'envie de faire, à condition qu'on lui tienne bien la main. Son père prononce les mots qu'il faut et Willow avance ses petits pieds nus dans un joli saut de biche au bord de l'eau. Qui éclabousse Lynette. Qui nous éclabousse en retour de son rire lumineux. Quelques secondes plus tard, ma mère s'est placée derrière ma fille et elle se met à enrouler ses nattes dans deux macarons adorables de chaque côté de sa petite tête dure. On ne convainc pas comme ça Wiwi de changer de coiffure. De loin, Lennon m'adresse un clin d'œil en signe de victoire. Et je renvoie comme en boomerang un sourire encourageant à ma mère.

À cet instant, un souvenir d'enfance me revient en plein cœur. Je revois ces moments qu'on partageait, avant l'école, quand maman me coiffait en silence et qu'on échangeait dans le miroir ces regards complices en secret de mon père. Sans parler, elle improvisait des couettes, des choucroutes, des palmiers, pour me faire sourire… Juste avant de lisser ma frange et de reproduire le même éternel chignon parfait. Celui qui convenait à la fille Lazzari. À la chose de Vito. Lynette ne se révoltait pas, c'est vrai. Elle s'était résignée. Mais elle distillait de l'amour, du bonheur, chaque fois qu'elle le pouvait. Elle volait chaque seconde d'insouciance qu'elle pouvait nous donner. Et je me demande, dans une angoisse fugace, quel rôle je vais être amenée à jouer, quel tour de magie je vais devoir inventer, quelles erreurs je vais forcément faire, quelles terribles décisions j'aurai peut-être à prendre… En somme, quelle mère je vais bien pouvoir devenir. Pour Willow et pour ce nouveau bébé.

– Ça va aller… Tu as juste à respirer, me souffle le roi du monde à l'oreille.

Je ne l'avais même pas vu quitter son poste pour courir jusqu'à moi.

– Je sais, lui réponds-je dans un sourire. Je crois que j'ai eu une maman extraordinaire… et que je viens seulement de le réaliser.

– Tu ne le sais pas encore, mais c'est aussi exactement la maman que tu seras.

Sa voix profonde, son ton sûr de lui, son regard sincère et sa main rassurante au creux de mes reins : cet homme a forcément un peu raison.

Je n'ai qu'à respirer. Et à le croire.

Soudain, Lennon se remet à courir sur la plage, dans la direction opposée à l'océan. Je lève les yeux pour suivre son chemin. Et la vision de Tempérance tractée par un veau noir et blanc à la langue pendante me fait à nouveau éclater de rire. La nounou finit par lâcher la laisse pour éviter la chute. Et Morue décide d'abandonner sa précieuse algue pour se ruer en direction de Poney. Tous les regards effarés se braquent vers cette scène improbable. Comme les retrouvailles, dans un ralenti brumeux et surjoué, de deux amants séparés. À quatre pattes, Roméo et Juliette n'auraient pas fait plus poignant. Je me mets à chanter très fort le générique d'*Alerte à Malibu* et les éclats de rire fusent à nouveau, pendant que les chiens déchaînés se roulent dans le sable sous les hourras de la foule. Qui se transforment vite en rires gras ou grognements de dégoût, quand la belle et la bête décident de se lécher des parties du corps qu'aucun couple humain n'aura jamais explorées. Du moins pas en public.

Willow demande aussitôt des explications et on est tous très heureux de pouvoir faire diversion grâce aux nouveaux arrivés. Hazel et Seraphina apparaissent d'un côté de la plage, sourires timides et petits signes de main gênés. Je ne me voyais pas ne pas les inviter. Priver Wiwi de sa meilleure amie. Priver la petite fille de son dernier *photoshoot*. Priver une mère célibataire d'un peu de répit, de conversations entre adultes et de bras supplémentaires pour sa progéniture. Ç'aurait été cruel.

Très vite, la dernière bande pointe le bout de ses nombreux nez. Je n'en attendais pas autant. Mais j'accueille avec ravissement Finn, le meilleur ami de Dante, sa femme Thelma et leur petite Scarlett, prévue au programme du shooting. Je voulais plus d'enfants pour mes photos d'ambiance, je suis servie. Derrière le trio s'en cache un autre. Je découvre un petit métis à lunettes de 10 ou 11 ans, suivi d'un ado rouquin d'une quinzaine d'années et d'un grand latino d'au moins 18 ans, portant comme un sac à patate un bébé de moins d'un an, métissé aussi. Un quatuor, donc. Avec le joli minois asiatique de Scarlett, le style très rock de l'écrivaine et l'élégance naturelle de Finn McNeil, ce tableau ressemble à une publicité pour les tours du monde en famille. Ou la *world food*. Ou une agence d'adoption internationale qui vous promet un conte de fées sans les nausées. Je me demande qui est à qui mais n'ose pas le formuler.

– Calliopé ! Je te présente les quatre frères de Thelma, m'annonce simplement l'écrivain. Je crois que vous vous êtes déjà croisés mais voilà Neo, Anakin, Sparrow et le petit Grey !

– Salut, tout le monde !

– Et ça, c'est Forrest, m'apprend le benjamin qui tient un énorme chien tout mou par son collier.

– Je suis désolée de débarquer avec la tribu au complet, s'excuse la jolie brune, mais ma mère a décidé d'envoyer tous ses enfants voir la mer et de prendre un jour *off*…

– Je crois qu'on peut la comprendre, acquiescé-je en souriant.

– Tu voulais des gosses à prendre en photo, en voilà un bus entier ! lance Dante en se marrant et en venant saluer son meilleur ami.

– Vous allez tous faire des modèles extra ! Et toi, tes taches de rousseur sont fabuleuses ! m'extasié-je face au visage poupon du cadet.

Anakin est apparemment le plus timide de la bande, mais aussi celui dont le regard m'émeut. Roux et rond, il me semble pile entre l'enfance et l'âge adulte, à mi-chemin entre la douce innocence du bébé et l'air grave de la vieille âme un peu écorchée. Le garçon qui n'a pas l'air habitué aux compliments me sourit en rougissant, puis son frère aîné lui passe devant.

– Tu es styliste, c'est ça ? me demande l'ado à la peau ambrée. Qu'est-ce que tu penses de ce profil ? Je pourrais trop faire mannequin, hein ?

Neo prend une pose ridicule en tenant son menton entre le pouce et l'index, tout en contractant son biceps, ses sourcils et ses zygomatiques à la fois. Je me retiens de rire.

– Il faudrait penser à respirer, tu vas te claquer un muscle… Mais sinon, c'est pas mal. Essaie juste de moins forcer !

L'apprenti séducteur se renfrogne pendant que ses frères ricanent et je trépigne à l'idée de commencer les photos. Je propose aux trois petites filles les tenues que j'ai apportées pour elles, m'arrange avec ce que j'ai pour habiller les garçons, enfile au petit Grey potelé le tout premier prototype de body créé en secret pour un autre bébé… et qui traînait déjà dans mes affaires. Thelma va l'asseoir dans le sable et je demande aux autres de l'entourer, en alternant les âges, les couleurs de peau, les cheveux raides ou crépus, les silhouettes longilignes ou dodues. Devant les vagues, les enfants restent tous immobiles et figés, à me regarder, comme si j'avais éteint la lumière dans tous leurs greniers. Lennon et Dante se marrent dans leur barbe. Seraphina et Temperance me regardent, désarmées. Lynette et Tutu me sourient pour tenter de m'encourager. Et rien ne se passe. Toujours l'obscurité.

– OK, envoyez les chiens ! m'écrié-je soudain.

Poney, Morue et Forrest sont lâchés comme des boules de feu dans un jeu de quilles humaines. Le plus mou et le plus grassouillet va s'affaler contre le bébé comme pour le protéger. Les deux amants-chiens maudits se remettent à chahuter, couiner, tournebouler. Et les petits humains se rallument comme par magie. Les bras volent, les corps vibrent, les jambes courent et sautillent pour éviter la bave, les pattes, les coups de langue et les grandes oreilles qui claquent. Mon frère mitraille. Je m'emballe.

– Vous pouvez dire tous les gros mots que vous connaissez ! lancé-je, aussi excitée qu'eux. Avec le vent, les grands n'entendent rien !

Tous les Lilliputiens s'en donnent à cœur joie, selon la richesse de leur vocabulaire et l'étendue de leur imagination. Willow me demande cent fois ce que veut dire chaque grossièreté. Les parents outrés grimacent ou rigolent, voire les deux en même temps. Et je m'époumone à mon tour.

– Bordel de cul de putain de chiotte, si ça ne ressemble pas au bonheur, ça ?!

Je lève les bras au ciel et apostrophe le monde qui m'entoure.

Je laisse le vent me griser, les embruns m'enivrer, le délicieux vertige m'emporter. Je sens mes jambes faiblir et mon petit clandestin se rappeler à mon bon souvenir. Juste avant le flou, je vois le roi du monde accourir. J'inspire, j'expire. Cette fois, je ne m'écroule pas. Je domine mon malaise et caresse les bras qui m'enlacent.

– Tu dois me laisser tomber si tu veux pouvoir jouer les sauveurs… ironisé-je dans un sourire.

– Jamais de la vie ! réplique sa voix grave, chaude et amusée. À quoi vont servir ces muscles, après ça ?

– J'ai plein d'autres idées, lui chuchoté-je.

Lennon m'embrasse furtivement pour toute réponse. Puis il s'arrête, pudique. Mais je saisis son beau visage à pleines mains et lui offre, bon gré mal gré, un baiser passionné. Les enfants lâches des « beurk », des « bouh », les adultes s'amusent à siffler. Mon cœur fait *boom* et mon sourire embrassé s'étire.

Quand je rouvre les yeux, je trouve ceux de ma mère, brillants. Les billes noires de ma fille, regard sombre comme le mien, insondable comme celui de son père. Et la douceur de Seraphina qui me sourit, en penchant la tête sur le côté, comme le ferait une amie.

Dieu que Gus me manque, à cet instant précis.

Ce bonheur insolent n'est pas complet sans lui. Et je réalise qu'on ne fait du mal aux autres que quand on en a trop dans le cœur. Qu'on ne souhaite du malheur à ceux qu'on aime que lorsqu'on est trop malheureux soi-même. C'est être heureux qui rend bienveillant, généreux, indulgent. L'amour est à ce point contagieux. Alors je me promets de lui donner une chance, une vraie, de recommencer comme avant et de le lui dire à grand renfort d'émoticônes idiotes. Mais pas tout de suite.

Tout de suite, j'ai rendez-vous avec un grand feu de joie sur la plage, alors que la nuit commence juste à tomber. Lennon distribue aux enfants de grands pics et des marshmallows blancs à faire griller. Tutu préfère embrocher des cornichons géants et se fait soudain trois meilleurs copains parmi les chiens. Dante apprend à Neo les rudiments de la photo et Anakin pose pour lui, les flammes orangées venant sublimer la voie lactée sur son visage. Je soupçonne mon frère d'avoir envie d'un fils. Juste pour faire mieux que son père. Et je vois que Solveig devine la même chose que moi. On se sourit.

Et sans qu'on sache pourquoi, les deux grands corps virils de Dante et Lennon roulent soudain sous nos yeux et balaient le sable dans une fausse lutte qui les fait rire à gorges déployées. Comme deux hommes à qui on n'aurait pas laissé la chance d'être des gamins et qui se rattraperaient enfin. Lorsqu'ils se relèvent, mon frère aîné et l'homme que j'aime, mes deux piliers, échangent une étreinte fraternelle, comme si ce rite initiatique les avait enfin fait entrer dans la même famille. Le même clan.

Mon cœur fond sous la chaleur des flammes.

Ailleurs, assises en tailleur les unes à côté des autres, à la lumière du feu, ma mère, Thelma et Seraphina ont installé Willow, Scarlett et Hazel entre leurs jambes, pour un cours de tresses africaines. Les petites filles se laissent faire en se collant de la guimauve partout et en se léchant les doigts. Finn s'est éloigné de quelques dizaines de pas, comme saisi par l'urgence, a chaussé ses lunettes sexy et griffonne à toute allure dans un minuscule carnet. Le petit intello Sparrow le suit et l'observe, par-dessus ses lunettes d'enfant, la bouche ouverte d'admiration. Et Tempérance s'est prise d'affection pour Grey, le bébé à la peau caramélisée, qu'elle fait sauter dans ses bras et rire aux éclats.

Il y a des soirs comme ça, où chaque chose est étonnamment à sa place, ou chaque âme trouve parfaitement la sienne. Et où je pourrais jurer que tout est possible.

57

Nouvel horizon

Si tout est possible, ce soir-là, alors même ça. Même de voir Gus débarquer sur la plage, vêtu d'une grenouillère pour adulte en fausse fourrure, au motif tacheté noir et blanc. Le vêtement comporte même une capuche à oreilles tombantes que mon meilleur ami a rabattue sur sa jolie tête joufflue.

– August Perry, je t'ai reconnu ! dis-je en courant vers lui.

– Non, vous vous trompez madame, je suis le frère de Poney.

Et Gus de se mettre à quatre pattes, de remuer les fesses et de me baiser les pieds en faisant des bruits de goret.

– Je n'arrive pas à savoir si tu es déguisé en chien, en poney ou en veau, dis-je en le forçant à se relever.

– Lennon m'a invité. Mais je ne savais pas si tu avais vraiment envie que je sois là. Alors je me suis dit que je passerais incognito, si je ressemblais au chien de Willow.

– Toi, incognito ? demandé-je en riant.

– Je ne veux plus être le Gus qui t'a trahi, je ne supporte pas cette idée et je ne sais plus comment me racheter.

– Soit juste le Gus meilleur ami. J'ai besoin d'un fou pour avoir l'air un peu moins folle.

– Je ne te le fais pas dire, soupire-t-il de soulagement. On a failli m'interner dix fois en marchant dans la rue dans cette tenue !

– Essaie juste de ne pas prendre feu, ajouté-je en caressant sa fourrure sur son cœur. Et si Morue te grimpe dessus, pour l'amour du ciel, protégez-vous !

Le géant en grenouillère se marre. Et une autre idée de folie me vient. Me saisit. Me prend aux tripes et manque de me faire trébucher. Je cours jusqu'à Sa Majesté. Croise mes doigts aux siens et lève nos mains entrelacées vers le ciel.

– Eh, les gens ! rugis-je plus fort que le vent. Les impatients, les insoumis, les indociles, écoutez-moi !

Les visages se tournent, les yeux se plissent et les sourires s'esquissent pendant que mon cœur cogne.

– On va avoir un bébé ! annoncé-je dans un cri tonitruant, sans aucune autre formalité.

Les rires et les hourras fusent, les marshmallows tombent et le feu de joie semble voler encore un peu plus haut.

– Et on va se marier ! renchérit Lennon de sa voix grave et ferme, teinté de ce petit sourire insolent que j'aime tant.

– On va quoi ?! m'étouffé-je à moitié.

Mon pouls accélère encore. J'entends à peine les blagues de Dante et Tutu qui demandent si je suis invitée. Et mon roi du monde pose un genou sur le sable. Plonge ses yeux enflammés dans les miens. Et attrape doucement mes mains.

– Calliopé Lazzari… prononce-t-il dans un sourire qui me fait fondre. Est-ce que tu veux bien ne pas paniquer, penser à respirer, juste continuer à me laisser t'aimer… et éventuellement m'épouser ?

Au milieu des larmes, je vois Willow se mettre à courir sur le côté de mon champ de vision. Dans un nuage de sable, elle grimpe à pieds joints sur le genou de son père. Et me tend un petit écrin rouge velours. Ouvert. Révélant un diamant noir perché sur un anneau en or blanc. Et c'est le noir le plus lumineux que je n'aie jamais eu devant les yeux.

– Dis oui ! m'ordonne brusquement Wiwi en me collant la bague sous le nez.

Je prononce le mot magique et la suite n'est que tourbillon, tempête, tornade, dans les bras de l'homme que j'aime. Ma fille danse et virevolte au bout de mes doigts. Mon annulaire scintille d'un diamant noir censé être moi. Et face à nous, le soleil se couche en teintant l'air de rouge, d'orange et de rose. Le ciel et l'océan, ces deux opposés qui se jaugent de loin, se défient du regard chaque jour, semblent avoir décidé de se rejoindre, se mélanger, se confondre et ne faire qu'un.

Bonjour, nouvel horizon...

***

Ce soir-là, je suis une autre. Déjà maman, tout juste fiancée. Bientôt à nouveau mère, bientôt mariée. Et plus libre que jamais.

Ce soir-là, mon clan réuni se dissout tout doucement. Les étreintes s'éternisent jusqu'à ce que l'on éteigne le feu et quitte enfin la plage.

Ce soir-là, je couche Willow en la remerciant de m'avoir choisie. Et en lui promettant de ne jamais laisser retomber la magie.

Ce soir-là, je rejoins Lennon avec de l'amour au fond des yeux, au creux du ventre, au bout du doigt. De l'amour à revendre. De l'amour à lui rendre.

Tout chez moi le réclame. J'ai envie de lui depuis une éternité. De ses mains, de sa bouche, de son souffle, de tout son corps, brûlant, musculeux, plein de promesses. Envie de lui depuis que le feu a réchauffé mes sens, que son regard sur moi, intense, protecteur, plein de désir, m'a émoustillée sans cesse. Depuis qu'il m'a frôlée, maintes et maintes fois, sans jamais aller plus loin. Nous étions entourés, lui et moi, cernés, observés, comme deux amants maudits, deux animaux en cage, deux amoureux fous obligés de se comporter décemment. Impossible d'aller plus loin en public.

Et mon surfeur en a bien profité. Son petit jeu était démoniaque.

– J'ai tenu bon… soufflé-je à Lennon en le poussant jusqu'au mur de notre salle de bains.

Sous sa chemise griffée, son dos et ses larges épaules se plaquent sans ménagement contre la surface fraîche. Mon fiancé se mord la lèvre et sourit, insolent à mourir :

– J'ai vu ça…

– J'ai tenu bon, répété-je. Mais maintenant, Lennon Hathaway, je vais t'embrasser, te caresser, profiter de toi jusqu'à ce que nos forces nous abandonnent… Jusqu'à ce que nos corps n'en puissent plus.

Ses yeux au regard multicolore se plissent, sa mâchoire se crispe. Ce scénario érotique, ce fantasme, l'homme-océan en rêve autant que moi.

– C'est une menace ? grogne-t-il, excité par mon audace.

– Une promesse, lui murmuré-je à l'oreille avant de faire glisser ma main jusqu'à sa bosse.

Il retient son souffle. Ma main habillée de son diamant noir s'empare de son sexe à travers son pantalon. Elle l'emprisonne, le soupèse, l'effleure, le caresse, imprimant déjà un mouvement de bas en haut. Caresser un homme tout habillé, c'est incroyablement érotique. Ça me donne une sensation de pouvoir sans bornes. Et je lis dans ses yeux son désir pour moi, animal, sauvage. Vertigineux.

– Tu ne perds pas de temps… soupire mon amant, d'une voix sexy et profonde.

– Tu m'as provoquée toute la journée, lui rappelé-je en me rapprochant de ses lèvres. Je vais te rendre fou à ton tour. C'est tout ce que tu mérites…

Le surfeur se penche en avant pour m'embrasser, je l'esquive et lui mords le cou. L'éconduit lâche un cri bestial, mélange de douleur et de plaisir, puis se résigne. Dos au mur, droit comme un i, il me contemple tandis que je défais son bouton et descends sa fermeture éclair. Ma paume glisse sous son boxer, mes doigts entourent sa virilité. Peau à peau. Enfin.

– Tu aimes ça ?

Il frissonne, soupire longuement, laisse aller sa tête en arrière en fermant les yeux. Je le caresse, encore et encore, en sentant ma féminité palpiter entre mes cuisses.

– Et ça, tu aimes ?

Sans cesser mon petit manège, je me hisse sur la pointe des pieds et l'embrasse sensuellement, langoureusement, en lâchant des petits gémissements sexy. Lennon n'aime pas, il adore. Il durcit un peu plus dans ma main, répond avec fougue à mon baiser, plaque ses mains sur mes reins pour m'attirer au plus près de lui.

Nos corps enhardis, fous de désir, sont tellement proches qu'ils ne font qu'un. Ou presque.

– Je t'aime exactement comme tu es, susurre-t-il entre mes lèvres entrouvertes. Un peu perchée, barrée, fêlée. Je vais te laisser toute la liberté du monde pour t'épanouir, respirer, guérir, Calliopé.

Je tremble d'émotion, sa voix grave et ses mots me bouleversent. Mais Sa Majesté n'a pas fini. Et la suite de son discours me couvre de frissons… de désir.

– Tu seras libre le jour. Mais pas la nuit. La nuit, tu m'appartiendras corps et âme. Je te posséderai. Encore et encore. Tu seras indocile, je serai insatiable. Tu seras folle, je serai fou de toi.

– Libre mais possédée… murmuré-je à mon tour.

– Libre mais toute à moi…

Ses lèvres s'emparent des miennes, sa langue force le passage et m'emporte dans une danse enivrante, torride, sauvage. J'en ai la tête qui tourne. Tous mes sens sont aux aguets, mon corps le réclame violemment. Animale, perdue, grisée, je m'accroche à ses épaules, me hisse contre son corps, Lennon me soulève et m'emporte au gré de notre étreinte. Nous valsons dans cette salle de bains à peine éclairée, heurtons un mur, puis un meuble. Mon amant m'évite les chocs en m'entourant de ses bras protecteurs, mon ventre habité à l'abri contre son torse puissant. Toujours ivre de ce baiser, nous atterrissons dans la douche à l'italienne.

Notre étreinte gagne encore en intensité. Lennon défait mon chignon et s'empare d'une mèche de mes cheveux. Je grogne contre sa bouche, lui mords les lèvres. Il relève ma robe vintage, s'insinue sous le tissu Liberty et le Lycra de ma culotte. J'en glapis. M'accroche d'une main à sa nuque, plaque l'autre contre le mur, pour trouver plus de stabilité.

Dans son élan, mon coude heurte une poignée et une eau glacée se met à tomber sur nous en pluie fine. Je hurle, Poséidon lâche un rire grave et sexy. Il glisse un doigt en moi, puis un deuxième. Je gémis, halète, tente d'arrêter la douche, mais il m'en empêche.

– Non, me dit-il en souriant insolemment. C'est encore meilleur comme ça…

L'eau, c'est son élément.

La douche se réchauffe peu à peu, mon corps s'embrase sous ses doigts. J'embrasse le dieu de la mer que je vais épouser, m'agrippe un peu plus à lui, remue le bassin, lèche l'eau qui coule sur son visage, m'agrippe à sa tignasse trempée. Nos corps mouillés glissent l'un contre l'autre. Mes pieds retrouvent le sol, ses lèvres se perdent dans mon cou, je déboutonne sa chemise comme je peux, dans l'urgence, dépassée par le désir. À chaque fois que nos corps se retrouvent, s'effleurent, se percutent, je sens son érection frôler mon bas-ventre. Et je me liquéfie un peu plus. Finalement, Lennon se débarrasse lui-même de sa chemise, en la faisant passer par-dessus sa tête d'un geste brusque. Puis c'est son pantalon qui disparaît, emportant son boxer dans sa chute.

Poséidon se tient face à moi, nu, trempé, le regard rempli d'obscurité et de désir.

– Si tu n'étais pas à moi… soufflé-je, jamais rassasiée. J'en mourrais !

Sa bouche s'abat sur la mienne, ses mains s'emparent brutalement de ma robe, la défont, la malmènent, la tirent vers le sol. Ma culotte survit quelques secondes de plus, puis craque sous la force de ses doigts. Nouveau coup de coude incontrôlé, la douche s'intensifie. Je lâche un cri rauque, de frustration, de désir. Je m'empare de son sexe lisse, chaud et solide, je le flatte, l'excite, jusqu'à rendre fou l'homme qui plaque les bras de chaque côté de mon visage.

Cette prison-là, de chair humaine, de désir, d'amour, je ne la crains pas. Je l'aime de tout mon corps.

– Tu te souviens de ma menace ? lui demandé-je d'une voix éraillée par l'envie.

– Je croyais que c'était une promesse...

Il a raison, mais au beau milieu de ce duel torride, de ce jeu de pouvoir, je ne fais plus la différence. Son foutu sourire en coin s'invite dans la partie et me provoque une fois encore. Je plaque mes mains sur son torse pour le repousser rageusement et lui montrer de quoi je suis capable, mais Lennon anticipe mon geste et me retourne brusquement, sans violence, mais avec fermeté. Je me retrouve face au mur, son sexe bandé effleurant mes fesses. S'insinuant entre mes cuisses. En moi.

Il me pénètre lentement, langoureusement, en me chuchotant des mots salaces à l'oreille. Je gémis, penche ma tête en arrière, reçois de l'eau sur mon visage. Ses mains viennent caresser mon ventre habité mais encore plat, puis soupeser mes seins gonflés, exciter mes tétons. Me rendre dingue, il sait le faire. Il me connaît par cœur. Mon corps s'embrase encore un peu plus grâce à ses doigts magiques, à ses douces tortures. Ma peau devient ultrasensible, toutes mes terminaisons nerveuses clignotent et des bulles de plaisir explosent un peu partout en moi.

– Plus fort... soupiré-je.

Je me cambre pour mieux accueillir les assauts plus rapides, plus profonds de mon mâle dominant. Ses coups de reins m'arrachent gémissements, soupirs et mots inappropriés. Il est tellement dur. Tellement bon. Lennon me possède, comme promis, comme j'en rêvais, comme mon corps le réclamait. Le crépitement de l'eau qui s'insinue partout, celui de nos peaux, de nos sexes résonne d'un mur à l'autre, dans une musique entêtante. Je sens le plaisir monter, ce qu'il me reste de raison me quitter, son sexe aller et venir de plus en plus vite, la boule de feu grandir au creux de mon intimité, s'épanouir.

Je me sens décoller.

Chaque assaut me rapproche du septième ciel.

Je vais jouir.

Dans trois... deux... un...

Je m'envole. L'orgasme qui m'emporte est démesuré. Je lâche un long râle, comme une complainte dans la nuit brûlante. Lennon me rejoint après quelques ultimes coups de reins, jouit au plus profond de moi puis vient doucement loger son visage contre ma nuque. Sa respiration profonde et saccadée balaie ma peau frémissante, ses mains lâchent mes seins pour s'enrouler autour de ma taille. Nous restons de longues secondes immobiles, transis d'amour et de plaisir, sous une pluie tiède et bienfaitrice.

– Promesse tenue ? murmure finalement la voix grave, dans mon dos.

Je me retourne pour lui faire face. Pour admirer son beau visage encore marqué par notre étreinte. Par sa jouissance. Je fais glisser mes paumes sur son torse sculpté, ses pectoraux bandés, je caresse sa pomme d'Adam, ses lèvres humides. Et je l'embrasse avec tendresse, en sentant mon désir poindre à nouveau.

– Pas encore… susurré-je, gourmande et tentatrice. La nuit ne fait que commencer.

Glissant ma main dans la sienne, je l'invite à me suivre hors de la salle de bains. Mon amant arrête la douche et obtempère, l'air curieux, amusé. Et toujours aussi intense, animal, beau à se damner. Nous traversons le dressing et pénétrons dans la chambre plongée dans l'obscurité. Lennon tente d'allumer la lumière, je l'en empêche.

– Cette fois, c'est moi qui commande.

Je pousse son immense corps nu et sculptural sur le fauteuil gris feutré qui jouxte le lit. Lennon me fixe avidement malgré la pénombre, les yeux illuminés par le désir, sa virilité à nouveau dressée.

Dans l'obscurité ouatée de notre chambre à coucher, je grimpe sur lui en écartant les cuisses. Je lui caresse les épaules, le cou, je dessine une ligne de sa bouche à son nombril, puis descends jusqu'à son érection. Mes doigts s'enroulent autour de sa colonne de chair, retrouvent sa vigueur, redécouvrent son animalité. Dans un souffle, mes iris noirs perdus dans son vert, je m'empale sur son sexe. Je le chevauche, le fais disparaître en moi au gré de mes envies, de mes désirs, de mes instincts les plus primaires. Lennon m'accompagne dans chacun de mes mouvements, me dévore du regard, embrasse ma peau moite, mes seins ronds et pointés vers lui.

Nos corps s'épousent, s'imbriquent, s'aimantent, s'épuisent, mais en veulent encore. Insatiable, je me déhanche et ondule sur mon amant, la pièce remplie de mes gémissements, de ses soupirs et ses mots crus, et tente d'imprimer à jamais dans ma mémoire cet instant de plaisir, de fusion, si pur, si puissant. Dans un dernier baiser, un dernier va-et-vient, Lennon et moi jouissons presque à l'unisson. Il vient, je le rejoins.

Après de longues secondes passées à retrouver nos souffles, je me lève et lui tends la main. Mais plutôt que me suivre, l'insolent m'attire à lui et m'enferme dans ses bras. Épuisés, repus, amoureux transis, mon bel amour et moi nous endormons dans ce fauteuil, nos peaux fusionnées, nos cœurs battant au même rythme, nos âmes en paix.

La mienne est enfin sortie de l'obscurité. Et c'est à mon homme-océan que je dois ce miracle.

58

Une renaissance

Six mois plus tard

Quitter Cape Cod est toujours un petit déchirement. Même le temps d'un week-end. Même pour la plus belle occasion qui soit. Mais revenir à New York avec Lennon, Willow et Mr Bean – le surnom officiel de notre petit haricot – a une saveur très particulière.

C'est sur la pointe des pieds qu'on pénètre dans l'appartement cossu de Dante et Tutu.

– Le bébé dort… chuchote ma belle-sœur à ma fille intimidée.

– Pourquoi ? braille la brunette.

– Parce qu'il a 3 mois et que c'est ce que font généralement les bébés de trois mois. Dormir.

– Pourquoi vous le réveillez pas ? insiste-t-elle.

– Parce qu'on est très contents quand ils font ça.

– Je suis pas contente, moi ! boude la Lilliputienne en s'attrapant les omoplates.

– On va juste attendre un peu, Willow, et ne pas parler trop fort, OK ? demande doucement son père. Tu ne veux pas aller voir Morue ?

– Non, je veux voir le bébé ! Maman a dit qu'on verrait le bébé et qu'on pourrait s'entraîner à le faire sauter sur les genoux parce que c'est pas grave si on fait tomber celui-là !

– Ce n'est pas *tout à fait* ce que j'ai dit… grimacé-je en

direction des jeunes parents.

– Si ! Et t'as dit aussi qu'on devait rien dire s'il a les oreilles décollées ou un gros nez !

Les trois adultes présents me regardent d'un œil réprobateur, comme s'ils n'allaient pas tarder à me mettre au coin.

– Ben quoi ? J'essaie d'apprendre les bonnes manières à ma fille !

– On va bosser un peu plus sur ces questions d'éducation, souffle Lennon, un sourire dans le regard.

Puis il pose une main sur ma nuque, une autre sur mon ventre, comme il le fait toujours. Avec cet air protecteur, sûr de lui, parfois insolent, toujours bienveillant, qui me fait me dire que j'ai choisi le bon père.

– Bon, il ne dort plus… annonce ma mère en sortant délicatement de la chambre du fond.

– Vraiment étonnant, ironise Dante avec un regard noir vers Willow.

Elle le lui rend. Ils se fusillent un instant du regard en jouant à qui cédera le premier. L'oncle perd toujours. Et le jeu s'arrête quand la jeune grand-mère s'approche de nous, une minuscule petite chose rose dans les bras.

– Wiwi, murmure Lynette en s'agenouillant près de la petite fille, je te présente ton cousin : Phoenix.

Mon frère sourit, mais je le vois se tenir prêt à intervenir à tout moment. Tutu pleure et accuse ses hormones à voix basse. Lennon s'accroupit près de la sauvageonne et lui montre comment caresser doucement le bébé. Sur les pieds, jamais sur la tête. Mes hormones à moi bouillonnent et je caresse mon clandestin qui cogne sous mon ventre rond de huit mois. Un drôle de bonheur silencieux envahit la pièce et nous fait taire, tous. Une grande première.

Ce bébé est une pure merveille. Un petit garçon qui ressemble trait pour trait à son père : une masse de cheveux foncés incroyables, le teint mat, une jolie bouche charnue et une paire de billes noires sous des sourcils déjà bien dessinés.

Mais lui, il ne les fronce jamais. Et depuis qu'il est né, il paraît qu'il ne pleure presque jamais. À trois mois, ce bébé ne fait déjà que sourire, babiller, regarder le monde et le trouver à son goût, puis sourire à nouveau. Juste pour nous faire plaisir. Sans aucun doute, il a la personnalité solaire de sa mère.

– Il a un petit nez. Et des oreilles collées, commente Willow, satisfaite.

– Merci, poulette, lui dit Solveig en souriant.

La grand-mère se redresse et rend son petit-fils à ses parents. Dante porte son mini-sosie contre lui comme s'il tenait un trésor. Et Sol l'embrasse sur la bouche avec plus de tendresse que je n'en ai jamais vue de ma vie.

– T'as vu, maman ? ajoute ma fille en pensant chuchoter. J'ai pas dit fort qu'il sentait très mauvais !

Tout le monde éclate de rire et Morue se met à aboyer.

– Ah, j'ai compris ! déduit Willow en se tapant le front. Oncle Dante et tante Tutu ont un chien-qui-pue et un bébé-qui-pue ! Pour que tout le monde soit pareil !

– Voilà ! la félicité-je.

La petite sauvage décide qu'elle a réglé toutes les questions dans sa tête et qu'elle peut aller se rouler par terre avec Morue. Dante a la bonne idée d'aller changer la couche de son fils et les autres s'installent sur le grand canapé d'angle pour refaire un peu le monde, comme chaque fois qu'on se réunit.

Le petit Phoenix est arrivé il y a trois mois, déjouant les pronostics de la petite fille qu'on attendait tous – et pour laquelle j'avais déjà cousu trois tutus. On est déjà venus le voir une fois, Lennon et moi, en confiant Willow à Tempérance, et ce fut l'un des moments les plus magiques de ma vie. Une renaissance pour ma mère. Une renaissance pour mon frère brisé dans son enfance, qui va pouvoir être le père qu'il aurait tant voulu avoir. Une renaissance pour Solveig, veuve si jeune, qui a cru tout perdre mille fois.

Qui a tout gagné il y a trois mois. Phoenix : son prénom a sonné comme une évidence, quand on sait quel bel oiseau noir est tatoué sur le bras de Dante, en signe de résilience. Le même oiseau gravé sur le pendentif doré que Tutu ne quitte plus. Si je n'avais pas déjà la plus merveilleuse famille qui soit, je crois que j'aimerais être adoptée par la leur.

– J'ai un cadeau pour votre fils ! annoncé-je en sortant un petit paquet de mon sac.

– Callie, si c'est un tutu, je jure que je le donne à bouffer à Morue, me prévient mon frère.

– Tout doux, papa Ours ! Tu vas adorer !

Je lance le paquet à ma belle-sœur qui déchire tout pour ouvrir au plus vite. Elle déplie un pyjama blanc en coton tout doux, puis le retourne en souriant pour nous montrer le dos : j'ai cousu deux minuscules ailes d'oisillon en velours noir, juste pour le symbole.

– J'adore ! s'extasie-t-elle.

– Trop mignon, confirme ma mère.

– Je veux le même ! crie Willow de loin, qui ne manque jamais rien.

– C'est une tenue ou un déguisement ? demande Dante, sceptique.

– C'est ce que tu veux, rabat-joie. Mais ça fera un carton dans ma collection bébé !

Ça y est, ma marque est lancée. *Wiwi on the Beach* existe pour de vrai. J'ai profité de ma grossesse pour finaliser mon site Internet et ma boutique en ligne. J'ai confié la confection à Seraphina et Miss Button a dû s'agrandir pour créer en quantités suffisantes. Un atelier a ouvert à Chatham en plus d'un magasin de vente en direct, qui propose déjà les collections enfants, bébés et chiens, en édition limitée. En ligne, les premières commandes affluent. Et grâce aux photos de Dante, ma campagne de pub est en train de faire le buzz. Avec Hazel et Willow en petites égéries uniques, avec les trognes de Scarlett, Neo, Anakin, Sparrow et Grey, les langues pendouillantes de Poney, Morue et Forest, le décor époustouflant de Cape Cod et mes créations originales, la marque ne ressemble à aucune autre. Ce qui n'était qu'un prétexte pour aborder ma fille et son père est en train de devenir l'une des plus grandes fiertés de ma vie. Mon accomplissement. Ma sortie définitive de l'empire Lazzari pour entrer dans le monde des stylistes ayant leur propre ligne. Je croiserai bientôt dans la rue des gamins habillés en *Wiwi on the Beach*. Des gamins libres et indociles, qui feront des bêtises dans mes vêtements. Avec ma signature sur l'étiquette. Avec un peu de ma folie dans leurs âmes d'enfants.

Si je n'accouchais pas dans un peu plus d'un mois, je ferais une rondade de joie, là, maintenant, au milieu de cet appartement.

– Qu'est-ce qu'il fabrique, l'autre ? m'impatienté-je.

Je vais dégourdir mes jambes lourdes en marchant jusqu'à la fenêtre donnant sur la rue. Lennon me suit, par réflexe, incapable de rester loin de Mr Bean plus de quelques secondes. Pourtant, je ne fais plus de malaises depuis longtemps.

– Il a été enfermé plus de trois ans, me répond ma mère dans un murmure. Il a besoin de voir le ciel au-dessus de sa tête.

– Je vais lui coudre un parapluie géant avec un imprimé « ciel pollué new-yorkais », comme ça il aura toujours l'impression d'être dehors. Et il pourra être à l'heure.

– J'en veux un aussi ! décide Willow, coincée sous Morue.

Et la sonnette retentit. Mon frère cadet fait irruption dans l'appartement tandis que mon frère aîné ressort de la chambre avec son fils. Andrea, Dante, Phoenix. Ces trois mâles Lazzari réunis, c'est une image que je ne pensais pas voir de sitôt. Et qui me touche en plein cœur.

– Salut, tout le monde ! Désolé pour le retard.

– On sait, le ciel… réponds-je en lui souriant de loin.

– Viens t'asseoir, Andy. Tu as faim ? Soif ? Tu as bien dormi ? s'inquiète ma mère comme s'il avait 5 ans et demi.

– Je sors de prison, maman, pas de l'hosto. Je vais bien.

Pourtant, mon frère du milieu fait peur à voir. Ces trois années d'enfermement lui ont fait perdre une bonne dizaine de kilos et prendre une dizaine d'années. Ses longs cheveux bouclés, autrefois noir corbeau comme les miens, sont parsemés de fils d'argent. Sa barbe bien taillée ne réussit pas à masquer son visage émacié. Ses petits yeux sombres ont l'air de rester toujours plissés, comme s'ils ne s'habituaient pas vraiment à la lumière. Et son air endurci le fait plus que jamais ressembler à Vito. On doit tous se forcer pour ne pas le remarquer.

– Les gars, arrêtez de me regarder comme ça ! Je vais me retaper. Je suis dehors, Vito est dedans, soyez juste contents !

– On est heureux que tu sois là ! lâche Dante en lui collant une petite tape dans le dos.

– Tu es ici chez toi, confirme Tutu et son éternelle bienveillance.

– Pourquoi tes cheveux ont deux couleurs ? demande la sauvageonne, perplexe. Et pourquoi ça fait des rayures ?

– Pour faire peur aux petits enfants ! rétorque Andy avant de se mettre à courir après sa nièce.

Willow a un don inné pour détendre l'atmosphère. Il y a un mois, elle a fait la connaissance de ce deuxième oncle ténébreux. Il y a un mois, Andrea a obtenu une remise de peine pour bonne conduite. Et Vito est allé prendre sa place derrière les barreaux. Son procès n'aura duré que quelques heures. Pour éviter l'humiliation et la médiatisation de sa descente aux enfers, le tyran a plaidé coupable pour tout. Il a reconnu les escroqueries, les fraudes, les fautes professionnelles. Mais aussi la maltraitance, les sévices, toutes les violences conjugales et familiales. Enfin, il a avoué qu'il m'avait arraché mon bébé et organisé son adoption illégale. Pour « aider un ami en mal d'enfant », s'est-il justifié. Et pour « sauver ma famille de la honte », a-t-il ajouté.

– La honte, c'est vous qui la jetez sur tous les hommes, les maris et les pères de ce pays, monsieur Lazzari. Sur l'humanité tout entière. Et elle se portera bien mieux sans vous.

Voilà la sentence qu'a prononcée le procureur avant de l'envoyer en prison pour le restant de sa vie. Ce sont ces trois phrases qui ont fait la une des journaux, à côté du visage de pervers de Vito.

Après ça, Andrea a bénéficié d'une nouvelle audience pour faire reconnaître des circonstances atténuantes. L'empire Lazzari a été officiellement mis en faillite et rayé de la carte. Ma mère a été désignée propriétaire de toutes les villas et résidences secondaires. Chacune d'entre elles, à travers les États-Unis, est en passe de devenir un centre d'hébergement. Pour les femmes battues, pour les adolescents en errance, pour les mineures enceintes, pour les veufs et veuves qui se retrouvent sans rien, pour les filles mères et leurs bébés. Enfin, l'acte d'abandon de Willow a été considéré nul. Et j'ai été reconnue officiellement comme la mère de ma fille. Sans avoir à l'adopter à nouveau. Et sans rien effacer de la paternité de Lennon. On forme désormais une famille aux yeux de la loi. Et Levi n'en fait pas partie. Mon ex a dû rendre les cinq cent mille dollars extorqués à Lennon. Mais aucun des deux pères n'a mentionné les cinq cent mille autres, qui dorment toujours sur deux comptes bancaires destinés à des enfants innocents.

On a tous longuement hésité à abandonner le nom Lazzari pour prendre celui de ma mère, Salinger. Mais ces racines, ce passé, ces blessures et ces terribles souvenirs font partie de nous, comme le reste. Comme la paix, comme l'amour, comme l'avenir. On fait avec ce qu'on a.

Ce soir-là, Lennon a passé ses bras autour de moi, dans la véranda, et m'a soufflé à l'oreille :

– À Willow, à Mr Bean, on leur dira tout. On leur racontera d'où ils viennent, ce qu'ils ont vécu, comment ils sont nés. Qui étaient leurs parents, leurs grands-parents. Qui les a aimés, désirés, accueillis, élevés. Ils sauront toute la vérité. Il n'y aura ni mensonges, ni tabous, ni secrets chez nous.

– Il y aura juste des fringues, des crayons et des *pancakes* partout ! ai-je répondu, les yeux brillants.

– Je crois que ces deux petits indociles auront de la chance de nous avoir, Callie.

– Tu leur apprendras à être libres, ai-je confirmé dans un sourire.

– Et toi à être fous, a-t-il renchéri.

– Mais qui va les garder en vie ?

À cette question, le roi du monde a répondu par un éclat de rire sincère, sonore, qui a dégringolé dans mon cœur.

***

La sonnette retentit à nouveau et me tire de mes pensées. Cette fois, c'est Gus qui se pointe en se lançant dans une tirade plaintive :

– Non mais New York, c'est l'enfer ! Comment on peut être à l'heure avec un trafic pareil ? Oh bon sang, je parle comme un provincial ! Oh merde, je crois même que la mer me manque ! Et c'est fou tous ces gens qui marchent sur le trottoir en regardant leur portable, non ? Je me suis fait bousculer cent fois. Et personne ne dit pardon ! Oh putain, je parle comme un adulte, non ? Mais regarde, Callie, je suis sûr que j'ai des bleus sur les épaules !

Le géant me montre ses bobos imaginaires pendant que la Lilliputienne se marre de tous ses gros mots. Il y a six mois, August Perry a définitivement quitté le nid parental pour s'installer à Cape Cod. Depuis que j'habite la villa, il a pris ses quartiers dans la *guest house* de Lennon, à qui il est très fier de payer un loyer tous les mois. Car mon meilleur ami est aussi devenu officiellement mon associé : il ne joue plus les assistants, il a désormais le titre de styliste spécialisé en casquettes, bobs, chapeaux et autres bonnets à oreilles pour *Wiwi on the Beach*. Le job de ses rêves. Salaire inclus.

– Attendez, ne bougez plus, j'ai une notification ! beugle-t-il quand son portable émet un son. Ça veut dire qu'une fille me kiffe sur ma nouvelle application de rencontres ! Ou juste qu'il y a un *date* potentiel dans les parages. Que personne ne respire, j'ouvre ! La femme de ma vie se cache peut-être… oh crotte de chiotte !

Gus ferme les yeux et balance son téléphone sur le canapé comme s'il lui brûlait les mains, les rétines et tout le reste.

– Quoi ? trépigné-je face à ce sketch insoutenable.

Le même son de portable se fait entendre dans l'appartement. On se regarde tous, ahuris, incrédules, silencieux. Et Lynette sort tranquillement son téléphone de sa poche pour regarder ce qui s'affiche à l'écran, l'air innocent.

– Internet essaie de me maquer avec votre mère ! s'écrie Gus dans un gémissement théâtral.

Puis il s'effondre tête la première sur le canapé. Et Willow vient lui sauter dessus avant de se mettre à faire du rodéo sur son dos.

– Maman, tu t'es inscrite sur ce truc ?! m'étonné-je, les yeux écarquillés.

– Dis-moi que c'est une erreur… s'inquiète Dante.

– Dis-moi que c'en est pas une… espère Andrea.

– Et alors ? Il faut bien que je reprenne ma vie là où elle s'est arrêtée ! se défend Lynette. Il y a trente-trois ans, quand j'ai misé sur le mauvais cheval !

Mes frères poussent des grognements et se couvrent les yeux de la main en visualisant ma mère chevaucher qui que ce soit. Tutu et moi allons lui sauter dessus pour qu'elle nous raconte tout ! Willow pousse des cris stridents de joie, au grand galop sur Gus. Morue aboie sans même savoir pourquoi. Le petit Phoenix babille et se fend la poire, dans les bras de son père, sentant l'excitation monter. Et Lennon nous fait taire, tous, de sa voix grave et chaude, respirant le bonheur :

– Bon, tout le monde est là ? On peut aller se marier ?!

Et son regard fascinant me happe. Et son sourire renversant me renverse. Son âme saisit la mienne.

Et je retombe folle amoureuse de lui, pour la millionième fois.

59

Cerise ou noyau

Je suis en train de revivre mon mariage en rêve. Cette cérémonie simple et spontanée, il y a un mois, au New York City Hall, entourée de mon clan. Ces quelques minutes très protocolaires ont suffi à mon bonheur. Puis je rêve de mon mariage d'après, en grande pompe, sur la sublime plage du phare. Celui qu'on organisera quand je pourrai entrer dans la robe de mes rêves. Quand j'aurai le temps de dessiner des tenues improbables pour tous mes invités et des déguisements d'anges pour mes enfants. Lennon est contre. Je saurai le faire changer d'avis.

Mais la douleur aiguë m'extirpe de mon rêve et me réveille en pleine nuit. Je n'ai jamais eu aussi mal de ma vie. Ça ne ressemble pas aux petites contractions que je subis depuis plusieurs jours. Cette fois, on ne joue plus. Je le sens. Mon corps me le fait comprendre. Mon corps… et le drap trempé qui me colle à la peau.

– Bordel de cul de… Aaaah ! Putain de… Aaaah ! Chiotte !

Torse nu, décoiffé et sublime, Lennon se redresse d'un bond, me passe aux rayons X d'un regard, découvre l'état du matelas et comprend. Il me tend les bras, m'aide à sortir du lit, à enfiler les chaussons dodus aux yeux globuleux que j'ai créés pour l'occasion.

Mon accouchement.

Pas un rapt. Pas un déchirement. Pas cette fois.

Mon surfeur appelle notre habitant du jardin – Gus – le

plus calmement possible, pour qu'il vienne garder Willow tandis qu'on file à la maternité. Moi ? Je m'accroche à la commode pour enfiler un short, lâche une litanie de jurons en sentant mes entrailles se retourner. La douleur est presque insoutenable… Bien plus intense que ce qu'on m'avait décrit pour un début de travail.

– Lennon ! gémis-je en tombant à genoux.

– Je suis là…

À quatre pattes, j'arque le dos en espérant faire disparaître les poignards qui me transpercent. Celui que je peux désormais appeler mon mari s'agenouille tout près de moi, me caresse les cheveux et me rappelle de sa voix rauque d'inspirer pendant trois secondes, puis d'expirer pendant cinq. Mais rien ne fonctionne. Je ne sais plus compter. Réfléchir. Respirer. C'est infernal. Je tente de me relever – il y a urgence, notre départ ne peut plus attendre – mais j'en suis incapable. La pression est trop forte, entre mes cuisses.

– LENNON ! paniqué-je soudain.

– Calliopé, écoute-moi ! dit-il en haussant le ton tout en me fixant droit dans les yeux. Tu te contentes de respirer. Je vais te porter jusqu'à la voiture et dans dix minutes, tu pourras hurler sur la terre entière !

– Et me faire poser une triple péridurale ! supplié-je les dieux de la moquette.

La porte de la chambre s'ouvre, tout à coup, laissant apparaître la silhouette frêle de notre Lilliputienne. Sa poupée gothique à la main, elle m'observe, les sourcils froncés.

– Pourquoi vous criez ? Maman, tu joues à faire le petit chien ? Avec ton gros ventre, ça marche pas…

J'inspire profondément, tente de me concentrer pour supporter la douleur et lui répondre… Nouvelle contraction. Violente. Et la sensation d'être ouverte, tout en bas. Vraiment très ouverte.

Je lâche un cri de bête, suivi d'un râle de douleur.

– Lennon, il est là…

– Qui ?

– Mr Bean !

– Quoi ?

– Je crois que le bébé arrive ! *Maintenant* !

– Tu… Tu… gronde Lennon en me fixant, une main dans sa tignasse, l'air paniqué.

– Oh ! dit Willow en sautillant et en claquant des mains. Si c'est une fille, je veux qu'elle s'appelle Cerise ! Si c'est un garçon, Noyau !

– Où est Gus, bordel de putain de… Aaaah !

Bruits de pas dans le couloir. Et voilà mon meilleur ami qui se pointe, en pyjama zébré et casquette étron.

– August Perry, présent !

– Emmène-la, lui balance le surfeur en guidant Willow jusqu'au géant. *Vite* !

– Je sens quelque chose ! hurlé-je comme une furie. Entre mes jambes ! Lennon, regarde !

Gus dessine un signe de croix sur son front – sans n'avoir jamais cru à rien – et, une main devant les yeux, referme rapidement la porte derrière lui en emportant la brunette. Pendant ce temps, Lennon baisse délicatement mon short pour voir ce qui se passe dans mon entrejambe. L'antre de l'enfer. Je reste prostrée, à quatre pattes, comme une vache échevelée et essoufflée prête à mettre bas.

– Sa tête… murmure Lennon.

– Parle plus fort, je te rappelle qu'il y a un bulldozer qui essaie de sortir par mon petit trou ! grogné-je en sentant pointer une nouvelle contraction.

– Callie, je vois sa tête ! lâche Sa Majesté, soudain un peu moins confiant.

– Tu… Tu vois QUOI ?!

Des petites étoiles dansent devant mes yeux, je ne suis pas loin de tomber dans les pommes. Ou de vomir. Ou les deux à la fois.

– Callie, reste avec moi ! retentit soudain la voix grave de

Lennon. On peut le faire. Tu m'entends ? On va y arriver, toi et moi.

– Comment ? gémis-je en me retenant de pousser.

– Comme tu peux !

– Mon corps a envie de pousser ! Mais mon esprit refuse !

– Pourquoi il refuse ?

– Je ne sais pas !

– Alors pousse !

– J'ai peur !

– Moi aussi ! Pousse quand même !

– Lennon ?

– Oui ?

– Si tu sors ton téléphone pour me filmer, je te tue !

Mon surfeur lâche un rire rauque et nerveux, puis appelle la maternité pour prévenir que je suis en train d'accoucher sur la moquette de ma chambre. Tandis qu'il écoute les conseils qu'on lui donne, je m'installe de profil, comme la sage-femme autoritaire me l'a appris il y a quelques semaines. Je la détestais férocement, cette Bethany aux grands pieds et au discours moralisateur. « Ne pas manger de cochonneries. Ne rien boire du tout. Ne pas croire que la péridurale va tout faire à ma place. Ne pas crier. Surpasser la douleur. » Aujourd'hui, je paierais très cher pour que sa petite tête de fouine débarque à la villa en pleine nuit. Pour qu'elle m'engueule et me parle sur ce ton condescendant, comme si j'avais 6 ans et demi. Pour qu'elle m'aide à extirper ce haricot de mon corps meurtri.

– Aaaah ! Aaaaaaah ! Aaaaaaaaaah ! Je le sens, Lennon ! hurlé-je. Il pousse tout seul ! C'est ta faute ! C'est toi qui l'as mis là !

Sa Majesté raccroche, va se laver les mains, chercher des serviettes à la salle de bains puis revient se placer entre mes cuisses. Une goutte de sueur sur la tempe, il plante son regard époustouflant dans le mien.

– Callie, tu m'écoutes ?

– Oui… Aaaah !

– Regarde-moi.

Sa voix douce et ferme me fait du bien. Je me force à lire sur ses lèvres pour intégrer tout ce qu'il me dit, à mettre ma douleur de côté pour l'écouter.

– À chaque début de contraction, tu inspires profondément, tu remplis tes poumons. Puis tu bloques ton air et tu pousses le plus longtemps possible.

– Aaaah ! Ça fait mal !

– Tu es une guerrière ! Une battante ! Tu reviens de l'enfer, Callie, tu peux le faire ! Alors pousse-le, ce bébé !

Je n'ai plus d'autre choix. Alors je repense à ma césarienne forcée. À ce premier bébé qu'on m'a arraché tandis que j'étais ligotée à une table d'opération. Je n'ai plus peur. Je pousse. J'y mets toute la force qu'il me reste, j'y mets toute mon âme. J'agrippe les épaules de l'homme que j'aime et je fais ce que me dicte mon instinct. Je ne sens même plus la douleur, je ne sens plus rien si ce n'est ce désir profond de voir naître mon enfant.

Dans la rue, des sirènes retentissent, on les entend se rapprocher à travers les fenêtres entrouvertes. Solide comme un roc, le regard brillant, Lennon pose son front contre le mien et me glisse tout bas :

– Tu peux le faire, mon amour…

Au bout de la quatrième poussée, notre bébé naît et atterrit dans les bras de son papa en lâchant son premier cri. Je n'ai jamais pu oublier celui de Willow. Je n'oublierai jamais ce nouveau son divin qui vient de s'imprégner dans mon cœur de mère.

– C'est une fille, souffle alors Lennon, ému aux larmes.

– Une fille… ? demandé-je, sans vraiment y croire.

Il l'emmitoufle dans une grande serviette et la dépose doucement sur ma poitrine. Je sanglote, les embrasse, elle puis lui. Je tremble d'amour pour ces deux-là et pour ma petite rebelle qui attend à l'étage du dessous, en faisant probablement passer un sale quart d'heure à son baby-sitter.

Ma famille rêvée vient de s'agrandir.

– Bienvenue parmi nous, Avril Liberty Cerise Hathaway, chuchote tendrement Lennon à l'oreille de ma fille.

Avril, comme le mois de l'année où je les ai retrouvés. Le mois qui a changé nos vies à tous les trois. Liberty, le prénom choisi par son père. Cerise, celui donné par sa grande sœur si fière.

C'est une fille, me répété-je à l'infini.

« È una ragazza. »

FIN

Vous avez aimé l'histoire de Lennon et Calliopé ?
Découvrez celle de Finn et Thelma dans *Corps impatients*
et celle de Dante et Solveig dans *Cœurs insoumis* !

Extrait

Cœurs insoumis

Emma Green

1

TOUTE SEULE

Toute ma vie d'adulte, je suis passée inaperçue. Ni brillante ni invisible, juste là, au milieu des autres, pas meilleure ni pire, juste une fille ordinaire. *Girl next door*, disent les gens qui aiment coller des étiquettes (juste pour oublier une minute que la leur les gratte). J'ai bien essayé de me démarquer pendant l'enfance, avec mon don pour la danse : internat à 8 ans, école de ballet, pointes aux pieds, étoiles dans les yeux, fierté dans ceux des autres, joli avenir, peut-être… Et puis j'ai échoué. Merci, au revoir. Retour à la case départ. À ma vie médiocre : quartier moyen de Chicago, famille moyenne (voire un peu moins que ça), quotidien banal (ou carrément mortel), et moi. Quelconque aussi. Beauté classique, teint gris comme mon humeur, look *casual*, longs cheveux sans vraie coiffure ni couleur identifiable. Ça a duré de mes 16 à mes 23 ans. Sept ans de transparence, c'est long.

Mais le reflet que me renvoie aujourd'hui le rétroviseur intérieur de ma voiture me fait sourire. Ce carré court et ce blond platine sont les meilleures choses qui me soient arrivées depuis longtemps. Depuis deux ans, en fait. Quand j'ai décidé d'arrêter d'être transparente. Et ça, je ne m'y habitue toujours pas.

– Salut toi, dis-je à mon image en faisant semblant de me draguer. Tu serais pas mal si t'évitais de transpirer ton mascara. Merci la canicule ! Le *waterproof*, c'est pas pour les chiens. Bref, brillante idée, le maquillage de panda ! Et puis t'aurais peut-être l'air moins folle si tu ne parlais pas toute seule dans ta bagnole.

« Touteseule », c'est un peu mon deuxième prénom, ces derniers temps. Mais je m'en accommode plutôt bien. Et je me demande si je n'ai pas fait une grosse erreur en planifiant ce *road trip* à deux. Je chasse mes doutes en secouant la tête. Puis j'improvise une mini queue de cheval pour dégager ma nuque brûlante et tente d'estomper les dégâts charbonneux sous mes yeux du bout des doigts. Un méchant coup de klaxon me vrille le cerveau :

– Tu pars ou tu te remaquilles, Blondie ?! me braille le conducteur impatient qui s'arrête à hauteur de ma vitre ouverte.

– C'est con, j'allais libérer la place. Il suffisait de demander gentiment. Mais je crois que je vais rester là encore un petit moment, finalement. Dommage, Dégarni ! balancé-je avec mon plus beau sourire.

C'est totalement faux : je ne comptais pas bouger, j'attends quelqu'un. Mais ce con l'a bien cherché. Quand on cumule autant de tares que moi (être une femme, blonde de surcroît, faire jeune, conduire un tacot pourri et vivre à New York City), on apprend vite à se défendre. Je suis l'archétype de la fille qui va se faire bouffer tout cru par le premier con venu. Sauf que je mords plus fort.

Je me regarde à nouveau et grogne en montrant les dents à mon reflet. Hyper impressionnant.

Il faut vraiment que j'arrête de dire « con » à tout bout de champ.

Je mords et je dis des gros mots dans ma tête, donc. Ah oui, parce que malgré ma petite existence tiède et morne, j'ai quand même vite pris l'habitude de serrer les dents. À m'en faire mal. Et tout en souriant. À 8 ans, je quittais ma famille, la boule au ventre et les yeux trempés, pour entrer à l'opéra. À 10 ans, j'étais promise à un avenir de danseuse étoile. Douée, déterminée, le sourire toujours figé. Mais une vilaine blessure au genou en a décidé autrement. À 16, tout s'est arrêté. Alors, à 18 ans tout pile, j'ai quitté l'école et laissé à nouveau mes parents, pour prendre un nouveau départ, les yeux secs et qui regardaient droit devant. Petit studio, petits boulots, amis rares, mecs inintéressants… Grand néant. Mais avec le sourire, toujours.

Ça m'allait bien, cette petite existence tranquille, sans surprise ni problème, sans passion ni déception. Juste normale, sans vraie saveur ni vraie couleur, à mon image. Quand j'ai eu 20 ans, le destin a voulu être sympa avec moi : j'ai rencontré l'homme de ma vie, un médecin urgentiste qui ne me trouvait pas si transparente que ça. J'étais hôtesse d'accueil aux urgences, sous-payée, insultée toute la journée, jamais remerciée. J'encaissais et je souriais pour de faux, comme d'habitude. Le Dr Preston Camden avait tout pour lui. Et il a voulu m'épouser quand même, après trois ans d'un bonheur insolent. Je n'ai jamais compris pourquoi. Pourquoi lui, pourquoi moi, pourquoi tout ça. Mais j'ai tout pris, tout goûté, tout senti, tout savouré. Avec lui, je souriais tout le temps. Sans me forcer. Sauf que le destin aime bien briser les os, les cœurs, les rêves. Plusieurs fois. Lui aussi, on me l'a repris. Preston a été tué dans un accident de la route dix jours après être devenu mon mari. C'était il y a deux ans. Ah, et mes parents aussi sont morts entre-temps.

– Bonjour, je m'appelle Solveig Stone, j'ai 25 ans, je suis orpheline et veuve. Beau départ dans la vie, hein ?

Vous vous demandez encore pourquoi je me parle à moi-même ?

– Tu racontes encore ta vie à ton ami imaginaire ? se marre la brune en sautant sur la place passager. Désolée pour le retard !

– Ali, tu sais que c'est interdit par la loi de laisser les enfants et les chiens en plein cagnard dans une voiture ? J'aurais pu mourir de déshydratation cent fois en t'attendant ! Je me parlais juste pour ne pas m'évanouir ! « Tiens le coup, Sol, elle va venir ! Reste avec nous, tu peux le faire ! Non, tu ne vas pas mourir. Ce blond platine est trop canon pour finir trempé de sueur dans un sac funéraire ! »

Alicia éclate de rire après mon monologue à peine surjoué.

– Tu regardes trop de séries télé, ma poule. Tiens, pour me faire pardonner.

Ma copine fouille dans son sac à main, en sort une enveloppe kraft bien garnie et un petit brumisateur blanc avec lequel elle m'asperge le visage. Je pousse aussitôt un cri de bête enragée en enfonçant mes paumes dans mes orbites.

– Ahhh, tu as confondu avec ta bombe lacrymogène ! braillé-je de plus belle.

– Merde, merde, merde, pardon ! Ça va, Sol ?! se met-elle à paniquer. Mais comment j'ai pu faire ça ? Attends, je n'ai même pas de…

– Je plaisante ! la coupé-je net en ricanant et en lui montrant mes yeux intacts. C'était juste pour voir si tu méritais mon amitié. Et mon appart !

– T'es complètement folle, ma pauvre fille… respire enfin Ali. Mais qu'est-ce que tu vas me manquer !

– File-moi l'argent avant de te mettre à pleurer et de te déshydrater pour de vrai, me moqué-je.

– Il y a un mois de loyer d'avance, je t'enverrai le suivant quand j'aurai touché mon salaire.

– Merci. Si mon proprio demande qui tu es et où je suis, dis-lui qu'on est jumelles. Et que l'une de nous se teint les cheveux mais que tu préfères ne pas révéler laquelle…

Alicia pouffe en attrapant une longue mèche de ses cheveux noir corbeau, qu'elle se met à lisser nerveusement.

– Tu es sûre que tu veux faire ça, Solveig ? New York-Seattle, d'une côte à l'autre… Tu ne pouvais pas faire plus court ? Franchement, cinq mille kilomètres dans cette épave qui sent le chewing-gum trop mâché ?

– Tu plaisantes ? m'indigné-je. J'ai acheté un désodorisant pour voiture tout neuf, parfum « rosée du matin ». Attends, à moins que ce soit « fraîcheur de cerise » ? Le type de la station essence a accepté de regarder le moteur et de vérifier les niveaux si je lui achetais un lot de cinq arbres magiques ! En plus, j'ai trouvé la seule fille de New York qui soit volontaire pour sous-louer mon studio miteux et payer en avance. Je ne pourrais pas être mieux préparée !

– Tu pourrais juste… prendre l'avion ? suggère ma copine, amusée mais pas pour autant rassurée.

– Non, j'ai besoin de ce *road trip*… expliqué-je en redevenant sérieuse une seconde. De ce nouveau départ, de ce sentiment de liberté. En fait, je n'ai pas été aussi excitée depuis la scène hot de *Dirty Dancing*. Et je vais pouvoir faire exactement tout ce que je veux, pour une fois. Juste conduire, me vider la tête, chanter par-dessus la radio, m'évader. J'espère seulement que le type du covoiturage ne sera pas un emmerdeur. Du genre roi des cons.

– Tiens, tu n'auras qu'à le neutraliser avec ça s'il dépasse les bornes, me propose gentiment Ali en me tendant son brumisateur.

– J'ai toujours rêvé d'aveugler un mec avec de l'eau de source, confirmé-je.

– Fais attention à toi, me sourit-elle avant de me serrer dans ses bras.

– Fais attention à mon ficus, je veux le retrouver aussi desséché qu'il l'était en partant. Ça me donne l'impression d'être plus forte et plus vivante que les autres, ironisé-je.

– Tu l'es, Sol. À dans… deux mois ?

– Quelque chose comme ça, acquiescé-je.

Petit catalogue d'Emma Green à l'usage des nouveaux lecteurs !

Les romans « one shot »

Cent facettes de Mr Diamonds
Fallait pas me chercher!
Bliss. Le faux journal d'une vraie romantique
(Im)parfait
It's Raining Love!
Recherche coloc: emmerdeurs, râleurs, lovers... s'abstenir!
10 bonnes raisons de te détester!
Just 17
Love & Lies on Campus
If You wanna Be My Lover...

Les séries

• **Les *Toi + Moi***
Seuls contre tous raconte les années campus d'Alma et Vadim, *L'un contre l'autre* et *Envers et contre tout* les années adultes. *Seuls contre tous* peut se lire indépendamment des deux autres volumes.
Seuls contre tous (1/3)
L'un contre l'autre (2/3)
Envers et contre tout (3/3)

• **Les *Jeux***
La série des *Jeux* est divisée en deux saisons: la première centrée sur le couple de Liv et Tristan, et la seconde qui raconte l'histoire de June et Harry.

Vous pouvez ne lire qu'un tome, les quatre, seulement les deux premiers ou seulement les deux derniers !

Saison 1

Jeux interdits (1/2)

Jeux insolents (2/2)

Saison 2

Jeux imprudents (1/2)

Une toute dernière fois (2/2)

Les romans qui peuvent se lire seuls ou avec spin-off

Ces livres-ci peuvent se lire indépendamment, ce ne sont pas des suites mais des spin-off, des romans compagnons. On retrouve des personnages récurrents d'un volume à l'autre, mais les héros changent à chaque fois.

• Les *Call Me*

Call Me Baby (Sidonie & Emmett)

Call Me Bitch (Joe & Jude)

• Les *Love & Kiss*

Love Me if You Can (Adèle & Damon)

Kiss Me if You Can (Violette & Blake)

• ***Corps, Cœurs & Âmes***

Corps impatients (Thelma & Finn)

Cœurs insoumis (Solveig & Dante)

Âmes indociles (Calliopé & Lennon)

• ***Strange & Strong***

PS: Oublie-moi ! (Léo & Wolf)

Bien plus forte que toi ! (Willa & Rio)

• Les *Boys*

The Boy Next Room **(Céleste & River)**

The Boy on Fire **(Nell & Jagger)**

addictives

Romans déjà parus

Rose Becker
Le Bébé, mon milliardaire et moi (aussi en poche)
Torride, sexy & dangereux
Forever You – saisons 1 et 2
Dangerous

Phoebe Campbell
Lui résister… ou pas – l'intégrale
You Again
Single Daddy. Try Me if You Can

Mia Carre
Bad for You
Teach Me Everything
Charmant connard !

Mélodie Chavin
Campus Rules
Fucking Wedding

Alexia Clemens
Red Python. Save me

Sonia Eska
Ne me tente pas

Emma Green
Toi + Moi : L'un contre l'autre (aussi en poche sous le titre *L'un contre l'autre*)
Toi + Moi : Envers et contre tout (aussi en poche sous le titre *Envers et contre tout*)
Toi + Moi : Seuls contre tous (aussi en poche sous le titre *Seuls contre tous*)
Call Me Baby – volumes 1 et 2
Call Me Bitch
Love Me if You Can
Kiss Me if You Can
Bliss. Le faux journal d'une vraie romantique – volumes 1 et 2
Jeux interdits
Jeux insolents
Jeux imprudents
Une toute dernière fois
Fallait pas me chercher ! – volumes 1 et 2
Corps impatients
Cœurs insoumis

Âmes indociles
Cent facettes de Mr Diamonds – l'intégrale
Bliss. Le faux journal d'une vraie romantique – l'intégrale
(Im)parfait
Love Me if You Can – l'intégrale
Kiss Me if You Can – l'intégrale
It's Raining Love!
The Boy Next Room
Call Me Baby – l'intégrale
Call Me Bitch – l'intégrale
PS: Oublie-moi!
Fallait pas me chercher! – l'intégrale
Recherche coloc: emmerdeurs, râleurs, lovers… s'abstenir!
10 bonnes raisons de te détester!
Just 17
Love & Lies on Campus
Bien plus forte que toi!
If You Wanna Be My Lover…
The Boy on Fire

Megan Harold
Breaking the Rules
Initiation with My Boss

Ludivine Hart
Arrogant & Tattooed

Amy Hopper
Gone Boy
Le Coloc

Julie Huleux
Alpha Player

Charlie Lazlo
Mon insupportable boss

Sienna Lloyd
Mords-moi!

Caroline Mongas
Mariage forcé. Un contrat indécent

June Moore
Étreinte – volumes 1 à 3

Zoé Murat
Stepbrother Love
Boss Me Around

Clara Oz
Arrogant

Gaëlle Sage
Kiss, Kill & Ride
Lost Rider

Ana Scott
Dark Ride
Last Ride
Vicious Ride
The Dominant
Evil Ride
Sensual Stepbrother
Un enfoiré mais un coup d'enfer!
Say Yes to the Boss

Camilla Simon
Le voisin parfait est un enfoiré
Initiation with My Enemy
Le mec parfait est un inconnu… ou presque !

Ève Souliac
Sexy Mistake

Liv Stone
Love Lessons

Lisa Swann
Adore-moi ! – l'intégrale

Louise Valmont
Toi & moi, c'est compliqué!
Campus Initiation
Mon insupportable voisin!

Chloe Wilkox
Extreme Lover – l'intégrale
Immoral
Dominant Boss. Apprends-moi
The Virgin's Price

Luv

Romans déjà parus

Ana K. Anderson
Indompté
Scottish Bastard

Sophie Auger
Be with Me

Sonia Birdy
L'Initiation
Touchdown. Campus Star

Laura Black
Dark Initiation
Games of Desire
H.A.R.D. Hot, Arrogant, Rebelle, Déterminé
Sulfurous Bad Boy

Margot D. Bortoli
Too Young

Juliette Brunel
Delicious

Anne Cantore
Promets-moi. Louise et Marco

Sarina Cassint
Avec toi… peut-être
Insolent Boss

Mary Ann Davis
Coach Me Love

Gwen Delmas
Noël, toi & moi
Sex Friends. Pas de contraintes, que du plaisir!

Sarah Dheilm
Hot Reward

Eugénie Dielens
Imprévisible Boss

Cléa Dorian & Ninon Vars
Dark Love

Laurie Eschard
Love Naked

Lil Evans
Savage Rider
Crash & Burn
Boss Affair

Lou Garance
Can You Keep a Secret?
Foutu coloc !

Alexandra Gonzalez
Shades of You

Erin Graham
Teach Me Love
The Boss
Secret Stepbrother
Strong Addiction
Coloc avec mon boss
The Initiation

Joh Harper
Crazy Love
Broken but Alive

Marie Hayle
Under Control
Lover Next Door

Ellie Jade
About Last Night

Emma S. James
Under the Rain

Lucie F. June
Fight with Darkness

Sara June
Rider in the Dark
Sexy Wild Rider

Emily Jurius
Love to Hate You

Antinea Kane
In Love with My Enemy

Allie Krown
High School Challenge

Marion Laurent
Mr Alpha
I Want You in My Bed!

Pauline Libersart
Tiger. Entre ses griffes

Nina Loren
Breaking the Ice
Teach Me Again. Impossible Desire

Ella Lores
Mariée par accident à un connard arrogant rencontré la veille…
My Best Enemy

Jessica Lumbroso
Emma X. Secrète et insoumise

Lili Malone
Coloc avec un inconnu

Mila Marelli
Dark Man in Love
Crazy Wedding

Mag Maury
My Hipster Christmas

Alix Parks
Never Kiss the Boss

Jeanne Pears
Insupportable coloc
Colocs & Sex Friends
H.O.T. Hypnotique, Obstiné, Ténébreux
The Most Insolent Man

Alexia Perkins
Arrogant Fake Lover

Sophie S. Pierucci
L'Inconnu de l'ascenseur & Moi (aussi en poche)
My Stepbrother. L'initiation

Silvia Reed
Darkest. La dernière heure
Too Close

Anita Rigins
No Rules
My Rules

Avril Rose
Coffee, Sex & Law

Jana Rouze
Effet de vague – saisons 1, 2 et 3

Wendy Roy
Une seule fois (ou presque)

Ana Scott
À corps brisés

Léana Soal
Fight & Hope

Cara Solak
Perfect Obsession

Izia Soley
Fauve
Initiation. On Your Skin

Liv Stone
Initie-moi. Mes jours contre tes nuits

Lena K. Summers
Perfect Bad Boy
Donovan, roi des connards

Kaly Swann
Austin. Breathe with Me

Lily Tortay
Dance for Me

Flore Valier
Ta peau contre la mienne

Anna Wendell
Arrogant Bad Boy
Apprends-moi le désir
Colosse. Le maître du jeu
Break Your Chains

Mina Zadig
Just Sex & Tattoos
Arrogant Highlander

New adult **addictives**

Romans déjà parus

Sonia Birdy
California High School

Sianna Milano
High School Initiation

Isla A. Rowley
Toxic Games

addictives POCHE

Romans déjà parus

Rose Becker
Le Bébé, mon milliardaire et moi (aussi en grand format)
Désirs & Désastres

Marjorie Burbaud
The Campus Teacher

Phoebe Campbell
Tes ordres sont mes désirs

Olivia Dean
À lui, corps et âme – volumes 1 et 2

Lou Everly
Bad Boy Crush

Erin Graham
Nos amours contraires

Emma Green
Seul contre tous (aussi en grand format sous le titre *Toi + Moi : Seuls contre tous*)
L'un contre l'autre (aussi en grand format sous le titre *Toi + Moi : L'un contre l'autre*)
Envers et contre tout (aussi en grand format sous le titre *Toi + Moi : Envers et contre tout*)
Corps impatients
Cœurs insoumis
Âmes indociles

Autrice : Emma Green

Edisource – Éditions Addictives
100, rue Petit, 75019 Paris
Imprimé par JOUVE – 733, rue Saint-Léonard
53101 Mayenne cedex France
Dépôt légal : juin 2021 – Achevé d'imprimer : mai 2021
Réimprimé en septembre 2021 et juin 2022.
Réimprimé en mai 2023 et février 2024
par FINIDR – Lipova cp. 1965 – 73701 Cesky Tesin,
République tchèque
ISBN : 978-2-37126-432-8
Réf. contrats : ZCAL_001, ZCAL_002, ZCAL_003, ZCAL_004, ZCAL_005, ZCAL_006